EDIÇÕES BESTBOLSO

Ícone

Frederick Forsyth nasceu na Inglaterra, em 1938. Começou sua carreira como jornalista e obteve notoriedade a partir de seu trabalho como correspondente estrangeiro, que lhe possibilitou conhecer profundamente os meandros da política internacional.

Após dois anos cobrindo a guerra civil em Biafra, na Nigéria, Forsyth decidiu escrever seu primeiro livro de ficção: *O dia do Chacal*, publicado em 1970. Sua especialidade são os romances que envolvem espionagem e política internacional, consequência da influência do jornalismo investigativo que se reflete em toda sua obra.

Frederick Forsyth

ÍCONE

Tradução de
A. B. PINHEIRO DE LEMOS

1ª edição

EDIÇÕES
BestBolso

RIO DE JANEIRO – 2013

CIP-BRASIL. CATALOGAÇÃO NA FONTE
SINDICATO NACIONAL DOS EDITORES DE LIVROS, RJ

F839i Forsyth, Frederick, 1938-
Ícone / Frederick Forsyth; tradução de A. B. Pinheiro de Lemos. – Rio de Janeiro: BestBolso, 2013.
12 x 18 cm

Tradução de: Icon
ISBN 978-85-7799-317-8

1. Ficção inglesa. I. Lemos, A. B. Pinheiro de (Alfredo Barcellos Pinheiro de), 1938-2008. II. Título.

12-7843 CDD: 823
CDU: 821.111-3

Ícone, de autoria de Frederick Forsyth.
Título número 334 das Edições BestBolso.
Primeira edição impressa em março de 2013.
Texto revisado conforme o Acordo Ortográfico da Língua Portuguesa.

Título original inglês:
ICON

www.edicoesbestbolso.com.br

Design de capa: Sergio Campante sobre imagem iStockphoto.

Impresso no Brasil

ISBN 978-85-7799-317-8

Para Sandy

Lista de personagens

Jason Monk: *Ex-agente da CIA*
Sir Nigel Irvine: *Ex-chefe do SIS britânico*
Igor V. Komarov: *Líder do partido russo de ultradireita UFP (União de Forças Patrióticas)*
Coronel Anatoli Grishin: *Ex-KGB, chefe de segurança da UFP*
Ivan Markov: *Presidente em exercício da Rússia, depois de julho de 1999*
Umar Gunayev: *Agente do KGB em Omã, depois chefe de máfia, em Moscou*

Os russos

Gennady Zyuganov: *Líder do Partido Neocomunista da Rússia*
Josef Cherkassov: *Presidente da Rússia até julho de 1999*
Boris Kuznetsov: *Chefe de propaganda da UFP*
Leonid Zaitsev: *Faxineiro na sede da UFP*
Nikita Akopov: *Secretário particular e confidencial de Igor Komarov*
Nikolai Ilyich Turkin: *Agente da KGB, recrutado por Jason Monk*
Coronel Stanislav Androsov: *Residente da KGB na embaixada soviética em Washington*
Oleg Gordievsky: *Coronel da KGB, recrutado pelo SIS britânico (1985)*
Vadim Chernov: *Inspetor-chefe da Delegacia de Roubos em Moscou*
Mikhail Gorbachev: *Presidente da União Soviética, 1985-1991*
General Viktor Chebrikov: *Presidente da KGB em 1985*
General Vladimir Kryuchkov: *Chefe da Primeira Diretoria da KGB em 1985*

General Vitali Boyarov: *Chefe da Segunda Diretoria da KGB em 1985*
Pyotr Solomin: *Oficial do GRU, recrutado por Jason Monk*
Professor Georgi Kuzmin: *Patologista-legal em Moscou*
Pavel Volsky: *Inspetor-detetive de Homicídios da milícia de Moscou*
Yevgeni Novikov: *Inspetor-detetive de Homicídios da milícia de Moscou*
Coronel Vladimir Mechulayev: *Agente da KGB, controlador de Aldrich Ames, em Roma*
Valeri Kruglov: *Diplomata soviético, recrutado por Jason Monk*
Vasili Lopatin: *Inspetor-detetive de Homicídios da milícia de Moscou*
Professor Ivan Blinov: *Físico nuclear, recrutado por Jason Monk*

Os britânicos

Celia Stone: *Assistente do adido de imprensa da embaixada britânica em Moscou*
Hugo Gray: *Agente do SIS na embaixada britânica em Moscou*
Jock Macdonald: *Chefe da estação do SIS na embaixada britânica em Moscou*
Bruce "Gracie" Fields: *Agente do SIS na embaixada britânica em Moscou*
Jeffrey Marchbanks: *Chefe da Divisão Russa no quartel-general do SIS em Londres*
Sir Henry Coombs: *Chefe do SIS em Londres*
Sra. (agora Lady) Thatcher: *Primeira-ministra britânica em 1985*
Brian Worthing: *Editor do* Daily Telegraph *de Londres*
Mark Jefferson: *Colunista de destaque do* Daily Telegraph
Lady Irvine: *Esposa de Sir Nigel Irvine*
Ciaran: *Ex-soldado das Forças Especiais*
Mitch: *Ex-soldado das Forças Especiais*
Sir William Palmer: *Subsecretário Permanente do Foreign Office, o Ministério do Exterior britânico*

Os americanos

Carey Jordan: *Ex-vice-diretor (Operações) da CIA em Langley*
Aldrich Ames: *Ex-agente da CIA e traidor*
Ken Mulgrew: *Ex-agente da CIA e amigo de Ames*
Harry Gaunt: *Ex-chefe da Divisão Soviética da CIA em Langley*
Saul Nathanson: *Financista em Washington e em Wyoming*
Alexei II: *Patriarca de Moscou e de Todas as Rússias*
Padre Maxim Kllmovsky: *Valete/mordomo do patriarca*
Dmitri Borodin: *Detetive de Homicídios da milícia de Moscou*
Brian Vincent, também conhecido como MARKS: *Ex-soldado das Forças Especiais*
General Nikolai Nikolayev: *Reformado, veterano da força de tanques soviéticos*
Dr. Lancelot Probyn: *Genealogista do College of Arms em Londres*
Padre Gregor Rusakov: *Pregador fundamentalista itinerante*
Aslan, Magomed, Sharif: *Gângsteres e seguranças chechenos*
General Yuri Drozdov: *Ex-mestre da espionagem da KGB*
Leonid Bernstein: *Presidente do Banco Federal Moskovsky*
Anton Gurov: *Executivo sênior da TV Comercial de Moscou*
General Valentln Petrovsky: *Chefe do Departamento de Controle do Crime Organizado da milícia de Moscou*
General Misha Andreyev: *Comandante da Divisão Tamanskayn*
General Vyacheslav Butov: *Vice-ministro da Defesa em Moscou*
General Sergei Korin: *Comandante da Guarda de Segurança Presidencial no Kremlin*

Parte I

1

Era o verão em que o preço de um pão pequeno passava de um milhão de rublos.

Era o verão do terceiro ano consecutivo de perda das colheitas e do segundo de hiperinflação.

Era o verão em que, nas vielas de pequenas cidades remotas, os primeiros russos começaram a morrer de desnutrição.

Era o verão em que o presidente sofreu um colapso em sua limusine, longe demais de qualquer ajuda para ser salvo, e um velho faxineiro roubou um documento.

Depois disso, nada mais seria igual.

Era o verão de 1999.

FAZIA CALOR NAQUELA tarde, um calor opressivo, e foi preciso que o motorista tocasse a buzina várias vezes até que o porteiro saísse apressado de seu abrigo para abrir as portas de madeira do gabinete.

O segurança presidencial baixou o vidro para repreender o homem, enquanto o longo Mercedes preto passava sob o arco e saía para a Staraya Ploshchad. O angustiado porteiro balbuciou o que esperava poder passar por uma saudação, enquanto o segundo carro, um Chaika russo com mais quatro seguranças, seguia a limusine. E logo os dois carros sumiram de vista.

O presidente Cherkassov ia sozinho no banco traseiro do Mercedes, absorto em seus pensamentos. No banco da frente estavam o motorista da milícia e o segurança pessoal designado pelo Grupo Alfa.

Enquanto passavam pelos últimos subúrbios miseráveis de Moscou e começavam a avistar os campos e árvores da região rural, o presidente da Rússia sentia-se profundamente deprimido, e não poderia ser diferente. Há três anos ocupara esse cargo em substituição ao enfermo Boris Yeltsin e, enquanto observava seu país desmoronar, estes haviam sido os três anos mais angustiantes de sua vida.

No inverno de 1995, quando ele era primeiro-ministro, designado pelo próprio Yeltsin como um "tecnocrata" para recuperar a economia, o povo russo fora às urnas para eleger um novo Parlamento, ou Duma.

As eleições para a Duma eram importantes, mas não vitais. Nos anos anteriores, mais e mais poder fora transferido do Parlamento para a presidência e a maior parte desse processo fora obra de Boris Yeltsin. No inverno de 1995, o grande siberiano que quatro anos antes enfrentara um tanque por ocasião da tentativa de golpe em agosto de 1991, conquistando a admiração não apenas da Rússia, mas também do Ocidente, como o grande guerreiro da democracia, e obtendo com isso a presidência, já se tornara um alguém de pouca confiança.

Recuperando-se de um segundo enfarte em três meses, ofegante e inchado dos medicamentos, ele acompanhara as eleições parlamentares de uma clínica na Colina dos Pardais, a antiga Colina de Lênin, a nordeste de Moscou. Vira seus protegidos políticos sendo relegados ao terceiro lugar entre os delegados. O fato de que isso não era tão crucial quanto poderia ser numa democracia ocidental se explicava porque a maior parte do poder concreto se encontrava agora nas mãos do próprio presidente, graças a Yeltsin. Como os Estados Unidos, a Rússia tinha uma presidência executiva; mas, ao contrário dos Estados Unidos, a rede de controles e contrapesos que o Congresso era capaz de impor à Casa Branca não existia. Para todos os efeitos, Yeltsin podia governar por decreto, e era o que fazia.

Mas as eleições parlamentares pelo menos demonstraram para que lado o vento soprava e ofereceram uma indicação para as eleições presidenciais, muito mais importantes, marcadas para junho de 1996.

A nova força no horizonte político no inverno de 1995 era constituída, ironicamente, pelos comunistas. Depois de setenta anos de regime comunista, cinco anos das reformas de Gorbachev e cinco anos de Yeltsin, o povo russo começava a olhar para trás, sentindo nostalgia pelos tempos antigos.

Os comunistas, sob o comando de seu líder, Gennady Zyuganov, relembravam apenas os aspectos positivos: empregos garantidos, salários certos, comida acessível, lei e ordem. Não se fazia qualquer referência ao despotismo da KGB, ao arquipélago Gulag dos campos de trabalho escravo ou à supressão de toda e qualquer liberdade de movimento e de expressão.

Os eleitores russos já se encontravam num estado de profunda desilusão com os dois elementos salvadores outrora tão enaltecidos: capitalismo e democracia. A segunda palavra era pronunciada com o maior desdém. Para muitos russos, olhando ao redor e só deparando com a corrupção generalizada e o crime pandêmico, tudo não passara de uma grande mentira. Contados os votos parlamentares, os criptocomunistas conquistaram o maior bloco partidário na Duma e o direito de designar seu presidente.

No outro extremo, estavam seus aparentemente opostos diametrais, os neofascistas de Vladimir Zhirinovsky, sob o irônico nome de Partido Democrático Liberal. Nas eleições de 1991, com sua propensão para o comportamento excêntrico e as expressões escatológicas, saíra-se espantosamente bem, mas sua estrela estava agora em declínio. Mesmo assim, ainda não entrara em suficiente decadência para privá-lo do segundo maior bloco de deputados.

No meio se situavam os partidos políticos de centro, insistindo nas reformas econômicas e sociais que haviam introduzido. Ocupavam o terceiro lugar.

Mas o verdadeiro efeito daquela eleição fora o de preparar o terreno para a disputa presidencial de 1996. Quarenta e três partidos independentes disputaram as eleições para a Duma, e a maioria dos líderes dos principais partidos compreendeu que a melhor solução para todos era um programa de coalizões.

Antes do verão, os criptocomunistas aliaram-se a seus amigos naturais, os membros do Partido Agrário ou dos Camponeses, para formar a União Socialista, um título hábil, já que englobava dois dos nomes da antiga URSS, a União das Repúblicas Socialistas Soviéticas. O líder continuou a ser Zyuganov.

Também houve movimentos na ultradireita pela unificação, mas tiveram a vigorosa resistência de Zhirinovsky. Vlad, o Louco, calculava que poderia conquistar a presidência sem a ajuda de outras facções de direita.

A eleição presidencial russa é realizada em dois turnos. No primeiro, todos os candidatos competem uns contra os outros. Mas apenas os candidatos classificados em primeiro e segundo lugares se qualificam para a disputa final no segundo turno. Não adianta chegar em terceiro. E Zhirinovsky foi o terceiro. Os pensadores políticos mais competentes da extrema direita ficaram furiosos com ele.

A dúzia de partidos do centro se uniu, mais ou menos, na Aliança Democrática, com uma indagação crucial por toda a primavera de 1996: Boris Yeltsin teria ou não condições de disputar e conquistar a presidência de novo?

Sua queda seria mais tarde atribuída pelos historiadores a uma única palavra: Chechênia.

Exasperado ao ponto de um colapso 12 meses antes, Yeltsin lançara todo o poderio do exército e força aérea da Rússia contra uma pequena e belicosa tribo montanhesa, cujo líder autodesignado clamava pela completa independência de Moscou. Não havia qualquer novidade nos problemas com os chechenos, cuja resistência remontava ao tempo dos czares, e até antes. Tinham de alguma forma sobrevivido aos *pogroms* desfechados contra eles por vários czares, inclusive pelo mais cruel de todos os tiranos, Josef Stalin. Sobreviveram às repetidas devastações de sua pequena pátria, às deportações e aos genocídios, para continuarem a lutar.

Lançar o pleno poderio das forças armadas russas contra os chechenos fora uma decisão impetuosa, que não levara a uma vitória rápida e gloriosa, mas sim à total destruição – tudo registrado pelas câmeras, em cores – da capital chechena de Grozny e ao interminável desfile de soldados russos voltando da campanha em enormes sacos de plástico.

Com a capital reduzida a escombros, mas ainda armados até os dentes com armas em grande parte vendidas por generais russos corruptos, os chechenos ocuparam as montanhas que conhecem muito bem e se recusaram a ser desalojados. O mesmo exército russo, que conhecera seu inglório Vietnã na tentativa de invadir e ocupar o Afeganistão, agora criava um segundo, nos contrafortes agrestes do Cáucaso.

Se Boris Yeltsin desfechara a campanha chechena para demonstrar que era um homem forte, no tradicional estilo russo, este acabara se tornando um gesto fracassado. Ao longo de 1995, ele se empenhara pela vitória final, que sempre se esquivara. Enquanto assistia a seus filhos voltando do Cáucaso em sacos, o ânimo do povo russo se tornou violentamente antichecheno. Também se virou contra o homem que não podia lhes proporcionar uma vitória.

Depois de muito esforço pessoal, Yeltsin reconquistou a presidência por uma diferença mínima, no segundo turno. Mas, um ano depois, saiu de cena. O governo passou para o tecnocrata Josef Cherkassov, líder do Partido da Pátria Russa, que a esta altura fazia parte da ampla Aliança Democrática.

Cherkassov pareceu começar bem. Conservou os bons votos do Ocidente e, ainda mais importante, seus créditos financeiros para manter a economia russa em condições de funcionar. Seguindo os conselhos ocidentais, negociou um acordo de paz com a Chechênia. Embora os russos detestassem a ideia de os chechenos escaparem impunes de sua rebelião, trazer os soldados de volta para casa foi uma iniciativa popular.

Mas em 18 meses as coisas começaram a dar errado. Foram duas as causas para isso: primeiro, as depredações das máfias russas finalmente se tornaram onerosas demais para a economia suportar; e segundo, houve outra aventura militar insensata. Ao final de 1997, a Sibéria, terra de noventa por cento da riqueza russa, ameaçou fazer a secessão.

A Sibéria era a menos explorada de todas as províncias da Rússia. Contudo, sob a camada de terra congelada havia depósitos de petróleo e gás que faziam até mesmo a Arábia Saudita parecer modesta. Além disso, havia também ouro, diamantes, bauxita, manganês, tungstênio, níquel e platina. Ao final dos anos 1990, a Sibéria ainda era a última fronteira no planeta.

Moscou começou a receber informações de que emissários da Yakuza japonesa e, principalmente, da sul-coreana circulavam pela Sibéria estimulando a secessão. O presidente Cherkassov, mal aconselhado por seu círculo de bajuladores e esquecido dos erros de seu antecessor na Chechênia, despachou o exército para leste. O movimento provocou uma dupla catástrofe. Depois de dois meses sem uma solução militar, ele teve de negociar um acordo que concedia aos siberianos muito mais autonomia e controle sobre os lucros de sua riqueza do que jamais haviam desfrutado antes. Além disso, a aventura desencadeou a hiperinflação.

O governo tentou contornar o problema com a emissão de dinheiro. No verão de 1999, os dias de cinco mil rublos para um dólar de meados da década já pertenciam ao passado. A colheita de trigo da terra negra da região de Kuban sofrera dois fracassos consecutivos, em 1997 e 1998, e a colheita da Sibéria foi protelada até que apodreceu, porque os guerrilheiros explodiram os trilhos ferroviários. Nas cidades, o preço do pão disparou. O presidente Cherkassov permaneceu no cargo, mas era evidente que não tinha mais o poder.

Nas regiões rurais, que deveriam pelo menos estar cultivando alimentos suficientes para se sustentar, as condições eram ainda piores. Sem financiamento ou a mão de obra necessária e com a infraestrutura desmoronando, as fazendas se tornaram ociosas e o solo fértil passou a produzir apenas ervas daninhas. Os trens que paravam nas pequenas estações eram cercados por camponeses, na maioria idosos, oferecendo móveis, roupas e qualquer outra coisa pelas janelas dos vagões, por dinheiro ou, melhor ainda, por comida. Eram bem poucos os que aceitavam.

Em Moscou – a capital e vitrine da nação – os indigentes dormiam nos cais ao longo do Mascava e nos becos escuros. A polícia – chamada de milícia na Rússia –, que praticamente abandonara a luta contra o crime, tentava detê-los e embarcá-los em trens que os levariam de volta aos lugares de onde haviam vindo. Mas outros mais continuavam a chegar, em busca de trabalho, comida e ajuda. Muitos seriam reduzidos a esmolar e morrer nas ruas de Moscou.

No início da primavera de 1999, o Ocidente desistiu de desperdiçar dinheiro naquele poço sem fundo. Os investidores estrangeiros, até mesmo os que eram associados às máfias russas, trataram de se retirar. A economia russa, como uma vítima de guerra estuprada inúmeras vezes, exauriu suas forças e morreu.

Era essa perspectiva sombria que o presidente Cherkassov contemplava enquanto seguia para seu refúgio de fim de semana, naquele dia quente de verão.

O motorista conhecia a estrada para a *dacha*, além de Usava, na margem do rio Mascava, onde o ar era mais fresco sob as árvores. Anos antes, os burocratas do Politburo Soviético, os chamados gatos gordos, tinham suas *dachas* naquele bosque, junto da curva do rio. A Rússia passara por muitas mudanças, mas nenhuma drástica.

O tráfego era leve porque a gasolina era cara. Os caminhões com que cruzavam na estrada expeliam enormes jatos de fumaça negra. Depois de Arkhangelskoye, eles atravessaram a ponte e entraram na estrada à beira do rio, que fluía indolente ao calor do verão na direção da cidade que haviam deixado para trás.

Cinco minutos depois, o presidente Cherkassov sentiu falta de ar. Embora o ar-condicionado estivesse ligado ao máximo, apertou o botão para abrir a janela traseira, e deixou que o ar da natureza o envolvesse. Estava mais quente, e fez com que sua respiração melhorasse um pouco. No outro lado da tela divisória, nem o motorista nem o segurança haviam notado o gesto. O desvio para Peredelkino apareceu à direita. Ao passarem por lá, o presidente da Rússia inclinou-se para a esquerda e tombou de lado no banco.

A primeira coisa que o motorista notou em seguida foi que a cabeça do presidente desaparecera do espelho retrovisor. Murmurou alguma coisa para o segurança, que virou o tronco para olhar. Mais um instante e o Mercedes foi parar no acostamento, com um ranger dos pneus.

O Chaika que vinha atrás fez o mesmo. O chefe da equipe de segurança, um ex-coronel da Spetsnaz, saltou do banco de passageiro e correu para o Mercedes. Os outros também saíram, empunhando suas armas, para formar um círculo protetor. Ninguém sabia o que havia acontecido.

O coronel alcançou o Mercedes, onde o segurança abrira a porta traseira e se inclinava para dentro. O coronel puxou-o para trás, a fim de ver melhor. O presidente caíra meio de costas, meio de lado, as mãos comprimindo o peito, os olhos fechados, e respirava em grunhidos curtos.

O hospital mais próximo com uma unidade de tratamento intensivo era a Clínica Estatal Número Um, a quilômetros de distância, na Colina dos Pardais. O coronel se sentou no banco traseiro, ao lado do abalado Cherkassov, e ordenou ao motorista que voltasse para a estrada de contorno. Muito pálido, o motorista obedeceu. Por seu telefone celular, o coronel ligou para a clínica e mandou que uma ambulância fosse encontrá-los no meio do caminho.

A ambulância chegou meia hora depois. Os paramédicos transferiram o homem inconsciente da limusine para a ambulância e começaram a trabalhar no mesmo instante, enquanto o comboio de três veículos partia em disparada para a clínica.

Ali chegando, o presidente foi levado para o CTI e entregue aos cuidados do principal cardiologista de plantão. Usaram o que tinham, os melhores e mais modernos aparelhos e medicamentos, mas já era tarde demais. A linha na tela do monitor recusava-se a fazer qualquer movimento, mantendo uma linha reta e longa, acompanhada por um zumbido estridente. Às 16h10, o chefe da equipe médica empertigou-se e balançou a cabeça. O homem com o desfibrilador recuou.

O coronel apertou mais algumas teclas em seu telefone celular. Alguém atendeu ao terceiro toque e ele disse:

– Passe-me para o gabinete do primeiro-ministro.

Seis horas depois, nas Antilhas, na superfície ondulante do alto-mar, o *Foxy Lady* manobrou para voltar. No convés de popa, Julius, o barqueiro, soltou os tirantes de arame e guardou os caniços. Fora um dia movimentado de fretamento, e dos mais proveitosos.

Enquanto Julius enrolava os tirantes, com suas brilhantes iscas de plástico, para depois arrumar na caixa, o casal americano abria latas de cerveja. Satisfeitos, os dois sentaram sob o toldo, para aliviar a sede.

Havia na geladeira duas enormes cavalinhas, cada uma pesando quase vinte quilos, além de meia dúzia de enormes dourados, que umas poucas horas antes espreitavam sob uma camada de algas a 15 quilômetros dali.

O comandante lá em cima conferiu o curso para as ilhas e depois passou da velocidade de corrico para a de cruzeiro rápido. Calculou que entrariam em Turtle Cove em menos de uma hora.

O *Foxy Lady* deu a impressão de que sabia que seu trabalho estava quase terminando, com seu lugar no cais da enseada abrigada de Tiki Hut à espera. Ergueu a proa e o casco em V começou a cortar as águas azuis. Julius baixou um balde para a água que passava e lavou o convés de popa mais uma vez.

QUANDO ZHIRINOVSKY era líder dos democratas liberais, a sede do partido ficava num prédio sórdido, na viela do Peixe, perto da rua Sretenka. Os visitantes, alheios aos estranhos costumes de Vlad, o Louco, se espantavam ao descobrirem como as instalações eram precárias. Com o reboco descascando, as janelas exibindo dois cartazes do demagogo agitados pelo vento, o lugar não conhecia um esfregão há pelo menos dez anos. Além da porta preta toda lascada, os visitantes encontravam um saguão escuro, com um estande que, de um lado vendia camisas de malha com o retrato do líder, e no outro trazia ganchos com os blusões de couro preto usados por seus partidários.

No alto do lance de escada sem carpete, coberta por uma escura tinta marrom, ficava o primeiro meio-patamar, com uma janela gradeada, em que um guarda mal-humorado perguntava a cada visitante o que viera fazer ali. Só se a resposta fosse satisfatória é que ele teria permissão para subir até os cômodos desleixados em que Zhirinovsky reinava quando estava na cidade. O rock ressoava por todo o prédio. Era assim que o excêntrico fascista preferia manter seu quartel-general, sob a alegação de que a imagem falava de um homem do povo, e não de um ganancioso. Mas Zhirinovsky há muito que se fora, e o Partido Democrático Liberal se fundira com os outros partidos de direita e neofascistas na União das Forças Patrióticas.

Seu líder incontestável era Igor Komarov, um tipo diferente de homem. Não obstante, compreendendo a lógica básica de mostrar aos pobres e desprivilegiados, cujos votos ele procurava, que a União das Forças Patrióticas não se permitia indulgências dispendiosas, ele mantivera o prédio na viela do Peixe, embora seu escritório particular não fosse ali.

Formado em engenharia, Komarov trabalhara sob o comunismo, mas não a seu favor, até que na metade do período de Yeltsin decidira ingressar na política. Escolhera o Partido Democrático Liberal. Desprezava particularmente Zhirinovsky, por seus excessos de embriaguez e constantes insinuações sexuais, mas seu trabalho discreto nos bastidores o levara ao Politburo, o conselho interno do partido. Nessa posição, através de uma série de reuniões secretas com os líderes de outros partidos de ultradireita, ele montara a aliança de todos os elementos de direita da Rússia na UFP. Diante de um fato consumado, Zhirinovsky, embora relutante, aceitara sua existência e caíra na armadilha de presidir a primeira sessão plenária.

A plenária aprovara uma resolução exigindo sua renúncia e o descartara. Komarov recusara-se a assumir a liderança, mas garantira que fosse para alguém insignificante, um homem sem carisma e sem talento de organização. Um ano mais tarde, fora fácil explorar o sentimento de desapontamento no conselho diretor da União, afastar o líder provisório e tomar seu lugar. O fascínio e a carreira de Vladimir Zhirinovsky haviam terminado.

Em dois anos, depois das eleições de 1996, os criptocomunistas começaram a definhar. Seus partidários sempre tinham sido predominantemente pessoas idosas e de meia-idade, e enfrentavam dificuldades para levantar recursos. Sem o apoio dos grandes banqueiros, as mensalidades dos associados não eram mais suficientes. O dinheiro e a atração da União Socialista minguaram.

Em 1998, Komarov era o líder incontestável da ultradireita, em condições excepcionais para explorar o crescente desespero do povo russo.

Em meio a tanta pobreza e tantas privações, havia também uma riqueza ostentosa, capaz de espantar qualquer um. Os que tinham dinheiro, o tinham aos montes, a maior parte em moeda estrangeira. Circulavam pelas ruas em enormes limusines, americanas ou alemães, porque a fábrica Zil suspendera a produção. Muitas vezes eram precedidos por motociclistas abrindo caminho pelo tráfego, e acompanhados por outro carro, levando os seguranças.

No saguão do Bolshoi, nos bares e salões de banquetes do Metropol e do Nacional, podiam ser vistos todas as noites, em companhia de suas vigaristas em casacos de pele, exalando fragrâncias parisienses e faiscando com os diamantes. Eram os tubarões gordos, mais gordos do que nunca.

Na Duma, os delegados gritavam, brandiam documentos e aprovavam resoluções. Um correspondente inglês chegou a comentar:

– Lembra-me de tudo o que já li sobre a República de Weimar.

O único homem que parecia oferecer um possível raio de esperança era Igor Komarov.

Nos dois anos desde que tomara o poder na coalizão de direita, Komarov surpreendera a maioria dos observadores, tanto dentro quanto fora da Rússia. Se ele se contentasse em continuar sendo apenas um excepcional organizador político, não passaria de outro *apparatchik*. Mas Komarov mudou. Ou pelo menos assim pensavam os observadores. Mais provavelmente, ele possuía um talento que preferira manter oculto.

Komarov passou a marcar sua presença como um orador popular fervoroso e carismático. Quando ele subia ao palanque, deixava espantados todos os que o haviam conhecido como um homem discreto, meticuloso, de fala suave. Ele parecia se transformar. A voz aumentava de volume e se aprofundava para o timbre de um barítono, e Komarov usava todas as muitas expressões e inflexões da língua russa com o maior efeito. Podia baixar o tom quase a um sussurro, de tal maneira que até mesmo com os microfones a audiência precisava prestar o máximo de atenção para captar as palavras, e depois subia para uma peroração retumbante, que levava as multidões a se levantarem e fazia até os céticos aclamarem-no.

Não demorou muito a dominar a área de sua especialidade, a multidão ao vivo. Evitava as chamadas conversas ao pé do fogo e as entrevistas transmitidas pela televisão, consciente de que podiam funcionar no Ocidente, mas não davam certo na Rússia. Os russos raramente convidavam as pessoas para suas casas, muito menos a nação inteira.

Komarov também não estava interessado em ser acuado por perguntas hostis. Cada discurso seu era ensaiado, mas dava bons resultados. Só falava em reuniões dos fiéis do partido, com as câmeras sob o controle de sua própria equipe, comandada por um jovem e brilhante diretor, Litvinov. Devidamente editados, os filmes eram liberados para exibição em rede nacional de televisão nas condições que ele impunha: uma apresentação completa, sem qualquer corte. Podia conseguir isso pela compra de tempo na TV, em vez de depender dos caprichos dos jornalistas.

Seu tema era sempre o mesmo e sempre popular: Rússia, Rússia e mais uma vez, Rússia. Investia contra os estrangeiros, cujas conspirações internacionais haviam deixado a Rússia de joelhos. Clamava pela expulsão de todos os "pretos", a maneira popular russa de se referir aos armênios, georgianos, azerbaidjanos e outros naturais do sul, muitos dos quais se incluíam entre os mais ricos figurões criminosos. Exigia justiça para o pobre e oprimido povo russo, que um dia se levantaria com ele para restaurar as glórias do passado e varrer para longe as imundícies que obstruíam as ruas da pátria.

Prometia todas as coisas a todos os homens. Para os desempregados, haveria emprego, um salário justo por um bom dia de trabalho, com comida na mesa e a dignidade de volta. Para os que viam as economias de uma vida inteira destruídas, haveria outra vez uma moeda sólida e honesta, com a possibilidade de guardar alguma coisa para uma velhice confortável. Para os que usavam o uniforme da *rodina,* a antiga pátria, haveria orgulho de novo para acabar com as humilhações que os covardes elevados aos altos escalões pelo capital estrangeiro haviam imposto.

E eles ouviam. Pelo rádio e televisão, eles o ouviam através das vastas estepes. Os soldados do outrora grande exército russo ouviam-no, encolhidos em suas barracas, expulsos do Afeganistão, Alemanha Oriental, Tchecoslováquia, Hungria, Polônia, Lituânia, Letônia e Estônia, numa interminável sucessão de recuos do império.

Os camponeses ouviam-no em seus chalés e isbás, espalhados pela imensa paisagem. A classe média arruinada ouvia-o entre os poucos móveis que não haviam sido penhorados em troca de comida na mesa e um pouco de carvão na lareira. Até os industriais ouviam-no e sonhavam que suas fornalhas podiam um dia voltar a rugir. E quando Komarov prometia que o anjo da morte visitaria os ladrões e assassinos que dilaceravam a amada Mãe Rússia, todos o amavam.

Na primavera de 1999, por sugestão de seu assessor de relações públicas, um jovem muito esperto que estudara numa das tradicionais universidades americanas, Igor Komarov, concedeu uma série de entrevistas particulares. O jovem Boris Kuznetsov escolheu os candidatos com o maior cuidado, em sua maioria legisladores e jornalistas dos setores conservadores de toda a América e Europa Ocidental. O objetivo desses encontros era dissipar os temores dessa gente.

Como campanha, os resultados foram excepcionais. A maioria chegava na expectativa de deparar com o que se dissera que se encontraria: um demagogo de extrema direita, de olhos esbugalhados, classificado de racista ou neofascista, se não as duas coisas.

Mas todos se descobriam a conversar com um homem ponderado, de boas maneiras, num terno sóbrio. Como Komarov não falava inglês, era seu assessor de RP quem sentava ao seu lado, ao mesmo tempo orientando e traduzindo a conversa. Sempre que seu adorado líder dizia alguma coisa que ele sabia que podia ser mal interpretada no Ocidente, Kuznetsov simplesmente traduzia para algo mais aceitável em inglês. Ninguém percebia, pois ele cuidava para que nenhum dos visitantes entendesse o russo.

Assim, Komarov podia explicar que todos os políticos tinham seus eleitores e não podiam ofendê-los sem necessidade, se queriam ser eleitos. Por isso, em muitas ocasiões temos de dizer o que os eleitores querem ouvir, muito embora realizar tais coisas pudesse ser muito mais difícil do que simulávamos. E os senadores acenavam com a cabeça, compreensivos.

Ele explicava que nas democracias ocidentais, mais antigas, as pessoas compreendiam de um modo geral que a disciplina social devia começar por si mesmas; em consequência, a disciplina imposta de fora, pelo Estado, podia ser mais leve. Mas onde todas as formas de autodisciplina haviam se esfacelado, o Estado podia ser obrigado a se mostrar mais firme do que seria aceitável no Ocidente. E os deputados acenavam com a cabeça, compreensivos.

Para os jornalistas conservadores, ele ressaltava que a restauração de uma moeda sólida não poderia ser obtida sem algumas medidas draconianas contra o crime e a corrupção, a curto prazo. Os jornalistas escreviam que Igor Komarov era um homem que escutava a voz da razão em questões econômicas e políticas, como a cooperação com o Ocidente. Talvez ele fosse direitista demais para aceitação numa democracia americana ou europeia, e sua vigorosa demagogia, assustadora demais para os paladares ocidentais, mas era bem possível que fosse o homem certo para a Rússia em sua crise atual. De qualquer forma, era quase certo que ele venceria a eleição presidencial em junho do ano 2000. Era o que as pesquisas indicavam. E a atitude mais sensata para os previdentes era apoiá-lo.

Nas chancelarias, embaixadas, ministérios e sedes das multinacionais, por todo o Ocidente, cabeças acenavam, enquanto a fumaça de charuto se elevava para o teto.

NO SETOR NORTE da área central de Moscou, perto da avenida de contorno e no meio do bulevar Kiselny, há uma pequena rua transversal. Mais ou menos na metade dessa rua, no lado oeste, há um pequeno parque, com cerca de dois mil metros quadrados, cercado em três lados por prédios sem janelas e protegido na frente por placas verdes de aço, com três metros de altura, por cima das quais pode-se avistar as pontas de uma linha de coníferas. Nesse muro de aço há um portão duplo, também de aço.

O pequeno parque é, na verdade, o jardim de uma mansão pré-revolucionária, reformada de forma minuciosa em meados da década de 1980. Embora o interior seja moderno e funcional, a fachada clássica é pintada em tons pastel, com os estuques por cima das portas e janelas em branco: era o verdadeiro quartel-general de Igor Komarov.

Um visitante no portão da frente ficaria à vista de uma câmera em cima do muro e se anunciaria através de um interfone. Falaria com um guarda numa guarita logo depois do portão. O guarda, por sua vez, ligaria para o centro de segurança, dentro da casa.

Se o portão fosse aberto, o carro avançaria por apenas dez metros, antes de parar numa fileira de pontas de ferro. O portão de aço, deslizando sobre rodinhas, seria fechado automaticamente depois da passagem. O guarda sairia da guarita para verificar os documentos de identificação. Se tudo estivesse em ordem, ele voltaria para a guarita e apertaria o botão de um controle elétrico. As pontas de ferro abaixariam e o carro seguiria até o pátio de cascalho, onde haveria mais guardas à espera.

Cercas de arame reforçadas estendiam-se dos lados da casa até os muros. Por trás dessas cercas, ficavam os cachorros. Havia dois grupos e cada um atendia apenas às ordens de um treinador. Os treinadores trabalhavam em noites alternadas. Depois do anoitecer, abria-se um portão numa cerca e os cachorros passavam a controlar todo o terreno, na frente e atrás. Depois desse momento, o guarda lá na frente permanecia em sua guarita; no caso de um visitante tardio, ele tinha de fazer contato com o treinador para que este recolhesse os cachorros.

A fim de evitar a perda de muitos auxiliares para os cachorros, havia uma passagem subterrânea nos fundos do prédio, levando a uma viela estreita, que ia desembocar no bulevar Kiselny. Essa passagem tinha três portas com controle eletrônico: uma dentro da casa, a outra na viela e a terceira no meio do percurso. Era a entrada e a saída de mercadorias e do pessoal de serviço.

À noite, depois que todos os assessores políticos se retiravam e os cachorros vagueavam pelo terreno, dois seguranças permaneciam de plantão dentro da casa. Tinham uma sala própria, com uma TV e uma geladeira, mas sem camas, porque não deveriam dormir. Faziam rondas alternadas pelos três andares da casa, até serem substituídos pelos homens do turno do dia, que chegavam na hora do desjejum. Komarov acordava mais tarde.

Mas a poeira e as teias de aranha não respeitam nem os mais altos cargos, e todas as noites, exceto aos domingos, a campainha na viela dos fundos soava e um dos guardas deixava entrar o faxineiro.

Em Moscou, a faxina costuma ser uma atividade de mulheres, mas Komarov preferia um ambiente todo masculino ao seu redor, inclusive para limpar a casa. O faxineiro era um velho e inofensivo soldado chamado Leonid Zaitsev. O sobrenome significa lebre em russo, e por causa de sua atitude assustada, num capote militar puído, usado no inverno e no verão, com três dentes de aço inoxidável faiscando na frente da boca – os dentistas do Exército Vermelho não tinham a menor sofisticação –, os guardas na casa chamavam-no simplesmente de Coelho. E na noite em que o presidente russo morreu eles o deixaram entrar na casa às 22 horas, como sempre.

Era 1 hora da madrugada quando, com balde e esfregão na mão e puxando o aspirador em sua esteira, ele chegou à sala de N.I. Akopov, secretário particular e pessoal de Komarov. O Coelho só se encontrara com o homem uma vez, um ano antes, quando deparara, ao chegar, com vários assessores trabalhando até tarde. Akopov fora bastante grosseiro com ele, ordenando-lhe que saísse com uma torrente de insultos. Às vezes, desde então, o Coelho tratava de se vingar, sentando-se na confortável cadeira giratória de couro de Akopov.

Como sabia que os guardas estavam lá embaixo, o Coelho sentou-se agora na cadeira giratória, apreciando o conforto do couro. Nunca tivera uma cadeira assim e nunca teria. Havia um documento em cima da mesa, cerca de quarenta páginas datilografadas, presas por um espiral e cobertas na frente e atrás por um grosso papel preto.

O Coelho se perguntou por que o documento fora deixado ali. Normalmente, Akopov guardava tudo no cofre na parede. Devia ter se esquecido, pois o Coelho nunca vira um documento antes e todas as gavetas da mesa estavam sempre trancadas. Ele levantou a capa preta e deu uma olhada no título. Depois, abriu o documento ao acaso.

Embora lhe faltasse prática, conseguia entender o que estava escrito ali. Leu um trecho várias vezes; algumas palavras eram muito compridas e complexas, mas ele compreendeu o significado. As mãos artríticas começaram a tremer, enquanto virava as páginas. Por que Komarov diria aquelas coisas? E sobre pessoas como sua mãe adotiva, a quem ele amara? O Coelho não compreendeu muito bem, mas ficou preocupado. Não deveria consultar os guardas lá embaixo? Mas apenas lhe dariam alguns cascudos e mandariam que continuasse em seu trabalho.

Uma hora transcorreu. Os guardas deveriam ter patrulhado a casa, mas se mantinham com os olhos grudados na TV durante a transmissão de um longo comunicado, em que o primeiro-ministro anunciava à nação que, de acordo com o artigo 59 da Constituição Russa, assumira os deveres do presidente interinamente, pelo prazo previsto de três meses.

O Coelho leu apenas umas poucas passagens várias vezes, até entendê-las. Mas não podia perceber o significado por trás daquilo. Komarov era um grande homem. Ia se tornar o próximo presidente da Rússia, não é mesmo? Então por que diria aquelas coisas sobre a mãe adotiva do Coelho e pessoas como ela, há tanto tempo mortas?

Às 2 horas da madrugada, o Coelho enfiou o documento por dentro da camisa, terminou seu trabalho e pediu para ir embora. Os guardas, contrariados, deixaram a TV para lhe abrir as portas e o Coelho saiu para a noite. Ia embora um pouco mais cedo do que o habitual, mas os guardas não se importaram.

Zaitsev pensou em voltar para casa, mas decidiu que seria melhor não fazê-lo. Era cedo demais. Os ônibus, bondes e trens do metrô já haviam parado, como de hábito. Ele sempre tinha de voltar para casa a pé, às vezes debaixo de chuva, mas precisava do emprego. A caminhada demorava uma hora. Se fosse agora, acordaria a filha e sua criança. E ela não iria gostar. Por isso, o Coelho ficou andando a esmo pelas ruas, especulando sobre o que fazer.

Às 3h30 da madrugada ele se descobriu no Cais Kremlevskaya, por baixo da muralha sul do Kremlin. Havia alguns mendigos dormindo ao longo do cais, mas ele encontrou um banco com algum espaço, sentou-se ali e olhou por sobre o rio.

O MAR SE ACALMARA ao se aproximarem da ilha, o que sempre ocorria todas as tardes, como se dissesse aos pescadores e marujos que a luta do dia terminara e o oceano faria uma trégua até a manhã seguinte. À direita e à esquerda, o comandante podia divisar vários outros barcos a caminho de Wheeland Cut, a abertura de noroeste nos recifes, que ligava o mar aberto à laguna.

A bareste, Arthur Dean passou em seu *Silver Deep,* fazendo oito nós a mais que o *Foxy Lady.* O ilhéu acenou em saudação e o comandante americano respondeu ao cumprimento. Ele viu dois mergulhadores na popa do *Silver Deep* e calculou que haviam explorado os corais ao largo da ponta noroeste. Haveria lagosta na casa de Dean naquela noite.

O comandante diminuiu a velocidade do *Foxy Lady* para passar pela abertura, pois nos dois lados os corais de pontas afiadas ficavam apenas poucos centímetros abaixo da superfície. Depois, acomodou-se para os dez minutos de percurso tranquilo até Turtle Cove.

O comandante amava seu barco, seu meio de vida e seu objeto de amor ao mesmo tempo. Era uma lancha de 31 pés, com dez anos, uma Bertram Moppie, assim chamada pela esposa do projetista Dick Bertram. Podia não ser o maior ou mais luxuoso barco de aluguel para pescarias em Turtle Cove, mas seu proprietário e comandante era capaz de lançá-lo contra qualquer mar e qualquer peixe. Comprara-o cinco anos antes, quando se mudara para as ilhas, de segunda mão, num estaleiro no sul da Flórida, por meio de um pequeno anúncio no *Boat Trader.* Depois, trabalhara dia e noite até transformá-lo no mais gracioso barco em todas as ilhas. Não se arrependera de um único dólar investido no barco, embora ainda o estivesse pagando à financeira.

Chegando ao cais, ele levou o barco para sua vaga, perto do *Sakitumi* do americano Bob Collins, desligou o motor e desceu para perguntar aos clientes se o dia fora bom para eles. Fora ótimo, eles garantiram, e pagaram a taxa acertada, além de uma gorjeta generosa, para o comandante e para Julius. Depois que os dois se retiraram, ele piscou para Julius, deixou-o ficar com toda a gorjeta e os peixes, tirou o quepe e passou os dedos pelos cabelos louros desgrenhados.

O sorridente ilhéu ficou no barco para terminar de limpá-lo, a água doce lavando todos os caniços e molinetes. O *Foxy Lady* passaria a noite em boa ordem. O comandante voltaria para trancar tudo, antes de ir para casa. Até lá, sentia-se tentado a tomar um daiquiri de lima. Por isso, saiu andando pelo calçadão de madeira, a caminho do Banana Boat, cumprimentando todos os conhecidos que encontrava.

2

Duas horas depois de sentar no banco à beira do rio, Leonid Zaitsev ainda não encontrara uma solução para o seu problema. Desejava agora não ter levado o documento. Não sabia realmente por que o fizera. Se descobrissem, ele seria punido. Mas, por outro lado, parecia que a vida sempre o punira, e nunca fora capaz de compreender o motivo.

O Coelho nascera numa aldeia pequena e pobre a oeste de Smolensk, em 1936. Não era grande coisa, uma comunidade igual a dezenas de milhares espalhadas pela terra: uma única rua, poeirenta no verão, um rio de lama no outono, o chão duro como pedra da geada no inverno. Sem qualquer pavimentação, é claro. Cerca de trinta casas, alguns celeiros, os antigos camponeses levados para uma fazenda coletiva stalinista. Seu pai era um trabalhador rural e eles viviam numa choupana à beira da estrada.

Um pouco adiante, com uma pequena loja no andar de baixo e seus aposentos no de cima, vivia o padeiro da aldeia. Seu pai lhe disse que não devia se relacionar com o padeiro, porque ele era um *yevrey*. Leonid não sabia o que isso significava, mas com certeza não era boa coisa. No entanto, ele notou que a mãe comprava o pão ali e que era um ótimo pão.

Não entendia por que não devia falar com o padeiro, que era um homem simpático e às vezes ficava parado na porta da loja, piscava para Leonid e jogava-lhe um *bulochka*, um pãozinho doce, lindo, quente, recém-saído do forno. Por causa da advertência do pai, ele corria para comer o pão escondido, atrás do estábulo. O padeiro vivia com a esposa e duas filhas, que Leonid avistava, de vez em quando, espiando do interior da loja. Mas parecia que elas nunca saíam para brincar.

Um dia, no fim de julho de 1941, a morte chegou à aldeia. O menino não sabia que era a morte naquele instante. Ouviu o barulho e deixou o celeiro. Eram imensos monstros de ferro que vinham da estrada. O primeiro parou bem no meio da aldeia. Leonid avançou pela rua para ver melhor.

Era enorme, tão grande quanto uma casa, mas rolava sobre lagartas e tinha um canhão comprido se projetando da frente. Lá no alto, por cima do canhão, havia um homem de pé, só a metade do corpo aparecendo. Ele tirou um grosso capacete acolchoado e largou-o a seu lado. Fazia muito calor naquele dia. Depois, virou-se e olhou para Leonid.

O menino viu que o homem tinha cabelos louros quase brancos e olhos azuis tão claros que era como se o céu de verão brilhasse direto através do crânio. Não havia expressão nos olhos, nem amor nem ódio, apenas uma espécie de tédio vazio. Lentamente, o homem estendeu a mão para o lado e tirou uma pistola de uma bolsa.

Leonid soube instintivamente que algo estava errado. Ouviu o barulho de granadas arremessadas através das janelas e gritos. Ficou assustado, virou-se e correu. Houve um zumbido e seus cabelos esvoaçaram. Ele foi para trás do estábulo, começou a chorar e continuou a correr. Havia um som de vozes lá atrás e o cheiro de madeira queimada, enquanto as casas pegavam fogo. Leonid via a floresta à sua frente e continuou a correr.

Ao alcançar a floresta, ele não sabia o que fazer. Ainda chorava, gritava pela mãe e o pai. Mas eles não atenderam aos seus chamados. Nunca mais apareceram.

Leonid avistou uma mulher chamando pelo marido e as filhas, e reconheceu a esposa do padeiro, Sra. Davidova. Ela o pegou e abraçou-o, e Leonid não pôde entender por que fazia isso, e se perguntou o que seu pai pensaria, já que a mulher era uma *yevreyka*.

A aldeia deixara de existir e a unidade de SS-Panzer fez a volta e foi embora. Havia outros sobreviventes na floresta. Mais tarde, encontraram alguns guerrilheiros, homens rudes e barbudos, sempre armados, que viviam ali. Levando um guerrilheiro como guia, uma coluna de refugiados partiu para o leste, sempre para o leste.

Quando Leonid se cansava, a Sra. Davidova o carregava, até que finalmente, semanas mais tarde, chegaram a Moscou. Ela conhecia ali algumas pessoas, que lhes deram abrigo, comida e compaixão. Tratavam-no bem e pareciam com o Sr. Davidova, com anéis de cabelos das têmporas ao queixo e chapéus de aba larga. Embora ele não fosse um *yevrey*, a Sra. Davidova dizia que o adotara e cuidou dele por anos.

Depois da guerra, as autoridades descobriram que ele não era o filho de verdade da Sra. Davidova e trataram de separá-los, mandando Leonid para um orfanato. Ele chorou muito quando se despediram, e a mulher também, mas nunca mais tornou a vê-la. No orfanato, ensinaram-lhe que *yevrey* significa "judeu".

Sentado no banco, o Coelho especulava sobre o documento por baixo de sua camisa. Não entendia direito o sentido de expressões como "total extermínio" e "completa aniquilação". As palavras eram compridas demais, mas ele achava que não soavam bem. E não podia compreender por que Komarov haveria de querer fazer isso a pessoas como a Sra. Davidova.

Havia uma insinuação rósea no leste. Numa enorme mansão no outro lado do rio, no Cais Sofiskaya, um fuzileiro real pegou uma bandeira e começou a subir a escada para o telhado.

O COMANDANTE TOMOU seu daiquiri, levantou-se da mesa, foi até a grade de madeira. Olhou para a água, depois contemplou a enseada escurecendo.

"Quarenta e nove", pensou ele. "Quarenta e nove anos e ainda devendo à companhia. Jason Monk, você está ficando velho, passando da conta."

Ele tomou um gole e sentiu o rum com lima descer redondo.

"Ora, no final das contas foi uma boa vida. Ou pelo menos movimentada."

Não começara assim. O início fora numa casa de madeira bastante humilde, na pequena cidade de Crozet, na região centro-sul da Virgínia, um pouco a leste de Shenandoah, a oito quilômetros da estrada de Waynesboro para Charlottesville.

O condado de Albermarle é uma zona agrícola, enraizado nos memoriais da Guerra Civil Americana, pois oitenta por cento dessa guerra foram travados na Virgínia, e nenhum virginiano a esquece. Quase todos os seus colegas na escola primária local tinham pais que cultivavam tabaco ou soja ou criavam porcos, se não as três coisas.

O pai de Jason Monk, entretanto, era um guarda-florestal, trabalhando no Parque Nacional de Shenandoah. Ninguém jamais se tornou milionário trabalhando para o Serviço Florestal, mas era uma boa para um menino, mesmo que os dólares fossem escassos. As férias escolares não eram um tempo para ociosidade, mas, sim, para oportunidades de trabalho extra, a fim de ganhar algum dinheiro e ajudar em casa.

Podia lembrar que o pai o levava, quando ele era pequeno, para excursões pelo parque, o qual abrangia as montanhas Blue Ridge, indicando as diferenças entre espruce, bétula, abeto, carvalho e pinheiro teda. Às vezes se encontravam com guarda-caças e Jason escutava de olhos arregalados as histórias de ursos-escuros e veados, de caçadas de peru, galo silvestre e faisão.

Mais tarde, aprendeu a usar uma arma com precisão infalível, a seguir uma trilha, montar acampamento e esconder todos os vestígios pela manhã. Quando se tornou suficientemente grande e forte, passou a procurar o trabalho de verão nos acampamentos madeireiros.

Cursou a escola primária dos 5 aos 12 anos, e pouco depois de completar 13 anos foi matriculado na escola secundária do condado, em Charlottesville. Levantava todos os dias antes do amanhecer para ir de Crozet até a escola. Lá um acontecimento mudaria sua vida.

Muito tempo antes, em 1944, um certo sargento americano, junto a milhares de outros homens, desembarcou em Omaha Beach e avançou pelo interior da Normandia. Em algum lugar nos arredores de Saint-Lô, separado de sua unidade, ele caiu na mira de um atirador alemão de tocaia. Teve sorte: a bala apenas arranhou a parte superior de seu braço. O americano de 23 anos rastejou para uma casa de fazenda próxima, onde a família cuidou de seu ferimento e lhe deu abrigo. Quando a filha de 16 anos pôs uma compressa fria no ferimento e fitou-o nos olhos, ele compreendeu que fora atingido com um impacto muito maior do que qualquer bala alemã poderia ter.

Um ano depois, voltou de Berlim para a Normandia e pediu a moça em casamento, que foi celebrado no pomar do pai dela, por um capelão do exército americano. Mais tarde, como os franceses não casam em pomares, o padre católico local repetiu a cerimônia de casamento na igreja da aldeia. Depois, o sargento levou a esposa para a Virgínia.

Vinte anos depois, ele era vice-diretor da escola secundária de Charlottesville, e sua esposa, sem ter mais filhos pequenos para cuidar, sugeriu que poderia se tornar professora de francês. O francês já constava do currículo, mas a Sra. Brady não apenas era natural daquele país, como também bonita e simpática. Suas aulas logo se tornaram muito concorridas.

No outono de 1965, tinha um novo aluno, um rapaz um tanto tímido, com cabelos louros desgrenhados e um sorriso cativante, chamado Jason Monk. Um ano depois, a Sra. Brady podia reconhecer que nunca ouvira um estrangeiro falar francês assim. O talento só podia ser natural; não fora herdado. Mas lá estava, não apenas o domínio da gramática e da sintaxe, mas também uma pronúncia perfeita.

Em seu último ano na escola, Jason a visitava em casa e liam Malraux, Proust, Gide e Sartre (que era inacreditavelmente erótico para aquela época), mas os prediletos de ambos eram os poetas românticos mais antigos: Rimbaud, Mallarmé, Verlaine e De Vigny. Não havia a intenção, mas acabou acontecendo. Talvez os poetas fossem os culpados, mas, apesar da diferença de idade, que não preocupou a nenhum dos dois, eles tiveram um breve relacionamento.

Ao completar 18 anos, Jason Monk podia fazer duas coisas que eram excepcionais em adolescentes no sul da Virgínia: falar francês e fazer amor, ambas com considerável habilidade. Foi nessa idade que ele ingressou no exército.

Em 1968, a guerra do Vietnã alcançava o auge. Muitos jovens americanos tentavam evitar o serviço ali. Os que se apresentavam como voluntários, aceitando um alistamento por três anos, eram recebidos de braços abertos.

Monk fez o treinamento básico e em algum momento do curso apresentou seu currículo. Sob a questão um tanto otimista de "línguas estrangeiras", ele escreveu "francês". Foi chamado ao gabinete do subcomandante.

– Você fala mesmo francês? – perguntou o oficial.

Monk explicou. O subcomandante ligou para a escola secundária de Charlottesville e falou com a secretária. Ela entrou em contato com a Sra. Brady. E depois ligou de volta. Isso levou um dia. Monk recebeu a ordem de se apresentar de novo ao subcomandante. E desta vez havia também na sala um major do G2, o serviço de informações do exército.

Além do vietnamita, a maioria das pessoas de uma certa idade na antiga colônia da França também falava francês. Monk foi despachado de avião para Saigon. Cumpriu dois turnos de serviço ali, com um período nos Estados Unidos no intervalo.

No dia de sua baixa, o comandante convocou-o a seu gabinete. Havia dois civis presentes. O coronel se retirou.

– Por favor, sargento, sente-se – disse o mais velho e mais cordial.

Ele ficou manuseando um cachimbo de urze, enquanto o outro homem, mais sisudo, desatou numa torrente de francês. Monk respondeu na mesma língua. A conversa se prolongou por uns dez minutos. Depois, o homem que falava francês sorriu e virou-se para o companheiro.

– Ele é bom, Carey, muito bom.

Esse homem também se retirou.

– O que você acha do Vietnã? – Perguntou o homem que havia permanecido. Ele tinha cerca de 40 anos, o rosto vincado, com uma expressão divertida. Corria o ano de 1971.

– É um castelo de cartas, senhor – respondeu Monk – E está desmoronando. Mais dois anos e teremos de sair.

Carey pareceu concordar. Acenou com a cabeça várias vezes.

– Você tem toda razão, mas não diga ao exército. O que pretende fazer agora?

– Ainda não decidi, senhor.

– Não posso decidir em seu lugar. Mas você possui um dom. Eu mesmo não o tenho. Meu amigo lá fora é tão americano quanto você e eu, mas foi criado na França por vinte anos. Se ele diz que você é bom, isso é suficiente para mim. Então por que não continua?

– Continuar a estudar?

– Isso mesmo. A Lei do Ex-Soldado paga a maior parte da conta. Tio Sam acha que você mereceu. Trate de aproveitar.

Durante os anos no exército, Monk mandara quase todo o seu dinheiro de sobra para a mãe, a fim de ajudar a criar os irmãos.

– Até mesmo essa lei exige que a gente tenha mil dólares na mão – lembrou ele.

Carey deu de ombros.

– Acho que se pode arrumar esses mil dólares. Se você estudar russo.

– E se eu fizer o curso?

– Então me telefone ao terminar. A organização para a qual trabalho pode lhe oferecer alguma coisa.

– Talvez demore quatro anos, senhor.

– Não se preocupe. Somos pacientes.

– Como soube de mim, senhor?

– Alguns dos nossos homens aqui no Vietnã, participando do Programa Phoenix, observaram você e seu trabalho. Deu bons avisos sobre os vietcongues. Eles gostaram.

– É Langley, não é, senhor? CIA.

– Sou apenas uma pequena engrenagem.

Carey Jordan, na verdade, não era uma engrenagem tão pequena assim, pois mais tarde se tornaria vice-diretor (Operações), ou seja, chefe de todo o setor de espionagem.

Monk seguiu o seu conselho e matriculou-se na Universidade da Virgínia, em Charlottesville. Voltou a tomar chá com a Sra. Brady, mas apenas como amigos. Estudou Línguas Eslavas e formou-se em russo. Seu principal professor, russo de nascença, classificou-o de "bilíngue". Ele concluiu o curso aos 25 anos de idade, em 1975. Pouco depois de seu aniversário seguinte, foi aceito na CIA. Fez o treinamento básico padrão em Fort Peary, conhecido na agência simplesmente como "a Fazenda", foi designado para Langley, Nova York e novamente Langley.

Só cinco anos e muitos e muitos cursos mais tarde é que ele teria seu primeiro posto no exterior, em Nairóbi, Quênia.

O CABO MEADOWS, dos Fuzileiros Reais, cumpriu o seu dever naquela clara manhã de 16 de julho. Prendeu a beira reforçada da bandeira na corda e hasteou-a pelo mastro até o topo. Ali, ela ficou tremulando à brisa do amanhecer, para anunciar ao mundo quem residia por baixo.

O governo britânico comprara aquela mansão graciosa e antiga no Cais Sofiskaya de seu antigo proprietário, um magnata do açúcar, pouco antes da revolução, convertera-a em sua embaixada e ali permanecera desde então, apesar de todas as dificuldades.

Josef Stalin, o último ditador a viver nos aposentos estatais no Kremlin, costumava se levantar todas as manhãs, abrir as cortinas e deparar com a bandeira britânica ondulando no outro lado do rio. O que sempre o deixava furioso. Houvera uma persistente pressão para persuadir os britânicos a se mudarem. Eles sempre se recusaram.

Ao longo dos anos, a mansão tornou-se pequena demais para alojar todos os departamentos exigidos pela missão em Moscou, e por isso subseções foram espalhadas por toda a cidade. Mas apesar das reiteradas ofertas para instalar todas as seções num mesmo complexo, Londres polidamente respondia que preferia continuar no Cais Sofiskaya. Como o prédio era território britânico soberano, não havia outro jeito.

Leonid Zaitsev, sentado no outro lado do rio, observou a bandeira se abrir, enquanto os primeiros raios do sol iluminavam as colinas ao leste. A visão trouxe-lhe uma lembrança distante.

Aos 18 anos, o Coelho fora convocado para o Exército Vermelho, e depois do treinamento básico mínimo, fora despachado com os tanques para a Alemanha Oriental. Era um soldado, classificado por seus instrutores como alguém que não chegaria nem a cabo.

Um dia, em 1955, durante uma marcha nos arredores de Potsdam, ele se extraviou de sua companhia no meio de uma floresta. Perdido e assustado, vagueou, até encontrar uma trilha arenosa. Parou ali, enraizado no lugar, paralisado pelo medo. A dez metros de distância havia um jipe aberto, com quatro soldados. Era evidente que haviam feito uma pausa numa patrulha.

Dois continuavam sentados no jipe, enquanto os outros dois estavam de pé ao lado do veículo, fumando cigarros. Tinham garrafas de cerveja na mão. Leonid percebeu no mesmo instante que não eram russos. Eram estrangeiros, ocidentais, da Missão Aliada em Potsdam, instalada nos termos do Acordo das Quatro Potências de 1945, sobre o qual ele nada sabia. Sabia apenas - porque lhe haviam dito - que eles eram o inimigo, empenhados em destruir o socialismo e, se pudessem, matá-lo.

Os homens pararam de falar quando o viram, ficaram olhando para Leonid. Um deles disse:

- Mas o que temos aqui? Um russo! Olá, Ivan.

Leonid não entendeu uma só palavra. Tinha uma metralhadora pendurada no ombro, mas os estrangeiros pareciam não ter medo dele. Era o inverso que acontecia. Dois deles usavam boinas pretas, com emblemas de latão lustrosos prendendo penas vermelhas e brancas. Leonid não sabia, mas estava olhando para as penas regimentais dos Fuzileiros Reais.

Um dos soldados ao lado do jipe avançou em sua direção. Leonid pensou que ia se molhar todo. O homem também era jovem, de cabelos ruivos e rosto sardento. Sorriu para Zaitsev e estendeu uma garrafa.

- Vamos, companheiro. Tome uma cerveja.

Leonid sentiu o frio da garrafa gelada em sua mão. O soldado estrangeiro balançou a cabeça, encorajador. Estava envenenada, é claro. Ele levou a garrafa aos lábios e inclinou-a. O líquido gelado bateu em sua garganta. Era forte e melhor do que a cerveja russa, muito boa, mas o fez tossir. O homem dos cabelos cor de cenoura soltou uma risada.

– Vamos, continue – disse ele. – Tome toda a cerveja.

Para Zaitsev, era apenas uma voz emitindo ruídos. Espantado, ele viu o soldado estrangeiro virar as costas e dar os poucos passos até o jipe. O homem nem sequer tinha medo dele. Leonid estava armado, era do Exército Vermelho, mas os estrangeiros sorriam e gracejavam.

Ele ficou parado entre as árvores, tomando a cerveja gelada e se perguntando o que pensaria o coronel Nikolayev. O coronel comandava sua unidade. Tinha apenas uns 30 anos, mas era um herói de guerra condecorado. Certa ocasião interrogara Leonid sobre suas origens, de onde vinha. O soldado respondera: de um orfanato. O coronel dera um tapinha em suas costas e lhe dissera que agora tinha um lar. Ele adorava o coronel Nikolayev.

Zaitsev estava assustado demais para devolver a cerveja, e de qualquer maneira era gostosa, mesmo que estivesse envenenada. Por isso, ele continuou a beber. Depois de dez minutos, os dois soldados subiram para a traseira do jipe. O motorista ligou o motor e eles partiram. Sem pressa, sem medo. O de cabelos vermelhos virou-se e acenou. Eram o inimigo, preparavam-se para invadir a Rússia, mas acenavam para ele.

Depois que os estrangeiros se foram, Leonid jogou a garrafa de cerveja floresta adentro, tão longe quanto podia, depois saiu correndo entre as árvores, até que encontrou um caminhão russo, que o levou de volta ao acampamento. O sargento designou-o para a faxina durante uma semana por ter se perdido, mas ele nunca contou a ninguém sobre os estrangeiros e a cerveja.

Antes do veículo estrangeiro se afastar, Zaitsev notou que tinha uma espécie de insígnia regimental na frente, no lado direito, com uma antena atrás. Na antena havia uma bandeira, com cerca de trinta centímetros de comprimento. Tinha cruzes, uma em pé, vermelha, e duas em diagonal, vermelha e branca. Tudo sobre um fundo azul. Uma bandeira estranha, em vermelho, branco e azul.

Quarenta e quatro anos mais tarde, lá estava de novo a mesma bandeira, tremulando no alto de um prédio, no outro lado do rio. O Coelho encontrara a solução para o seu problema. Sabia que não deveria ter roubado o documento de Akopov, mas não podia devolvê-lo agora. Talvez ninguém notasse seu desaparecimento. De qualquer forma, ele o entregaria às pessoas da bandeira estranha que haviam lhe dado uma cerveja. Saberiam o que fazer com aquilo.

Zaitsev levantou-se e começou a andar pela margem do rio em direção à Ponte de Pedra que atravessava o Moscova, a caminho do Cais Sofiskaya.

Nairóbi, 1983

Quando o menino se queixou de dor de cabeça e teve febre, a mãe pensou a princípio que era um resfriado de verão. Mas, ao anoitecer, o menino de 5 anos gritava que sua cabeça doía demais, e manteve o pai e a mãe acordados durante a noite inteira. Pela manhã, os vizinhos no complexo diplomático soviético, que também não haviam conseguido dormir direito, porque as paredes eram finas e as janelas ficavam abertas devido ao calor, perguntaram qual era o problema.

Naquela manhã, a mãe levou o filho ao médico. Nenhuma das embaixadas do bloco soviético contava com um médico exclusivo, mas partilhavam um. O Dr. Svoboda estava baseado na embaixada tcheca, no entanto atendia a toda a comunidade comunista. Era um homem bom e consciencioso, e levou apenas alguns momentos para assegurar à mãe russa que o menino tinha um ataque de malária. Ele ministrou a dose apropriada de uma das variantes de Niviquine/Paludrine usadas pela medicina russa na ocasião, entregando tabletes adicionais, que deveriam ser tomados todos os dias.

Não houve reação. Em dois dias, a condição se agravou. A febre e os tremores aumentaram, o menino continuava a berrar por conta da dor de cabeça. O embaixador não hesitou e permitiu uma visita ao Hospital Geral de Nairóbi. Como a mãe não sabia falar inglês, foi acompanhada pelo marido, o segundo-secretário (comercial) Nikolai Ilyich Turkin.

O Dr. Winston Moi era também um excelente médico, e provavelmente conhecia as doenças tropicais melhor do que seu colega tcheco. Fez um diagnóstico meticuloso e se empertigou com um sorriso.

– *Plasmodium falciparum* – anunciou ele.

O pai inclinou-se para a frente, o rosto franzido em perplexidade. Seu inglês era bom, mas não tão bom assim.

– É uma variante de malária – explicou o médico –, mas infelizmente resistente a todas as drogas baseadas na cloroquina, como as que foram prescritas por meu bom colega Dr. Svoboda.

O Dr. Moi aplicou a injeção intravenosa de um forte antibiótico de amplo espectro. Pareceu dar certo. No início. Depois de uma semana, quando o efeito da droga cessou, a condição retomou. A esta altura, a mãe estava histérica. Condenou todas as formas de medicina estrangeira e insistiu que ela e seu filho fossem despachados de avião para Moscou. O embaixador concordou.

Assim que chegou lá, o menino foi internado numa das clínicas exclusivas da KGB. Isso foi possível porque o segundo-secretário (comercial) Nikolai Turkin era, na verdade, o major Turkin, da Primeira Diretoria da KGB.

A clínica era boa e contava com um excelente departamento de medicina tropical, porque os homens da KGB podiam ser enviados para todos os cantos do mundo. Por causa da natureza intratável da doença do menino, o caso foi encaminhado diretamente ao chefe do departamento, professor Glazunov. Ele leu as fichas de Nairóbi e determinou uma série de tomografias computadorizadas, exame que era, então, a última palavra em tecnologia, indisponível em qualquer outro lugar da União Soviética.

As tomografias o deixaram na maior preocupação. Revelaram vários abscessos internos em desenvolvimento, em diversos órgãos do menino. O professor exibia uma expressão solene quando recebeu a Sra. Turkin em seu gabinete.

– Sei o que é, pelo menos quanto a isso tenho certeza, mas não há tratamento. Com o uso intensivo de antibióticos, seu filho pode sobreviver por um mês. Mais, é improvável. Sinto muito.

A mãe chorosa foi acompanhada até a porta. Um simpático assistente explicou o que se descobrira. Era uma doença rara, chamada melioidose, bastante incomum na África, porém mais comum no Sudeste Asiático. Os americanos é quem a haviam identificado, durante a Guerra do Vietnã.

Pilotos de helicóptero americanos foram os primeiros a apresentar os sintomas de uma nova doença, quase sempre fatal. As pesquisas constataram que as pás dos ratares pairando sobre os arrozais levantavam um spray de água das plantações, que acabou sendo inalado por alguns pilotos. O bacilo, resistente a todos os antibióticos conhecidos, vivia na água. Os russos sabiam disso porque, embora não partilhassem nenhuma de suas descobertas na ocasião, eram como esponjas quando se tratava de absorver os conhecimentos ocidentais. O professor Glazunov recebia automaticamente todas as publicações técnicas ocidentais em sua área de especialização.

Num longo telefonema, pontuado por soluços, a Sra. Turkin comunicou ao marido que o filho ia morrer. De melioidose. O major Turkin anotou o nome da doença. Foi falar com seu superior, o chefe da estação da KGB, coronel Kuliev, que se mostrou simpático, mas intransigente.

– Falar com os americanos? Você enlouqueceu?

– Camarada coronel, se os ianques identificaram a doença há sete anos, é possível que já tenham descoberto algum medicamento.

– Mas não podemos lhes pedir isso – protestou o coronel. – Há uma questão de prestígio nacional aqui.

– Há uma questão da vida de meu filho aqui! – gritou o major.

– Já chega. Considere-se dispensado.

Arriscando sua carreira, Turkin foi falar com o embaixador. O diplomata não era um homem cruel, mas também não se deixou comover.

– Os contatos entre o nosso Ministério do Exterior e o Departamento de Estado são raros e limitados a questões de Estado – declarou ele ao jovem oficial. – Por falar nisso, o coronel Kuliev sabe que você está aqui?

– Não, camarada embaixador.

– Neste caso, para o bem de suas futuras perspectivas, não contarei a ele. Nem você. Mas a resposta é não.

– Se eu fosse um membro do Politburo... – começou Turkin.

– Mas não é. Não passa de um major de 32 anos, servindo a seu país no meio do Quênia. Lamento muito por seu filho, porém não há nada que se possa fazer.

Enquanto descia a escada, Nikolai Turkin refletiu amargurado que o primeiro-secretário Yuri Andropov era mantido vivo todos os dias por medicamentos trazidos de avião de Londres. E saiu da embaixada para tomar um porre.

ENTRAR NA EMBAIXADA britânica não era tão fácil assim. Parado na calçada, em frente ao cais, Zaitsev podia ver a enorme mansão ocre e até mesmo o topo do pórtico de colunas, que protegia enormes portas de madeira esculpidas. Mas não havia como entrar ali de qualquer jeito.

Ao longo de toda a fachada do prédio ainda fechado se estendia um muro de aço, com dois portões largos para carros, um de "entrada" e outro de "saída". Também de aço corrugado, eram operados eletricamente.

No lado direito havia uma entrada para pedestres, mas com duas grades de ferro. Dois milicianos russos estavam postados na calçada para verificar qualquer pessoa que tentasse entrar. O Coelho não tinha a menor intenção de se expor a eles. Mesmo que passasse pela primeira grade, havia uma curta passagem e uma segunda grade. Entre as duas, ficava a guarita da segurança da embaixada, guarnecida por dois guardas russos contratados pelos britânicos. A função deles era perguntar aos visitantes o que queriam, e depois consultar o pessoal no interior da embaixada. Muitos dos que procuravam vistos haviam tentado entrar por ali.

Zaitsev vagueou a esmo para os fundos, até uma rua estreita, onde ficava a entrada da seção de vistos. Às sete horas da manhã, a porta só seria aberta dali a três horas, mas já havia uma fila de cem metros de comprimento. Era evidente que muitos tinham esperado ali durante a noite inteira. Entrar na fila agora significaria quase dois dias de espera. Ele voltou para a frente. Desta vez, os milicianos lhe lançaram um olhar longo e inquisitivo. Assustado, Zaitsev afastou-se pelo cais, a fim de esperar até que a embaixada abrisse para o expediente normal e os diplomatas chegassem.

Os primeiros britânicos começaram a aparecer pouco antes das dez horas. Vinham em carros. Os veículos paravam no portão de "entrada", mas obviamente cada um era esperado, pois o portão ruidoso se abria no mesmo instante para dar passagem, sendo fechado em seguida. Zaitsev, observando da calçada, pensou em tentar se aproximar de um carro, mas todos mantinham as janelas fechadas e os milicianos se postavam a poucos passos de distância. As pessoas nos carros achariam que ele queria pedir alguma coisa e não abririam as janelas. E depois ele seria preso. A polícia descobriria o que fizera e contaria a Akopov.

Leonid Zaitsev não estava acostumado a problemas complexos. Sentia-se confuso, embora também obstinado. Queria apenas entregar aquele documento às pessoas da bandeira esquisita. Por isso, ao longo daquela quente e interminável manhã, ele observou e esperou.

Nairóbi, 1983

Como todos os diplomatas soviéticos, Nikolai Turkin tinha recursos limitados em moedas estrangeiras, entre as quais o dinheiro queniano. O Ibis Grill, o Bistrô de Alan Bobbe e o Carnivore eram um pouco caros para o seu bolso. Por isso, ele foi para o Thorn Tree Café, ao ar livre, no New Stanley Hotel, na rua Kimathi. Sentou-se a uma mesa no jardim, não muito longe de uma velha acácia, pediu uma vodca e uma cerveja para acompanhá-la, e mergulhou no desespero.

Trinta minutos depois, um homem mais ou menos de sua idade, que tomava uma cerveja no balcão, deixou o banco e aproximou-se. Turkin ouviu uma voz dizer em inglês:

– Ei, companheiro, anime-se! Talvez nunca aconteça.

O russo levantou os olhos. Reconheceu o americano vagamente. Alguém da embaixada. Turkin trabalhava na Diretoria K da Primeira Diretoria, o serviço de contraespionagem. Seu trabalho era não apenas monitorar todos os diplomatas soviéticos e proteger a operação local da KGB contra qualquer infiltração, mas também se manter atento a qualquer ocidental vulnerável que pudesse ser recrutado. Por isso, ele tinha liberdade para falar com outros diplomatas, inclusive ocidentais, o que era negado a qualquer russo "comum" na equipe.

A CIA desconfiava, por essa liberdade de movimentos e contatos, do que Turkin de fato fazia, e tinha uma ficha a seu respeito. Mas não havia muito. O homem era um filho insondável do regime soviético.

Turkin, por sua vez, desconfiava que o americano era da CIA, mas tinham-lhe ensinado que *todos* os diplomatas americanos provavelmente pertenciam à CIA, uma ilusão otimista, porém um erro no excesso de cautela. O americano sentou-se e estendeu a mão.

– Jason Monk. Você é Nik Turkin, certo? Eu o vi na recepção britânica na semana passada. Pela sua cara, parece até que foi transferido para a Groenlândia.

Turkin estudou o americano. Tinha cabelos cor de milho caídos sobre a testa e um sorriso cativante. Parecia não haver qualquer astúcia em seu rosto; talvez ele não fosse da CIA, no final das contas. E parecia ser o tipo de homem com quem se podia conversar. Se fosse outro dia, Nikolai Turkin se apoiaria em todos os seus anos de treinamento e permaneceria polido, mas neutro. No entanto, aquele não era outro dia. Ele precisava falar com alguém. Começou e descarregou tudo o que tinha no coração. O americano se mostrou preocupado e compreensivo. Anotou a palavra melioidose numa bolacha de cerveja. Separaram-se muito depois do escurecer. O russo voltou para o complexo vigiado e Monk, para seu apartamento na estrada Harry Thuku.

CELIA STONE TINHA 26 anos, era esguia, morena e bonita. Também era assistente do adido de imprensa na embaixada britânica em Moscou, em seu primeiro posto no exterior desde que fora aceita pelo Foreign Office dois anos antes, depois de se formar em russo no Girton College, Cambridge. E era uma pessoa que apreciava a vida.

Naquele 16 de julho, ela saiu pela enorme porta da frente da embaixada e olhou para o estacionamento, onde deixara seu Rover pequeno, porém funcional.

Dali ela podia ver o que Zaitsev não era capaz de avistar, por causa do muro de aço. Parou no alto dos cinco degraus que desciam para o estacionamento asfaltado, cercado por gramados aparados, pequenas árvores, arbustos e canteiros de flores. Por cima do muro de aço, ela podia ver através do rio a enorme massa do Kremlin, em cores suaves, lima, ocre, creme e branco, com os domos dourados em formato de cebola das várias catedrais se projetando acima da muralha vermelha ameada que cercava a fortaleza. Era uma vista magnífica.

Havia rampas de acesso nos dois lados para a entrada elevada, mas só o embaixador podia passar de carro por ali. O restante dos mortais estacionavam lá embaixo e subiam a pé. Certa vez, um jovem diplomata prejudicara sua carreira a um ponto considerável ao subir pela rampa em seu Volkswagen, sob uma chuva de granizo, e estacionar sob o pórtico. Minutos mais tarde, o embaixador chegara, encontrara seu acesso bloqueado, saltara do seu Rolls-Royce lá embaixo e seguira a pé até a porta. Ficara encharcado, sem achar a menor graça.

Celia Stone desceu os degraus, acenou com a cabeça para o porteiro, sentou-se ao volante do Rover vermelho e deu a partida. Ao alcançar o portão de "saída", as placas de aço já estavam em movimento. Ela saiu para o Cais Sofiskaya e virou à esquerda, na direção da Ponte de Pedra, a caminho do almoço com um repórter do *Sevodnya*. Não notou um velho andrajoso a correr frenético em sua esteira. Também não sabia que o seu carro era o primeiro a deixar a embaixada naquela manhã.

A Kamenny Most, ou Ponte de Pedra, é a mais antiga ponte permanente por sobre o rio. Nos tempos antigos usavam-se pontes de pontões, montadas na primavera e desmontadas no inverno, quando o gelo se tornava duro o suficiente para se passar por cima.

Por causa de seu vão, não apenas atravessa o rio, mas também passa por cima do Cais Sofiskaya. Para se ter acesso do cais, o motorista deve virar à esquerda de novo, percorrer uns cem metros, até a ponte voltar ao nível do solo, depois fazer uma curva em U e subir pela rampa. Mas uma pessoa a pé pode subir os degraus direto do cais para a ponte. Foi o que o Coelho fez.

Ele estava na calçada da Ponte de Pedra quando o Rover vermelho passou. Acenou com os braços, a mulher ao volante lançou-lhe um olhar espantado e seguiu adiante. Zaitsev partiu em seu encalço, desesperado. Mas registrara o número da placa russa e viu que no lado norte da ponte o carro virou à esquerda, no turbilhão do tráfego na praça Borovitsky.

O destino de Celia Stone era o Rosy O'Grady Pub, na rua Znamenka. Essa improvável taverna moscovita é, na verdade, irlandesa, e é o lugar em que se pode encontrar o embaixador irlandês na noite do réveillon, se consegue escapar das festas mais formais no círculo diplomático. Também abre para o almoço. Fora o lugar escolhido por Celia Stone para se encontrar com o repórter russo.

Ela conseguiu uma vaga para estacionar sem dificuldade, pois era cada vez menor o número de russos que podia ter um carro ou comprar gasolina. Deixou o carro logo depois da esquina e voltou a pé. Como sempre, quando alguém que é obviamente um estrangeiro se aproxima de um restaurante, os mendigos e desabrigados saíram dos vãos de porta e se levantaram da calçada para interceptá-la e pedir comida.

Como uma jovem diplomata, ela fora instruída pelo Foreign Office em Londres antes de partir, mas a realidade sempre a chocava. Vira mendigos no metrô de Londres e nos becos de Nova York, as pessoas que haviam de alguma forma escorregado da escada da sociedade e fixado residência no último degrau. Mas eram basicamente pessoas que tinham optado pela vida de mendicância, com a ajuda caridosa a poucos passos de distância.

Em Moscou, a capital de um país experimentando os primórdios de uma autêntica grande fome, os miseráveis estendendo a mão por dinheiro ou comida haviam sido, não muito tempo antes, camponeses, soldados, escriturários e vendedores. Ela sempre se lembrava dos documentários na televisão sobre o Terceiro Mundo.

Vadim, o enorme porteiro do Rosy O'Grady, avistou-a a vários metros de distância e se adiantou apressado, empurrando os russos na frente com alguma brusquidão, a fim de garantir a passagem segura para uma freguesa vital, com moeda forte, do restaurante de seu patrão.

Contrariada com o espetáculo da humilhação dos mendigos nas mãos de outro russo, Celia ainda protestou, sem muito vigor, mas Vadim limitou-se a estender um braço musculoso entre ela e a fileira de mãos estendidas, enquanto com a outra mão abria a porta do restaurante para deixá-la entrar.

O contraste foi imediato, da rua poeirenta e dos famintos para a conversa amena de cinquenta pessoas que tinham condições de comer carne e peixe no almoço. Como era uma moça de bom coração, Celia sempre se afligia ao almoçar ou jantar fora, tentando conciliar a comida em seu prato com a fome lá fora. O simpático repórter russo que acenou para ela de uma mesa no canto não tinha esse problema. Estudava a lista de antepasto e acabou optando por camarão de Archangel.

Zaitsev, ainda empenhado em sua busca, vasculhou a praça Borovitsky em busca do Rover vermelho, mas não o avistou. Verificou todas as ruas que partiam da praça, à direita e à esquerda, à procura de um brilho de tinta vermelha, mas nada encontrou. Ao final, escolheu o bulevar principal que saía do outro lado da praça. Para seu espanto e alegria, avistou o Rover duzentos metros adiante, logo depois de uma esquina, perto de um pub.

Indistinguível dos outros que esperavam com a paciência dos derrotados por completo, Zaitsev assumiu posição perto do Rover e recomeçou sua espera.

Nairóbi, 1983

Há dez anos que Jason Monk deixara a Universidade da Virgínia e perdera contato com muitos dos estudantes que conhecera. Mas ainda se lembrava de Norman Stein. Fora estranha a amizade entre os dois: o jogador de futebol americano de estatura mediana, mas musculoso, e o pouco atlético filho de um médico judeu de Fredericksburg. Um senso de humor partilhado e zombeteiro os aproximara. Se Monk possuía talento para línguas, Stein era quase um gênio no curso de biologia.

Ele se formara com todas as honras um ano antes de Monk na primeira parte do curso universitário e fora direto para a faculdade de medicina. Haviam mantido o contato pela maneira habitual, através de cartões de Natal. Ao entrar num restaurante em Washington, dois anos atrás, pouco antes de ser despachado para o Quênia, Monk deparara com seu amigo dos tempos de estudante almoçando sozinho. Passaram meia hora juntos antes que aparecesse o companheiro do Dr. Stein para o almoço. Isso lhes permitira pôr em dia as novidades de cada um, com Monk mentindo ao dizer que trabalhava para o Departamento de Estado.

Stein tirara um Ph.D. em medicina tropical e se regozijava porque acabara de ser nomeado para o centro de pesquisas no Hospital do Exército Walter Reed. Em seu apartamento em Nairóbi, Jason Monk verificou seu caderninho de endereços e deu um telefonema. Uma voz engrolada atendeu no outro lado.

– Alô?

– Oi, Norm. Sou eu, Jason Monk.

Uma pausa.

– Isso é ótimo. Onde você está?

– Em Nairóbi.

– Nairóbi, hein? E que horas são aí?

Monk informou. Meio-dia.

– Pois aqui são cinco horas da manhã e meu despertador está marcado para as sete horas. Passei a noite inteira acordado com o bebê, irritado porque os dentes começam a nascer. Muito obrigado, companheiro.

– Fique calmo, Norm. Quero que me diga uma coisa. Já ouviu falar de uma doença chamada melioidose?

Houve outra pausa. A voz perdeu todo e qualquer vestígio de sono.

– Por que pergunta?

Monk contou uma história. Não sobre um diplomata russo. Disse que havia um garoto de cinco anos, filho de um sujeito que conhecia. E parecia que o garoto estava condenado. Mas ele ouvira falar vagamente que Tio Sam tinha alguma experiência nessa doença específica.

– Dê-me seu número – pediu Stein. – Preciso dar alguns telefonemas. Voltarei a falar contigo.

Eram cinco horas da tarde quando o telefone de Monk tocou.

– Talvez haja alguma coisa – anunciou o epidemiologista. – É um tratamento revolucionário, ainda em fase de teste. Não foi sequer submetido à FDA. O uso não está autorizado. Ainda nem concluímos os testes.

Nos Estados Unidos, a Food and Drug Administration tem de autorizar cada novo medicamento antes de ser liberado para o público. O que o Dr. Stein descrevia era o antibiótico cefalosporin, que ainda não tinha nome em 1983. Seria, mais tarde, lançado no mercado, ao final dos anos 1980, como Ceftazidime. Naquele tempo, era chamado apenas de CZ-l. Hoje é o tratamento padrão para a melioidose.

– Pode ter efeitos colaterais – advertiu Stein. – Ainda não sabemos.

– Quanto tempo leva para os efeitos colaterais se desenvolverem? – perguntou Monk.

– Não temos a menor ideia.

– Se o menino vai morrer de qualquer maneira dentro de três semanas, o que temos a perder?

Stein soltou um suspiro profundo.

– É contra todos os regulamentos.

– Juro que ninguém saberá. Vamos, Norm. Por todas aquelas garotas que eu costumava cantar por você.

Ele ouviu a gargalhada que ressoou pela linha vinda de Chevy Chase, Maryland.

– Se algum dia contar isso a Becky, eu mato você – disse o Dr. Stein, desligando em seguida.

Quarenta e oito horas depois, Monk recebeu um pacote na embaixada. Foi levado por uma companhia de carga expressa internacional. Continha um recipiente a vácuo com gelo seco. Um bilhete curto e sem assinatura dizia que continha dois frascos de vidro. Monk ligou para a embaixada soviética e deixou um recado no setor de comércio para o segundo-secretário Turkin.

– Não se esqueça de nossa cerveja às seis horas da tarde – dizia a mensagem.

Foi levada ao conhecimento do coronel Kuliev.

– Quem é esse Monk? – perguntou ele a Turkin.

– É um diplomata americano, desiludido com a política dos Estados Unidos na África. Estou tentando desenvolvê-lo como uma fonte.

Kuliev acenou com a cabeça, satisfeito. Era um bom trabalho, do tipo que ficava muito bem no relatório para Yazenevo.

Monk entregou o pacote quando se encontraram no Thorn Tree Café. Turkin sentia-se apreensivo, pois alguém do seu lado podia vê-los. Afinal, talvez o embrulho contivesse dinheiro.

– O que é isto?

Monk explicou.

– Pode não dar certo, mas também não fará mal algum. É tudo o que temos.

Os olhos do russo se tornaram frios.

– E o que você quer em troca por este... presente?

Era óbvio que tinha de haver um pagamento.

– Você foi franco sobre seu filho? Ou era apenas uma encenação?

– Não houve encenação. Não desta vez. Sempre representamos, pessoas como você e eu. Mas não desta vez.

Na verdade, Monk já conferira a situação com o Hospital Geral de Nairóbi. O Dr. Winston Moi confirmara os fatos básicos. É muito duro, mas este é um mundo duro, pensou ele. Levantou-se da mesa. Segundo os regulamentos, deveria pressionar o homem a entregar alguma coisa, um segredo importante. Mas sabia que a história do filho pequeno não era um golpe, não desta vez. Se tivesse de se comportar assim, preferia ser um gari no Bronx.

– Aceite, companheiro. Espero que dê certo. Sem cobranças.

Monk se afastou. Uma voz o chamou no meio do caminho para a porta.

– Sr. Monk, fala russo?

Monk acenou com a cabeça.

– Um pouco.

– Foi o que pensei. Então deve compreender a palavra *spasibo*.

ELA SAIU DO ROSY O'GRADY pouco depois das 14 horas e aproximou-se do lado do motorista do carro. O Rover tinha tranca central. Ao se abrir a porta do motorista, a porta do passageiro também destrancava. Celia havia prendido o cinto de segurança, ligado o motor e já se preparava para dar a partida quando a porta de passageiro foi aberta. Ela se virou para olhar, aturdida. O homem se inclinava pela porta aberta. Um velho capote militar puído, quatro medalhas sujas presas na lapela, a barba por fazer. Quando ele abriu a boca, três dentes de aço faiscaram na frente. Jogou um dossiê no colo de Celia. Ela sabia bastante russo para repetir mais tarde o que o homem disse:

– Por favor, entregue isso ao senhor embaixador. Pela cerveja.

A figura do homem assustou-a. Era evidente que se tratava de um louco, talvez um esquizofrênico. Pessoas assim podiam ser perigosas. Pálida, Celia Stone partiu pela rua, a porta aberta balançando, até ser fechada pelo impulso do carro. Ela jogou no chão, na frente do banco de passageiro, a solicitação absurda, ou o que quer que fosse, e voltou para a embaixada.

3

Foi pouco antes de meio-dia, nesse mesmo dia, 16 de julho, que Igor Komarov, sentado em sua sala no primeiro andar da casa perto do bulevar Kiselny, falou com seu principal assessor pessoal pelo interfone:

– Já teve a oportunidade de ler o documento que lhe emprestei ontem?

– Já, sim, senhor presidente – respondeu Akopov. – E se me permite dizê-lo, é brilhante.

Todos os assessores de Komarov referiam-se a ele como "senhor presidente", significando presidente do comitê executivo da União das Forças Patrióticas. Além disso, estavam convencidos de que dentro de 12 meses ele ainda seria o senhor presidente, mas por uma razão diferente.

– Obrigado – disse Komarov. – Agora me devolva, por favor.

O interfone foi desligado. Akopov levantou-se e foi até o cofre na parede. Conhecia a combinação de cor e girou o *dial* central pelas seis vezes necessárias. Quando a porta se abriu, ele procurou lá dentro a pasta com a capa preta. Não a encontrou.

Perplexo, esvaziou o cofre, documento por documento. Um medo gelado, em parte pânico, em parte incredulidade, dominou-o. Com um esforço para se controlar, ele recomeçou a examinar tudo. As pastas no carpete, ao seu redor, foram separadas e examinadas, uma a uma, página a página. Não havia qualquer pasta preta. Gotas de suor afloraram na testa de Akopov. Trabalhara contente durante toda a manhã, convencido de que na noite anterior, antes de sair, guardara todos os documentos confidenciais em segurança no cofre. Sempre o fazia, pois era um sujeito de hábitos.

Depois do cofre, Akopov passou a revistar as gavetas da mesa. Também nada. Procurou no chão, por baixo da mesa, depois em todos os armários. Pouco antes das 13 horas, bateu na porta de Igor Komarov, foi admitido e confessou que não conseguira encontrar o documento.

O candidato presidencial fitou-o em silêncio, atônito, por vários segundos.

O homem que quase todo o mundo presumia que seria o próximo presidente da Rússia era uma personalidade bastante complexa que, por trás de sua imagem pública, preferia manter a maior parte de si mesmo em particular. Não podia haver um contraste maior com seu antecessor, o derrubado Zhirinovsky, a quem ele se referia agora abertamente como um bufão.

Komarov era de estatura e compleição medianas, com cabelos grisalhos aparados de forma impecável e o rosto bem barbeado. Entre suas características mais evidentes, havia uma preocupação com a higiene pessoal e uma profunda aversão ao contato físico. Ao contrário da maioria dos políticos russos, com sua afabilidade de tapinhas nas costas, brindes com vodca e braços estendidos por ombros, Komarov exigia um certo formalismo nos trajes e na maneira de falar de seus assessores pessoais. Raramente, se é que alguma vez, vestia o uniforme dos Guardas Negros, quase sempre se apresentava num terno cinza de paletó trespassado, colarinho engomado e gravata.

Depois de anos na política, só uns poucos podiam alegar que mantinham relações pessoais com ele e ninguém ousava supor que era seu íntimo. Nikita Ivanovich Akopov fora seu secretário particular e confidencial por dez anos, mas o relacionamento ainda era de superior e submisso e devotado servo.

Ao contrário de Yeltsin, que elevava seus assessores ao nível de companheiros de bebida e de tênis, Komarov só permitia, até onde se sabia, que um único homem, o chefe de sua segurança, coronel Anatoli Grishin, o tratasse pelo primeiro nome.

Mas como todos os políticos bem-sucedidos, Komarov era capaz de bancar o camaleão quando precisava. Para a mídia, nas raras ocasiões em que se dignava a receber pessoalmente os repórteres, posava como o compenetrado estadista. Antes de seus comícios, transformava-se de uma maneira que nunca deixava de despertar a total admiração de Akopov. No palanque, se apresentava um orador, um homem capaz de enunciar as esperanças, medos, desejos, raiva e fanatismo de todas as pessoas, com infalível acurácia. Para elas, só para elas, Komarov exibia uma certa cordialidade, um senso comum.

Por trás dessas duas personalidades havia uma terceira, que assustava Akopov. O mero rumor da existência do terceiro homem por baixo do verniz era suficiente para manter a todos ao seu redor, assessores, colegas e guardas, num estado permanente da deferência que ele exigia.

Apenas duas vezes, em dez anos, Akopov vira a raiva demoníaca dentro do homem aflorar e escapar ao controle. Em mais uma dúzia de ocasiões, observara a luta para controlar essa raiva e testemunhara o êxito do esforço. Nas duas ocasiões em que o controle falhara, Akopov vira o homem que o dominava, fascinava e controlava, o homem a quem seguia e idolatrava, transformar-se num demônio enfurecido, aos berros.

Komarov jogara telefones, vasos e tinteiros contra o servidor que o irritara. Reduzira um veterano oficial dos Guardas Negros a uma ruína, que balbuciava e chorava. Usara um linguajar mais sórdido do que Akopov jamais ouvira antes, quebrara móveis e em uma ocasião tivera de ser contido ao espancar uma vítima com uma pesada régua de ébano, para se evitar que o homem fosse morto.

Akopov conhecia os sinais que indicavam que um desses acessos de raiva do presidente da UFP estava prestes a aflorar. O rosto de Komarov assumia uma palidez extrema, seu comportamento se tornava ainda mais formal e cortês, mas duas manchas, de um vermelho intenso, ardiam nas faces.

– Está dizendo que o perdeu, Nikita Ivanovich?

– Não perdi, senhor presidente. Aparentemente houve um extravio.

– Aquele documento é de uma natureza mais confidencial do que qualquer outra coisa que já passou por suas mãos. Você o leu. Pode compreender por quê.

– Tem razão, senhor presidente.

– Há apenas três cópias, Nikita. Duas estão em meu cofre. Não mais que um pequeno grupo dos meus assessores mais chegados terão permissão para ver o documento. Eu mesmo o escrevi e datilografei. Eu, Igor Komarov, me dei ao trabalho de datilografá-lo, em vez de entregar aos cuidados de uma secretária. É confidencial a esse ponto.

– Muito sensato, senhor presidente.

– E por que considero você... considerava como um dos integrantes desse pequeno grupo, permiti que o visse. E agora vem me dizer que perdeu o documento.

– Um extravio, senhor presidente, e temporário, posso lhe garantir.

Komarov o fitava com aqueles olhos mesmerizantes que podiam encantar os céticos à colaboração ou aterrorizar os apóstatas. Em cada face do rosto pálido brilhava uma mancha vermelha.

– Quando o viu pela última vez?

– Ontem à noite, senhor presidente. Fiquei até tarde para lê-lo com privacidade. Fui embora às 20 horas.

Komarov acenou com a cabeça. O registro dos guardas do plantão noturno confirmaria ou negaria isso.

– Você levou o documento. Apesar das minhas ordens, permitiu que a pasta deixasse o prédio.

– Não, senhor presidente, eu juro. Guardei-o no cofre. Nunca deixaria um documento confidencial à mostra, nem o levaria comigo.

– Não está no cofre agora?

Akopov engoliu, mas não tinha saliva.

– Quantas vezes abriu o cofre antes da minha ligação?

– Nenhuma, senhor presidente. Quando me chamou, foi a primeira vez em que fui ao cofre hoje.

– Estava trancado?

– Estava, sim, como sempre.

– Fora arrombado?

– Tudo indicava que não, senhor presidente.

– Revistou a sala?

– De alto a baixo, de um lado a outro. Não consigo entender.

Komarov pensou por vários minutos. Por trás do rosto impassível, sentia um pânico crescente. Ao final, ligou para o centro de segurança, no andar térreo.

– Fechem o prédio. Ninguém entra, ninguém sai. Chamem o coronel Grishin. Ele deve se apresentar em minha sala imediatamente. Não importa onde ele se encontre ou o que esteja fazendo, quero-o aqui dentro de uma hora.

Ele tirou o dedo do interfone e olhou para seu assessor pálido e trêmulo.

– Volte para sua sala. Não fale com ninguém. Espere lá até segunda ordem.

COMO UMA JOVEM inteligente, solteira e totalmente moderna, Celia Stone há muito concluíra que tinha o direito de procurar seus prazeres sempre que quisesse e com quem lhe aprouvesse. No momento, sentia-se atraída pelos músculos firmes e jovens de Hugo Gray, que chegara de Londres apenas dois meses antes, seis meses depois dela. Ele era assistente do adido cultural, no mesmo nível de Celia, embora dois anos mais velho. Era também solteiro.

Cada um tinha um apartamento pequeno mas funcional num prédio residencial reservado ao pessoal da embaixada britânica, perto da Kutuzovsky Prospekt. Era um prédio quadrado, com um espaço vazio no meio, útil para estacionamento, e uma barreira na entrada, guarnecida por milicianos russos. Mesmo na Rússia moderna, todos presumiam que as entradas e saídas eram anotadas, mas pelo menos os carros não eram danificados por vândalos.

Depois do almoço, ela voltou para o aconchego protetor da embaixada no Cais Sofiskaya e escreveu seu relatório sobre o almoço com o jornalista. A maior parte da conversa fora sobre a morte do presidente Cherkassov no dia anterior, e o que podia acontecer agora. Celia garantira ao repórter que o povo britânico continuava a ter um profundo interesse pelos eventos na Rússia, e esperava que ele acreditasse. Saberia quando a matéria saísse.

Às 17 horas, ela voltou a seu apartamento para um banho e um pequeno descanso. Jantaria com Hugo Gray às 20 horas, e depois, tencionavam voltar juntos para o apartamento dela, e Celia não pretendia dormir muito durante a noite.

Por volta das 16 horas, o coronel Anatoli Grishin já se convencera de que o documento desaparecido não estava mais dentro do prédio. Foi à sala de Igor Komarov e lhe disse isso.

Em quatro anos, os dois haviam se tornado interdependentes. Fora em 1994 que Grishin renunciara à sua carreira na Segunda Diretoria da KGB, com o posto de coronel. Acabara se desiludindo por completo. Desde o fim formal do regime comunista que a antiga KGB se tornara, em sua opinião, um sepulcro inofensivo. Antes mesmo, em setembro de 1991, Mikhail Gorbachev dissolvera o maior aparelho de segurança do mundo, dividindo os seus muitos setores entre vários comandos.

A área de espionagem internacional, a Primeira Diretoria, permanecera em seu antigo quartel-general, em Yazenevo, além da estrada de contorno, mas fora rebatizado como Serviço de Informações Externas, ou SVR. O que já era bastante ruim.

Pior ainda era o que acontecera com a antiga divisão de Grishin, a Segunda Diretoria, até então responsável por toda a segurança interna, a descoberta de espiões e a repressão a qualquer dissidência. Fora enfraquecida e rebatizada como FSB, com ordens para reduzir seus poderes a um arremedo do que fora outrora.

Grishin encarava tudo isso com o maior desprezo. O povo russo precisava de disciplina, uma disciplina firme, às vezes mais rigorosa, e era a Segunda Diretoria que cuidava disso. Ele aguentara as reformas por três anos, na expectativa de ser promovido a general, mas finalmente desistiu. Um ano depois, fora contratado como chefe da segurança pessoal de Igor Komarov, então apenas um dos membros do Politburo do antigo Partido Democrático Liberal.

Os dois haviam galgado a proeminência e o poder juntos, e havia mais, muito mais, por vir. Ao longo dos anos, Grishin criara para Komarov uma unidade de proteção pessoal, de lealdade absoluta, os Guardas Negros, que agora contava com mais de seis mil jovens bem treinados, sob o seu comando pessoal.

Apoiando os Guardas, havia a Liga dos Jovens Combatentes, num total de vinte mil, a ala adolescente da UFP, todos imbuídos da ideologia correta e com uma lealdade fanática, também sob o comando de Grishin.

O manifestante mais humilde das ruas podia se dirigir a Komarov de uma maneira familiar, mas isso era parte da camaradagem de "homem do povo" que se esperava na Rússia. Em seu círculo privado, Komarov exigia a formalidade de todos, com exceção apenas de uns poucos assessores mais chegados.

– Tem certeza de que a pasta não está mais neste prédio? – perguntou Komarov.

– Não pode estar, Igor Viktorovich. Em duas horas, praticamente desmontamos tudo. Verificamos cada armário, cada gaveta, cada cofre. Examinamos todas as janelas e peitoris, cada metro do terreno. Não houve qualquer invasor clandestino. O técnico do fabricante do cofre já esteve aqui. Garante que o cofre não foi arrombado. Ou foi aberto por alguém que conhecia a combinação, ou o documento nunca esteve lá dentro. O lixo da noite passada foi confiscado e inspecionado. Nada.

Grishin fez uma pausa.

– Os cachorros foram soltos às 19 horas. Ninguém entrou no prédio depois disso... os guardas do plantão noturno entraram de serviço às 18 horas e os homens do turno do dia se retiraram cerca de dez minutos depois. Akopov permaneceu em sua sala até as 20 horas. O treinador dos cachorros em serviço ontem à noite foi chamado. Ele jura que teve de segurar os cachorros três vezes, a fim de permitir que assessores retardatários se retirassem. Akopov foi o último. Os registros noturnos confirmam isso.

– E qual é a conclusão? – perguntou Komarov.

– Erro humano ou crime humano. Os dois guardas do plantão noturno já estão sendo trazidos dos alojamentos. Devem chegar a qualquer momento. Controlaram o prédio desde a partida de Akopov, às 20 horas, até a chegada dos guardas do turno do dia, às 6 horas da manhã de hoje. Esses guardas ficam sozinhos aqui até que os funcionários comecem a chegar, às 8 horas. Ou seja, por duas horas. Mas os guardas juram que em suas primeiras patrulhas por este andar encontraram todas as portas trancadas. E os que trabalham no andar, inclusive Akopov, confirmam isso.

– Sua teoria, Anatoli?

– Ou Akopov levou o documento ao sair, por engano ou de propósito, ou não o guardou no cofre e alguém no serviço noturno o pegou. Tinham chaves mestras de todas as portas.

– Portanto, é Akopov?

– O primeiro suspeito, sem dúvida. O apartamento dele foi revistado. Em sua presença. Nada. Pensei que ele poderia ter levado o documento e depois perdido a pasta. Aconteceu uma vez no Ministério da Defesa. Fui encarregado da investigação. Ficou comprovado que não era espionagem, mas sim negligência criminosa. O responsável foi para um campo de trabalhos forçados. Mas a pasta de Akopov é a mesma que ele sempre usa. Foi identificada por três pessoas.

– Então ele fez isso deliberadamente?

– É possível. Mas tenho um problema nesse caso. Por que ele voltou esta manhã e esperou para ser apanhado? Teve 12 horas para desaparecer. Eu gostaria... hã... de interrogá-lo com mais firmeza. Para determinar sua eliminação como suspeito ou obter uma confissão.

– Permissão concedida.

– E depois disso?

Igor Komarov virou-se na cadeira giratória para olhar pela janela. Pensou por um momento.

– Akopov tem sido um ótimo secretário pessoal. Mas depois do que aconteceu, agora terei de providenciar um substituto. Meu problema é que ele viu o documento. Seu conteúdo é absolutamente confidencial. Se Akopov continuar aqui numa posição inferior ou for dispensado, pode acalentar algum ressentimento, até ficar tentado a divulgar o que sabe. O que seria lamentável.

– Compreendo muito bem a situação – declarou o coronel Grishin.

A esta altura, os dois surpresos guardas do plantão noturno chegaram, e Grishin desceu para falar com eles.

Por volta das 21 horas, os alojamentos dos dois no quartel dos Guardas Negros, nos arredores da cidade, já fora revistado, não se encontrando nada mais além dos esperados artigos de higiene pessoal e revistas pornográficas.

Na casa, os dois foram separados e interrogados em salas diferentes. Grishin conduziu os interrogatórios pessoalmente. Ficou patente que os guardas tinham pavor dele, como não podia deixar de ser. Sua reputação o precedia.

De vez em quando ele gritava insultos em seus ouvidos, mas para os dois homens suando, a pior provação ocorria quando Grishin inclinava o rosto e sussurrava os detalhes do que os aguardava se estivessem mentindo. Por volta das 8 horas, o coronel tinha um quadro completo do que acontecera durante o turno da noite anterior. Sabia que suas patrulhas haviam sido rápidas e irregulares, que os guardas tinham permanecido assistindo à televisão, acompanhando o noticiário sobre a morte do presidente. E tomou conhecimento, pela primeira vez, da existência do faxineiro.

O homem chegara a casa às 22 horas. Como sempre. Pela passagem subterrânea. Ninguém o acompanhava. Havia necessidade dos dois guardas para abrir as três portas, porque um tinha a combinação da porta da rua, o outro da porta interna e os dois da porta do meio.

Grishin soube que os guardas haviam levado o velho até o último andar. Como sempre. Soube que os guardas deixaram a televisão para abrir as portas do andar do meio, a área executiva vital. Soube que um deles ficara de vigia na porta enquanto o faxineiro limpava a sala de Komarov, tornando a trancá-la em seguida. Mas os dois se encontravam lá embaixo enquanto o faxineiro estava limpando as demais salas do andar do meio. Como sempre. Portanto... o faxineiro estivera sozinho na sala de Akopov. E fora embora mais cedo que o habitual, no início da madrugada.

Às 21 horas, Akopov, muito pálido, deixou o prédio, escoltado. Usaram seu carro, mas um dos Guardas Negros dirigiu. Outro sentou-se ao lado do secretário em desgraça no banco traseiro. O carro não seguiu para o apartamento de Akopov. Em vez disso, deixou a cidade, indo para um dos extensos acampamentos que alojavam os Jovens Combatentes.

Por volta das 21 horas, o coronel Grishin já terminara de ler a ficha de contratação de um certo Zaitsev, Leonid, de 63 anos, faxineiro. Havia um endereço domiciliar, mas o homem já deveria ter saído de lá. Deveria chegar no serviço às 22 horas.

Não apareceu. À meia-noite, o coronel Grishin e três Guardas Negros saíram para visitar a residência do velho.

A ESSA HORA, Celia Stone afastou-se de seu jovem amante com um sorriso feliz e estendeu a mão para pegar um cigarro. Fumava pouco, mas aquele era um dos momentos em que precisava de um cigarro. Hugo Gray, estendido de costas na cama, continuava a ofegar. Era um jovem em boas condições físicas, que mantinha a forma com squash e natação, porém as duas últimas horas haviam exigido a maior parte do seu vigor.

Não pela primeira vez, ele especulou por que Deus arranjara as coisas de tal forma que os apetites de uma mulher faminta de amor sempre superavam a capacidade de um macho. Era uma tremenda injustiça.

No escuro, Celia Stone deu uma tragada profunda, sentiu a nicotina se espalhar pelos pulmões, inclinou-se e desmanchou os cachos castanho-escuros.

– Como conseguiu se tornar adido cultural? – provocou ela. – Não sabe distinguir Turguenev de Lermontov.

– Nem preciso – murmurou Gray. – Minha função é falar aos russos sobre nossa cultura... Shakespeare, as Brontës, esse tipo de coisas.

– E é por isso que precisa se reunir a todo instante com o chefe da estação?

Gray se ergueu do travesseiro no mesmo instante, agarrou-a pela parte superior do braço e sussurrou em seu ouvido:

– Cale a boca, Celia. Este apartamento pode estar grampeado.

Irritada, ela foi fazer um café. Não entendia por que Hugo tinha de se mostrar tão contrariado por causa de uma pequena brincadeira. De qualquer forma, o que ele fazia na embaixada podia ser considerado um segredo aberto.

Celia tinha razão, é claro. Há um mês que Hugo Gray era o terceiro membro da estação em Moscou do Serviço de Informações Secretas, o SIS. A estação já fora muito maior, nos bons anos pregressos, no auge da Guerra Fria. Mas os tempos mudam e os orçamentos diminuem. Em seu atual estado de colapso crescente, a Rússia não era mais considerada como uma grande ameaça.

Mais importante ainda, noventa por cento das coisas que antes eram secretas haviam se tornado disponíveis ou tinham um interesse mínimo. Até mesmo a antiga KGB contava com um secretário de imprensa e, no outro lado da cidade, na embaixada dos Estados Unidos, a CIA fora reduzida a um time de futebol americano.

Mas Hugo Gray era jovem e alerta, convencido de que a maioria dos apartamentos diplomáticos ainda continha microfones ocultos. O comunismo podia ter acabado, mas a paranoia russa persistia. Ele estava correto, mas os agentes do FSB já haviam-no reconhecido pelo que era e se satisfaziam com isso. O Bulevar dos Entusiastas, de nome tão estranho, é provavelmente o lugar mais decrépito, mais miserável e mais sórdido na cidade de Moscou. Num triunfo do planejamento comunista, ficava a favor do vento de um centro de pesquisas de guerra química, que tinha filtros parecidos com redes de tênis. O único entusiasmo observado entre seus moradores era o demonstrado por aqueles escolhidos para se mudarem.

Segundo a ficha do departamento de pessoal, Leonid Zaitsev vivia com a filha, o marido dela, que era motorista de caminhão, e a criança do casal num apartamento perto do bulevar. Era meia-noite e meia, e a noite de verão ainda era quente, quando o Chaika preto, o motorista com a cabeça esticada pela janela para ler os números, parou diante do prédio.

O sobrenome do genro era diferente, e por isso eles tiveram de acordar um sonolento vizinho no andar térreo para descobrir que a família morava no quarto andar. Não havia elevador. Os quatro homens subiram a escada e bateram na porta descascando.

A mulher que abriu a porta, sonolenta e de olhos turvos, devia ter 30 e poucos anos de idade, mas parecia pelo menos dez anos mais velha. Grishin se mostrou polido, porém insistente. Seus homens entraram no apartamento e se separaram para revistá-lo. Não havia muito o que revistar; o apartamento era mínimo. Apenas dois quartos, com um banheiro fétido e um cubículo para cozinhar, isolado por uma cortina.

A mulher dormia com a criança de 6 anos na cama de casal de um dos quartos. A criança acordou agora e começou a choramingar, o gemido se elevando para gritos altos quando a cama foi virada para se verificar se não havia alguém escondido por baixo. Os dois miseráveis armários de madeira compensada foram abertos e vasculhados.

No outro quarto, a filha de Zaitsev apontou desamparada para o catre encostado na parede em que seu pai dormia. Explicou que o marido estava a quilômetros de distância, numa viagem para Minsk, tendo partido dois dias antes. A esta altura soluçando sem parar, seguindo a deixa da criança, ela jurou que o pai não voltara para o apartamento na manhã anterior. Ficara preocupada, mas não tomara qualquer providência para denunciar seu desaparecimento. Ele devia ter adormecido num banco de parque, pensara a mulher.

Em dez minutos os Guardas Negros determinaram que não havia ninguém escondido no apartamento e Grishin se convenceu de que a mulher estava muito apavorada e era ignorante demais para mentir. Eles foram embora em meia hora.

Em vez de voltar para o centro de Moscou, Grishin mandou que o Chaika seguisse para o acampamento, a sessenta quilômetros de distância, onde Akopov se encontrava detido. Pelo restante da noite, ele próprio interrogou o desventurado secretário. Antes do amanhecer, o homem, em prantos, admitiu que devia ter deixado o documento vital em cima de sua mesa. Nunca fizera uma coisa assim antes. Não podia entender como se esquecera de trancá-lo no cofre. Suplicou por perdão. Grishin acenou com a cabeça e deu um tapinha em suas costas.

Antes de ir embora, ele chamou um dos seus subcomandantes.

– Será um dia muito quente o de hoje. Nosso amigo lá dentro está muito aflito. Acho que apreciaria um mergulho antes do amanhecer.

Depois, ele voltou para a cidade. Se a pasta vital ficara em cima da mesa de Akopov, raciocinou Grishin, ou fora jogada no lixo por engano ou o faxineiro a levara. A primeira teoria não combinava. O lixo do quartel-general do partido era sempre mantido por vários dias, depois incinerado sob supervisão. O lixo de papel da noite anterior fora peneirado, folha a folha. Nada. Portanto, o faxineiro. Por que um velho semianalfabeto faria uma coisa dessas, ou qualquer outra parecida, Grishin não podia imaginar. Só o velho poderia explicar. E explicaria de qualquer maneira.

Antes da hora normal do desjejum, ele pusera dois mil de seus homens, todos em trajes civis, circulando pelas ruas de Moscou, à procura de um velho num capote militar puído. Não havia fotografias, mas a descrição era precisa, incluindo os três dentes de aço na frente da boca.

O trabalho, no entanto, não era tão fácil assim, mesmo com dois mil homens empenhados na busca. Havia dez vezes esse número de desabrigados vivendo nas vielas e parques de Moscou, de todas as idades e tamanhos, e todos em andrajos. Se, como Grishin desconfiava, Zaitsev estivesse agora vivendo ao relento, todos teriam de ser examinados. Um deles teria três dentes de aço e uma pasta de capa preta. Grishin queria ambos e sem demora. Seus aturdidos mas obedientes Guardas Negros, apenas de calça e camisa, pois o dia era quente, espalharam-se por Moscou.

Langley, dezembro de 1983

Jason Monk levantou-se de sua mesa, esticou-se e decidiu descer para a cantina. Há um mês de volta de Nairóbi, fora informado de que seus relatórios de desempenho eram bons, em alguns casos até excelentes. Havia a perspectiva de uma promoção e o chefe da Divisão da África estava satisfeito, mas lamentaria perdê-lo.

Monk voltara para se descobrir designado para um curso de espanhol, que iniciaria logo depois da folga do Natal e ano-novo. O espanhol seria sua terceira língua estrangeira; mais do que isso, porém, lhe abriria toda a Divisão da América Latina.

A América do Sul era um vasto território e dos mais importantes, pois não apenas era o "quintal dos fundos" americano, como definira a Doutrina Monroe, mas também era um alvo preferencial para o bloco soviético, que tentava fomentar a insurreição, subversão e revolução comunista. Em consequência, a KGB tinha uma grande operação ao sul do Rio Grande, que a CIA se esforçava em frustrar. Assim, para Monk, aos 33 anos de idade, a América do Sul era um bom lugar para desenvolver sua carreira.

Estava mexendo o café na cantina quando percebeu alguém parando na frente da sua mesa.

– Belo bronzeado – disse uma voz.

Monk levantou os olhos. Reconheceu o homem que lhe sorria. Ficou de pé, mas o homem gesticulou para que tornasse a se sentar, alguém da aristocracia sendo gentil com os camponeses.

Monk ficou surpreso. Sabia que o homem era um dos elementos principais da Diretoria de Operações, pois alguém o apontara no corredor, o recém-nomeado chefe da Seção Soviética, Grupo de Contraespionagem da Divisão SE.

O que surpreendeu Monk foi a maneira como o homem parecia indefinível. Eram mais ou menos da mesma altura, beirando 1,80 metro, mas o outro homem, embora apenas nove anos mais velho, estava muito fora de forma. Monk notou os cabelos ensebados penteados para trás, o bigode abundante, cobrindo a parte superior de uma boca fraca e vaidosa, os olhos míopes de coruja.

– Três anos no Quênia – disse ele, para explicar o bronzeado.

– De volta ao clima invernal de Washington, hein?

As antenas de Monk transmitiam-lhe vibrações negativas. Havia um certo escárnio no fundo dos olhos. Sou muito mais esperto do que você, pareciam dizer, não se iluda.

– Sim, senhor – respondeu Monk.

Uma mão manchada de nicotina foi estendida. Monk notou isso e também o labirinto de pequenos capilares em torno da base do nariz, que em geral traía o grande bebedor. Levantou-se e exibiu um sorriso, que as mulheres do serviço de datilografia chamavam de Redwood Special.

– E você deve ser...? – murmurou o homem.

– Monk. Jason Monk.

– Prazer em conhecê-lo, Jason. Sou Aldrich Ames.

Se o carro de Hugo Gray tivesse pegado naquela manhã, muitos homens que morreriam mais tarde teriam permanecido vivos e o mundo seguiria por um curso diferente. Mas os solenoides do motor de arranque têm uma lei própria. Depois de tentar frenético por alguma reação, Gray correu atrás do Rover vermelho, que já alcançava a barreira do estacionamento, e bateu na janela. Celia Stone deu-lhe uma carona.

Em circunstâncias normais, o pessoal da embaixada não trabalharia num sábado, ainda mais num sábado quente de verão, quando passariam um fim de semana no campo. Mas a morte do presidente da Rússia gerara uma carga de trabalho extra, e por isso tinham de ir até lá no fim de semana.

Ele se sentou ao lado de Celia, que saiu para a Kutuzovsky Prospekt e passou pelo Hotel Ukraina, na direção do Kremlin. Os sapatos de Gray esbarraram em alguma coisa no chão. Ele se abaixou e pegou.

– Sua proposta para assumir o controle do *Izvestia?* – perguntou Gray.

Ela lançou um rápido olhar de lado e reconheceu a pasta.

– Ah, eu ia jogar no lixo ontem. Algum velho maluco jogou isso no carro. E me deu o maior susto.

– Outra petição – comentou Gray. – Eles nunca param. Quase sempre querem um visto.

Ele abriu a capa preta, deu uma olhada no título.

– Não. Parece um documento político.

– Essa é ótima. Sou o Sr. Pirado e aqui está meu plano para salvar o mundo. Apenas entregue-o ao embaixador.

– Foi isso que ele disse? Entregue ao embaixador?

– Isso mesmo. E também agradeceu pela cerveja.

– Que cerveja?

– Como vou saber? Ele era doido.

Gray virou algumas páginas e ficou pensativo.

– É mesmo político – murmurou ele. – Uma espécie de manifesto.

– Se quiser, pode levar – disse Celia.

Eles deixaram para trás os Jardins Alexandrovsky e viraram na direção da Ponte de Pedra.

Hugo Gray pretendia dar uma rápida olhada no presente indesejado e depois o jogaria no lixo. Mas, em sua sala, leu dez páginas, levantou-se e pediu uma reunião com o chefe da estação, um esperto escocês com espírito mordaz.

A sala do chefe era submetida todos os dias a uma varredura eletrônica à procura de microfones ocultos, mas as reuniões secretas eram sempre realizadas na "bolha". Esse estranho lugar é em geral uma câmara suspensa de vigas reforçadas, de tal forma que é cercada por todos os lados por um espaço cheio de ar, quando as portas são fechadas. "Varrida" regularmente por dentro e por fora, a bolha é considerada invulnerável aos serviços hostis. Gray não se sentia confiante o bastante para pedir que a reunião fosse realizada dentro da bolha.

– O que é, meu rapaz? – perguntou o chefe da estação.

– Não sei se estou perdendo seu tempo, Jock. É provável que sim. Sinto muito. Mas ontem aconteceu uma coisa estranha. Um velho jogou isto no carro de Celia Stone. Sabe quem é? A assistente do adido de imprensa. Pode não ser nada...

A voz definhou. O chefe da estação fitou-o por cima dos óculos.

– Jogou no carro dela? – indagou ele, gentilmente.

– É o que ela diz. O homem abriu a porta do carro, jogou lá dentro, pediu que ela entregasse ao embaixador e foi embora.

O chefe da estação estendeu a mão para a pasta de capa preta com as marcas dos calcanhares de Gray.

– Que tipo de homem era?

– Velho, andrajoso, com a barba por fazer. Parecia um mendigo. Deixou-a apavorada.

– Algum pedido?

– Foi o que ela pensou. Ia jogar fora. Mas me deu uma carona esta manhã. Li alguma coisa no caminho. Parece mais um documento político. A página com o título tem o logotipo da UFP. Parece ter sido escrito por Igor Komarov.

– Nosso presidente em potencial. Muito bem, rapaz, deixe comigo.

– Obrigado, Jock.

Gray levantou-se. A intimidade do tratamento pelo primeiro nome, mesmo entre mandarins juniores e seniores, é encorajada no SIS britânico. Considera-se que propicia um senso de companheirismo, de família, realçando a psicologia do nós-e-eles, comum a todos os serviços nesse estranho ofício. Só o próprio chefe é tratado como "chefe" ou "senhor".

Gray alcançara a porta, tinha a mão na maçaneta, quando seu superior o chamou.

– Só mais uma coisa, rapaz. Os apartamentos na era soviética foram mal construídos, com as paredes muito finas. E permanecem finas. Nosso terceiro-secretário do setor comercial veio trabalhar esta manhã com os olhos injetados da falta de sono. Na próxima vez, você e a encantadora Srta. Stone poderiam ser um pouco mais silenciosos?

Hugo Gray ficou tão vermelho quanto os muros do Kremlin e se retirou em seguida. O chefe da estação largou o documento de capa preta no lado da mesa. Tinha um dia movimentado pela frente, e o embaixador queria vê-lo às 11 horas. Sua Excelência era um homem ocupado e não gostaria de ser incomodado por objetos jogados em carros dos subalternos por vagabundos. Só mais tarde, naquela noite, trabalhando até altas horas, é que o chefe da estação leria o que passaria a ser conhecido posteriormente como Manifesto Negro.

Madri, agosto de 1984

Antes de se mudar para um novo endereço em novembro de 1986, a embaixada indiana em Madri situava-se num prédio todo ornamentado, construído na passagem do século, na calle Velasquez, 93. No Dia da Independência, em 1984, o embaixador indiano, como sempre fazia, ofereceu uma grande recepção para membros eminentes do governo espanhol e do corpo diplomático. Foi realizada no dia 15 de agosto.

Por causa do calor intenso em Madri nesse mês, e o fato de que agosto é em geral escolhido para as férias governamentais, parlamentares e diplomáticas, muitas das autoridades maiores estavam ausentes da capital e foram representadas por subordinados.

Era lamentável do ponto de vista do embaixador, mas os indianos não podiam reescrever a história e mudar seu Dia da Independência.

Os americanos foram representados por seu encarregado de negócios, com o apoio do segundo-secretário de comércio, um certo Jason Monk. O chefe da estação da CIA na embaixada também estava ausente, sendo substituído por Monk, elevado ao número dois ali.

Havia sido um bom ano para ele. Fora aprovado com louvor no curso de espanhol de seis meses e ganhara uma promoção de GS-12 a GS-13.

A classificação GS, Government Schedule, plano de governo, pouco significava para as pessoas no setor privado, porque é a escala de pagamento para os servidores civis no governo federal. Na CIA, no entanto, indicava não apenas o salário, mas também a posição, o prestígio e o progresso de uma carreira. Mais importante ainda, num remanejamento do alto comando, William Casey, diretor da CIA, acabara de designar um novo vice-diretor (Operações), para substituir John Stein. O VDO comanda todo o setor de coleta de informações da agência, e assim controla todos os agentes no campo. O novo vice-diretor era o homem que recrutara Monk, Carey Jordan.

Ao concluir o curso de espanhol, Monk não fora designado para a Divisão da América Latina, mas para a Europa Ocidental, que só tinha um país de língua espanhola, a própria Espanha. Não que a Espanha fosse um território hostil; muito pelo contrário. Mas para um agente de 34 anos da CIA, solteiro, a encantadora capital espanhola era muito melhor que Tegucigalpa.

Por causa das boas relações entre os Estados Unidos e seus aliados espanhóis, grande parte do trabalho da CIA não era espionar a Espanha, mas, sim, colaborar com o serviço de contraespionagem espanhol para vigiar a comunidade soviética e da Europa Oriental, eivada de agentes hostis. Mesmo em dois meses apenas, Monk já estabelecera boas relações com a agência espanhola, cujos agentes mais antigos remontavam ao tempo de Franco e não tinham o menor amor pelo comunismo. Com alguma dificuldade para pronunciar corretamente o nome Jason, os espanhóis apelidaram o jovem americano de El Rubio, o Louro, e gostavam dele. Monk tinha esse efeito sobre as pessoas.

A recepção foi quente e típica: pessoas circulando devagar, tomando o champanhe do governo indiano, que se tornava quente em dez segundos, e mantendo uma conversa polida, porém superficial, que não interessava a ninguém. Monk, concluindo que já fizera o que tinha de fazer por Tio Sam, preparava-se para ir embora quando avistou um rosto familiar.

Atravessou a multidão e foi se postar por trás do homem num terno cinza-escuro. Esperou que ele terminasse de conversar com uma mulher vestindo um sári e ficasse sozinho por um instante. Por trás, Monk disse em russo:

– E então, meu amigo, o que aconteceu com seu filho?

O homem empertigou-se e virou-se. E ofereceu um sorriso.

– Obrigado – respondeu Nikolai Turkin. – Ele se recuperou. Goza de boa saúde agora.

– Fico contente por isso... e a julgar pelas aparências, sua carreira também sobreviveu.

Turkin acenou com a cabeça. Aceitar um presente do inimigo era um crime grave, e se ele fosse denunciado nunca mais deixaria a União Soviética. Mas fora forçado a se pôr à mercê do professor

Glazunov. O velho médico também tinha um filho, e particularmente acreditava que seu país deveria cooperar com os melhores centros de pesquisas do mundo em questões médicas. Assim, decidira não denunciar o jovem oficial e aceitara com a devida modéstia os aplausos dos colegas pela extraordinária recuperação do menino.

– Ainda bem, mas foi por pouco.

– Vamos jantar – propôs Monk.

O soviético se mostrou surpreso. Monk ergueu as mãos, num gesto zombeteiro de rendição.

– Sem cantada, eu prometo.

Turkin relaxou. Ambos sabiam qual era a função do outro. O fato de Monk falar um russo perfeito indicava que ele não podia integrar a seção comercial da embaixada americana. Monk, por sua vez, sabia que Turkin só podia ser da KGB, provavelmente na Linha KR, o setor de contraespionagem, porque não se preocupava em ser visto conversando com um americano.

A palavra "cantada" revelava o jogo, e o fato do americano usá-la de uma maneira jocosa indicava que ele sugeria uma trégua na Guerra Fria. Uma "cantada" ou "cantada fria" é um termo usado quando um agente propõe a alguém do outro lado que mude de equipe.

Três noites mais tarde, os dois homens chegaram separados a uma pequena rua no bairro antigo de Madri, a calle de los Cuchilleros, a rua dos amoladores de facas. No meio do que é pouco mais de uma viela, há uma velha porta de madeira, com degraus descendo para um porão de arcadas de tijolos, uma antiga adega, que datava da Idade Média. Há muitos anos que servia pratos espanhóis tradicionais, sob o nome de Sobrinos de Botín. As velhas arcadas formam espaços reservados com uma mesa no meio, e Monk e seu convidado se instalaram num deles.

A refeição foi boa. Monk pediu um Marques de Riscal tinto. Evitaram a "conversa de trabalho" por cortesia, mas falaram de esposas e filhos. Monk admitiu que era solteiro. O pequeno Yuri estava agora na escola, mas ficava com os avós durante as férias de verão. O vinho correu, uma segunda garrafa foi servida.

Monk não percebeu a princípio que por trás da fachada afável de Turkin havia uma raiva intensa, não contra os americanos, mas contra o sistema que quase matara seu filho. A segunda garrafa de Marques estava quase no fim quando Turkin perguntou subitamente:

– Você se sente feliz trabalhando para a CIA?

Será que é uma cantada?, especulou Monk. O idiota tenta me recrutar?

– Bastante – respondeu ele, jovial.

Monk serviu o restante do vinho, olhando para a garrafa, não para o russo.

– Se você tem problemas, seu pessoal lhe dá todo o apoio necessário?

Monk manteve os olhos no vinho caindo. A mão firme.

– Claro. Meu povo sempre fará tudo por você, se precisar de ajuda. É parte do código.

– Deve ser bom trabalhar para pessoas que vivem com tanta liberdade – comentou Turkin.

Monk finalmente largou a garrafa e olhou através da mesa. Prometera que não haveria nenhuma cantada, mas fora o russo quem tomara a iniciativa... para se oferecer.

– Por que não? Escute, meu amigo, o sistema para o qual você trabalha vai mudar. Muito em breve. Podemos ajudá-lo a mudar mais depressa. Yuri crescerá para viver como um homem livre.

Andropov morrera, apesar dos medicamentos de Londres. Fora sucedido por outro geriátrico, Konstantin Chernenko, que tinha de ser sustentado sob as axilas para se movimentar. Mas falava-se que um vento novo soprava no Kremlin, um homem mais jovem, chamado Gorbachev. Durante o café, Turkin foi recrutado; dali por diante, ele permaneceria "no lugar", ou seja no coração da KGB, mas trabalharia para a CIA.

Monk teve sorte porque seu superior, o chefe da estação, deixara a cidade em férias. Se ele estivesse em Madri, Monk teria de entregar Turkin aos cuidados de outros. Em vez disso, coube a ele codificar o telegrama ultrassecreto para Langley.

Claro que houve um ceticismo inicial. Um major da Linha KR, no coração da KGB, era um grande prêmio. Numa série de encontros secretos por toda Madri, pelo restante do verão, Monk soube da vida de seu contemporâneo soviético.

Nascido em Omsk, na Sibéria Ocidental, em 1951, filho de um engenheiro na indústria militar, Turkin não conseguira ingressar na universidade que queria aos 18 anos e fora para o exército. Tinha sido destacado para a Guarda da Fronteira, nominalmente sob o controle da KGB. Ali, fora "descoberto" e enviado para a Escola Superior Dzerjinsky, departamento de contraespionagem, onde aprendera inglês. Mostrara-se brilhante.

Com um pequeno grupo, fora transferido para o centro de treinamento do serviço de informações estrangeiras, o prestigioso Instituto Andropov. Como Monk, no outro lado do mundo, ele fora considerado um jovem com grandes perspectivas. Para os que não tinham qualquer experiência da KGB e nenhum conhecimento de língua estrangeira, havia cursos de dois e três anos no instituto. Turkin contava com essa base e concluiu o curso em um ano. Ao se formar, com distinção, obteve permissão para ingressar na Diretoria K da Primeira Diretoria, a contraespionagem dentro do setor de coleta de informações. A Diretoria K era comandada naquele tempo pelo mais jovem general da KGB, Oleg Kalugin.

Aos 27 anos, Turkin casara em 1978 e tivera um filho, Yuri, nascido no mesmo ano. Em 1982 recebera seu primeiro posto no exterior, em Nairóbi; sua missão principal era a de tentar se infiltrar na estação da CIA no Quênia e recrutar agentes, ali ou na elite queniana. Sua permanência nesse país africano foi abreviada pela doença do filho.

Turkin entregou seu primeiro pacote à CIA em outubro. Sabendo que todo um sistema de comunicações secretas fora instituído, Monk levou o pacote a Langley pessoalmente. Era dinamite. Turkin expôs por completo a operação da KGB na Espanha. A fim de proteger a fonte, os americanos só revelariam o que tinham aos espanhóis pouco a pouco, garantindo que cada prisão de espanhóis que agiam como espiões para Moscou parecesse um acaso, ou um bom trabalho de investigação das autoridades espanholas. Em cada caso, a KGB era informada (via Turkin) que o próprio agente cometera um erro tolo que acarretara sua captura. Moscou de nada desconfiou, mas perdeu toda a sua operação ibérica.

Em seus três anos em Madri, Turkin tornou-se o *deputy rezident*, o segundo homem da KGB em importância no país, o que lhe dava acesso a quase tudo. Em 1987, foi transferido de volta a Moscou, e depois de um ano, assumiu toda a seção da Diretoria K que controlava o vasto *apparat* da KGB na Alemanha Oriental, até a retirada final, depois da derrubada do Muro de Berlim e em seguida do comunismo, com a reunificação com a Alemanha Ocidental, em 1990. Durante todo esse tempo, embora entregasse centenas de mensagens e pacotes, exigiu que seu controlador fosse apenas um homem, seu amigo no outro lado do Muro, Jason Monk. Era um arranjo excepcional. A maioria dos espiões tem vários controladores ao longo de um período de seis anos, mas Turkin insistiu e Langley teve de aceitar.

Quando Monk voltou a Langley, naquele outono de 1986, foi chamado ao gabinete de Carey Jordan.

– Vi o material – comentou o novo VDO. – É muito bom. Chegamos a pensar que ele poderia ser um duplo, mas os agentes espanhóis denunciados eram do primeiro time. Seu homem é genuíno. Ótimo trabalho.

Monk inclinou a cabeça em agradecimento.

– Só mais uma coisa – acrescentou Jordan. – Não entrei nesse jogo há cinco minutos. Seu relatório sobre a estratégia de recrutamento é adequado, mas há algo mais, não é? Por que ele se ofereceu voluntariamente?

Monk contou ao VDO o que não pusera no relatório, a doença do filho de Turkin em Nairóbi e a nova droga obtida no Walter Reed.

– Eu deveria puni-lo por isso – murmurou Jordan ao final.

Ele se levantou e foi até a janela. O bosque de faias e bétulas que se estendia até o Potomac era um braseiro vermelho e dourado, as folhas prestes a cair.

– Não conheço um único cara na agência que o deixaria escapar sem um favor que fosse pela tal droga – comentou o VDO, depois de uma longa pausa. – Você nunca mais tornará a vê-lo. O encontro em Madri foi um golpe de sorte. Sabe o que Napoleão disse sobre generais?

– Não, senhor.

– Ele disse: "Não me importo se são bons, quero que tenham sorte." Sabia que teremos de transferir seu homem para a Divisão SE?

No topo da CIA havia sempre o diretor. Logo abaixo, situavam-se as duas diretorias principais, Informações e Operações. A primeira, chefiada pelo vice-diretor (Informações) ou VDI, tinha o encargo de cotejar e analisar a grande massa de informações brutas recebidas, produzindo um sumário enviado para a Casa Branca, Conselho de Segurança Nacional, Departamento de Estado, Pentágono etc.

A coleta de informações era efetuada por Operações, chefiada pelo VDO. A Diretoria de Operações subdividia-se em áreas de acordo com o mapa global: Divisão da América Latina, Oriente Médio, Sudeste Asiático e assim por diante. Mas pelos quarenta anos da Guerra Fria, de 1950 a 1990, e o colapso do comunismo, a divisão fundamental foi a Soviética/Europa Oriental, conhecida como Divisão SE.

Os agentes em outras divisões ficavam muitas vezes ressentidos. Podiam cultivar e recrutar um valioso "patrimônio" soviético em Bogotá ou Jacarta, mas, depois, o homem era transferido para o controle da Divisão SE, que o manipularia dali por diante. A lógica era a de que o recrutado seria transferido um dia de Bogotá ou Jacarta, provavelmente de volta à URSS.

Como a União Soviética era o maior inimigo, a Divisão SE tornou-se a unidade de destaque na Diretoria de Operações. As vagas ali eram concorridas. Embora Monk tivesse se formado em russo na universidade e passasse anos estudando publicações soviéticas, ainda assim cumprira um turno de serviço na Divisão da África e depois fora para a Divisão da Europa Ocidental.

– Sei disso, senhor.

– Quer ir com ele?

Monk sentiu uma súbita animação.

– Claro que sim, senhor.

– Muito bem. Você o descobriu, você o recrutou, você o dirige.

Monk foi transferido para a Divisão SE em uma semana. Sua função era "dirigir" o major Nikolai Ilyich Turkin, da KGB. Nunca voltou a residir em Madri, mas foi até lá em visita, encontrou-se com Turkin secretamente, na área de piqueniques no alto da Sierra de Guadarrama, onde conversaram sobre mil coisas, enquanto Gorbachev subia ao poder e os programas gêmeos da *perestroika* e *glasnot* começavam a relaxar as regras. Monk sentia-se contente porque encarava Turkin não apenas como um trunfo, mas também como um amigo.

Já em 1984, a CIA estava se tornando – e alguns diziam que já era – uma vasta e emperrada burocracia, dedicada mais a processar papéis do que ao trabalho de coleta de informações. Monk detestava burocracia e desprezava toda a atividade burocrática, convencido de que qualquer coisa escrita podia ser roubada ou copiada. No coração ultrassecreto da burocracia da Divisão SE, havia o arquivo 301, com os detalhes de todos os agentes soviéticos trabalhando para Tio Sam. Naquele outono, Monk se "esqueceu" de incluir os detalhes do major Turkin, codinome GT Lisandro, no arquivo 301.

JOCK MACDONALD, CHEFE da estação do SIS britânico em Moscou, teve um jantar ao qual não podia deixar de comparecer na noite de 17 de julho. Ele voltou ao escritório para deixar algumas anotações que fizera durante o jantar – nunca confiava que seu apartamento fosse inviolável – e viu a pasta de capa preta. Abriu-a e começou a ler, sem muito interesse. O texto estava em russo, datilografado, mas ele era bilíngue.

Acabou não voltando para casa naquela noite. Pouco depois de meia-noite, telefonou para a esposa, dizendo que não iria, e tornou a se concentrar na pasta. Tinha cerca de quarenta páginas, divididas em vinte subtítulos.

Leu os trechos sobre o restabelecimento do estado de partido único e a reativação da rede de campos de trabalho escravo para dissidentes e outros indesejáveis.

Estudou com a maior atenção os trechos sobre a solução final da comunidade judaica e o tratamento que seria dispensado aos chechenos em particular, além de todas as outras minorias raciais.

Examinou as páginas sobre o pacto de não agressão com a Polônia para proteger a fronteira ocidental e a reconquista da Bielo-Rússia, estados bálticos e repúblicas meridionais da antiga União Soviética, Ucrânia, Geórgia, Armênia e Moldávia.

Digeriu os parágrafos sobre o restabelecimento do arsenal nuclear, os foguetes apontados para os inimigos ao redor. Leu as páginas que descreviam o destino da Igreja Ortodoxa Russa e de todas as outras fés religiosas.

Segundo o manifesto, as forças armadas, agora envergonhadas e humilhadas, remoendo angustiadas em seus quartéis, seriam reequipadas, não como um meio de defesa, mas, sim, como um instrumento para a reconquista. Os habitantes dos territórios recuperados trabalhariam como servos, produzindo alimentos para os amos russos. O controle deles seria das populações étnicas russas nos territórios exteriores, sob a égide de um governador imperial, designado por Moscou. A disciplina nacional seria imposta pelos Guardas Negros, aumentados para uma força de duzentos mil homens. Eles também aplicariam o tratamento especial aos elementos antissociais: liberais, jornalistas, sacerdotes, homossexuais e judeus.

O documento parecia revelar ainda a resposta para um enigma que desconcertava Macdonald e outros: a fonte dos recursos ilimitados para as campanhas da União das Forças Patrióticas.

Na esteira de 1990, o submundo criminoso da Rússia fora uma vasta rede de quadrilhas, que nos primeiros dias travavam violentas guerras entre si, deixando dezenas de mortos nas ruas. Mas, em 1995, fora iniciada uma política de unificação. Por volta de 1999, toda a Rússia, da fronteira ocidental aos Urais, era o feudo de quatro grandes consórcios de criminosos, entre os quais se destacava o Dolgoruki, baseado em Moscou. Se o documento fosse autêntico, eram eles que financiavam a UFP, a fim de ganhar sua recompensa no futuro, a eliminação de todas as outras quadrilhas e a garantia de sua supremacia.

Eram 5 horas da manhã quando Jock Macdonald fechou o Manifesto Negro, depois de lê-lo cinco vezes. Recostou-se e olhou para o teto. Há muito que parara de fumar, mas agora ansiava por uma tragada.

Finalmente ele se levantou, trancou o documento no cofre e deixou a embaixada. Parou na calçada, na semiescuridão, olhou através do rio para os muros do Kremlin, sob cuja sombra um velho num capote militar puído sentara-se 48 horas antes, observando a embaixada.

Os espiões não são em geral religiosos, mas as aparências e profissões podem enganar. Nas Terras Altas da Escócia, há uma longa tradição entre a aristocracia de adesão devota à fé católica. Foram os condes e barões que se reuniram com seus clãs sob a bandeira do príncipe Carlos, católico, em 1745, para serem derrotados um ano mais tarde nos campos de Culloden pelo duque de Cumberland, protestante hanoveriano, terceiro filho de Jorge II.

O chefe da estação vinha dessa tradição. Seu pai era um Macdonald de Fassifern, mas a mãe era uma Fraser de Lovat e o criara na fé. Ele começou a andar. Desceu pela margem do rio até a próxima ponte, a Bolshoi Most, atravessou-a para a Catedral de São Basílio. Contornou o prédio com domo em forma de cebola e o centro da cidade que despertava na direção da praça Nova, depois tornou a virar à esquerda.

Ao sair da praça, ele avistou as primeiras filas para a sopa gratuita da manhã começando a se formar. Havia uma logo depois da praça em que outrora predominava o Comitê Central do Partido Comunista da União Soviética.

Diversas organizações de caridade estrangeiras participavam da ajuda à Rússia, assim como a ONU, em caráter mais oficial. O Ocidente fazia generosas doações, como antes concedera aos orfanatos romenos e aos refugiados bósnios. Mas era uma tarefa imensa, à medida que mais e mais indigentes das regiões rurais acorriam à capital. Eram detidos e expulsos pela milícia, mas voltavam sempre, as mesmas pessoas ou seus substitutos.

Paravam na calçada, na semiescuridão do amanhecer, velhos e esfarrapados, mulheres com bebês ao seio, os camponeses da Rússia, inalterados desde Potemkin, com sua passividade e paciência bovinas. Ao final de julho, o tempo se mantinha quente o bastante para mantê-los vivos. Mas quando o frio chegasse, aquele frio intenso e penetrante do inverno russo... Jock Macdonald sacudiu a cabeça ao pensamento e continuou a andar.

Seu caminho levou-o pela praça Lubyanka, antes conhecida como praça Dzerjinsky. Ali, por décadas, estivera a estátua do Feliks de Ferro, o fundador da máquina de terror original de Lênin, a Cheka. No final da praça, ficava o enorme prédio cinza e ocre, conhecido simplesmente como Centro Moscou, o quartel-general da KGB.

Por trás do velho prédio da KGB, encontrava-se a infame prisão Lubyanka, onde confissões numerosas demais para se contar foram arrancadas e execuções, consumadas. Há duas ruas por trás da prisão, a Grande Lubyanka e a Pequena Lubyanka. Macdonald entrou na segunda. No meio da Pequena Lubyanka fica a Igreja de São Luís, frequentada por muitos diplomatas e alguns dos poucos católicos russos.

Duzentos metros atrás dele, fora do seu campo de visão por causa do prédio da KGB, diversos vagabundos dormiam no portal amplo de uma enorme loja de brinquedos, a Detsky Mir, ou Mundo das Crianças.

Dois homens corpulentos, de jeans e blusão de couro preto, entraram ali e começaram a virar os corpos adormecidos. Um deles usava um velho capote militar, com umas poucas medalhas sujas presas na lapela. Os homens se empertigaram, depois tornaram a se inclinar, sacudiram o vagabundo até acordá-lo.

– Seu nome é Zaitsev? – indagou um dos homens.

O velho acenou com a cabeça. O outro homem tirou um telefone celular do bolso do blusão, digitou alguns números e falou. Cinco minutos mais tarde, um Moskvich parou junto ao meio-fio, com os pneus rangendo. Os dois homens carregaram o velho para o banco traseiro, embarcaram junto com ele. O velho tentou dizer alguma coisa antes de partirem, e houve um brilho de aço inoxidável na frente de sua boca.

O carro contornou a praça, passou por trás do prédio que outrora alojara a Corporação de Seguros de Todas as Rússias antes de se tornar uma casa do terror, e subiu pela Pequena Lubyanka, logo deixando para trás um diplomata britânico que andava pela calçada por ali.

Macdonald entrou na igreja com a ajuda de um sonolento sacristão, percorreu a nave e ajoelhou-se diante do altar. Levantou os olhos e a imagem do Cristo crucificado fitou-o lá de cima. E ele rezou.

As orações de um homem são algo muito particular, mas o que ele rezou foi o seguinte: "Deus, por favor, faça com que seja uma falsificação. Pois, se não for, um mal sinistro está prestes a se abater sobre nós."

4

Antes que qualquer um dos funcionários regulares chegasse para o trabalho, Jock Macdonald já voltara à sua mesa. Não dormira, mas ninguém perceberia. Homem meticuloso, ele se lavara e fizera a barba no banheiro no andar térreo, e vestira a camisa limpa que sempre mantinha na sala.

Seu vice, Bruce "Gracie" Fields, foi acordado em seu apartamento, com o pedido para que estivesse na embaixada às 9 horas sem falta. Hugo Gray, agora em sua própria cama, recebeu um telefonema similar. Às 8 horas, Macdonald pediu ao pessoal da segurança, dois ex-graduados do exército, que preparasse a "bolha" para uma reunião às 9h15.

– Um documento chegou ontem às minhas mãos – disse Macdonald aos dois colegas. – Não preciso explicar qual é o conteúdo. Basta dizer que estamos desperdiçando nosso tempo se for um embuste ou falsificação. Se for genuíno, e ainda não sei se é, talvez seja um dado significativo. Hugo, pode contar a Grade como o documento veio parar em nossas mãos?

Gray relatou o que sabia, o que Celia Stone lhe contara.

– Num mundo perfeito – continuou Macdonald, usando uma de suas expressões prediletas e fazendo com que os homens mais moços disfarçassem seus sorrisos –, eu gostaria de saber quem era o velho, como ele obteve um documento secreto e por que escolheu aquele carro, naquele lugar, para entregá-lo. Ele conhecia Celia Stone? Sabia que era um carro da embaixada? E se sabia, por que nós? Mas, no momento, preciso saber de uma coisa: há alguém na embaixada que saiba desenhar?

– Desenhar? – repetiu Fields.

– Para fazer um retrato.

– Creio que uma das esposas dá aulas de arte – informou Fields. – Era ilustradora de livros infantis em Londres. Casou com um sujeito da chancelaria.

– Verifique isso. Se ela puder, ponha-a junto de Celia Stone. Enquanto isso, eu mesmo terei uma conversa com Celia. Mais duas coisas. O velho pode aparecer de novo, tentar nos abordar, ficar nas proximidades do prédio. Pedirei ao cabo Meadows e ao sargento Reynolds que fiquem de olho no portão principal. Se o avistarem, eles vão comunicar a um de vocês. Tentem persuadi-lo a entrar para tomar um chá. Segundo, ele pode tentar outras manobras, em algum lugar, e acabar preso. Gracie, você não conhece alguém na polícia?

Fields acenou com a cabeça. Dos três, era o que servia há mais tempo em Moscou, e herdara ao chegar toda uma coleção de fontes de baixo escalão, além de criar várias outras.

– O inspetor Novikov. Ele serve em Homicídios, sua base é na chefatura na Petrovka. Mostra-se útil de vez em quando.

– Fale com ele – disse Macdonald. – Nada sobre documentos jogados em carros. Diga apenas que um velho maluco tem assediado nossos funcionários na rua, exigindo uma entrevista particular com o embaixador. Não estamos irritados com isso, mas gostaríamos de pedir ao velho que nos deixe em paz. Mostre o retrato falado, se conseguirmos fazê-lo, mas não o deixe com ele. Quando será o próximo encontro?

– Não há nada marcado – respondeu Fields. – Ligo para ele de telefones públicos.

– Muito bem, veja se ele pode ajudar. Enquanto isso, vou passar dois ou três dias em Londres. Gracie, você assume o comando.

Celia Stone foi interceptada no saguão ao chegar e, um tanto surpresa, convidada a se reunir com Macdonald, não na sala dele, mas na sala de reunião "A". Ela não sabia que essa sala era à prova de microfones ocultos.

Macdonald mostrou-se muito gentil e conversou com ela por quase uma hora. Anotou todos os detalhes. Ela aceitou a história de que o velho andara assediando outros funcionários com sua reivindicação de falar com o embaixador. Celia concordaria em colaborar para um retrato falado do velho vagabundo? Claro que sim; qualquer coisa para ajudar.

Acompanhada por Hugo Gray, ela passou a hora do almoço com a esposa do diplomata, que sob sua orientação fez um desenho a carvão e *crayon* do vagabundo. Silver Tippex realçou os três dentes de aço. Ao final, Celia balançou a cabeça e declarou:

– É ele.

Depois do almoço, Jock Macdonald pediu ao cabo Meadows que se armasse com um revólver e o escoltasse até o aeroporto de Sheremetyevo. Não esperava ser interceptado, mas não sabia se os legítimos proprietários do documento em sua pasta poderiam tentar recuperá-lo. Como precaução adicional, ele prendeu a pasta ao pulso esquerdo com uma corrente, cobrindo o metal com uma capa impermeável de verão.

Quando o Jaguar da embaixada passou pelo portão, tudo isso estava invisível. Macdonald notou um Chaika preto estacionado no Cais Sofiskaya, mas não deu maior importância, já que o carro não fez qualquer menção de seguir o Jaguar. Na verdade, o Chaika esperava pela saída do pequeno Rover vermelho.

No aeroporto, o cabo Meadows escoltou-o até a barreira, onde o passaporte diplomático evitou todos os controles. Depois de uma curta espera no salão de partida, Macdonald embarcou no voo da British Airways para Heathrow. Assim que o avião decolou, ele deixou escapar um lento suspiro e pediu um gim-tônica.

Se o arcanjo Gabriel aparecesse em Washington para perguntar ao *rezident* da KGB na embaixada soviética qual dos homens da CIA ele gostaria que se tornasse traidor e passasse a espionar para a Rússia, o coronel Stanislav Androsov não hesitaria por muito tempo.

Trataria de responder: "Eu gostaria que fosse o chefe do grupo de contraespionagem que atua na Divisão Soviética da Diretoria de Operações."

Todas as agências de informações têm um serviço de contraespionagem que trabalha dentro do próprio sistema. A função dos homens da contraespionagem, que nem sempre os torna populares para os colegas, é investigar a todos. Desdobra-se em três atividades.

A contraespionagem participa e desempenha um papel relevante no interrogatório de desertores do outro lado, apenas para tentar descobrir se o desertor é genuíno ou uma hábil infiltração. Um falso desertor pode trazer algumas informações autênticas, mas sua missão primária é disseminar a desinformação: ou para convencer seus novos hospedeiros de que não têm um traidor em seu meio, quando isso ocorre, ou para levar os hospedeiros, de alguma outra forma, a um labirinto de ruas sem saída. Anos de tempo e esforço desperdiçados podem resultar de uma hábil manobra desse tipo.

A contraespionagem também investiga os homens da oposição que não chegaram a cruzar para o outro lado pessoalmente, mas se permitiram ser recrutados como espiões, já que sempre podem ser agentes duplos. Um "duplo" é alguém que finge ter sido recrutado, mas na verdade permanece leal à própria equipe, cujas ordens segue. Ele fornece alguns fragmentos de informações genuínas para confirmar sua autenticidade, e depois aplica a "ferroada", que é inteiramente falsa e pode semear a confusão entre as pessoas para as quais supostamente trabalha.

Por fim, a contraespionagem tem de garantir que seu próprio lado não acalente nenhum traidor.

Para realizar essas tarefas, a contraespionagem precisa ter acesso local. Pode exigir todas as fichas sobre todos os desertores e seus interrogatórios, por um período de vários anos. Pode investigar as carreiras e o recrutamento de todos os "trunfos" trabalhando para a agência em pleno território da oposição, expostos a todos os perigos concebíveis de traição. E também pode exigir a ficha de cada agente de seu lado. Tudo em nome de conferir a lealdade e a genuinidade.

Por causa da rigorosa compartimentação e do princípio de "só quem precisa saber", um agente atuando como controlador de uma ou duas operações pode trair essas operações, mas normalmente não saberá em que os colegas trabalham. Só a contraespionagem tem acesso a tudo. Era por isso que o coronel Androsov, se fosse indagado pelo arcanjo, escolheria o chefe da contraespionagem na Divisão Soviética. O pessoal da contraespionagem tem de ser o mais leal entre os leais.

Em julho de 1983, Aldrich Hazen Ames foi nomeado para chefiar o grupo de contraespionagem soviética na Divisão SE. Nesse posto, ele tinha acesso completo às duas seções: a Seção da União Soviética, cuidando de todos os trunfos soviéticos que trabalhavam para os Estados Unidos dentro da União Soviética, e a Seção de Operações Externas, cuidando de todos os trunfos que serviam em postos fora da União Soviética.

No dia 16 de abril de 1985, com problemas financeiros, ele entrou na embaixada soviética em Washington, na rua 16, pediu para falar com o coronel Androsov e se ofereceu para espionar pela Rússia. Por 50 mil dólares.

Levou algumas pequenas informações para comprovar sua boa-fé. Entregou os nomes de três russos que haviam se oferecido para trabalhar para a CIA. Ele diria mais tarde que achava que esses homens provavelmente eram agentes duplos, isto é, não genuínos. O que quer que fossem, nunca mais se ouviu falar dos três cavalheiros. Também levou uma lista interna de pessoal da CIA, com seu nome em destaque, para provar que era quem dizia. Retirou-se em seguida, passando pela segunda vez diante das câmeras do FBI que filmavam o pátio dianteiro. As fitas nunca foram projetadas.

Dois dias mais tarde, ele recebeu seus 50 mil dólares. Foi apenas o começo. O traidor mais danoso na história dos Estados Unidos, provavelmente até mais do que Benedict Arnold, mal começara a trabalhar.

Analistas posteriores ficariam perplexos com dois enigmas. O primeiro foi como alguém tão pouco digno de confiança, obviamente inadequado, de desempenho anterior insatisfatório e que ainda por cima abusava do álcool, conseguiu se elevar pela agência até ocupar um cargo tão importante e de tanta confiança. O segundo foi como Ames pôde permanecer incólume, depois que os altos escalões souberam no fundo de seus corações que havia um traidor entre eles, por mais oito anos, catastróficos para a CIA.

A resposta ao segundo enigma tem uma dúzia de facetas. Incompetência, apatia e complacência dentro da CIA, sorte para o traidor, uma eficiente campanha de desinformação da KGB para proteger seu agente americano, mais apatia, melindres e indolência em Langley, burocracia, mais sorte para o traidor e finalmente a lembrança de James Angleton.

Angleton fora chefe da contraespionagem na agência, subindo para se tornar um mito e terminando perturbado pela paranoia. Esse estranho homem, sem vida particular nem humor, convenceu-se de que havia em Langley um agente soviético, codinome Sasha. Na busca obsessiva por esse traidor inexistente, ele travou as carreiras de vários agentes leais, até que quase paralisou a Diretoria de Operações. Os que sobreviveram a ele, ocupando altos postos em 1985, ficaram desolados pela perspectiva de fazer o que tinha de ser feito, procurar o verdadeiro espião com o máximo de rigor.

Quanto ao primeiro enigma, a resposta pode ser dada em duas palavras: Ken Mulgrew.

Em vinte anos na agência, antes de se tornar traidor, Ames tivera três postos fora de Langley. Na Turquia, seu chefe da estação considerara-o um total desperdício de espaço; o veterano Dewey Clarridge detestou-o e desprezou-o desde o início.

No escritório em Nova York, ele teve um golpe de sorte que lhe proporcionou um certo renome. Embora o subsecretário-geral da ONU Arkady Shevchenko já trabalhasse para a CIA antes da chegada de Ames, e sua deserção final para os Estados Unidos, em abril de 1978, tivesse sido organizada por outro homem, Ames "controlou" o ucraniano no intervalo. Nessa ocasião, ele se tornara um bebedor inveterado.

Seu terceiro posto, no México, foi um fiasco. Ele se mantinha de porre, insultava colegas e estrangeiros, caía no chão de tão bêbado e era carregado para casa pela polícia mexicana, violava todos os procedimentos operacionais vigentes e não recrutou ninguém. Passava a maior parte do tempo bebendo por dias a fio com um russo, Igor Shurygin, que era o chefe da contraespionagem para a KGB na embaixada russa. Talvez tenha sido Shurygin quem primeiro indicou o americano tão cheio de defeitos como um "possível".

Nos dois postos no exterior, os relatórios sobre o desempenho de Ames foram os piores concebíveis. Num espectro amplo de avaliação de desempenho, ele ficou em 198º entre duzentas pessoas.

Em circunstâncias normais, uma carreira assim não o levaria a qualquer ponto que se situasse próximo da cúpula. No início dos anos 1980, todos os principais hierarcas – Carey Jordan, Dewey Clarridge, Milton Bearden, Gus Hathaway e Paul Redmond – consideravam que ele era um elemento inútil. Mas não Ken Mulgrew, que se tornou seu amigo e protetor.

Foi Mulgrew quem abafou os péssimos relatórios de desempenho e avaliação, removeu os obstáculos e providenciou as promoções. Como superior de Ames, ele ignorou as objeções. Enquanto comandava a distribuição do pessoal, tratou de encaixar Ames no grupo de contraespionagem.

Basicamente, eram companheiros de bebida, com a autocompaixão dos alcoólatras, concordando que a agência era injusta com ambos. Foi um erro de julgamento que em breve custaria muitas vidas.

LEONID ZAITSEV, o Coelho, estava morrendo, mas não sabia disso. Sentia uma dor intensa. E disso ele sabia.

O coronel Grishin acreditava na dor. Acreditava na dor como persuasão, na dor como exemplo para as testemunhas e na dor como punição. Zaitsev pecara e as ordens do coronel eram de que ele deveria compreender plenamente o significado da dor antes de morrer.

O interrogatório durara o dia inteiro e não houvera necessidade de recorrer à violência, porque ele contara tudo que lhe fora pedido. O coronel permanecera a sós com ele na maior parte do tempo, porque não queria que os guardas soubessem o que fora roubado.

O coronel lhe pedira, com extrema gentileza, que ele começasse do início, e Zaitsev o atendera. Tivera de repetir a história várias vezes, até o coronel ter certeza de que nenhum detalhe fora omitido. No fundo, não havia muito o que contar.

Só quando ele explicou por que fizera aquilo foi que o rosto do coronel assumiu uma máscara de incredulidade.

– Uma cerveja? Os ingleses lhe deram uma cerveja?

Por volta de meio-dia, o coronel estava convencido de que já tinha tudo. Calculava que as possibilidades maiores eram de que a jovem inglesa, confrontada por aquele espantalho, tivesse jogado a pasta fora, mas não podia ter certeza. Ele despachou um carro com quatro homens de confiança para ficarem à espreita na embaixada, esperando pelo pequeno carro vermelho. Deveriam seguir a mulher até seu apartamento e depois se comunicarem.

Pouco depois das 15 horas, ele deu as ordens finais para seus guardas e foi embora. Ao sair do complexo, um *airbus* A-300, com o emblema da British Airways na cauda, fez a volta sobre o norte de Moscou e seguiu para oeste; Grishin nem notou. Mandou que o motorista o levasse de volta à casa perto do bulevar Kiselny.

Eram quatro homens. As pernas do Coelho teriam cedido, mas eles sabiam e, por isso, dois o amparavam, os dedos apertando com força a parte superior de seus braços. Os outros dois se postavam na frente e atrás. Trabalharam devagar, acertando os socos de maneira meticulosa.

Os punhos enormes tinham pesadas soqueiras de latão. Os socos destruíram seus rins, arrebentaram o fígado e romperam-lhe o baço. Um chute acabou com os testículos do velho. O homem na frente esmurrou o estômago, depois o peito. Zaitsev desmaiou duas vezes, mas um balde de água fria o despertou e a dor voltou. Suas pernas cessaram de funcionar e os homens o suspenderam na ponta dos pés.

Quase ao final, as costelas dentro do peito magro se partiram, com duas delas se enfiando nos pulmões. Alguma coisa quente, doce e pegajosa subiu por sua garganta, impedindo-o de respirar.

A visão se reduziu a um túnel. Ele não via mais os blocos cinza de concreto na sala nos fundos do arsenal do quartel, mas, sim, um dia de sol brilhante, com uma estrada de terra e pinheiros. Não podia avistar quem falava, no entanto ouvia a voz que dizia:

– Vamos, companheiro, tome uma cerveja... tome uma cerveja.

A luz se desvaneceu para cinza, mas o Coelho ainda ouvia a voz repetindo palavras que jamais entenderia. Tome uma cerveja, tome uma cerveja... E depois as luzes se apagaram para sempre.

Washington, junho de 1985

Cerca de dois meses depois de receber o seu primeiro pagamento de 50 mil dólares em dinheiro, Aldrich Ames, numa única tarde, destruiu quase toda a Divisão SE da Diretoria de Operações da CIA.

Pouco antes do almoço, depois de requisitar os arquivos ultrassecretos 301, ele pôs três quilos de documentos em duas bolsas de compras de plástico. Levou-os pelos corredores intermináveis até os elevadores, desceu para o térreo e saiu do prédio pelas catracas com seu cartão de identificação de plástico. Nenhum guarda o deteve para perguntar o que havia nas bolsas. Ames pegou seu carro no vasto estacionamento, dirigiu por vinte minutos até Georgetown, a elegante comunidade suburbana de Washington, renomada por seus restaurantes ao estilo europeu.

Ele foi para o Chadwick's, um bar e restaurante sob a via elevada da rua K, à beira do rio, e se encontrou com o contato designado pelo coronel Androsov, que não podia ir pessoalmente, já que era o *rezident* da KGB, e por isso poderia ser seguido por agentes do FBI. O contato era um diplomata soviético "comum" chamado Chuvakhin.

Ames entregou tudo o que levara ao russo. Nunca sequer exigiu um preço. Quando veio o pagamento, seria enorme, o primeiro de muitos que o tornariam milionário. Os russos, normalmente avarentos com seus valiosos dólares, nunca mais barganharam depois disso. Sabiam que haviam encontrado o veio principal que podiam explorar.

Do Chadwick's, as bolsas foram direto para a embaixada, e de lá, para Yazenevo, o quartel-general da Primeira Diretoria. Ali os analistas mal acreditaram no que viam.

O golpe converteu Androsov numa grande estrela, e Ames passou a ser o trunfo mais importante no firmamento. O general que comandava a Primeira Diretoria, Vladimir Kryuchkov, originalmente um informante posto na Primeira Diretoria pelo sempre desconfiado Andropov, mas desde então promovido a coisas mais importantes, ordenou no mesmo instante a formação de um grupo ultrassecreto desligado de todas as outras tarefas e incumbido de cuidar apenas do produto de Ames. O codinome dado a Ames foi Kolokol, que significa Sino, e a força-tarefa tornou-se o Grupo Kolokol.

Uma autoridade do alto escalão da CIA calculou mais tarde que 45 operações anti-KGB, praticamente todo o *menu* da CIA, desmoronaram depois do verão de 1985. Não houve um único agente importante trabalhando para a CIA, cujo nome constasse dos arquivos 301, que continuasse a operar depois da primavera de 1986.

Naquelas sacolas de compras havia descrições de 14 agentes, quase todos os trunfos que a Divisão SE dispunha dentro da União Soviética. Os nomes verdadeiros não eram indicados, mas nem havia necessidade.

Qualquer investigador de contraespionagem, informado de que há um traidor em sua rede, que o homem foi recrutado em Bogotá, depois serviu em Moscou e agora se encontra em Lagos, vai descobrir logo de quem se trata. Só uma carreira combina com esses postos. De um modo geral, basta verificar os registros.

Um dos 14 era na verdade um antigo agente dos britânicos. Os americanos nunca souberam seu nome, mas como Londres, entregara seu produto a Langley, a CIA sabia alguma coisa a seu respeito e podia deduzir ainda mais. Era um coronel da KGB que fora recrutado na Dinamarca no início dos anos 1970 e se tornara trunfo dos britânicos por 12 anos. Já sob suspeita, mesmo assim ele voltara a Moscou de seu posto como *rezident* na embaixada soviética em Londres para uma última visita. A traição de Ames confirmou as suspeitas russas sobre o coronel Oleg Gordievsky.

Outro dos 14 teve sorte ou foi esperto. Sergei Bokhan era um oficial do serviço secreto militar postado em Atenas. Recebeu de repente a ordem de voltar a Moscou, sob a alegação de que seu filho vinha encontrando dificuldades nos exames na academia militar. Por acaso, ele sabia que o garoto era um ótimo aluno. Perdeu deliberadamente o voo que lhe fora designado, entrou em contato com a estação da CIA em Atenas e foi tirado do país às pressas.

Todos os outros 12 foram apanhados. Alguns se encontravam na União Soviética, outros, no exterior. Os que se encontravam no exterior receberam ordens para voltar a Moscou sob diversos pretextos, todos falsos. Foram presos ao chegar.

Todos os 12 foram interrogados intensivamente e confessaram. A alternativa era um interrogatório ainda mais "intensivo". Dois escaparam com alguns anos de trabalhos forçados e agora vivem nos Estados Unidos. Os outros dez foram torturados e fuzilados.

O PRIMEIRO LUGAR que Jock Macdonald procurou, assim que chegou a Londres, ao final da tarde, foi o prédio do quartel-general do SIS, em Vauxhall Cross. Sentia-se cansado, embora tivesse ousado tirar um cochilo no avião, e a ideia de ir ao clube para tomar um banho e dormir de verdade era tentadora. O apartamento que ele e a esposa, ainda em Moscou, tinham em Chelsea não estava disponível, pois fora alugado.

Mas Macdonald queria que o documento que trazia na pasta ainda presa ao pulso estivesse trancado e seguro no quartel-general antes de poder relaxar. O carro do serviço que o esperava em Heathrow largou-o na frente do monstro de arenito e vidro verde na margem sul do Tâmisa que alojava o SIS, desde sua mudança da velha e precária Century House, sete anos antes.

Ele passou pelos sistemas de segurança na entrada, ajudado pelo jovem e ansioso estagiário que o acompanhara desde o aeroporto, e foi guardar o documento no cofre do chefe da Divisão Russa. Seu colega o recebeu de forma efusiva, mas com alguma curiosidade.

– Aceita um drinque? – perguntou Jeffrey Marchbanks.

Ele indicou o que parecia ser um arquivo, coberto por um painel de madeira, mas ambos sabiam que se tratava de um bar.

– Boa ideia. Foi um dia longo e cansativo. *Scotch*.

Marchbanks abriu a porta e contemplou seu estoque. Macdonald era escocês e tomava pura a bebida de seus ancestrais. O chefe da divisão serviu uma dose dupla do Macallan, sem gelo, e entregou o copo.

– Sabia que você viria, é claro, mas não por quê. Conte-me.

Macdonald narrou sua história desde o início.

– Deve ser uma fraude – declarou Marchbanks ao final.

– É o que tudo indica – concordou Macdonald. – Mas, neste caso, é a fraude menos sutil de que já tomei conhecimento. E quem seria o responsável?

– Os inimigos políticos de Komarov, podemos supor.

– E ele tem muitos – admitiu Macdonald. – Mas que maneira de apresentar o documento! Era quase como pedir para que fosse jogado fora sem ser lido. Foi só por um golpe de sorte que o jovem Gray o encontrou.

– Bom, a próxima etapa é lê-lo. Você já o fez, não é mesmo?

– Durante a noite inteira. Como um manifesto político é... desagradável.

– Em russo?

– Isso mesmo.

– Hum... Desconfio que meu russo não esteja à altura. Vamos precisar de uma tradução.

– Prefiro fazê-la eu mesmo – disse Macdonald. – Para o caso de não ser uma fraude. Vai entender o motivo quando ler.

– Está certo, Jock. Você decide. O que quer fazer agora?

– Primeiro, ir para o clube. Tomar um banho, fazer a barba, jantar e dormir um pouco. Voltarei para cá por volta de meia-noite e trabalharei pela madrugada. Tornaremos a nos encontrar pela manhã.

Marchbanks fez que sim com a cabeça.

– Combinado. É melhor trabalhar nesta sala. Avisarei à segurança.

Quando Jeffrey Marchbanks retornou à sua sala, pouco antes das 10 horas da manhã seguinte, encontrou Jock Macdonald estendido no sofá, de sapatos, mas sem paletó e com a gravata afrouxada. A pasta preta estava em cima da mesa, com uma pilha de folhas brancas soltas ao lado.

– Aí está – anunciou Macdonald. – Na língua de Shakespeare. Antes que eu me esqueça, o disco continua na máquina, mas deve ser retirado e guardado com a devida segurança.

Marchbanks anuiu, pediu um café, pôs os óculos e começou a ler. Uma loura bonita, de pernas compridas, provavelmente de uma ótima família, trouxe o café, sorriu e se retirou. Marchbanks interrompeu a leitura.

– O homem é louco, sem dúvida.

– Se foi Komarov quem escreveu, então é mesmo. Ou muito mau. Talvez as duas coisas. De qualquer forma, é potencialmente perigoso. Continue a ler.

Marchbanks continuou. Ao terminar, soltou um leve suspiro.

– Só pode ser uma fraude. Alguém que tencionasse estas coisas jamais poria no papel.

– A menos que pensasse que ficaria restrito a seu círculo íntimo de fanáticos – sugeriu Macdonald.

– Foi roubado?

– É bem possível. Como também é possível que seja uma falsificação. Mas quem era o vagabundo e como se apoderou do documento? Não sabemos.

Marchbanks refletiu por algum tempo. Sabia que se o Manifesto Negro fosse uma falsificação e uma fraude, o serviço só teria a lamentar e se arrepender se o levasse a sério. Se fosse genuíno, o lamento e arrependimento seriam ainda maiores caso não o levassem a sério.

– Acho melhor mostrar isto ao controlador, talvez mesmo ao chefe – murmurou ele.

O controlador do Hemisfério Oriental, David Brownlow, recebeu-os ao meio-dia e o chefe chamou os três para almoçar às 13h15 na sala de refeições revestida com painéis de madeira que tinha no último andar, com uma vista panorâmica para o Tâmisa e a Vauxhall Bridge.

Sir Henry Coombs tinha quase 60 anos e estava em seu último ano como chefe do SIS. Como seus antecessores, desde Maurice

Oldfield, era um profissional de carreira e desenvolvera sua habilidade na Guerra Fria, que terminara dez anos antes. Ao contrário da CIA, cujos diretores eram escolhas políticas e nem sempre muito competentes, o SIS persuadira primeiros-ministros por trinta anos a designarem um chefe que tivesse toda a experiência necessária.

E dera certo. Depois de 1985, três diretores sucessivo da CIA admitiram que mal tinham sido informados dos terríveis aspectos do caso Ames até lerem os jornais. Henry Coombs contava com a confiança de seus subordinados e sabia de todos os detalhes de que precisava saber. E todos sabiam que ele sabia.

Ele leu o documento enquanto tomava sua *vichyssoise*. Mas lia depressa e absorvia tudo.

– Deve ser muito cansativo para você, Jock, mas quero que me conte tudo de novo.

Sir Henry escutou com toda atenção, fez duas perguntas e depois acenou com a cabeça.

– Sua opinião, Jeffrey?

Depois de ouvir o chefe da Divisão Russa, ele fez a mesma pergunta a Brownlow, o controlador do Oriente. Ambos disseram mais ou menos a mesma coisa. É verdadeiro? Precisamos ter certeza?

– O que me intriga é o seguinte: se tudo isso é a verdadeira agenda política de Komarov, por que ele pôs no papel? – indagou Brownlow. – Afinal, sabemos que até os documentos mais ultrassecretos podem ser roubados.

Os olhos enganadoramente afáveis de Sir Henry Coombs se viraram para o chefe da estação em Moscou.

– Alguma ideia, Jock?

Macdonald deu de ombros.

– Por que alguém escreve seus pensamentos e planos mais profundos? Por que as pessoas confessam o inconfessável para seus diários? Por que as pessoas mantêm diários inacreditavelmente íntimos? Por que grandes corporações ou serviços como o nosso guardam materiais hipersensíveis? Talvez estivesse destinado a ser apenas um documento de informação para o círculo íntimo, ou então uma terapia para ele próprio. Ou talvez não passe de uma falsificação para prejudicar o homem. Não sei.

– Ah, aí está! – exclamou Sir Henry. – Não sabemos. Mas depois de ler o documento, concordo que precisamos saber. São muitas as perguntas. Como isto foi escrito? É de fato obra de Igor Komarov? Esta assustadora torrente de loucura é o que ele tenciona realizar se, ou mais provavelmente quando, subir ao poder? Se for verdadeiro, como foi roubado, quem roubou e por que nos entregou? Ou tudo não passa de um festival de mentiras?

Ele mexeu o café, olhando para os documentos, o original e a tradução feita por Macdonald, com profunda aversão.

– Lamento, Jock, mas precisamos ter essas respostas. E não posso levar isto adiante enquanto não as tivermos. Talvez, nem assim. Terá de voltar a Moscou, Jock. Não sei como pretende fazer, pois isso é da sua conta, mas precisamos saber.

O chefe do SIS, como todos os seus antecessores, tinha duas tarefas. Uma era profissional, dirigir o melhor serviço de informações que pudesse para a nação. A outra era política, fazer a ligação com o Comitê Conjunto de Informações, os mandarins de seus principais clientes, o Foreign Office, que nem sempre era fácil, brigar com o gabinete do primeiro-ministro para obter mais verbas no orçamento e cultivar amigos entre os políticos que integravam o governo. Eram muitas as funções e não podiam ser cumpridas por pessoas supersensíveis ou por tolos.

A última coisa de que ele precisava era apresentar uma história absurda de um vagabundo jogando no carro de uma moça da embaixada em Moscou um documento que agora tinha marcas de pés e descrevia um programa de crueldade desvairada que podia ou não ser genuíno. Seria jogado na fogueira e sabia disso.

– Voarei de volta esta tarde, chefe.

– Nada disso, Jock. Você teve duas noites horríveis consecutivas. Vá se distrair um pouco, passe oito horas na cama. E pegue o primeiro voo de amanhã para a terra dos cossacos. – Ele olhou para o relógio. – E agora, se me dão licença...

Os três se retiraram. Macdonald não foi a um teatro, nem passou as oito horas na cama. Havia uma mensagem na sala de Marchbanks, recém-chegada da sala de códigos. O apartamento de Celia Stone fora arrombado e revistado. Ela chegara do jantar e surpreendera dois homens mascarados, que a agrediram com uma perna de cadeira. Ela estava no hospital, mas não corria risco de vida.

Sem dizer nada, Marchbanks entregou a mensagem a Macdonald, que também a leu.

– Merda! – murmurou ele.

Washington, julho de 1985

O aviso, quando chegou, foi indireto, como ocorre com tanta frequência no mundo da espionagem, de terceira mão, talvez uma completa perda de tempo.

Um voluntário americano, trabalhando num programa de ajuda da UNICEF na desagradável república marxista-leninista do Iêmen do Sul, voltou a Nova York em licença e jantou com um antigo colega de turma que estava agora no FBI.

Ao descrever o maciço programa de ajuda militar soviético que Moscou oferecia ao Iêmen do Sul, o funcionário da ONU contou que, uma noite, no bar do Rock Hotel, em Áden, conversara com um major do exército russo.

Como a maioria dos russos ali, o homem quase não falava árabe, e se comunicava com os iemenitas, cidadãos de uma antiga colônia britânica, em inglês. O americano, sabendo da impopularidade dos Estados Unidos no Iêmen do Sul, tinha o hábito de dizer às pessoas que era suíço. Foi o que falou ao russo.

Cada vez mais bêbado e longe dos ouvidos de seus compatriotas, o russo lançou-se a uma veemente condenação da liderança de seu país. Acusou os altos escalões de corrupção, desperdício criminoso e indiferença aos russos que se esforçavam em subvencionar o Terceiro Mundo.

Depois de contar sua história durante jantar, o homem da UNICEF teria saído de cena, se o homem do FBI não mencionasse o assunto a um amigo no escritório da CIA em Nova York.

O homem da CIA, depois de consultar o chefe do escritório, promoveu um segundo jantar com o homem da UNICEF, com vinho à vontade. Como estímulo, o homem da CIA lamentou que os russos estivessem fazendo grandes avanços para consolidar as amizades com as nações do Terceiro Mundo, em particular no Oriente Médio.

Ansioso em demonstrar seu conhecimento superior, o homem da UNICEF interrompeu para garantir que não era bem assim, que ele tinha a percepção pessoal de que os russos tendiam a detestar os árabes, a se exasperarem com a incapacidade deles para dominar a tecnologia mais simples e a capacidade de quebrar ou destruir qualquer coisa entregue em suas mãos.

– É só ver o que acontece no lugar de onde eu vim...

Ao final da refeição, o homem da CIA tinha um quadro de um vasto grupo de assessores militares, frustrados e sem verem sentido em sua presença na República Democrática Popular do Iêmen. Também tinha uma descrição de um major cansado do que fazia: alto, musculoso, um rosto meio oriental. E um nome: Solomin.

O relatório seguiu para Langley e foi parar na mesa do chefe da Divisão SE, que o discutiu com Carey Jordan.

– Talvez não dê em nada e pode ser perigoso – disse o VDO a Jason Monk três dias depois. – Mas você acha que poderia ir ao Iêmen do Sul e conversar com esse major Solomin?

Monk consultou os peritos sobre o Oriente Médio e logo compreendeu que o Iêmen do Sul estava em situação crítica. Os Estados Unidos haviam caído em profundo desfavor para o governo comunista ali, que era cortejado com fervor por Moscou. Apesar de tudo, havia uma comunidade estrangeira surpreendentemente grande, além dos russos.

Os britânicos, embora quase que tivessem lutado para sair de Áden em 1976, tinham voltado com força total. Agentes da Coroa ajudavam no comércio internacional, a De La Rue imprimia o dinheiro iemenita, e a Tootal estava construindo uma indústria têxtil. A Massey Ferguson tinha uma operação de tratores e a Costain dirigia uma fábrica de biscoitos na comunidade suburbana de Shaykh 'Uthmān, onde outrora haviam sido travados combates de rua em rua.

Engenheiros britânicos participavam de um novo sistema de abastecimento de água e um programa de controle de inundações. A organização beneficente britânica Save the Children distribuía medicamentos no interior, junto com a organização francesa Médecins sans Frontières.

Isso deixava a ONU com três operações: a FAO ajudava com a agricultura, a UNICEF, com as crianças de rua e a OMS, com projetos de saúde.

Por melhor que se fale uma língua estrangeira, é uma perspectiva assustadora se apresentar como natural dessa nação e depois deparar com algum cidadão autêntico de lá. Monk decidiu evitar a farsa de que era britânico, porque os britânicos perceberiam a diferença em dois minutos. O mesmo com os franceses.

Mas os Estados Unidos eram os principais pagadores da ONU e tinham influência, ostensiva e discreta, em diversas agências. Uma verificação indicou que não havia qualquer espanhol na missão da FAO em Áden. Uma nova personalidade foi criada, e ficou combinado que Monk viajaria para Áden em outubro com visto de um mês, no papel de um inspetor itinerante da sede da FAO em Roma, a fim de verificar os progressos no país. Segundo os documentos forjados, ele seria Estéban Martinez Llorca. Em Madri, o governo espanhol, ainda grato, forneceu toda a documentação necessária.

JOCK MACDONALD chegou a Moscou tarde demais para ir imediatamente visitar Celia Stone no hospital, mas foi até lá na manhã seguinte, 20 de julho. A assistente do adido de imprensa estava enfaixada e sonolenta, porém capaz de falar. Voltara para o apartamento na hora normal, não notara ninguém a segui-la. Contudo, não era treinada para observar essas coisas.

Depois de três horas no apartamento, ela saíra para jantar com uma amiga da embaixada canadense. Voltara por volta das 23h30. Os ladrões deviam ter ouvido sua chave na fechadura, porque não havia qualquer barulho quando ela entrou no apartamento. Acendera a luz no vestíbulo e vira a porta aberta na sala escura. O que era estranho, porque ela deixara uma luz acesa ali. A janela da sala dava para o pátio central, e a luz por trás da cortina indicaria que havia alguém em casa. Celia pensara que a lâmpada devia ter se queimado.

Alcançara a porta da sala quando dois vultos avançaram da escuridão. Um deles empunhava alguma coisa e a acertara na lateral da cabeça. Enquanto caía, meio que ouvira, meio que sentira os dois homens pulando por cima dela e se encaminhando para a porta do apartamento. Apagara em seguida. Ao recuperar os sentidos – não sabia quanto tempo depois –, arrastara-se até o telefone e chamara um vizinho. Tornara a desmaiar e só despertara no hospital. Não havia mais nada que pudesse dizer.

Macdonald foi ao apartamento. O embaixador apresentara um protesto ao Ministério do Exterior, que ficara furioso e se queixara ao Ministério do Interior. Pediram à promotoria de Moscou que designasse seu melhor investigador. Um relatório completo seria apresentado tão depressa quanto possível. Em Moscou, isso significava o seguinte: não prenda a respiração e espere sentado.

A mensagem para Londres fora errada num ponto. Celia Stone não fora acertada por uma perna de cadeira, mas sim por uma pequena estatueta de porcelana. Que se espatifara. Se fosse de metal, ela teria morrido.

Ainda havia detetives russos no apartamento e eles responderam com satisfação às perguntas do diplomata britânico. Os dois milicianos na barreira para o pátio não haviam admitido qualquer carro russo, e por isso os dois homens deviam ter chegado a pé. Os milicianos não tinham visto ninguém passar. Diriam isso de qualquer maneira, pensou Macdonald.

A porta não fora arrombada. Portanto, os assaltantes deviam ter usado uma gazua, a menos que tivessem uma chave, o que era improvável. Talvez estivessem à procura de moeda forte naqueles tempos difíceis. Era uma situação lamentável. Macdonald balançou a cabeça.

Particularmente, ele pensava que os intrusos podiam ser dos Guardas Negros, mas era mais provável que fosse um trabalho sob contrato executado pelo submundo local. Ou ex-mercenários da KGB... havia muitos. Os ladrões de Moscou não costumavam se aventurar em residências diplomáticas, pois a repercussão era grande. Os carros na rua podiam ser roubados, mas não os apartamentos vigiados por guardas. A busca fora meticulosa e profissional, mas nada fora levado, nem mesmo as imitações de joias no quarto. Um trabalho profissional e visando a um único artigo não encontrado. Macdonald temia o pior.

De volta à embaixada, ele teve uma ideia, ligou para a promotoria e pediu que o investigador designado para o caso fizesse a gentileza de procurá-lo. O inspetor Chernov apareceu às 15 horas.

– Talvez eu possa ajudá-lo – disse Macdonald.

O investigador alteou uma sobrancelha.

– Eu ficaria muito agradecido.

– Nossa funcionária, a Srta. Stone, estava se sentindo melhor esta manhã. Muito melhor.

– O que me deixa bastante satisfeito.

– Tão melhor que pôde dar uma descrição razoável de um de seus agressores.

– Ela disse no primeiro depoimento que não conseguira ver nenhum dos dois – lembrou Chernov.

– A memória, às vezes, volta em casos assim. Esteve com ela ontem de tarde, inspetor?

– Isso mesmo. Às 16 horas. Ela estava acordada.

– Mas ainda tonta, imagino. Esta manhã ela se mostrava mais lúcida. Uma das esposas do nosso corpo diplomático é uma artista. Com a ajuda da Srta. Stone, ela fez um retrato falado.

Macdonald estendeu por cima da mesa o retrato a carvão e *crayon*. O rosto do inspetor se iluminou.

– Isto é de uma extraordinária utilidade – declarou ele. – Vou mostrar a todo o pessoal na Delegacia de Roubos. Um homem dessa idade deve ter uma ficha.

Ele se levantou para sair. Macdonald também se levantou.

– Foi um prazer poder ajudar.

Trocaram um aperto de mão e o investigador se retirou. Durante a hora do almoço, Celia Stone e a desenhista foram informadas da nova história. Nenhuma das duas compreendeu o motivo, mas concordaram em confirmá-la se o inspetor Chernov algum dia as interrogasse. Só que isso nunca aconteceu.

Nem os grupos da Delegacia de Roubos, espalhados por Moscou, reconheceram o rosto. Mas mesmo assim as cópias do retrato falado foram fixadas nas paredes das salas.

Moscou, julho de 1985

Na esteira da inesperada colheita proporcionada por Aldrich Ames, a KGB fez uma coisa extraordinária.

É uma regra inviolável no Grande Jogo que se uma agência adquire de repente um "trunfo" de valor inestimável no coração do inimigo, esse trunfo deve ser protegido. Assim, quando ele revela um punhado de traidores, a agência pega esses traidores devagar, com extremo cuidado, em cada caso criando uma razão aparentemente diferente para a captura.

Só depois que o trunfo escapou do perigo e se encontra são e salvo por trás das linhas, é que os agentes que ele traiu podem ser presos de uma só vez. Agir de outra forma seria o equivalente a publicar um anúncio de página inteira no *New York Times* dizendo: "Ei, prestem atenção! Acabamos de recrutar um importante informante dentro da organização de vocês, e vejam só o que ele nos deu!"

Como Ames continuava a ocupar um cargo de destaque na CIA e podia-se contar com muitos anos de bons serviços prestados, a Primeira Diretoria gostaria de respeitar as regras e capturar os 14 traidores denunciados devagar e com todo cuidado. Mas apesar de seus protestos quase chorosos, foram impedidos de agir assim por Mikhail Gorbachev.

Ao estudar a colheita de Washington, o Grupo Kolokol compreendeu que algumas descrições podiam ser identificadas de imediato, enquanto outras precisavam de uma meticulosa verificação. Entre os "imediatos", alguns ainda serviam no exterior e teriam de ser atraídos de volta com a maior habilidade, para que não farejassem uma armadilha. Podia levar meses.

A segunda decisão foi a de não envolver os rivais da Segunda Diretoria. Acostumados a operar no exterior, eles não compreendiam que teriam um desempenho medíocre nas ruas de Moscou.

Resolveram começar pelo agente "britânico", coronel Oleg Gordievsky. Por um lado, porque ele já se encontrava sob suspeita, o resultado de anos de paciente trabalho de investigação. A descrição de Ames sobre um oficial da KGB no posto de coronel que acabara de voltar a Moscou se ajustava como uma luva a Gordievsky e confirmava sua culpa. Assim, sem comunicar a ninguém, a Primeira Diretoria o pôs sob vigilância total dentro de Moscou, normalmente uma especialidade da Segunda Diretoria. Foi um fiasco.

Gordievsky não era nenhum tolo e percebeu que seu tempo era escasso. Nunca deveria ter voltado a Moscou. Seria melhor se tivesse aceitado os apelos insistentes de seus amigos em Londres para permanecer ali e desertar de fato, como há 12 anos já desertara em espírito.

Havia um procedimento que os britânicos haviam lhe indicado, um meio de dizer, mesmo sob vigilância, "estou em dificuldades, preciso de ajuda AGORA". Ele o usou e a mensagem foi recebida. O SIS elaborou um plano para tirá-lo da União Soviética, mas precisava da ajuda da embaixada. O embaixador britânico, com o apoio do Foreign Office, não queria colaborar.

O chefe do SIS na ocasião usou sua prerrogativa de pedir e obter uma reunião particular com a primeira-ministra. Explicou o problema.

Por mais estranho que pudesse parecer, a Sra. Thatcher lembrava de Gordievsky. No ano anterior, Mikhail Gorbachev, antes de conquistar a presidência, visitara Londres e a deixara bastante impressionada. Sentado ao lado dele, como intérprete, estava um diplomata da embaixada soviética, Oleg Gordievsky. A primeira-ministra não sabia que ele trabalhava para os britânicos, mas se espantara que suas informações sobre os pensamentos particulares de Mikhail Gorbachev fossem tão acuradas. Gordievsky as transmitira durante a noite. Agora ela se levantou com os olhos azuis faiscando.

– Mas é claro que temos de tirá-lo de lá! Afinal, é um homem corajoso e um dos nossos!

Uma hora depois, as objeções do secretário do Exterior e do embaixador foram rejeitadas. Na manhã de 19 de julho, os portões da embaixada se abriram e carros começaram a sair, um depois do outro. Os vigilantes da KGB ficaram confusos. Um a um, seus carros de vigilância seguiram os britânicos, que se dispersaram por todas as direções. Ao final, não restava mais um único carro russo. Foi então que duas vans Ford Transits saíram. Ninguém as seguiu. Uma delas foi parar ao lado de Gordievsky, em sua corrida matutina, e uma voz gritou, "Oleg, entre!". O coronel pulou pela porta lateral aberta.

Por trás dele, os dois homens da Primeira Diretoria incumbidos de sua vigilância chamaram o carro de apoio, que se aproximou em disparada pela rua e parou para apanhá-los.

O recolhimento de Gordievsky fora efetuado propositalmente perto de uma esquina. A van virou a esquina e desapareceu, entrando numa viela. A outra igual partiu do meio-fio. Assim, quando os russos viraram a esquina, avistaram apenas uma van branca e trataram de segui-la. A perseguição se prolongou por quilômetros e quilômetros. Ao final, a van foi cercada e obrigada parar, mas continha apenas os legumes da embaixada. A outra, que levava Gordievsky, já se encontrava sã e salva dentro da embaixada.

Ali, uma equipe de mecânicos do exército vinha trabalhando num velho Land Rover do serviço diplomático, criando um compartimento estreito por baixo do eixo de transmissão. Foi ali que o russo se espremeu, e dois dias depois o Land Rover partiu para a Finlândia. Foi detido no lado soviético da fronteira finlandesa e revistado, apesar do protocolo diplomático, mas nada foi encontrado. Uma hora depois, no meio das florestas finlandesas, Oleg Gordievsky, com o corpo todo rígido, foi tirado de sua prisão e levado para Helsinque.

A notícia foi divulgada poucos dias mais tarde. O Ministério do Exterior soviético apresentou um protesto ao embaixador britânico, que se manteve impassível e respondeu que não sabia do que se tratava.

Alguns meses mais tarde, Gordievsky se encontrava em Washington, partilhando seus conhecimentos com a CIA. Entre os homens que o interrogaram, sorrindo para disfarçar seu terror, estava Aldrich

Ames. E se o russo soubesse alguma coisa sobre um americano traidor? Para sorte de Ames, a resposta é que Gordievsky nada sabia. Ninguém sabia.

JEFFREY MARCHBANKS ACHAVA que poderia ter uma maneira de ajudar seu colega em Moscou no empenho para confirmar ou não a autenticidade do Manifesto Negro.

Um dos problemas de Macdonald era o de não dispor de meios razoáveis de obter o acesso à pessoa de Igor Komarov. Marchbanks calculou que uma profunda entrevista com o líder da União das Forças Patrióticas poderia proporcionar alguma pista se o homem que se apresentava como um conservador e nacionalista de direita confesso poderia esconder por trás de seu verniz as ambições de um nazista desvairado.

Ele conhecia alguém que poderia obter essa entrevista. No inverno anterior, Marchbanks participara de uma caçada de faisão e entre os convidados figurava o recém-promovido editor de um importante jornal conservador da Inglaterra. No dia 21 de julho, Marchbanks telefonou para o editor, lembrou-o da caçada de faisão e marcou um almoço para o dia seguinte em seu clube, em St. James's.

Moscou, julho de 1985

A fuga de Gordievsky provocou uma violenta briga em Moscou. Esta ocorreu no último dia do mês, na sala do próprio presidente da KGB, no terceiro andar do prédio na praça Dzerjinsky.

Era uma sala sinistra, que certa vez abrigara alguns dos monstros mais sanguinários que o planeta já conheceu. Yagoda sentara-se ali, assim como Yejov, obedecendo às ordens de Stalin para encharcar o solo russo com o sangue de milhões de pessoas. Foram sucedidos por Beria, o psicopata pedófilo, Serov, Semichastny e o recém-falecido Yuri Andropov, que se mantivera no cargo por mais tempo que qualquer outro, durante 15 anos, de 1963 a 1978.

Na escrivaninha em forma de T, haviam sido assinadas ordens que fizeram homens gritar sob tortura, morrer de hipotermia nas vastidões desoladas da Sibéria ou se ajoelhar em algum pátio para receber uma bala de pistola no cérebro.

O general Viktor Chebrikov não tinha mais esses poderes. As coisas estavam mudando e as ordens de execução deviam ser aprovadas pessoalmente pelo presidente da Rússia. Mas para os traidores ainda eram assinadas e a reunião naquele dia garantiria a morte de vários deles.

Na frente da mesa, assumindo uma posição defensiva, estava o chefe da Primeira Diretoria, Vladimir Kryuchkov. Seus homens é que tinham trabalhado tão mal. O ataque era desfechado pelo chefe da Segunda Diretoria, um homem baixo e atarracado, de ombros largos, o general Vitali Boyarov, que cuspia fogo.

– Toda a coisa foi uma completa... *razebaistvo!* – trovejou ele.

Mesmo entre os generais, o uso de linguagem chula era comum, uma prova da rudeza de soldado e de origem da classe operária. A palavra significa "cagada".

– Não vai acontecer de novo – murmurou Kryuchkov, defensivo.

– Pois então vamos acertar uma estrutura da qual não poderemos nos desviar – propôs o presidente da KGB. – No território soberano da União Soviética, os traidores serão presos e interrogados pela Segunda Diretoria. Se algum dia houver mais traidores identificados, será isso que vai acontecer. Entendido?

– Há mais – anunciou Kryuchkov. – Mais treze.

Houve silêncio na sala por alguns segundos.

– Está tentando nos dizer alguma coisa, Vladimir Aleksandrovich? – indagou o presidente, a voz suave.

Foi nesse momento que Kryuchkov revelou o que acontecera no Chadwick's, em Washington, seis semanas antes. Boyarov deixou escapar um longo assovio.

– O que está fazendo? – perguntou Chebrikov.

– Criei uma força-tarefa para cuidar do produto. Estamos identificando os 14 homens... ou 13, para ser mais preciso... que trabalham para a CIA. Todos russos. Talvez demoremos mais a identificar alguns.

O general Chebrikov tomou uma decisão naquele dia. O Grupo Kolokol, em Yazenevo, analisaria o produto. Era uma questão de informações obtidas no exterior. Mas assim que um traidor fosse identificado, seu nome seria comunicado ao comitê conjunto Krysolov (ratoeira), para prisão e interrogatório. Oficiais da Primeira Diretoria estariam presentes nas sessões de interrogatório, para que se soubesse que perguntas fazer e quais as respostas necessárias.

Afora isso, caberia à Segunda Diretoria decidir o local da detenção. Qualquer relutância em responder às perguntas ou confessar seria tratada pela Segunda Diretoria da maneira habitual.

Uma semana depois, inebriado com o sucesso da KGB, o general Chebrikov revelou tudo a Mikhail Gorbachev. A reação o surpreendeu. Em vez de se mostrar satisfeito com o êxito do maior golpe na espionagem moderna contra os americanos, o novo presidente do país, que assumira apenas em março anterior, ficou horrorizado com a extensão e o nível da penetração da CIA na sociedade soviética, em particular nos dois serviços de informações, a KGB e o militar, o GRU.

Ignorando as súplicas da KGB para uma cautela programada, ele ordenou que todos os traidores denunciados por Aldrich Ames fossem presos ao mesmo tempo, ou o mais depressa possível.

Em Yazenevo, o velho e astuto general que comandava o Grupo Kolokol, ex-chefe da Diretoria dos Ilegais, Yuri Drozdov, presumiu que isso significava que Aldrich Ames estava liquidado. Com tal blitz de prisões de seus agentes, Langley saberia que tinha um traidor em suas fileiras, começaria a investigar e logo o descobriria. Para seu total espanto, não foi o que aconteceu.

Enquanto isso, o general Boyarov preparava sua comissão da ratoeira, a equipe que interrogaria os traidores à medida que fossem identificados e presos. Para chefiar essa equipe, ele queria alguém especial. A ficha estava em sua mesa: um coronel, com apenas 40 anos, porém experiente, um interrogador que nunca falhava. Ele folheou as páginas.

Nascido em 1945, em Molotov, antiga Perm, agora Perm de novo, desde que Molotov, o lacaio de Stalin, caíra em desgraça, em 1957.

Filho de um soldado condecorado que sobrevivera, voltara para casa e gerara um filho.

O pequeno Tolya fora criado dentro da rigorosa doutrinação oficial, na cinzenta cidade do norte. Os registros recordavam que seu pai fanático abominava Kruschev por criticar o herói Stalin e indicavam que o menino herdara e assumira todas as atitudes do pai.

Em 1963 ele fora convocado, aos 18 anos, e destacado para o contingente militar do Ministério do Interior, o MVD. Essas tropas eram usadas para guardar as prisões, os campos de trabalhos forçados e os centros de detenção. Também serviam na repressão aos distúrbios populares. O jovem soldado se integrara em seu trabalho como um pato na água.

Naquelas unidades prevalecia o espírito de repressão e controle das massas. O rapaz se saíra tão bem que recebera uma recompensa excepcional, uma transferência para o Instituto Militar de Línguas Estrangeiras, em Leningrado. Tratava-se de uma cobertura para a academia de treinamento da KGB, conhecida na agência como Kormushka (manjedoura), porque produzia uma constante forragem para as fileiras. Os que se formavam na Kormushka eram famosos por sua implacabilidade, dedicação e lealdade. O jovem tornou a brilhar e foi outra vez recompensado.

Desta vez, foi despachado para um posto na seção de Oblasl Moscou (cidade e região) da Segunda Diretoria, onde passou quatro anos, adquirindo excelente reputação como um eficiente organizador, investigador meticuloso e interrogador impiedoso. Na verdade, ele se especializou de tal forma em interrogatórios que escreveu um ensaio muito apreciado a respeito, que lhe valeu uma transferência para o quartel-general nacional da Segunda Diretoria.

Desde então, ele nunca mais deixara Moscou, trabalhando contra os odiados americanos, vigiando a embaixada e seguindo seus diplomatas. Durante esse período, ele passou um ano no serviço de investigação, mas logo voltou à Segunda Diretoria. Os oficiais superiores e os instrutores encontraram tempo para anotar em sua ficha o ódio intenso que ele acalentava contra anglo-americanos, judeus, espiões e traidores, assim como um nível de sadismo inexplicado, mas aceitável, em seus interrogatórios.

O general Boyarov fechou o dossiê com um sorriso. Tinha o seu homem. Se queria resultados rápidos, sem maiores confusões, então o coronel Anatoli Grishin era a escolha ideal.

5

No meio da St. James's Street há um discreto prédio de pedra, com uma porta azul e alguns arbustos em vasos no lado de fora. Não exibe qualquer nome. Aqueles que sabem o que é e onde fica não terão a menor dificuldade para encontrá-lo; aqueles que não sabem são os que não têm convite para entrar e devem seguir adiante. O Brook's Club não faz propaganda.

Apesar disso, é um dos oásis prediletos dos servidores civis de Whitehall, não muito distante. Foi ali que Jeffrey Marchbanks se encontrou com o editor do *Daily Telegraph* para almoçar, no dia 22 de julho.

Brian Worthing tinha 48 anos e era jornalista há mais de vinte quando, dois anos antes, o proprietário canadense Conrad Black o afastara do *Times* para assumir a editoria vaga. A experiência de Worthing era como correspondente estrangeiro e de guerra. Cobrira a Guerra das Falklands quando jovem, sua primeira guerra de verdade – e, mais tarde, a Guerra do Golfo, em 1990-1991.

A mesa reservada por Marchbanks era pequena, num canto, longe o bastante dos outros para que ninguém ouvisse a conversa. Não que alguém sequer sonhasse em tentar tal coisa. No Brook's, um homem nunca admitiria ouvir a conversa de outro, mas os velhos hábitos demoram a morrer.

– Creio que provavelmente mencionei em Spurnal que estava com o Foreign Office – comentou Marchbanks, durante o coquetel de camarão.

– Recordo que falou isso mesmo – confirmou Worthing.

Ele ficara sem saber se aceitava ou não o convite para almoçar. Seu dia, como sempre, se prolongaria das 10 horas da manhã até depois do pôr do sol, e tirar duas horas para almoçar – três, se contasse a viagem de Canary Wharf ao West End e de volta – deveria valer a pena.

– Para ser franco, trabalho em outro prédio, descendo o rio, perto da King Charles Street, e na outra margem – informou Marchbanks.

– Ah... – murmurou o editor.

Ele sabia de tudo sobre Vauxhall Cross, embora nunca tivesse estado lá. Talvez o almoço produzisse alguma coisa, no final das contas.

– Minha preocupação específica é a Rússia.

– Não o invejo – Worthing liquidou o que restava do camarão com uma fina fatia de pão preto. Era um homem enorme, com um apetite notável. – Está degenerando depressa, eu diria.

– Algo por aí. Desde a morte de Cherkassov que a próxima perspectiva parece ser a iminente eleição presidencial.

Os dois ficaram em silêncio, enquanto uma jovem garçonete trazia costeletas de cordeiro com legumes, junto com uma garrafa do clarete da casa. Marchbanks serviu.

– Parece que o resultado é inevitável – comentou Worthing.

– É exatamente a nossa opinião. O renascimento comunista murchou ao longo dos anos e os reformadores estão agora na casa dos 60 e 70 anos. Ao que tudo indica, não há nada que impeça Igor Komarov de conquistar a presidência.

– E isso seria muito ruim? – indagou o editor. – Sua fala parecia ser de alguém com bom senso nas últimas notícias que li a seu respeito. Recuperar a moeda, deter a descida para o caos, reprimir a máfia. Coisas desse tipo.

Worthing orgulhava-se de ser um homem que falava sem rebuços. Tendia a dizer frases curtas, como telegramas.

– Tem toda razão, parece maravilhoso. Mas, de certa forma, ele ainda é um enigma. O que realmente tenciona fazer? E como? Diz que despreza os créditos estrangeiros, mas como pode dispensá-los? Mais importante ainda, tentará repudiar as dívidas da Rússia, pagando-as com rublos sem valor?

– Ele não ousaria.

Worthing sabia que o *Telegraph* tinha um correspondente residente em Moscou, mas já fazia algum tempo que ele não mandava qualquer matéria sobre Komarov.

– Será que não? – especulou Marchbanks. – Não sabemos. Alguns dos seus discursos são bastante radicais, mas depois ele persuade os visitantes, em conversas particulares, de que não é um ogro, no final das contas. Qual é o homem verdadeiro?

– Eu poderia pedir a nosso homem em Moscou para procurar uma entrevista.

– É improvável que seja concedida, receio – sugeriu o espião. – Creio que todos os correspondentes residentes em Moscou fazem a mesma coisa, a intervalos irregulares. Ele só concede entrevistas com uma raridade excepcional. Dizem que detesta a imprensa estrangeira.

– Ei, temos torta de melaço! – exclamou Worthing. – Vou querer uma!

Os britânicos de meia-idade sempre ficam contentes quando lhes é oferecido o tipo de comida que recebiam no jardim de infância. A garçonete trouxe torta de melaço para ambos.

– Então como se pode alcançar o homem? – perguntou Worthing.

– Ele tem um jovem assessor de publicidade cujos conselhos parece ouvir. Boris Kuznetsov. Muito inteligente, estudou numa das tradicionais universidades americanas. Se há uma chave, é ele. Sabemos que ele lê a imprensa ocidental todos os dias e aprecia em particular os artigos de um homem seu, Jefferson.

Mark Jefferson era editorialista e colaborador frequente da principal página de opinião do *Telegraph*. Tratava de política, interna e externa, era um excelente polemista e um mordaz conservador. Worthing saboreou a torta de melaço.

– É uma ideia – murmurou ele, depois de um longo momento.

– O problema é que os correspondentes residentes em Moscou não valem nada – comentou Marchbanks, animando-se com a trama. – Mas um astro dos editorialistas indo a Moscou para fazer um retrato completo do líder iminente, o homem de amanhã, esse tipo de coisa... eis uma atração irresistível.

Worthing pensou a respeito por um momento.

– Talvez devêssemos pensar em retratos de todos os três candidatos. Para manter o equilíbrio.

– Boa ideia – concordou Marchbanks, embora não pensasse assim. – Mas é Komarov quem parece fascinar as pessoas, de um jeito ou de outro. Os demais candidatos são figurantes. Vamos subir para o café?

Quando estavam sentados lá em cima, na sala de estar, por baixo do retrato dos Dilettantes, Worthing disse:

– Até que não é má ideia. Comovido como estou por sua preocupação com os nossos números de circulação, o que você quer que seja perguntado a ele?

Marchbanks sorriu pela franqueza do editor.

– Está certo. É verdade, gostaríamos de saber algumas coisas para transmitir a nossos superiores. De preferência alguma coisa que não conste da matéria do *Telegraph*. Eles também podem ler o *Telegraph*... e leem. O que o homem realmente tenciona? Qual é a sua posição em relação aos grupos étnicos minoritários? Há dez milhões deles na Rússia e Komarov é um defensor da supremacia russa. Como ele pretende promover o renascimento para a glória da nação russa? Em uma palavra, o homem é uma máscara. O que existe por trás dessa máscara? Há uma agenda secreta?

– Se houver – especulou Worthing –, por que ele haveria de revelá-la a Jefferson?

– Nunca se sabe. Os homens se deixam arrebatar.

– Como se pode entrar em contato com esse Kuznetsov?

– Seu homem em Moscou deve saber. Uma carta pessoal de Jefferson provavelmente seria bem recebida.

– Muito bem – disse Worthing, enquanto desciam a escada larga. – Já posso visualizar uma matéria na página dupla central. Falarei com o nosso escritório em Moscou.

– Se tudo der certo, eu gostaria de conversar com Jefferson depois.

– Para extrair todas as informações? Tenho as minhas dúvidas. Deve saber que ele é bastante suscetível.

– Serei untuoso como azeite – prometeu Marchbanks.

Eles se separaram na calçada. O motorista de Worthing avistou-o e saiu de seu estacionamento ilegal em frente ao Suntory para levá-lo de volta a Canary Wharf, em Docklands. Mas o espião decidiu andar para desgastar a torta de melaço e o vinho.

Washington, setembro de 1985

Antes de sequer começar a espionar, em 1984, Ames se candidatara ao posto de chefe da seção soviética na grande estação da CIA em Roma. Em setembro de 1985, ele soube que o obtivera.

Isso o deixava num dilema. Não sabia então que os russos relutavam em expô-lo a um perigo extremo pela captura imediata de todos os homens que ele traíra.

O posto em Roma o afastaria de Langley, bem como do acesso aos arquivos 301 e à Seção Soviética do grupo de contraespionagem vinculado à Divisão SE. Por outro lado, Roma era considerada uma cidade atraente para se viver e um posto de grande importância. Ele consultou os russos.

A atitude deles foi de aprovação. Afinal, tinham pela frente meses de investigações, prisões e interrogatórios. Tão vasta era a colheita que Ames lhes proporcionara e, por motivos de segurança, tão pequeno o Grupo Kolokol trabalhando nesse material, em Moscou, que a análise completa poderia se prolongar por meses.

Pois, nesse ínterim, Ames fornecera muito mais. Entre as entregas secundária e terciária que ele fizera ao diplomata soviético Chuvakhin havia material sobre os antecedentes de praticamente todos os controladores de algum destaque em Langley. Não era apenas o currículo de cada um desses agentes, com seus postos e missões, mas também uma foto de cada um. Prevenida dessa forma, a KGB seria capaz de localizar tais agentes da CIA quando e onde quer que aparecessem.

Além disso, os russos calcularam que em Roma, um dos centros fundamentais da Divisão Europeia, Ames teria acesso a todas as operações e colaborações com seus aliados ao longo do Mediterrâneo, da Espanha à Grécia, uma área de vital interesse para Moscou.

Por último, eles sabiam que poderiam acessar Ames muito mais facilmente em Roma do que em Washington, onde havia sempre o perigo do FBI registrar o encontro. Assim, recomendaram-lhe que assumisse o posto.

Naquele mesmo mês de setembro, Ames entrou na escola de línguas para aprender italiano.

Em Langley, ainda não haviam começado a pressentir a catástrofe que estava prestes a atingi-los. Dois ou três de seus melhores agentes na Rússia haviam aparentemente rompido o contato, o que era preocupante, mas não chegava a ser desastroso.

Entre os dossiês pessoais que Ames entregara ao KGB havia o de um jovem que acabara de ser transferido para a Divisão SE. Ames o indicara, porque a notícia se espalhara pelo escritório como fogo em palha, como uma estrela em ascensão. Seu nome era Jason Monk.

O VELHO GENNADY vinha colhendo cogumelos naquele bosque há anos. Na aposentadoria, ele usava a colheita da natureza, isenta de qualquer custo, como um complemento para sua pensão. Levava os cogumelos frescos para os melhores restaurantes de Moscou ou secava-os para as poucas *delicatessens* que ainda restavam na cidade.

O importante na colheita de cogumelos é que se precisa sair de casa de manhã bem cedo, antes mesmo do amanhecer, se possível. Crescem durante a noite e, depois do amanhecer, os arganazes e esquilos tratam de comê-los, ou pior ainda, são apanhados por outros colhedores. Os russos adoram cogumelos.

Na manhã de 24 de julho, Gennady pegou sua bicicleta e seu cachorro e partiu da pequena aldeia em que vivia para um bosque em que sabia que os cogumelos tendiam a crescer bastante nas noites de verão. Antes do orvalho evaporar, ele esperava ter um cesto cheio.

O bosque escolhido ficava próximo da grande estrada para Minsk, por onde passavam ruidosos os caminhões seguindo para oeste, a caminho da capital da Bielo-Rússia. Ele entrou no bosque, deixou a bicicleta junto de uma árvore que poderia localizar na volta, pegou o cesto de vime e se embrenhou entre as árvores.

Foi cerca de meia hora depois, quando o cesto já se encontrava meio cheio e o sol começava a se levantar, que seu cachorro ganiu e se encaminhou para algumas moitas. Gennady treinara o animal para farejar cogumelos, e por isso era evidente que ele encontrara alguma coisa boa.

Ao se aproximar do local, ele sentiu o cheiro nauseante. Conhecia aquele cheiro. Não o sentira demais, anos antes, soldado adolescente, por todo o percurso do Vístula a Berlim?

O corpo fora jogado, ou rastejara até ali e morrera. Era um velho esquelético, pálido, os olhos e a boca abertos. Os pássaros tinham bicado seus olhos. Três dentes de aço faiscavam com o orvalho. O corpo se achava despido até a cintura, mas havia um velho capote ao lado. Gennady farejou de novo. Com aquele calor, ele concluiu, já estava ali há vários dias.

Refletiu por algum tempo. Era da geração que se importava com o dever cívico, mas cogumelos ainda eram cogumelos e não havia nada que ele pudesse fazer pelo sujeito. A cem metros de distância, através do bosque, dava para ouvir o barulho dos caminhões na estrada, seguindo de Moscou para Minsk.

Gennady terminou de encher o cesto com cogumelos, e só depois pedalou de volta para sua aldeia. Ali, pôs a colheita para secar ao sol e depois foi para o pequeno e quase em ruínas *selsoviet*, o escritório do conselho local. Não era grande coisa em matéria de instalações, mas tinha um telefone.

Ele discou 02 e foi atendido pelo controle central da polícia.

– Encontrei um cadáver – informou Gennady.

– Nome? – indagou a voz.

– Como vou saber? Ele está morto.

– Não o dele, idiota, o seu.

– Quer que eu desligue?

Houve um suspiro.

– Não, não desligue. Apenas me dê seu nome e endereço.

Gennady atendeu-o. O policial no controle central verificou rapidamente o lugar no mapa. Ficava dentro da Região Urbana de Moscou (*Oblast*), no extremo oeste, mas ainda na jurisdição de Moscou.

– Espere no *selsoviet*. Um policial vai procurá-lo aí.

Gennady esperou. Demorou meia hora. Quando chegou, era um jovem inspetor do serviço uniformizado. Vinha acompanhado por dois milicianos, no usual Uzhgorod amarelo e azul, um veículo parecido com um jipe.

– Foi você quem encontrou o corpo? – perguntou o tenente.

– Isso mesmo – respondeu Gennady.

– Muito bem, vamos até lá. Onde está?

– No bosque.

Gennady sentiu-se muito importante ao desfilar num jipe da polícia. Saltaram onde ele indicou e se embrenharam entre as árvores em fila indiana. O colhedor de cogumelos reconheceu a faia em que encostara sua bicicleta e o caminho que percorrera de lá. Não demorou muito para sentir o cheiro.

– Ele está ali – disse Gennady, apontando para as moitas. – O fedor é horrível. Já morreu há algum tempo.

Os três policiais aproximaram-se do corpo e efetuaram um exame visual.

– Veja se há alguma coisa nos bolsos da calça – ordenou o inspetor a um dos seus homens. Para o outro, acrescentou: – Reviste o capote.

O escolhido para a pior missão tapou o nariz e com a outra mão tateou os bolsos da calça. Nada. Com a ponta do pé, virou o corpo. Havia vermes por baixo. O miliciano verificou o bolso traseiro da calça, depois recuou. Sacudiu a cabeça. O outro largou o capote e fez a mesma coisa.

– Nada? – indagou o tenente. – Sem documento de identidade?

– Nada. Nem moedas, lenço, chaves, papéis.

– Teria sido atropelado e o motorista fugiu? – sugeriu um dos homens.

Escutaram por um instante o barulho na estrada.

– A que distância fica a estrada? – perguntou o tenente.

– Cerca de cem metros – respondeu Gennady.

– Motoristas que atropelam e fogem sempre deixam o local o mais depressa possível. Não costumam arrastar uma vítima por cem metros. Além do mais, dez metros seriam suficientes, com todas estas árvores – o tenente olhou para um dos seus homens e acrescentou: – Vá até a estrada. Verifique no acostamento se há alguma bicicleta arrebentada ou um carro avariado. Ele pode ter sofrido um acidente e se arrastou até aqui. Depois, fique lá e faça sinal para a ambulância.

O oficial usou o telefone celular para chamar um investigador, um fotógrafo e um médico-legista. O que ele via ali não podia ser considerado como "causas naturais". Também pediu uma ambulância, mas confirmou que a vítima estava morta. Um dos policiais se afastou entre as árvores, na direção da estrada. Os outros ficaram esperando, afastando-se um pouco do mau cheiro.

O trio à paisana chegou primeiro, num Uzhgorod amarelo-claro simples. O miliciano na beira da estrada acenou-lhes, estacionaram no acostamento e seguiram a pé pelo restante do caminho. O investigador acenou com a cabeça para o tenente.

– O que temos aqui?

– O corpo está naquelas moitas. Chamei-o porque não posso imaginar que a morte teve causas naturais. Tem várias escoriações e está a cem metros da estrada.

– Quem o encontrou?

– O colhedor de cogumelos ali.

O detetive aproximou-se de Gennady.

– Conte-me tudo. Desde o início.

O fotógrafo fez seu trabalho, depois o médico-legista pôs uma máscara de gaze e efetuou um rápido exame. Ele se empertigou e disse, enquanto tirava uma das luvas de borracha:

– Dez copeques contra uma boa garrafa de Moskovskaya como é um homicídio. O laboratório nos dirá mais coisas, mas alguém bateu muito nele antes de morrer. Provavelmente não foi aqui. Meus parabéns, Volodya, você acaba de ganhar seu primeiro *zhmurik* do dia.

Ele usou a gíria da polícia e do submundo russo para "presunto". Dois atendentes da ambulância se aproximaram entre as árvores com uma maca. O médico acenou com a cabeça, eles puseram o corpo dentro de um saco, fechado com zíper, antes de levarem-no para a estrada.

– Já acabaram comigo? – perguntou Gennady.

– Claro que não – disse o detetive. – Preciso de um depoimento, na delegacia.

Os policiais levaram Gennady para a delegacia, a sede distrito oeste, a cinco quilômetros dali, junto da estrada, na direção de Moscou. O corpo foi mais adiante, para o centro da cidade, até o necrotério do Segundo Instituto Médico. Os patologistas eram poucos, com uma carga de trabalho sufocante.

Iêmen, outubro de 1985

Jason Monk infiltrou-se no Iêmen do Sul em meados de outubro. Embora pequena e pobre, a República Popular tinha um aeroporto de primeira classe, antes a base militar da RAF, a Royal Air Force. Enormes jatos podiam pousar ali.

O passaporte espanhol de Monk e os documentos de viagem da ONU atraíram uma atenção meticulosa na Imigração, mas ao final de nada se suspeitou. Depois de meia hora, ele passou, levando seus documentos.

Roma comunicara ao chefe do programa local da FAO que o *señor* Martinez Llorca estava chegando, mas fornecera a data de uma semana depois da chegada de fato de Monk. As autoridades iemenitas no aeroporto não sabiam disso. Portanto, não havia carro algum para recebê-lo. Ele pegou um táxi e foi para o novo hotel francês, o Frontel, na língua de terra que unia o rochedo de Áden ao continente.

Embora seus documentos fossem válidos e não esperasse deparar com nenhum espanhol genuíno, Monk sabia que a missão era perigosa. Muito perigosa.

A maior parte da espionagem é realizada por agentes dentro de uma embaixada, apresentando-se tecnicamente como funcionários. Dessa forma, beneficiam-se da posição diplomática, se alguma coisa sair errada.

Alguns são agentes "declarados", significando que não escondem o que fazem. O pessoal da contraespionagem local sabe e aceita isso, embora as verdadeiras funções nunca sejam mencionadas, por uma questão de tato. Uma grande estação num território hostil sempre tentará manter uns poucos agentes "não declarados", cujos trabalhos de cobertura nas seções de comércio, cultura, consulares ou de imprensa permanecem incólumes. A razão é simples. Os agentes não declarados têm mais possibilidades de não serem seguidos na rua; portanto, têm mais liberdade para ir a locais de entrega de mensagens ou comparecer a reuniões secretas do que os agentes que estão sempre sob vigilância.

Mas um espião trabalhando fora da cobertura diplomática não pode se beneficiar dos Acordos de Viena. Se um diplomata é denunciado, pode ser declarado *persona non grata* e expulso do país. Seu país trata de protestar a inocência dele e expulsa um diplomata da outra nação. Depois dessa dança de retaliação, o jogo recomeça como antes.

Então um espião que opera "no escuro" é um ilegal. Dependendo da natureza do lugar em que for capturado, a descoberta pode acarretar uma terrível tortura, uma longa temporada num campo de trabalhos forçados ou uma morte solitária. Mesmo as pessoas que o enviaram quase nunca podem ajudá-lo.

Nas democracias, haverá um julgamento justo e uma prisão humana. Não há direitos civis nas ditaduras. Algumas nunca ouviram falar dessas coisas. O Iêmen do Sul era assim, e os Estados Unidos não tinham uma embaixada ali em 1985.

Em outubro, o calor ainda é intenso e sexta-feira é o dia de repouso semanal, quando nenhum trabalho é feito. Monk se perguntou: O que um oficial russo em plena forma faria num dia quente em que tem folga? Iria nadar, era um palpite razoável.

Por questão de segurança, a fonte original que jantara em Nova York com seu ex-colega de turma que ingressara no FBI não fora procurada de novo. Ele poderia oferecer uma descrição melhor do major Solomin, até mesmo ajudar a fazer um retrato falado. Podia até estar de volta ao Iêmen, em condições de apontar o homem. Mas a avaliação fora a de que também era um homem que falava demais e gostava de se gabar.

Encontrar os russos não era problema. Estavam por toda parte e era evidente que tinham permissão para se misturar com a comunidade de europeus ocidentais, algo que seria inadmissível na União Soviética. Talvez fosse o calor ou a total impossibilidade de manter o grupo de assessores militares soviéticos confinado a seus alojamentos, dia e noite.

Dois hotéis, o Rock e o novo Frontel, tinham piscinas convidativas. Havia também uma vasta extensão de praia, com suas ondas espumantes. A praia de Abyan, onde os expatriados de todas as nacionalidades costumavam nadar depois do expediente ou em seus dias de folga. Havia ainda um enorme mercado para militares russos na cidade, em que os não russos podiam fazer compras... pois a União Soviética precisava da moeda estrangeira.

Logo ficou patente que quase todos os russos à mostra eram oficiais. Bem poucos russos falavam qualquer palavra de árabe e não eram muitos os que conheciam inglês. Os que sabiam qualquer das duas línguas teriam cursado uma escola especial, ou seja, eram oficiais ou futuros oficiais. Os soldados e suboficiais não conheciam outra língua e por isso não podiam se comunicar com os iemenitas. Por isso, eram quase todos mecânicos e cozinheiros. Os ajudantes subalternos eram iemenitas recrutados no país. Os russos não oficiais não tinham condições de arcar com os preços dos bares de Áden. Já os oficiais, dispunham de moedas fortes.

Outra possibilidade era a de que o americano da ONU tivesse encontrado o russo bebendo sozinho no bar do Rock. Os russos gostam de beber, mas também preferem fazê-lo acompanhados; os que frequentavam a piscina do Frontel formavam um grupo impenetrável. Por que Solomin estaria bebendo sozinho? Apenas por acaso naquela noite? Ou era um solitário que preferia ter somente a própria companhia?

Havia uma possível pista aqui. O americano dissera que ele era alto e musculoso, cabelos pretos, olhos quase amendoados. Como um oriental, mas sem o nariz achatado. Os peritos em línguas de Langley situavam o nome em algum ponto do Extremo Oriente soviético. Monk sabia que os russos eram irremediavelmente racistas, com um desprezo ostensivo pelos *chorni,* os "pretos", qualquer um que não fosse russo puro. Talvez Solomin estivesse cansado de zombarias sobre suas feições asiáticas.

Monk ia ao mercado militar – todos os oficiais russos viviam como solteiros –, às piscinas e aos bares depois do anoitecer. Foi no terceiro dia, passeando pela praia de Abyan, de short e com uma toalha no ombro, que ele viu um homem sair do mar.

Ele tinha mais de 1,80 metro de altura, ombros e braços musculosos, não um jovem, mas na casa dos 40 anos, em excelente forma. Os cabelos eram pretos como a asa de um corvo, porém não havia pelos no corpo, exceto nas axilas, como ficou evidente quando ele levantou as mãos para escorrer a água da cabeça. Os orientais têm poucos pelos no corpo; os caucasianos de cabelos pretos costumam ter muitos.

O homem subiu pela areia até sua toalha, arriou ali, com o rosto virado para o mar. Pôs os óculos escuros e logo estava imerso em seus pensamentos.

Monk tirou a camisa e desceu para o mar, como um banhista a caminho do seu primeiro mergulho. A praia se encontrava relativamente cheia. Ele pegou a carteira, enrolou a camisa em torno. Depois enrolou a toalha. Tirou as sandálias. Olhou ao redor, com uma expressão apreensiva, acabou por se fixar no russo.

– Com licença – murmurou ele, atraindo o olhar do russo. – Vai ficar aqui por mais alguns minutos?

O homem acenou com a cabeça.

– Os árabes não vão roubar minhas coisas, não é?

O russo balançou a cabeça e voltou a contemplar o mar. Monk desceu pela praia e nadou por dez minutos. Quando voltou, pingando, sorriu para o homem de cabelos pretos.

– Obrigado.

O homem acenou com a cabeça pela terceira vez. Monk estendeu a toalha e se sentou.

– Lindo mar. Linda praia. Uma pena as pessoas que possuem tudo isso.

O russo falou pela primeira vez, em inglês:

– Que pessoas?

– Os árabes. Os iemenitas. Estou aqui há pouco tempo, mas já não consigo suportá-los. Gente inútil.

O russo fitava-o por trás dos óculos escuros, mas Monk não podia perceber sua expressão além das lentes. Depois de dois minutos, ele recomeçou.

– Tento ensiná-los a usar ferramentas básicas e tratores. Para aumentarem a produção de alimentos, para se alimentarem. Não é possível. Eles arrebentam tudo. Estou apenas desperdiçando meu tempo e o dinheiro da ONU.

Monk falava um bom inglês, mas com um sotaque espanhol.

– Você é inglês? – o russo acabou perguntando.

Era a sua primeira contribuição para a conversa.

– Não. Sou espanhol. Trabalhando no programa da FAO, uma entidade da ONU. E você? Também é da ONU?

O russo soltou um grunhido negativo.

– Da União Soviética.

– Ah, aqui deve ser muito mais quente que na sua terra. Para mim? É mais ou menos a mesma coisa. E mal posso esperar pelo momento de voltar para casa.

– Eu também – comentou o russo. – Prefiro o frio.

– Está aqui há muito tempo?

– Dois anos. E ainda tenho mais um pela frente.

Monk soltou uma risada.

– Essa não! Nós só temos de passar um ano e acho que não ficarei tanto tempo. É um trabalho inútil. Diga-me uma coisa. Depois de dois anos, você já deve conhecer tudo. Há um bom lugar por aqui para se beber alguma coisa depois do jantar? Alguma boate?

Foi a vez do russo rir, uma risada sardônica.

– Não. Não há nenhuma *diskotekei*. O bar no Rock Hotel é tranquilo.

– Obrigado. Ah, antes que eu esqueça. Sou Estebán. Estebán Martinez Llorca.

Ele estendeu a mão. O russo hesitou, depois apertou-a.

– Pyotr – disse ele. – Ou Peter. Peter Solomin.

O major russo voltou ao bar do Rock Hotel duas noites depois. Esse antigo hotel colonial é construído literalmente dentro e sobre o rochedo, com degraus subindo da rua para a pequena área de recepção. No último andar há um bar panorâmico com uma vista da enseada. Monk se instalara numa mesa ao lado da janela e olhava para o mar. Observou a entrada de Solomin pelo reflexo no vidro, mas esperou até que o homem recebesse seu drinque antes de se virar.

– Ah, Peter, nos encontramos de novo. Não quer se juntar a mim?

Ele gesticulou para a outra cadeira à mesa. O russo hesitou, mas acabou se sentando. Levantou sua cerveja.

– *Za vashe zdorovye!*

Monk fez a mesma coisa.

– *Pesetas, faena y amor.*

Solomin franziu o rosto. Monk sorriu.

– Dinheiro, trabalho e amor... na ordem que preferir.

O russo sorriu pela primeira vez. Era um bom sorriso. Conversaram. Sobre isso e aquilo. Sobre a impossibilidade de trabalhar com os iemenitas, sobre a frustração de ver suas máquinas quebradas, de realizar uma missão na qual nenhum dos dois tinha fé. E também conversaram sobre suas terras, como os homens longe de casa sempre fazem.

Monk falou de sua nativa Andaluzia, onde se pode esquiar nos altos picos da Sierra Nevada e nadar nas águas quentes de Sotogrande no mesmo dia. Solomin falou das florestas profundas cobertas pela neve, em que os tigres siberianos ainda vagueiam, em que raposas, lobos e veados esperam pelo caçador mais hábil.

Encontraram-se em quatro noites consecutivas, apreciando a companhia um do outro. No terceiro dia, Monk teve de se apresentar ao holandês que chefiava o programa da FAO e fazer uma excursão pelas instalações. A estação da CIA em Roma providenciara um relatório detalhado sobre esse programa da FAO e Monk o memorizara. Sua experiência rural o ajudava a compreender os problemas e ele foi profuso nos elogios. O holandês ficou bastante impressionado.

Durante a noite ele descobria o que podia sobre o major Pyotr Vasilyevich Solomin e gostava do que ouvia.

O homem nascera em 1945 naquela língua de terra soviética que se estende entre o nordeste da Manchúria e o mar, com a fronteira norte-coreana ao sul. O lugar se chama Primorskiy Krai e sua cidade natal era Ussuriysk.

O pai fora da região rural para a cidade à procura de trabalho, mas criara o filho para falar a língua de sua tribo, o povo udegey. Também levava o menino em crescimento para as florestas sempre que podia. Por isso, o rapaz fora criado com uma profunda afinidade com os elementos daquela terra: floresta, montanhas, água e animais.

No século XIX, antes do domínio final dos russos sobre o povo udegey, o escritor Arsenyev visitara o enclave e escrevera um livro, ainda famoso na Rússia, sobre essa tribo. O título é *Tigres do Extremo Oriente.*

Ao contrário dos asiáticos baixos e de feições achatadas ao oeste e ao sul, os membros do povo udegey é alto e com feições aquilinas. Muitos séculos antes, alguns de seus ancestrais deslocaram-se para o norte, atravessaram o estreito de Bering para o Alasca de hoje e depois seguiram para o sul, espalhando-se pelo Canadá para se tornarem os sioux e cheyennes.

Monk, contemplando o enorme soldado siberiano no outro lado da mesa, podia muito bem visualizar os rostos dos caçadores de búfalos há muito mortos, ao longo dos rios Platte e Powder.

Para o jovem Solomin, era a fábrica ou o exército. Ele pegou um trem para o norte e alistou-se em Khabarovsk. Todos os jovens tinham de cumprir três anos de serviço militar de qualquer maneira, e depois de dois, os melhores eram escolhidos para promoção a sargento. Com sua habilidade nas manobras, ele fora selecionado mais tarde para a escola de oficiais, de onde saiu em dois anos como tenente.

Serviu como tenente e capitão durante sete anos, antes de ser promovido a major, aos 33 anos. Nesse período, ele se casou e teve dois filhos. Subiu na hierarquia sem padrinhos e sem influências externas, sobrevivendo às zombarias racistas de *churka*, um insulto russo que significa palerma. Por várias vezes, usou os punhos para acertar divergências.

A missão no Iêmen, em 1983, fora o seu primeiro posto no exterior. Ele sabia que a maioria de seus colegas apreciava o trabalho ali. Apesar das condições difíceis do país, com o calor intenso, a paisagem rochosa e falta de diversão, as acomodações eram espaçosas, muito diferentes do que havia na União Soviética. A maioria ocupava antigos alojamentos britânicos. Havia muita comida, com frequentes churrascos de peixe e cordeiro na praia. Podiam nadar e, usando catálogos, encomendar roupas, vídeos e fitas de música de toda a Europa.

Tudo isso, em particular a súbita exposição à cultura de consumo ocidental, era apreciado por Pyotr Solomin. Mas havia uma coisa que o deixava amargurado e desiludido com o regime a que servia. Monk podia farejar isso, mas temia pressionar demais.

Para um russo chegar onde ele se encontrava, tinha de passar pela Liga da Juventude Comunista, a Komsomol, e ingressar no Partido. Pior ainda, se fosse servir no exterior com o posto de major, precisaria conhecer o serviço de informações militar, o GRU. Então qual era o problema? Aflorou na quinta noite de bebida e conversa. A raiva interior simplesmente transbordou.

Em 1982, um ano antes de ser designado para o Iêmen e com Andropov ainda na presidência, Solomin fora transferido para o departamento de administração, Ministério da Defesa, Moscou.

Ali, atraíra a atenção de um vice-ministro da defesa e recebera uma missão confidencial. Com dinheiro desviado do orçamento da defesa, o ministro estava construindo uma suntuosa *dacha* para seu uso pessoal, à beira do rio, em Peredelkino.

Contra as normas do Partido, a lei soviética e toda a moral básica, o ministro designara mais de cem soldados para a construção de sua mansão no bosque. Solomin assumira o comando. Vira os aparelhos elétricos de cozinha pelos quais qualquer esposa militar daria o braço esquerdo sendo trazidos de caminhão da Finlândia, comprados com moeda estrangeira. Vira o sistema de som japonês instalado em todos os cômodos, as ferragens douradas do banheiro importadas de Estocolmo e o bar com seu estoque de uísques escoceses envelhecidos no carvalho. A experiência o virara contra o Partido e o regime. Não era de forma alguma o primeiro oficial soviético leal a se rebelar contra a corrupção desregrada da ditadura soviética.

À noite ele aprendia inglês e, depois, sintonizava o Serviço Internacional da BBC e a *Voz da América*. As duas emissoras também transmitem em russo, mas ele queria entendê-las diretamente. Descobrira, ao contrário do que sempre fora ensinado, que o Ocidente não queria uma guerra com a Rússia.

Se mais alguma coisa fosse necessária para virá-lo de vez, esse fator seria o Iêmen.

– Em nossa terra, o povo se amontoa em pequenos apartamentos, mas os *nachalswo* vivem em mansões. Tratam-se como príncipes com o nosso dinheiro. Minha esposa não consegue ter um bom secador de cabelos ou sapatos que não desmanchem, mas bilhões são gastos em absurdas missões no exterior para impressionar... a quem? Esta gente aqui?

– As coisas estão mudando – sugeriu Monk, prestativo.

O siberiano sacudiu a cabeça. Gorbachev estava no poder desde março, mas as reformas que ele introduziu com relutância – e, em alguns casos, contra a vontade – só começariam ao final de 1987. Além disso, Solomin não via seu país há dois anos.

– Nada está mudando. Aqueles merdas lá em cima... Desde que me mudei para Moscou, Estebán, tenho testemunhado tanto desperdício e corrupção que você nem acreditaria.

– Mas esse novo homem, Gorbachev, talvez ele mude as coisas – insistiu Monk. – Não sou tão pessimista. Um dia o povo russo vai se livrar da ditadura. Haverá eleições, eleições de verdade. Não falta muito agora...

– Não será tão cedo. Não com a rapidez necessária.

Monk respirou fundo. Uma cantada a frio é uma manobra perigosa. Numa democracia ocidental, um oficial soviético leal que recebe uma "cantada" pode se queixar ao embaixador. E o caso pode levar a um incidente diplomático. Numa obscura tirania, pode levar a uma morte longa e solitária. Sem qualquer aviso, Monk passou a falar num russo impecável.

– Você pode ajudar a mudar as coisas, meu amigo. Juntos, podemos ajudar a mudar tudo. Da maneira como você quer que seja.

Solomin fitou-o atentamente, em silêncio, por mais de meio minuto. Monk sustentou o olhar, até que o russo disse, em sua língua:

– Afinal, quem é você?

– Creio que já sabe, Pyotr Vasilyevich. A questão agora é se vai me trair, sabendo o que essas pessoas farão comigo antes de eu morrer. E depois viver com isso.

Solomin continuou a fitá-lo em silêncio por mais algum tempo, antes de dizer:

– Eu não trairia meu pior inimigo para esses macacos. Mas isso é muita desfaçatez. O que me pede é um absurdo. Uma loucura. Devo lhe dizer que vá se foder.

– Talvez devesse mesmo. E eu iria. Depressa, para o meu próprio bem. Mas você continuaria de braços cruzados. Vendo, odiando e não fazendo nada. Isso também não é uma loucura?

O russo se levantou, sem tomar o restante da cerveja.

– Preciso pensar.

– Amanhã de noite – disse Monk, ainda em russo. – Aqui. Venha sozinho, conversaremos. Venha com guardas, estarei morto. Não venha, eu partirei no próximo avião.

O major Solomin saiu.

Todos os procedimentos operacionais padrões, conhecidos como SOPs, teriam dito a Monk para deixar o Iêmen, e depressa. Não tivera uma repulsa total, mas também não houvera uma aceitação. Um homem com a mente em turbilhão pode mudar de ideia e os porões da polícia secreta iemenita são lugares terríveis.

Monk esperou 24 horas. O major voltou... sozinho. Levou mais dois dias. Ocultos em objetos de higiene pessoal, Monk trouxera os elementos básicos para um pacote de comunicações: as tintas secretas, os endereços seguros, as frases inofensivas que continham significados ocultos. Não havia muito que Solomin pudesse despachar do Iêmen, mas dentro de um ano ele voltaria a Moscou. Se ainda quisesse, ele poderia se comunicar então.

Ao se separarem, o aperto de mão prolongou-se por vários segundos.

– Boa sorte, meu amigo – disse Monk.

– Boa caçada, como se diz em minha terra – respondeu o siberiano.

Para que não fossem vistos deixando o Rock juntos, Monk tornou a se sentar. Seu novo recruta precisaria de um codinome. Lá em cima, as estrelas faiscavam com o brilho espantoso que só se podia contemplar nos trópicos.

Entre elas, Monk escolheu a constelação do Grande Caçador. Nasceu o agente GT Órion.

NO DIA 2 DE AGOSTO, Boris Kuznetsov recebeu uma carta pessoal do jornalista britânico Mark Jefferson. Fora escrita em papel timbrado do *Daily Telegraph* de Londres. Enviada por fax para o escritório do jornal em Moscou, foi entregue em mãos na sede da UFP.

Jefferson deixava clara sua admiração pessoal pela posição assumida por Igor Komarov contra o caos, a corrupção e o crime, baseada em seu estudo dos discursos do líder do partido durante os últimos meses.

Com a morte recente do presidente russo, continuava Jefferson, toda a questão do futuro do maior país do mundo era outra vez um caso de interesse fundamental. Ele gostaria de visitar Moscou na primeira metade de agosto. Por uma questão de tato, não deixaria de entrevistar também os candidatos à presidência da esquerda e do centro. Isso, no entanto, seria apenas uma mera formalidade.

O único interesse real do mundo exterior, sem dúvida, era pelo vencedor previsto das eleições, Igor Komarov. Ele, Jefferson, ficaria profundamente agradecido se Kuznetsov pudesse recomendar que o Sr. Komarov o recebesse pessoalmente. Podia prometer uma matéria grande, na página dupla central do *Daily Telegraph*, a entrevista sendo publicada também em outros jornais da Europa e América do Norte.

Embora Kuznetsov, cujo pai fora diplomata na ONU por anos e usara seu cargo para que o filho se formasse em Cornell, conhecesse os Estados Unidos melhor do que a Europa, ele conhecia Londres muito bem.

Também sabia que a imprensa americana tendia a defender posições liberais e se mostrara hostil a seu chefe nas ocasiões em que entrevistas haviam sido concedidas. A última fora há um ano e as perguntas foram hostis. Komarov proibira novas exposições à imprensa americana.

Mas Londres era diferente. Vários grandes jornais e duas revistas de circulação nacional eram firmemente conservadores, embora não tanto à direita quanto Igor Komarov em seus pronunciamentos públicos.

– Eu recomendaria que abrisse uma exceção para Mark Jefferson, senhor presidente – disse ele a Igor Komarov, na reunião semanal dos dois, no dia seguinte.

– Quem é esse homem? – perguntou Komarov.

Ele detestava todos os jornalistas, inclusive os russos. Faziam perguntas que ele não via motivos para responder.

– Preparei um relatório sobre ele, senhor presidente. – Kuznetsov entregou uma pasta fina. – Como vai verificar, ele apoia a restauração da pena capital para homicídio em seu país. Também se opõe com vigor à participação britânica na União Europeia em colapso. Um decidido conservador. Na última vez em que o mencionou, foi para dizer que era o tipo de líder russo que Londres deveria apoiar e ajudar.

Komarov grunhiu, mas acabou concordando. Sua resposta foi enviada para o escritório em Moscou do *Daily Telegraph* naquele mesmo dia, levada por um mensageiro especial. Dizia que o Sr. Jefferson deveria estar em Moscou para a entrevista no dia 9 de agosto.

Iêmen, janeiro de 1986

Nem Solomin nem Monk poderiam prever que o tempo de serviço do major em Áden terminaria nove meses antes do previsto. Mas, no dia 13 de janeiro, irrompeu uma violenta guerra civil entre duas facções rivais dentro do conselho do governo iemenita. Tão intensa era a luta que foi tomada a decisão de evacuar todos os territórios estrangeiros, inclusive os russos. Isso foi providenciado ao longo de seis dias, a partir de 15 de janeiro. Pyotr Solomin foi um dos que partiram para os barcos.

O aeroporto estava sendo bombardeado e, por isso, o mar era a única saída. Por um acaso, o iate real britânico, o *Britannia*, acabara de contornar a extremidade meridional do mar Vermelho, a caminho da Austrália, nos preparativos para uma viagem da rainha Elizabeth. O Almirantado em Londres foi alertado por uma mensagem da embaixada britânica em Áden e consultou o secretário particular da rainha. Ele falou com a rainha Elizabeth, que ordenou que o *Britannia* deveria fazer tudo o que pudesse para ajudar.

Dois dias depois, o major Solomin, com um grupo de outros oficiais russos, foi se refugiar na praia de Abyan, onde os botes do *Britannia* balançavam nas ondas. Marujos britânicos ajudaram-nos a embarcar, com água na cintura. Uma hora depois, os perplexos russos estavam acomodados em colchonetes emprestados no chão da sala de estar particular da rainha.

Em sua primeira missão, o *Britannia* recolheu 431 refugiados; em viagens subsequentes à praia, tirou do Iêmen 1.068 pessoas, de 55 nações. Entre as evacuações, navegava até Djibti, no Chifre da África, para desembarcar sua carga humana em turnos. Solomin e os outros russos foram transportados de avião para Moscou, via Damasco.

O que ninguém sabia então era que se Solomin ainda tinha dúvidas sobre o que faria, o equilíbrio foi inclinado pelo contraste entre a camaradagem fácil dos britânicos, franceses e italianos com os marujos da Marinha Real e a sinistra paranoia dos agentes que o interrogaram em Moscou.

Tudo o que a CIA sabia, porém, era que um homem que julgava ter sido recrutado três meses antes desaparecera na goela insaciável da União Soviética. Ou ele se comunicaria, ou nunca mais teriam notícias.

Ao longo daquele inverno, o braço operacional da Divisão Soviética literalmente se desintegrou peça a peça. Um a um, os "trunfos" russos trabalhando para a CIA em estações no exterior foram chamados de volta a Moscou, sob uma variedade de desculpas plausíveis: sua mãe está doente, seu filho vai muito mal nos estudos e precisa da presença do pai, há um quadro de promoções sendo discutido. Um a um, todos caíram na armadilha e voltaram à União Soviética. Ao chegarem, eram presos no aeroporto e levados para a nova base do coronel Grishin, uma ala inteira separada do restante da sombria fortaleza que era a prisão de Lefortovo. Langley nada sabia das prisões, apenas que os homens estavam desaparecendo, um a um.

Quanto aos que se encontravam dentro da União Soviética, simplesmente deixaram de dar os "sinais de vida" rotineiros.

Dentro da União Soviética, não havia como telefonar para o escritório de um homem e dizer: "Vamos tomar um café." Todos os telefones eram grampeados, todos os diplomatas eram vigiados. Os estrangeiros, só pelas roupas, sobressaíam a um quilômetro de distância. Os contatos tinham de ser feitos com o maior cuidado e eram muito raros.

Quando ocorriam, eram em geral por ponto de entrega e coleta de correspondência. Esse sistema básico parece tosco, mas ainda funciona. Aldrich Ames usou-o até o fim. Trata-se de um pequeno recipiente ou esconderijo em algum lugar... um cano de chuva sem uso, um bueiro, um buraco numa árvore.

O agente pode deixar uma carta ou um microfilme num desses lugares e depois avisar seus empregadores através de uma marca a giz numa parede ou lampião. A posição da marca indica que no lugar tal e tal foi deixada uma encomenda para você. Alguém num carro da embaixada de passagem, mesmo com a contraespionagem local a segui-lo, pode avistar a marca de giz pela janela e continuar em frente.

Mais tarde, um agente não declarado tentará se esquivar da vigilância e pegar a encomenda, talvez deixando dinheiro em substituição. Ou novas instruções. E ele próprio faz uma marca de giz em algum lugar. O "trunfo" de passagem saberá que sua encomenda foi recolhida e que alguma coisa o aguarda. Na calada da noite, ele vai buscar o que lhe deixaram.

Dessa maneira, o espião pode permanecer em contato com seu controlador por meses, até mesmo anos, sem qualquer "encontro" face a face.

Se o espião se encontra fora da cidade, onde os diplomatas não podem ir, ou mesmo na cidade, mas nada tem a entregar, a regra é que dê um "sinal de vida" a intervalos regulares. Na capital, por onde os diplomatas podem circular, esses sinais podem ser mais marcas de giz, que significam, por sua forma e localização: "Estou bem, mas não tenho nada para você." Ou então: "Estou preocupado, pois acho que estou sendo vigiado."

Quando a distância impede essas mensagens secretas, e as províncias na União Soviética sempre foram proibidas aos diplomatas americanos, pequenos anúncios em jornais principais constituem um meio importante de dar sinais de vida. "Boris vende um lindo filhote de labrador. Ligue..." pode aparecer inocente entre outros classificados. Na embaixada, os agentes controladores sempre leem os classificados. A escolha das palavras é tudo. Labrador pode significar "Estou bem", enquanto *spaniel* pode indicar "Estou numa encrenca". "Lindo" pode informar que "Estarei em Moscou na próxima semana e deixarei uma encomenda no ponto de correspondência habitual". "Delicioso" pode significar "Não poderei ir a Moscou por pelo menos mais um mês".

De qualquer forma, as mensagens de sinal de vida devem aparecer. Quando cessam, pode haver um problema. Talvez um infarto ou um acidente na estrada e o agente se encontra no hospital. Quando cessam por completo, é porque há um grande problema.

Foi o que aconteceu durante o outono e o inverno de 1985, entrando em 1986. Cessaram por completo. Gordievsky fez sua desesperada ligação "Estou numa terrível encrenca" e foi retirado pelos britânicos. O major Bokhan, em Atenas, farejou uma armadilha e fugiu para a segurança nos Estados Unidos. Os outros 12 desapareceram por completo.

Cada controlador individual em Langley ou no exterior saberia do desaparecimento de seu agente e trataria de comunicá-lo. Mas Carey Jordan e o chefe da Divisão SE tinham uma visão global. Sabiam que havia alguma coisa profundamente errada.

A ironia é que foi a própria estranheza da ação da KGB que salvou Ames. Não passaria pela cabeça de ninguém, calculou a CIA, efetuar tamanha blitz contra os agentes, em tão pouco tempo, se o traidor ainda permanecesse no coração de Langley. Assim, eles puderam se convencer daquilo em que queriam acreditar de qualquer maneira:

eles, a elite da elite, não podiam abrigar um traidor em seu meio. Apesar disso, era preciso efetuar uma busca frenética, e foi o que aconteceu... só que em outro lugar.

O primeiro suspeito foi Edward Lee Howard, o responsável por um fiasco anterior, àquela altura já refugiado são e salvo em Moscou. Howard era um homem da CIA trabalhando na Divisão SE. Foi instruído para assumir um posto na embaixada em Moscou. Tomou conhecimento até de detalhes operacionais. Pouco antes de ser enviado, no entanto, descobriu-se que suas finanças eram tortuosas e que ele consumia drogas.

A CIA se esqueceu da regra de ouro de Maquiavel e dispensou-o, mas deixou que continuasse a circular livremente. E não contou a ninguém. Durante todo esse tempo, Howard se sentou em bancos de praça para pensar se deveria ou não ir para os russos. Ao final, a CIA informou o FBI, que ficou furioso e tratou de pôr Howard sob vigilância. Mas depois foi o próprio FBI quem estragou tudo. Seus agentes perderam-no de vista, mas Howard percebera que estava sendo vigiado. Dois dias depois, em setembro de 1985, Howard estava na embaixada soviética na Cidade do México, de onde foi para Moscou, via Havana.

Uma investigação indicou que Howard poderia ter traído três dos agentes desaparecidos, talvez até seis. Na verdade, ele entregou apenas os três sobre os quais sabia, mas já haviam sido denunciados por Ames em junho. Todos os três foram traídos duas vezes.

Outra pista veio dos próprios russos. Desesperado em proteger seu agente, a KGB estava desfechando uma enorme campanha de diversão e desinformação; qualquer coisa para desviar a CIA na direção errada. E teve êxito. Um vazamento aparentemente genuíno em Berlim Oriental "revelou" que alguns códigos haviam sido violados e o sinal de tráfego, interceptado.

Os códigos eram usados por um grande transmissor secreto da CIA em Warrenton, Virginia. Por um ano, Warrenton e sua equipe foram investigados minuciosamente. Nada, nenhum indício de violação do código. Se houvera uma violação do código, a KGB teria sabido também outras coisas, sem a menor dúvida, mas não tomara qualquer iniciativa nestes casos. Portanto, o código continuava intacto.

A terceira semente plantada com todo o cuidado pela KGB foi a de que realizara um brilhante trabalho de investigação. Isso contou com uma espantosa complacência em Langley, onde um relatório sugeria que "cada operação encerra as sementes de sua própria destruição". Em outras palavras, todos os 14 agentes haviam decidido de repente se comportar como idiotas.

Alguns em Langley não caíram nessa complacência. Um deles foi Carey Jordan, outro foi Gus Hathaway. Num nível inferior, sabendo pela rede de informações internas dos problemas que abalavam sua divisão, estava Jason Monk.

Efetuou-se uma investigação dos arquivos 301, onde todos os detalhes eram arquivados. As descobertas foram assustadoras. No total, 198 pessoas tinham acesso. Era um dado aterrador. Se você está dentro da União Soviética, com sua vida em jogo, a última coisa de que precisa é que 198 estranhos totais tenham acesso à sua ficha.

6

O professor Kuzmin se lavou na sala de exame do necrotério, por baixo do segundo instituto médico, na expectativa sem qualquer prazer de sua terceira autópsia no dia.

– Quem é o próximo? – perguntou ele a seu assistente, enquanto enxugava as mãos com uma inadequada toalha de papel.

– O número 158.

– Detalhes.

– Branco, caucasiano, sexo masculino. Causa da morte desconhecida, identidade desconhecida.

Kuzmin soltou um grunhido. "Por que me incomodo?", perguntou-se. Outro vagabundo, sem moradia, dormindo num albergue, cujos pedaços, quando ele terminasse, talvez ajudassem estudantes de medicina na escola três andares acima a compreender o que o abuso prolongado podia fazer com órgãos humanos e cujo esqueleto podia até acabar no curso de anatomia.

Moscou, como qualquer grande cidade, produzia sua colheita noturna, semanal e mensal de cadáveres, mas, por sorte, apenas uma minoria exigia autópsia, ou o professor e todos os seus colegas na patologia legal não conseguiriam arcar com o trabalho.

A maioria das mortes na cidade é de "causas naturais", todos aqueles que morreram em casa ou no hospital de velhice ou de qualquer de uma centena de causas terminais e previstas. As enfermeiras e os médicos locais podiam assinar o atestado de óbito nesses casos.

Depois, vinham as "causas naturais, imprevistas", em geral infartos fatais, e mais uma vez os hospitais para onde os infelizes eram levados podiam cuidar das formalidades burocráticas básicas, em geral bastante básicas.

A seguir vinham os acidentes, domésticos, industriais e automobilísticos. Moscou possuía mais duas categorias que tinham crescido muito ao longo dos anos: congelamento até a morte (no inverno) e suicídios. Os números se elevavam a milhares.

Corpos retirados do rio, identificados ou não, enquadravam-se em três categorias. Os completamente vestidos sem álcool no organismo, suicídio; vestidos mas embriagados, acidente; calção de banho, afogados por acaso enquanto nadavam.

Os homicídios surgiam em seguida. Eram casos encaminhados à polícia, o setor de investigação, que sempre recorria ao professor Kuzmin. Mesmo esses eram em geral uma mera formalidade. A grande maioria, como em todas as cidades grandes, era de "domésticos". Oitenta por cento ocorriam dentro da casa, ou o culpado era uma pessoa da família. A polícia, em geral, prendia o responsável em horas e a autópsia apenas confirmava o que já se sabia – Ivan apunhalara a esposa – e ajudava os tribunais a dar um veredicto rápido.

Depois disso, vinham as brigas de bar e as mortes das gangues; no último caso, ele sabia que o índice de condenação da polícia era de apenas três por cento. A causa da morte, no entanto, não era um problema; uma bala no cérebro é uma bala no cérebro. Se os investigadores descobririam o assassino (provavelmente não), isso não era problema do professor.

Em todos os casos acima, milhares e milhares por ano, uma coisa era certa: as autoridades sabiam quem era a vítima. Só de vez em quando tinham um fulano de tal. O cadáver 158 era um fulano de tal. O professor Kuzmin ajeitou a máscara de gaze, flexionou os dedos dentro das luvas de borracha e adiantou-se com algum interesse, enquanto seu assistente puxava o lençol.

Ah, estranho, pensou ele. Até interessante. O mau cheiro, que faria um leigo engasgar no mesmo instante, deixou-o indiferente. Já se acostumara. Com o bisturi na mão, ele contornou a mesa comprida, observando o cadáver danificado. Muito estranho.

A cabeça parecia intacta, além das órbitas oculares vazias, mas dava para perceber que isso era obra de pássaros. O homem fora encontrado no bosque ao lado da estrada para Minsk depois de passar cerca de seis dias ali. Por baixo da pelve, as pernas estavam brancas, da idade e da putrefação, mas afora isso, ilesas. Entre o tórax e os genitais, no entanto, não havia um único centímetro quadrado que não estivesse preto de uma equimose maciça.

Largando o bisturi, ele virou o corpo. A mesma coisa nas costas. Kuzmin tornou a virar o cadáver, pegou o bisturi e começou a cortar, fazendo seus comentários enquanto trabalhava para o gravador ligado. Mais tarde, a gravação lhe permitiria escrever seu relatório para o pessoal de Homicídios na Petrovka. Iniciou com a data: 2 de agosto de 1999.

Washington, fevereiro de 1986

Em meados do mês, para alegria de Jason Monk e considerável surpresa de seus superiores na Divisão SE, o major Pyotr Solomin fez contato. Escreveu uma carta.

Sensatamente, não tentou entrar em contato com qualquer ocidental em Moscou, muito menos com a embaixada americana. Escreveu para o endereço fornecido por Monk, em Berlim Oriental.

O simples fornecimento do endereço já era um risco, embora calculado. Se Solomin procurasse a KGB para denunciar a casa segura, teria de responder a algumas perguntas impossíveis. Os interrogadores saberiam que ele nunca receberia tal endereço se não tivesse concordado em trabalhar para a CIA, o que seria ainda pior.

Por que não comunicara imediatamente que fora abordado, perguntariam a ele, logo no primeiro contato, ao coronel que comandava o GRU em Áden, e por que permitira que o americano escapasse? Tais perguntas eram irrespondíveis.

Por isso, Solomin haveria de se manter calado sobre todo o incidente, ou estava "no time". A carta indicava a segunda opção.

Na União Soviética, toda correspondência vindo ou indo para o "exterior" era interceptada e lida. O mesmo ocorria com todos os telefonemas, telegramas, faxes e telexes. Mas a correspondência interna soviética, por seu volume maciço, podia passar sem exame, a menos que o remetente ou o destinatário estivesse sob suspeita. O mesmo se aplicava à correspondência dentro do bloco soviético, que incluía a Alemanha Oriental.

O endereço em Berlim Oriental pertencia a um maquinista do metrô que trabalhava como mensageiro para a CIA, e era bem pago por isso. As cartas que chegavam a seu apartamento, num prédio dilapidado no distrito de Friedrichshain, eram sempre endereçadas a Franz Weber.

Weber fora o morador anterior do apartamento e estava convenientemente morto. Se o maquinista do metrô algum dia fosse investigado, poderia jurar, de uma maneira plausível, que já houvera duas cartas antes; que não sabia uma única palavra de russo; que as cartas eram endereçadas a Weber; que Weber morrera e por isso as jogara fora. Um homem inocente.

As cartas nunca tinham um endereço ou sobrenome do remetente. O texto era banal e tedioso: "Espero que esta o encontre muito bem; as coisas aqui estão ótimas; como vão os seus estudos sobre a Rússia? Gostaria que pudéssemos um dia retomar o nosso relacionamento. Os melhores votos de seu amigo correspondente Ivan."

Até mesmo a polícia secreta da Alemanha Oriental, a Stasis, só poderia deduzir pelo texto que Weber conhecera um russo em alguma espécie de intercâmbio cultural e que estes haviam se tornado correspondentes. Esse tipo de coisa era sempre encorajado.

Ainda que a Stasis decifrasse a mensagem oculta em tinta invisível entre as linhas, apenas indicaria que Weber, já falecido, fora um traidor que escapara impune.

No lado de Moscou, depois que a carta fosse largada numa caixa do correio, seria impossível descobrir o remetente.

Ao receber uma carta da Rússia, o maquinista do metrô, Heinrich, enviava-a através do Muro para Berlim Ocidental. Parece estranho como ele fazia, mas coisas muito mais estranhas ocorreram na cidade dividida de Berlim durante a Guerra Fria. Na verdade, seu método era tão simples que ele nunca foi apanhado. A Guerra Fria terminou, a Alemanha foi reunida e Heinrich aposentou-se para uma velhice confortável.

Antes de Berlim ser dividida pelo Muro, em 1961, para impedir que os alemães orientais escapassem, partilhava-se um sistema de metrô que cobria toda a cidade. Depois do Muro, o sistema foi dividido. Muitos túneis entre os setores Oriental e Ocidental foram bloqueados. Mas havia um trecho em que a parte alemã oriental do sistema era uma ferrovia elevada, passando por um trecho de Berlim Ocidental.

Para essa passagem do setor Oriental por um trecho do setor Ocidental, todas as janelas e portas eram fechadas. Os passageiros de Berlim Oriental podiam contemplar uma parte de Berlim Ocidental, mas não podiam chegar até ela.

Lá em cima, sozinho em sua cabine, Heinrich abaixava sua janela e, num ponto determinado, usando uma catapulta, arremessava um projétil como uma pequena bola de golfe para as ruínas feitas por uma bomba. Um homem de meia-idade, conhecendo a escala de trabalho de Heinrich, estaria passeando com seu cachorro por ali. Depois que o trem passava, ele pegava a bola de golfe e a levava para seus colegas na enorme estação da CIA em Berlim Ocidental. Desatarraxada, a bola revelava uma carta enrolada em seu interior.

Solomin tinha notícias e eram todas boas. Depois da repatriação, foi submetido a um interrogatório intenso e, em seguida, recebeu uma semana de licença. Apresentou-se no Ministério da Defesa para saber de seu novo posto.

No saguão, foi avistado pelo vice-ministro da Defesa para quem construíra a *dacha*, três anos antes. O homem fora promovido a primeiro vice-ministro.

Embora ele usasse um uniforme de general de exército, com medalhas suficientes para afundar uma canhoneira, era na verdade apenas uma criatura do *apparat* que galgara a escada política. Agradava-o ter um rude soldado de combate da Sibéria em seu círculo. Estava muito satisfeito com sua *dacha*, concluída dentro do prazo marcado. Seu ajudante de ordens acabara de se reformar por motivos de saúde (consumo de vodca). Ele promoveu Solomin a tenente-coronel e ofereceu-lhe o posto.

No final, Solomin, correndo um risco considerável, dava seu endereço residencial em Moscou e pedia instruções. Se a KGB interceptasse e decifrasse a carta, ele estaria perdido. Mas como Solomin não podia se aproximar da embaixada americana, Langley tinha de ser informada sobre a maneira de procurá-lo. Ele deveria ter recebido um equipamento de comunicações muito mais sofisticado antes de deixar o Iêmen, mas a guerra civil atrapalhara.

Dez dias depois, ele recebeu um "aviso final" de cobrança de multa por infração de trânsito. O envelope tinha o logotipo do Departamento de Trânsito. O carimbo postal era de Moscou. Ninguém interceptou. A cobrança e o envelope eram tão bem falsificados que ele quase telefonou para o Departamento de Trânsito, a fim de protestar que nunca avançara um sinal vermelho. Mas antes percebeu a areia que escorreu do envelope.

Beijou a esposa quando ela saiu para levar as crianças à escola. Assim que ficou sozinho, pintou o aviso de cobrança com o líquido do pequeno frasco que trouxera de Áden dentro do seu estojo de barba. A mensagem era simples. Domingo seguinte. No meio da manhã. Um café na Leninsky Prospekt.

Solomin estava no segundo café quando um vulto anônimo passou, vestindo o capote, contra o vento frio lá fora. Da manga vazia caiu em cima da mesa um maço de cigarros russos. Ele cobriu-o com o jornal. O homem do capote deixou o café sem olhar para trás.

O maço parecia cheio de cigarros, mas os vinte filtros eram apenas uma cobertura, colados juntos, sem nada que se pudesse fumar por baixo. Na cavidade havia uma minúscula câmera, dez rolos de filme, uma folha de papel de palha de arroz descrevendo três pontos de entrega de correspondência com orientações para encontrá-los, e seis tipos de marcas de giz, com suas localizações, para indicar quando os pontos estavam vazios ou tinham alguma mensagem. Havia também uma calorosa carta de Monk, começando com "Agora, meu amigo caçador, vamos mudar o mundo...!"

Um mês depois, Órion efetuou a sua primeira entrega e pegou mais rolos de filme. Suas informações vinham do próprio comando industrial militar soviético e eram de valor inestimável.

O PROFESSOR KUZMIN conferiu a transcrição de suas anotações na autópsia do Cadáver 158 e acrescentou alguns comentários a mão. Nem mesmo pediria à sua secretária, que estava sobrecarregada de trabalho, que redatilografasse tudo; que os idiotas em Homicídios se virassem para entender sua letra.

Pois não tinha a menor dúvida de que o relatório iria para Homicídios. Tentava ajudar os detetives e sempre que havia alguma dúvida, escrevia que a morte fora "acidental" ou de "causas naturais". Neste caso, os parentes podiam retirar o corpo e fazer o que bem quisessem; no caso de corpo não identificado, permaneceria no necrotério pelo tempo estipulado na lei. Ele avisaria a seção de "pessoas desaparecidas" e se ainda assim não houvesse uma identificação, o corpo seria sepultado como indigente, cortesia do prefeito de Moscou, ou iria para as aulas de anatomia.

Mas o 158 era um homicídio e não havia como se esquivar a isso. A não ser por um pedestre atropelado por um caminhão em alta velocidade, ele poucas vezes vira tantas lesões internas. Um único golpe, mesmo uma batida de caminhão, não causaria tudo aquilo.

Ele supunha que ser atropelado por uma manada de búfalos poderia produzir o mesmo efeito, mas havia bem poucos búfalos em Moscou, e de qualquer maneira os animais pisoteariam também a cabeça e as pernas. O Cadáver 158 fora espancado inúmeras vezes por objetos rombudos, entre o pescoço e os quadris, nos dois lados.

Ao concluir o relatório, ele assinou e datou, 3 de agosto, no final, largou na bandeja de "saída".

– Homicídio? – indagou jovialmente sua secretária.

– Homicídio, identidade desconhecida – confirmou ele.

Ela datilografou o envelope pardo, enfiou o relatório, deixou ao lado da mesa. Ao sair, no final da tarde, entregaria ao porteiro, que morava num cubículo no andar térreo. Quando chegasse o momento oportuno, o porteiro o entregaria ao motorista do furgão, que levava os relatórios a seus diversos destinos, por toda a cidade de Moscou.

Enquanto isso, o Cadáver 158 permaneceu na escuridão gelada, exceto pelos olhos e a maior parte das entranhas.

Langley, março de 1986

Carey Jordan estava junto à janela e contemplava sua vista predileta. O mês chegava ao fim e os primeiros sinais de verde surgiam no bosque entre o prédio principal da CIA e o rio Potomac. Muito em breve o brilho da água, sempre visível através do bosque desfolhado no inverno, desapareceria por completo. Ele amava Washington; tinha mais bosques, árvores, parques e jardins do que qualquer outra cidade que conhecia nos Estados Unidos, e a primavera era sua estação favorita.

Ou pelo menos fora. A primavera de 1986 vinha se revelando um pesadelo. Sergei Bokhan, o oficial do GRU que a CIA dirigia em Atenas, deixara bem claro, durante repetidos interrogatórios nos Estados Unidos, que acreditava que se voasse de volta a Moscou, teria enfrentado um pelotão de fuzilamento. Não podia provar, mas a desculpa que seu superior apresentara para a convocação, as péssimas notas de seu filho na academia militar, não passava de uma mentira. Portanto, ele fora "explodido". Como não cometera crime algum, tinha a certeza de que fora traído.

Como Bokhan era um dos três primeiros a ter problemas, a CIA fora cética. Agora, porém, não estavam mais tão descrentes. Cinco outros haviam sido chamados de volta em circunstâncias misteriosas, de vários pontos do mundo, para em seguida desaparecerem por completo.

O que dava um total de seis. Com o homem dos britânicos, Gordievsky, sete. Mais cinco, baseados na União Soviética, também haviam desaparecido. Agora, não restava mais em funcionamento nenhuma das fontes importantes, representando anos de trabalho árduo, paciência e astúcia, sem falar no maciço investimento de dólares dos contribuintes.

Por trás dele, Harry Gaunt, o chefe da Divisão SE, que era a principal – não, mais do que isso, a única no momento – vítima do vírus, sentava-se numa cadeira, arriado, imerso em seus pensamentos. Gaunt tinha a mesma idade do VDO e haviam subido juntos pela hierarquia, com anos baseados no exterior, recrutando suas fontes, empenhados no Grande Jogo contra a KGB inimiga. Confiavam um no outro como irmãos.

Era esse o problema; dentro da Divisão SE, todos confiavam uns nos outros. Tinham de confiar. Constituíam o núcleo básico, o clube mais exclusivo, a ponta de lança da guerra secreta. Contudo, cada homem acalentava uma terrível suspeita. Para Howard, a decifração de códigos e um hábil trabalho de investigação da Linha KR da KGB poderiam explicar cinco agentes mortos, talvez até seis. Mas quatorze? Todos os agentes em ação? E, no entanto, não podia haver um traidor. Não *devia* haver. Não na Divisão SE, que cuidava da União Soviética e Europa Oriental. Houve uma batida na porta. O ânimo melhorou um pouco. A última história de sucesso restante esperava para entrar.

– Sente-se, Jason – disse o VDO. – Harry e eu só queríamos lhe dizer "Bom trabalho". Seu homem, Órion, vem nos oferecendo um autêntico tesouro. O pessoal de Análises está encantado. Por isso, achamos que o agente que o trouxe vale um crachá de GS-15.

Promoção, de GS-14 para 15. Monk agradeceu.

– Como vai Lisandro em Madri?

– Muito bem, senhor. Manda informações regularmente. Não chegam a ser coisas cósmicas, mas são sempre úteis. Seu tempo de serviço no exterior está quase acabando. Ele voltará a Moscou em breve.

– Ele não foi chamado antes do prazo?

Não, senhor. Deveria ser?

– Não, Jason, não há qualquer razão para isso.

– Posso dizer uma coisa... falar com toda franqueza?

– Claro.

– Circula pela divisão o rumor de que temos enfrentado uma crise nos últimos seis meses.

– É mesmo? – interveio Gaunt. – As pessoas gostam de falar.

Até aquele momento, a plena importância do desastre estivera confinada aos dez homens mais importantes, no topo da hierarquia da agência. Mas embora Operações tenha seis mil funcionários, sendo que mil na Divisão SE, com apenas cem no nível de Monk, ainda era uma aldeia, e numa aldeia, as notícias se espalham depressa. Monk respirou fundo e continuou:

– O que dizem por aí é que temos perdido agentes. Ouvi até dizer, que foram dez.

– Conhece a regra do "quem precisa saber", Jason.

– Tem razão, senhor.

– Muito bem, talvez tenhamos tido alguns problemas. Acontece em todas as agências. Marés de sorte e marés de azar. Aonde está querendo chegar?

– Com uma quantidade em torno de dez, só há um lugar em que todas essas informações podem ser encontradas juntas. Os arquivos 301.

– Creio que sabemos como a agência é dirigida, soldado – resmungou Gaunt.

– Então por que Lisandro e Órion continuam a operar livremente? – indagou Monk.

– Ouça, Jason, já lhe disse uma ocasião que o achava esquisito – comentou o VDO, paciente. – Significando anticonvencional, alguém que não respeita as regras. Mas você teve sorte. Tivemos perdas admito, mas não se esqueça de que seus dois homens também constavam dos arquivos 301.

– Não, não constavam.

Seria possível ouvir uma casca de amendoim caindo no carpete grosso. Harry Gaunt parou de mexer com o cachimbo, que nunca fumava dentro do prédio, mas usava como o adereço de um ator.

– Nunca passei os detalhes para o Registro Central. Foi um lapso. Sinto muito.

– E onde estão os relatórios originais? – indagou Gaunt, depois de um longo momento. – Seus próprios relatórios, descrevendo os detalhes de recrutamento, lugares, reuniões?

– Em meu cofre. Nunca saíram de lá.

– E todos os procedimentos da operação em andamento?

– Na minha cabeça.

Houve outra pausa, ainda mais prolongada.

– Obrigado, Jason – disse o VDO finalmente. – Manteremos contato.

Quinze dias depois, houve uma grande campanha estratégica no alto comando da diretoria de operações. Carey Jordan, trabalhando com apenas dois analistas, reduzira os 198 que teoricamente tiveram acesso durante os últimos 12 meses aos arquivos 301 a apenas 41. Aldrich Ames, nesta altura fazendo seu curso de italiano, figurava na lista menor.

Jordan, apoiado por Gaunt, Gus Hathaway e dois outros, argumentou que os 41 deveriam ser submetidos a uma investigação meticulosa, por mais doloroso que isso pudesse ser. O que implicaria um teste de polígrafo "hostil" e uma verificação das finanças pessoais.

O polígrafo era uma invenção americana e muitas coisas eram resolvidas por seu uso. Somente as pesquisas no final dos anos 1980 e início dos anos 1990 revelaram como podia ser falho. Por um lado, um mentiroso experiente pode enganar o aparelho, e a espionagem baseia-se na impostura, esperançosamente só para o inimigo.

Por outro lado, os interrogadores precisam estar muito bem informados para fazer as perguntas certas. Não podem ter tanta informação a esse ponto se o alvo não foi previamente investigado. Para descobrir o mentiroso, eles precisam fazer com que a parte culpada pense "Oh, meu Deus, eles sabem!" e com isso sua pulsação dispara. Se o mentiroso perceber pelas perguntas que eles não sabem de nada, vai se acalmar e permanecer tranquilo. Essa é a diferença entre o teste do polígrafo amigável e o hostil. A versão afável é um desperdício de papel se o alvo é um dissimulador hábil e preparado.

A chave para a investigação proposta pelo VDO seria uma verificação das finanças. Se fizessem isso, saberiam que Aldrich Ames, quebrado e desesperado depois de um divórcio complicado e um novo casamento 12 meses antes, estava agora cheio de dinheiro, tudo depositado a partir abril de 1985.

O líder do grupo que se opunha ao plano do VDO era Ken Mulgrew. Ele lembrou os terríveis danos que James Angleton causara com suas constantes investigações de agentes leais e ressaltou que essa verificação das finanças particulares era uma invasão da privacidade e uma violação dos direitos civis.

Gaunt argumentou que nunca, durante o tempo de Angleton, houvera uma súbita perda de uma dúzia de agentes, num breve período de seis meses. As investigações de Angleton baseavam-se na paranoia; agora, em 1986, a agência dispunha de provas concretas de que havia alguma coisa muito errada.

Os falcões perderam a batalha. A turma dos direitos civis ganhou o dia. A investigação meticulosa dos 41 foi vetada.

O INSPETOR PAVEL VOLSKY suspirou quando outra pasta foi jogada em sua mesa.

Um ano antes ele se sentia muito feliz com o posto de sargento em Crime Organizado. Pelo menos ali tinha uma chance de dar batidas em armazéns do submundo e confiscar seus ganhos escusos. Um sargento esperto podia viver bem quando produtos confiscados sofriam uma ligeira redução na quantidade antes que fossem entregues à custódia do Estado.

Mas sua esposa queria ser casada com um inspetor-detetive; por isso, quando surgira a oportunidade, ele fizera o curso, obtivera a promoção e fora transferido para Homicídios.

Não podia prever que lhe dariam a seção de vítimas desconhecidas. Quando olhava para a pilha de pastas de "quem-sabe-quem-se importa", ele desejava com frequência voltar para a rua Shabolovka.

Pelo menos a maioria dos fulanos de tal tinham um motivo óbvio. Assalto, é claro. Com a carteira, a vítima perdia também o dinheiro, cartões de crédito, retratos da família e o importante *pasport*, o documento de identidade russo com uma foto e todos os detalhes necessários. Ah, sim, perdia sua vida também, caso contrário não estaria estendida numa mesa no necrotério.

No caso de um cidadão eminente, com uma carteira que valia a pena ser levada, haveria em geral uma família. Os parentes teriam reclamado ao Pessoas Desaparecidas, que lhe encaminhava todas as semanas uma galeria de fotos, e muitas vezes se podia efetuar um reconhecimento. Neste caso, a família desolada seria informada onde fazer a identificação e recolher o corpo do parente.

Num caso em que o assalto não fosse o motivo, o corpo continuava com o *pasport* em algum bolso e por isso a pasta não era encaminhada a Volsky. Ele também não recebia os casos de todos os desabrigados que jogavam fora seu documento de identidade, porque revelava de onde vinham; não queriam que a milícia os despachasse de volta, mas ainda morriam de frio ou excesso de álcool nas ruas. Volsky só cuidava de certos homicídios, de uma pessoa desconhecida assassinada por uma pessoa desconhecida. Era uma ocupação exclusiva, refletiu ele, mas inútil.

O caso que foi levado à sua mesa no dia 4 de agosto era diferente. Assalto não poderia ter sido o motivo. Uma lida no relatório de Cena da Descoberta informara-lhe que o cadáver fora encontrado por um colhedor de cogumelos no bosque à beira da estrada de Minsk, perto dos limites da cidade. A cem metros da estrada... podia-se descartar a possibilidade de atropelamento e fuga.

A lista de pertences pessoais era triste. A vítima usava (de baixo para cima): sapatos de plástico, ordinários, rachados, os saltos arrebentados; meias baratas, encardidas de sujeira; cueca, a mesma coisa; calça fina e preta, ensebada; cinto, de plástico, gasto. E só. Sem camisa, gravata ou paletó. Apenas um capote encontrado ao lado do corpo, descrito como militar, dos anos 1950, bastante puído.

Havia um breve parágrafo no final. Conteúdo dos bolsos, nada. Repito, nada. Nada de relógio, aliança ou qualquer outro item pessoal.

Volsky olhou para a foto tirada no local. Alguém tivera a gentileza de fechar os olhos. Um rosto fino, com a barba por fazer, talvez 60 e poucos anos, parecendo dez anos mais velho. Encovado, essa era a palavra, e já parecia assim antes mesmo de morrer.

Pobre coitado, pensou Volsky, aposto que ninguém o liquidou por causa de sua conta num banco suíço. Ele leu o relatório da autópsia. Depois de vários parágrafos, apagou o cigarro e praguejou.

– Por que esses médicos não podem escrever em russo simples? – indagou ele para a parede, não pela primeira vez.

O texto era todo sobre lacerações e contusões; se você está se referindo a cortes e pancadas, então diga isso.

Alguns aspectos o deixaram perplexo, depois que decifrou o jargão e leu tudo. Deu uma olhada no carimbo do necrotério e discou o número indicado. Teve sorte. Encontrou o professor Kuzmin a sua mesa.

– É o professor Kuzmin? – perguntou ele.

– É, sim. Quem está falando?

– Inspetor Volsky. Homicídios. Tenho seu relatório na minha frente.

– Sorte sua.

– Posso ser franco, professor?

– Em nosso tempo, seria um privilégio.

– Acho que a linguagem é um pouco complexa. Menciona graves equimoses na parte superior dos braços. Pode dizer o que causou isso?

– Como um patologista, não. Só posso dizer que é uma grave contusão. Mas aqui entre nós, as marcas foram feitas por dedos humanos.

– Alguém o agarrou?

– Significa que ele ficou suspenso, meu caro inspetor. Ficou suspenso, sustentado, por dois homens fortes, enquanto era espancado.

– Quer dizer que tudo foi feito por humanos? Não houve máquinas envolvidas?

– Se a cabeça e as pernas estivessem nas mesmas condições, eu diria que ele foi jogado de um helicóptero no concreto. E não seria um helicóptero voando baixo. Mas isso não é possível. Qualquer forma de impacto com o solo ou um caminhão teria lesionado também a cabeça e as pernas. Não foi o que aconteceu. O homem foi golpeado muitas vezes entre o pescoço e os quadris, na frente e atrás, com objetos rombudos.

– Causa da morte... asfixia?

– Foi o que eu disse, inspetor.

– Perdoe-me, ele foi espancado até ficar disforme, mas morreu de asfixia?

Kuzmin suspirou.

– Todas as suas costelas foram quebradas, menos uma. Algumas em vários lugares. Duas foram cravadas nos pulmões. O sangue pulmonar entrou na traqueia, causando a asfixia.

– Está querendo dizer que ele sufocou com o próprio sangue?

– É exatamente o que venho tentando explicar.

– Desculpe. Sou novo aqui.

– E eu estou com fome aqui – disse o professor. – É hora do almoço. Bom dia, inspetor.

Volsky tornou a examinar o relatório. Então o velho fora espancado. Tudo dizia "briga de gangue". Mas os bandidos eram em geral mais jovens. Ele devia ter ofendido alguém da máfia. Se não tivesse morrido de asfixia, morreria do trauma.

Mas o que os assassinos queriam? Informações? Não era óbvio que ele diria tudo o que quisessem saber sem tudo aquilo? Punição? Um exemplo? Sadismo? Talvez um pouco de todas as três coisas. Mas o que um velho que parecia um vagabundo podia ter em seu poder que um chefe de gangue quisesse tanto, ou o que ele poderia ter feito a um chefe de gangue para merecer o que recebera?

Volsky notou mais um detalhe sob "Marcas de identificação". O professor escrevera: Nenhuma no corpo, mas na boca dois incisivos frontais e um canino, todos de aço inoxidável, aparentemente a herança de algum tosco serviço odontológico militar. Significando que o homem tinha três dentes de aço na frente.

O último comentário do patologista lembrou Volsky de uma coisa. Era a hora do almoço e ele combinara de se encontrar com um companheiro, também em Homicídios. Ele se levantou, trancou sua sala miserável e saiu.

Langley, julho de 1986

A carta do coronel Solomin causou um problema e tanto. Ele já efetuara três entregas em pontos de correspondência em Moscou, mas agora queria um novo encontro com seu controlador, Jason Monk. Como ele não teria nenhuma oportunidade de deixar a União Soviética, teria de ser em território soviético.

A primeira reação de qualquer agência ao receber tal sugestão seria a de desconfiar que o homem fora apanhado e escrevera sob pressão.

Mas Monk estava convencido de que Solomin não era tolo nem covarde. Havia uma palavra que ele, se escrevesse sob pressão, deveria evitar a qualquer custo, e outra que deveria tentar inserir na mensagem. Mesmo sob pressão, seria provável que ele conseguisse atender a uma ou outra condição. A carta de Moscou continha a palavra que deveria e não continha a outra, a que não deveria constar. Em outras palavras, parecia genuína.

Harry Gaunt há muito que concordara com Monk de que Moscou, infestada de agentes e observadores da KGB, era uma cidade muito perigosa. Com um posto diplomático de curto prazo, o Ministério do Exterior soviético exigiria detalhes minuciosos, que transmitiria à Segunda Diretoria. Mesmo disfarçado, Monk estaria sob vigilância durante toda a sua permanência e um encontro seguro com o ajudante de ordens do vice-ministro da Defesa seria praticamente impossível. De qualquer forma, Solomin não propunha isso.

Dizia que teria uma licença ao final de setembro e fora contemplado com um prêmio... um apartamento para férias no balneário de Gurzuf, no mar Negro.

Monk tratou de verificar. Uma pequena aldeia na costa da península da Crimeia, um famoso balneário para os militares e sede de um importante hospital do Ministério da Defesa, onde oficiais feridos e doentes podiam convalescer ao sol.

Dois ex-oficiais soviéticos residindo nos Estados Unidos foram consultados. Ambos disseram que nunca tinham ido lá, mas sabiam de Gurzuf: um lugar aprazível, onde Tchekhov morrera e vivera em sua *villa* à beira-mar, a cinquenta minutos de ônibus ou 25 minutos de táxi pela costa de Ialta.

Monk transferiu sua pesquisa para Ialta. A União Soviética ainda era virtualmente um país fechado, sob muitos aspectos, e voar para a área numa rota programada era impossível. A rota aérea seria para Moscou, de lá para Kiev, depois Odessa e Ialta. Não havia como um turista estrangeiro fazer esse percurso, nem qualquer motivo para que um turista estrangeiro visitasse Ialta. Podia ser um balneário soviético, mas um estrangeiro haveria de se sobressair como um polegar machucado. Ele consultou as rotas marítimas e constatou que havia aí uma possibilidade.

Sempre ávida de moedas estrangeiras fortes, o governo soviético permitia que a Companhia de Navegação do Mar Negro promovesse cruzeiros marítimos, procedentes do Mediterrâneo. Embora todos os tripulantes fossem soviéticos, com agentes da KGB entre eles (o que era inevitável), os passageiros na maioria eram do Ocidente.

Como tais cruzeiros saíam barato para os ocidentais, os passageiros tendiam a ser estudantes, acadêmicos e idosos. Havia três navios realizando esses cruzeiros no verão de 1986: o *Latva*, o *Latvia* e o *Armenia*. O que se enquadrava nas datas em setembro era o *Armenia*.

Segundo o agente em Londres da Companhia de Navegação do Mar Negro, o navio deixaria Odessa para o porto grego do Pireu, quase vazio. Da Grécia, seguiria para oeste, até Barcelona, na Espanha, e voltaria com escalas em Marselha, Nápoles, Malta e Istambul, antes de entrar no mar Negro, para Varna, na costa da Bulgária, depois Ialta e finalmente de volta a Odessa. A maior parte dos passageiros ocidentais embarcaria em Barcelona, Marselha ou Nápoles.

Ao final de julho, com a cooperação do Serviço de Segurança Britânico, houve um hábil arrombamento da agência em Londres da companhia de navegação. Não se deixou nenhum vestígio da entrada ou da saída. As reservas para o *Armenia* feitas em Londres foram fotografadas.

Um estudo revelou uma reserva para seis pessoas da Sociedade da Amizade Americana-Soviética. Nos Estados Unidos, tais pessoas foram investigadas. Todas pareciam ser de meia-idade, sinceras, ingênuas e dedicadas à melhoria das relações entre americanos e soviéticos. Além disso, residiam na região nordeste dos Estados Unidos, ou nas proximidades.

No início de agosto, o professor Norman Kelson, de San Antonio, Texas, ingressou na sociedade e solicitou suas publicações. Foi assim que aparentemente tomou conhecimento da iminente expedição no *Armenia,* embarcando em Marselha, e pediu para ser o sétimo membro do grupo. A organização soviética Intourist não tinha objeções e a reserva extra foi feita.

O verdadeiro Norman Kelson era um antigo arquivista da CIA que se aposentara e fora viver em San Antonio. Tinha uma grande semelhança com Jason Monk, embora fosse 15 anos mais velho, uma diferença que seria compensada com cabelos grisalhos pintados e óculos escuros.

Em meados de agosto, Monk comunicou a Solomin que seu amigo o esperaria junto das borboletas do jardim botânico em Ialta. O local é um famoso ponto de referência, situado nos arredores da cidade, a um terço do caminho pela costa para Gurzuf. O amigo estaria lá ao meio-dia de 27 e 28 de setembro.

O INSPETOR VOLSKY estava atrasado para o almoço marcado e por isso seguiu apressado pelos corredores do enorme edifício cinzento na Petrovka, que é o quartel-general da milícia de Moscou. O amigo não se encontrava em seu escritório e por isso ele tentou a sala dos detetives, onde o encontrou conversando com alguns colegas.

– Desculpe o atraso – disse Volsky.

– Não tem problema. Vamos embora.

Não havia a menor possibilidade dos dois homens comerem fora com seus salários, mas a milícia tinha uma cantina de baixo custo, com um sistema de vale para o almoço e a comida era razoável. Ambos se viraram para a porta. Havia um quadro de avisos ao lado. Volsky lançou um olhar para esse quadro e estacou abruptamente.

– Vamos logo ou não encontraremos uma mesa vaga – disse o amigo.

Depois que sentaram, cada um com seu prato de ensopado e meio litro de cerveja, Volsky disse:

– Lá na sala dos detetives...

– O que tem?

– O quadro de avisos. Ao lado da porta. Há um retrato. Um desenho a *crayon*. Um velho com dentes esquisitos. Qual é a história?

– Ah, isso... – murmurou o inspetor Novikov. – É o nosso homem misterioso. Ao que perece, uma mulher da embaixada britânica teve seu apartamento arrombado por dois homens. Não roubaram nada, mas mexeram em tudo. A mulher os surpreendeu, eles a agrediram e a deixaram sem sentidos. Mas ela ainda pôde olhar um deles.

– Quando foi isso?

– Há cerca de duas semanas, talvez três. Seja como for, a embaixada queixou-se ao Ministério do Exterior. Ficaram furiosos e se queixaram ao Ministério do Interior. Mandaram que a Divisão de Roubos descobrisse o homem de qualquer maneira. Alguém fez um desenho. Conhece Chernov? Não? Pois ele é o grande investigador de roubos, anda agora com o dele na reta, sua carreira em jogo, sem chegar a lugar nenhum. Até nos procurou e pregou uma cópia do retrato falado no quadro.

– Alguma pista? – indagou Volsky.

– Não. Chernov não sabe quem é ele ou onde se encontra. Este ensopado tem cada vez mais gordura e menos carne a cada vez que venho aqui.

– Não sei quem é ele, mas sei onde se encontra – disse Volsky.

Novikov ficou imóvel com seu copo de cerveja a meio caminho dos lábios.

– Merda! Onde?

– No necrotério, no Segundo Instituto Médico. Seu caso chegou às minhas mãos esta manhã. Identidade desconhecida. Foi encontrado num bosque a oeste, há cerca de uma semana. Espancado até a morte. Não tinha qualquer documento.

– É melhor falar com Chernov.

Enquanto comia o resto do seu ensopado, o inspetor Novikov ficou muito pensativo.

Roma, agosto de 1986

Aldrich Ames chegara com a esposa à Cidade Eterna para assumir seu novo posto a 22 de julho. Mesmo depois de oito meses na escola de línguas, seu italiano ainda era apenas passável, não bom. Ao contrário de Monk, não tinha ouvido para línguas estrangeiras.

Com sua riqueza recém-adquirida, ele podia viver com um estilo muito melhor do que em qualquer outra ocasião anterior, mas ninguém na estação em Roma percebeu a diferença, porque ninguém conhecera seu estilo de vida antes de abril do ano anterior.

O chefe da estação, Alan Wolfe, um veterano da CIA que servira no Paquistão, Jordânia, Iraque, Afeganistão e Londres, logo descobriu, como outros antes dele, que Ames era um desperdício de espaço. Se tivesse visto as avaliações de desempenho apresentadas pelas chefes das estações na Turquia e México, antes de serem editadas por Ken Mulgrew, teria protestado contra a designação do seu novo chefe da Seção Soviética direto ao gabinete do VDO.

Não demorou muito para ficar patente que Ames era um bêbado contumaz e um relapso no trabalho. Isso não preocupava os russos. Eles logo designaram um intermediário, um servidor de baixo nível chamado Khrenkov, com quem Ames podia se encontrar sem despertar suspeitas. Ames simplesmente disse aos colegas que tentava "desenvolver" Khrenkov como um possível recruta. Isso justificava uma série de almoços muito longos e líquidos, depois dos quais Ames mal conseguia encontrar sua mesa.

Como em Langley, Ames começou a deslocar materiais secretos de sua mesa para guardá-los em sacolas de compras, saindo da embaixada para entregar a Khrenkov.

Em agosto, o verdadeiro controlador veio de Moscou para conhecê-lo. O novo homem da KGB, ao contrário de Androsov em Washington, não residia no local, mas voava de Moscou sempre que havia necessidade de uma reunião. Havia em Roma muito menos problemas do que em Washington.

Ames deixava o escritório para almoçar e ia se encontrar abertamente com Khrenkov num café. Era simples assim. Não mais tão abertamente, eles embarcavam num sedã e Khrenkov dirigia até a *villa* Bamelek, residência do embaixador soviético. Ali, o controlador, "Vlad", estava à espera de Ames. Podiam conversar à vontade por horas. Vlad era na verdade o coronel Vladimir Mechulayev, da Diretoria K, da Primeira Diretoria.

Na primeira reunião, Ames ia protestar contra a rapidez excepcional com que a KGB capturara os homens que ele denunciara, dessa forma expondo-o a um grande perigo. Mas Vlad se antecipou, pedindo desculpas por isso e explicando que Mikhail Gorbachev assim determinara. Depois, ele relatou o motivo para sua viagem a Roma.

– Temos um problema, meu caro Rick. O volume de material que nos trouxe é enorme e de valor inestimável. Entre esses documentos, há descrições e fotos de todos os principais controladores de espiões dentro da União Soviética.

Ames ficou perplexo, tentando entender qual era o problema através do nevoeiro do álcool.

– Há alguma coisa errada?

– Não, nada errado, apenas algo que não entendemos.

Mechulayev pôs uma foto em cima da mesa.

– Este aqui. Jason Monk. Certo?

– Isso mesmo.

– Em seus relatórios, você se refere à reputação dele na Divisão SE como uma "estrela em ascensão". Presumimos isso significa que ele controla um e talvez dois trunfos dentre a União Soviética.

– É essa a posição no escritório, ou era na última vez em que verifiquei. Mas devem ter apanhado esses agentes.

– É justamente esse o problema, meu caro Rick. Todos os traidores que você nos revelou já foram identificados, presos e... interrogados. E cada um foi... como posso dizer...

O russo lembrou dos homens trêmulos que encontrara na sala de interrogatório, depois que Grishin lhes dera seus conselhos pessoais para cooperarem.

– Todos se mostraram muito francos, muito sinceros, não hesitaram em cooperar. Cada um nos informou quem era seu controlador, em alguns casos, mais de um. Mas nenhum se referiu a Jason Monk. Absolutamente nenhum. É verdade que nomes falsos podem ser usados, em geral são mesmo. Mas ninguém reconheceu a foto, Rick. Compreende agora qual é o meu problema? Quem são os espiões que Monk controla e onde eles estão?

– Não sei. E não posso compreender a situação. Eles deviam estar nos arquivos 301.

– Também não entendemos por que não estavam, meu caro Rick.

Antes de a reunião terminar, Ames recebeu uma vasta quantidade de dinheiro e uma lista de tarefas. Passou três anos em Roma e traiu tudo o que podia, entregando uma enorme massa de documentos secretos e ultrassecretos. Denunciou mais quatro agentes, mas todos não russos, dos países do bloco europeu oriental. Porém, a tarefa número um era clara e simples: ao voltar a Washington ou mesmo antes, descobrir quem Jason Monk controlava na União Soviética.

ENQUANTO OS inspetores-detetives Novikov e Volsky se compraziam em seu almoço informativo na cantina do quartel-general da milícia, a Duma realizava uma sessão plenária.

Levava tempo para convocar o Parlamento russo de seu recesso de verão, pois tão vasto é o território que muitos delegados tinham de percorrer milhares de quilômetros para comparecer ao debate constitucional. Não obstante, a sessão extraordinária era de imensa importância, porque a questão em jogo era uma mudança na Constituição.

Depois da morte imprevista do presidente Cherkassov, o artigo 59 da Constituição determinava que o primeiro-ministro assumisse o cargo em caráter provisório. O período previsto de interinidade era de três meses.

O primeiro-ministro Ivan Markov tornara-se de fato o presidente em exercício. Depois de consultar diversos assessores, chegara a um consenso: como a Rússia deveria ter uma eleição presidencial em junho de 2000 de qualquer maneira, marcar outra para outubro de 1999 poderia causar graves distúrbios, talvez mesmo o caos.

O projeto em discussão na Duma era de uma emenda constitucional que estendia a presidência em exercício por mais três meses e antecipava a eleição do ano 2000 de junho para janeiro.

A palavra Duma vem do verbo *dumat*, significando pensar ou cogitar, em consequência também um "lugar de pensamento". Muitos observadores achavam que a Duma era mais um lugar de gritos e insultos que um foro de debates adultos. Aquele dia quente de verão sem dúvida confirmava tais opiniões.

A discussão prolongou-se durante o dia inteiro, alcançando níveis tão altos de veemência que o presidente da Duma passava a maior parte do tempo pedindo ordem, e houve um momento em que até ameaçou suspender a sessão por prazo indefinido.

Dois delegados tanto exageraram que o presidente da Duma determinou que fossem retirados do plenário, o que provocou violentas brigas – registradas pelas câmeras de televisão – até que a dupla expulsa deixou o prédio. Ali, os dois delegados concederam entrevistas coletivas improvisadas, o que degenerou numa briga na rua, os ânimos só sendo contidos pela intervenção da polícia.

No plenário, com o sistema de ar-condicionado com defeito e os suados delegados da terceira democracia mais populosa do mundo gritando e xingando, as posições logo se tornaram claras.

A União das Forças Patrióticas, fascista, sob as ordens de Igor Komarov, exigia que a eleição presidencial fosse marcada para outubro, três meses depois da morte de Cherkassov, de acordo com o artigo 59. Sua tática era óbvia. A UFP se encontrava tão à frente nas pesquisas que só pensava em antecipar seu acesso ao poder supremo em nove meses.

Os neocomunistas da União Soviética e os reformistas da Aliança Democrática chegaram a um acordo, por uma vez. Ambos estavam em desvantagem nas pesquisas e precisavam de todo o tempo que pudessem para recuperar suas posições. Em outros termos, nenhum deles se sentia preparado para uma eleição tão cedo.

O debate ou disputa aos gritos se prolongou até o pôr do sol, quando o exausto e rouco presidente da Duma finalmente determinou que já houvera muitas manifestações e podia-se efetuar uma votação. Os esquerdistas e centristas votaram juntos para derrotar a direita e o projeto foi aprovado. A eleição presidencial de junho de 2000 foi antecipada para 16 de janeiro de 2000.

Em menos de uma hora, o resultado da votação foi divulgado pela rede nacional de TV de notícias Vremya. Embaixadas por toda a capital trabalharam até tarde, as luzes acesas, com os embaixadores despachando mensagens cifradas para seus governos.

Foi porque a embaixada britânica ainda se mantinha em plena atividade que "Gracie" Fields se encontrava em sua mesa quando o inspetor Novikov telefonou.

Ialta, setembro de 1986

O dia era quente e não havia ar-condicionado no táxi que avançava ruidoso pela estrada litorânea para nordeste, partindo de Ialta. O americano baixou a janela para deixar que o ar mais fresco do mar Negro o aliviasse. Inclinado para um lado, ele podia também observar pelo espelho retrovisor por cima da cabeça do motorista. Nenhum carro da "Cheka" local parecia segui-los.

O longo cruzeiro desde Marselha, via Nápoles, Malta e Istambul, fora cansativo porém tolerável. Monk desempenhara seu papel de uma maneira que não despertara qualquer suspeita. Com os cabelos pintados de grisalho, óculos escuros e uma cortesia exagerada, era apenas outro acadêmico aposentado se divertindo em férias de verão.

Os outros americanos a bordo aceitaram que ele partilhava sua convicção sincera de que a única esperança para a paz mundial eram os povos dos Estados Unidos e da União das Repúblicas Socialistas

Soviéticas se conhecerem melhor. Uma mulher do grupo, professora solteirona de Connecticut, ficou encantada com o texano de maneiras refinadas que sempre puxava sua cadeira na hora de sentar e inclinava seu chapéu Stetson quando se encontravam no convés.

Em Varna, na Bulgária, ele não desembarcara, alegando que tinha um pouco de insolação. Mas, em todos os outros portos de escala, ele acompanhara os turistas de cinco nacionalidades ocidentais a ruínas, ruínas e mais ruínas.

Em Ialta, ele pisara pela primeira vez na vida em solo russo. Por mais preparado e informado que estivesse, fora mais fácil do que imaginara. Por um lado, embora o *Armenia* fosse o único navio de passageiros no porto, havia ali uma dúzia de cargueiros de outros países e seus tripulantes não tinham qualquer dificuldade para circular em terra.

Os turistas do *Armenia*, retidos a bordo desde Varna, desembarcaram como um bando de aves. Os dois inspetores da imigração russa no cais limitaram-se a lançar um olhar superficial para os passaportes e acenaram com a cabeça para que passassem. O professor Kelson atraíra vários olhares por causa da maneira como se vestia, mas eram olhares aprovadores e cordiais.

Em vez de tentar parecer discreto, Monk optara pelo inverso, a estratégia de se esconder à plena vista. Usava uma camisa creme com gravata de cordão, presa por uma fivela de prata, terno bege e seu Stetson, com botas de caubói.

– Puxa, professor, como está elegante! – comentara a professora, entusiasmada. – Vai conosco no teleférico até o topo da montanha?

– Não, madame – dissera Monk. – Acho que vou dar apenas uma volta pelo porto, talvez tomar um café.

Os guias da Intourist levaram seus grupos em direções diferentes e deixaram-no em paz. Monk passara pelo terminal marítimo e se embrenhara pela cidade. Muitas pessoas o fitaram, mas a maioria sorrira. Um menino parara, baixara as mãos para os lados do corpo e fizera menção de sacar seus Colts 45 imaginários. Monk afagara seus cabelos.

Aprendera que a diversão na Crimeia era um tanto invariável. A TV era insossa e o grande passatempo era o cinema. Os filmes de faroeste, permitidos pelo governo, eram os prediletos e ali estava um caubói de verdade. Até mesmo um miliciano, sonolento no calor, fitara-o aturdido, quando Monk inclinara o chapéu, sorrira e lhe fizera uma saudação. Depois de uma hora e um café num bar aberto, ele se convencera de que não estava sendo seguido, tomara um táxi ao acaso numa fila de vários e pedira para ser levado ao jardim botânico. Com seu guia na mão, mapa e russo capenga, ele era tão obviamente um turista desembarcado de um dos navios que o motorista acenara com a cabeça e partira. Além do mais, milhares de pessoas visitavam o famoso jardim botânico de Ialta.

Monk saltou na frente do portão principal e pagou ao motorista. Pagou em rublos, acrescentou uma gorjeta de cinco dólares e uma piscadela. O motorista sorriu, tornou a acenar com a cabeça e foi embora.

Havia uma multidão na frente das roletas, a maioria de crianças russas com seus professores, numa excursão de escola. Monk esperou na fila, mantendo-se atento a homens em ternos lustrosos. Não havia nenhum. Ele pagou a entrada, passou pela roleta e avistou o estande de sorvete. Comprou uma casquinha grande de baunilha, encontrou um banco isolado no parque, sentou-se e começou a lamber o sorvete.

Poucos minutos depois, um homem se sentou na outra extremidade do banco, estudando uma planta do vasto jardim botânico. Por trás do mapa, ninguém poderia ver seus lábios se mexendo. Os lábios de Monk se moviam porque ele lambia um sorvete.

– E então, meu amigo, como tem passado? – perguntou Pyotr Solomin.

– Melhor por vê-lo, companheiro – murmurou Monk. – Estamos sob vigilância?

– Não. Estou aqui há uma hora. Você não foi seguido. Nem eu.

– Meu pessoal está muito satisfeito com você, Peter. Os detalhes que tem fornecido ajudarão a encurtar a Guerra Fria.

– Só quero derrubar os desgraçados – disse o siberiano. – Seu sorvete está derretendo. Jogue fora. Vou buscar mais dois.

Monk largou a casquinha na lata de lixo próxima. Solomin foi até o estande e comprou duas casquinhas. Quando voltou, o gesto permitiu-lhe sentar mais perto.

– Tenho uma coisa para você. Um filme. Dentro da capa do meu mapa. Deixarei no banco.

– Obrigado – murmurou Monk. – Por que não entregou em Moscou? Meu pessoal ficou um pouco desconfiado.

– Porque há mais, só que deve ser falado.

Ele se pôs a descrever o que estava acontecendo naquele verão de 1986 dentro e fora do Ministério da Defesa, em Moscou. Monk manteve o rosto impassível e teve de fazer um esforço para não soltar um assovio baixo e longo. Solomin falou por meia hora.

– Isso é verdade, Peter? Está mesmo finalmente acontecendo?

– Tão verdadeiro quanto eu estar sentado aqui. Ouvi o próprio ministro da Defesa confirmar.

– Mudará muitas coisas – comentou Monk. – Obrigado, velho caçador. Mas devo ir agora.

Como estranhos num banco de parque que conversaram por um momento, Monk estendeu a mão. Solomin olhou fascinado.

– O que é isso?

Era um anel. Monk não costumava usar anéis, mas acompanhava a personalidade de texano. Um anel navajo de turquesa e prata, do tipo usado em todo o Texas e Novo México. Ele percebeu que o homem do povo udegey de Primorskiy Krai adorara o anel. Num súbito impulso, Monk tirou-o do dedo e entregou-o ao siberiano.

– Para mim? – indagou Solomin.

Ele nunca pedira dinheiro e Monk adivinhara que se sentiria ofendido se fosse oferecido. Pela expressão do siberiano, o anel era mais do que uma recompensa, turquesa e prata das colinas do Novo México e produzido por um prateiro Ute ou Navajo, no valor de cem dólares.

Consciente de que um abraço era impossível em público, Monk virou-se para ir embora. Olhou para trás. Pyotr Solomin enfiara o anel no dedo mínimo da mão esquerda e o admirava. Foi a última imagem que Monk teve do caçador do Extremo Oriente.

O *Armenia* seguiu para Odessa e desembarcou sua carga humana. A alfândega revistou cada mala, mas procurava apenas por material impresso antissoviético. Monk fora informado de que nunca faziam uma revista no corpo de um turista estrangeiro, a menos que a KGB estivesse no comando, e isso só ocorria por uma razão muito especial.

Monk escondera as pequenas transparências por baixo de duas camadas de esparadrapo em uma nádega. Com os outros americanos, Monk fechou suas malas, o guia da Intourist conduziu a todos pelas outras formalidades e pegaram o trem para Moscou.

Na capital, no dia seguinte, Monk deixou o material na embaixada, de onde seguiria para Londres pela mala diplomática, e voou para os Estados Unidos. Tinha um longo relatório a escrever.

7

— Embaixada britânica, boa noite – disse a telefonista no Cais Sofiskaya.

– *Shto?* – indagou uma voz aturdida, no outro lado da linha.

– *Dobriy vecher, angliyskoye posolstvo* – repetiu a telefonista, em russo.

– Quero falar com a bilheteria do Teatro Bolshoi – disse a voz.

– Sinto muito, mas discou o número errado – informou a telefonista, desligando em seguida.

Os escutas no banco de monitores no quartel-general da FAPSI, a agência eletrônica de escuta russa, ouviram a ligação e a registraram, mas não deram a menor importância. Ligações erradas eram comuns.

Na embaixada, a telefonista ignorou as luzes piscando de mais duas chamadas de fora, consultou um pequeno caderno de anotações e discou um número interno.

– Sr. Fields?

– Pois não?

– Telefonista falando. Alguém acaba de ligar pedindo a bilheteria do Teatro Bolshoi.

– Obrigado.

"Gracie" Fields ligou para Jock Macdonald. As extensões internas eram submetidas a varreduras eletrônicas regulares pelo homem do Serviço de Segurança e eram consideradas seguras.

– Meu amigo da polícia de Moscou acaba de telefonar – informou ele. – Usou o código de emergência. Quer que eu ligue.

– Mantenha-me informado – pediu o chefe da estação.

Fields olhou para o relógio. Uma hora e cinco minutos entre as ligações já havia se passado. Num telefone público no saguão de um banco, a dois quarteirões do prédio da milícia, o inspetor Novikov também verificou seu relógio e decidiu tomar um café para preencher os cinquenta minutos de espera. Depois iria para outro telefone público, um quarteirão adiante, e aguardaria.

Fields deixou a embaixada dez minutos mais tarde e seguiu devagar para o Hotel Kosmos, na Prospekt Mira. Construído em 1979, moderno pelos padrões de Moscou, o Kosmos tem uma fileira de cabines telefônicas perto do saguão.

Uma hora depois da ligação para a embaixada, ele consultou um bloco de anotações que tirou do bolsinho do paletó e discou. As ligações de um telefone público para outro constituem um pesadelo para as organizações de contraespionagem e são praticamente incontroláveis, por causa da quantidade.

– Boris?

Novikov não se chamava Boris. Seu primeiro nome era Yevgeni, mas quando ouviu "Boris" teve certeza de que era Fields na linha.

– Sou eu mesmo. Aquele desenho que me entregou. Alguma coisa surgiu. Acho que devemos nos encontrar.

– Está certo. Vamos jantar no Rossiya.

Nenhum dos dois tinha a menor intenção de ir ao vasto Hotel Rossiya. A referência era a um bar chamado Carousel, no meio da rua Tverskaya. Era fresco e bastante escuro para ser discreto. Outra vez, o intervalo era de uma hora.

Como muitas das embaixadas britânicas maiores, a delegação em Moscou contém em sua equipe um membro do Serviço de Segurança interno britânico, conhecido como MI5. É o serviço correlato ao SIS, o Serviço de Informações Secretas, que atua no exterior, conhecido por todos de maneira errônea, como MI6.

A tarefa do homem do MI5 não é recolher informações sobre o país anfitrião, mas garantir a segurança da embaixada, suas várias estações externas e seu pessoal.

Os funcionários não se consideram prisioneiros e em Moscou, durante o verão, frequentam um agradável ponto de banho fora da cidade, onde o rio Moscova faz uma curva e forma uma pequena praia de areia. Para o pessoal diplomático, é o lugar favorito para se tomar banho e fazer piquenique.

Antes de ser promovido a inspetor e transferido para Homicídios, Yevgeni Novikov estivera no comando desse distrito, inclusive da área da praia, conhecida como Serebryaniy Bor, ou Bosque de Prata.

Fora ali que ele conhecera o então agente do Serviço de Segurança britânico, que o apresentara a Gracie Fields, recém-chegado.

Fields cultivara o jovem policial e acabara por sugerir que uma pequena ajuda mensal, em moeda forte, poderia tornar a vida mais fácil para um homem de salário fixo em tempos inflacionários. O inspetor Novikov tornara-se uma fonte, de baixo nível, é verdade, mas de vez em quando útil. Durante aquela semana, o detetive de Homicídios retribuiria todo o esforço.

– Temos um corpo – disse ele a Fields, ao se sentarem na escuridão do Carousel, bebendo a cerveja gelada. – Tenho certeza de que é o homem do desenho que me deu. Velho, dentes de aço, sabe como é...

Ele narrou os fatos informados pelo colega Volsky, da seção de vítimas anônimas.

– Quase três semanas, é muito tempo para se estar morto com este tempo – comentou Fields. – O rosto deve estar horrível. Talvez não seja o mesmo homem.

– Ele só ficou no bosque por uma semana. E nove dias num gavetão refrigerado. Deve ser reconhecível.

– Precisarei de uma fotografia, Boris. Pode obtê-la?

– Não sei. Estão todas com Volsky. Conhece o investigador Chernov?

– Conheço. Ele esteve na embaixada. Também lhe entreguei um retrato falado.

– Sei disso. Agora os desenhos estão por toda parte. Seja como for, ele voltará. Volsky já deve ter lhe contado a esta altura. Ele terá uma foto do rosto do cadáver.

– Para seu próprio uso, não para nós.

– Pode ser difícil.

– Mas tente, Boris, tente. Não está em Homicídios? Diga que quer mostrá-la a alguns contatos nas gangues. Invente uma desculpa. É um homicídio agora. Não é isso o que você faz? Esclarecer homicídios?

– É o que se espera – admitiu Novikov, sombrio.

Ele se perguntou se o inglês sabia que o índice de esclarecimento de assassinatos cometidos pelas gangues era de três por cento.

– Haverá uma bonificação para você – acrescentou Fields. – Quando nosso pessoal é atacado, somos generosos.

– Está bem, tentarei obter uma foto.

Pelo que aconteceu, ele nem teve de se incomodar. O caso do homem misterioso logo foi encaminhado para Homicídios e dois dias depois ele pôde subtrair uma foto do rosto, tirada no bosque ao lado da estrada para Minsk.

Langley, novembro de 1986

Carey Jordan estava com um ânimo excepcionalmente bom. Tais ânimos eram raros ao final de 1986, porque o escândalo Irã-Contras arrasava Washington, e Jordan, mais do que a maioria dos outros, sabia como era profundo o envolvimento da CIA.

Mas ele acabara de ser convocado ao gabinete do diretor, William Casey, para receber os aplausos mais efusivos. A causa dessa generosidade inesperada do velho diretor era a recepção nos altos escalões das notícias trazidas de Ialta por Jason Monk.

No início dos anos 1980, quando Yuri Andropov fora o presidente da União Soviética, o ex-chefe da KGB instituíra pessoalmente uma série de políticas bastante agressivas contra o Ocidente. A última tentativa desesperada de Andropov agonizante fora a de romper a aliança da OTAN através da intimidação.

Como base dessa política, havia a distribuição por todos os países satélites soviéticos da Europa Oriental de novos mísseis de médio alcance. Com três bombas nucleares dirigida a alvos diferentes em cada míssil, os SS-20s estavam apontados para várias cidades da Europa, do norte da Noruega à Sicília.

Ronald Reagan estava na Casa Branca na ocasião e Margaret Thatcher, em Downing Street. Os dois líderes ocidentais decidiram que não se deixariam intimidar por ameaças e resolveram que para cada míssil apontado para o Ocidente apontariam um de volta.

Os Pershings II e os Cruises foram distribuídos por toda a Grã-Bretanha e Europa Ocidental, apesar das constantes e ruidosas manifestações da esquerda europeia. Reagan e Thatcher recusaram-se a alterar sua posição.

O programa americano Guerra nas Estrelas forçou a União Soviética a tentar seu próprio sistema antimísseis. Andropov morreu, Chernenko entrou e saiu de cena, Gorbachev subiu ao poder, mas ainda continuava a guerra de vontade e poder industrial.

Mikhail Gorbachev tornara-se secretário-geral do Partido em março de 1985. Nascera e fora criado como um dedicado comunista. A diferença era que, ao contrário de seus antecessores, se tratava de um homem pragmático e se recusava a aceitar as mentiras que os outros engoliam. Insistia em conhecer os fatos e cifras reais da indústria e economia soviética. Quando tomou conhecimento, ficou traumatizado.

Ainda pensava que a carroça se arrastando que era a economia comunista podia ser transformada num eficiente carro de corrida, por alguma sintonia. Daí a *perestroika* ou reestruturação.

No verão de 1986, no Kremlin e no Ministério da Defesa, estava se tornando evidente que isso não daria certo. O complexo industrial-militar e os programas de aquisição de armamentos absorviam sessenta por cento do produto interno bruto soviético, uma cifra insustentável. O povo finalmente se tornava irrequieto com suas privações.

Naquele verão foi realizada uma extensa pesquisa para determinar por quanto tempo mais a União Soviética poderia manter o ritmo. A situação descrita no relatório não poderia ser mais sinistra. Em termos industriais, o Ocidente capitalista superava o dinossauro russo em todos os níveis. Fora esse relatório que Solomin levara em microfilme para o banco de parque em Ialta.

O que dizia, sendo confirmado verbalmente por Solomin, era que se o Ocidente pudesse aguentar por mais dois anos, a economia soviética desmoronaria por completo e o Kremlin teria de admitir e se desmobilizar. Como num jogo de pôquer, o siberiano acabara de mostrar ao Ocidente toda a mão do Kremlin.

A notícia foi direto para a Casa Branca e atravessou o Atlântico para a Sra. Thatcher. Ambos, assediados pelas dúvidas e hostilidades internas, logo se animaram. Bill Casey recebeu os parabéns do Salão Oval e transmitiu os aplausos a Carey Jordan. Ele convocou Jason Monk para partilhar as congratulações. Ao final da conversa, Jordan abordou um problema que já levantara antes.

– Tenho um problema com os seus arquivos, Jason. Não pode deixá-los em seu cofre. Se alguma coisa acontecesse com você, não saberíamos por onde começar a lidar com esses dois agentes, Lisandro e Órion. Você tem de registrá-los junto com os outros.

Um ano se passara desde a primeira traição de Aldrich Ames e seis meses desde que o desastre dos agentes desaparecidos se tornara patente. O culpado ainda permanecia em Roma. Em termos técnicos, a caçada ao traidor continuava, mas perdera a urgência.

– Se não está quebrado, não é preciso consertar – disse Monk. – Esses caras estão arriscando a vida. Eles me conhecem e eu os conheço. Confiamos um no outro. Deixe como está.

Jordan já sabia do estranho vínculo que podia surgir entre o controlador e seu agente. Era um relacionamento que a agência desaprovava oficialmente por dois motivos. O controlador podia ser transferido para um posto diferente, se aposentar ou morrer. Um relacionamento muito pessoal poderia fazer com que o agente, no coração da Rússia, decidisse que era melhor não continuar com um novo controlador. Segundo, se alguma coisa acontecesse com o agente, o controlador poderia se tornar deprimido demais para conservar sua utilidade. Numa longa carreira, um agente pode ter vários controladores. O vínculo pessoal de Monk com seus dois agentes preocupava Jordan. Era... irregular.

Por outro lado, Monk era um individualista. Jordan não sabia, mas Monk fazia questão de garantir que seus agentes em Moscou (Turpin deixara Madri e voltara para casa, produzindo um espantoso material sobre o coração da Diretoria K da Primeira Diretoria) recebessem longas cartas pessoais dele, junto com as listas de tarefas habituais.

Jordan contentou-se com um meio-termo. Os arquivos com os detalhes dos homens, onde e como haviam sido recrutados, como eram "abastecidos", seus diferentes postos – tudo menos seus nomes, mas o suficiente para identificá-los – seriam transferidos para o cofre pessoal do VDO. Se alguém quisesse examiná-los, teria de procurar o VDO em pessoa e explicar por quê. Monk aceitou isso e a transferência foi efetuada.

O INSPETOR NOVIKOV estava certo numa coisa. O investigador Chernov voltou de fato à embaixada. Apareceu na manhã seguinte, 5 de agosto. Jock Macdonald pediu que ele fosse conduzido à sua sala, onde se disfarçava como adido da seção consular.

– Achamos que encontramos o homem que arrombou o apartamento de sua colega – anunciou Chernov.

– Meus parabéns, inspetor.

– Infelizmente, ele está morto.

– Mas tem uma fotografia?

– Tenho, sim. Do corpo. Do rosto. E... – ele bateu com os dedos num saco de lona ao seu lado. – Tenho o capote que ele usava.

Chernov pôs uma foto lustrosa na mesa de Macdonald. Era um tanto macabra, mas bem parecida com o desenho em *crayon*.

– Vou chamar a Srta. Stone para ver se ela é capaz de identificar este infeliz.

Celia Stone foi levada por Fields, que ficou na sala. Macdonald advertiu-a de que não era nada agradável o que iria ver, mas agradeceria a sua colaboração. Ela olhou para a foto e levou a mão à boca. Chernov pegou o capote militar puído e levantou-o. Celia lançou um olhar desesperado para Macdonald e acenou com a cabeça.

– É ele. Esse é o homem que...

– Viu saindo de seu apartamento. Claro. Os ladrões sempre acabam morrendo, investigador. Tenho certeza de que isso acontece no mundo inteiro.

Celia Stone se retirou.

– Eu gostaria de dizer, investigador, em nome do governo britânico, que realizou um excelente trabalho. Talvez nunca saibamos o nome do homem, mas isso pouco importa agora. O infeliz está morto. – Macdonald fez uma pausa e arrematou para o radiante sorriso: – Pode ter certeza de que o general comandante da milícia de Moscou receberá um relatório dos mais favoráveis.

Ao deixar a embaixada e entrar em seu carro, Chernov sentia-se feliz. No momento em que voltou à Petrovka, passou a pasta do caso de Roubos para Homicídios. O fato de que havia um segundo ladrão envolvido era irrelevante. Sem uma descrição ou o depoimento do morto, tratava-se uma agulha num palheiro.

Depois que ele foi embora, Fields voltou à sala de Macdonald. O chefe da estação servia-se de um café.

– O que você acha? – indagou ele.

– Minha fonte diz que o homem foi espancado até a morte. Ele tem um companheiro que trabalha na seção de vítimas anônimas, viu o desenho na parede e reconheceu o cadáver. O relatório da autópsia diz que o velho passou uma semana morto no bosque antes de ser encontrado.

– E quando foi isso?

Fields consultou as anotações que escrevera logo depois da conversa no Carousel.

– Vinte e quatro de julho.

– Ou seja... foi morto no dia 17 ou 18. Um dia depois de jogar a pasta no carro de Celia Stone. No dia em que voei para Londres. Essa gente não perde tempo.

– Que gente?

– Aposto um milhão de libras contra uma caneca de cerveja como foram os bandidos comandados por aquele merda do Grishin.

– O chefe de segurança pessoal de Komarov?

– É uma maneira de dizer. Já viu a ficha dele?

– Não.

– Pois deveria dar uma olhada, um dia desses. Ex-interrogador da Segunda Diretoria. Um tipo asqueroso.

– Se foi uma surra e morte como punição, quem era o velho? – perguntou Fields.

Macdonald olhava pela janela, através do rio, para o Kremlin.

– Provavelmente o próprio ladrão.

– Mas como um velho vagabundo conseguiu obter aquela pasta?

– Só posso supor que ele era um obscuro empregado de um tipo ou de outro, que teve sorte. Ou melhor, pelo que ocorreu depois, que teve muito azar. Quer saber de uma coisa? Tenho a impressão de que seu amigo policial terá de ganhar uma polpuda bonificação.

Buenos Aires, junho de 1987

Foi um jovem e brilhante agente na estação da CIA na capital argentina quem primeiro desconfiou que Valeri Yuryevich Kruglov, da embaixada soviética, podia ter uma falha. O chefe da estação americana consultou Langley.

A Divisão Latino-Americana já tinha uma ficha sobre ele, datando de um posto anterior de Kruglov, em meados dos anos 1970, na Cidade do México. Sabiam que era um russo especialista em América Latina, com outros três postos numa carreira de vinte anos no serviço diplomático soviético. Como ele parecia cordial e extrovertido, a ficha até registrava sua carreira.

Nascido em 1944, Valeri Kruglov era filho de um diplomata, também especialista em América Latina. Foi a influência do pai que levou o jovem a ingressar no prestigioso Instituto de Relações Internacionais, o MGIMO, onde ele aprendeu espanhol e inglês. Esteve lá de 1961 a 1966. Depois, teve dois postos na América Latina, na Colômbia quando jovem e dez anos depois no México, antes de reaparecer como primeiro-secretário em Buenos Aires.

A CIA estava convencida de que ele não era um agente da KGB, mas sim um diplomata genuíno. Sua descrição era a de um liberal, talvez a de um russo pró-Ocidente, não o *Homo sovieticus* de linha dura usual. A razão para o alerta no verão de 1987 foi uma conversa com uma autoridade argentina, relatada aos americanos, em que Kruglov revelara que em breve voltaria a Moscou, nunca mais retornaria ao exterior e seu estilo de vida cairia.

Como ele era um russo, o alerta envolveu também a Divisão SE. Harry Gaunt sugeriu que um novo rosto abordasse Kruglov. Indicou Jason Monk, pois ele falava espanhol e russo. Jordan concordou.

Era uma missão bem simples. Só restava um mês para Kruglov em Buenos Aires. Nas palavras da canção, era agora ou nunca.

Cinco anos depois da Guerra das Falklands, com a democracia restaurada na Argentina, Buenos Aires era uma capital descontraída e se tornava fácil para um "executivo" americano, saindo com uma mulher da embaixada americana, encontrar-se com Kruglov numa recepção. Monk puxou conversa e sugeriu um jantar.

O russo, como primeiro-secretário, tinha considerável liberdade de movimentos do seu embaixador e da KGB e achou atraente a perspectiva de jantar com alguém fora do círculo diplomático. Durante o jantar, Monk tomou emprestada a história da vida real de sua ex-professora de francês, a Sra. Brady. Contou que sua mãe era intérprete do Exército Vermelho e depois da queda de Berlim conhecera e se apaixonara por um jovem oficial americano. Contra todos os regulamentos, haviam fugido e se casado no Ocidente. Por isso, na casa dos pais, Monk fora criado falando inglês e russo com igual fluência. Depois disso, passaram a conversar em russo. Foi um alívio para Kruglov. Seu espanhol era excelente, mas o inglês, claudicante.

Em duas semanas, o verdadeiro problema de Kruglov se tornou evidente. Aos 43 anos, divorciado, mas com dois filhos adolescentes, ainda partilhava um apartamento com os pais. Se tivesse uma quantia em torno de vinte mil dólares, poderia comprar um pequeno apartamento em Moscou. Como um rico jogador de polo na Argentina para examinar alguns pôneis, Monk teria o maior prazer em emprestar o dinheiro a seu novo amigo.

O chefe da estação propôs fotografar a entrega do dinheiro, mas Monk hesitou.

– Chantagem não vai funcionar. Ou ele vem como um voluntário, ou não virá.

Embora Monk fosse um inferior hierárquico, o chefe da estação concordou que o baile era dele. A manobra empregada por Monk foi a do esclarecido contra os provocadores de guerra Mikhail Gorbachev, ele ressaltou, era muito popular nos Estados Unidos. Kruglov já sabia disso, o que o deixava bastante satisfeito, pois era partidário de Gorbachev.

Gorby, sugeriu Monk, tentava mesmo desmontar a máquina de guerra e promover a paz e a confiança entre os dois povos. O problema era que ainda havia guerreiros da Guerra Fria entrincheirados nos dois lados, até mesmo na cúpula do Ministério do Exterior soviético. Tentariam sabotar o processo. Seria útil se Kruglov pudesse alertar seu novo amigo sobre o que estava acontecendo dentro do Ministério do Exterior em Moscou. Kruglov já devia saber a esta altura com quem conversava, mas mesmo assim não demonstrou surpresa.

Para Monk, que já desenvolvera uma paixão pela pescaria, era como recolher um atum que aceitara o inevitável. Kruglov recebeu seus dólares e um pacote para se comunicar. Detalhes de planos pessoais, posição e acesso deveriam ser enviados em tinta invisível numa carta inofensiva para uma caixa postal "viva" em Berlim Oriental. Os dados concretos (documentos) seriam fotografados e entregues à CIA em Moscou, através de um ou dois pontos de correspondência na cidade.

Eles se abraçaram quando se separaram, ao estilo russo.

– Não se esqueça, Valeri – disse Monk. – Nós... os mocinhos... estamos vencendo. Muito em breve todos esses absurdos acabarão e teremos ajudado. Se alguma vez precisar de mim, basta me procurar.

Kruglov voltou para Moscou e Monk, para Langley.

– Boris falando. Já tenho.

– Tem o quê?

– A foto que você queria. O caso veio para Homicídios. Aquele merda do Chernov tratou de se livrar. Peguei uma das melhores. Os olhos estão fechados e por isso não parece tão ruim.

– Ótimo, Boris. Tenho no bolso do meu paletó um envelope com quinhentas libras. Mas há outra coisa que preciso que você faça. E depois o envelope pode ficar ainda mais recheado. Com mil libras.

Em sua cabine telefônica, o inspetor Novikov respirou fundo. Não podia nem calcular quantas centenas de milhões de rublos esse tipo de envelope podia comprar. Mais do que um ano de salário, de qualquer forma.

– Continue.

– Quero que procure o diretor de pessoal na sede da UFP e lhe mostre a foto.

– Diretor de onde?

– Da União das Forças Patrióticas.

– O que eles têm a ver com isso?

– Não sei. Apenas uma ideia. Ele pode ter visto o homem antes.

– Por que deveria?

– Não sei, Boris. Ele pode saber. É apenas uma ideia.

– Que desculpa posso dar?

– É um detetive de Homicídios. Trabalhando num caso. Segue uma pista. O homem pode ter sido visto nas proximidades da sede do partido. Talvez estivesse tentando entrar para roubar alguma coisa. Algum dos guardas o viu espreitando na rua? Esse tipo de coisa.

– Está certo. Mas são pessoas importantes. Se eu for rebaixado por isso, a culpa é sua.

– Por que deveria ser rebaixado? É apenas um humilde policial realizando seu trabalho. Este vagabundo foi visto nas proximidades da casa de Komarov, perto do bulevar Kiselny. É seu dever avisar a eles, mesmo que o homem esteja morto. Ele podia pertencer a uma gangue. Talvez haja um plano para invadir o lugar. Não há risco para você. Apenas faça isso e ganhará mil libras.

Yevgeni Novikov resmungou mais um pouco e desligou. Esses *anglichanye*, pensou ele, eram mesmo loucos. Afinal, o velho idiota apenas arrombara um apartamento. Mas valia a pena fazer aquilo por mil libras.

Moscou, outubro de 1987

O coronel Anatoli Grishin sentia-se frustrado, como alguém cuja função e realização aparentemente terminaram e que não tinha mais nada a fazer.

O último interrogatório dos agentes traídos por Ames há muito que terminara, a última gota de recordação e informação fora espremida dos homens trêmulos. Eram 12, vivendo nos porões úmidos de Lefortovo, sendo levados para cima a pedido, para confrontar os interrogadores da Primeira e Segunda Diretorias, ou conduzidos à sala especial de Grishin, no caso de recalcitrância ou perda de memória.

Dois, contra a insistência de Grishin, haviam recebido apenas longas penas em campos de trabalhos forçados, em vez da morte. Isso aconteceu porque haviam trabalhado para a CIA apenas por um curto prazo, ou porque ocupavam posições de nível tão baixo que não podiam ter causado muitos danos. Os outros foram condenados à morte. Nove foram executados, levados para o pátio de cascalho por trás da ala isolada da prisão, obrigados a se ajoelhar para aguardarem a bala na nuca. Grishin estivera presente como oficial superior em todas as ocasiões.

Só restava um vivo, por insistência de Grishin, e era o mais velho de todos. O general Dmitri Polyakov trabalhara para os Estados Unidos por vinte anos, antes de ser traído. Até já estava reformado, depois de voltar para Moscou em 1980, pela última vez.

Ele nunca aceitara dinheiro; fazia isso porque se sentia revoltado com o regime soviético e as coisas que faziam. E foi o que disse a eles. Sentou-se empertigado na cadeira, enunciou o que pensava deles, relatou o que fizera durante vinte anos. Demonstrara mais dignidade e coragem do que todos os outros. Nunca suplicara. Porque era tão velho, nada do que tinha a dizer possuía algum valor atual de qualquer forma. Não estava a par de qualquer operação em andamento, também não conhecia outros nomes além dos controladores da CIA, que também já estavam aposentados.

Quando acabou, Grishin odiava tanto o velho general que resolveu mantê-lo vivo para tratamento especial. Agora o prisioneiro deitava em seu próprio excremento no chão de concreto e chorava. De vez em quando Grishin ia observá-lo para ter certeza. Só a 15 de março de 1988, por insistência do general Boyarov, é que ele seria finalmente liquidado.

– O fato, meu caro colega, é que não há mais nada a fazer – disse Boyarov a Grishin naquele mês. – A comissão de caçadores de ratos deve ser dissolvida.

– Mas ainda há aquele outro homem, o controlador de que falam na Primeira Diretoria, o homem que dirige traidores aqui que nunca foram apanhados.

– Ah, o que não conseguem descobrir. Sempre referências, mas nenhum dos traidores jamais ouviu falar dele.

– E se identificarmos os traidores que trabalham para ele? – perguntou Grishin.

– Então nós os prendemos e os obrigamos a pagar – respondeu Boyarov. – E se isso acontecer, se o homem de Yazenevo em Washington puder entregá-los a nós, você pode reconvocar seu pessoal e recomeçar tudo. Pode até escolher um novo nome para vocês. Passariam a ser o Comitê Monakh.

Grishin não entendeu a sugestão, mas Boyarov sabia do que se tratava e caiu na gargalhada. Monakh é a palavra russa para monge... Monk, em inglês.

Se Pavel Volsky pensava que não teria mais notícias do patologista criminal no necrotério, estava completamente enganado. Seu telefone tocou na mesma manhã em que seu amigo Novikov tinha uma conversa secreta com um agente do serviço de informações britânico, dia 7 de agosto.

– Kuzmin falando – disse uma voz.

Volsky ficou perplexo.

– Professor Kuzmin, do Segundo Instituto Médico. Conversamos há poucos dias sobre a autópsia que efetuei num cadáver não identificado.

– Ah, sim... Em que posso ajudá-lo, professor?

– Acho que é o contrário. Talvez eu tenha alguma coisa para você.

– Obrigado. O que é?

– Na semana passada um corpo foi retirado do Moscova, em Lytkarino.

– Mas isso não é da jurisdição deles, não da nossa?

– Deveria ser, Volsky, mas algum espertinho por lá calculou que o cadáver já estava na água há cerca de duas semanas... ele tinha toda razão, diga-se de passagem... e que nesse período provavelmente flutuara pela correnteza desde Moscou. Por isso, os desgraçados o despacharam para cá. Acabei de completar a autópsia.

Volsky pensou um pouco. Duas semanas na água em pleno verão. O professor devia ter um estômago igual a uma betoneira.

– Ele foi assassinado? – perguntou Volsky.

– Ao contrário. O cadáver usava apenas uma cueca. É quase certo que o homem saiu para nadar por causa da onda de calor, teve algum problema e se afogou.

– Neste caso, foi um acidente, deve ser cuidado pela Autoridade Civil – protestou Volsky. – Eu trabalho em Homicídios.

– Escute, meu jovem, apenas escute. Em circunstâncias normais não haveria identificação. Mas os idiotas em Lytkarino deixaram de perceber uma coisa. Os dedos estavam tão inchados que eles não viram. Encoberto pela carne. Uma aliança de casamento. Ouro maciço. Eu a tirei... tive de cortar o dedo para isso, se quer saber a verdade. Na parte interna foram gravadas as palavras "N.I. Akopov, de Lidia". Bom, hein?

– Muito bom, professor, mas se não é um homicídio...

– Costuma manter algum contato com Pessoas Desaparecidas?

– Claro que sim. Eles me enviam todas as semanas uma coleção de fotos, para serem comparadas com os cadáveres não identificados.

– Pois um homem com uma aliança de casamento de ouro, bem grande, pode ter uma família. E se está desaparecido há três semanas, é bem possível que os parentes tenham comunicado. Apenas pensei que você poderia se beneficiar do meu gênio detetivesco e marcar alguns pontos com seus amigos de Pessoas Desaparecidas. Não conheço ninguém em Pessoas Desaparecidas e foi por isso que liguei para você.

Volsky se animou. Sempre pedia favores a Pessoas Desaparecidas. Podia agora esclarecer um caso para eles e adquirir alguma reputação.

Seu contato habitual naquele departamento atendeu o telefone depois de uma espera de dez minutos.

– Tem algum aviso de procura com o nome de um certo N.I. Akopov? – indagou Volsky.

Seu contato foi verificar os registros e voltou ao telefone um momento depois.

– Temos, sim. Por quê?

– Dê-me os detalhes.

– Comunicaram seu desaparecimento no dia 17 de julho. Não voltou para casa do trabalho na noite anterior, nunca mais foi visto desde então. A pessoa que fez o comunicado, a Sra Akopov, parente mais próxima...

– Sra. Lidia Akopov?

– Como soube o nome? Ela já esteve aqui quatro vezes, querendo alguma notícia. Onde ele está?

– No necrotério no Segundo Instituto Médico. Saiu para nadar e se afogou. Foi retirado do rio na semana passada, em Lytkarino.

– Ainda bem. A velha ficará satisfeita. Isto é, por ver o mistério esclarecido. Não sabe quem ele é... ou melhor, quem era?

– Não faço a menor ideia – respondeu Volsky.

– Simplesmente o secretário particular de Igor Komarov.

– O político?

– Nada menos do que o nosso próximo presidente. Obrigado, Pavel. Fico lhe devendo essa.

E deve mesmo, pensou Volsky, enquanto voltava a se concentrar em seu trabalho.

Omã, novembro de 1987

Carey Jordan foi obrigado a pedir demissão nesse mês. Não foi por causa da fuga de Edward Lee Howard, nem ainda pela questão dos agentes desaparecidos. Foi o escândalo Irã-Contras. Anos antes, a ordem para ajudar os Contras nicaraguenses em suas tentativas de derrubar os sandinistas marxistas viera de cima, do Salão Oval. O diretor da CIA, Bill Casey, concordara em seguir tais ordens. O Congresso dissera "não" e recusara uma verba. Furiosos por se verem frustrados, Casey e outros tentaram levantar recursos com a venda de armas ilegais a Teerã.

Quando se descobriu tudo, Casey sofreu um grave mas conveniente ataque apoplético em seu gabinete em Langley, em dezembro de 1986. Nunca voltou e morreu em março de 1987. O presidente Reagan designou o politicamente correto William Webster, diretor do FBI, para assumir o cargo de diretor da CIA. Carey Jordan executara as determinações do presidente dos Estados Unidos e de seu diretor. Agora, um tinha amnésia e o outro morrera.

Webster designou para novo vice-diretor (Operações) um veterano da CIA já aposentado, Richard Stoltz, que deixara a agência seis anos antes. Por isso, não havia possibilidade de ter qualquer envolvimento com o escândalo Irã-Contras. Ele também não sabia de nada sobre a devastação na Divisão SE dois anos antes. Enquanto ele procurava tomar pé, os burocratas assumiram com toda força. Três fichas foram retiradas do cofre do VDO e transferidas para o registro geral, ou o que restava dele, os arquivos 301. Continham os detalhes dos agentes com os codinomes de Lisandro, Órion e um novo, Delfos.

Jason Monk não soube disso. Estava de férias em Omã. Sempre lendo as revistas de pesca, à procura de novos "lugares quentes" para pescar, ele tomara conhecimento dos grandes cardumes de atum de barbatana amarela que passavam pela costa de Omã, não muito longe da capital, Mascate, em novembro e dezembro.

Como uma cortesia, ele visitou a pequena estação de um homem só da CIA na embaixada, no coração da Cidade Velha, perto do palácio do sultão. Não esperava tornar a ver o colega depois do drinque cordial.

No terceiro dia, depois de tomar muito sol em mar aberto, Monk decidiu ficar em terra e fazer algumas compras. Estava saindo com uma loura deslumbrante do Departamento de Estado e foi de táxi ao mercado, em Mina Qaboos, a fim de procurar, entre as barracas de incenso, especiarias, tecidos, objetos de prata e antiguidades, alguma coisa para ela.

Escolheu um bule de café de prata, todo ornamentado, de bico comprido, forjado há muito tempo por algum prateiro no Jebel. O dono da barraca embrulhou-o e pôs numa sacola de plástico.

Monk perdeu-se por completo no labirinto de vielas e pátios e acabou deixando o mercado, não no lado do mar, mas, sim, na outra extremidade. Ao sair de uma viela, não muito mais larga que seus ombros, descobriu-se num pequeno pátio, com um entrada estreita num lado e uma saída no outro. Um homem atravessava esse pátio. Parecia europeu.

Por trás dele havia dois árabes. Ao desembocarem no pátio, os dois enfiaram a mão na cintura para tirar uma adaga curva. Passaram correndo por Monk, na direção de seu alvo.

Monk reagiu sem pensar. Golpeou com a sacola, usando toda a sua força, acertou no lado da cabeça de um dos atacantes. Um peso de metal, atingindo-o com o maior impacto, fez com que ele arriasse no chão.

O outro árabe parou, apanhado entre dois fogos, depois avançou para Monk. Ele viu a lâmina faiscando no ar, adiantou-se para baixo do braço, bloqueou o golpe e bateu com o punho na túnica suja, na altura do plexo solar.

O homem era forte. Soltou um grunhido, conseguiu manter a faca na mão, mas optou por fugir. Seu companheiro levantou-se e seguiu-o, deixando uma faca no chão.

O europeu se virara e observara a ação sem dizer nada. Era evidente que sabia que teria sido morto se não fosse pela intervenção do louro, a dez metros de distância. Monk viu um jovem esguio, com a pele azeitonada e olhos escuros, mas não um árabe local, usando camisa branca e terno escuro. Ele já ia falar quando o estranho acenou com a cabeça em agradecimento e foi embora.

Monk abaixou-se para pegar a adaga. Não era uma *kunja* omani e assaltos cometidos por omanis eram inéditos. Era uma *gambiah* iemenita, com o cabo reto, muito mais simples. Monk achou que conhecia a origem dos atacantes. Deviam ser da tribo audhali ou aulaqi, do interior iemenita. O que faziam ali, tão longe, na costa de Omã, e por que odiavam tanto o jovem ocidental?

Com um súbito pressentimento, ele voltou à embaixada e procurou o homem da CIA.

– Por acaso tem uma galeria de bonecos de nossos amigos na embaixada soviética? – perguntou ele.

Era do conhecimento comum que desde o fiasco da guerra civil no Iêmen, em janeiro de 1986, a União Soviética saíra de lá por completo, deixando o governo iemenita pró-Moscou empobrecido e amargurado. Dominados pela raiva por sua humilhação, como a viam, os líderes em Áden tiveram de solicitar no Ocidente os créditos comerciais e o dinheiro para sobreviver. Desde então, a vida de um russo no Iêmen sempre pendia por um fio. Os céus não conhecem raiva tão grande quanto o amor que se transforma em ódio...

Ao final de 1987, a União Soviética abrira uma embaixada em Omã, um país vigorosamente anticomunista, e cortejava o sultão local.

– Não, não tenho – respondeu o homem da CIA. – Mas aposto que os britânicos têm.

Era curto o percurso, por um labirinto de corredores estreitos e úmidos, que separava a embaixada americana da inglesa, mais elaborada. Eles passaram pelas enormes portas de madeira, esculpidas, acenaram com a cabeça para o porteiro e atravessaram o pátio. O complexo fora outrora a mansão de um rico mercador e era um lugar de valor histórico.

Num muro do pátio, havia uma placa deixada por uma legião romana que marchara para o deserto e nunca mais fora vista. No centro do espaço, ficava o mastro de bandeira britânica; no passado, um escravo conquistaria sua liberdade se conseguisse chegar lá em cima. Viraram à esquerda, para o prédio da embaixada. Um homem do SIS os aguardava. Trocaram um aperto de mão.

– Qual é o problema, meu velho? – indagou o inglês.

– O problema é que acabo de ver um cara no mercado que talvez seja um russo – explicou Monk.

Era apenas um pequeno detalhe, mas o homem no mercado usava o colarinho da camisa branca aberta para fora do paletó como os russos tendiam a fazer, mas os ocidentais evitavam.

– Vamos dar uma olhada na galeria – convidou o inglês.

Ele levou-os pelas portas de segurança de aço, atravessaram um corredor fresco, subiram uma escada. As operações do SIS britânico eram baseadas no último andar. O agente tirou um álbum de fotos do cofre, que examinaram juntos.

Todo o pessoal soviético estava ali, as fotos tiradas no aeroporto, atravessando a rua ou no terraço de um café. O jovem de olhos escuros era o último, fotografado ao atravessar o pátio do aeroporto na chegada em Mascate.

– Os locais sempre nos ajudam nessas coisas – explicou o homem do SIS. – Os russos devem comunicar sua vinda com antecedência ao Ministério do Exterior daqui, que concede então sua autorização. Todos os detalhes nos são transmitidos. E quando eles chegam, também somos avisados, para podermos ficar à espera com uma lente Long Tom. É este?

– É, sim. Algum detalhe?

O homem do SIS consultou uma pilha de fichas.

– Aqui está. A menos que seja tudo mentira, ele é terceiro-secretário, 28 anos de idade. O nome é Umar Gunayev. Parece tártaro.

– Não – disse Monk, pensativo. – Ele é checheno. E muçulmano.

– Acha que ele é da KGB?

– Pode ter certeza que sim.

– Obrigado por essa informação. Quer que façamos alguma coisa em relação a ele? Um protesto junto ao governo local?

– Não precisa – respondeu Monk. – Todos temos de ganhar a vida. E é melhor saber quem é ele. Se conseguíssemos seu afastamento, os russos logo mandariam um substituto.

Ao voltarem, o homem da CIA perguntou:

– Como descobriu?

– É apenas um palpite.

Era muito mais do que isso. Gunayev tomara um suco de laranja no bar do Frontel em Áden um ano antes. Monk não fora o único a reconhecê-lo desse tempo. Os dois iemenitas também o identificaram e resolveram se vingar do insulto a seu governo.

MARK JEFFERSON chegou ao Aeroporto Sheremetyevo, em Moscou, no voo da tarde de 8 de agosto. Foi recebido pelo chefe da sucursal do *Daily Telegraph*.

O astro da editora política do jornal era baixo e magro, cabelos amarelo-avermelhados ralos e uma barba curta da mesma tonalidade. Seu temperamento, pelo que se dizia, tinha a mesma extensão do corpo e da barba.

Sem rodeios, ele recusou o convite para jantar com o colega e sua esposa, mas pediu para ser levado ao prestigioso Hotel Nacional, na praça Menege.

Uma vez ali, declarou ao chefe da sucursal que preferia entrevistar o Sr. Komarov desacompanhado e, se necessário, contrataria uma limusine com motorista através dos bons ofícios do hotel. Assim repelido, o chefe da sucursal pegou seu carro e foi embora.

Jefferson registrou-se, os dados anotados pelo próprio gerente, um sueco alto e cortês. Seu passaporte ficou na recepção para que os detalhes necessários pudessem ser copiados e transmitidos ao Ministério do Turismo. Antes de deixar Londres, Jefferson incumbira sua secretária de informar ao Nacional quem ele era e sua importância.

Já em seu quarto, ele ligou para o número fornecido por Boris Kuznetsov, na troca de faxes.

– Seja bem-vindo a Moscou, Sr. Jefferson – disse Kuznetsov, num inglês impecável, com um ligeiro sotaque americano. – O Sr. Komarov está ansioso em conhecê-lo.

Não era verdade, mas Jefferson acreditou de qualquer maneira. O encontro fora marcado para as 19 horas do dia seguinte, porque o político russo passaria o dia inteiro fora da cidade. Um carro com motorista seria enviado ao Nacional para buscá-lo. Satisfeito, Mark Jefferson jantou sozinho no hotel e depois foi dormir.

Na manhã seguinte, depois de um desjejum de ovos com bacon, Mark Jefferson decidiu permitir-se o que considerava um direito inglês inalienável em qualquer parte do mundo: dar um passeio a pé.

– Um passeio a pé? – repetiu o gerente sueco, com o rosto franzido em perplexidade. – Onde quer fazer um passeio?

– Em qualquer lugar. Respirar um pouco de ar fresco. Esticar as pernas. Talvez ir até o Kremlin, dar uma olhada por lá.

– Podemos lhe oferecer a limusine do hotel – propôs o gerente. – Muito mais confortável. E mais seguro.

Jefferson não quis saber. Um passeio a pé era o que queria e era o que faria. O gerente conseguiu pelo menos persuadi-lo a deixar o relógio e todo o dinheiro estrangeiro, levando apenas um maço de notas de milhões de rublos para distribuir entre os mendigos. O suficiente para satisfazê-los, mas não para incitar um assalto. Com um pouco de sorte.

O jornalista britânico de meia-idade, que apesar de sua eminência passara a carreira toda em Londres como repórter político, jamais cobrindo os pontos críticos do mundo como correspondente, voltou duas horas depois. Parecia um tanto desconcertado.

Já estivera em Moscou duas vezes antes, uma sob o comunismo e a outra havia oito anos, quando Yeltsin acabara de subir ao poder. Nas duas ocasiões, confinara suas experiências ao táxi do aeroporto, ao hotel e ao circuito diplomático britânico. Sempre achara que Moscou era uma cidade suja e miserável, mas não esperava as experiências daquela manhã.

Sua aparência de estrangeiro era tão óbvia que até mesmo nas calçadas à beira do rio e no Jardim Aleksandrovsky fora assediado por pedintes, que pareciam acampar por toda parte. Por duas vezes tivera a impressão de que era seguido por bandos de jovens. Os únicos veículos pareciam ser dos militares e da polícia, além das limusines dos ricos e privilegiados. De qualquer forma, refletiu ele, teria algumas questões da maior relevância para apresentar ao Sr. Komarov naquela noite.

Ao tomar um drinque antes do almoço – ele decidiu permanecer no hotel até que Kuznetsov mandasse alguém buscá-lo –, descobriu-se sozinho no bar, em companhia apenas de um executivo canadense, cansado de viajar pelo mundo. Como fazem estranhos num bar, os dois puseram-se a conversar.

– Há quanto tempo está em Moscou? – perguntou o homem de Toronto.

– Cheguei ontem à noite – informou Jefferson.

– Pretende ficar muito tempo?

– Voltarei a Londres amanhã.

– Sorte sua. Estou aqui há três semanas, tentando fazer negócios. E posso lhe dizer que esta cidade é muito estranha.

– Não teve sucesso?

– Claro que sim. Tenho os contratos. Tenho um escritório. Também tenho os sócios. Sabe o que aconteceu?

O canadense foi sentar-se à mesa de Jefferson e explicou:

– Cheguei aqui com todas as apresentações para o negócio de madeira de que preciso, ou acho que preciso. Aluguei uma sala num novo prédio de escritórios. Dois dias depois, ouvi uma batida na porta. Lá estava um sujeito muito bem-vestido, de terno e gravata. "Bom dia, Sr. Wyatt", disse ele. "Sou o seu novo sócio."

– Já o conhecia? – indagou Jefferson.

– Não. Era o representante da máfia local. E me propôs um acordo. Ele e seu pessoal ficam com cinquenta por cento de tudo. Em troca, compram ou falsificam todas as autorizações, concessões, franquias ou quaisquer outros documentos de que poderei precisar. Resolverão todos os problemas burocráticos com um telefonema, garantirão as entregas no prazo e a inexistência de questões trabalhistas. Por cinquenta por cento.

– E mandou o homem à merda – disse Jefferson.

– Claro que não. Aprendi depressa. É o que se costuma chamar de "teto". Significando proteção. Sem um teto, você não chega a lugar algum, pelo menos não depressa. Ainda mais porque se você repeli-los não terá mais pernas. Eles vão quebrá-las.

Jefferson fitava-o com uma expressão de incredulidade.

– Já tinha ouvido falar que o crime por aqui é terrível, mas nunca imaginei que fosse assim.

– É diferente de tudo o que podemos conceber.

Um dos fenômenos que espantaram os observadores ocidentais da Rússia, depois da queda do comunismo, foi a ascensão aparentemente rápida do submundo criminoso, chamado, por falta de uma expressão melhor, de máfia russa. Até os russos começaram a se referir à *mafiya*. Alguns estrangeiros pensaram que era uma nova entidade, nascida apenas depois que o comunismo acabou. Não é verdade.

Um vasto submundo criminoso existe na Rússia há séculos. Ao contrário da Máfia siciliana, não tinha hierarquia unificada e nunca exportou suas atividades para o exterior. Mas existia uma extensa fraternidade com chefes locais e regionais, membros leais a suas quadrilhas até a morte e com as tatuagens apropriadas para prová-lo.

Stalin tentou destruir esse submundo, despachando milhares de seus membros para os campos de trabalho escravo. O único resultado foi que os *zeki* terminaram praticamente controlando os campos, com a conivência dos guardas, que preferiam uma vida tranquila a ter suas famílias localizadas e punidas. Em muitos casos, os *vory v zakone*, os "ladrões por estatuto", equivalentes aos *dons* da Máfia, dirigiam seus empreendimentos externos de suas cabanas nos campos.

Uma das ironias da Guerra Fria é que o comunismo provavelmente teria desmoronado dez anos antes se não fosse pelo submundo criminoso. Até mesmo os líderes do Partido tiveram de fazer pactos secretos com os bandidos.

O motivo era simples: tratava-se da única coisa na União Soviética que funcionava com algum grau de eficiência. Um gerente de fábrica, produzindo um produto vital, podia ver sua máquina principal paralisada por causa do colapso de uma única válvula. Se requisitasse outra pelos canais burocráticos, teria de esperar de seis a 12 meses por sua válvula, com toda a produção suspensa.

Ou podia falar com seu cunhado, que conhecia um homem que tinha contatos. A válvula chegaria em uma semana. Mais tarde, o gerente da fábrica fecharia os olhos ao desaparecimento de uma carga de placas de aço, que encontraria seu caminho para outra fábrica, cujas placas pedidas pelos canais competentes ainda não haviam chegado. Os dois gerentes de fábricas podiam adulterar os livros para comprovar que haviam cumprido suas "quotas".

Em qualquer sociedade em que uma combinação de burocracia esclerosada e pura incompetência fez com que todas as engrenagens emperrassem, o mercado negro é o único lubrificante. A União das Repúblicas Socialistas Soviéticas funcionou graças a esse lubrificante durante toda a sua existência, passando a ter uma dependência total durante seus últimos dez anos.

A máfia simplesmente controlava o mercado negro. Tudo o que fez, depois de 1991, foi sair do armário, prosperar e expandir suas atividades. E houve sem dúvida uma expansão, passando das áreas habituais de atividade criminosa – álcool, drogas, proteção, prostituição – para abranger todas as facetas da vida.

O mais impressionante foi a rapidez e a maneira implacável com que a máfia assumiu o controle de quase toda a economia. Três fatores permitiram que isso acontecesse. O primeiro foi a capacidade para a violência imediata e maciça que a máfia russa demonstrava se era frustrada de alguma forma, uma violência que faria a Cosa Nostra americana parecer melindrosa. Qualquer um, russo ou estrangeiro, que protestasse contra o envolvimento da máfia em seu empreendimento recebia um único aviso – em geral uma surra ou um incêndio criminoso –, e depois era executado. Isso se aplicava até aos presidentes de grandes bancos.

O segundo fator foi a impotência da polícia. Sem dinheiro, sem pessoal suficiente e sem qualquer experiência ou previsão da onda de crime e violência que dominaria o país na esteira do comunismo, a polícia não tinha como reagir. O terceiro fator foi a tradição russa de corrupção pandêmica. A inflação maciça que se seguiu a 1991, até que a moeda se firmou por volta de 1995, contribuiu para isso.

Sob o comunismo, a taxa de câmbio permaneceu de dois dólares por um rublo, uma taxa artificial e ridícula em termos de valor e poder de compra, mas imposta dentro da União Soviética, onde o problema não era a falta de dinheiro, mas a falta de mercadorias para comprar. A inflação destruiu as economias e reduziu os empregados de salário fixo à pobreza.

Quando o salário de um guarda nas ruas vale menos do que suas meias, é difícil persuadi-lo a não aceitar uma nota dentro de uma carteira de motorista obviamente falsificada.

Mas isso era pouca coisa. A máfia russa controlava o sistema até os mais altos servidores civis, recrutando quase toda a burocracia como aliada. E a burocracia controla tudo na Rússia.

Assim, autorizações, licenças, alvarás, concessões, franquias, tudo podia ser comprado num instante dos funcionários públicos, possibilitando à máfia obter lucros astronômicos.

A outra habilidade da máfia russa que impressionou os observadores foi a rapidez com que se transferiu das atividades criminosas (sobre as quais continuou a manter um firme controle) para os negócios legítimos. Foi preciso uma geração da Cosa Nostra americana para compreender que os negócios legítimos, adquiridos com os lucros do crime, serviam tanto para aumentar os lucros quanto para lavar o dinheiro sujo. Os russos fizeram isso em cinco anos e, por volta de 1995, já possuíam ou controlavam quarenta por cento da economia nacional. A esta altura, haviam se tornado internacionais, principalmente em três especialidades – armas, drogas e desvio de dinheiro –, apoiados por violência instantânea, tendo como alvo toda a Europa Ocidental e América do Norte.

O problema, por volta de 1998, era que haviam exagerado. A ganância quebrara a economia de que viviam. Em 1996, uma riqueza russa no valor de cinquenta bilhões de dólares americanos, em ouro, diamantes, metais preciosos, petróleo, gás e madeira, estava sendo roubada e exportada ilegalmente. As mercadorias eram compradas com rublos quase sem valor, e mesmo assim a preços ínfimos, dos burocratas que dirigiam os órgãos estatais e vendidas por dólares no exterior. Alguns dólares seriam mais tarde convertidos numa chuva de rublos, que financiariam mais subornos e mais crimes. O restante era guardado no exterior.

– O problema é que a hemorragia se tornou demasiada – comentou Wyatt, com uma expressão sombria, tomando um gole de sua cerveja. – Entre eles, os políticos corruptos, os burocratas ainda mais corruptos e os bandidos, mataram a galinha dos ovos de ouro, que enriquecia a todos. Já leu sobre a ascensão do Terceiro Reich?

– Já, sim. Há muito tempo. Por quê?

– Lembra das descrições dos últimos dias da República de Weimar? As filas de desempregados, o crime grassando nas ruas, economias de uma vida inteira arruinadas, a sopa dos pobres, os anões berrando no Reichstag, enquanto o país ia à falência? Pois é o que se pode observar aqui. Tudo acontecendo de novo. Mas tenho de ir agora. Vou me encontrar com algumas pessoas lá embaixo para almoçar. Foi um prazer conversar, Sr...

– Jefferson.

O nome não lembrou nada. Era evidente que o Sr. Wyatt não lia o *Daily Telegraph* de Londres.

Interessante, pensou o jornalista inglês, depois que o executivo canadense foi embora. Todas as informações que obtivera no arquivo indicavam que o homem que deveria entrevistar naquela noite podia se tornar o salvador da nação.

O motorista do comprido Chaika preto chamou Mark Jefferson às 18h30. Ele já estava esperando na porta. Sua pontualidade era invariável e esperava que os outros fossem iguais. Usava uma calça cinza-escura, um blazer azul-marinho, camisa branca engomada de algodão e a gravata do Garrick Club. Elegante e impecável, era um inglês típico.

O Chaika avançou pelo tráfego vespertino, para o norte, pelo bulevar Kiselny, virou numa rua transversal pouco antes da avenida de Contorno do Jardim. Ao se aproximar dos portões de aço verdes, o motorista ativou um botão de alerta num controle remoto que tirou do bolso do paletó.

As câmeras no alto do muro focalizaram o carro se aproximando. O guarda no portão verificou o monitor de TV que mostrava o carro e a placa. A placa correspondia ao carro que ele esperava e por isso tratou de abrir os portões.

Assim que o carro passou, os portões tornaram a se fechar e o guarda foi até a janela do motorista. Conferiu sua identidade, olhou para trás, acenou com a cabeça e baixou as estacas de aço.

Boris Kuznetsov, avisado pelo guarda no portão, esperava na entrada da casa para receber o convidado. Conduziu o jornalista britânico a uma área de recepção bem decorada no segundo andar, uma sala ao lado do gabinete de Komarov. A sala no outro lado era antes ocupada pelo falecido N.I. Akopov.

Igor Komarov não permitia que se bebesse ou fumasse em sua presença, algo que Jefferson nunca soube e nunca aprendeu, porque o assunto não foi sequer mencionado. Um russo que não bebe é uma raridade num país em que beber é quase um sinal de virilidade. Jefferson, que assistira a diversos vídeos de Komarov em seu papel de homem do povo, vira-o com o obrigatório copo na mão, bebendo inúmeros brindes ao estilo russo, mas sem demonstrar qualquer efeito disso. Não sabia que no copo de Komarov só punham água mineral. Naquela noite, apenas café foi oferecido e Jefferson recusou.

Igor Komarov entrou cinco minutos depois, uma figura imponente, em torno dos 50 anos, cabelos grisalhos, cerca de 1,80 metro de altura, com olhos castanho-claros que seus fãs descreviam como "hipnotizantes".

Kuznetsov levantou-se de um pulo e Jefferson acompanhou-o, um pouco mais devagar. O assessor de relações públicas fez as apresentações e os dois homens trocaram um aperto de mão. Komarov sentou-se primeiro, numa cadeira de couro ligeiramente mais alta que as outras duas.

Jefferson tirou do bolso interno do paletó um pequeno gravador e perguntou se havia alguma objeção. Komarov inclinou a cabeça para indicar que compreendia a incapacidade da maioria dos jornalistas ocidentais de usar a taquigrafia. Kuznetsov acenou com a cabeça, encorajando Jefferson a começar.

– Senhor presidente, a notícia do momento é a recente decisão da Duma de prolongar a presidência interina por três meses, mas também antecipar a eleição do próximo ano para janeiro. Como considera essa decisão?

Kuznetsov traduziu depressa e escutou a resposta de Komarov, num sonoro russo. Quando ele acabou, o intérprete virou-se para Jefferson.

– É claro que eu e a União das Forças Patrióticas estamos desapontados com a decisão, mas a aceitamos, como democratas. Não lhe é nenhum segredo, Sr. Jefferson, que a situação neste país, que amo com uma profunda paixão, não é nada boa. Durante muito tempo um governo incompetente tolerou um alto nível de desregramento econômico, corrupção e crime. Nosso povo sofre. Quanto mais tempo isso continuar, pior vai se tornar. Por isso, devemos lamentar o adiamento. Creio que poderíamos ter conquistado a presidência em outubro, mas se tem de ser janeiro, então ganharemos em janeiro.

Mark Jefferson era um entrevistador bastante experiente para perceber que a resposta era muito adequada, muito ensaiada, como se enunciada por um político que ouvira a mesma pergunta inúmeras vezes e podia falar como se tivesse decorado. Na Inglaterra e nos Estados Unidos, era costumeiro os políticos serem mais descontraídos com os representantes da imprensa, muitos dos quais conheciam em termos pessoais. Jefferson orgulhava-se de ser capaz de apresentar um retrato completo, usando tanto as palavras do entrevistado quanto suas próprias impressões para criar uma autêntica reportagem, em vez de uma litania de clichês políticos. Mas aquele homem parecia um autômato.

A experiência de repórter já lhe ensinara que os políticos europeus orientais estavam acostumados a um grau muito maior de deferência por parte da imprensa do que os britânicos ou americanos, mas este homem era diferente. O russo mantinha-se rígido e formal como um manequim de alfaiate.

Jefferson compreendeu por que já na terceira pergunta: Komarov odiava a mídia e todo o processo de ser entrevistado. O londrino bem que tentou uma tática descontraída, mas não houve o menor lampejo de divertimento no russo. Um político que se leva muito a sério não era novidade, mas aquele homem era um fanático da autoestima. As respostas continuaram como se fossem automáticas.

Ele olhou para Kuznetsov, perplexo. O jovem assessor de RP e intérprete tinha uma educação americana óbvia, bilíngue, com experiência do mundo, sofisticado, mas tratava Igor Komarov com a devoção de um *cocker spaniel*. Jefferson tentou de novo.

– Tenho certeza de que sabe, senhor, que na Rússia a maior parte do poder real é conferida ao presidente, muito mais do que ao presidente dos Estados Unidos ou ao primeiro-ministro da Grã-Bretanha. Se cogitasse dos seis primeiros meses desse poder em suas mãos, que mudanças um observador objetivo veria ocorrendo? Em outras palavras, quais são as suas prioridades?

Ainda assim, a resposta veio como se saísse de um tratado político. Houve uma menção de rotina à necessidade de esmagar o crime organizado, reformar uma burocracia onerosa, recuperar a agricultura e restaurar a força da moeda. Perguntas adicionais sobre a maneira como tais objetivos poderiam ser alcançados foram respondidas com clichês sem a menor importância. Nenhum político no Ocidente poderia se esquivar impune com aquele tipo de coisa, mas era evidente que Kuznetsov esperava que Jefferson se mostrasse completamente satisfeito.

Jefferson recordou as instruções que recebera de seu editor e perguntou a Komarov como tencionava promover o renascimento da grandeza da nação russa. Pela primeira vez, obteve uma reação.

Algo que ele disse pareceu provocar um sobressalto em Komarov, como se fosse um choque elétrico. O russo fitou-o com aqueles olhos castanho-claros, sem piscar. Depois de um momento, Jefferson não pôde mais sustentar o olhar e baixou os olhos para o gravador. Nem ele nem Kuznetsov notaram que o presidente da UFP ficou muito pálido, com duas manchas vermelhas ardendo nas faces. Sem dizer nada, Komarov levantou-se abruptamente e deixou a sala, passou para seu próprio gabinete e fechou a porta. Jefferson alteou as sobrancelhas para Kuznetsov, inquisitivo. O homem mais jovem também se mostrava perplexo, mas sua cortesia natural prevaleceu.

– Tenho certeza de que o presidente não vai demorar. É evidente que ele apenas se lembrou de alguma coisa urgente que deve ser resolvida sem demora. Voltará assim que terminar.

Jefferson inclinou-se para a frente e desligou o gravador. Depois de três minutos e um breve telefonema, Komarov voltou, sentou-se e respondeu à pergunta num tom contido. Quando ele começou, Jefferson tornou a ligar o gravador.

Uma hora depois, Komarov indicou que a entrevista estava encerrada. Levantou-se, inclinou a cabeça para Jefferson e foi para sua sala. Na porta, fez sinal para que Kuznetsov o seguisse.

O assessor de RP retornou dois minutos mais tarde, com um embaraço visível.

– Lamento, mas temos um problema com o transporte – disse ele, enquanto descia a escada com Jefferson para o saguão. – Surgiu uma necessidade urgente de usar o carro que o trouxe até aqui; e todos os outros pertencem a membros da equipe trabalhando até tarde. Poderia pegar um táxi para voltar ao Nacional?

– Acho que sim – disse Jefferson, que agora desejava ter vindo do hotel em condução própria, mandando o motorista esperar. – Poderia pedir um?

– Eles não aceitam mais chamados pelo telefone – informou Kuznetsov. – Mas posso lhe mostrar como encontrar um táxi.

Ele acompanhou o aturdido jornalista da porta principal até os portões de aço, que foram acionados para deixá-los passar. Na rua, Kuznetsov apontou para o bulevar Kiselny, a cem metros de distância.

– Ali, no bulevar, poderá pegar um táxi de passagem em segundos. A esta hora, estará de volta no hotel em 15 minutos. Espero que compreenda. Foi um prazer conhecê-lo, senhor, um imenso prazer.

E, com isso, ele se afastou. Um Mark Jefferson totalmente desconcertado foi andando pela rua estreita até o bulevar. Mexia no gravador enquanto caminhava. Ao final, largou-o no bolso interno do blazer quando chegou ao bulevar Kiselny. Olhou para um lado e outro, à procura de um táxi. Como era de se prever, não havia nenhum. Com a cara amarrada em irritação, ele virou à esquerda, na direção do centro de Moscou, e começou a andar. A todo instante olhava para trás, à procura de um táxi.

Os dois homens de blusão de couro preto viram-no sair da rua transversal e avançar na direção do lugar em que esperavam. Um deles abriu a porta traseira do carro e os dois saltaram. Quando o inglês estava a dez metros de distância, ambos enfiaram a mão dentro do blusão para tirar uma automática munida de silenciador. Nenhuma palavra foi pronunciada e apenas dois tiros disparados, acertando o jornalista no peito

O impacto deteve o homem andando e então ele simplesmente arriou, as pernas não podendo mais sustentá-lo. O tronco começou a se inclinar, mas os dois assassinos se adiantaram apressados. Um deles amparou o tronco da vítima, enquanto o outro tirava o gravador de um bolso interno do blazer e a carteira do outro.

O carro deles se aproximou e embarcaram, arrancando no momento em que uma mulher de passagem olhava para o corpo. Ela pensou a princípio que fosse apenas outro bêbado, mas depois viu o sangue e desatou a gritar. Ninguém anotou a placa do carro. De qualquer forma, era falsa.

8

Alguém num restaurante ali perto ouviu a mulher gritar, olhou para fora e discou 03 pelo telefone da gerência para chamar uma ambulância.

Os atendentes pensaram que poderia ter sido uma parada cardíaca, até que viram os buracos de bala na frente do blazer azul-marinho e a poça de sangue por baixo. Avisaram à polícia enquanto corriam para o hospital mais próximo.

Uma hora depois, o inspetor Vasili Lopatin, da Divisão de Homicídios, olhava com uma expressão sombria para o cadáver na maca da unidade de pronto-socorro do Hospital Botkin, enquanto o cirurgião do plantão noturno tirava as luvas de borracha.

– Nenhuma chance – disse ele. – Uma única bala, no coração, disparada à queima-roupa. Ainda está em algum lugar dentro do corpo. A autópsia vai recuperá-la.

Lopatin balançou a cabeça. Não fazia a menor diferença. Havia armas em Moscou em quantidade suficiente para reequipar o exército e a possibilidade de encontrar a arma que disparara a bala era quase inexistente, muito menos o dono da arma, e ele sabia disso. No bulevar Kiselny, ele constatara que a mulher que teria testemunhado o assassinato desaparecera por completo. Ao que parecia, ela vira os dois assassinos e um carro. Não havia descrições.

Na maca, a barba louro-avermelhada se projetava revolta por cima do corpo pálido e sardento. A expressão no rosto era de leve surpresa. Um atendente estendeu um lençol verde sobre o cadáver para bloquear o clarão das lâmpadas em olhos que nada mais podiam ver.

O corpo estava nu agora. Numa mesa ao lado se encontravam as roupas e numa tigela de aço em formato de rim, uns poucos pertences pessoais. O detetive adiantou-se e pegou o blazer, verificou a etiqueta por dentro da gola. Sentiu um aperto no coração. O paletó era estrangeiro.

– Consegue ler isto? – perguntou ele ao médico.

O cirurgião olhou para a etiqueta.

– L-A-N-D-A-U – leu ele, devagar e depois acrescentou o que havia por baixo: – Bond Street.

– E isto? – indagou Lopatin, apontando para a camisa.

– Marks & Spencer – leu o médico. – De Londres. Acho que também fica na Bond Street.

Há mais de vinte palavras em russo para excremento humano e partes da genitália masculina e feminina. Mentalmente, Lopatin disse todas. Oh, Deus, um turista britânico! Um assalto que dera errado e tinha de ser um turista britânico.

Ele examinou os pertences pessoais. Havia bem poucos. Nenhuma moeda, é claro; há muito que as moedas russas não tinham qualquer valor. Um lenço branco dobrado de forma meticulosa, uma bolsinha de plástico, um anel de sinete e um relógio. Lopatin presumiu que os gritos da mulher impediram os assaltantes de tirar o relógio do pulso esquerdo e o anel do dedo.

Mas nada tinha qualquer identificação. O pior de tudo, não havia carteira. Ele voltou às roupas. Os sapatos tinham a palavra "Church" por dentro: pretos, simples, de cordão. As meias, de um cinza-escuro, não tinham qualquer indicação, enquanto as palavras "Marks & Spencer" repetiam-se na cueca. A gravata, segundo o médico, era de um lugar chamado "Turnbull & Asser", na Jermyn Street; também em Londres, com toda certeza.

Mais em desespero do que em esperança, Lopatin voltou ao blazer. O atendente deixara passar uma coisa. Um objeto duro, no bolsinho da lapela, onde alguns homens costumam pôr os óculos. Ele o tirou: um cartão de plástico duro, perfurado.

Era uma chave de quarto de hotel, não do tipo antiquado, mas ao estilo moderno, a fechadura computadorizada. Por motivo de segurança, não tinha o número do quarto – esse era o motivo, evitar os ladrões de quartos –, mas exibia o logotipo do Hotel Nacional.

– Onde há um telefone? – perguntou ele.

Se não fosse o mês de agosto, Benny Svenson, o gerente do Nacional, estaria em casa. Mas os turistas eram muitos e dois empregados não haviam ido trabalhar por causa de uma gripe. Ele trabalhava até tarde quando a telefonista do hotel chamou-o.

– É a polícia, Sr. Svenson.

Ele apertou um botão no aparelho e Lopatin entrou na linha.

– Pois não?

– É o gerente?

– Isso mesmo. Meu nome é Svenson. Com quem estou falando?

– Inspetor Lopatin, Homicídios, milícia de Moscou.

Svenson sentiu um frio no coração. O homem dissera Homicídios.

– Tem algum turista britânico hospedado aí?

– Claro. Vários. Pelo menos uma dúzia. Por quê?

– Quero saber se reconhece a seguinte descrição: 1,70 metro de altura, cabelos louro-avermelhados curtos, barba da mesma cor, paletó azul-escuro, gravata com listras horríveis.

Svenson fechou os olhos e engoliu em seco. Só podia ser o Sr. Jefferson. Ele atravessara o saguão no final da tarde, à espera de um carro.

– Por que pergunta?

– Ele foi assaltado e morto. A carteira e todos os documentos de identificação foram roubados, mas deixaram uma chave de plástico com o logotipo do hotel.

– Espere aí, inspetor. Irei imediatamente.

Benny Svenson continuou sentado por vários minutos, consumido pelo horror. Em vinte anos no ramo hoteleiro jamais tivera um hóspede assassinado.

Sua única paixão fora do serviço era jogar bridge e recordou que um dos seus parceiros habituais trabalhava na embaixada britânica. Ele consultou seu caderninho de endereços, encontrou o telefone da casa do diplomata e ligou. Passavam dez minutos da meia-noite, o homem estava dormindo, mas despertou assim que ouviu a notícia.

– Por Deus, Benny, o jornalista? O que escreve para o *Telegraph*? Não sabia que ele estava em Moscou. Muito obrigado.

Isso vai ter a maior repercussão, pensou o diplomata, enquanto desligava. Cidadãos britânicos no exterior, em dificuldades, vivos ou mortos, eram um problema para a seção consular, mas ele achou que deveria avisar a alguém antes do amanhecer. E ligou para Jock Macdonald.

Moscou, junho de 1988

Valeri Kruglov voltara para Moscou há dez meses. Havia sempre o risco, com um agente recrutado no exterior de que ele mudasse de ideia ao voltar para sua terra e não fizesse contato, além de destruir os códigos, tintas e papéis que recebera.

Não havia nada que a agência recrutadora pudesse fazer a respeito, a não ser denunciar o homem, mas isso seria inútil e cruel, não traria qualquer proveito. Era preciso muita coragem e sangue-frio para trabalhar contra uma tirania de dentro, e alguns homens descobriam que não eram capazes.

Como todos os outros em Langley, Monk nunca faria comparações entre os que trabalhavam contra o regime de Moscou e os traidores americanos. Os últimos traíam todo o povo americano e seu governo democraticamente eleito. Se apanhados, teriam um tratamento humano, um julgamento justo e o melhor advogado que pudessem contratar.

Um russo trabalhava contra um despotismo brutal que não representava mais que dez por cento da nação e mantinha os outros noventa por cento em submissão. Se fosse apanhado, seria torturado e fuzilado sem julgamento, ou enviado para um campo de trabalhos forçados.

Mas Kruglov manteve a palavra. Comunicou-se três vezes, através de pontos de correspondência secreta, com documentos políticos e de alto nível do Ministério do Exterior soviético. Com alterações apropriadas para encobrir a fonte, isso permitiu que o Departamento de Estado americano conhecesse a posição soviética antes mesmo de se sentarem à mesa para negociações. Ao longo de 1987 e 1988, os satélites do Leste Europeu se encaminhavam para a revolta aberta – já acontecera com a Polônia, a Romênia, a Hungria, e a Tchecoslováquia estavam em ebulição – e era vital saber como Moscou pretendia enfrentar a crise. Saber até que ponto o governo soviético se sentia fraco e desmoralizado era de importância fundamental. Foi Kruglov quem revelou isso.

Mas, em maio, o agente Delfos indicou que precisava de uma reunião. Tinha uma coisa importante, queria se encontrar com seu amigo Jason Monk. Harry Gaunt ficou preocupado.

– Ialta já foi terrível. Quase não dormimos por aqui. Mas você escapou. Podia ter sido uma armadilha. Assim como isso. É verdade que os códigos indicam que ele continua livre. Mas pode ter sido apanhado, revelado tudo. E você sabe demais.

– Há cem mil turistas americanos visitando Moscou hoje em dia, Harry. Não é como nos velhos tempos. A KGB não pode monitorar todos. Se a cobertura for perfeita, será apenas um homem entre cem mil. E teria de ser apanhado em flagrante.

Monk sorriu.

– Acha mesmo que vão torturar um cidadão americano? Hoje em dia? A cobertura será perfeita. Sou cauteloso. Falo russo, mas finjo que não conheço a língua. Sou apenas um inofensivo e tolo americano, com um guia turístico. Não deixarei esse papel até ter certeza de que não estou sendo vigiado. Confie em mim.

Os Estados Unidos possuem uma vasta rede de fundações interessadas em artes de todos os tipos. Uma dessas fundações se preparava para enviar um grupo de estudantes a Moscou, a fim de estudar vários museus, em particular o famoso Museu de Arte Oriental, na rua Obukha. Monk alistou-se como um estudioso mais velho.

Todos os antecedentes e documentos do Dr. Philip Peters não apenas eram perfeitos, mas também genuínos, quando o grupo de estudos desembarcou no aeroporto de Moscou, em meados de junho. Kruglov fora avisado.

O guia obrigatório da Intourist recebeu-os no aeroporto e foram para o pavoroso Hotel Rossiya, tão grande quanto Alcatraz, mas sem os mesmos confortos. No terceiro dia, visitaram o Museu de Arte Oriental. Monk estudara os detalhes nos Estados Unidos. Entre os mostruários, havia amplos espaços abertos, onde ele tinha certeza de que poderia avistar "sombras", se estivessem seguindo Kruglov.

Monk avistou seu homem depois de vinte minutos. Ele seguia o guia e Kruglov foi atrás. Não havia qualquer "sombra", Monk estava absolutamente convencido, quando se encaminharam para o café.

O Museu de Arte Oriental tinha um café e os cafés sempre têm banheiros. Pediram o café separados, mas os olhos de Monk se encontraram com os de Kruglov. Se o homem tivesse sido apanhado pela KGB e torturado à submissão, haveria alguma coisa diferente em seus olhos. Medo. Desespero. Advertência. Os olhos de Kruglov faiscavam de prazer. Ou ele era o maior agente duplo que o mundo já conhecera, ou a barra estava mesmo limpa. Monk levantou-se e foi para o banheiro. Kruglov seguiu-o. Esperaram que o único outro homem ali saísse antes de se abraçarem.

– Como vai, meu amigo?

– Muito bem. Tenho meu próprio apartamento agora. É maravilhoso ter privacidade. Meus filhos podem me visitar e passar a noite.

– Ninguém desconfiou de nada... isto é, do dinheiro?

– Não. Passei muito tempo longe. Tudo mudou por aqui. Os diplomatas mais idosos trouxeram muitas coisas do exterior. Fui muito ingênuo.

– Então as coisas estão mesmo mudando... e nós ajudamos a mudá-las. Mais um pouco e a ditadura acabará, e vocês viverão livres. Não falta muito agora.

Alguns estudantes entraram no banheiro, urinaram fazendo estardalhaço e saíram. Os dois ficaram lavando as mãos até que saíssem. De qualquer forma, Monk manteve a torneira aberta. Era um velho truque, mas ainda funcionava, a menos que o microfone estivesse muito perto ou a pessoa alteasse a voz.

Conversaram por mais dez minutos e Kruglov entregou o pacote que trouxera. Documentos genuínos, cópias em papel, tirados do gabinete de Eduard Shevardnadze, o ministro do Exterior.

Tornaram a se abraçar e deixaram o banheiro, separados. Monk juntou-se ao grupo e voou de volta com os outros dois dias mais tarde. Antes de partir, deixou o pacote na estação da CIA, dentro da embaixada americana.

Enviados para Langley, os documentos revelaram que a União Soviética estava suspendendo todos os programas de ajuda externa no Terceiro Mundo, inclusive em Cuba. A economia começava a desmoronar e o fim era iminente. O Terceiro Mundo não podia mais ser usado como uma alavanca para chantagear o Ocidente. O Departamento de Estado adorou.

Foi a segunda visita de Monk à União Soviética numa missão "negra". Quando ele voltou, soube que obtivera mais uma promoção. Soube também que Nikolai Turkin, o agente Lisandro, estava se mudando para Berlim Oriental, como comandante de toda a operação da Diretoria K dentro do complexo da KGB que havia ali. Era uma posição excepcional, a única que proporcionava acesso a todos os agentes soviéticos na Alemanha Ocidental.

O GERENTE DO HOTEL e o chefe da estação britânica chegaram ao Botkin com poucos segundos de diferença. Foram conduzidos a um pequeno quarto onde o corpo amortalhado os aguardava, junto ao inspetor Lopatin. Foram feitas apresentações. Macdonald disse apenas:

– Da embaixada.

A primeira preocupação de Lopatin era uma identificação positiva. Isso não foi problema. Svenson trouxera o passaporte do morto e a foto coincidia, sem a menor dúvida. O gerente do hotel completou a formalidade com um olhar para o rosto.

– Causa da morte? – perguntou Macdonald.

– Uma única bala, atingindo o coração – informou Lopatin.

Macdonald examinou o blazer e comentou, a voz suave:

– Há dois buracos de bala aqui.

Todos examinaram de novo o blazer. Dois buracos de bala. Mas apenas um na camisa. Lopatin tornou a verificar o cadáver. Apenas um buraco de bala no peito.

– A outra bala deve ter acertado a carteira e parou ali. – O inspetor exibiu um sorriso sombrio. – Pelo menos os desgraçados não poderão usar os cartões de crédito.

– Preciso voltar ao hotel – murmurou Svenson.

Ele se mostrava bastante abalado. Se ao menos o homem tivesse aceitado a limusine oferecida pelo hotel... Macdonald acompanhou-o até a porta do hospital.

– Deve ser terrível para você.

O sueco acenou com a cabeça e Macdonald acrescentou:

– Portanto, vamos resolver tudo tão depressa quanto possível. Presumo que há uma esposa em Londres. Os pertences pessoais. Poderia pegar tudo no quarto e arrumar na mala? Mandarei um carro buscar pela manhã. Muito obrigado.

De volta ao quarto, Macdonald conversou com Lopatin.

– Temos um problema aqui, meu amigo. A situação é lamentável. O homem era famoso, à sua maneira. Um jornalista. Haverá publicidade. O jornal dele tem um escritório aqui. Darão o maior destaque. E o restante da imprensa estrangeira fará a mesma coisa. Por que não deixar a embaixada cuidar de tudo? Os fatos são evidentes, não é mesmo? Um trágico assalto que saiu errado. É quase certo que os assaltantes falaram em russo, mas ele não compreendeu. Pensaram que o homem estava resistindo e atiraram. Um lamentável equívoco. Mas deve ter sido assim, não concorda?

Lopatin concordava.

– Claro. É o que também penso.

– Você tentará encontrar os assassinos, mas aqui entre nós, como profissionais, ambos sabemos que será muito difícil. Deixe a questão da repatriação do corpo para o nosso pessoal consular. Deixe também a imprensa britânica aos nossos cuidados. Combinado?

– Combinado. Parece a posição mais sensata.

– Só vou precisar dos pertences pessoais. Não têm mais qualquer importância para o caso. A carteira é que será a chave, se algum dia for encontrada. E os cartões de crédito, se alguém tentar usá-los, o que duvido.

Lopatin olhou para a tigela de metal em formato de rim, com seu conteúdo mínimo.

– Terá de assinar um recibo.

– Não há problema. Pode preparar.

O hospital forneceu um envelope em que foram colocados um anel de sinete, um relógio de ouro com correia de couro, um lenço dobrado e uma bolsinha de plástico. Macdonald assinou um recibo e levou tudo para a embaixada.

O que nenhum dos dois sabia era que os assassinos haviam cumprido suas instruções, mas inadvertidamente cometeram dois erros. Receberam ordens para tirar a carteira que continha todos os documentos de identificação e recuperar o gravador a qualquer custo.

Não sabiam que os britânicos não são obrigados a andar com documentos de identidade na Inglaterra e que só usam o passaporte nas viagens ao exterior; e costumam deixá-lo no hotel. Além disso, não notaram a chave de plástico no bolsinho do paletó. Os dois fatos juntos permitiram uma identificação positiva duas horas depois do assassinato.

Não podiam ser culpados pelo segundo acidente. Uma das balas não atingira a carteira, mas sim o gravador, guardado no bolso interno do blazer. A bala destruíra o mecanismo sensível e arrebentara a fita, de tal maneira que nunca mais poderia ser tocada.

O INSPETOR NOVIKOV solicitara a entrevista com o diretor de pessoal da UFP que foi marcada na sede do partido, às 10 horas da manhã de 10 de agosto. Sentia-se um pouco nervoso, esperando ser tratado com um certo espanto e dispensado sumariamente. O Sr. Zhilin vestia um terno cinza-escuro com colete e tinha gestos precisos, com um bigode fino e óculos sem aros. Dava a impressão de um burocrata de uma era anterior, o que de fato era.

– Meu tempo é curto, inspetor. Por favor, enuncie logo o que deseja.

– Pois não, senhor. Estou investigando a morte de um homem que achamos que pode ter sido um criminoso. Um assaltante. Uma das testemunhas acha que viu o homem espreitando este prédio. E me preocupa que ele participasse de algum plano para entrar aqui durante a noite.

Zhilin sorriu.

– Duvido muito. Vivemos em tempos conturbados, inspetor, e a segurança deste prédio é rigorosa.

– Fico contente em saber disso. Já viu este homem antes?

Zhilin olhou para a fotografia por menos de um segundo.

– Mas é Zaitsev!

– Quem?

– Zaitsev, o velho faxineiro. Um assaltante, você disse? Impossível.

– Pode me falar sobre esse Zaitsev, por favor?

– Não há nada a dizer. Foi contratado há cerca de um ano. Ex-soldado. Parecia confiável. Vinha todas as noites, de segunda a sábado, para limpar as salas.

– Mas não recentemente?

– Isso mesmo. Ele parou de aparecer. Depois de duas noites, tive de contratar outra pessoa. Uma viúva de guerra. Muito eficiente.

Zhilin foi até um arquivo e pegou uma ficha. Dava a impressão de que havia uma ficha para tudo.

– Aqui está. Ele veio como sempre na noite de 15 de julho. Limpou tudo. Foi embora pouco antes do amanhecer, como sempre. Não apareceu na noite seguinte, não deu notícias desde então. Essa sua testemunha deve tê-lo visto sair daqui de madrugada. O que era normal. Não se tratava de um assaltante, mas de um faxineiro.

– Isso explica tudo – murmurou Novikov.

– Nem tudo – protestou Zhilin. – Você disse que ele era assaltante.

– Duas noites depois de sair daqui, ele esteve envolvido, ao que tudo indica, no arrombamento de um apartamento na Prospekt Kutuzovsky. A dona do apartamento identificou-o. Uma semana mais tarde ele foi encontrado morto.

– Lamentável– comentou Zhilin. – Essa onda de crime é uma vergonha. Vocês deveriam fazer alguma coisa.

Novikov deu de ombros.

– Bem que tentamos. Mas eles são muitos e nós, poucos. Queremos realizar o trabalho, mas não contamos com o apoio de cima.

– Isso vai mudar, inspetor, isso vai mudar. – Zhilin tinha um brilho messiânico nos olhos. – Daqui a seis meses Igor Komarov será o nosso presidente. Vai ver então algumas mudanças. Tem lido os discursos dele? Repressão ao crime, é o que ele sempre clama. Um grande homem. Espero que possamos contar com seu voto.

– Nem precisava pedir. Hã... tem o endereço domiciliar desse faxineiro?

Zhilin escreveu num papel e entregou-o.

A filha chorou, mas se mostrou resignada. Olhou para a fotografia e acenou com a cabeça. Depois olhou para o catre encostado numa parede da sala de estar. Pelo menos haveria um pouco mais de espaço. Novikov se retirou. Informaria a Volsky, mas era óbvio que não havia dinheiro ali para um funeral. Melhor deixar que a prefeitura de Moscou cuidasse de tudo. Como no apartamento, o problema no necrotério era de espaço.

Pelo menos, Volsky podia encerrar um caso. Quanto a Homicídios, o assassinato de Zaitsev se juntaria à porcentagem de 97% dos crimes sem solução.

Langley, setembro de 1988

A lista dos membros da delegação soviética foi apresentada ao Departamento de Estado como uma questão de rotina. Quando fora organizada a conferência do Vale do Silício sobre física teórica, e se apresentara um convite à União Soviética para enviar uma delegação, havia pouca possibilidade de que a proposta fosse aceita.

Ao final de 1987, no entanto, as reformas de Gorbachev começavam a surtir efeito e podia-se discernir um nítido relaxamento nas atitudes oficiais de Moscou. Para surpresa dos organizadores do seminário, Moscou concordou em enviar um pequeno grupo de participantes.

Os nomes e dados foram encaminhados à Imigração, que pediu ao Departamento de Estado para verificar. A União Soviética se mantivera tão sigilosa sobre as questões científicas até aquele momento que só os nomes e contribuições à ciência de um punhado de astros soviéticos eram conhecidos no Ocidente.

A lista chegou a Langley e foi para a Divisão SE, que incumbiu Monk de investigar. Por acaso ele estava disponível no momento. Seus dois agentes em Moscou continuavam a enviar suas contribuições através de pontos de correspondência e o coronel Turkin se encontrava em Berlim Oriental, fornecendo informações para o colapso total das atividades da KGB na Alemanha Ocidental.

Monk passou a lista com os nomes dos oito cientistas soviéticos que deveriam participar da conferência em novembro, na Califórnia, pelos controles habituais e nada encontrou. Ninguém da lista era conhecido na CIA, muito menos fora abordado ou recrutado.

Porque era como um *terrier* quando lhe apresentavam um problema, ele tentou uma última possibilidade. Embora as relações entre a CIA e seu equivalente interno, o setor de contraespionagem do FBI, sempre tivessem sido tensas e às vezes hostis, mais para a segunda coisa desde o caso de Howard, Monk decidiu mesmo assim procurar o FBI.

Era uma possibilidade mínima, mas ele sabia que o FBI tinha uma lista muito mais ampla do que a CIA dos cidadãos soviéticos que haviam solicitado e obtido asilo nos Estados Unidos. A possibilidade mínima não era se o FBI ajudaria, mas, sim, se os soviéticos permitiriam que um cientista com um parente nos Estados Unidos deixasse o país. As chances eram de que isso nunca acontecesse, porque família nos Estados Unidos era um fator que a KGB considerava como um grande risco à segurança.

Dos oito sobrenomes na lista, dois apareciam também no registro de asilados do FBI. Uma investigação revelou que um sobrenome era apenas coincidência; a família em Baltimore nada tinha a ver com o cientista russo que chegaria em breve.

O outro nome era estranho. Uma refugiada judia russa que procurara asilo através da embaixada americana em Viena, quando se encontrava num centro de trânsito na Áustria, dera à luz em terras americanas, mas registrara o filho com um sobrenome diferente.

Yevgenia Rozina, agora em Nova York, registrara o filho com o nome de Ivan Ivanovich Blinov. Monk sabia que isso significava Ivan Filho de Ivan. Era evidente que o menino nascera de uma união ilegítima. O resultado de um relacionamento já nos Estados Unidos, no campo de trânsito na Áustria ou anterior? Um dos nomes na lista dos cientistas soviéticos era o professor Ivan Ye. Blinov. Era um nome incomum, que Monk nunca vira antes. Ele pegou o Amtrak para Nova York e procurou a Sra. Rozina.

O INSPETOR NOVIKOV achou que era melhor dar a boa notícia a seu colega Volsky enquanto tomavam uma cerveja, depois do trabalho. Mais uma vez, o encontro foi na cantina; a cerveja era barata.

– Adivinhe onde passei esta manhã?

– Na cama com uma bailarina ninfomaníaca.

– Até que seria sensacional. Na sede da UFP.

– Aquele pardieiro na viela dos Peixes?

– Não. Aquilo é só para constar. Komarov se instala numa mansão de luxo perto da avenida de Contorno. Por falar nisso, a cerveja é por sua conta. Resolvi um caso para você.

– Qual deles?

– O velho encontrado no bosque perto da estrada para Minsk. Era o faxineiro da sede da UFP, até que resolveu fazer alguns assaltos por fora. Aqui estão os detalhes.

Volsky passou os olhos pela folha de papel que Novikov lhe entregou.

– Não andam tendo muita sorte na UFP ultimamente – comentou ele.

– Como assim?

– O secretário pessoal de Komarov morreu afogado no mês passado.

– Suicídio?

– Não. Ele foi nadar, nunca voltou. Isto é, não "nunca". Tiraram-no do rio na última semana. Temos um patologista esperto. Encontrou uma aliança de casamento com o nome dele gravado.

– E quando esse patologista esperto diz que ele entrou na água?

– Em meados de julho.

Novikov pensou um pouco. Devia pagar a cerveja. Afinal, ia receber mil libras do inglês. Agora podia oferecer outra rodada. Por conta da casa.

Nova York, setembro de 1988

Ela tinha cerca de 40 anos, era morena, exuberante e bonita. Monk esperava no saguão do prédio de apartamentos quando ela voltou, depois de pegar o filho na escola, um menino de 8 anos.

O riso sumiu do rosto da mulher quando ele se apresentou como representante do Serviço de Imigração. Para qualquer imigrante que não nasceu americano, mesmo com todos os documentos em perfeita ordem, a palavra "imigração" é suficiente para inspirar preocupação, se não mesmo medo. Ela não tinha opção a não ser deixá-lo entrar.

Com o filho absorvido nos deveres de casa, à mesa da cozinha do apartamento pequeno, mas muito limpo e arrumado, eles conversaram na sala. Ela se manteve na defensiva, cautelosa.

Mas Monk era diferente das autoridades bruscas e sisudas que ela conhecera antes, durante sua luta para ser aceita nos Estados Unidos, oito anos antes. Ele possuía charme e um sorriso cativante, e a mulher começou a relaxar.

– Sabe o que acontece conosco, servidores públicos, Sra. Rozina. Papéis, papéis, sempre papéis. Se todos os formulários estão completos, o chefe fica feliz. E o que acontece depois? Nada. Acumulam poeira em algum arquivo. Mas quando falta alguma coisa, o chefe se mostra impaciente. E alguém pequeno como eu é despachado para completar os detalhes.

– O que quer saber? Meus documentos estão em ordem. Trabalho como economista e tradutora. Pago meu sustento, pago meus impostos. Não custo nada aos Estados Unidos.

– Sabemos disso, senhora. Não há qualquer irregularidade em seus documentos. É uma cidadã americana, naturalizada. Tudo em ordem. Acontece apenas que registrou Ivan com um nome diferente. Por que fez isso?

– Dei a ele o nome do pai.

– Tudo bem. Estamos em 1988. O filho de um casal que não casou não é problema para nós. Mas formulários são formulários. Pode me dar o nome do pai, por favor?

Ivan Yevdokimovich Blinov.

Bingo! O nome na lista. Não podia haver dois nomes assim em toda a Rússia.

– Amava-o muito, não é?

Uma expressão distante surgiu nos olhos dela, como alguém a contemplar uma lembrança do passado.

– Amava, sim – sussurrou ela.

– Por favor, fale-me sobre Ivan.

Entre seus vários talentos, Jason Monk tinha uma peculiar capacidade de persuadir as pessoas a lhe falarem. Por mais de duas horas, até que o menino veio da cozinha com os deveres de matemática prontos, a mulher falou sobre o pai de seu filho.

Nascido em Leningrado, em 1938, o pai dele era professor universitário de física e a mãe, professora secundária de matemática. Por um milagre, o pai sobrevivera às ondas de expurgos stalinistas antes da guerra, mas morrera durante o bloqueio alemão em 1942. A mãe, com Vanya, de 5 anos no colo, foi salva, escapando da cidade faminta num comboio de caminhões através do gelo do lago Ladoga, no inverno de 1942. Foram se instalar numa pequena cidade nos Urais, onde o menino cresceu, a mãe devotada à ideia de que ele seria um dia tão brilhante quanto o pai.

Aos 18 anos ele foi para Moscou, a fim de tentar ingressar na mais prestigiosa instituição técnica de ensino superior da União Soviética, o Instituto Físico/Tecnológico. Para sua surpresa, foi aceito. Apesar de suas circunstâncias humildes, a fama do pai, a dedicação da mãe, talvez os genes e com certeza seus esforços pessoais inclinaram a balança. Por trás de seu nome modesto, o instituto era a forja dos mais sofisticados projetistas de armas nucleares.

Seis anos mais tarde, ainda jovem, ofereceram a Blinov emprego numa cidade científica tão secreta que anos se passaram antes que o Ocidente sequer tomasse conhecimento de sua existência. Arzamas-16 tornou-se para o jovem prodígio um lar privilegiado e uma prisão ao mesmo tempo.

Pelos padrões soviéticos, as condições eram luxuosas. Um pequeno apartamento só para ele, lojas melhores que em qualquer outro lugar do país, um salário maior e facilidades ilimitadas para pesquisas... tudo era seu. O que ele não tinha era o direito de ir embora.

Uma vez por ano havia a chance de tirar férias num lugar previamente aprovado, a uma fração do preço habitual. Depois, vinha a volta para dentro do arame farpado, correspondência interceptada, telefones grampeados e amizades controladas.

Antes dos 30 anos ele conheceu e casou com Valya, jovem bibliotecária e professora de inglês. Ela lhe ensinou a língua, a fim de que pudesse ler no original as publicações técnicas que vinham do Ocidente. Foram felizes a princípio, mas, pouco a pouco, o casamento foi sendo arruinado por uma falha: ambos queriam demais ter um filho, mas não podiam.

No outono de 1977, Ivan Blinov foi para a estação de férias de Kislovodsk, no norte do Cáucaso, onde conheceu Zhenya Rozina. Como acontecia com frequência entre as pessoas que viviam na gaiola de ouro, sua esposa tivera de tirar férias em outro lugar, num período diferente.

Zhenya tinha 29 anos, era dez anos mais moça do que ele, divorciada de Minsk, também sem filhos, animada, irreverente, uma constante ouvinte das "vozes" *(Voz da América* e BBC), leitora de revistas ousadas, como *Polônia,* editada em Varsóvia e muito mais liberal e versátil do que as enfadonhas e dogmáticas publicações soviéticas. O cientista de vida isolada ficou fascinado por ela.

Combinaram se corresponder, mas como Blinov sabia que sua correspondência seria interceptada (era um cientista a par de segredos), pediu a ela que escrevesse para um amigo em Arzamas-16, cuja correspondência não era vigiada.

Tornaram a se encontrar em 1978, de comum acordo, desta vez no balneário de Sochi, no mar Negro. O casamento de Blinov chegara ao fim em tudo, menos no nome. A amizade entre os dois virou um romance intenso. Voltaram a se ver pela terceira e última vez em Ialta, em 1979, sabendo que estavam apaixonados, mas compreendendo que era um amor sem esperança.

Blinov sentia que não podia se divorciar da esposa. Se houvesse outro homem que a quisesse, seria diferente. Mas não havia; ela não era bonita. Mas fora uma esposa leal por 15 anos e o amor morrera, era assim que as coisas aconteciam. Ainda eram amigos e ele não a envergonharia pelo divórcio, não na pequena comunidade em que viviam.

Zhenya não discordou, mas por outro motivo. Disse uma coisa que não revelara antes. Se se casassem, a união prejudicaria a carreira de Blinov. Ela era judia, o que bastava. Já solicitara ao OVIR, o Departamento de Vistos e Permissões, a emigração para Israel. Sob Brejnev, havia uma nova onda de emigração. Beijaram-se e fizeram amor, separaram-se e nunca mais tornaram a se encontrar.

– O restante você já sabe – disse ela.

– O campo de trânsito na Áustria, o contato com a nossa embaixada?

– Isso mesmo.

– E Ivan Ivanovich?

– Seis semanas depois das férias em Ialta, descobri que engravidara. Ivan nasceu aqui, é cidadão americano. Pelo menos crescerá livre.

– Escreveu para ele, contando?

– De que adiantaria? – indagou ela, amargurada. – Ele é casado. Mora numa prisão dourada, tão prisioneiro quanto qualquer *zek* nos campos. O que eu podia fazer? Lembrá-lo de tudo? Fazê-lo ansiar pelo que não pode ter?

– Falou sobre o pai para a criança?

– Claro. Disse que era um grande homem. E que está muito longe.

– As coisas estão mudando – disse Monk, gentilmente. – Talvez ele possa viajar a Moscou hoje em dia. Tenho um amigo que vai com frequência a Moscou. Um empresário. Você pode escrever para o homem em Arzamas-16 cuja correspondência não é interceptada. Peça ao pai para ir a Moscou.

– Para quê? O que posso dizer?

– Ele deve saber sobre o filho. Deixe o menino escrever. Cuidarei para que o pai receba a carta.

Antes de ir para a cama, o menino escreveu em russo, com vários erros, uma comovente carta de duas páginas que começava assim: "Querido papai..."

"Gracie" Fields voltou à embaixada pouco antes do meio-dia do dia 11. Bateu na porta de Macdonald para encontrar o chefe da estação absorvido em pensamentos sombrios.

– A bolha? – indagou o homem mais velho.

Fields acenou com a cabeça. Assim que se acomodaram na Sala de Reunião "A", Fields pôs em cima da mesa a fotografia do rosto de um velho morto.

Era uma das que haviam sido tiradas no bosque, parecida com a que fora levada à embaixada pelo investigador Chernov.

– Esteve com seu homem? – perguntou Macdonald.

– Estive. E as informações são traumáticas. Ele era o faxineiro na sede da UFP.

– O faxineiro?

– Exatamente. O faxineiro dos escritórios. Como o Homem Invisível de Chesterton. Ali todas as noites, mas sem que ninguém o notasse. Chegava por volta das 22 horas, de segunda a sábado, limpava as salas, partia antes do amanhecer. Por isso é que era um farrapo. Morava num prédio caindo aos pedaços. Ganhava uma ninharia. Mas tem mais.

Fields relatou a história de N.I. Akopov, o falecido secretário particular de Igor Komarav, que resolvera nadar no rio, uma atitude desavisada e fatal, em meados de julho.

Macdonald levantou-se, começou a andar de um lado para o outro da sala.

– Em nosso trabalho, devemos nos basear nos fatos, e apenas nos fatos. Mas vamos nos permitir algumas suposições. Akopov deixou o documento em sua mesa. O velho faxineiro encontrou-o, deu uma olhada, não gostou do que viu e roubou-o. Faz sentido?

– Não vejo qualquer falha, Jock. Desaparecimento do documento descoberto no dia seguinte, Akopov despedido, mas como conhecia o conteúdo, não podia continuar na terra dos vivos. Vai nadar com dois homens corpulentos a segurá-lo.

– O que deve ter acontecido num tanque. E depois jogaram o corpo no rio. O faxineiro não aparece e tudo se ajusta. A caçada começa. Mas ele já jogou o documento no carro de Celia Stone.

– Por que, Jock? Por que ela?

– Nunca saberemos. Ele devia saber que Celia trabalhava na embaixada. Disse para entregar ao embaixador pela cerveja. Que cerveja?

– Seja como for, eles o encontram – continuou Fields. – Batem nele e o faxineiro conta tudo. Matam-no e largam o corpo no bosque. Como descobriram o apartamento de Celia?

– Seguiram seu carro, provavelmente. Quando ela saiu daqui. Descobriram onde Celia morava, subornaram o guarda no portão, revistaram o carro. Como não encontraram a pasta ali, foram ao apartamento. E ela os surpreendeu.

– Portanto, Jock, Komarov sabe que sua preciosa pasta é irrecuperável. Sabe quem a pegou, sabe onde foi jogada. Mas não sabe se alguém deu qualquer importância. Celia pode ter jogado no lixo. Todos os malucos na Rússia apresentam pedidos por escrito aos poderosos. São como folhas de outono. Talvez ele não imagine o efeito que causou.

– Sabe agora – disse Macdonald.

Ele tirou do bolso um pequeno gravador, emprestado de uma secretária, acostumada a ouvir música enquanto trabalhava. Pegou uma fita e inseriu-a no aparelho.

– O que é isso? – indagou Fields.

– É a gravação da entrevista com Igor Komarov, meu amigo. Uma hora em cada lado.

– Mas pensei que os assassinos tivessem levado o gravador.

– E levaram. E também conseguiram destruí-lo com um tiro. Encontrei fragmentos de plástico e metal no fundo do bolso interno direito do blazer de Jefferson. Não foi a carteira que eles acertaram, mas, sim, o gravador. Será impossível tocar aquela fita.

– Mas...?

– Mas o pobre coitado deve ter parado na rua, retirou sua preciosa entrevista do gravador e pôs outra fita. Isto foi encontrado numa bolsinha de plástico no bolso da calça. Acho que mostra por que ele morreu. Escute só.

Macdonald ligou o aparelho. A voz do jornalista morto espalhou-se pela sala.

– Senhor presidente, nas questões de política externa, em particular as relações com as outras repúblicas da URSS, como pretende garantir o renascimento para a glória da nação russa?

Houve uma breve pausa e depois Kuznetsov começou a traduzir. Quando ele terminou, houve uma pausa ainda mais longa, depois passos no carpete. O gravador foi desligado.

– Alguém se levantou e deixou a sala – comentou Macdonald.

O aparelho foi ligado de novo e eles ouviram a voz de Komarov dar a resposta. Era impossível saber por quanto tempo Jefferson deixara o gravador desligado. Mas pouco antes do estalido puderam ouvir Kuznetsov começar a dizer: Tenho certeza que o presidente não vai...

– Não estou entendendo – murmurou Fields.

– É muito simples, Gracie. Eu mesmo traduzi aquele Manifesto Negro. Durante a noite, em Vauxhall Cross. Fui eu quem traduziu a frase "*vozrozhdeniye vo slavu russkogo naroda*" como "o renascimento para a glória da nação russa". Porque é isso o que significa. Marchbanks leu na tradução. Deve ter mencionado a frase para o editor, que a usou para Jefferson. Ele gostou e repetiu ontem à noite para Komarov. O desgraçado descobriu-se a ouvir suas próprias palavras. E eu nunca tinha ouvido essa frase ser usada antes.

Fields estendeu a mão e tornou a tocar o trecho. Quando Jefferson terminou, Kuznetsov traduziu para o russo. Para "renascimento para a glória", ele usou as palavras russas *vozrozhdeniye vo slavu.*

– Foi demais – murmurou Fields. – Komarov deve ter pensado que Jefferson vira todo o documento, lera em russo. E achou que ele era um dos nossos, que fora até lá para testá-lo. Foram os Guardas Negros?

– Não creio. Grishin deve ter chamado seus contatos no submundo. Um trabalho rápido. Se tivessem mais tempo, Jefferson seria sequestrado na rua e interrogado. Mas apenas mandaram que ele fosse silenciado e a fita, recuperada.

– E o que pretende fazer agora, Jock?

– Voltar a Londres. As cartas estão na mesa. Nós sabemos e Komarov sabe que sabemos. O chefe disse que queria provas de que não era uma contrafação. Três homens já morreram até agora por causa deste documento satânico. Não sei quantas outras provas sangrentas ele quer.

San José, novembro de 1988

O Vale do Silício é de fato um vale, entre as montanhas de Santa Cruz a oeste e a serra Hamilton a leste. Vai de Santa Clara a Menlo Park, que eram seus limites em 1988. Desde então, já se expandiu.

O apelido, Vale do Silício, vem da espantosa concentração de indústrias e fundações de pesquisas, entre mil e duas mil, todas dedicadas à tecnologia de ponta.

A conferência científica internacional de novembro de 1988 foi realizada na principal cidade do vale, San José, outrora uma pequena missão espanhola, agora uma ampla conurbação de torres reluzentes. Os oito membros da delegação soviética ficaram alojados no Fairmont de San José. Jason Monk esperava no saguão quando eles chegaram.

Os oito cientistas eram escoltados por uma falange muito maior de vigias. Alguns eram da embaixada soviética em Nova York, um do consulado em San Francisco e quatro tinham vindo diretamente de Moscou. Monk tomava chá gelado e tinha um exemplar de *New Scientist* aberto na mesa. Havia cinco protetores da KGB.

Antes de ir, Monk tivera uma longa conversa com um importante físico nuclear do Lawrence Livermore Lab. O homem estava extasiado pela oportunidade de conhecer finalmente o físico soviético, professor Blinov.

– Deve compreender que esse cara é um enigma – comentara o cientista do Livermore. – Ele adquiriu proeminência durante os últimos dez anos. Foi mais ou menos nessa ocasião que começamos a ouvir rumores a seu respeito no circuito científico. Ele foi primeiro um astro dentro da União Soviética, mas não deixavam que nenhum dos seus trabalhos fosse publicado no exterior. Sabemos que ele ganhou o prêmio Lênin, além de vários outros. Deve ter recebido incontáveis convites para falar no exterior... só nós mandamos dois... mas devíamos escrever para a direção da Academia de Ciências. E eles sempre diziam "Esqueçam".

O homem sorrira.

– Ele deu uma gigantesca contribuição e acho que devia querer reconhecimento internacional... somos todos humanos... e por isso é mais do que provável que tenha sido a academia que recusou os convites. E agora ele está vindo para cá. Vai fazer uma conferência sobre física de partículas avançada e estarei lá.

Eu também, pensara Monk.

Ele esperou que o cientista concluísse sua conferência. Os aplausos foram calorosos. Monk também ouviu outros discursos. Circulava nos intervalos para o café e tinha a impressão de que as pessoas ali falavam marciano. Não entendia uma só palavra.

Tornou-se uma presença familiar no saguão do hotel, com seu paletó de *tweed*, óculos pendurados de um cordão em torno do pescoço e um punhado de revistas hipertécnicas. Até mesmo os quatro agentes da KGB e o outro do GRU deixaram de estudá-lo.

Na última noite, antes do retorno da delegação soviética, Monk esperou que o professor Blinov se retirasse para o quarto e foi bater na porta.

– Pois não? – disse uma voz, em inglês.

– Serviço de quarto – respondeu Monk.

A porta foi aberta até onde a corrente permitia. O professor Blinov espiou. Viu um homem de terno segurando uma tigela com frutas, cercadas por uma fita rosa.

– Não pedi nada.

– Sei disso, senhor. Sou o gerente da noite. Isto é cortesia do hotel.

Depois de cinco dias, o professor Blinov ainda se sentia aturdido pela estranha sociedade de ilimitado consumo material. As únicas coisas que reconhecia ali eram a conversa científica e a segurança rigorosa. Mas uma tigela com frutas de graça era uma novidade. Sem querer ser descortês, ele soltou a corrente, algo que a KGB lhe dissera para nunca fazer. Logo eles, dentre todas as pessoas, conheciam as batidas em porta à meia-noite.

Monk entrou, largou a tigela com as frutas em cima da mesa, virou-se e fechou a porta. O alarme aflorou nos olhos do cientista.

– Sei quem você é. Saia agora ou chamarei meu pessoal.

Monk sorriu e passou a falar em russo.

– Claro, professor, a qualquer momento que quiser. Mas primeiro tenho uma coisa para você. Leia isto e depois chame seu pessoal.

Espantado, o cientista pegou a carta do menino, leu a primeira linha.

– Mas que absurdo é esse? – protestou ele. – Força a entrada aqui e...

– Vamos conversar por cinco minutos. E depois irei embora. Sem maiores confusões. Só peço que me escute, por favor.

– Não há nada que você possa dizer que eu queira ouvir. Fui alertado de que pessoas como você...

– Zhenya está em Nova York – disse Monk.

O professor parou de falar, ficou boquiaberto. Aos 50 anos, tinha os cabelos grisalhos e parecia mais velho do que a sua idade. Os óculos de leitura estavam empoleirados na ponta do nariz. Espiou Monk por cima, enquanto arriava devagar na cama.

– Zhenya? Aqui? Nos Estados Unidos?

– Depois das últimas férias que passaram juntos em Ialta, ela recebeu a permissão de emigração para Israel. Num campo de trânsito na Áustria, entrou em contato com a nossa embaixada e concedemos o visto para que viesse viver aqui. No campo, ela descobriu que estava grávida do seu filho. E agora leia a carta, por favor.

O professor leu devagar, perplexo. Ao terminar, ficou segurando as duas folhas de papel cor de creme, enquanto olhava para a parede em frente. Lentamente, duas lágrimas afloraram e escorreram pelas faces.

– Tenho um filho – sussurrou ele. – Oh, Deus, tenho um filho!

Monk tirou uma fotografia do bolso e estendeu-a. O menino usava um boné de beisebol na cabeça, exibia um sorriso largo. Tinha sardas e um dente quebrado.

– Ivan Ivanovich Blinov – disse Monk. – Ele nunca o viu, apenas uma fotografia meio apagada de Sochi. Mas o ama.

– Tenho um filho – repetiu o homem que podia projetar bombas de hidrogênio.

– E também tem uma esposa – murmurou Monk.

Blinov sacudiu a cabeça.

– Valya morreu de câncer no ano passado.

Monk sentiu um aperto no coração. Ele era um homem livre. Ia querer ficar nos Estados Unidos. Mas não era esse o jogo. Blinov se antecipou.

– O que você quer?

– Daqui a dois anos, queremos que aceite um convite para uma conferência no Ocidente e fique aqui. Nós o traremos para os Estados Unidos, de onde quer que esteja. Terá um cargo de professor numa grande universidade, uma casa num bosque, dois carros. E Zhenya e Ivan com você. Para sempre. Os dois o amam muito e creio que você também os ama.

– Dois anos?

– Isso mesmo, mais dois anos em Arzamas-16. Mas precisamos saber de tudo. Está me entendendo?

Blinov acenou com a cabeça. Antes do amanhecer, Monk o fez memorizar o endereço em Berlim Oriental e aceitar a lata de creme de barbear, que continha em seu interior o pequeno frasco de tinta invisível para uma só carta. Não havia como se infiltrar em Arzamas-16. Haveria um único encontro, com uma só entrega de material e um ano depois, a fuga, com tudo o que ele pudesse levar.

Enquanto Jason Monk atravessava o saguão, uma voz interior lhe dizia: Você não presta. É um canalha. Deveria deixá-lo ficar aqui logo de uma vez. Mas outra voz argumentou: Você não é uma instituição beneficente de reunificação familiar. É apenas a porra de um espião. É isso o que você faz, tudo o que faz. E o verdadeiro Jason Monk jurou que um dia Ivan Yevdokimovich Blinov viveria nos Estados Unidos com a esposa e o filho, e Tio Sam compensaria tudo para ele, até o último minuto daqueles dois anos.

A REUNIÃO FOI realizada dois dias depois no gabinete de Sir Harry Coombs, no último andar do prédio em Vauxhall Cross, jovialmente conhecido como Palácio da Luz e da Cultura. O título se originara de um antigo guerreiro, Ronnie Bloom, há muito morto. Sendo orientalista, ele encontrara um prédio com esse nome em Beijing. Parecia conter bem pouca luz e não muita cultura, lembrando-o de seu escritório em Century Rouse. O nome pegara.

Também estavam presentes os dois controladores, dos Hemisférios Ocidental e Oriental, Marchbanks como chefe da Seção Russa e Macdonald. Foi Macdonald quem apresentou um relato sobre a situação, por quase uma hora, com perguntas suplementares ocasionais de seus superiores.

– E então, senhores? – indagou o chefe, ao final.

Cada um expôs suas reações. Houve unanimidade. Não se podia deixar de presumir que o Manifesto Negro fora de fato roubado e era o projeto genuíno do que Komarov pretendia fazer quando subisse ao poder: criar uma tirania de um só partido para executar a agressão externa e o genocídio interno.

– Pode pôr no papel tudo o que nos disse, Jock? Até o anoitecer, por favor. E depois levarei para os escalões superiores. Acho também que devemos partilhar com os nossos colegas em Langley. Quer cuidar disso, Sean?

O controlador do Hemisfério Ocidental acenou com a cabeça. O chefe levantou-se.

– Uma coisa terrível. É preciso detê-lo, sem a menor dúvida. Os políticos têm de nos dar o sinal verde para conter esse homem.

Mas não foi isso que aconteceu. Antes do fim do mês de agosto, Sir Henry Coombs foi chamado a visitar o mais alto funcionário de carreira do Foreign Office na King Charles Street.

Como subsecretário permanente, Sir Reginald Parfitt era não apenas um colega do chefe do SIS, mas também um dos Cinco Reis Magos. Ele e mais seus equivalentes no Tesouro, Defesa, Interior e Casa Civil ofereceriam recomendações ao primeiro-ministro sobre o sucessor do chefe. Os dois se conheciam há muito tempo, mantinham um relacionamento cordial e tinham plena consciência de que atuavam em áreas diferentes.

– Este incrível documento que vocês trouxeram da Rússia no mês passado... – disse Parfitt.

– O Manifesto Negro.

– Isso mesmo. Bom título. Ideia sua, Henry?

– Do meu chefe da estação em Moscou. Parece bastante apropriado.

– Não concordo. Negro não é a melhor palavra. Já o partilhamos com os americanos, mas ninguém mais. E foi tão alto quanto possível. Nosso amo e senhor – ele se referia ao secretário do Exterior britânico – viu-o antes de partir em férias para os prazeres da Toscana. O mesmo aconteceu com o secretário de Estado americano. É desnecessário dizer que a repulsa foi universal.

– Vamos reagir, Reggie?

– Reagir... temos um problema aqui. Governos reagem oficialmente a governos, não a políticos de oposição em outros países. Oficialmente, este documento – bateu com os dedos na cópia do Foreign Office, em cima de sua mesa – não existe, apesar de ambos sabermos do contrário.

Parfitt fez uma pausa.

– Oficialmente, não temos posse deste documento, tendo em vista que foi roubado, quase com certeza. Receio que a sabedoria recebida é a de que oficialmente não há nada que qualquer dos governos possa fazer.

– Isso é oficialmente – murmurou Henry Coombs. – Mas nosso governo, em sua infinita e indubitável sabedoria, emprega meus serviços para poder agir, caso as circunstâncias o exijam, extraoficialmente.

– Com toda certeza, Henry, com toda certeza. E sem dúvida você se refere a alguma forma de ação secreta.

Ao usar as duas últimas palavras, a expressão de Sir Reginald indicava que algum idiota devia ter aberto a janela para deixar entrar os odores de um gasômetro.

– Maníacos perigosos já foram desestabilizados antes, Reggie. Com a devida discrição. É o que fazemos, como sabe.

– Mas raramente com sucesso, Henry. E é esse o problema. Todos os nossos mestres políticos, nos dois lados do Atlântico, parecem dominados pela noção de que por mais secreta que alguma coisa possa parecer na ocasião, sempre acaba vazando mais tarde. Para o constrangimento deles.

Parfitt fez outra pausa.

– Nossos amigos americanos tiveram sua interminável sucessão de "Gates" para mantê-los acordados à noite. Watergate, Irãgate, Contragate. E nosso próprio pessoal recorda todos esses vazamentos, acompanhados por comissões de inquérito e seus relatórios perniciosos. Subornos no Parlamento, armas para o Iraque... percebe aonde estou querendo chegar, Henry?

– Claro. Está me dizendo que eles não têm colhões.

– Rude, mas acurado, como sempre. Você sempre teve um talento para a frase delicada. Não creio que qualquer dos governos sonhe em oferecer ajuda externa ou créditos comerciais a esse homem, se ou quando ele subir ao poder. Mas isso será tudo. Quanto a uma medida ativa, a resposta é não.

O subsecretário permanente acompanhou o chefe até a porta. Seus olhos azuis faiscantes encontraram-se com os do chefe sem qualquer insinuação de humor.

– E lembre-se, Henry, de que isso significa realmente NÃO.

Enquanto seu carro com motorista o levava de volta às margens do sonolento rio Tâmisa, na direção de Vauxhall Cross, Sir Henry Coombs não tinha opção a não ser aceitar a realidade da decisão intergovernamental. Houvera um tempo em que apertos de mão eram suficientes, em que a discrição era presumida e mantida. Nos últimos dez anos, com os vazamentos oficiais sendo uma das poucas indústrias a crescer, só assinaturas eram suficientes. E havia o hábito de tudo voltar para atormentar os signatários. Ninguém em Londres ou Washington se sentia disposto a pôr sua assinatura numa ordem para serviço secreto, uma "medida ativa" para impedir a marcha para a vitória de Igor Viktorovich Komarov.

Vladimir, julho de 1989

O acadêmico americano Dr. Philip Peters já entrara uma vez antes na União Soviética, ostensivamente por causa de sua paixão inofensiva por arte oriental e antiguidades russas. Nada acontecera, ninguém estranhara coisa alguma.

Doze meses depois, mais turistas ainda visitavam Moscou, os controles eram ainda mais relaxados. O problema para Monk era se deveria usar o Dr. Peters de novo. Ele decidiu que sim.

A carta do professor Blinov era bastante clara. Ele obtivera uma ampla colheita, cobrindo todas as questões científicas para as quais os Estados Unidos queriam respostas. Essa lista fora preparada depois de intensas conversas com as mentes dos mais altos níveis do mundo acadêmico americano, antes mesmo de Monk confrontar o professor em seu quarto no Fairmont. Ivan Blinov a levara ao partir. Agora ele estava pronto para a entrega. Seu problema era sua dificuldade para ir a Moscou. Pareceria suspeito.

Mas como Gorki era outra cidade com várias instituições científicas, e a apenas noventa minutos de trem de Arzamas-l6, ele poderia ir até lá. Depois de protestos pessoais, a KGB suspendera seu "sombra" habitual sempre que ele deixava a zona de pesquisa nuclear. Afinal, argumentou ele, já estivera na Califórnia. Por que não podia ir a

Gorki? Contou com o apoio do comissário político. Sem vigilância, ele podia pegar outro trem até a cidade-catedral chamada Vladimir. Mas era o máximo. Teria de voltar até o anoitecer. Ele indicou 19 de julho como o dia e marcou o encontro para a ala oeste da catedral da Assunção, ao meio-dia.

Monk estudou a cidade de Vladimir por duas semanas. É uma cidade medieval famosa por duas magníficas catedrais. A maior é da Assunção, com uma profusão de obras de Andrei Rublev, o pintor do século XV; a menor é a de São Dmitri.

O departamento de pesquisa de Langley não conseguiu encontrar nenhum grupo de turistas seguindo para qualquer lugar nas proximidades de Vladimir na data indicada. Ao final, descobriram um bando de entusiastas da arquitetura eclesiástica da Velha Rússia que faria uma visita a Moscou em meados de julho, com uma viagem de ônibus ao fabuloso Mosteiro da Trindade São Sergius, em Zagorsk, no dia 19. O Dr. Peters juntou-se ao grupo.

Com seus cabelos grisalhos e um guia turístico grudado no nariz, o Dr. Peters excursionou pelas espetaculares catedrais do Kremlin durante três dias. Ao final do terceiro dia, o guia da Intourist disse a todos que estivessem no saguão do hotel às 7h30 da manhã seguinte para a viagem de ônibus até Zagorsk.

Às 7h15 o Dr. Peters mandou um bilhete para dizer que sofrera um violento distúrbio estomacal e preferia permanecer na cama, com seu medicamento. Às 8 horas ele deixou o Metropol com o máximo de discrição possível, foi para a estação de Kazan e pegou um trem para Vladimir. Desembarcou na cidade-catedral pouco antes das 11 horas.

Como esperava após pesquisar, já havia muitos grupos e turistas ali, pois Vladimir não continha segredos de Estado e a vigilância de turistas era quase inexistente. Ele comprou um guia da cidade, vagueou pela Catedral de São Dmitri, admirando suas paredes com 1.300 baixos-relevos de animais, aves, flores, grifos, santos e profetas. Quando faltavam dez minutos para o meio-dia ele percorreu os trezentos metros até a Catedral da Assunção. Sem qualquer empecilho, foi admirar as pinturas de Rublev na ala oeste. Alguém tossiu às suas costas. Se fui seguido, pensou ele, estou morto.

– Olá, professor – disse ele, sem desviar os olhos dos quadros. – Como tem passado?

– Estou bem, mas nervoso.

– Não estamos todos?

– Tenho uma coisa para você.

– E eu também uma para você. Uma longa carta de Zhenya. Outra do pequeno Ivan, com alguns desenhos que ele fez na escola. Por falar nisso, ele deve ter herdado sua inteligência. O professor de matemática diz que ele está muito à frente da turma.

Por mais assustado que estivesse, com o suor brilhando na testa, ainda assim o cientista ficou radiante de prazer.

– Siga-me devagar e continue olhando para os quadros – disse Monk.

Ele se afastou, mas de maneira a poder observar ao redor. Um grupo de turistas franceses acabara de se retirar, os dois estavam a sós. Monk entregou ao professor as cartas que trouxera dos Estados Unidos, além de uma segunda lista de tarefas, preparada por físicos nucleares americanos. Foi tudo para o bolso do paletó de Blinov. O que ele tinha para Monk era muito mais volumoso, um maço de documentos com quase três centímetros de espessura que copiara em Arzamas-16.

Monk não gostou, mas não havia nada que pudesse fazer. Enfiou pela frente da camisa e empurrou para as costas. Apertou a mão do russo e sorriu.

– Coragem, Ivan Yevdokimovich. Não falta muito agora. Só mais um ano.

Os dois se separaram. Blinov voltou para Gorki e de lá para sua gaiola dourada. Monk pegou o trem para Moscou. Já estava na cama, o material entregue na embaixada americana, quando o ônibus retornou de Zagorsk. Todos se mostraram simpáticos e disseram-lhe que perdera uma excursão incomparável.

No dia 20 de julho, o grupo voou de Moscou para Nova York, sobre o polo. Nessa mesma noite, outro jato voou para Kennedy, mas vinha de Roma. Trazia Aldrich Ames, voltando depois de três anos na

Itália, a fim de retomar a espionagem para a KGB em Langley. Já era mais rico em dois milhões de dólares.

Antes de deixar Roma, ele memorizara e queimara uma lista de tarefas de nove páginas, enviada por Moscou. Havia uma prioridade para a descoberta de outros agentes mantidos pela CIA dentro da União Soviética, com um destaque para pessoal da KGB, GRU, altos servidores civis e cientistas. Havia também um pós-escrito. Concentre-se no homem que conhecemos como Jason Monk.

9

Agosto não é um bom mês para os clubes de cavalheiros de St. James's, Piccadilly e Pall Mall. É o mês das férias, quando a maioria dos empregados deseja estar longe com a família e metade dos sócios viaja para a casa de campo ou para o exterior.

Muitos clubes fecham e os sócios que permanecem na capital por qualquer motivo descobrem que têm de se acomodar a ambientes estranhos, já que uma série de tratados bilaterais permitem que os sócios de um clube fechado tomem vinho ou comam nos poucos que continuam abertos. Mas no último dia do mês, o White's voltara a abrir e Sir Henry Coombs convidou para almoçar ali um homem 15 anos mais velho, um dos seus antecessores no posto de chefe do Serviço de Informações Secretas, o SIS.

Aos 74 anos, Sir Nigel Irvine estava afastado há 15 do serviço. Passara os dez primeiros desses anos fazendo "alguma coisa na City", significando que, como muitos outros antes, levara sua experiência do mundo, conhecimento dos corredores do poder e astúcia natural para uma série de diretorias, o que lhe permitira juntar alguma coisa para a velhice.

Quatro anos antes do almoço ele finalmente se retirara de vez para sua casa perto de Swanage, na Isle de Purbeck, no condado de Dorsey, onde escrevia, lia, caminhava pela praia à beira do canal da

Mancha e de vez em quando ia de trem a Londres para visitar os velhos amigos. Esses mesmos amigos, assim como alguns mais jovens, achavam que ele ainda era vigoroso e ativo, que os suaves olhos azuis escondiam uma mente tão afiada quanto uma navalha.

Aqueles que o conheciam melhor sabiam muito bem que a cortesia antiquada que ele demonstrava com todas as pessoas dissimulava uma vontade firme, que às vezes podia se tornar implacável. Henry Coombs, apesar da diferença de idade, conhecia-o muito bem.

Ambos vinham da tradição de especialistas em Rússia. Depois da aposentadoria de Irvine, a chefia do SIS coubera sucessivamente a dois orientalistas e um arabista, antes de Henry Coombs promover um retorno aos que haviam adquirido experiência na luta contra a União Soviética. Quando Nigel Irvine era o chefe, Coombs provara ser um hábil operador em Berlim, lançando sua astúcia contra a rede da KGB na Alemanha Oriental e o maior espião alemão oriental, Marcus Wolf.

Irvine contentou-se em deixar a conversa permanecer no nível ameno enquanto estavam no bar apinhado no térreo, mas seria menos que humano se não especulasse por que seu antigo protegido o convidara a efetuar a viagem de trem desde Dorset até uma Londres sufocante, para um único almoço. Foi só depois que subiram e se instalaram a uma mesa junto da janela, dando para a St. James's Street, que Coombs mencionou o propósito do convite.

– Alguma coisa está acontecendo na Rússia – comentou ele.

– Muitas coisas, e todas ruins, pelo que me dizem os jornais – respondeu Irvine.

Coombs sorriu. Sabia que seu antigo chefe tinha fontes muito melhores que os jornais matutinos.

– Não vou entrar em detalhes, não aqui, não agora – disse Coombs. – Apenas as linhas gerais.

– Está certo.

Coombs descreveu por alto os acontecimentos nas últimas seis semanas, em Moscou e Londres. Especialmente em Londres.

– Não vão fazer nada a respeito e essa é a decisão final. Os eventos devem seguir o seu curso, por mais lamentável que venha a ser. Ou pelo menos foi assim que nosso estimado secretário do Exterior me expôs a situação, há dois dias.

– Receio que me superestima demais se acha que posso incutir algum dinamismo nos mandarins da King Charles Street – declarou Sir Nigel. – Estou velho e aposentado. Como enunciou o poeta, todas as corridas terminam, todas as paixões se consomem.

– Tenho dois documentos que gostaria que você examinasse. Um deles é o relatório completo de tudo o que aconteceu, até onde podemos discernir, desde o momento em que um velho corajoso, embora estúpido, roubou uma pasta da mesa do secretário particular de Komarov. Poderá julgar por si mesmo se pode concordar com a nossa conclusão de que o Manifesto Negro é genuíno.

– E qual é o outro documento?

– O próprio manifesto.

– Obrigado pela confiança. O que devo fazer com eles?

– Leve-os para casa, leia-os, pense a respeito.

As tigelas vazias de pudim de arroz com geleia foram retiradas. Sir Henry Coombs pediu café e dois cálices do excelente vinho do Porto do clube, um Fonseca excepcional.

– E se eu concordar com tudo o que você diz, o horror do manifesto e a probabilidade de que seja autêntico, o que acontece então?

– Estive pensando, Nigel... aquelas pessoas que você vai visitar nos Estados Unidos na próxima semana...

– Meu caro Henry, nem mesmo você deveria saber disso.

Coombs deu de ombros, a descartar a questão, mas no fundo sentiu-se satisfeito por ver seu pressentimento confirmado. O Conselho ia mesmo se reunir, e Irvine participaria.

– Na frase consagrada pelo tempo, meus espiões estão em toda parte.

– Então sinto-me animado porque as coisas não mudaram muito desde o meu tempo – comentou Irvine. – Muito bem, vamos supor que eu me encontre com algumas pessoas nos Estados Unidos. O que tem isso?

– Deixo a seu critério. Se acha que os documentos devem ser descartados, queime ambos, por favor. Se considerar que devem cruzar o Atlântico, a opção é sua.

– Ah, mas que coisa intrigante!

Coombs tirou de sua pasta um envelope lacrado e entregou-o. Irvine pôs ao lado das compras que acabara de fazer na John Lewis, tapeçarias em branco para lady Irvine, que gostava de fazer capas de almofadas nas noites de inverno.

Separaram-se no saguão e Sir Nigel Irvine seguiu de táxi para a estação, onde pegaria o trem que o levaria de volta a Dorset.

Langley, setembro de 1989

Quando Aldrich Ames retornou a Washington, sua carreira de nove anos como espião para a KGB ainda teria uma duração espantosa, mais quatro anos e meio.

Nadando em dinheiro, ele iniciou sua nova vida ao comprar uma casa de meio milhão de dólares à vista e um Jaguar zero quilômetro. Isso com um salário de cinquenta mil dólares por ano. Ninguém notou nada de estranho.

Como dirigia a seção soviética na estação em Roma, e apesar do fato de a capital italiana ficar sob o controle da Europa Ocidental, Ames permaneceu como integrante da crucial Divisão SE. Do ponto de vista da KGB, era vital que ele permanecesse onde, com o acesso apropriado, poderia mais uma vez verificar os arquivos 301.

Para isso, ele tinha um grande problema. Milton Bearden acabara de voltar a Langley, depois de supervisionar a guerra secreta contra os soviéticos no Afeganistão.

Sua primeira providência, como novo chefe da Divisão SE, foi tentar se livrar de Ames. E nisso, como outros antes, foi frustrado.

Ken Mulgrew, quintessência do burocrata, elevara-se pelo lado não operacional da hierarquia a um posto que o punha no comando do Pessoal. Como tal, era bastante influente na distribuição dos cargos.

Ele e Ames logo retomaram sua amizade no álcool, com Ames agora capaz de oferecer o melhor. Foi Mulgrew quem manteve Ames na Divisão SE.

No intervalo, a CIA passara para o computador massas de seus arquivos mais secretos, confidenciando tudo ao instrumento mais inseguro já inventado. Em Roma, Ames fizera questão de se instruir em computadores. Só precisava agora obter os códigos de acesso para poder entrar nos arquivos 301 sem sequer sair de sua mesa. Não haveria mais necessidade de sacolas de plástico cheias de documentos. Nem que ele solicitasse e assinasse um recibo pelos arquivos mais secretos.

O primeiro cargo que Mulgrew conseguiu arrumar para seu companheiro foi o de chefe europeu do grupo de operações externas da Divisão Soviética. Mas as operações externas apenas cuidavam dos agentes que se encontravam fora da União Soviética ou do bloco soviético. Não incluíam Lisandro, o guerreiro espartano, que estava em Berlim Oriental, no comando da Diretoria K do KGB, nem Órion, o caçador, dentro do Ministério da Defesa soviético, em Berlim. Delfos, o oráculo, estava nos altos escalões do Ministério do Exterior de Moscou, enquanto o quarto, o que queria voar através do Atlântico, codinome Pégaso, permanecia num centro fechado de pesquisas nucleares, entre Moscou e os Urais.

Quando Ames usou sua posição para investigar Jason Monk, que agora era seu superior hierárquico como GS-15, enquanto ele continuava GS-14, nada encontrou. Mas até mesmo a ausência de referências a Monk em operações externas dizia-lhe uma coisa: alguém controlado por Monk operava dentro da União Soviética. Os mexericos internos e Mulgrew lhe contaram o resto.

O rumor era de que Jason Monk se tornara o melhor, a última grande esperança na divisão. Também se dizia que ele era um solitário, um operador independente, que só trabalhava à sua maneira, assumia riscos pessoais e podia ignorar as normas por uma coisa: obtinha resultados numa organização que se tornava cada vez mais ineficiente.

Como qualquer burocrata, Mulgrew ressentia-se de Monk. Não gostava de sua independência, de sua recusa em preencher formulários em triplicata, acima de tudo de sua aparente imunidade a queixas de pessoas como Mulgrew.

Ames tratou de explorar esse ressentimento. Dos dois, Ames tinha melhor cabeça para a bebida. Era ele quem continuava pensar, apesar dos vapores do álcool, enquanto Mulgrew se mostrava presunçoso, a língua solta.

Assim, numa noite ao final de setembro de 1989, quando voltaram a falar do solitário virginiano, Mulgrew revelou que ouvira dizer que Monk controlava um agente que era "algum figurão que ele recrutara há uns dois anos na Argentina".

Não havia nome nem codinome, mas a KGB pôde deduzir o resto. "Figurão" indicaria alguém no nível de segundo-secretário ou acima. "Uns dois anos" foi fixado como um período de 18 meses a três anos antes.

Uma verificação no Ministério do Exterior dos diplomatas que haviam servido em Buenos Aires produziu uma lista de 17 possíveis. O aviso de Ames de que o homem não tivera outro posto no exterior desde então reduziu a lista para 12.

Ao contrário da CIA, o setor de contraespionagem da KGB não tinha melindres. Começaram a procurar por sinais de súbito acesso a dinheiro, um estilo de vida melhor, até mesmo a aquisição de um pequeno apartamento...

FOI UM BELO DIA, aquele 1º de setembro, com uma brisa soprando do canal da Mancha e nada entre os penhascos e a distante costa da Normandia, as ondas encarneiradas.

Sir Nigel caminhava pela trilha no alto do penhasco entre Durlston Head e St. Alban's Head, respirando o ar marinho. Era seu passeio predileto, há vários anos, revigorante depois de salas de reuniões enfumaçadas ou uma noite a estudar documentos secretos.

Descobrira que isso desanuviava a cabeça, concentrava a mente, expulsava o irrelevante e o deliberadamente enganador, punha em foco o núcleo essencial de um problema.

Ele passara a noite estudando os dois documentos entregues por Henry Coombs e ficara estarrecido com o que lera. O trabalho de detetive realizado desde que a Srta. Stone vira um vagabundo jogando alguma coisa pela janela de seu carro contava com sua aprovação. Era a maneira como ele faria.

Lembrava-se vagamente de Jock Macdonald, um jovem iniciante a cumprir pequenas missões na Century House. Era evidente que ele percorrera um longo caminho. E Sir Nigel estava convencido da conclusão: o Manifesto Negro não era uma falsificação nem uma piada.

Isso o levava ao manifesto em si. Se o demagogo russo pretendia mesmo executar aquele programa, aconteceria alguma coisa para levá-lo de volta a uma hedionda memória de sua juventude.

Ele tinha 18 anos quando, em 1943, fora finalmente aceito pelo exército britânico e despachado para a Itália. Ferido na grande ofensiva em Monte Cassino, voltara como inválido para a Inglaterra. Ao se recuperar, apesar das súplicas para se juntar a uma unidade de combate, fora transferido para o serviço secreto militar.

Era um tenente e acabara de completar 20 anos quando atravessara o Reno com o VIII Exército. Deparara com uma coisa que ninguém de sua idade – ou de qualquer outra – deveria ser forçado a ver. Fora chamado por um apavorado tenente de infantaria para olhar algo que seus homens haviam encontrado no caminho. O campo de concentração de Bergen-Belsen deixara homens mais velhos do que ele com pesadelos de que nunca se livrariam.

Ele virou para o interior no promontório de St. Alban, continuou pela trilha até o povoado de Acton, onde poderia fazer a volta e seguir pelo caminho para Langton Matravers. O que fazer? E com que chance de ter algum efeito? Queimar os documentos agora e esquecer tudo? Tentador, muito tentador. Ou levá-los para os Estados Unidos e talvez se arriscar ao ridículo frente aos patriarcas com os quais passaria uma semana? Intimidador.

Ele abriu o pequeno portão do jardim e atravessou o terreno em que Penny cultivava frutas e legumes no verão. Havia uma fogueira, alguns gravetos fumegando. Mas no centro, as brasas eram quentes e vermelhas. Seria muito fácil jogar os documentos no fogo e se livrar do problema.

Henry Coombs, ele sabia, nunca tornaria a mencionar o assunto, nunca perguntaria o que ele fizera, nem pediria qualquer relatório de progresso. Na verdade, ninguém jamais saberia de onde os documentos haviam saído, pois ninguém jamais contaria. Era parte do código. A esposa chamou-o pela janela da cozinha.

– Ah, você voltou! O chá está na sala. Fui à aldeia e comprei bolinhos e geleia.

– Ótimo. Adoro esses bolinhos.

– A esta altura, já sei disso muito bem.

Cinco anos mais moça, Penelope Irvine fora outrora uma beldade deslumbrante, cortejada por uma dúzia de homens mais ricos. Por motivos que só ela entendia, escolhera o jovem e pobre agente secreto, que lia poesia quando se encontravam e que escondia por trás da aparência tímida um cérebro que parecia um computador.

Tiveram um filho, apenas um, que morrera nas Falklands, em 1982. Tentavam não pensar demais nele, exceto no dia de seu aniversário e na data da morte.

Ao longo dos trinta anos do Serviço Secreto, ela esperara paciente pelo marido, enquanto ele dirigia seus agentes dentro da União Soviética ou aguardava no frio intenso das sombras do Muro de Berlim que algum homem corajoso, mas assustado, efetuasse a travessia para as luzes de Berlim Ocidental. Quando ele chegava em casa, havia sempre um fogo aceso e bolinhos para o chá. Aos 74 anos, ele ainda a considerava bonita e a amava muito.

Ele se sentou, tomou o chá, olhando para o fogo.

– Vai viajar de novo – murmurou ela.

– Acho que devo.

– Quanto tempo?

– Uns poucos dias em Londres, em preparativos, a seguir uma semana nos Estados Unidos. Depois disso, não sei. Provavelmente nunca mais.

– Não se preocupe comigo. Tenho muita coisa a fazer no jardim. Vai telefonar sempre que puder?

– Claro. – Uma pausa e ele acrescentou: – Não deve acontecer de novo.

– Claro que não. E agora tome seu chá.

Langley, março de 1990

Foi a estação da CIA em Moscou que acionou o primeiro alarme. O agente Delfos desligara. Desde o mês de dezembro. Jason Monk se sentou à sua mesa e estudou os telegramas, levados a ele já decifrados. A princípio ficou preocupado, depois, frenético.

Se Kruglov ainda estava bem, então decidira quebrar todas as regras. Por quê? Por duas vezes, a CIA baseada em Moscou fizera as marcas de giz apropriadas, nos lugares apropriados, para indicar que deixara uma encomenda para Delfos num ponto de correspondência, e que ele deveria ir a esse esconderijo. Por duas vezes os avisos foram ignorados. Ele estaria fora da cidade, despachado subitamente para o exterior?

Se assim fosse, deveria ter dado o sinal de vida tranquilizador, o aviso "Estou bem". Vasculharam as revistas habituais, à procura do pequeno anúncio classificado combinado, que representaria a mensagem "Estou bem" ou o oposto, "Estou em perigo, ajudem-me". Mas nada apareceu.

Em março, tudo indicava que Delfos ficara completamente incapacitado, por um infarto, outra doença ou um grave acidente. Ou morrera. Ou fora capturado.

Para Monk, com sua mente desconfiada, havia uma pergunta sem resposta. Se Kruglov fora apanhado e interrogado, teria contado tudo. Era inútil resistir, só servia para prolongar a dor.

Por isso, ele teria indicado os pontos de correspondência e explicado as marcas de giz que alertavam a CIA para a necessidade de recolher um pacote de informações.

Por que a KGB não usava essas marcas de giz para prender um diplomata americano em flagrante? Deveria ser a manobra óbvia. Um triunfo para Moscou quando mais precisava, no momento em que todo o resto favorecia os Estados Unidos.

O império soviético na Europa Oriental estava desmoronando. A Romênia assassinara o ditador Ceausescu; a Polônia já fora perdida, a Tchecoslováquia e a Hungria se lançavam a uma revolta aberta, o Muro de Berlim fora derrubado em novembro do ano anterior. Pegar um americano em flagrante de espionagem em Moscou seria uma forma de contrabalançar o fluxo de humilhações que a KGB vinha sofrendo. E, no entanto, nada acontecera.

Para Monk, significava uma de duas coisas: ou o completo desaparecimento de Kruglov era um acidente que seria explicado mais tarde, ou a KGB queria proteger uma fonte.

Os Estados Unidos são uma terra rica em muita coisas, entre as quais se destacam as organizações não governamentais, conhecidas como ONGs. Há milhares. Vão de fundações a dotações para pesquisas, em incontáveis assuntos, alguns de impressionante obscuridade. Há centros de estudos políticos, grupos para a promoção disso e daquilo, conselhos para o progresso de qualquer coisa, fundações quase que numerosas demais para serem enumeradas.

Algumas se dedicam às pesquisas, ou à caridade, ou aos debates; outras se devotam à propaganda de uma só questão, a aumentar a percepção pública disso ou daquilo, à abolição de alguma coisa.

Só em Washington, há mil e duzentas ONGs, e Nova York tem mil a mais. E todas têm recursos. Algumas são financiadas, em parte pelo menos, por dólares dos contribuintes, outras por legados de mortos, algumas pela indústria e comércio privados, outras por milionários quixotescos, filantrópicos ou apenas lunáticos.

Oferecem poleiros para acadêmicos, políticos, ex-embaixadores, bem-intencionados, intrometidos e maníacos ocasionais. Mas todas têm duas coisas em comum. Admitem que existem e, em algum lugar, mantêm uma sede. Menos uma.

Talvez por causa da participação mínima e fechada, a qualidade dessa participação e sua absoluta invisibilidade, o Conselho de Lincoln era provavelmente, naquele verão de 1999, a mais influente de todas as ONGs.

Numa democracia, poder é influência. Só nas ditaduras é que o poder bruto – para prender, deter, sequestrar, torturar, julgar, condenar e aprisionar em segredo – existe dentro da lei.

O poder não eleito numa democracia, portanto, está na capacidade de influenciar a máquina eleita. Isso pode ser alcançado pela mobilização da opinião pública, campanhas na mídia, lobby persistente ou contribuições financeiras diretas. Mas em sua forma mais pura, tal influência pode ser simplesmente exercida através de conselhos discretos aos detentores dos cargos eletivos de uma fonte de incontestável experiência, integridade e sabedoria. É o que se chama de "a palavra ao pé do ouvido".

O invisível Conselho de Lincoln, negando sua própria existência, era um grupo fechado que se dedicava ao estudo, avaliação e discussão de questões de suprema importância, com um acordo final sobre uma resolução. Com base na qualidade de seus participantes e na capacidade desses participantes de terem acesso às cúpulas do poder eleito, o Conselho tinha provavelmente mais influência concreta que qualquer outra ONG ou uma porção delas juntas.

Sua composição era anglo-americana e suas origens remontavam ao senso profundo de associação na adversidade que surgiu na Primeira Guerra Mundial, embora o Conselho só passasse a existir no início dos anos 80, em decorrência de um jantar exclusivo num clube de Washington, pouco depois da Guerra das Falklands.

A participação era apenas por convite e restrita às pessoas que os outros participantes consideravam possuir determinadas qualidades. Entre as quais figuravam a longa experiência, probidade plena, sagacidade, discrição total e patriotismo comprovado.

Afora isso, quem servia em cargos públicos deveria estar aposentado, para que não houvesse súplicas especiais, enquanto aqueles do setor privado podiam permanecer à frente de suas corporações. Nem todos os participantes eram ricos, mas pelo menos dois do setor privado tinham uma fortuna pessoal estimada em um bilhão de dólares.

O setor privado incluía experiência em comércio, indústria, banco, finanças e ciências, enquanto o setor público abrangia estadistas, diplomatas e o alto serviço público.

No verão de 1999, havia seis membros britânicos, inclusive uma mulher, e 34 americanos, com cinco mulheres.

Pela natureza da experiência do mundo que se esperava que levassem para as discussões colegiadas, tendiam a ser de meia-idade para idosos. Poucos tinham menos de 60 anos de experiência de vida e o mais velho estava com 81 anos, ainda em plena forma.

O Conselho não fora batizado assim pela cidade britânica com esse nome, mas, sim, em homenagem ao maior presidente americano. Sua ética era encontrada nas palavras de Lincoln, de que "o governo do povo, pelo povo e para o povo jamais desapareça da face da Terra".

Reunia-se uma vez por ano, por acordo alcançado através de telefonemas que pareciam inofensivos, e num lugar de completa privacidade. Em cada caso, o anfitrião era um dos membros mais ricos, que jamais recusava a honra. Os participantes pagavam sua viagem até um ponto de encontro combinado, depois do que passavam a ser convidados do anfitrião.

No canto noroeste do estado de Wyoming há um vale conhecido apenas como Jackson Hole, o nome do primeiro caçador de peles que teve a coragem de passar o inverno ali. Limitado a oeste pelas enormes Tetons e a leste pela cordilheira Gros Ventre, o vale é fechado ao norte pelo Parque Nacional de Yellowstone. Ao sul, as montanhas convergem e o rio Snake passa entre elas num cânion de águas espumantes.

Ao norte da pequena cidade de esqui de Jackson, a rodovia 191 sobe até Moran Junction, passa pelo aeroporto e depois segue para Yellowstone. Pouco depois do aeroporto fica a aldeia de Moose, de onde parte uma estrada menor para levar os visitantes ao lago Jenny.

A oeste da rodovia, nos contrafortes das Tetons, há dois lagos: o Bradley, servido pela torrente do Garnet Canyon, e o Taggart, servido pelo Avalanche Canyon. Exceto para os excursionistas, esses lagos são inacessíveis. No terreno entre os dois lagos, limitado pelo paredão vertical de South Teton, um financista de Washington chamado Saul Nathanson construíra um rancho de férias de quarenta hectares.

Sua situação proporcionava total privacidade ao anfitrião e seus convidados. A propriedade estendia-se de um lago ao outro, com a montanha por trás. Na frente, as trilhas públicas passavam por baixo do nível do rancho, que ficava num platô.

No dia 7 de setembro, como fora combinado, os primeiros convidados chegaram a Denver, Colorado, onde foram recebidos pelo Grumman particular de Nathanson e transportados através das montanhas para o aeroporto de Jackson. Bem longe do terminal, eles embarcaram em seu helicóptero, para a viagem de cinco minutos até o rancho. O contingente britânico passara pelos procedimentos de entrada no país na Costa Leste e por isso não precisava chegar perto do terminal de Denver, podendo trocar de avião longe de olhos curiosos.

Havia vinte chalés no rancho, cada uma com dois quartos e uma sala de estar. Com o tempo quente e ensolarado, fazendo um pouco de frio só depois do anoitecer, muitos convidados preferiam se sentar na varanda diante de cada chalé.

A comida, refinada, era servida num pavilhão grande, o ponto focal do complexo. Depois das refeições, as mesas eram rearrumadas para a reunião plenária.

Todos os empregados serviam a Nathanson, com absoluta discrição, trazidos para o evento. Como segurança adicional, guardas particulares, passando-se por campistas, cercavam o rancho, nas encostas inferiores, impedindo a passagem de qualquer excursionista que tivesse saído de seu caminho.

A conferência de 1999 do Conselho de Lincoln durou cinco dias e quando terminou, ninguém mais sabia que hóspedes haviam chega do ali, passado quase uma semana e ido embora.

Em sua primeira tarde, Sir Nigel Irvine desfez as malas, tomou um banho de chuveiro, vestiu uma calça esporte e uma camisa de sarja e foi se sentar na varanda na frente do chalé que partilharia com um ex-secretário de Estado americano.

De onde estava, podia ver outros hóspedes esticando as pernas. Havia caminhadas aprazíveis entre as faias, bétulas e pinheiros, com trilhas seguindo para os lagos.

Ele avistou o ex-secretário do Exterior britânico e ex-secretário-geral da ONU, lorde Carrington, magro e vigoroso, andando com o banqueiro Charles Price, um dos mais populares e bem-sucedidos embaixadores americanos enviados para a Corte de St. James. Irvine era chefe do SIS quando Carrington estava no Foreign Office, o que o tornava seu superior. O americano de um 1,90 metro de altura pairava muito acima do colega britânico. Mais adiante, o anfitrião Saul Nathanson sentava-se num banco ao sol com um banqueiro de investimentos e ex-procurador-geral dos Estados Unidos, Elliot Richardson.

Para um lado, lorde Armstrong, ex-secretário do gabinete e chefe do serviço público civil inglês, batia na porta do chalé em que lady Thatcher ainda desfazia as malas.

Outro helicóptero aproximou-se ruidoso do campo de pouso, trazendo o ex-presidente americano George Bush, que foi recebido pelo ex-secretário de Estado Henry Kissinger. A uma das mesas perto do pavilhão central, uma garçonete de avental levou um bule de chá para outro ex-embaixador, o britânico Sir Nicholas Henderson, que partilhava a mesa e o chá com um banqueiro e financista de Londres, Sir Evelyn de Rothschild.

Nigel Irvine olhou sua agenda para a conferência de cinco dias. Não haveria nada naquela noite. No dia seguinte, os membros se dividiriam, como sempre, em três comitês: geopolítico, estratégico e econômico. Esses comitês teriam encontros separados por dois dias. O terceiro seria dedicado a ouvir os resultados de suas deliberações, com debates a respeito. O Dia Quatro seria para as sessões plenárias. Fora-lhe reservada uma hora, a seu pedido, quase ao final desse dia. O último dia estaria reservado para a Ação Adicional e Recomendações.

Nas densas florestas ao longo das encostas das Tetons, um alce macho solitário, sentindo se aproximar o momento do cio, soltou um berro por uma companheira. Com suas asas de pontas pretas, uma águia-pescadora voou sobre o Snake, gritando enraivecida porque uma águia-careca invadira seu território de pesca. Era um lugar idílico, pensou o velho espião, arruinado apenas pelo demônio sinistro do documento tirado de uma mesa na Rússia e que viera acabar em suas mãos.

Viena, junho de 1990

Em dezembro do ano anterior ficou defasado o trabalho de Ames em operações externas na Divisão Soviética. Mais uma vez, ele estava sem função definida, tão longe quanto sempre dos arquivos 301.

Mas logo Ames obteve seu terceiro cargo desde que voltara de Roma. Foi como chefe das operações tchecas. Mas não tinha autorização para os códigos de acesso de computador à essência secreta dos arquivos 301, a seção que continha as descrições dos agentes que trabalhavam para a CIA dentro do bloco soviético.

Ames protestou junto a Mulgrew. Era irracional, argumentou ele. Afinal, já chefiara toda a operação de contraespionagem para aquela mesma seção. Além disso, precisava conferir os agentes da CIA que, embora russos, haviam operado na Tchecoslováquia em suas carreiras. Mulgrew prometeu que ajudaria, se pudesse.

Em maio, Mulgrew deu a seu amigo o código de acesso. Daquele momento em diante, de sua mesa na Seção Tcheca, Ames pôde vasculhar os arquivos, até encontrar o que procurava, "Monk - Agentes".

Em junho de 1990, Ames voou até Viena para outro encontro com "Vlad", também conhecido como coronel Vladimir Mechulayev. Desde seu retorno a Washington, fora considerado inseguro que voltasse a se encontrar com diplomatas soviéticos nos Estados Unidos, por causa do perigo de vigilância do FBI. Portanto, o encontro foi marcado em Viena.

Ele ficou tão embriagado na reunião que confundiu o local do novo encontro, em outubro, também marcado para Viena; em vez disso, voou para Zurique.

Mas, em junho, Ames permaneceu sóbrio por tempo suficiente para se apoderar de uma vultosa quantia e deixar Mechulayev extasiado. Levou-lhe três descrições.

Uma era de um coronel do exército, provavelmente do GRU, agora no Ministério da Defesa em Moscou, mas recrutado no Oriente Médio, ao final de 1985. Outra era de um cientista que vivia numa cidade fechada de alta segurança, mas fora recrutado na Califórnia. O terceiro era um coronel da KGB, recrutado fora da União Soviética, atuando nos últimos seis anos, agora dentro do bloco soviético, mas não na União Soviética, que falava espanhol.

Três dias depois, no quartel-general da Primeira Diretoria, em Yazenevo, a caçada começou.

– Não estão ouvindo a voz do vento noturno, meus irmãos e irmãs? Não ouvem o chamado dela? Vocês, seus filhos, não ouvem a voz de nossa amada Mãe Rússia? Mas eu posso ouvi-la, meus amigos. Ouço seus suspiros pelas florestas, ouço seus soluços pela neve. "Por que fazem isso comigo?", indagou ela. "Já não fui bastante traída?

Já não sangrei bastante por vocês? Já não sofri tanto que não devem fazer isso comigo? Por que me vendem como uma prostituta às mãos de estrangeiros e estranhos, que se lançam sobre meu corpo dolorido como corvos...?"

A tela erguida na extremidade do pavilhão central, o principal centro de conferência do rancho, era a maior disponível. O projetor estava no fundo do salão.

Quarenta pares de olhos fixavam-se na imagem do homem falando num comício em Tukhovo, no início daquele verão; enquanto a sonora oratória russa subia e descia, a voz do intérprete, incluída na trilha sonora, constituindo um contido contraponto.

– É verdade, meus irmãos, é verdade, minhas irmãs, todos nós podemos ouvi-la. Os homens de Moscou com seus casacos de pele e suas amantes não podem ouvi-la. Os estrangeiros e criminosos sórdidos que se banqueteiam com seu corpo não podem ouvi-la. Mas nós podemos ouvir nossa mãe, chamando-nos em sua dor, pois somos o povo da Grande Terra.

O jovem cineasta Litvinov fizera um trabalho brilhante. Inserira no filme cortes patéticos: uma jovem mãe loura com o bebê ao seio, olhando para o pódio com uma expressão de adoração; um soldado de incrível beleza com lágrimas escorrendo pelas faces; um velho camponês muito enrugado, a foice no ombro, o preço dos anos de trabalho árduo estampado no rosto.

Ninguém podia saber que os cortes haviam sido filmados em separado, com o uso de atores. Não que a multidão fosse forjada; outras cenas, filmadas de uma elevação, mostravam dez mil partidários, flanqueados por partidários uniformizados dos Jovens Combatentes.

Igor Komarov baixou a voz de um rugido para um tom pouco acima de um sussurro, mas os microfones o captaram e espalharam pelo estádio.

– Ninguém virá? Ninguém vai se adiantar para dizer: "Já chega, não vai mais acontecer!" Paciência, meus irmãos da Rússia, esperem um pouco mais, filhas da *rodina*...

A voz tornou a se elevar, subindo pelas escalas de um murmúrio para um grito.

– Pois eu estou indo, querida Mãe, isso mesmo, eu, Igor, seu filho, estou indo...

A palavra final quase se perdeu, enquanto os presentes se lançavam em uníssono ao coro estimulado: KO-MA-ROV; KO-MA-ROV.

O projetor foi desligado e a imagem sumiu. Houve uma pausa e depois um suspiro coletivo.

Enquanto as luzes se acendiam, Nigel Irvine encaminhou-se para a cabeceira da longa mesa retangular de pinho do Wyon Ming.

– Creio que todos já conhecem o homem que acabaram de assistir – disse ele. – Era Igor Viktorovich Komarov, líder da União das Forças Patrióticas, o partido com mais probabilidades de ganhar as eleições em janeiro e projetar o Sr. Komarov para a presidência. Como puderam observar, ele é um orador de excepcional poder e veemência, é óbvio que possui um intenso carisma.

Irvine fez uma pausa.

– Também sabem que na Rússia oitenta por cento do poder já se concentram nas mãos do presidente. Desde os tempos de Yeltsin que os controles sobre esse poder, como os que existem em nossas sociedades, foram abolidos. Um presidente russo hoje pode governar mais ou menos como quiser, tem condições de promover por decreto qualquer lei que desejar. Isso pode muito bem incluir a restauração do Estado unipartidário.

– Na situação em que eles se encontram, seria uma ideia tão ruim assim? – indagou uma ex-embaixadora americana na ONU.

– Talvez não, madame – respondeu Irvine. – Mas não solicitei essa apresentação para discutir o possível curso dos acontecimentos depois da eleição de Igor Komarov, mas, sim, para expor ao Conselho o que creio ser uma prova concreta da natureza que esse curso terá. Eu trouxe da Inglaterra dois relatórios e aqui no Wyoming, usando a copiadora do escritório, tirei 39 cópias de cada um.

– Já estava me perguntando por que precisava pedir tanto papel – comentou o anfitrião, Saul Nathanson, com um sorriso.

– Lamento ter gastado sua máquina, Saul. Seja como for, eu não queria carregar quarenta cópias de cada documento através do Atlântico. Não pedirei que os leiam agora. É melhor pegarem suas cópias e lerem em privacidade. Por favor, leiam primeiro o relatório com a indicação de "Confirmação" e depois o Manifesto Negro.

Irvine fez outra pausa.

– Antes de terminar, devo dizer que três homens já morreram por causa do texto que lerão esta noite. Ambos os documentos são confidenciais e devo pedir que sejam devolvidos para que sejam destruídos queimados antes de minha partida do rancho.

Toda frivolidade se desvaneceu enquanto os membros do Conselho de Lincoln pegavam suas cópias e se retiravam para seus quartos. Para espanto dos empregados, ninguém apareceu para o jantar. As refeições foram pedidas e servidas nas cabanas.

Langley, agosto de 1990

As notícias das estações da CIA dentro do bloco soviético eram ruins e se tornavam cada vez piores. Em julho já era evidente que alguma coisa acontecera com Órion, o caçador.

Na semana anterior ele não aparecera para um contato de esbarrão de rotina, o que nunca deixara de fazer antes.

Um contato de esbarrão é um artifício simples que normalmente não compromete ninguém. Em determinado momento, por acordo prévio, uma das partes desce por uma rua. A pessoa pode ou não estar sendo seguida. De repente, sem qualquer aviso, deixa a calçada e entra pela porta de um café ou restaurante. Pouco antes de sua entrada, o outro homem pagou sua conta e se levantou, agora se encaminha para a porta. Sem qualquer contato visual, esbarram um no outro. Certa mão larga um pacote não maior que uma caixa de fósforos no bolso lateral do outro. Ambos continuam em seu caminho, um entrando, outro saindo. Se há uma "sombra", quando os seguidores passam pela porta já não há mais nada que possam ver.

Além disso, o coronel Solomin não comparecera a dois pontos de correspondência, apesar das marcas de giz indicando que havia algo para ele ali.

A única inferência era a de que Órion se desligara ou fora desligado por alguém. Mais uma vez, o procedimento de emergência de sinal de vida não fora empregado. Fora súbito e inesperado o que acontecera, sem qualquer aviso. Infarto, acidente de carro ou prisão.

De Berlim Ocidental veio a notícia de que Pégaso não enviara a carta mensal regular para a casa segura na Alemanha Oriental. Nem aparecera qualquer anúncio na revista russa de criadores de cachorros.

Com a crescente possibilidade do professor Blinov realizar viagens internas pela Rússia, longe de Arzamas-16, Monk sugerira que ele enviasse uma carta completamente inofensiva, uma vez por mês, para um endereço postal em Berlim Oriental. Não precisava ter qualquer escrita secreta, apenas a assinatura, Yuri. Ele podia largar a carta em qualquer caixa de correio fora do complexo fechado em que vivia e trabalhava e nunca descobririam que fora ele o remetente, mesmo que interceptassem a carta.

Com o Muro de Berlim derrubado, a velha manobra para contrabandear a carta até o Ocidente não era mais necessária. Além disso, Blinov fora aconselhado a comprar um casal de *cockers spaniels,* o que fora aprovado em Arzamas-16. O que podia ser mais inofensivo para um acadêmico viúvo do que criar cachorros? Todos os meses, com perfeita justificativa, ele podia enviar um pequeno anúncio para o semanário de criadores de cachorros em Moscou, avisando que havia filhotes à venda, desmamados, recém-nascidos ou esperados. O anúncio mensal habitual não aparecera.

Monk não sabia mais o que fazer. Queixou-se aos escalões superiores de que havia alguma coisa errada, mas lhe disseram que não esperara pelo tempo suficiente antes de exibir sinais de pânico. Deveria ser paciente, pois o contato sem dúvida seria restabelecido. Mas ele não podia ser paciente. Começou a despachar memorandos em que dizia estar convencido de que havia um vazamento em Langley.

Dois homens que o levariam a sério, Carey Jordan e Gus Hathaway, haviam se aposentado. O novo regime, quase todo importado desde o inverno de 1985, apenas se irritou. Em outra parte da estrutura, a caçada pelo inimigo infiltrado, datando da primavera de 1986, ainda se arrastava.

– ACHO DIFÍCIL ACREDITAR – comentou um ex-procurador-geral dos Estados Unidos, quando a sessão plenária foi aberta, depois do desjejum.

– Meu problema é que acho difícil não acreditar – disse James Baker, o secretário de Estado. – Estes documentos foram encaminhados a nossos dois governos, Nigel?

– Foram, sim.

– E eles não vão fazer nada?

Os outros 39 membros, agrupados ao redor da mesa de reunião, olhavam para o antigo espião, como se procurassem uma garantia de que aquilo era apenas um pesadelo, uma fantasia sinistra, que desapareceria de alguma forma.

– A conclusão é de que, oficialmente, nada se pode fazer – explicou Irvine. – Metade do que está no Manifesto Negro pode muito bem ser o consenso de uma grande parte do povo russo. E o Ocidente não deveria estar de posse do documento. Komarov o denunciaria como uma falsificação. O efeito poderia ser até o de fortalecê-lo.

Houve um momento de silêncio sombrio.

– Posso dizer uma coisa? – interveio Saul Nathanson. – Não como anfitrião, mas como um membro comum... há oito anos, eu tinha um filho. Ele morreu na Guerra do Golfo.

Houve uma série de acenos de cabeça solenes ao redor da mesa. Doze dos presentes haviam desempenhado papéis eminentes na criação da coalizão multinacional que lutara na Guerra do Golfo. Do outro lado da mesa, o general Colin Powell olhava para o financista. Por causa da eminência do pai, ele recebera pessoalmente a notícia de que o tenente Tim Nathanson, da força aérea americana, fora abatido nos momentos finais do combate.

– Se houve algum conforto nessa perda – acrescentou Nathanson –, foi o de saber que ele morreu lutando contra algo realmente maligno.

Ele fez uma pausa, procurando por palavras.

– Já tenho idade suficiente para acreditar no conceito do mal. E na noção de que o mal pode, às vezes, ser personificado numa pessoa. Eu não tinha idade suficiente para lutar na Segunda Guerra Mundial. Estava com 8 anos quando terminou. Sei que alguns dos presentes estiveram nessa guerra. Eu só soube das coisas mais tarde. Creio que Adolf Hitler era o mal e o que ele fazia, também.

O silêncio era profundo. Estadistas, políticos, industriais, banqueiros, financistas, diplomatas e administradores estão acostumados a tratar dos aspectos práticos da vida. Compreendiam que escutavam agora uma declaração pessoal. Saul Nathanson inclinou-se para a frente e bateu com os dedos no Manifesto Negro.

– Este documento representa o mal, o homem que o escreveu é a personificação do mal. Não vejo como podemos cruzar os braços e deixar que aconteça de novo.

Nada rompia o silêncio do salão. Todos sabiam que ele se referia a um segundo Holocausto, não apenas contra os judeus da Rússia, mas também contra muitas outras minorias étnicas. O silêncio foi rompido pela mulher que fora a única primeira-ministra da Inglaterra.

– Concordo. Este não é o momento para vacilar.

Três dos presentes levaram a mão à boca. A última vez em que ela usara essa frase fora num apartamento em Aspen, Colorado, no dia seguinte à invasão do Kuwait por Saddam Hussein. George Bush, James Baker e Colin Powell haviam participado dessa reunião. Aos 73 anos, ela ainda era capaz de ser bastante objetiva e determinada.

Ralph Brooke, que comandava a gigantesca Intercontinental Telecommunications Corporation, conhecida em todas as bolsas de valores do mundo como InTelCor, inclinou-se para a frente.

– Muito bem. O que podemos fazer?

– Em termos diplomáticos... informar todos os governos da OTAN e recomendar que protestem – disse um ex-diplomata.

– Neste caso, Komarov denunciaria o manifesto como uma grosseira falsificação e grande parte da Rússia acreditaria nele – respondeu outro. – Não há nada de novo na xenofobia dos russos.

Foi a vez de James Baker se inclinar para a frente e olhar para o lado, dirigindo-se a Nigel Irvine:

– Você trouxe este terrível documento. O que aconselha?

– Não defendo nada – respondeu Irvine. – Mas ofereço uma sugestão. Se o Conselho sancionasse... não efetuasse, apenas sancionasse... uma iniciativa, teria de ser tão secreta que, independente do que venha a acontecer, nada poderia jamais afetar a reputação dos presentes.

Os outros 39 membros do Conselho sabiam muito bem do que ele estava falando. Todos já haviam participado ou testemunhado operações governamentais supostamente secretas fracassarem, para depois estourar o escândalo que atingia até a cúpula.

Uma voz rouca, com sotaque alemão, atravessou a mesa, de um ex-secretário de Estado americano:

– Nigel pode realizar uma operação tão secreta assim?

Duas vozes responderam "sim" ao mesmo tempo. Quando ele fora chefe do SIS, servira a Margaret Thatcher e a seu secretário do Exterior, lorde Carrington.

O Conselho de Lincoln nunca aprovava resoluções formais por escrito. Chegava a consensos e com base nisso, cada membro usava sua influência para promover os objetivos acertados nos corredores do poder em seus países.

Na questão do Manifesto Negro, o acordo foi apenas o de delegar a um comitê menor as considerações sobre o que poderia ser melhor nas circunstâncias. O Conselho pleno não sancionou nem condenou, nem sequer teria conhecimento de qualquer coisa que pudesse ocorrer.

Moscou, setembro de 1990

O coronel Anatoli Grishin sentava-se à mesa na sua sala na prisão de Lefortovo, contemplando os três documentos que acabara de receber. Sua mente era uma torrente de emoções variadas.

A principal era de triunfo. Ao longo do verão, o pessoal da contra-espionagem na Primeira e Segunda Diretorias havia lhe entregado os três traidores, em rápida sucessão.

Primeiro, viera o diplomata, Kruglov, descoberto por uma combinação de sua primeira secretaria em Buenos Aires e a compra de um apartamento por vinte mil rublos, pouco depois de sua volta.

Ele confessara tudo, sem hesitação, falando para os oficiais por trás da mesa e os carretéis girando do gravador. Depois de seis semanas, nada mais lhe restara a contar e fora consignado a uma das celas profundas, em que a temperatura, mesmo no verão, raramente sobe acima de 1 grau. Ali ele se sentava e tremia, aguardando seu destino. Esse destino estava contido num dos documentos em cima da mesa do coronel.

Julho trouxera para as celas o professor de física nuclear. Havia bem poucos cientistas de sua categoria que já tinham feito uma conferência na Califórnia, e a lista logo se reduziu a quatro. Uma súbita revista no apartamento de Blinov em Arzamas-16 revelara um pequeno frasco de tinta invisível, mal escondido num par de meias enroladas no armário.

Ele também confessara tudo e depressa, a mera visão de Grishin e sua equipe com os instrumentos do ofício sendo suficiente para afrouxar sua língua. Ele revelara até o endereço em Berlim Oriental para onde mandava suas cartas.

Uma batida nesse endereço entregara um coronel da Diretoria K em Berlim Oriental, mas inexplicavelmente o ocupante desse endereço escapara, atravessando a cidade recém-aberta para o lado ocidental uma hora antes da batida.

Por fim, ao final de julho, viera o soldado siberiano, descoberto por sua posição no GRU, seu posto no Ministério da Defesa, o serviço em Áden e uma vigilância intensiva, durante a qual uma batida em seu apartamento revelara que um dos filhos, procurando presentes de Natal, certa vez descobrira a pequena câmera do papai.

Pyotr Solomin fora diferente, resistira a uma dor espantosa e rosnara desafios ao longo de toda a agonia. Grishin acabara por dobrá-lo, como sempre acontecia. Fora a ameaça de mandar a esposa e os filhos para o mais rigoroso dos campos de trabalhos forçados que surtira efeito.

Cada um descrevera como fora abordado pelo sorridente americano, tão ansioso em escutar seus problemas, tão razoável em suas propostas. Isso despertou outra emoção na mente de Grishin, uma profunda raiva contra um homem esquivo que ele sabia que se chamava Jason Monk.

Não uma, nem duas, mas três vezes o filho da puta arrogante entrara na União Soviética, falara com seus espiões e saíra. Sob o nariz da KGB. Quando mais ele sabia sobre o homem, mais o odiava.

Houve verificações, é claro. A lista de passageiros do *Armênia* fora examinada de forma meticulosa, mas nenhum pseudônimo se destacara. Os tripulantes se lembravam vagamente de um americano do Texas que usava roupas típicas do tipo descrito por Solomin no encontro no jardim botânico. Era provável que Monk fosse Norman Kelson, mas não estava confirmado.

Os detetives tiveram mais sorte em Moscou. Todos os turistas americanos na capital naquele dia foram verificados, através dos registros de pedidos de vistos e grupos de excursão da Intourist. Eles acabaram se fixando no Metropol e no homem que tivera um conveniente problema de estômago que o fizera perder a excursão ao mosteiro de Zagorsk. O mesmo dia em que Monk se encontrara com o professor Blinov em Vladimir. Dr. Philip Peters, um nome que Grishin não esqueceria.

Quando os três traidores revelaram a seus interrogadores todo o volume de informações que aquele americano os persuadira a entregar, os oficiais da KGB ficaram pálidos com o choque.

O general Vladimir Kryuchkov fora promovido de chefe da Primeira Diretoria a presidente de toda a KGB. Fora ele quem pusera os três mandatos de morte na mesa de Mikhail Gorbachev naquela manhã, em seu gabinete no último andar do prédio do Comitê Central, em Novaya Ploshchad, para assinatura. Fora também ele que os despachara, devidamente assinados, para a prisão de Lefortovo, com a indicação de "imediato".

O coronel concedeu trinta minutos aos condenados no pátio dos fundos, a fim de avaliarem o que ia acontecer. A execução sumária não deixava margem para expectativas, como ele ensinava a seus discípulos. Quando ele desceu, os três homens estavam ajoelhados no cascalho do pátio de muros altos onde o sol nunca brilhava.

O diplomata foi primeiro. Parecia traumatizado, murmurando *nyet, nyet,* enquanto o sargento encostava a Makarov de 9mm em sua nuca. A um aceno de cabeça de Grishin, o sargento puxou o gatilho. Houve um clarão, uma chuva de sangue e fragmentos de osso, e Valeri Kruglov tombou para a frente, sobre o que restava de seu rosto.

O cientista, criado como um comunista ateu, estava rezando, pedindo a Deus Todo-Poderoso que recebesse sua alma. Mal pareceu notar o que aconteceu a dois metros para o lado, e também caiu como o diplomata.

O coronel Pyotr Solomin foi o último. Olhava para o céu, talvez contemplando pela última vez as florestas e águas, ricas em caça e peixes, de sua terra natal. Quando sentiu o aço frio na nuca, ergueu a mão esquerda na direção do coronel Grishin, com o dedo médio esticado e rígido.

– Fogo! – berrou Grishin, acabando com tudo.

Ele ordenou o sepultamento em covas sem identificação naquela noite, numa floresta nos arredores de Moscou. Mesmo na morte não deveria haver misericórdia. As famílias nunca teriam um lugar em que depositar suas flores.

O coronel Grishin aproximou-se do corpo do soldado siberiano, inclinou-se por cima durante vários segundos, depois empertigou-se e afastou-se.

Quando voltou à sua sala para fazer o relatório, a luz vermelha do telefone piscava. Era um colega no grupo de investigação da Segunda Diretoria.

– Achamos que estamos perto do quarto traidor – informou o homem. – A lista foi reduzida a dois. Ambos coronéis, ambos na contraespionagem, ambos em Berlim Oriental. Os dois estão sob vigilância. Mais cedo ou mais tarde teremos a nossa oportunidade. Quando isso acontecer, você quer ser informado? Quer participar da captura?

– Dê-me 12 horas, apenas 12 horas, e estarei lá – disse Grishin. – Quero este, é um caso pessoal.

Tanto o investigador quanto o interrogador sabiam que seria muito difícil dobrar um veterano oficial da contraespionagem. Depois de anos na Linha K, ele saberia como reconhecer a contraespionagem quando voltada em sua direção. Não deixaria tinta invisível em meias enroladas, não compraria apartamentos.

Nos velhos tempos, seria muito fácil. Se um homem fosse posto sob suspeita, era preso e torturado, até que uma confissão fosse extraída ou um erro comprovado. Por volta de 1990, porém, as autoridades insistiam na prova da culpa, ou pelo menos em provas substanciais antes que se pudesse recorrer ao terceiro grau. Lisandro não deixaria qualquer prova; teria de ser apanhado em flagrante. O que exigiria tempo e extremo cuidado.

Além do mais, Berlim era agora uma cidade aberta. A parte oriental ainda era, em termos técnicos, o setor soviético, mas o Muro fora derrubado. Se assustada, a presa poderia voar para fora do alçapão com a maior facilidade... bastava uma corrida em alta velocidade pelas ruas para as luzes do Ocidente e para a segurança. E depois seria tarde demais.

10

O comitê ficou restrito a cinco pessoas. Participavam o presidente do grupo geopolítico, seu equivalente no comitê estratégico e o presidente da seção de economia. Os outros dois membros eram Saul Nathanson, a seu pedido, e Nigel Irvine. Ele ficou na berlinda no início, os outros como seus interrogadores.

– Vamos deixar uma coisa bem clara de saída – disse Ralph Brooke, do comitê econômico. – Está pensando em assassinar Komarov?

– Não.

– Por que não?

– Porque quase nunca se consegue, e neste caso, mesmo que fosse possível, não resolveria o problema.

Irvine, melhor do que qualquer outro no chalé, recordava as várias tentativas da CIA, com todos os seus recursos e tecnologia, para "eliminar" Fidel Castro. Com charutos explosivos que ele se recusava a fumar, um traje de mergulho impregnado de veneno que ele não quis usar e graxa de sapato cujos vapores deveriam fazer sua barba cair; a coisa toda se tornara ridícula. A CIA acabara por recorrer à Máfia, cujos esforços foram ainda mais cômicos. O assassino designado pela Cosa Nostra, John Roselli, acabou usando botas de concreto em Florida Bay, enquanto Castro continuava a fazer seus discursos de sete horas, o que por si só já seria razão suficiente para assassiná-lo.

Charles de Gaulle sobrevivera a seis tentativas da OES, a nata das unidades francesas de combate, o rei Hussein da Jordânia, a mais do que isso, e Saddam Hussein, a atentados numerosos demais para se contar.

– Por que não pode ser feito, Nigel?

– Eu não disse que não podia. Apenas que é extremamente difícil. O homem é muito bem protegido. Seu segurança pessoal e comandante do grupo de proteção não é nenhum tolo.

– Mas mesmo que desse certo, não funcionaria?

– Não. O homem se tornaria um mártir. Outro tomaria o seu lugar e conquistaria o país. E provavelmente adotaria o mesmo programa, o legado do líder perdido.

– Então, o que podemos fazer?

– Todos os políticos estão sujeitos à desestabilização. Uma palavra americana, se não me engano.

Houve diversos sorrisos pesarosos. No passado, o Departamento de Estado e a CIA haviam procurado desestabilizar vários líderes estrangeiros de esquerda.

– O que seria necessário?

– Recursos financeiros.

– Não tem problema – interveio Saul Nathanson. – Indique a cifra.

– Obrigado. Mais tarde.

– E que mais?

– Algum apoio técnico. A maior parte adquirível. E um homem.

– Que tipo de homem?

– Um homem para entrar na Rússia e fazer certas coisas. Um homem competente.

– Essa é a sua área. Se... e eu digo se por prudência... esse homem puder ser desacreditado, seu apoio popular retirado, o que acontece depois, Nigel?

– Na verdade, esse é o principal problema. Komarov não é apenas um charlatão. É hábil, arrebatado e carismático. Compreende e corresponde aos instintos do povo russo. É um ícone.

– Um o quê?

– Um ícone. Não uma imagem religiosa, mas um símbolo. Representa alguma coisa. Todas as nações precisam de algo, uma pessoa ou um símbolo, a que possam aderir, que possa proporcionar a uma massa díspare de pessoas variadas um senso de identidade, e portanto de unidade. Sem um símbolo unificador, as pessoas resvalam para hostilidades internas. A Rússia é vasta, com muitos grupos étnicos diferentes. O comunismo foi brutal, mas proporcionou uma unidade. A unidade pela coação. O mesmo ocorreu na Iugoslávia, e quando foi removido, todos sabemos o que aconteceu. Para se alcançar a unidade por espontânea vontade, deve haver esse símbolo. Vocês têm sua Old Glory, como costumam chamar sua bandeira, nós temos nossa Coroa. No momento, Igor Komarov é o ícone dos russos e só nós sabemos como é falho.

– E qual é o plano dele?

– Como todos os demagogos, Komarov vai explorar as esperanças, desejos, amores e ódios dos russos, mas, acima de tudo, seus medos. Será assim que conquistará os corações. Com isso, obterá os votos, e com os votos, terá o poder. Pode usar esse poder para construir a máquina que executará os objetivos do Manifesto Negro.

– Mas se ele for destruído? É a volta ao caos. Até mesmo à guerra civil.

– Provavelmente. A menos que alguém pudesse introduzir na equação um outro ícone, e melhor. Um ícone que seja digno da lealdade do povo russo.

– Não existe um homem assim. Nunca existiu.

– Claro que existiu – protestou Nigel Irvine. – Há muito tempo. Era chamado de Czar de Todas as Rússias.

Langley, setembro de 1990

O coronel Turkin, agente Lisandro, enviou uma mensagem urgente e pessoal para Jason Monk. Veio num cartão-postal que mostrava o terraço aberto do Café Ópera, em Berlim Oriental. A mensagem era simples e inocente. "Espero tornar a vê-lo. Os melhores votos, José-Maria." Fora enviado para uma caixa postal segura da CIA em Bonn, e o carimbo informava que fora deixado numa caixa do correio em Berlim Ocidental.

O pessoal da CIA em Bonn não sabia quem o remetera, apenas que era para Jason Monk, que servia em Langley. Enviaram-no para lá. O fato de ter sido remetido de Berlim Ocidental nada significava. Turkin o estendera pela janela aberta de um carro com placas de Berlim Ocidental que voltava para seu setor da cidade. Murmurara "*Bitte*" para o surpreso motorista e continuara a andar. Sua "sombra" virara a esquina depois da entrega. O gentil berlinense despachara o cartão-postal.

Essas medidas fortuitas não são recomendáveis, mas coisas mais estranhas já aconteceram.

A data escrita por cima da mensagem era estranha. Estava errada. O cartão fora remetido a 8 de setembro e um alemão ou espanhol escreveria "8/9/90", com o dia primeiro, em seguida o mês e o ano. Mas a data no cartão parecia ter sido escrita ao estilo americano. Era 9/23/90. Para Jason Monk, significava o seguinte: preciso ter um encontro às nove horas da noite do dia 23 deste mês. Era para ser lida ao contrário. E a assinatura com um nome espanhol indicava que o caso era grave e urgente.

O lugar era óbvio, o terraço do Café Ópera, Berlim Oriental.

A reunificação final da cidade de Berlim deveria ocorrer no dia 3 de outubro, junto com a reunificação da Alemanha. O controle da União Soviética sobre a parte oriental cessaria por completo. A polícia de Berlim Ocidental assumiria o comando da ordem. A operação da KGB teria de se retirar para uma unidade muito menor dentro da embaixada soviética, na Unter den Linden. Uma parte da vasta equipe voltaria para Moscou. Turkin podia estar de partida também. Se ele quisesse fugir, agora era o momento, mas tinha esposa e filho em Moscou. O período letivo do outono começara pouco antes.

Havia algo que ele queria dizer, e queria dizer pessoalmente a seu amigo. Com urgência. Ao contrário de Turkin, Monk sabia do desaparecimento de Delfos, Órion e Pégaso. À medida que os dias passavam, ele se tornava mais angustiado de preocupação.

DEPOIS QUE O ÚLTIMO hóspede foi embora, com exceção de um, todas as cópias dos documentos, menos as de Sir Nigel, foram queimadas sob supervisão, até que só restavam cinzas espalhadas ao vento.

Irvine partiu com o anfitrião, grato pela carona no Grumman até Washington. Pelo sistema de telefone seguro do avião ele ligou para a área metropolitana da capital americana e marcou um almoço com um velho amigo.

Depois relaxou na confortável poltrona de couro, em frente ao anfitrião.

– Sei que não deveríamos fazer mais perguntas – disse Saul Nathanson, enquanto servia duas taças com um excelente *chardonnay* –, mas posso indagar uma coisa pessoal?

– Claro que pode, meu caro. Só não posso garantir que irei responder.

– Perguntarei assim mesmo. Veio ao Wyoming na esperança de que o Conselho sancionasse alguma espécie de ação, não é mesmo?

– Creio que sim. Mas achei que você disse tudo, melhor do que eu poderia fazer.

– Ficamos todos perplexos. De verdade. Mas havia sete judeus ao redor da mesa. Por que você se sentiu tão horrorizado?

Nigel Irvine olhou para as nuvens sob o avião. Em algum lugar lá embaixo havia vastas pradarias, com o trigo sendo colhido naquele momento. Todo aquele alimento. Ele tornou a ver outro lugar, muito longe, no passado distante; soldados britânicos vomitando ao sol, motoristas de tratores mascarados por causa do mau cheiro, empurrando pilhas de cadáveres para covas coletivas, braços esqueléticos se desprendendo de troncos, garras humanas pedindo em silêncio por comida.

– Não sei direito. Já passei por tudo isso uma vez. Não quero ver de novo. Talvez eu seja antiquado.

Nathanson riu.

– Antiquado... muito bem, um brinde a isso. Pretende ir pessoalmente à Rússia?

– Não sei como poderia evitá-lo.

– Só peço que tome cuidado, meu amigo.

– Tínhamos um ditado no serviço, Saul. Há agentes velhos e há agentes ousados, mas não há agentes velhos e ousados. Pode deixar que tomarei muito cuidado.

COMO ELE ESTAVA hospedado em Georgetown, o amigo propôs um pequeno e agradável restaurante francês chamado La Chaumière, a apenas cem metros do Four Seasons.

Irvine chegou primeiro, encontrou um banco próximo, sentou-se e esperou, um velho de cabeça prateada.

O chefe do SIS era um executivo de carreira, ao contrário do que costumava acontecer com o diretor da CIA. Por isso, quando ia a Langley, era com os seus companheiros de profissão, os vice-diretores de operações e informações, que sentia maior empatia. Partilhavam um vínculo comum que nem sempre era possível com o designado político da Casa Branca.

Um táxi parou e um americano de cabeça branca, mais ou menos da mesma idade, saltou e pagou a corrida. Irvine atravessou a rua e bateu no ombro dele.

– Há muito tempo que não nos vemos. Como tem passado, Carey?

O rosto de Carey Jordan se abriu num sorriso.

– Nigel, o que está fazendo aqui? E por que o almoço?

– Está se queixando?

– Claro que não. É um prazer tornar a vê-lo.

– Eu lhe contarei tudo lá dentro.

Haviam chegado mais cedo e a multidão do almoço ainda não aparecera. O garçom perguntou se queriam uma mesa de fumantes ou de não fumantes. Fumantes, respondeu Jordan. Irvine alteou uma sobrancelha. Nenhum dos dois fumava.

Mas Jordan sabia o que estava fazendo. Em Georgetown, um lugar politicamente correto, foram conduzidos a um reservado no fundo do restaurante, onde poderiam conversar sem ser ouvidos.

O garçom trouxe os cardápios e a carta de vinhos. Os dois escolheram uma entrada e pediram o prato principal em seguida. Irvine correu os olhos pela lista de *bordeaux* e encontrou um excelente Beychevelle. O garçom ficou radiante, não era barato e se encontrava na casa há algum tempo. Ele voltou em poucos minutos, mostrou o rótulo, recebeu um aceno de cabeça, tirou a rolha e deixou o vinho respirar.

– O que o traz a este lugarejo remoto? – indagou Carey Jordan, assim que ficaram a sós. – Nostalgia?

– Não exatamente. Um problema, penso eu.

– Algo a ver com os altos e poderosos com os quais andou conversando lá no Wyoming?

– Ah, Carey, meu caro Carey, nunca deveriam tê-lo dispensado.

– Sei disso. Qual é o problema?

– Há uma coisa séria e terrível acontecendo na Rússia.

– Qual é a novidade?

– Esta. E pior do que o habitual. As agências oficiais dos nossos países foram alertadas para não se envolverem.

– Por quê?

– Timidez oficial, eu diria.

Jordan soltou um grunhido.

– Como eu disse, qual é a novidade?

– Mas... seja como for... a opinião na semana passada era a de que talvez alguém devesse ir até lá para dar uma olhada.

– Alguém? Apesar do aviso para não se envolverem?

– Essa é a ideia.

– Mas por que me procurou? Estou fora. Há 12 anos.

– Ainda fala com Langley?

– Ninguém mais fala com Langley.

– Por isso é que procurei você. O fato é que preciso de um homem que possa ir até a Rússia. Sem atrair atenções.

– Ir no escuro?

– Infelizmente, não há outro jeito.

– Contra o FSB?

Quando Gorbachev, pouco antes de sua queda, dissolvera a KGB, a Primeira Diretoria fora rebatizada de SVR, continuando a operar como antes de seu quartel-general em Yazenevo; a Segunda Diretoria, cuidando da segurança interna, era agora o FSB.

– Provavelmente pior do que isso.

Carey Jordan comeu seu arenque frito, pensou um pouco, sacudiu a cabeça.

– Não, ele não iria. Nunca mais.

– Quem não iria?

– O cara em quem eu pensei. Também de fora, como eu. Mas não tão velho. Ele era bom. Nervos frios, muito inteligente, um agente natural. Foi dispensado há cinco anos.

– Ainda está vivo?

– Pelo que sei, sim. Ei, este vinho é ótimo! Não é sempre que tomo um vinho assim.

Irvine tornou a encher as taças.

– Qual é o nome desse sujeito que não iria?

– Monk... Jason Monk. Falava russo como um nativo. O melhor controlador de agentes que já tive.

– Mesmo que ele não vá, fale-me de Jason Monk.

Foi o que fez o antigo VDO.

Berlim oriental, setembro de 1990

Era um fim de tarde quente no outono e o terraço do café estava apinhado. O coronel Turkin, num terno claro, de tecido e corte alemão, não atraiu qualquer atenção quando se sentou a uma pequena mesa, perto da calçada, desocupada um instante antes por um casal de namorados adolescentes.

Depois que o garçom limpou a mesa, ele pediu um café, abriu um jornal alemão e começou a ler.

Como ele passara sua carreira na contraespionagem, com sua ênfase na vigilância, era considerado especialista em contravigilância. Por isso, os vigilantes da KGB mantinham-se a distância. Mas lá estavam, um homem e uma mulher, sentados num banco no outro lado da praça da Ópera, jovens e despreocupados, ambos com fones de *walkman* nos ouvidos.

Podiam se comunicar com os dois carros estacionados logo depois da esquina, transmitindo suas observações e recebendo instruções. Nos dois carros estava a equipe de sequestro, pois a ordem de prisão finalmente fora dada.

Duas informações finais inclinaram a balança contra Turkin. Ames dissera, em sua descrição, que Lisandro tinha sido recrutado fora da União Soviética e falava espanhol. Só a língua já dava ao serviço de investigação toda a América Latina e mais a Espanha na caçada pelos registros. O outro candidato, como fora confirmado pouco antes, chegara a seu primeiro posto sul-americano, no Equador, cinco anos atrás. Mas Ames dissera que o recrutamento de Lisandro ocorrera há seis anos.

A segunda e definitiva informação derivara da brilhante ideia de verificar todos os registros telefônicos do quartel-general da KGB em Berlim Oriental na noite da batida frustrada no apartamento que recebia a correspondência para a CIA, cujo ocupante escapara uma hora antes.

Os registros indicaram uma ligação do telefone público no saguão do prédio para o número do apartamento. O outro suspeito se encontrava em Potsdam naquela noite e o chefe da batida frustrada fora o coronel Turkin.

A prisão formal já teria sido efetuada se não tivessem de esperar pela chegada de um oficial superior que vinha de Moscou. Ele insistira em estar presente na hora da prisão, queria escoltar pessoalmente o suspeito na volta para a União Soviética. Mas de repente o suspeito deixara o escritório, a pé, e os vigilantes não tiveram opção a não ser segui-lo.

Um engraxate marroquino-espanhol foi andando pela calçada do café, gesticulando para as pessoas nas mesas próximas, querendo limpar seus sapatos. Recebeu uma sucessão de acenos de cabeça negativos. Os berlinenses orientais não estavam acostumados a ver engraxates itinerantes em seus cafés e a maioria dos berlinenses ocidentais achava que havia imigrantes demais do Terceiro Mundo infestando sua rica cidade.

Mas o engraxate acabou encontrando um freguês, sentou-se em seu banquinho e inclinou-se para aplicar uma camada de graxa preta nos sapatos de cordão. Um garçom aproximou-se para afugentá-lo.

– Agora que ele começou, é melhor deixá-lo acabar – disse o freguês, com um sotaque alemão.

O garçom deu de ombros e afastou-se.

– Já faz muito tempo, Kolya – disse o engraxate, em espanhol. – Como tem passado?

O russo inclinou-se para a frente, a fim de indicar onde queria mais graxa.

– Não muito bem. Creio que há problemas.

– Conte tudo.

– Há dois meses tive de dar uma batida num apartamento aqui. Denunciado como uma caixa postal para a CIA. Consegui dar um telefonema e o homem teve tempo de escapar. Mas como eles souberam? Alguém... andou falando?

– É possível. Por que pensa assim?

– Há mais, ainda pior. Há duas semanas, pouco antes do meu cartão-postal, um oficial veio de Moscou. Sei que ele trabalha em Análise. Sua esposa é alemã oriental, vieram em visita. Houve uma festa, ele se embriagou. Gabou-se de que houve prisões em Moscou. Alguém no Ministério da Defesa, outro no Ministério do Exterior.

Para Monk, a informação foi como um chute na cara dado por aquele sapato em que aplicava o lustro final.

– Alguém à mesa comentou que eles deviam ter uma boa fonte no campo inimigo. – O homem bateu no lado do nariz e piscou.

– Você tem de sair, Kolya. Agora, esta noite.

– Não posso deixar Ludmila e Yuri. Eles estão em Moscou.

– Então traga-os para cá, meu amigo. Qualquer desculpa no mundo serve. Este lugar só será território soviético por mais dez dias. E depois se torna alemão ocidental. Eles não poderão mais viajar para cá.

– Tem toda razão. Passaremos todos, daqui a dez dias, a viver como uma família. Você cuidará de nós?

– Pessoalmente. Não demore.

O russo entregou ao marroquino um punhado de marcos alemães orientais, que poderiam ser guardados por mais dez dias, e depois teriam de ser trocados pelos valiosos *Deutschmarks*. O engraxate ergueu-se, acenou com a cabeça em agradecimento e afastou-se.

Os dois agentes no outro lado da praça ouviram uma voz em seus ouvidos:

– Estamos prontos. A prisão será efetuada agora.

Os dois Tatras tchecos cinzentos contornaram a esquina para entrar na praça da Ópera, foram parar ao lado do café. Do primeiro, saltaram três homens para a calçada, empurrando dois pedestres e agarrando um dos fregueses no café. Outros dois homens saíram do segundo carro e mantiveram a porta traseira aberta, montando guarda.

Soaram vários gritos de alarme dos outros fregueses, enquanto o homem de terno claro era arrastado para o banco traseiro do segundo carro. A porta foi batida e o veículo arrancou, os pneus rangendo. O pelotão de sequestro embarcou no primeiro carro e foi atrás. Toda a operação durou sete segundos.

Ao final do quarteirão, com uma distância de cem metros, Jason Monk assistiu a tudo, impotente.

– O QUE ACONTECEU depois de Berlim? – perguntou Sir Nigel Irvine.

Alguns clientes recolhiam seus cartões de crédito e partiam, de volta ao trabalho ou ao lazer. O inglês levantou a garrafa de Beychevelle, verificou que não restava mais nada e gesticulou para que o garçom trouxesse outra.

– Está tentando me embriagar, Nigel? – indagou Jordan, com um sorriso irônico.

– Claro que não. Receio que já estejamos bastante velhos e feios para tomarmos nosso vinho como cavalheiros.

– Tem razão. De qualquer forma, não é com frequência que me oferecem Château Beychevelle hoje em dia.

O garçom trouxe a nova garrafa, recebeu um aceno de cabeça de Sir Nigel e tirou a rolha.

– A que vamos brindar? Ao Grande Jogo? – Uma pausa e Jordan acrescentou, amargo: – Ou à Grande Sordidez?

– Não. Aos velhos tempos. E à lucidez. Acho que é disso que sinto mais falta, o que os jovens deixaram de ter. A absoluta lucidez moral.

– Beberei a isso. Muito bem, estávamos em Berlim. Monk voltou mais furioso do que um leão da montanha com o rabo em fogo. Eu não estava mais lá, mas ainda falava com gente como Milt Bearden. Afinal, éramos amigos há muito tempo. Foi assim que soube de toda a história.

Jordan fez uma pausa.

- Monk circulou pelo prédio dizendo a quem quisesse escutar que havia um traidor infiltrado num alto posto na Divisão Soviética. Naturalmente, não era isso o que eles queriam ouvir. Ponha no papel, disseram. E foi o que ele fez. Um documento terrível. Acusava quase que todo mundo de incompetência absoluta.

Ele tomou um gole do vinho.

- Milt Bearden conseguiu finalmente tirar Ames da Divisão Soviética. Mas o cara era como sanguessuga. Nesse ínterim, o diretor formara um novo centro de contraespionagem. Englobava o Grupo de Análise, que incluía a seção soviética. Precisava de um agente que tivesse passado pela diretoria de operações; Mulgrew propôs Ames e conseguiu sua designação. Pode adivinhar a quem Monk teve de apresentar seu protesto. Ao próprio Aldrich Ames.

- Deve ter sido um choque e tanto para o sistema - murmurou Irvine.

- Dizem que o diabo cuida dos seus, Nigel. Do ponto de vista de Ames, era a melhor coisa possível, poder controlar Monk. Podia jogar o relatório no lixo e foi o que fez. Na verdade, ele foi além. Acusou Monk de alarmismo sem fundamento. "Onde estavam as provas de tudo aquilo?", indagou ele. O resultado foi um inquérito interno. Não sobre a existência de um traidor, mas sobre Jason Monk.

- Uma espécie de corte marcial?

Carey Jordan confirmou com um aceno de cabeça, a expressão amargurada.

- Isso mesmo. Eu teria falado em defesa de Jason, mas não era bem-visto na ocasião. O inquérito foi presidido por Ken Mulgrew. E a conclusão foi de que Monk inventara a reunião em Berlim para tentar promover uma carreira em declínio.

- Foi muita habilidade deles.

- É verdade. Mas a diretoria de operações era então controlada por burocratas, com exceção de uns poucos velhos guerreiros, esperando a aposentadoria. Depois de quarenta anos, finalmente vencêramos a Guerra Fria, o império soviético desmoronava. Deveria ser um período de exultação, mas foi marcado por brigas e excesso de burocracia.

– E o que aconteceu com Monk?

– Quase o despediram. Em vez disso, preferiram rebaixá-lo. Deram-lhe um cargo sem a menor importância nos arquivos ou algo parecido. Sepultaram-no. Não deveria aparecer. Seria melhor se Monk fosse embora, pedisse a aposentadoria e tivesse sumido com sua pensão. Mas ele sempre foi um sacana obstinado. Persistiu, convencido de que um dia ficaria provado que estava certo. Apodreceu naquele cargo por três longos anos. E acabou conseguindo.

– Provar que está certo?

– Isso mesmo. Mas já era tarde demais.

Moscou, janeiro de 1991

O coronel Anatoli Grishin deixou a sala de interrogatório e retirou-se para sua sala numa fúria sinistra.

O conselho de oficiais que promovera o interrogatório estava convencido de que obtivera todas as informações. Não haveria mais sessões do comitê Monakh. Tudo fora gravado, a história inteira, desde o menino adoecendo em Nairóbi em 1983 até o sequestro no Café Ópera, em setembro do ano anterior.

De alguma forma, os homens da Primeira Diretoria sabiam que Monk caíra em desgraça entre sua própria gente: fora rebaixado, liquidado. Isso só podia significar que ele não tinha mais agentes. O total fora de quatro, mas que quatro! Agora, só restava um vivo, mas não por muito tempo, Grishin tinha certeza.

O comitê Monakh acabara, fora dissolvido. Realizara seu trabalho. Deveria ser um momento de triunfo. Mas a raiva de Grishin derivava de alguma coisa que surgira na última sessão.

Cem metros. Apenas cem metros... O relatório da equipe de vigilantes fora categórico. Em seu último dia de liberdade, Nikolai Turkin não fizera qualquer contato com agentes inimigos. Passara o dia dentro do QG, comera na cantina e depois saíra inesperadamente, fora seguido até um café, onde engraxara os sapatos e tomara um café.

Fora o próprio Turkin quem deixara escapar. Os dois vigilantes no outro lado da praça haviam visto o engraxate terminar seu trabalho e se afastar. Segundos depois, os carros da KGB, com Grishin ao lado do motorista do primeiro, dobraram a esquina. Naquele momento, ele estivera a apenas cem metros de Jason Monk, em território ainda sob o controle soviético.

Na sala de interrogatório, todos os olhos dos membros de conselho se viraram para ele. Comandara o sequestro, pareciam dizer, e perdera o maior dos prêmios.

Haveria dor, é claro. Não como persuasão, mas como punição. Isso ele jurou. Mas depois foi indeferido. O general Boyarm comunicou-lhe pessoalmente que o diretor-geral da KGB queria uma execução rápida; tinha medo de que a sentença de morte, naqueles tempos de rápidas mudanças, fosse negada. O pedido seria levado ao presidente naquela noite e a execução deveria ocorrer na manhã seguinte.

Os tempos estavam mesmo mudando, com uma rapidez desconcertante. Seus serviços sofriam acusações por todos os lados da ralé na imprensa recém-liberada, uma ralé com a qual ele saberia lidar muito bem.

O que ele não sabia então era que, em agosto, o diretor-geral da KGB, general Kryuchkov, lideraria um golpe de Estado contra Gorbachev, que fracassaria. Em vingança, Gorbachev dissolveria a KGB em pequenos fragmentos; e que a própria União Soviética sofreria o colapso final em dezembro.

Enquanto Grishin sentava-se em sua sala naquele dia em janeiro e se remoía, o general Kryuchkov apresentava a ordem de execução do coronel Turkin, ex-oficial da KGB, ao presidente soviético. Gorbachev pegou a caneta, hesitou, tornou a largá-la.

Em agosto do ano anterior, Saddam Hussein invadira o Kuwait. Agora, os jatos americanos arrasavam o Iraque. Uma invasão por terra era iminente. Vários estadistas do mundo procuravam interferir, oferecendo-se como mediadores internacionais da paz. Era um papel tentador. Um desses estadistas era Mikhail Gorbachev.

– Sei o que esse homem fez e concordo que ele deva morrer – comentou o presidente.

– É a lei – declarou Kryuchkov.

– Tem razão, mas neste momento... acho que seria desaconselhável.

Ele tomou uma decisão e devolveu a ordem de execução, sem assiná-la.

– Tenho o direito de exercer clemência e é o que faço. Sete anos de trabalhos forçados.

O general Kryuchkov se retirou num acesso de fúria. Aquele tipo de degeneração não poderia continuar, ele jurou. Mais cedo ou mais tarde, ele e outros que pensavam da mesma forma teriam de agir.

Para Grishin, essa notícia foi o último golpe de um dia miserável. Tudo o que podia fazer agora era garantir que o campo de escravos para onde Turkin seria enviado fosse de um tipo e um regime a que ele não pudesse sobreviver.

No início dos anos 1980, os campos de presos políticos foram transferidos da Moldávia, muito acessível, mais para o norte, na região em torno de Perm, a cidade natal de Grishin. Havia uma dúzia espalhados em torno da cidadezinha de Vsesvyatskoye. Os mais conhecidos eram os buracos do inferno de Perm-35, Perm-36 e Perm-37.

Mas havia um campo muito especial reservado para os traidores. Nizhni Tagil era um lugar que causava calafrios até mesmo entre os membros da KGB.

Por mais rigorosos que fossem os guardas, no entanto, viviam fora do campo. Suas brutalidades só podiam ser esporádicas e institucionais: a redução de rações, o aumento do trabalho. Para se ter certeza de que os criminosos "educados" convivessem em caráter permanente com os fatos reais da vida, eram misturados em Nizhni Tagil com a escória dos mais violentos dos *zeki* em todos os campos.

Grishin providenciou para que Turkin fosse enviado para Nizhni Tagil, e sob o subtítulo de "regime" no formulário ele escreveu: especial – ultrarrigoroso.

– MAS CREIO QUE VOCÊ conhece o final dessa saga desagradável – disse Carey Jordan, suspirando.

– A maior parte. Mas lembre-me. – Ele ergueu a mão para o garçom pairando por perto. – Dois *espressos*, por favor.

– Em 1993, o FBI finalmente assumiu a busca de oito anos ao traidor. Alegaram mais tarde que esclareceram tudo em 18 meses, mas muito trabalho de eliminação já fora realizado, embora devagar.

"Para dar crédito, os federais fizeram o que nós deveríamos ter feito. Não se preocuparam com os direitos civis e obtiveram ordens judiciais secretas para examinar os registros bancários dos poucos suspeitos restantes. Obrigaram os bancos a revelar tudo. E deu resultado. Descobriram que Aldrich era um milionário em dólares, e isso sem as contas suíças encontradas mais tarde. Quando se verificou que era falsa sua desculpa de que a esposa era rica na Colômbia, os federais o submeteram a uma vigilância total.

"Examinavam seu lixo doméstico, entraram na casa quando não havia ninguém e verificaram o computador. Estava tudo ali, ou pelo menos o suficiente para incriminá-lo. Cartas para a KGB, registros de enormes pagamentos, detalhes de pontos de correspondência na área de Washington.

"No dia 21 de fevereiro de 1994... será que sempre me lembrarei dessa data, Nigel?... prenderam Ames, a poucos quarteirões de sua mansão em Arlington. Depois disso, tudo veio à luz.

– Você soube antes?

– Não. Acho que o FBI foi hábil ao não me contar. Se eu soubesse na ocasião o que sei agora, acho que teria chegado lá antes deles e o matado com minhas próprias mãos. Iria para a cadeira elétrica como um homem feliz.

O velho VDO olhou através do restaurante, mas contemplava uma lista de rostos e nomes, todos há muito desaparecidos.

– Quarenta e cinco operações arruinadas, 22 homens traídos... 18 russos e quatro dos satélites. Quatorze foram executados. E tudo porque aquele pervertido, um assassino em série por procuração, queria ter uma casa grande e um Jaguar.

Nigel Irvine não queria se intrometer na dor particular, mas murmurou:

– Vocês mesmos deveriam ter feito isso, internamente.

– Eu sei, eu sei. Todos sabemos agora. Deveríamos ter investigado as finanças dos suspeitos, e que se danassem os direitos civis. Mesmo na primavera de 1986, Ames já recebera mais de 250 mil dólares, depositara num banco local. Deveríamos ter submetido os 41 com acesso aos arquivos 301 ao polígrafo hostil. Seria constrangedor para os inocentes, mas descobriríamos a culpa de Ames.

– E Monk? – indagou o inglês.

Carey Jordan soltou uma risada breve. O garçom, querendo agora tirar a mesa, a última ainda ocupada no restaurante vazio, pairava nas proximidades, com a conta na mão. Irvine gesticulou para que lhe fosse entregue. O garçom esperou que um cartão de crédito fosse posto em cima, depois levou-o para o caixa.

– Ah, Monk... ele também não sabia. Era o Dia do Presidente, um feriado público federal. Por isso, ele ficou em casa, acho. Não saiu nada no noticiário até a manhã seguinte. E foi então que chegou a maldita carta.

Washington, fevereiro de 1994

A carta chegou a 22 de fevereiro, na manhã seguinte ao Dia do Presidente, quando o correio voltou a funcionar.

O envelope era branco e pelo carimbo Monk pôde constatar que vinha da sala de correspondência de Langley, mas endereçada para sua residência particular, em vez de entregue em sua sala.

Lá dentro, havia outro envelope, com o logotipo de uma embaixada americana. Na frente estava datilografado "Sr. Jason Monk, a/c Controle de Correspondência da CIA, Langley, Virgínia". Alguém escrevera "Vire". No verso, com a mesma letra, fora escrito: "Entregue em mãos na nossa embaixada em Vilnius, Lituânia. Conhece o cara?" Como não havia selo, era evidente que o envelope de dentro viera para os Estados Unidos na mala diplomática.

Dentro do segundo, havia um terceiro envelope, de qualidade muito inferior, com fragmentos da polpa de madeira visíveis na textura. Fora endereçado num inglês exótico: "Por favor (sublinhado três vezes), fazer seguir para o Sr. Jason Monk na CIA. De um amigo."

A carta estava lá dentro. Fora escrita em papel tão frágil que as folhas quase se desfaziam ao contato. Papel higiênico? As folhas de guarda de um livro antigo e ordinário? Era possível.

O texto estava em russo, escrito por uma mão trêmula, em tinta preta, com uma ponta rombuda. Tinha em cima: "Nizhni Tagil, setembro de 1994."

E dizia:

"Meu caro amigo Jason: se receber esta carta, e quando receber, já estarei morto. É o tifo. Vem com as pulgas e piolhos. Estão fechando o campo agora, destruindo tudo, para que desapareça da face da Terra, como se nunca tivesse existido. E não deveria mesmo ter existido.

"Uma dúzia entre os presos políticos foi anistiada; há alguém chamado Yeltsin em Moscou agora. Um dos anistiados é meu amigo, um lituano, escritor e intelectual. Creio que posso confiar nele. Prometeu que esconderá esta carta e a remeterá quando chegar em sua terra.

"Terei de pegar outro trem, outro vagão de gado, para um novo lugar, mas nunca chegarei a vê-lo. Por isso, apresento minhas despedidas e dou algumas notícias."

A carta descrevia o que acontecera depois da prisão em Berlim Oriental, três anos e meio antes. Nikolai Turkin falava das torturas na cela nos portões de Lefortovo, como chegara à conclusão de que não havia sentido em não contar tudo o que sabia. Descrevia o mau cheiro, a cela toda suja de excremento, as paredes gotejando, o frio incessante, as luzes fortes, as perguntas gritadas, os olhos enegrecidos e os dentes quebrados se uma resposta demorava.

Falava do coronel Anatoli Grishin. O coronel estava convencido de que Turkin ia morrer e por isso ficara feliz em se gabar de triunfos anteriores. Turkin ouvira em detalhes o relato dos últimos momentos de homens que jamais conhecera: Kruglov, Blinov e Solomin. Fora informado do que Grishin fizera com o soldado siberiano para obrigá-lo a falar.

"Quando acabou, rezei pela morte, como tenho rezado muitas vezes desde então. Houve muitos suicídios neste campo, mas sempre acalentei a esperança de que, se resistisse de alguma forma, um dia ainda poderia ser livre. Não que você pudesse me reconhecer agora, nem Ludmila, nem meu filho Yuri. Não tenho mais cabelos, nem dentes, não resta muito do corpo e o pouco que sobra está desfigurado pelas feridas e pela febre."

Ele falava da longa viagem no vagão de gado de Moscou até o campo, confinado com criminosos do submundo, que o espancavam até deixá-lo sem sentidos e cuspiam em seu rosto para infectá-lo com sua tuberculose. Descrevia o campo em que, junto com outros, fora marcado para rações menores e trabalhos mais árduos; depois de seis meses, fraturara a clavícula carregando troncos, mas não havia medicamentos. Os guardas, vendo a lesão, passaram a exigir que ele carregasse os troncos no ombro fraturado. Ao final, ele escrevia: "Não me arrependo do que fiz, pois era um regime sórdido. Talvez agora haja liberdade para meu povo. Deixo minha esposa em algum lugar, torcendo para que ela seja feliz. E meu filho Yuri, que deve a vida a você. Obrigado por isso. Adeus, meu amigo. Nikolai Ilyich."

Jason Monk dobrou a carta, guardou-a numa mesinha de canto, pôs a cabeça nas mãos e chorou como uma criança. Não foi trabalhar naquele dia. Não telefonou, não explicou o motivo. Não atendeu ao telefone. Às 18 horas, quando já estava escuro, consultou a lista telefônica, pegou seu carro e seguiu para Arlington.

Bateu com a devida polidez na porta da casa. Quando foi aberta, ele acenou com a cabeça para a mulher, disse "Boa noite, Sra. Mulgrew" e passou por ela, deixando-a parada ali, atônita.

Ken Mulgrew estava na sala de estar, sem paletó, com um grande copo de uísque na mão. Virou-se para o intruso e disse:

– Ei, que negócio é esse? Não pode entrar aqui...

Foi a única coisa que ele disse sem assoviar de forma bastante incômoda por várias semanas. Monk golpeou-o. Acertou um soco no queixo, com toda força.

Mulgrew era um homem maior, mas estava fora de forma e ainda sentindo os efeitos de um almoço muito líquido. Estivera no escritório naquele dia, mas ninguém se preocupava em fazer qualquer coisa, além de comentar em sussurros traumatizados a notícia que se espalhava por todo o prédio como fogo em palha.

Monk esmurrou-o quatro vezes no total, uma para cada um dos seus agentes perdidos. Além de fraturar o queixo, o deixou com os dois olhos pretos e o nariz quebrado. E depois foi embora.

– PARECE UMA medida ativa – comentou Nigel Irvine.

– Tão ativa quanto se podia ter – concordou Jordan.

– O que aconteceu depois?

– Por sorte, a Sra. Mulgrew não chamou a polícia, preferindo telefonar para a agência. Alguns homens foram enviados, chegando lá a tempo de ver Mulgrew sendo embarcado numa ambulância, a caminho do pronto-socorro mais próximo. Acalmaram a esposa, que identificou Monk. Os homens foram até o apartamento dele. Perguntaram por que ele fizera aquilo e Monk indicou a carta na mesa. Eles não sabiam russo, é claro, mas levaram a carta.

– Monk foi afastado?

– Foi, sim. Desta vez afastaram-no para sempre. Houve muita simpatia, como não podia deixar de ser, quando a carta foi lida em tradução durante a audiência. Até me deixaram falar em sua defesa, pelo que isso adiantou. Mas o resultado era inevitável. Mesmo na esteira da prisão de Ames, não se podia ter agentes ressentidos batendo em superiores até fazer picadinho deles. Ele foi dispensado.

O garçom voltou, com uma expressão queixosa. Os dois se levantaram e se encaminharam para a porta. O aliviado garçom, acenou com a cabeça e sorriu.

– E o que aconteceu com Mulgrew?

– Ironicamente, ele foi dispensado em desgraça um ano mais tarde, quando se teve uma noção completa de tudo o que Ames fizera.

– E Monk?

– Deixou a cidade. Vivia com uma mulher na ocasião, mas ela se ausentara para um seminário e se separaram na sua volta. Soube que Monk pegou toda sua pensão de uma vez só e deixou Washington.

– Sabe para onde ele foi?

– Pelo que sei, está no território de vocês.

– Na Inglaterra?

– Nem tanto. Numa das colônias de Sua Majestade.

– Territórios dependentes; não são mais chamados de colônias. Qual deles?

– Ilhas Turks e Caicos. Eu disse que ele amava a pescaria em alto-mar? Ouvi dizer que ele tinha um barco ali, que fretava para turistas.

Era um dia claro de outono e Georgetown parecia maravilhosa do lugar em que se encontravam, parados na calçada, na frente de La Chaumière, esperando por um táxi para Carey Jordan.

– Você quer mesmo que ele volte à Rússia, Nigel?

– Essa é a ideia geral.

– Monk não irá. Jurou que nunca mais voltaria. Adorei o almoço e o vinho, mas foi uma perda de tempo. Agradeço de qualquer forma, porém tenho certeza que ele não aceitará. Nem por dinheiro, nem por ameaças, nem por qualquer coisa.

Um táxi chegou. Trocaram um aperto de mão, Jordan embarcou e partiu. Sir Nigel Irvine atravessou a rua para o Four Seasons. Tinha alguns telefonemas a dar.

11

O *Foxy Lady* estava atracado e fechado para a noite. Jason Monk despedira-se dos três clientes italianos que quase não haviam pegado peixes, mas pareciam ter apreciado o passeio quase tanto quanto o vinho que haviam levado.

Julius estava à mesa ao lado da doca, cortando as cabeças e tirando as vísceras de dois dourados de tamanho razoável. O bolso traseiro de sua calça continha o pagamento do dia, mais a sua parte na gorjeta deixada pelos italianos.

Monk passou pela Tiki Hut e foi até o Banana Boat, cuja área de comer e beber, aberta, já se achava ocupada pela multidão que chegara cedo. Foi até o bar e acenou com a cabeça para Rocky.

– O de sempre?– perguntou o barman, com um sorriso.

– Por que não? Sou um sujeito de hábitos.

Há anos que ele era um frequentador habitual, e havia um acordo tácito de que o Banana Boat anotaria seus recados enquanto estivesse no mar. Na verdade, era o telefone do restaurante/bar que figurava nos cartões que ele distribuíra por todos os hotéis da ilha de Providenciales, a fim de atrair clientes para uma pescaria.

Mabel, esposa de Rocky, avisou:

– Ligaram do Grace Bay Club.

– Deixaram algum recado?

– Não. Apenas pediram que você ligasse de volta.

Ela empurrou o telefone na direção de Monk. Ele discou para a telefonista na recepção, que reconheceu sua voz.

– Oi, Jason. Teve um bom dia?

– Não foi ruim, Lucy. Já tive piores. Queria falar comigo?

– Isso mesmo. O que vai fazer amanhã?

– Ah, moça levada... em que está pensando?

Houve uma gargalhada da mulher enorme e jovial na recepção do hotel a três quilômetros, pela praia.

Os moradores permanentes da ilha de Provo não constituíam um grupo enorme, e dentro da comunidade que atendia aos turistas, a única fonte de dólares, todo mundo conhecia todo mundo, nativo ou colono, e os gracejos descontraídos ajudavam a passar o tempo. As Turks e Caicos ainda eram como todas as Antilhas no passado, cordiais, despreocupadas, sem qualquer pressa.

– Não comece, Jason Monk. Está livre para um cliente amanhã?

Ele pensou por um instante. Planejara passar o dia trabalhando no barco, tarefa que nunca termina para os donos de barco, mas um aluguel era um aluguel, e a financeira em Miami que ainda possuía metade do *Foxy Lady* nunca se cansava dos cheques de amortização.

– Acho que sim. O dia inteiro ou a metade?

– A metade. Pela manhã. Nove horas está bom?

– Diga ao grupo onde me encontrar. Estarei à espera.

– Não é um grupo, Jason. Apenas um homem, um tal de Sr. Irvine. Falarei com ele. Até mais.

Jason desligou. Clientes desacompanhados eram casos excepcionais; em geral, havia dois ou mais. Provavelmente um marido cuja esposa não queria ir; o que também era bastante normal. Ele terminou seu daiquiri e voltou ao barco para avisar a Julius que teriam de se encontrar às 7 horas, para encher o tanque de combustível e pegar iscas frescas.

O cliente, que apareceu às 8h45 da manhã seguinte, era mais velho do que o pescador habitual, um homem já idoso, para ser mais preciso, vestindo calça creme, camisa de algodão e chapéu-panamá branco. Parou no cais e indagou:

– Comandante Monk?

Jason desceu da ponte de comando e foi cumprimentá-lo. Era inglês, com toda certeza, pelo sotaque. Julius ajudou-o a embarcar.

– Já fez isso antes, Sr. Irvine? – perguntou Jason.

– Para ser franco, não. Minha primeira vez. Uma nova experiência.

– Não precisa se preocupar, senhor. Cuidaremos de tudo. O mar está bastante calmo, mas se mesmo assim não aguentar, basta dizer.

Nunca deixava de surpreendê-lo quantos turistas saíam para o alto-mar com a suposição de que seria tão sereno quanto as águas dentro dos recifes. Os folhetos turísticos nunca mostram o mar encapelado nas Antilhas, mas pode haver muitos problemas num mar turbulento.

Ele conduziu o *Foxy Lady* para fora da Turtle Cove e virou na direção de Sellar's Cut. Além da North-West Point haveria um mar agitado, talvez demais para o velho, mas Jason conhecia uma área ao largo de Pine Key, na outra direção, onde o mar era mais tranquilo e havia informações sobre a presença de dourados.

Ele navegou na velocidade máxima de cruzeiro, até que avistou uma camada de algas, o tipo de lugar em que os dourados tinham o hábito de deitar na sombra logo abaixo da superfície.

Julius armou os quatro caniços com a linha, enquanto a velocidade era reduzida, e começou a circular em torno das algas. Foi na terceira volta que um dourado mordeu a isca.

Um dos caniços se dobrou abruptamente e a linha começou a vibrar. O inglês levantou-se sob o toldo e foi se instalar na cadeira de pesca, muito calmo. Julius entregou-lhe o caniço, ajustando a base no tubo entre as coxas do cliente e tratou de recolher as outras três linhas.

Jason Monk virou o *Foxy Lady* para longe das algas, reduziu a velocidade à mínima possível e foi para o convés de popa. O peixe parara de puxar a linha, mas o caniço continuava inclinado.

– Puxe a vara de pescar para trás até ficar na vertical – disse Monk, gentilmente. – Depois incline para a frente e recolha um pouco da linha.

O inglês tentou, mas disse, depois de dez minutos:

– Acho que é demais para mim. Esse peixe é bastante forte.

– Posso puxar, se quiser.

– Sim, por favor.

O cliente deixou a cadeira de pesca e Monk acomodou-se. O inglês voltou para baixo do toldo. Já passava de 10h30 e o calor era intenso. O sol estava à popa e o clarão refletia-se na água, ofuscante.

Foram necessários dez minutos para trazer o peixe até as proximidades do gio. Ao ver o casco, o peixe fez outra arremetida para a liberdade, arrastando trinta metros de linha.

– O que é? – perguntou o cliente.

– É o golfinho roaz.

– Oh, meu caro, até que gosto de golfinhos.

– Não desse tipo. O nome é o mesmo, mas são diferentes. Este também é chamado de dourado. É um peixe desportivo, muito saboroso.

Julius tinha o bicheiro de prontidão e quando o dourado de vinte quilos passou perto do casco, tratou de pegá-lo.

– Bom peixe, moço – comentou ele.

– Acho que o peixe é do Sr. Monk, não meu.

Monk saiu da cadeira, tirou o anzol da boca do dourado, soltou o tirante de aço da linha. Julius, prestes a guardar o dourado no armário da popa, ficou surpreso. Com o dourado a bordo, a rotina seria lançar de novo as quatro linhas, em vez de guardá-las.

– Vá lá para cima e assuma o comando – disse-lhe Monk. – Vamos voltar, em velocidade de corrico.

Julius acenou com a cabeça, sem compreender, e subiu para a cabine de comando, o corpo esguio e negro. Monk foi até a caixa com gelo, tirou duas latas de cerveja, abriu-as, estendeu uma para o cliente. Sentou-se em seguida e fitou o inglês idoso na sombra.

– Não veio realmente pescar, não é mesmo, Sr. Irvine?

Não era uma pergunta, mas a constatação de um fato.

– Não é minha paixão, para ser franco.

– Dá para perceber. E também não é *moço,* não é mesmo? Alguma coisa me incomoda desde o início da viagem. Uma visita oficial a Langley, há muito tempo, de um homem do SIS britânico.

– Uma memória e tanto, Sr. Monk.

– O nome Sir Nigel desperta uma lembrança. Muito bem, Sir Nigel Irvine, podemos parar de rodeios, por favor? Por que veio me procurar?

– Peço desculpas pela armação. Só queria vê-lo. E conversar. Em privacidade. E poucos lugares oferecem mais privacidade do que o mar aberto.

– Muito bem... estamos falando. Qual é o assunto?

– Rússia, lamento.

– Um grande país. Não o meu predileto. Quem o mandou?

– Ninguém me mandou. Carey Jordan me falou sobre você. Almoçamos em Georgetown há dois dias. Ele manda lembranças.

– Muita gentileza da parte dele. Agradeça por mim, se tornar a encontrá-lo. Mas deve ter notado que ele está fora daquilo agora. Sabe a que me refiro por "aquilo"? Fora do jogo. E eu também estou. Qualquer que tenha sido o motivo, sua viagem até aqui foi um desperdício.

– Foi o que Carey me disse. Não perca seu tempo, ele falou. Mas vim mesmo assim. É uma longa viagem. Importa-se se eu passar minha cantada? Não é assim que vocês dizem? Passar a cantada, apresentar a proposta?

– É essa a expressão. Bom, é um dia quente e ensolarado no paraíso. Ainda tem duas horas num aluguel de quatro. Pode falar, se quiser, mas a resposta continua a ser não.

– Já ouviu falar de um homem chamado Igor Komarov?

– Temos jornais aqui, embora cheguem com uns dois dias de atraso. E ouvimos o rádio. Pessoalmente, não tenho antena parabólica, e por isso não assisto à TV. Mas já ouvi falar dele. É o homem em ascensão, não é mesmo?

– É o que todos dizem. O que sabe dele?

– Comanda a direita. Nacionalista, apela sempre para o patriotismo. Esse tipo de coisa. Um apelo para as massas.

– Até que ponto acha que vai sua posição de direita?

Monk deu de ombros.

– Não sei. Diria que ele é ultradireitista. Mais ou menos como alguns dos senadores ultraconservadores do Sul dos Estados Unidos.

– Um pouco mais do que isso, infelizmente. Ele está tão à direita que até sai do mapa.

– Isso é trágico, Sir Nigel. Mas no momento minha maior preocupação é se meu barco está alugado para amanhã e como estará o mar. A política do desagradável. Sr. Komarov não me interessa.

– Mas acabará por envolvê-lo, o que será lamentável. Um dia. Eu... nós... alguns amigos e colegas... achamos que ele deve ser detido. Precisamos de um homem para entrar na Rússia. Carey disse que você era bom... no passado. Disse que foi o melhor... no passado.

– Isso mesmo, no passado. – Monk fitou Sir Nigel em silêncio por alguns segundos. – Disse que sua missão aqui nem é oficial. Que não é uma política de governo, o seu ou o meu.

– Tem razão. Nossos dois governos adotam a posição de que não há nada que possam fazer. Oficialmente.

– E acha que vou recolher a âncora, atravessar o mundo e ir até a Rússia para me meter com esse homem, a pedido de algum grupo de quixotescos que nem sequer conta com o apoio de seus governos?

Ele se levantou, amassou a lata de cerveja vazia com a mão e jogou-a na lata de lixo.

– Sinto muito, Sir Nigel. Perdeu o dinheiro da passagem de avião. Vamos voltar agora. O passeio é por conta da casa.

Monk voltou para a ponte de comando, assumiu o controle e voltou para o Cut. Dez minutos depois de entrarem na laguna, o *Foxy Lady* estava atracado.

– Está enganado sobre o passeio no barco – disse o inglês. – Eu contratei de má-fé, mas você aceitou de boa-fé. Quanto é o aluguel por meio dia?

– Trezentos e cinquenta dólares.

– Com uma gratificação para o nosso jovem amigo – Irvine tirou quatro notas de cem dólares de um maço. – Por falar nisso, tem alguma pescaria contratada para esta tarde?

– Não.

– Vai para casa?

– Vou.

– Ficarei no hotel. Na minha idade, um pequeno cochilo depois do almoço é indispensável com este calor. Mas enquanto você estiver na sombra, esperando que passe o auge do calor, poderia fazer uma coisa?

– Chega de pescaria – protestou Monk.

– Claro que não – Irvine abriu a sacola pendurada no ombro e tirou um envelope pardo. – Há um documento aqui. Não é uma piada. Só peço que o leia. Ninguém mais pode ver, não o deixe longe de sua vista. É mais secreto do que qualquer coisa que Lisandro, Órion, Delfos ou Pégaso lhe enviaram.

Foi como se ele tivesse acertado um soco no plexo solar de Monk. Enquanto o antigo chefe se afastava pelo cais, a fim de pegar seu *buggy* alugado, Monk permanecia no mesmo lugar, boquiaberto. Ao final, sacudiu a cabeça, meteu o envelope por baixo da camisa e foi à Tiki Hut para comer um hambúrguer.

No lado norte da sucessão de seis ilhas que constituem as Caicos – West, Provo, Middle, North, East e South –, o recife fica próximo da praia, proporcionando um acesso rápido ao mar aberto. Ao sul, o recife fica a quilômetros de distância, abrangendo uma vasta área de dois mil quilômetros quadrados, um baixio conhecido como Caicos Bank.

Quando Monk chegou às ilhas, o dinheiro era curto ou os preços no lado norte, para onde os turistas iam – o lugar em que foram construídos os hotéis –, muito altos. Monk refizera seu orçamento. Com o custo da vaga de atracação, combustível, despesas de manutenção e licença de operação, não restava muita coisa. Por um pequeno aluguel, ele conseguira um bangalô na Sapodilla Bay, menos elegante, ao sul do aeroporto, de frente para o lençol reluzente de Caicos Bank, onde apenas barcos de calado raso podiam se aventurar. Isso e mais uma picape toda amassada constituíam todo o patrimônio material de Monk.

Ele estava sentado no deque de tábuas, contemplando o pôr do sol à sua direita, quando o motor de um veículo tossiu ao parar no caminho arenoso por trás da casa. Um momento depois, o vulto esguio do idoso inglês contornou o canto da casa. Desta vez o panamá branco era complementado por um paletó tropical de alpaca todo amarrotado.

– Disseram que o encontraria aqui – informou ele, num tom jovial.

– Quem disse?

– Aquela garota simpática no Banana Boat.

Mabel já entrara há muito na casa dos 40 anos. Irvine subiu os degraus e apontou para a cadeira de balanço vazia.

– Importa-se se eu me sentar?

Monk sorriu.

– À vontade. Quer uma cerveja?

– Não agora, obrigado.

– Eu ia fazer um daiquiri simples. Sem frutas, apenas com lima.

– Ah, isso é muito mais atraente...

Monk preparou os dois daiquiris com lima. Tomaram um gole, com a devida apreciação.

– Conseguiu ler?

– Claro.

– E o que achou?

– É repulsivo. E provavelmente uma falsificação.

Irvine balançou a cabeça em sinal de compreensão. O sol encostou em West Caicos, no outro lado do baixio. As águas rasas tinham uma tonalidade vermelha.

– Foi o que pensamos. A dedução óbvia. Mas valia a pena verificar. Essa era a opinião do nosso pessoal em Moscou. Apenas uma rápida verificação.

Sir Nigel não apresentou o relatório sobre a verificação. Narrou os fatos, passo a passo. Monk, contra a própria vontade, interessou-se.

– Quer dizer que já são três os mortos? – murmurou ele.

– Infelizmente. Parece que o Sr. Komarov quer seu documento de volta. Não porque seja uma falsificação. Ele nunca saberia a respeito se outra pessoa tivesse escrito. É verdadeiro, é o que ele pretende fazer.

– E acha que ele pode ser terminado? Com grande preconceito?

– Não. Eu disse "detido". Não é a mesma coisa. Terminar, para usar a exótica fraseologia da CIA, não daria certo.

Ele explicou por quê.

– Mas acha que ele pode ser detido, desacreditado, liquidado como uma força política?

– Acho, sim.

Irvine fitou Monk nos olhos.

– Nunca o deixa, não é mesmo? A atração da caçada. Pensa que vai deixar para trás, mas persiste sempre, escondida.

Monk se perdera no devaneio, a mente retornando ao passado, para um lugar a muitos e muitos quilômetros dali. Ele sacudiu a cabeça para se livrar de tais pensamentos, levantou-se, tornou a encher os copos do jarro.

– Boa tentativa, Sir Nigel. Talvez esteja certo. Talvez ele possa ser detido. Mas não por mim. Terá de encontrar outra pessoa.

– Meus patrocinadores são generosos. Haveria honorários. Com todas as garantias. Meio milhão de dólares. Americanos, é claro. Mesmo nos dias de hoje, ainda é uma soma e tanto.

Monk pensou na quantia. Acabaria com a dívida sobre o *Foxy Lady*, compraria o bangalô e um veículo decente. E a metade que sobrasse poderia ser investida com habilidade para proporcionar dez por cento ao ano. Ele sacudiu a cabeça.

– Escapei daquele país por pouco. E jurei que nunca mais voltaria. A oferta é tentadora, mas a resposta ainda é não.

– Hum... Lamento muito, mas a necessidade assim exige. Encontrei isto à minha espera no hotel quando cheguei.

Ele enfiou a mão no bolso do paletó e tirou dois envelopes brancos. Monk tirou de cada envelope uma única folha de papel timbrado.

Uma era da financeira da Flórida. Comunicava que em decorrência de mudanças na política da empresa, os empréstimos a longo prazo em determinados territórios não eram mais considerados como riscos aceitáveis. Portanto, o empréstimo sobre o *Foxy Lady* deveria ser saldado em um mês, caso contrário haveria uma execução e a única opção da companhia seria a retomada do barco. A linguagem envolvia as palavras insidiosas usuais, mas o sentido era perfeitamente claro.

O outro documento tinha o emblema do governador de Sua Majestade nas ilhas Turks e Caicos. Lamentava que Sua Excelência, sem a obrigação de enunciar razões, tencionava revogar a permissão de residência e trabalho de um certo Jason Monk, cidadão americano, a entrar em vigor um mês depois da data da carta. O autor se assinava como um servidor obediente do Sr. Monk.

Monk dobrou as duas cartas e deixou-as na mesinha entre as cadeiras de balanço.

– Isso é jogo sujo – comentou ele.

– Tem toda razão – murmurou Nigel lrvine, olhando para o mar. – Mas é nossa única opção.

– Não pode encontrar outro? – indagou Monk.

– Não quero mais ninguém. Quero você.

– Muito bem, pode acabar comigo. Já estive lá antes. Sobrevivi. E sobreviveria de novo. Mas não voltarei à Rússia.

Irvine suspirou. Pegou o Manifesto Negro.

– Foi o que Carey me disse. Garantiu que você não iria por dinheiro, nem por ameaças.

– Pelo menos Carey não virou um idiota na velhice – Monk levantou-se. – Não posso dizer que foi um prazer, no final das contas. Mas creio que não temos mais nada a falar um para o outro.

Sir Nigel Irvine também se levantou. Parecia abatido.

– Suponho que não. É uma pena. Ah, só mais uma coisa. Quando subir ao poder, Komarov não estará sozinho. Terá a seu lado o segurança pessoal e comandante dos Guardas Negros. Quando o genocídio começar, ele estará no comando de tudo, o carrasco da nação.

Ele estendeu uma fotografia. Monk olhou para o rosto frio de um homem cerca de cinco anos mais velho do que ele. O inglês já subia pela trilha arenosa para o lugar em que deixara o *buggy*, atrás da casa.

– Quem é ele? – gritou Monk.

A voz do velho espião alcançou-o através do crepúsculo cada vez mais denso:

– É o coronel Anatoli Grishin.

O AEROPORTO DE Providenciales não é o maior terminal de aviação do mundo, mas é um lugar bastante agradável para se chegar e partir, bastante pequeno para despachar os passageiros sem muita demora. No dia seguinte, Sir Nigel Irvine lá compareceu com sua única mala, recebeu um aceno de cabeça para passar direto pelo controle de passaporte e entrou na área de partida. O voo da American Airlines para Miami esperava ao sol.

Por causa do calor, a maioria dos prédios tem os lados abertos, com apenas uma cerca de metal separando a área da pista que fica além. Alguém contornou o prédio e parou junto da cerca. Nesse momento, o voo foi chamado e os passageiros começaram a se encaminhar para o avião.

– Muito bem – disse Jason Monk, através da cerca –, quando e onde?

Irvine tirou uma passagem de avião do bolso interno do paletó e estendeu-a através da cerca.

– Providenciales-Miami-Londres. Primeira classe, é claro. Daqui a cinco dias. Tempo suficiente para acertar tudo aqui. Ficará ausente por uns três meses. Se a eleição em janeiro for realizada, então chegamos tarde. Será recebido ao desembarcar do avião em Heathrow.

– Por você?

– Duvido muito. Por alguém.

– Como vão me reconhecer?

– Não se preocupe com isso.

Uma funcionária da empresa puxou-o pelo paletó.

– Por favor, passageiro Irvine, o embarque é agora.

Sir Nigel olhou para o avião.

– Antes que eu me esqueça, a oferta em dólares continua a valer.

Monk mostrou as duas cartas formais.

– E isto?

– Pode queimar, meu caro. O manifesto não foi falsificado, mas essas cartas foram. Não queríamos um homem falido, entende?

Ele já se encontrava na metade do caminho para o avião, com a funcionária ao seu lado, quando ouviram Monk gritar lá atrás:

– Você é um belo de um filho da puta, senhor!

A moça fitou-o, perplexa. Ele sorriu.

– É o que sempre espero.

Ao voltar para Londres, Sir Nigel Irvine empenhou-se em uma semana de atividades sob intensa pressão.

Gostara do que vira em seu encontro com Jason Monk e a narrativa do antigo superior dele, Carey Jordan, fora bastante impressionante. Mas o intervalo de dez anos é muito tempo para se ficar fora do jogo.

As coisas eram diferentes agora. A Rússia mudara além de qualquer possibilidade de comparação com a antiga União Soviética que Monk conhecera e enganara. A tecnologia mudara, quase todos os nomes de lugares haviam perdido o título comunista para recuperarem as designações pré-revolucionárias. Largado na moderna Moscou sem o devido preparo, Monk poderia ficar atordoado com a transformação.

Não havia a menor possibilidade de qualquer contato com as embaixadas britânica ou americana em busca de ajuda. Eram territórios proibidos. Mas ele precisaria de um lugar para se esconder, alguém amigo a quem recorrer em caso de necessidade.

Outras coisas na Rússia permaneciam quase iguais. O país ainda tinha um vasto serviço de segurança interna, o FSB, herdeiro do manto da antiga Primeira Diretoria da KGB. Anatoli Grishin podia ter deixado o serviço, mas era certo que ainda mantinha muitos contatos ali.

No entanto, mesmo isso não era o risco maior, e sim o nível pandêmico de corrupção. Com os recursos praticamente ilimitados que Komarov – e, portanto, Grishin – parecia ter, já que contava com o apoio da máfia Dolgoruki em sua marcha para o poder, não havia cooperação dos órgãos estatais que não pudesse obter pelo suborno.

O fato puro e simples era de que a hiperinflação levara todos os funcionários públicos do governo central a se venderem a quem oferecesse mais. Dinheiro suficiente podia comprar a cooperação total de qualquer organização de segurança do Estado ou um exército particular de soldados das forças especiais.

Acrescente-se a isso os Guardas Negros de Grishin e os milhares de fanáticos Jovens Combatentes, mais o invisível exército de rua do submundo, e o *dobermann* de Komarov teria uma vasta legião para caçar o homem que fora desafiá-lo.

De uma coisa o velho espião britânico tinha certeza: Anatoli Grishin não tomaria conhecimento do retorno de Monk à Rússia rapidamente e não ficaria nada satisfeito.

A primeira providência de Irvine foi reunir um pequeno mas confiável e profissional grupo de ex-soldados das forças especiais britânicas.

Depois de décadas a combater o terrorismo do IRA dentro do Reino Unido, de guerras declaradas nas Falklands e no Golfo, de uma vintena de guerras não declaradas de Bornéu a Omã, da África à Colômbia, e de missões de infiltração em uma dúzia de outros "territórios negados", a Inglaterra produzira alguns dos mais experientes guerrilheiros secretos do mundo.

Muitos haviam deixado o exército ou qualquer outro serviço a que pertenciam, oferecendo seus insólitos talentos como um meio para ganhar dinheiro. As áreas naturais em que se podia encontrá-los eram o trabalho de segurança pessoal, proteção de patrimônio, contraespionagem industrial e consultoria especializada.

Saul Nathanson, cumprindo sua palavra, providenciara um depósito inidentificável num banco de propriedade britânica no exterior, em que o sigilo bancário era absoluto e digno de confiança. A pedido, por uma senha que parecia inocente, numa ligação telefônica inofensiva, Irvine podia transferir o que precisava para a sucursal em Londres, para uso imediato.

Em 48 horas, ele tinha seis homens mais jovens à sua disposição, dois deles fluentes em russo.

Havia uma coisa dita por Jordan que deixara Irvine intrigado. Atrás dessa pista, um dos homens que falava russo voou para Moscou, com um maço de dinheiro. Ele não voltaria antes de duas semanas, mas traria notícias animadoras ao chegar.

Os outros cinco foram enviados em missões diversas. Um deles foi para os Estados Unidos, com uma carta de apresentação para conversar com Ralph Brooke, presidente do conselho de administração e presidente executivo da Intelcor. Os outros saíram à procura de diversos especialistas numa variedade de áreas misteriosas que Irvine achava que seriam necessárias. Depois que todos estavam ocupados por sua conta, ele se concentrou no problema do qual desejava cuidar pessoalmente.

Cinquenta e cinco anos antes, ao voltar à Europa Continental depois da convalescença, ele integrara o serviço de informações do general Horrocks, comandante do XXX Corpo, enquanto avançava pela estrada de Nijmegen, na Holanda, numa tentativa desesperada de socorrer os paraquedistas britânicos que ocupavam uma cabeça-de-ponte em Arnhem.

Um dos regimentos no XXX Corpo era o da Guarda de Granadeiros. Entre seus jovens oficiais havia um certo major Peter Carrington; outro, com quem Irvine tinha muito relacionamento, era o major Nigel Forbes.

Com a morte de seu pai, o major Forbes assumira o título de lorde Forbes, primeiro lorde da Escócia. Depois de alguns telefonemas para a Escócia, Irvine localizou-o no Army and Navy Club, no Pall Mall, em Londres.

– Sei que a possibilidade é mínima – disse ele, depois de se reapresentar –, mas preciso realizar um pequeno seminário. Um tanto particular, para ser mais preciso.

– Ah, esse tipo de seminário.

– Exatamente. Procuro por algum lugar remoto, numa área pouco frequentada, capaz de abrigar cerca de uma dúzia de pessoas. Você conhece as Terras Altas. Pode me indicar algum lugar assim?

– Quando vai querer? – perguntou o nobre escocês.

– Para amanhã.

– Ah, algo imediato. Minha casa não serve, pois é bem pequena. Há muito que passei o castelo para o meu garoto. Mas creio que ele viajou. Deixe-me verificar.

Ele ligou uma hora depois. Seu "garoto", o filho e herdeiro Malcolm, com o título de *Master* de Forbes, tinha na verdade 53 anos e confirmara que partiria no dia seguinte para um mês nas ilhas gregas.

– Creio que pode usar a casa dele – disse lorde Forbes. – Suponho que não haverá atividades mais violentas.

– Claro que não – respondeu Irvine. – Apenas conferências, apresentações de slides, coisas assim. E todas as despesas serão cobertas.

– Então estamos combinados. Telefonarei para a Sra. McGillivray, avisando sobre sua ida. Ela cuidará de tudo.

Com isso, lorde Forbes desligou e voltou para seu almoço interrompido.

O sexto dia amanhecia quando o voo noturno de Miami da British Airways pousou no Terminal Quatro de Heathrow e desembarcou Jason Monk, entre quatrocentos outros passageiros, no aeroporto mais movimentado do mundo. Mesmo àquela hora, havia milhares de passageiros chegando de vários pontos do globo e se encaminhando para o controle de passaportes. Monk viajara na primeira classe e foi um dos primeiros a alcançar a barreira.

– Negócios ou lazer, senhor? – indagou o inspetor.

– Turismo – respondeu Monk.

– Espero que aprecie sua estada aqui.

Monk guardou o passaporte no bolso e foi pegar sua bagagem. Houve uma espera de dez minutos até as malas aparecerem. A dele se incluía entre as vinte primeiras. Ele passou pelo Green Channel e não foi detido. Ao sair, correu os olhos pelas pessoas à espera, inclusive vários motoristas, segurando cartazes com nomes de passageiros ou empresas. Nenhum dizia "Monk".

Com as pessoas se aproximando por trás, ele teve de seguir adiante. Ainda nada. Ele percorreu a passagem entre grades para o salão principal. Quando saiu, uma voz murmurou em seu ouvido:

– Sr. Monk?

Era um homem em torno dos 30 anos, de jeans e blusão e cabeça com cabelo castanho-amarelado. Tinha os cabelos curtos e parecia estar em excelente forma física.

– Isso mesmo.

– Seu passaporte, senhor, por favor.

Monk apresentou-o e o homem conferiu sua identidade. Tinha "ex-soldado" estampado nele e, a julgar pelas mãos calosas que seguraram o passaporte, não passara a carreira militar em algum serviço burocrático. O passaporte foi devolvido.

– Meu nome é Ciaran. Acompanhe-me, por favor.

Em vez de seguir para um carro estacionado, o guia pegou a mala de Monk e foi para o ônibus interno de cortesia. Sentaram-se em silêncio enquanto o ônibus os levava para o Terminal Um.

– Não vamos para Londres? – perguntou Monk.

– Não, senhor. Nosso destino é a Escócia.

Ciaran tinha duas passagens. Uma hora depois, o voo executivo Londres-Aberdeen decolou para as Terras Altas. Ciaran concentrou-se num exemplar da *Army Quarterly and Defence Review*. Independente do que mais podia fazer, a conversa não era seu forte. Monk aceitou o segundo desjejum de avião naquela manhã e recuperou um pouco do sono perdido através do Atlântico.

Havia um transporte à espera no aeroporto de Aberdeen, um Land Rover Discovery, com outro ex-soldado taciturno ao volante. Ele e Ciaran trocaram oito sílabas, o que parecia entrar na classificação de uma longa conversa.

Monk nunca vira as montanhas das Terras Altas escocesas, em que entraram depois de deixarem o aeroporto, nos arredores de Aberdeen, na costa leste. O motorista anônimo seguiu pela estrada A96 Inverness, e 11 quilômetros adiante pegou um desvio para a esquerda. A placa dizia apenas: Kemnay. Passaram pela aldeia de Monymusk para alcançarem a estrada Aberdeen-Alford. Cinco quilômetros depois, o Land Rover virou à direita, passou por Whitehouse e seguiu para Keig.

Havia um rio à direita. Monk especulou se haveria salmão ou truta naquelas águas. Pouco antes de Keig, o veículo subitamente deixou a estrada, cruzou o rio e subiu por um caminho. Duas curvas adiante, Monk avistou um antigo castelo de pedras, no alto de uma elevação. O motorista se virou e disse:

– Seja bem-vindo ao Castelo Forbes, Sr. Monk.

O vulto esguio de Sir Nigel Irvine, com um gorro de pano na cabeça, os cabelos brancos esvoaçando nos lados, apareceu na varanda de pedra.

– Fez boa viagem? – perguntou ele.

– Ótima.

– Foi cansativa mesmo assim. Ciaran o levará a seu quarto. Tome um banho e durma um pouco. O almoço será servido dentro de duas horas. Temos muito trabalho a fazer.

– Sabia que eu estava chegando – comentou Monk.

– Claro.

– Ciaran não deu nenhum telefonema.

– Ah, sim. Mitch aqui – apontou para o motorista que tirava a mala do veículo. – ...também estava em Heathrow. E no avião para Aberdeen. Lá no fundo. Deixou o aeroporto de Aberdeen na sua frente, já que não tinha de esperar pela bagagem. Alcançou o Land Rover com uma dianteira de cinco minutos.

Monk suspirou. Não avistara Mitch em Heathrow ou no avião. O que era uma má notícia; Irvine tinha razão, havia muito trabalho a fazer. Mas havia também uma boa notícia, a certeza de que a equipe era profissional.

– Esses homens vão para o mesmo lugar que eu?

– Não, infelizmente. Quando chegar lá, estará sozinho. O que vamos fazer, nas próximas três semanas, é tentar ajudá-lo a sobreviver.

O almoço foi um picadinho de cordeiro, coberto por uma camada de batata. Os anfitriões chamavam o prato de torta de pastor e encharcavam-no com um picante molho preto. Havia cinco pessoas à mesa: Sir Nigel Irvine, o afável anfitrião, Monk, Ciaran e Mitch, que sempre se referiam a Monk e Irvine como "Chefe", e um homem baixo e alerta, de cabelos brancos ralos, que falava um bom inglês, mas com um sotaque que Monk reconheceu como russo.

– Falaremos alguma coisa em inglês – explicou Irvine – porque nem todos aqui conhecem o russo. Mas durante quatro horas por dia, no mínimo, você conversará em russo com Oleg aqui. Tem de voltar ao ponto em que poderá passar por russo.

Monk acenou com a cabeça. Há anos que não falava a língua e iria descobrir agora até que ponto estava enferrujado. Mas um linguista natural jamais esquece e um pouco de prática traz tudo de volta.

– Oleg, Ciaran e Mitch serão residentes permanentes – continuou Sir Nigel. – Outros virão e irão. Isso inclui a mim mesmo. Daqui a poucos dias, assim que estiver assentado, terei de voar até o sul para... tratar de outros assuntos.

Se Monk pensara que alguma consideração seria dispensada ao cansaço do voo e da diferença de fusos horários, estava enganado. Depois do almoço, teve quatro horas com Oleg.

O russo inventou uma variedade de roteiros. Num momento ele era um miliciano na rua, parando Monk para exigir seus documentos, querendo saber de onde vinha, para onde ia e por quê. Depois virava um garçom, querendo detalhes sobre um pedido complicado, ou um russo de fora, perguntando a direção a um moscovita. Mesmo depois de quatro horas, Monk já podia sentir que o senso da língua voltava.

Organizando pescarias nas Antilhas, Monk se considerava em ótima forma física, apesar da cintura um pouco avantajada. Pois se enganava. Antes do amanhecer, na manhã seguinte, ele teve de fazer sua primeira corrida pelos campos com Ciaran e Mitch.

– Vamos começar por uma coisa fácil, chefe – disse Mitch.

Esse fácil foi simplesmente correr oito quilômetros através de urze até a altura das coxas. A princípio, Monk pensou que ia morrer. E depois desejou ter morrido.

Havia apenas dois empregados de serviço. A governanta, a formidável Sra. McGillivray, viúva de um trabalhador na propriedade, cozinhava e limpava, aceitava com fungadelas desaprovadoras a sucessão de especialistas que vinha e partia, com seus sotaques ingleses. Hector cuidava dos jardins e da horta, ia de carro a Whitehouse para fazer compras. Nenhum entregador jamais ia até lá. A Sra. McGee, como era chamada, e Hector viviam em dois pequenos chalés.

Um fotógrafo bateu vários retratos de Monk, para os diversos documentos de identificação que estavam sendo preparados para ele em algum lugar. Um estilista de cabelos e maquiador apareceu, mudou a aparência de Monk com incrível habilidade, ensinou-lhe como fazer aquilo de novo com um mínimo de materiais, sem nada que não pudesse ser comprado com facilidade ou levado na bagagem sem despertar suspeitas sobre seu verdadeiro uso.

Com a nova aparência, o fotógrafo tirou mais fotografias, para outro passaporte. Irvine obtivera em algum lugar os artigos genuínos, providenciando os serviços de um gravador e um calígrafo para alterá-los com a nova identidade.

Monk passava horas com um enorme mapa de Moscou, memorizando a cidade e as centenas de novos nomes... novos para ele, pelo menos. O Cais Maurice Thorez, assim chamado em homenagem ao líder comunista francês, voltara ao seu antigo nome, Cais Sofiskaya. Todas as referências a Marx, Engels, Lenin, Dzerjinsky e outros notáveis comunistas em sua época haviam desaparecido.

Ele memorizou uma centena dos prédios mais proeminentes e sua localização, como usar o novo sistema telefônico e como chamar um "táxi" imediatamente, acenando para qualquer motorista, a qualquer momento, em qualquer lugar, e lhe oferecendo um dólar.

Havia também uma sala de reconhecimento, em que ele se sentava por horas com um homem de Londres, que também falava russo, mas era inglês, examinando rostos, rostos e mais rostos.

Havia livros para ler, os discursos de Komarov, os jornais e revistas russos. Pior de tudo, havia números de telefones a memorizar, até ter cinquenta arquivados na cabeça. Os números nunca tinham sido o seu forte.

Sir Nigel Irvine voltou na segunda semana. Parecia cansado, mas satisfeito. Não disse onde estivera. Trazia uma coisa que alguém de sua equipe comprara, depois de vasculhar os antiquários de Londres. Monk revirou o objeto entre as mãos.

– Como soube disso? – indagou ele.

– Não importa. Tenho ouvidos compridos. É igual?

– Idêntico. Pelo que me recordo.

– Pois então deve funcionar.

Ele também trouxe uma mala, criada por um hábil artesão. Seria preciso um inspetor alfandegário excepcional para perceber o compartimento interno em que Monk esconderia dois documentos; o Manifesto Negro no russo original e o relatório de confirmação, que o autenticava, agora traduzido para o russo.

Na segunda semana, Jason Monk sentia-se em melhor forma do que nos últimos dez anos. Os músculos se fortaleceram, a resistência aumentara, embora ele soubesse que nunca poderia se comparar com Ciaran e Mitch, que eram capazes de marchar hora após hora, ultrapassando as barreiras da dor e exaustão, entrando naquele limbo próximo da morte em que só a vontade mantém o corpo em movimento.

George Sims apareceu no meio dessa semana. Era mais ou menos da idade de Monk e ex-suboficial do regimento das forças especiais. Na manhã seguinte, levou Monk para o gramado. Ambos vestiam macacões de corrida. Sims falou de uma distância de quatro metros, com um sotaque escocês:

– Agora, senhor, eu ficaria agradecido se tentasse me matar.

Monk alteou uma sobrancelha.

– Mas não se preocupe, porque não vai conseguir.

Ele estava certo. Monk adiantou-se, fez uma finta e atacou. O escocês deu-lhe um balão e ele caiu de costas no chão.

– Um pouco lento para ter algum sucesso – comentou o ex-suboficial.

Hector se encontrava na cozinha, levando cenouras para o almoço, quando Monk passou de novo pela janela, voando de cabeça para baixo.

– O que eles estão fazendo?

– Não é da sua conta – disse a Sra. McGee. – São apenas os amigos do jovem lorde se divertindo.

No bosque, Sims mostrou a Monk a automática Sig Sauer de 9mm, de fabricação suíça.

– Pensei que vocês usavam a Browning de 13 tiros – comentou Monk, querendo demonstrar seu conhecimento.

– Já usamos, mas faz muito tempo. Mudamos para esta arma há mais de dez anos. Conhece a posição agachada, segurando a arma com as duas mãos, senhor?

Monk tivera um treinamento com armas na "Fazenda", como era chamado o centro de treinamento em Forte Peary, Virgínia, quando era da CIA. Fora o primeiro da turma em tiro, a herança de caçar com o pai nas montanhas. Mas isso também ficara no passado distante.

O escocês montou um alvo de um homem agachado, afastou-se por 15 passos, virou-se e abriu cinco buracos no coração. Monk tirou a orelha esquerda do alvo e roçou a coxa. Usaram uma centena de tiros duas vezes por dia, durante três dias, até que Monk se tornou capaz de acertar três de cinco tiros no rosto.

– Isso em geral consegue deter os oponentes – admitiu Sims, no tom de alguém que sabia que jamais conseguiria melhor.

– Com um pouco de sorte, nunca terei de usar uma arma – murmurou Monk.

– É o que todos dizem, senhor. E depois a sorte acaba. É melhor saber como usar, caso seja necessário.

No início da terceira semana Monk foi apresentado a seu comunicador. Um homem surpreendentemente jovem chamado Danny veio de Londres.

– É um computador laptop absolutamente comum – explicou ele.

E era mesmo. Não maior que um livro comum, a tampa levantada para revelar a tela na parte inferior, o teclado em duas metades, abertas e presas para assumir o tamanho de um teclado normal de máquina de escrever. Era o tipo de equipamento que oito em dez executivos levavam em suas viagens.

– O disquete... – Danny suspendeu o que parecia um cartão de crédito diante do nariz de Monk, antes de inseri-lo na lateral do laptop – ...contém as informações normais necessárias a um executivo como você vai se apresentar. Se alguém entrar no programa, só vai encontrar dados comerciais, de interesse apenas para o dono.

– E que mais? – indagou Monk.

Ele compreendia que o homem de uma juventude desconcertante era um daqueles nascidos muito depois de seu tempo, desmamados com um computador, achando que seu funcionamento era muito mais simples do que os hieróglifos egípcios. Monk teria preferido os egípcios a qualquer momento.

– E o que é isto? – indagou Danny, erguendo outro cartão.

– É um cartão Visa – respondeu Monk.

– Olhe de novo.

Monk examinou o fino cartão de plástico, com a faixa magnética no verso.

– Parece um cartão Visa.

– Pode até servir como um cartão Visa – disse Danny –, mas não o use assim. Para evitar que alguma tecnologia adulterada o apague por engano. Mantenha-o em lugar seguro, onde quer que esteja, de preferência oculto de olhos bisbilhoteiros e só o use quando for necessário.

– O que isso faz? – perguntou Monk.

– Muita coisa. Codifica qualquer texto que você quiser digitar. Tem na memória uma centena de tabelas, o que quer que sejam. Não é a minha área, mas calculo que são indecifráveis.

– E são mesmo – disse Monk, contente em ouvir pelo menos uma frase que conhecia, o que o fazia se sentir melhor.

Danny tirou o disquete e inseriu em seu lugar o cartão Visa.

– O laptop funciona com uma bateria de lítio, com potência suficiente para alcançar o satélite. Mesmo que tenha eletricidade disponível, use a bateria, pois sempre pode haver uma queda de voltagem na corrente doméstica. Use a eletricidade externa para recarregar a bateria. Ligue agora.

Ele indicou o botão para ligar e desligar, e Monk o apertou.

– Escreva sua mensagem para Sir Nigel na tela, em linguagem comum.

Monk escreveu uma mensagem de vinte palavras, para confirmar a chegada segura e o primeiro contato feito.

– Agora aperte esta tecla aqui. Diz uma coisa diferente, mas dá a ordem para codificar.

Monk apertou a tecla. Nada aconteceu. As palavras permaneceram na tela.

– Agora toque no botão de desligar.

As palavras desapareceram.

– Desapareceram para sempre – explicou Danny – Foram completamente apagadas da memória. Mas continuam codificadas dentro de Virgil do Visa, esperando para serem transmitidas. Agora torne a ligar o laptop.

Foi o que Monk fez. A tela se iluminou, mas permaneceu vazia.

– Aperte esta tecla. Diz outra coisa, mas quando Virgil está inserido significa "transmitir/receber". Deixe ligado. Duas vezes por dia um satélite vai surgir no horizonte. Ao se aproximar do lugar em que você se encontra, está programado para transmitir uma mensagem. A chamada será na mesma frequência de Virgil, mas dura um nanossegundo e é codificada. Diz o seguinte: "Você está aí, Baby?" Virgil ouve essa chamada, identifica a Mãe, acusa o recebimento e transmite sua mensagem. É o que chamamos de aperto de mão.

– Isso é tudo?

– Ainda não. Se a Mãe tem uma mensagem para Virgil, *ela* a transmitirá. Virgil receberá, tudo em código. A Mãe passa além do horizonte e desaparece. Já terá transmitido sua mensagem para a base receptora, onde quer que seja. Não sei onde fica e não preciso saber.

– Tenho de permanecer com o aparelho enquanto faz tudo isso? – indagou Monk.

– Claro que não. Pode sair e fazer o que tiver de fazer. Ao voltar, encontrará a tela ainda acesa. Basta apertar este botão. Não diz "decodificar", mas o que Virgil faz, se ainda estiver inserido. Isso mesmo, Virgil decodifica a mensagem da base para você. Memorize-a, aperte o botão de desligar e a apagará. Para sempre. Agora, uma última coisa. Se quiser explodir o pequeno cérebro de Virgil, aperte estes quatro números em sequência. – Ele mostrou a Monk os quatro números, escritos num pedaço de papel. – Portanto, nunca aperte esses quatro números, a menos que queira que Virgil volte a ser apenas um cartão Visa, sem qualquer outra função.

Eles passaram dois dias repassando os procedimentos, muitas e muitas vezes, até que Monk conseguisse executá-los quase com perfeição. Depois Danny partiu de volta a qualquer mundo de chips em que habitava.

Ao final da terceira semana no Castelo Forbes, todos os instrutores se declararam satisfeitos.

Monk viu a partida deles.

– Há algum telefone que eu possa usar? – perguntou ele naquela noite, ao se sentar com Ciaran e Mitch na sala de estar, depois do jantar.

Mitch levantou os olhos do tabuleiro de xadrez em que estava sendo esmagado por Ciaran e acenou com a cabeça na direção do telefone no canto.

– Para uma ligação particular – pediu Monk.

Ciaran também levantou a cabeça e os dois ex-soldados fitaram-no.

– Claro – murmurou Ciaran. – Use o telefone do escritório.

Monk sentou-se entre os livros e as gravuras de caça no escritório pessoal de lorde Forbes e discou um número no exterior. O telefone tocou numa pequena casa de madeira em Crozet, Virgínia do Sul, onde o sol estava baixo sobre as montanhas Blue Ridge, cinco horas antes da Escócia. Foi atendido no décimo toque da campainha e uma voz de mulher disse:

– Alô?

Ele podia imaginar a sala de estar pequena, mas aconchegante, onde um fogo de lenha ardia durante o inverno e a luz sempre se refletia das superfícies dos móveis de casamento, tão apreciados e sempre envernizados.

– Oi, mãe. Sou eu, Jason.

A frágil voz se alteou em satisfação.

– Jason! Onde você está?

– Tive de viajar, mãe. Como está papai?

Desde o derrame, o pai passava a maior parte do tempo na cadeira de balanço na varanda, contemplando a pequena cidade e as montanhas cobertas por florestas além, para onde levava, quarenta anos antes e ainda capaz de andar durante o dia inteiro, o filho primogênito para caçar e pescar.

– Ele está bem. Está cochilando na varanda neste momento. Faz calor. Tem sido um verão longo e quente. Direi que você ligou. Ele ficará satisfeito. Virá nos visitar em breve? Já passou muito tempo desde a última vez em que esteve aqui.

Havia dois irmãos e uma irmã, saídos de lá, um assessor de seguros, o outro corretor de imóveis ao longo da baía de Chesapeake, a irmã casada com um médico rural. Todos ainda na Virgínia. Visitavam com frequência. Ele era o ausente.

– Assim que puder, mãe. É uma promessa.

– Vai para longe, não é, filho?

Jason sabia a que a mãe se referia por "longe". Ela soube do Vietnã antes que ele fosse escalado, costumava telefonar para ele em Washington antes das viagens ao exterior, como se desconfiasse de alguma coisa que não podia saber. Um sentido especial nas mães... a cinco mil quilômetros de distância ela podia perceber o perigo.

– Eu voltarei. E depois farei uma visita.

– Tome cuidado, Jason.

Ele olhou pela janela para as estrelas sobre a Escócia. Deveria visitá-los com mais frequência. Ambos estavam bem velhos agora. Deveria arrumar mais tempo. Se voltasse da Rússia, faria isso.

– Não se preocupe, mãe. Estarei bem.

Houve uma pausa, como se nenhum dos dois soubesse o que dizer.

– Amo você, mamãe. Diga a papai que amo vocês dois.

Ele desligou. Duas horas depois, Sir Nigel Irvine leu a transcrição em sua casa em Dorset. Na manhã seguinte, Ciaran e Mitch levaram Monk ao aeroporto de Aberdeen e acompanharam-no no voo para o sul.

Ele passou cinco dias em Londres com Sir Nigel lrvine, no Montcalm, um hotel tranquilo e discreto numa ladeira em Nash, por trás de Marble Arch. Durante esses dias, o velho espião explicou em detalhes a Monk o que deveria fazer. Ao final, não havia mais nada de que se despedirem. Irvine entregou-lhe um pedaço de papel.

– Se algum dia esse seu maravilhoso sistema de comunicações de alta tecnologia falhar, há um camarada que pode enviar uma mensagem. Último recurso, é claro. Até a volta, Jason. Não irei a Heathrow. Detesto aeroportos. Acho que você pode conseguir. Isso mesmo, estou convencido de que pode.

Ciaran e Mitch levaram-no a Heathrow, acompanharam-no até a barreira. Ali, cada um estendeu-lhe a mão.

– Boa sorte, chefe – disseram eles.

Foi um voo sem incidentes. Ninguém sabia que ele não parecia em nada com o Jason Monk que voara para o Terminal Quatro trinta dias antes. Ninguém sabia que ele não era o homem no passaporte.

Cinco horas depois, com o relógio ajustado para duas horas mais tarde, ele se encaminhou para o controle de passaportes no aeroporto de Sheremetyevo, em Moscou. Tinha o visto em ordem, aparentemente solicitado e concedido na embaixada russa em Washington. Passou sem qualquer problema.

Na alfândega, preencheu o longo formulário de declaração de moeda estrangeira, pôs a única mala na mesa de exame. O inspetor olhou para a mala, depois gesticulou para a pasta de executivo.

– Abra – disse ele, em inglês.

Com um sorriso, o típico executivo americano, Monk abriu-a. O inspetor revistou os papéis, depois levantou o laptop. Murmurou "Sensacional!", com um aceno de cabeça aprovador, tornou a ajeitá-lo no lugar. Foram feitas marcas a giz na mala e na pasta e o fiscal se virou para o passageiro seguinte.

Monk pegou a bagagem, passou pelas portas de vidro e saiu para a terra na qual jurara que nunca mais pisaria.

Parte II

12

O hotel Metropol ainda ficava onde ele se lembrava, um enorme cubo de pedra cinzenta de frente para o Teatro Bolshoi, no outro lado da praça.

Monk foi até a recepção, disse quem era e apresentou seu passaporte americano. O recepcionista verificou numa tela de computador, digitando números e letras, até obter a confirmação. Olhou para o passaporte, depois para Monk, acenou com a cabeça e exibiu um sorriso profissional.

O quarto era o que Monk pedira, a conselho do soldado que falava russo, enviado por Sir Nigel a Moscou quatro semanas antes, numa viagem de reconhecimento. Era um quarto de esquina, no oitavo andar, com vista para o Kremlin e, ainda mais importante, tinha uma varanda que se estendia por toda a fachada do prédio.

Por causa da diferença de horário em relação a Londres, já era início de noite quando ele terminou de se instalar. O crepúsculo de outubro era frio, de forma que as pessoas na rua andavam de casaco. Naquela noite, Monk jantou no hotel e dormiu cedo.

Na manhã seguinte, havia um novo recepcionista lá embaixo.

– Tenho um problema – disse Monk. – Preciso ir à embaixada americana para que confiram meu passaporte. É uma questão de menor importância, burocracia...

– Lamento, senhor, mas temos de manter os passaportes dos visitantes durante a permanência aqui.

Monk inclinou-se pelo balcão com uma nota de cem dólares entre os dedos.

– Eu compreendo, mas acontece que tenho um problema. Depois de Moscou, tenho de viajar por toda a Europa, e com a data de validade do passaporte expirando, minha embaixada precisa providenciar outro. E só o levaria por umas duas horas...

O recepcionista era jovem, recém-casado, com um filho a caminho. Pensou na quantidade de rublos que a nota de cem dólares valeria no mercado negro. Olhou para a esquerda e para a direita.

– Com licença.

Ele desapareceu por trás da divisória de vidro que separava a área de recepção do complexo de escritórios. Voltou cinco minutos depois, trazendo o passaporte.

– Normalmente, o passaporte só é devolvido na saída do hóspede. Precisa trazê-lo de volta.

– Como eu disse, vou fazer isso assim que o pessoal da embaixada concluir a conferência. Quando termina o seu turno?

– Às 14 horas.

– Se eu não puder entregá-lo até esta hora, seus colegas o receberão no final da tarde.

Enquanto o passaporte vinha numa direção, a nota de cem dólares seguia na outra. Agora eram ambos coconspiradores. Acenaram com a cabeça, sorriram e Monk se afastou.

De volta ao quarto, ele pendurou o aviso de "Favor não incomodar" e trancou a porta. No banheiro, pegou o solvente de tinta descrito no rótulo como colírio e derramou numa tigela com água quente.

Os cabelos crespos grisalhos do Dr. Philip Peters desapareceram, sendo substituídos pelos cabelos louros de Jason Monk. O bigode foi removido por uma lâmina de barbear e os óculos que cobriam os olhos fracos do acadêmico foram para uma lata de lixo no final do corredor.

O passaporte que ele tirou da pasta de executivo estava em seu próprio nome, com sua própria fotografia e trazia o carimbo de entrada do agente de imigração no aeroporto, copiado do carimbo trazido pelo soldado de Irvine despachado na missão de reconhecimento, mas com a data apropriada. Dentro da folha de guarda havia um formulário de declaração de moeda estrangeira, também com o carimbo falsificado.

No meio da manhã, Monk desceu para o térreo, atravessou o saguão e saiu pela porta da frente. Havia uma fileira de táxis diante do Metropol e ele pegou um; agora, falando russo.

– Penta Olímpico – disse ele.

O motorista conhecia o hotel, acenou com a cabeça e partiu. Todo o complexo olímpico, construído para os jogos de 1980, fica ao norte do centro da cidade, perto da Sadovo-Spasskoye, a avenida de contorno ajardinada. O estádio ainda se elevava acima dos prédios ao redor e à sua sombra ficava o Hotel Penta, construído por alemães. Monk saltou na frente, pagou a corrida e entrou no saguão. Depois que o táxi foi embora, ele saiu do hotel e seguiu a pé pelo restante do caminho. Ficava a menos de meio quilômetro de distância.

Toda a área ao sul do estádio degenerara para aquela impressão de desleixo que prevalece quando a manutenção se torna muito difícil. Os prédios da era comunista acumulavam uma camada da poeira de verão que viraria uma crosta com o frio. Pedaços de papel e de plástico voavam pelas ruas.

Perto da rua Durova havia um enclave cercado por grade, cujos jardins e prédios exibiam um espírito diferente, de cuidado e atenção. Havia três prédios principais além da grade: um albergue para viajantes vindos das províncias, uma excelente escola construída em meados da década de 1990 e o lugar de oração.

A principal mesquita de Moscou fora construída em 1905, uma dúzia de anos antes de Lenin tomar o poder. Exibia as características da elegância pré-revolucionária. Definhara durante setenta anos, sob o regime comunista, assim como as igrejas cristãs, todas as religiões perseguidas pelo Estado ateu. Depois da queda do comunismo, uma generosa doação da Arábia Saudita permitira um programa de cinco anos de recuperação e ampliação. O albergue e a escola haviam sido construídos nessa ocasião.

A mesquita não mudara de tamanho; ainda era um prédio bem pequeno, em azul-claro e branco, com janelas mínimas, a entrada através de portas de carvalho esculpidas. Monk tirou os sapatos, colocando-os num dos escaninhos à esquerda, e entrou.

Como acontecia com todas as mesquitas, o interior era aberto, sem cadeiras ou bancos. Grossos tapetes, também doados pela Arábia Saudita, cobriam o chão; colunas sustentavam uma galeria que contornava o prédio, por cima do espaço central.

Segundo a fé, não havia imagens esculpidas ou pintadas. Painéis nas paredes continham diversas citações do Corão.

A mesquita atendia às necessidades espirituais da comunidade muçulmana residente em Moscou, menos os diplomatas, que costumavam fazer suas orações na embaixada saudita. Mas a Rússia tem dezenas de milhões de muçulmanos e sua capital oferece duas mesquitas públicas. Como não era sexta-feira, só havia ali umas poucas dezenas de fiéis.

Monk encontrou um lugar junto da parede, perto da entrada, sentou-se de pernas cruzadas e ficou observando. Quase todos os homens eram velhos, azerbaidjanos, tártaros, inguches, ossecianos. Todos usavam terno puído, mas limpo.

Depois de meia hora, um velho na frente de Monk ergueu-se e virou-se para a porta. Notou Monk e uma expressão de curiosidade surgiu em seu rosto. O rosto bronzeado, os cabelos louros, a falta de um cordão de contas de oração. Ele hesitou por um instante, mas logo tornou a se sentar, encostado na parede.

Devia ter muito mais de 70 anos e as três medalhas recebidas na Segunda Guerra Mundial pendiam de sua lapela.

– Que a paz esteja com você – murmurou ele.

– E também com você – respondeu Monk.

– É um fiel? – perguntou o velho.

– Infelizmente, não. Vim procurar um amigo.

– Ah... Um amigo específico?

– Isso mesmo. De muito tempo atrás. Perdemos o contato. Eu esperava encontrá-lo aqui. Ou falar com alguém que pudesse conhecê-lo.

O velho balançou a cabeça.

– Nossa comunidade é pequena. Ou melhor, temos várias comunidades pequenas. A qual delas seu amigo pertence?

– Ele é checheno.

O velho tornou a balançar a cabeça, depois se levantou, com alguma dificuldade.

– Espere aqui.

Ele voltou dez minutos mais tarde, em companhia de alguém que fora buscar lá fora. Acenou com a cabeça para Monk, sorriu e foi embora. O recém-chegado era mais jovem, mas não muito.

– Fui informado de que você procura um dos meus irmãos – disse o checheno. – Posso ajudar?

– Talvez. Eu ficaria muito agradecido. Nós nos conhecemos há muitos anos. Agora estou visitando a cidade e teria o maior prazer em vê-lo de novo.

– E como ele se chama, meu amigo?

– Umar Gunayev.

Os olhos do homem mais velho faiscaram por um instante.

– Não conheço ninguém com esse nome.

– Isso me deixa desapontado, pois eu trouxe um presente para ele.

– Por quanto tempo ficará entre nós?

– Eu gostaria de continuar sentado mais um pouco, admirando a sua linda mesquita – respondeu Monk.

O checheno levantou-se.

– Perguntarei se alguém já ouviu falar desse homem.

– Obrigado – disse Monk. – Sou um homem de grande paciência.

– A paciência é uma virtude.

Duas horas transcorreram antes que eles viessem. Eram três, todos jovens. Moviam-se em silêncio, os pés calçados com meias não fazendo qualquer barulho nos tapetes persas. Um deles ficou na porta, de joelhos, apoiado nos calcanhares, as mãos nas coxas. Podia estar em oração, mas Monk sabia que ninguém passaria por ele.

Os outros dois se aproximaram e sentaram-se nos lados de Monk. O que tinham por baixo do paletó estava oculto. Monk ficou olhando para a frente. As perguntas, quando começaram, foram feitas em murmúrios, para não incomodar os fiéis nas proximidades.

– Você fala russo?

– Falo.

– E pergunta por um dos nossos irmãos?

– Isso mesmo.

– É um espião russo.

– Sou americano. O passaporte está no paletó.

– Tire-o com o polegar e o indicador.

Monk tirou o passaporte americano e deixou-o cair no tapete. Foi o outro homem quem se inclinou para a frente, pegou-o e examinou-o. Depois acenou com a cabeça e devolveu-o. Falou em checheno para o companheiro. Monk desconfiou que ele disse que qualquer um podia falsificar um passaporte americano. O homem à direita de Monk balançou a cabeça e recomeçou o interrogatório.

– Por que procura nosso irmão?

– Nós nos conhecemos há muito tempo. Numa terra distante. Ele deixou uma coisa ao partir. Prometi que a devolveria se algum dia viesse a Moscou.

– Está com você?

– Na pasta.

– Abra.

Monk soltou os fechos e levantou a tampa. Havia uma caixa de papelão lá dentro.

– Espera que levemos isto para ele?

– Eu ficaria agradecido.

O homem da esquerda disse alguma coisa em checheno.

– Não é uma bomba – declarou Monk, em russo. – Pois se fosse e abrissem a caixa agora, eu também morreria. Podem abrir.

Os dois homens trocaram um olhar, depois um deles inclinou-se para a frente e tirou a tampa da caixa de papelão. Os dois ficaram olhando para o conteúdo.

– É isso?

– É, sim. Ele deixou para trás.

O homem da esquerda fechou a caixa, tirou-a da pasta e levantou-se.

– Espere aqui.

O homem na porta observou-o partir, mas não fez qualquer sinal. Monk e seus dois vigilantes permaneceram sentados na mesquita por mais duas horas. A hora do almoço veio e passou. Monk sentiu vontade de comer um enorme hambúrguer. A claridade já começava a definhar além das janelas quando o mensageiro voltou. Não disse nada, apenas acenou para os dois companheiros e sacudiu a cabeça na direção da porta.

– Venha – disse o checheno agachado ao lado de Monk.

Os três se levantaram. Deixaram a mesquita, pegaram e calçaram os sapatos. Os dois homens postaram-se nos seus lados; o vigia na porta seguiu atrás. Monk foi escoltado para fora do complexo, até um BMW à espera na rua Durova. Antes de entrar, foi revistado por trás.

Monk sentou-se no meio do banco traseiro, entre dois homens, enquanto o vigia se instalava ao lado do motorista. O BMW partiu para a avenida de Contorno.

Monk calculara que os homens nunca profanariam a mesquita com atos de violência em seu interior, mas o carro era diferente. Ele sabia o suficiente sobre homens assim para ter certeza de que podiam ser extremamente perigosos.

Depois de 1,5 quilômetro, o homem no banco da frente abriu o porta-luvas e tirou enormes óculos escuros. Gesticulou para que Monk os pusesse. Eram melhores do que uma venda, pois tinham as lentes pintadas de preto. Monk completou a viagem no escuro.

No centro de Moscou, numa rua secundária em que é mais sensato não entrar, há um café chamado Kashtan. Significa "castanha" em russo e existe há anos.

Qualquer turista que por acaso passe pela porta será recebido por um jovem forte, que o aconselhará a ir tomar seu café da manhã em outro lugar. A milícia russa nem sequer chega perto.

Monk foi ajudado a saltar do carro, os óculos pretos foram removidos quando ele passou pela porta. O zumbido das conversas em checheno cessou no mesmo instante. Quatro dezenas de olhos observaram em silêncio, enquanto ele era conduzido para uma sala particular nos fundos, além do balcão. Se não saísse daquela sala, ninguém teria visto qualquer coisa.

Havia uma mesa, quatro cadeiras e um espelho na parede. Da cozinha próxima vinha um cheiro de alho, temperos e café. Pela primeira vez, o superior dos três guardas, o que ficara sentado ao lado da porta da mesquita enquanto os subordinados faziam o interrogatório, se manifestou:

– Sente-se. Café?

– Obrigado. Com açúcar.

O café foi servido e era ótimo. Monk tomou aos goles, olhando para o espelho, convencido de que estava sendo observado por alguém no outro lado. Quando ele esvaziou a xícara, a porta foi aberta e Umar Gunayev entrou na sala.

Ele mudara. O colarinho da camisa não mais se projetava por cima do paletó, o terno nada tinha de ordinário. Era de um *designer* italiano e a gravata de seda, provavelmente da Jermyn Street ou Quinta Avenida.

O checheno amadurecera ao longo dos 12 anos, mas aos 40 era bonito, cortês e refinado. Acenou com a cabeça várias vezes para Monk, com um sorriso suave, depois sentou-se e pôs a caixa de papelão em cima da mesa.

– Recebi seu presente.

Ele abriu a caixa, tirou a *gambiah* iemenita, levantou contra a luz, passou um dedo pelo gume.

– É isto?

– Um deles deixou cair no chão – explicou Monk. – Pensei que você poderia usar como uma espátula para abrir cartas.

Desta vez Gunayev sorriu com um divertimento genuíno.

– Como soube do meu nome?

Monk falou sobre as fotos colecionadas pelos britânicos de todos os russos que chegavam a Omã.

– E o que ouviu a meu respeito desde então?

– Muitas coisas.

– Boas ou más?

– Interessantes.

– Diga-me.

– Soube que o capitão Gunayev, depois de dez anos na Primeira Diretoria, acabou se cansando das piadas raciais e da falta de promoções. Soube que ele deixou a KGB para se dedicar a outro ramo de atividade. Também secreto, porém diferente.

Gunayev riu. Com isto, os três guardas pareceram relaxar. O chefe indicara o ânimo que deveriam assumir.

– Secreto, mas diferente. É verdade. E que mais?

– Também ouvi dizer que Umar Gunayev subiu em sua nova vida para se tornar o líder incontestável de todo o submundo checheno a oeste dos Urais.

– É possível. Mais alguma coisa?

– Soube que esse Gunayev é um homem tradicional, embora não velho. Que ainda se apega aos antigos padrões do povo checheno.

– Ouviu demais, meu amigo americano. E quais são esses padrões do povo checheno?

– Fui informado de que num mundo em degeneração, os chechenos ainda respeitam seu código de honra; que pagam suas dívidas, as boas e as más.

Houve tensão dos três homens por trás de Monk. O americano estaria zombando deles? Observaram seu líder. Gunayev balançou a cabeça.

– Ouviu corretamente. O que quer de mim?

– Abrigo. Um lugar para viver.

– Há hotéis em Moscou.

– Não são seguros.

– Alguém está tentando matá-lo?

– Ainda não, mas tentará em breve.

– Quem?

– O coronel Anatoli Grishin.

Gunayev deu de ombros, desdenhoso.

– Você o conhece? – perguntou Monk.

– Conheço.

– E gosta do que sabe sobre ele?

Gunayev tornou a dar de ombros.

– Ele faz o que faz. Eu faço o que faço.

– Nos Estados Unidos, se você quisesse desaparecer, eu poderia dar um jeito. Mas aqui não é a minha cidade, não é o meu país. Pode me fazer desaparecer em Moscou?

– Em caráter temporário ou permanente?

Monk riu.

– Prefiro que seja temporário.

– Neste caso, claro que posso. É o que você quer?

– Se quero continuar vivo, é, sim. E prefiro continuar vivo.

Gunayev levantou-se e falou para seus três subordinados.

– Este homem salvou minha vida. Agora ele é meu hóspede. Ninguém pode tocar nele. Enquanto estiver aqui, será um dos nossos.

Os três se adiantaram, estendendo a mão para Monk, sorrindo, apresentando-se. Aslan, Magomed, Sharif.

– A caçada a você já começou? – perguntou Gunayev.

– Creio que não.

– Então deve estar com fome. A comida aqui é horrível. Vamos para o meu escritório.

Como todos os chefes das máfias, o líder do clã dos chechenos tinha duas personalidades. A mais pública era a de um bem-sucedido *biznizman*, controlando duas dezenas de prósperas companhias. No caso de Gunayev, sua especialidade era o ramo imobiliário.

Nos primeiros anos, ele obtivera os melhores terrenos por toda Moscou, pelo expediente simples de comprá-los ou de fuzilar os burocratas incumbidos de sua venda, à medida que o comunismo desmoronava e as propriedades do Estado eram oferecidas ao público.

Com os terrenos em seu nome, Gunayev pudera aproveitar a onda de empreendimentos imobiliários lançados pelos magnatas russos e seus parceiros ocidentais. Gunayev oferecia os terrenos e garantia que não haveria greves dos operários, enquanto os americanos e europeus ocidentais erguiam os prédios de escritórios e apartamentos, ou seja, era um empreendimento partilhado, assim como os lucros da venda dos imóveis e o aluguel dos escritórios.

Com procedimentos similares, o checheno assumira o controle de seis dos principais hotéis da cidade, diversificando para o aço, concreto, madeira, tijolos e vidro. Se alguém queria reformar, converter ou construir, tinha de negociar com uma subsidiária possuída e controlada por Umar Gunayev.

Essa era a face aberta da máfia chechena. O lado menos visível da operação, como acontecia com todos os grupos criminosos de

Moscou, permanecia nas áreas do mercado negro e do desvio de recursos do governo.

O patrimônio do Estado russo, como ouro, diamantes, gás e petróleo, era comprado em rublos, pela taxa oficial ou mesmo com descontos. Os "vendedores", sendo burocratas, podiam ser subornados com a maior facilidade. Exportados para o exterior, esses produtos eram vendidos em dólares, libras ou marcos alemães, a preços do mercado internacional.

Uma fração do preço de venda era então trazida para Moscou, convertida num monte de rublos, pela taxa do paralelo, o dinheiro sendo usado para a aquisição de uma nova remessa e os subornos necessários. O saldo, em torno de oitenta por cento da venda no exterior, era o lucro.

Nos primeiros dias, antes das autoridades governamentais e banqueiros terem uma noção das coisas, vários se recusaram a cooperar. O primeiro aviso era verbal, o segundo envolvia uma cirurgia ortopédica e o terceiro era permanente. O sucessor do infeliz em geral aprendia logo as regras do jogo.

Ao final da década de 1990, a violência contra autoridades públicas ou profissões legítimas mal era necessária, mas a esta altura, o crescimento dos exércitos particulares significava que cada chefe do submundo estava disposto a enfrentar seus rivais, se fosse necessário. Entre todos os homens da violência, não havia quem se comparasse aos chechenos em rapidez e indiferença, se achavam que estavam sendo traídos.

Desde o final do inverno de 1994, havia um novo fator na equação. Pouco antes do Natal desse ano, Boris Yeltsin desfechou sua tola e absurda guerra contra a Chechênia, ostensivamente para derrubar o presidente Dudayev, um separatista que reivindicava a independência. Se a guerra fosse uma rápida intervenção cirúrgica, poderia ter dado certo. Na verdade, o supostamente poderoso exército russo sofreu uma reação inesperada dos guerrilheiros chechenos, que foram para as montanhas do Cáucaso e continuaram a lutar.

Em Moscou, qualquer prurido de hesitação que a máfia chechena podia sentir em relação ao Estado russo desapareceu por completo.

Com todos os outros se voltando contra eles, os chechenos se tornaram ainda mais unidos, um clã de uma lealdade absoluta dentro da capital russa, muito mais impenetrável que as máfias armênia, georgiana ou russa. Dentro dessa comunidade, o chefe do submundo era ao mesmo tempo um herói e um líder da resistência. Ao final do outono de 1999, esse líder era o ex-capitão da KGB, Umar Gunayev.

E, no entanto, como empresário, Gunayev ainda podia circular livremente e viver como o milionário que era. Seu "escritório" ocupava todo o último andar de um dos seus hotéis, construído em colaboração com uma rede americana, perto da estação Helsinque.

A viagem até o hotel foi no Mercedes de Umar Gunayev, à prova de balas e de bombas. Ele tinha seu próprio motorista e segurança, e os três homens do café foram atrás no Volvo. Os dois carros entraram na garagem subterrânea do hotel. Depois que os três homens no Volvo verificaram toda a área, Gunayev e Monk subiram num elevador de alta velocidade que os levou ao décimo andar. A eletricidade do elevador foi desligada em seguida.

Havia mais guardas no vestíbulo do décimo andar, mas finalmente encontraram privacidade no apartamento do líder checheno. Um mordomo de casaco branco levou comida e bebida a uma ordem de Gunayev.

– Há algo que preciso lhe mostrar – disse Monk. – Espero que ache interessante, até mesmo instrutivo.

Ele abriu a pasta e ativou os dois botões de controle para soltar a base falsa. Gunayev observava com interesse. Era evidente que a pasta e seu potencial despertavam-lhe a admiração.

Monk entregou primeiro a tradução para o russo do relatório de verificação. Eram 33 páginas. Gunayev alteou uma sobrancelha.

– Preciso mesmo?

– Posso garantir que recompensará sua paciência. Por favor.

Gunayev suspirou e começou a ler. À medida que se tornava mais absorto pela narrativa, deixou o café intacto e se concentrou no texto. Ao final, depois de vinte minutos, largou o relatório na mesa, entre os dois.

– Então esse manifesto não é falso. É autêntico. E daí?

– É o seu próximo presidente falando – disse Monk. – O que ele tenciona fazer quando assumir o poder. O que deve acontecer muito em breve.

Ele estendeu o manifesto numa capa preta por cima da mesa.

– Outras trinta páginas?

– Quarenta, para ser mais preciso. Mas ainda mais interessantes. Por favor, leia como estou pedindo.

Gunayev passou os olhos rapidamente pelas dez primeiras páginas, descrevendo os planos para um Estado de partido único, a reformulação do arsenal nuclear, a reconquista das repúblicas perdidas e o novo arquipélago Gulag de campos de trabalhos forçados. E depois contraiu os olhos, passando a ler mais devagar.

Monk sabia qual fora o ponto que ele alcançara nesse instante. Podia visualizar as frases messiânicas como as lera pela primeira vez, diante das águas cintilantes da Sapodilla Bay, nas ilhas Turks e Caicos.

"O extermínio completo e final até o último checheno na Rússia...a destruição do povo de ratos, a fim de que nunca mais ressurja... a redução das terras tribais a pastos de cabras... não ficará pedra sobre pedra... para sempre... os ossecianos, dagomanos e inguches ao redor observarão o processo e aprenderão o devido respeito e o medo de seus novos amos russos..."

Gunayev leu até o fim e largou o manifesto.

– Já foi tentado antes – comentou ele. – Os czares tentaram, Stalin tentou, Yeltsin tentou.

– Com espadas, metralhadoras e foguetes. O que me diz de raios gama, antraz e gases que afetam nervos? A arte do extermínio foi modernizada.

Gunayev se levantou, tirou o paletó, pendurou-o na cadeira, foi até a janela panorâmica, com sua vista dos telhados de Moscou.

– Você quer eliminá-lo? – perguntou ele.

– Não.

– Por que não? Pode ser feito.

– Não daria certo.

– Costuma dar.

Monk explicou. Uma nação já mergulhada no caos, no abismo, a probabilidade de uma guerra civil, ou outro Komarov, talvez seu braço direito, Grishin, tomando o poder um meio a uma onda de indignação.

– São dois lados de uma moeda – disse ele. – O homem de pensamento e palavras e o homem de ação. Mate um e o outro assume. A destruição de seu povo continua.

Gunayev virou-se da janela e voltou. Inclinou-se para Monk, com o rosto tenso.

– O que você quer de mim, americano? Chega aqui como um estrangeiro que outrora salvou minha vida. Portanto, eu lhe devo por isso. Depois, me mostra essa porcaria. O que tem a ver comigo?

– Nada, a menos que você decida que sim. Você tem muitas coisas, Umar Gunayev. Possui uma vasta riqueza, enorme poder, até mesmo o poder de vida e morte sobre qualquer homem. Tem o poder de cruzar os braços, deixar que aconteça o que tiver de acontecer.

– E por que eu não deveria fazer isso?

– Porque outrora havia um menino. Um menino pequeno e andrajoso, criado numa aldeia pobre na região norte do Cáucaso. A família, amigos e vizinhos se cotizaram para enviá-lo à universidade e de lá para Moscou, onde ele se tornaria um grande homem. A questão é a seguinte: esse menino morreu em algum ponto do caminho, tornou-se um autômato, acionado apenas pelo dinheiro? Ou o menino ainda se lembra de seu povo?

– Diga-me você.

– Não. A opção é sua.

– E a sua opção, americano?

– Muito mais fácil. Posso sair daqui, pegar um táxi para o Sheremetyevo, voar para casa. Lá é quente, confortável, seguro. Posso dizer a todos para não se incomodarem, que não tem importância, que ninguém aqui está interessado, que todos já foram comprados e pagos. Deixar a noite cair.

O checheno se sentou, ficou com o olhar perdido no passado distante por um longo tempo, até que disse:

– Você acha que pode detê-lo?

– Há uma possibilidade.

– E depois?

Monk explicou o que Sir Nigel Irvine e seus companheiros tinham em mente.

– É uma loucura – declarou Gunayev, incisivo.

– Pode ser. Qual é a outra perspectiva? Komarov e o genocídio a ser executado por sua besta principal; o caos e a guerra civil.

– E se eu ajudar, do que você precisa?

– Esconder-me. Mas à plena vista. Circular, mas sem ser reconhecido. Ver as pessoas que vim procurar.

– Acha que Komarov saberá que está aqui?

– Muito em breve. Há um milhão de informantes nesta cidade. Você sabe disso. Costuma usar muitos. Todos podem ser comprados. O homem não é nenhum tolo.

– Ele não pode comprar todos os órgãos do Estado. Nem mesmo eu assumo o Estado inteiro.

– Como você leu, Komarov prometeu a seus parceiros e financiadores, a máfia Dolgoruki, o mundo e tudo o que contêm. Muito em breve, eles serão o Estado. O que acontecerá com você?

– Está certo. Posso escondê-lo. Só não sei por quanto tempo. Ninguém o encontrará dentro de nossa comunidade, até eu dar uma ordem em contrário. Mas não pode ficar aqui. É óbvio demais. Tenho muitas casas seguras. Você terá de passar de uma para outra.

– Casas seguras são ótimas... para dormir. Mas precisarei de documentos para circular. Falsificações perfeitas.

Gunayev sacudiu a cabeça.

– Não temos documentos falsificados aqui. Compramos documentos autênticos.

– Eu me esqueci. Com dinheiro se consegue qualquer coisa.

– Do que mais você precisa?

– Para começar, isto.

Monk escreveu várias linhas num papel e entregou-o. Gunayev examinou a lista. Nada era difícil. Ele chegou ao último item.

– Para que precisa disso?

Monk explicou.

– Você sabe que possuo a metade do Hotel Metropol – comentou Gunayev, suspirando.

– Tentarei usar apenas a outra metade.

O checheno não entendeu a piada.

– Quanto tempo até Grishin saber que você está na cidade?

– Depende. Uns dois dias, talvez três. Quando eu começar a circular, haverá pistas inevitáveis. As pessoas falam.

– Muito bem. Eu lhe darei quatro homens. Serão seus guarda-costas, vão levá-lo de um lugar para outro. Já conheceu o líder deles. O homem no banco da frente do Volvo, Magomed. Ele é muito bom. Entregue a ele as listas do que precisar. Tudo será providenciado. Mas ainda acho que é uma loucura.

Por volta de meia-noite, Monk estava de volta a seu quarto no Metropol. No final do corredor existia uma área aberta, diante dos elevadores. Havia quatro poltronas de couro ali. Duas foram ocupadas por homens silenciosos, lendo jornal. Passariam a noite inteira ali. De madrugada, duas malas foram entregues no quarto de Monk.

A MAIORIA DOS MOSCOVITAS e com certeza todos os estrangeiros presumem que o patriarca da Igreja Ortodoxa Russa vivem em aposentos suntuosos no coração do Mosteiro Danilovsky, uma construção medieval, com seus muros brancos ameados e seu complexo de abadias e catedrais.

É essa, sem dúvida, a impressão cultivada com todo cuidado. Em um dos grandes prédios de escritórios dentro do mosteiro, guardado por soldados cossacos de lealdade absoluta, o patriarca mantém seu escritório, que é o coração e o centro do Patriarcado de Moscou e de Todas as Rússias. Mas ele não reside ali.

Reside numa casa bastante modesta, na Chisti Pereulok, 5, significando "Alameda Limpa", uma rua transversal estreita, nos arredores do distrito central da cidade.

Ali ele conta com os serviços de uma equipe clerical, formada por um secretário particular, mordomo/valete, dois criados e três freiras, que cozinham e limpam. Há também um motorista a seu serviço e dois guardas cossacos. Não poderia ser maior o contraste com a magnificência do Vaticano ou o esplendor do palácio do patriarca da Igreja Ortodoxa Grega.

No inverno de 1999, o detentor do cargo ainda era Sua Santidade Alexei II, eleito dez anos antes, pouco antes da queda do comunismo. Ainda com 50 e poucos anos, ele se tornou o herdeiro de uma igreja desmoralizada e caluniada por dentro, perseguida e corrompida por fora.

Desde os primeiros dias, Lênin, que detestava os sacerdotes, compreendeu que o comunismo só tinha um rival nos corações e mentes das massas abundantes dos camponeses russos, e decidiu destruí-lo. Através da brutalidade e corrupção sistemáticas, ele e seus sucessores quase conseguiram.

Mas até mesmo Lênin e Stalin hesitaram diante do completo extermínio do sacerdócio e da Igreja, receando que pudesse desencadear uma reação que nem mesmo o NKVD seria capaz de controlar. Por isso, depois dos primeiros *pogroms*, em que igrejas foram queimadas, seus tesouros roubados e os sacerdotes enforcados, o Politburo procurou destruir a Igreja por meio do descrédito.

As medidas foram numerosas. Os aspirantes mais inteligentes eram banidos dos seminários, controlados pelo NKVD e mais tarde pela KGB. Só os incultos das regiões periféricas da União Soviética, Moldávia a oeste e Sibéria a leste, eram aceitos. O nível de instrução foi mantido bem baixo e a qualidade dos sacerdotes foi degradada.

A maioria das igrejas foi fechada, deixaram que se deteriorassem. Umas poucas permaneceram abertas, frequentadas em geral pelos mais pobres e idosos, ou seja, os inofensivos. Os sacerdotes eram obrigados a se apresentar regularmente à KGB e assim faziam, atuando como informantes contra seus próprios paroquianos.

Um jovem à procura do batismo seria denunciado pelo sacerdote que abordava. Depois disso, perderia sua vaga na escola secundária e a chance de ingressar na universidade, os pais podiam ser expulsos de seu apartamento. Quase tudo era denunciado à KGB. E quase todo o sacerdócio, mesmo que não estivesse envolvido, ficou maculado pela suspeita popular.

Os comunistas usavam a técnica da vara com a cenoura, uma vara torta e uma cenoura envenenada.

Os defensores da Igreja ressaltam que a alternativa era a completa extirpação e que manter a Igreja viva, qualquer Igreja, era um fator que superava a humilhação.

O que o gentil, tímido e retraído Alexei II herdou, portanto, foi um colégio de bispos condicionado à colaboração com o Estado ateu e um sacerdócio pastoral desacreditado aos olhos do povo.

Havia exceções, padres itinerantes, sem paróquias, que pregavam e se esquivavam à prisão, ou não conseguiam evitar e eram despachados para os campos de trabalhos forçados. Havia ascetas que se retiravam para os mosteiros, a fim de manter a fé viva pela renúncia e oração, mas estes quase nunca tinham contato com as massas populares.

Na esteira do colapso do comunismo, ocorreu a oportunidade para uma grande renascença, um renascimento que levaria a Igreja e a palavra do Evangelho ao centro da vida do povo russo, cuja religiosidade profunda era tradicional.

Em vez disso, o retorno à religião foi promovido pelas igrejas mais novas, vigorosas, vibrantes, dedicadas e dispostas a ir pregar às pessoas onde viviam e trabalhavam. As igrejas pentecostais multiplicaram-se, chegaram os incontáveis missionários americanos com suas pregações batista, mórmon e adventista do sétimo dia. A reação da liderança ortodoxa russa foi suplicar a Moscou que proibisse a vinda de pregadores estrangeiros.

Os defensores argumentaram que a reforma radical da hierarquia ortodoxa era impossível porque os níveis inferiores também estavam em péssima situação. Os sacerdotes saídos dos seminários eram medíocres, falavam a linguagem arcaica das escrituras, tinham um discurso pedante e didático, sem qualquer treinamento de oratória pública não acadêmica. Seus sermões eram feitos para audiências cativas, poucas na quantidade e idosas na idade.

A oportunidade perdida era vasta, pois enquanto o materialismo dialético se revelava um falso deus e a democracia e o capitalismo deixavam de prover o corpo, deixando sozinho a alma, o apetite por conforto era nacional e profundo. Ficou em grande parte sem resposta.

Em vez de enviar seus melhores sacerdotes mais jovens em trabalho missionário para semear a fé e espalhar a palavra, diziam os críticos, a Igreja Ortodoxa sentava em seus bispados, mosteiros e seminários, à espera das pessoas. Poucas iam.

Se havia a necessidade desesperada de uma liderança arrebatada e inspiradora depois da queda do comunismo, o gentil estudioso Alexei II não era o homem para provê-la. Sua eleição foi um compromisso entre as várias facções dos bispos; Alexei era um homem que, assim esperavam os hierarcas inadequados, não causaria qualquer turbulência.

Contudo, apesar do fardo que herdara e de sua carência pessoal de carisma, Alexei II não era desprovido de todo de instinto reformador, o que exigia coragem. Fez três coisas importantes.

Sua primeira reforma foi dividir o território da Rússia em uma centena de bispados, cada um muito menor do que os que existiam até então. Isso lhe permitiu bispos novos e mais jovens entre os sacerdotes melhores e mais motivados, os menos maculados pela suspeita de colaboração com a defunta KGB. Depois visitou cada sé, tornando-se mais visível para o povo do que qualquer outro patriarca na história.

Segundo, silenciou as veementes manifestações antissemitas do metropolita Ioann, de São Petersburgo, e deixou claro que qualquer bispo que preferisse oferecer o ódio do Homem em vez do amor de Deus como sua mensagem aos fiéis deixaria seu cargo. Ioann morreu em 1995, ainda verberando em particular os judeus e Alexei II.

Finalmente, Alexei concedeu sua sanção pessoal, apesar da considerável oposição ao padre Gregor Rusakov, jovem e carismático sacerdote que se recusava com firmeza a aceitar uma paróquia própria ou a disciplina dos bispos, através de cujos territórios ele se movimentava em sua missão pastoral itinerante.

Muitos patriarcas condenaram o monge independente e o proibiram de subir ao púlpito, mas Alexei se recusara a enveredar por esse caminho, preferindo aceitar o risco de dar liberdade ao padre nômade. Com sua oratória arrebatada e comovente, padre Gregor alcançava os jovens e agnósticos, algo que os bispos não conseguiam fazer.

Uma noite, no início de novembro de 1999, o patriarca foi perturbado em suas orações, pouco antes da meia-noite, com a notícia de que um emissário de Londres esperava na porta, solicitando uma audiência.

O patriarca vestia uma batina cinza simples. Levantou-se da posição ajoelhada e atravessou sua pequena capela particular para pegar a carta da mão do secretário.

A carta era em papel timbrado do bispado de Londres, sediado em Kensington, e ele reconheceu a assinatura de seu amigo metropolita Anthony. Não obstante, franziu o rosto em perplexidade por seu colega fazer contato daquela maneira insólita.

A carta era em russo, que o arcebispo Anthony falava e escrevia. Pedia a seu irmão em Cristo que recebesse com urgência um homem que trazia notícias importantes para a Igreja, notícias perturbadoras e confidenciais.

O patriarca dobrou a carta e fitou o secretário.

– Onde ele está?

– Na calçada, santidade. Veio de táxi.

– É um sacerdote?

– É, sim, santidade.

O patriarca suspirou.

– Deixe-o entrar. E pode voltar a dormir. Eu o receberei em meu escritório. Dentro de dez minutos.

O guarda cossaco no serviço noturno recebeu uma ordem sussurrada do secretário e tornou a abrir a porta da rua. Ele olhou para o táxi cinza e o sacerdote de preto ao lado.

– Sua Santidade vai recebê-lo, padre – disse ele.

O sacerdote pagou o táxi. Dentro da casa, foi conduzido a uma sala de espera. Depois de dez minutos, um sacerdote meio gordo entrou e murmurou:

– Por favor, venha comigo.

O visitante foi conduzido a uma sala que era visivelmente o escritório de um estudioso. Além de um ícone num canto das paredes de reboco branco, a sala era adornada apenas por prateleiras com fileiras e mais fileiras de livros, iluminados pelo abajur numa escrivaninha, atrás da qual se sentava o patriarca Alexei. Ele indicou uma cadeira para o visitante.

– O padre Maxim vai nos servir. Aceita um café? Ótimo. Café para dois e alguns biscoitos. Vai comungar pela manhã, padre? Então há tempo para um biscoito antes da meia-noite.

O valete/mordomo deixou a sala.

– E então, meu filho, como vai meu amigo Anthony de Londres?

Não havia nada de falso na batina preta do visitante, nem no chapéu preto que ele tirou agora, revelando os cabelos louros. A única coisa estranha era a ausência de barba. A maioria dos sacerdotes ortodoxos usa barba, mas nem todos os ingleses.

– Receio que não possa dizer, santidade, pois não o conheço.

Alexei fitou Monk aturdido, sem entender. Gesticulou para a carta à sua frente.

– E isto? Não compreendo.

Monk respirou fundo.

– Primeiro, santidade, tenho de confessar que não sou sacerdote da Igreja Ortodoxa. E esta carta não é do arcebispo Anthony, embora o papel seja genuíno e a assinatura, falsificada com perfeição. O propósito dessa farsa desrespeitosa é que eu precisava lhe falar. Pessoalmente, em particular, e em condições de absoluto sigilo.

Os olhos do patriarca faiscaram em alarme. Aquele homem era um lunático? Um assassino? Havia um guarda cossaco armado lá embaixo, mas poderia ser chamado a tempo? Ele manteve o rosto impassível. O mordomo voltaria em poucos momentos. Talvez fosse o instante apropriado para escapar.

– Explique, por favor.

– Em primeiro lugar, senhor, sou americano de nascimento, e não russo. Segundo, sou emissário de um grupo de pessoas no Ocidente, discreto e poderoso, que deseja ajudar a Rússia e a Igreja, não prejudicar qualquer dos dois. Terceiro, trago uma notícia que meus patrocinadores acham que pode considerar importante e perturbadora. Finalmente, vim em busca de sua ajuda, não de seu sangue. Tem um telefone ao seu lado. Pode usá-lo para pedir ajuda. Não o impedirei. Mas antes de me denunciar, suplico que leia o que eu trouxe.

Alexei franziu o rosto. O homem não parecia um maníaco, com toda certeza, e já tivera tempo para matá-lo. Onde estava aquele tolo do Maxim com o café?

– Muito bem. O que você tem para mim?

Monk enfiou a mão por baixo da batina e tirou duas pastas finas, que pôs em cima da mesa. O patriarca olhou para as capas, uma cinza e a outra preta.

– O que tem aí?

– A cinza deve ser lida primeiro. É um relatório que prova além de qualquer dúvida razoável que a pasta preta não é uma falsificação, não é uma farsa, não é um embuste.

– E o que contém a pasta preta?

– Um manifesto particular e pessoal de Igor Viktorovich Komarov, que será o próximo presidente da Rússia, ao que tudo indica.

Houve uma batida na porta. O padre Maxim entrou com uma bandeja, trazendo um bule com café, xícaras e biscoitos. O relógio na cornija da lareira soou meia-noite.

– Demorou muito – murmurou o patriarca, suspirando. – Maxim, você me privou do meu biscoito.

– Sinto muito, santidade. O café... tive de moer... e...

– Estou apenas brincando, Maxim.

Ele olhou para Monk. O homem parecia forte e ágil. Se pretendia cometer assassinato, provavelmente conseguiria matar os dois com certa facilidade.

– Pode ir se deitar, Maxim. Que Deus lhe proporcione um bom descanso.

O mordomo se retirou.

– E o que nos diz o manifesto de Komarov? – indagou o patriarca.

O padre Maxim fechou a porta, torcendo para que ninguém tivesse percebido seu sobressalto à menção do nome de Komarov. No corredor, olhou para um lado e outro. O secretário já se recolhera, as freiras não tornariam a aparecer por horas, o cossaco estava lá embaixo. Ajoelhou-se ao lado da porta, encostou o ouvido no buraco da fechadura.

Alexei II leu primeiro o relatório de confirmação, como lhe fora pedido. Monk ficou tomando seu café. O patriarca terminou.

– É uma história impressionante. Por que ele fez isso?

– O velho?

– Ele mesmo.

– Nunca saberemos. Está morto. Assassinado além de qualquer dúvida. O relatório do professor Kuzmin é incontestável nesse ponto.

– Pobre coitado. Rezarei por ele.

– O que podemos presumir é que ele viu alguma coisa naquelas páginas que o deixou tão perturbado que correu o risco e acabou sacrificando a própria vida para revelar as intenções secretas de Igor Komarov. Sua Santidade poderia agora ler o Manifesto Negro?

Uma hora depois, o patriarca de Moscou e de Todas as Rússias recostou-se na cadeira, olhando para um ponto acima da cabeça de Monk.

– Ele não pode estar falando sério – comentou Alexei. – Não pode ter a intenção de fazer estas coisas. São satânicas. Estamos na Rússia, no limiar do terceiro milênio de Nosso Senhor. Estamos além dessas coisas.

– Como homem de Deus, não acredita nas forças do mal, santidade?

– Claro que acredito.

– E que algumas vezes essas forças podem assumir forma humana? Hitler, Stalin...

– É cristão, Sr....?

– Monk. Acho que sim. Embora um mau cristão.

– Não somos todos? Inadequados. Mas neste caso conhece a visão cristã do mal. Não precisa perguntar.

– Santidade, tirando as passagens relativas aos judeus, chechenos e outras minorias étnicas, estes planos despachariam sua Santa Igreja de volta à Idade Média, um instrumento disposto e cúmplice ou uma vítima do Estado fascista, tão ímpio à sua maneira quanto o comunista.

– Se forem verdadeiros.

– São verdadeiros. Os homens não caçam e matam por um documento forjado. A reação do coronel Grishin foi rápida demais para o documento não ter saído da mesa do secretário Akopov. Eles não teriam conhecimento de uma falsificação. Mas souberam em poucas horas que algo de valor inestimável desaparecera.

– O que veio me pedir, Sr. Monk?

– Uma resposta. A Igreja Ortodoxa de Todas as Rússias vai se opor a esse homem?

– Rezarei. Pedirei orientação...

– E se a resposta for essa... não como patriarca, mas como cristão, homem e russo... então não tem opção. O que fará neste caso?

– Como você mesmo disse, não terei opção. Mas como me opor a ele? A eleição presidencial de janeiro já tem um resultado previsto.

Monk levantou-se, pegou as duas pastas e enfiou-as por dentro da batina. Estendeu a mão para o chapéu.

– Santidade, muito em breve será procurado por outro homem, também do Ocidente. Este é seu nome. Receba-o, por favor. Ele vai propor o que pode ser feito.

Entregou um cartão ao patriarca.

– Precisa de um carro? – indagou Alexei.

– Não, obrigado. Irei a pé.

– Que Deus o acompanhe.

Monk deixou-o parado ao lado de seu ícone, um homem profundamente perturbado. Ao atravessar a sala, teve a impressão de ouvir o ruído de passos no carpete lá fora, mas o corredor se encontrava vazio quando abriu a porta. Lá embaixo, encontrou o cossaco, que o conduziu até a porta. O vento na rua era frio. Prendeu na cabeça o chapéu sacerdotal, inclinou-se contra o vento e começou a andar em direção ao Metropol.

Antes do amanhecer, um vulto roliço deixou a casa do patriarca e seguiu apressado pelas ruas até o saguão do Rossiya. Embora tivesse um telefone celular por baixo do traje escuro, sabia que as linhas das cabines telefônicas eram muito mais seguras.

O homem com quem falou na casa perto do bulevar Kiselny foi um dos guardas noturnos, mas ele concordou em levar um recado.

– Diga ao coronel que meu nome é padre Maxim Klimovsky. Entendeu? Isso mesmo, Klimovsky. Diga a ele que trabalho na residência particular do patriarca. E preciso falar com ele. É urgente. Telefonarei de novo às 10 horas da manhã.

A ligação foi completada a essa hora. A voz no outro lado da linha era suave, mas autoritária:

– Pois não, padre. Aqui é o coronel Grishin.

Na cabine, o gordo sacerdote segurava o fone com a mão úmida, o suor escorria da testa.

– Não me conhece, coronel. Mas sou um profundo admirador de Igor Viktorovich Komarov. Ontem à noite um homem foi visitar o patriarca. Levou documentos. Referiu-se a um Manifesto Negro. Alô? Alô? Ainda está me ouvindo?

– Meu caro padre Klimovsky, acho que devemos nos encontrar pessoalmente – disse a voz.

13

Na extremidade sudeste da Staraya Ploshchad está localizada a praça Slavyansky, onde se encontra uma das menores, mais antigas e mais belas igrejas de Moscou.

A igreja de Todos os Santos, em Kulishki, foi originalmente construída no século XIII, de madeira, quando Moscou compreendia apenas o Kremlin e uns poucos hectares ao redor. Depois de pegar fogo, foi reconstruída em pedra ao final do século XVI e início do XVII, permanecendo em uso constante até 1918.

Moscou ainda era conhecida na ocasião como a cidade das vinte vezes vinte igrejas, pois havia mais de quatrocentas. Os comunistas fecharam noventa por cento e destruíram três quartos. Entre as que permaneceram abandonadas, embora intactas, estava a de Todos os Santos em Kulishki.

Depois da queda do comunismo, em 1991, a pequena igreja passou por quatro anos de meticulosa restauração, nas mãos de equipes de artesãos, até ser reaberta como um lugar de culto.

Foi para lá que o padre Maxim Klimovsky se dirigiu no dia seguinte ao telefonema. Não atraiu qualquer atenção, porque vestia a batina preta comum e usava o chapéu alto de um sacerdote ortodoxo; havia vários outros assim dentro da igreja e nas proximidades.

Ele pegou uma vela votiva, acendeu-a e foi para a parede à direita da entrada, onde parou a olhar as imagens restauradas, como se em prece e contemplação.

No centro da igreja, que era ornamentado por ouro e imagens, um padre residente entoava a liturgia, com um pequeno grupo de fiéis dando os responsos. Mas a parede da direita, além de uma série de arcadas, se encontrava vazia, exceto pelo padre solitário.

O padre Maxim olhou para o relógio, nervoso. Cinco minutos depois da hora combinada. Não sabia que fora visto de um carro estacionado no outro lado da pequena praça, também não notou o desembarque de três homens depois de sua entrada na igreja. Não sabia que haviam verificado se ele era seguido; nada conhecia dessas coisas, não tinha a menor ideia de como eram feitas.

Ouviu o som leve de um sapato nas lajes de pedra por trás e sentiu o homem se postar a seu lado.

– Padre Klimovsky?

– Isso mesmo.

– Sou o coronel Grishin. Creio que tem alguma coisa para me contar.

O padre olhou para o lado. O homem era mais alto que ele, esguio, usando um capote de inverno escuro. Grishin virou-se para ele. O padre fitou-o nos olhos e sentiu-se assustado. Esperava estar fazendo a coisa certa, para não se arrepender depois. Ele acenou com a cabeça e engoliu em seco.

– Primeiro me diga por quê, padre. Por que o telefonema?

– Deve compreender, coronel, que sou um antigo e profundo admirador de Igor Komarov. Suas políticas, seus planos para a Rússia... tudo é notável.

– Isso é ótimo. E o que aconteceu na noite de anteontem?

– Um homem foi visitar o patriarca. Sou seu valete e mordomo. O homem vestia-se como um padre da Igreja, mas era louro e não tinha barba. Seu russo era perfeito, mas podia ser um estrangeiro.

– E esse estrangeiro era esperado?

– Não. O que foi muito estranho. Ele apareceu sem aviso, no meio da noite. Eu já havia me deitado. Tive de me levantar e fazer café.

– Quer dizer que o estrangeiro foi recebido, no final das contas?

– Foi, sim, algo também estranho. A aparência ocidental do homem, a hora de sua chegada... O secretário deveria ter lhe dito para marcar um encontro formal. Ninguém aparece de repente no meio da noite para falar com o patriarca. Mas ele parecia ter uma carta de apresentação.

– E você serviu o café?

– Servi e estava saindo quando ouvi Sua Santidade dizer: "E o que nos diz o manifesto de Komarov?"

– E ficou intrigado?

– Fiquei, sim. Depois de fechar a porta, fiquei escutando pelo buraco da fechadura.

– Muito esperto. E o que eles disseram?

– Não muita coisa. Houve longos períodos de silêncio. Olhei pelo buraco da fechadura e pude ver que Sua Santidade lia alguma coisa. Demorou quase uma hora.

– E depois?

– O patriarca parecia transtornado. Ouvi-o dizer alguma coisa e depois usar a palavra "satânico". Depois ele disse: "Estamos além dessas coisas." O estrangeiro falava em voz baixa, mal dava para entender, mas captei as palavras "o Manifesto Negro". Isso foi pouco antes de Sua Santidade passar uma hora lendo...

– Mais alguma coisa?

O homem, pensou Grishin, era um falastrão; nervoso, suava no calor da igreja, mas não por causa do calor. Mas o que ele tinha a dizer era convincente, embora não entendesse o significado.

– Só mais um pouco. Ouvi a palavra "falsificação" e depois o seu nome.

– O meu?

– Isso mesmo. O estrangeiro disse que sua reação foi rápida demais. Depois falaram sobre um velho e o patriarca disse que rezaria por ele. Falaram em "mal" várias vezes, e ao final o estrangeiro se levantou para ir embora. Afastei-me apressado pelo corredor e por isso não o vi sair. Só ouvi a porta bater, mais nada.

– Fez o que era certo, meu amigo. Há forças antipatrióticas em ação, procurando semear mentiras sobre um grande estadista, que muito em breve será o presidente da Rússia. É um patriota russo, padre Klimovsky?

– Sonho com o dia em que pudermos purificar a Rússia de todo esse lixo que Komarov denuncia. Essa imundície estrangeira. É por isso que apoio Komarov com todo o meu coração.

– Excelente, padre. Pode ter certeza que é um daqueles de quem a Mãe Rússia saberá cuidar. Creio que um grande futuro o aguarda. Só mais uma coisa. O tal estrangeiro... tem alguma ideia de onde ele veio?

A vela ardia baixa. Os outros fiéis se postavam agora a poucos metros de distância, à esquerda, olhando para as imagens sagradas e rezando.

– Não. Embora ele partisse a pé, o guarda cossaco me contou mais tarde que chegou de táxi. Daquela companhia que pinta os carros de cinza.

Um padre, à meia-noite. Indo para Chisti Pereulok. Havia registro da corrida. Com o ponto de partida. O coronel Grishin agarrou a parte superior do braço do sacerdote, sentiu os dedos se cravarem na carne macia. Virou-se para fitar o padre Klimovsky.

– Escute bem, padre. Fez muito bem e no momento oportuno será recompensado. Mas há mais, entende?

O padre Klimovsky acenou com a cabeça.

– Quero que mantenha um registro de tudo o que acontecer naquela casa. Quem entra, quem sai. Em particular os bispos e estrangeiros. Quando tiver alguma coisa, pode me telefonar. Basta dizer "Maxim está ligando", e marque uma hora. Só isso. Os encontros serão aqui, nos momentos combinados. Se eu precisar de você, mandarei uma carta em mãos. Apenas um pedaço de papel com uma hora. Se por acaso não puder comparecer a essa hora sem despertar suspeitas, pode telefonar e marcar outra ocasião. Está me entendendo?

– Estou, sim, coronel. Farei o que puder para ajudar.

– Sei disso. E já posso imaginar o dia em que teremos um novo bispo nesta terra. É melhor ir agora. Eu sairei depois.

O coronel Grishin continuou a olhar para as imagens que desprezava, enquanto refletia sobre o que ouvira. Não tinha a menor dúvida de que o Manifesto Negro voltara à Rússia. O idiota de batina não sabia do que falava, mas as palavras eram acuradas. Portanto, alguém viera, depois de meses de silêncio, circulava com discrição, mostrando o documento, mas sem deixar uma cópia. Para criar inimigos, é claro. Para tentar influenciar os acontecimentos.

Quem quer que fosse, enganara-se ao procurar o patriarca. A Igreja não tinha poder. Grishin recordou com apreciação o desdém de Stalin: quantas divisões tem o papa? Mas quem quer que fosse, podia causar problemas.

Por outro lado, o homem conservava sua cópia do manifesto. O que indicava que devia ter apenas uma ou duas cópias em seu poder. O problema era descobri-lo e eliminá-lo, de tal maneira que não restasse qualquer resquício do estrangeiro ou de seu documento.

Como se verificou mais tarde, o problema foi muito mais fácil do que Grishin esperava.

Ele não tinha problemas na questão do novo informante. Anos na contraespionagem haviam lhe ensinado a reconhecer e avaliar os informantes. Sabia que o padre era um covarde que venderia a própria avó por alguma vantagem. Grishin notara o súbito brilho de cobiça quando mencionara a promoção a um bispado.

E havia mais uma coisa, meditou ele, enquanto se afastava dos quadros nas paredes e passava entre os dois homens que postara na porta. Devia procurar entre os Jovens Combatentes um amigo bonito para o padre traidor.

O ataque dos quatro homens com máscaras pretas de balaclava foi rápido e eficiente. Quando acabou, o diretor da companhia de táxis achou que não valia a pena comunicar à milícia. Na ausência generalizada de lei em Moscou, o melhor detetive não conseguiria encontrar os atacantes, nem sequer tentaria. Comunicar que nada fora roubado e que ninguém saíra machucado seria convidar uma torrente de formulários a serem preenchidos, dias desperdiçados a prestar depoimentos que ficariam acumulando poeira num arquivo.

Os homens simplesmente entraram no escritório no andar térreo, fecharam a porta e baixaram as cortinas, exigiram a presença do gerente. Como todos estavam armados, ninguém protestou, presumindo-se que era um assalto por dinheiro. Mas não: queriam apenas, como disseram ao ameaçar o gerente com uma pistola, os registros de três noites anteriores.

O líder dos homens examinou os registros, até chegar a uma inscrição que parecia interessá-lo. O gerente não podia ver os registros, pois na ocasião estava ajoelhado no canto, porém a anotação se referia a uma corrida por volta de meia-noite.

– Quem é o motorista 52? – indagou o homem, a voz ríspida.

– Não sei – respondeu o gerente.

Ele foi recompensado com uma batida na lateral da cabeça com o cano da pistola, e se apressou em acrescentar:

– Está no fichário do pessoal!

Obrigaram-no a verificar. O motorista 52 era Vasili. Havia um endereço num subúrbio.

Depois de dizer que se passasse por sua mente a ideia de ligar para Vasili e avisá-lo, ele logo estaria vestindo um terno de madeira, o líder rasgou uma parte dos registros e foi embora.

O gerente cuidou da cabeça, tomou uma aspirina e pensou em Vasili. Se o idiota fosse bastante insensato para tentar enganar homens assim, então merecia uma visita. Era evidente que o motorista enganara no troco alguém ainda mais estourado, ou fora grosseiro com a namorada de um deles. Aquilo era Moscou em 1999, pensou o gerente; você sobrevivia ou criava problemas para homens armados. O gerente preferia sobreviver. Ele reabriu o escritório e continuou a trabalhar.

Vasili estava comendo seu almoço tardio, salame e pão preto, quando a campainha da porta tocou. Segundos depois, sua esposa voltou à sala, muito pálida, acompanhada por dois homens. Ambos tinham máscaras pretas de esquiar e empunhavam pistolas. Vasili abriu a boca e um pedaço de salame caiu.

– Sou um homem pobre, não tenho... – balbuciou ele.

– Cale-se! – ordenou um dos homens, enquanto o outro empurrava a mulher trêmula para uma cadeira.

Um pedaço de papel foi estendido para o rosto de Vasili.

– Você é o motorista 52 da companhia de táxis?

– Sou, sim, mas juro...

Um dedo numa luva preta apontou uma anotação nos registros.

– Há duas noites, uma corrida para Chisti Pereulok. Pouco antes da meia-noite. Quem era o passageiro?

– Como posso saber?

– Não banque o espertinho, companheiro, ou dou um tiro nos seus colhões. Pense.

Vasili pensou. Nada aflorou em sua mente.

– Um padre – disse o pistoleiro.

Era isso, a luz se acendeu.

– É verdade, estou lembrando agora. Chisti Pereulok, uma pequena rua transversal. Tinha de verificar no mapa. Esperei dez minutos, até que o deixaram entrar na casa. Ele pagou a corrida e fui embora.

– Descreva-o.

– Estatura mediana, compleição mediana. Quarenta e tantos anos. Mas todos os padres são parecidos. Não, espere um instante. Ele não tinha barba.

– Estrangeiro?

– Acho que não. Falava russo perfeitamente.

– Já o tinha visto antes?

– Não.

– E não viu mais desde então?

– Não. Propus voltar para buscá-lo, mas ele disse que não sabia por quanto tempo ficaria. Olhe, se alguma coisa aconteceu com ele, não tive nada a ver com isso. Apenas o transportei por dez minutos...

– Mais uma coisa. Onde o pegou?

– No Metropol, é claro. Como sempre. Faço o turno da noite no ponto ali.

– Ele veio pela calçada ou saiu direto do hotel?

– Saiu do hotel.

– Como sabe?

– Eu era o primeiro da fila. Estava de pé ao lado do táxi. É preciso tomar cuidado, ou você espera uma hora e um idiota fura fila para pegar sua corrida. Por isso eu observava a porta do hotel, à espera do próximo turista. E ele saiu. Batina preta, chapéu alto. Lembro que pensei: o que um padre faz num lugar como este? Ele correu os olhos pela fila e depois veio direto para mim.

– Sozinho? Tinha algum companheiro?

– Não. Estava sozinho.

– Deu um nome?

– Não. Apenas o endereço para onde queria ir. Pagou em rublos.

– Conversaram?

– Nem uma só palavra. Ele deu o endereço e depois ficou calado. Quando chegamos, ele falou: "Espere aqui." E foi só. Juro que não encostei um dedo...

– Aproveite o almoço – disse o interrogador, empurrando o rosto dele para o salame, antes de se retirar.

O coronel Grishin escutou o relato com o rosto impassível. Podia não significar nada. O homem saíra do Metropol às 23h30. Podia estar hospedado ali; podia apenas ter visitado alguém; ou podia ter atravessado o saguão, vindo de outra entrada. Mas valia a pena conferir.

Grishin mantinha diversos informantes no quartel-general da milícia de Moscou. O mais importante era um general do alto comando. O mais útil, em termos sistemáticos, era um funcionário da seção de registros. O terceiro era um inspetor-detetive de Homicídios, Dmitri Borodin.

O detetive entrou no hotel pouco antes do anoitecer e pediu para falar com o gerente, um austríaco que trabalhava em Moscou havia oito anos. Borodin exibiu sua carteira da milícia.

– Homicídios? – murmurou o gerente, preocupado. – Espero que nada tenha acontecido com nenhum de nossos hóspedes.

– Pelo que sei, nada aconteceu – disse Borodin. – É apenas uma visita de rotina. Preciso ver a lista de hóspedes nas últimas três noites.

O gerente foi para sua sala e buscou a informação no computador.

– Quer que eu imprima? – perguntou ele.

– Quero, sim. Gosto de listas em papel.

Borodin começou a descer pelas colunas. A julgar pelos nomes, havia apenas uma dúzia de russos entre os seiscentos hóspedes. Os demais eram de uma dezena de países da Europa Ocidental, dos Estados Unidos e Canadá. O Metropol era caro, reservado a turistas e executivos. Borodin fora instruído a procurar pelo título "Padre" precedendo o nome de um hóspede. Não encontrou nenhum assim.

– Tem algum padre da Igreja Ortodoxa hospedado aqui? – perguntou ele.

O gerente ficou surpreso.

– Não, pelo menos ao que eu saiba... Ninguém se registrou como tal.

Borodin verificou todos os nomes em vão.

– Terei de levar a lista – disse ele, ao final.

O gerente ficou feliz por vê-lo partir. Foi só na manhã seguinte que o coronel Grishin teve a oportunidade de examinar a lista. Pouco depois das 10 horas, um dos dois garçons na casa entrou em sua sala, levando café, e encontrou o chefe de segurança da UFP pálido e trêmulo.

Assustado, perguntou se o coronel se sentia bem, mas recebeu a ordem para se retirar, com um aceno de mão irritado. Depois que ele saiu, Grishin olhou para suas mãos em cima da mesa e fez um esforço para conter o tremor. Não era alheio à raiva, e quando ela o dominava, sempre chegava perto de perder o controle.

O nome estava na metade da terceira página. Dr. Philip Peters, acadêmico americano.

Ele conhecia esse nome. Há dez anos que o guardava na cabeça. Por duas vezes, dez anos antes, vasculhara os arquivos da divisão de imigração da Segunda Diretoria, para onde o Ministério do Exterior enviava cópias de todos os pedidos de visto para visitar a União Soviética. E por duas vezes encontrara esse nome. Em ambas, solicitara e recebera a fotografia que acompanhava o pedido: os cabelos grisalhos crespos, os óculos escuros escondendo os olhos fracos, que enxergavam muito bem.

Nos porões em Lefortovo, mostrara essas fotos a Kruglov e ao professor Blinov, que confirmaram que fora aquele o homem com quem haviam se encontrado em segredo no banheiro do Museu de Arte Oriental e na catedral em Vladimir.

Muito mais de duas vezes ele jurara que acertaria as contas se o homem que exibia aquele rosto e aquele pseudônimo algum dia voltasse à Rússia.

E agora ele estava de volta. Dez anos depois, devia ter pensado que poderia escapar impune com aquela monstruosa desfaçatez, com a arrogância insultuosa de retornar ao território dominado por Anatoli Grishin.

O coronel se levantou, foi até um armário e pegou uma pasta de arquivo antiga. Tirou uma fotografia, uma ampliação de outra menor, fornecida há tempo por Aldrich Ames. Depois da dissolução do comitê Monakh, um contato na Primeira Diretoria lhe entregara a foto como um suvenir. Um suvenir zombeteiro. Mas Grishin o guardara como a um tesouro.

O rosto era mais jovem do que seria agora, porém o olhar ainda era firme. Os cabelos eram louros e desgrenhados; não havia bigode grisalho, nem óculos. Mas era o mesmo rosto, o rosto do jovem Jason Monk.

Grishin deu dois telefonemas e não deixou a menor dúvida para os interlocutores de que não toleraria atrasos. Do contato no departamento de imigração no aeroporto ele queria saber quando aquele homem chegara, de onde e se já deixara o país.

Mandou que Borodin voltasse ao Metropol e descobrisse quando o Dr. Peters chegara, se já fora embora, caso contrário qual era o seu quarto.

Recebeu as respostas no meio da tarde. O Dr. Peters chegara no voo de carreira de Londres da British Airways sete dias antes; se deixara o país, não fora por Sheremetyevo. Já Borodin informou-o de que o Dr. Peters tinha uma reserva feita por uma respeitável agência de turismo de Londres e se registrara no mesmo dia da chegada no aeroporto, ainda não deixara o hotel e ocupava o quarto 841.

Só havia uma coisa estranha, disse Borodin. O passaporte do Dr. Peters não fora encontrado em parte alguma. Deveria ter permanecido na recepção, mas fora retirado. Todos os empregados negavam qualquer conhecimento desse fato.

Não foi surpresa para Grishin. Ele sabia como uma nota de cem dólares podia conseguir coisas em Moscou. O passaporte já devia ter sido destruído. Monk teria assumido agora uma nova identidade, mas ninguém notaria, entre os seiscentos hóspedes estrangeiros no Metropol. Quando ele quisesse ir embora, apenas sairia sem pagar, desaparecendo por completo. O hotel não ficaria muito preocupado, assumindo o prejuízo sem maiores problemas.

– Mais duas coisas – disse ele a Borodin, que ainda se encontrava no hotel. – Obtenha uma chave mestra e avise que se o Dr. Peters souber de alguma coisa, o gerente não apenas será despedido, mas passará os próximos dez anos nas minas de sal. Invente a história que quiser para ele.

O coronel Grishin decidiu que aquele não era um trabalho para os seus Guardas Negros. Eram facilmente reconhecíveis e o caso podia terminar com um protesto da embaixada americana. Os criminosos comuns poderiam cuidar do problema e arcar com a culpa. Havia na máfia Dolgoruki uma equipe que se especializava na invasão secreta de casas e escritórios.

À noite, após vários telefonemas para se certificar de que não havia ninguém no 841, dois homens entraram no quarto, usando uma chave mestra. Um terceiro esperava entre as poltronas de couro na extremidade do corredor, para o caso do ocupante do quarto voltar.

Foi efetuada uma revista meticulosa. Não se encontrou nada de interesse. Nem passaporte, nem documentos, nem papéis pessoais de qualquer tipo. Onde quer que estivesse, Monk devia ter outros documentos. Os invasores deixaram o quarto como o haviam encontrado.

O checheno que ocupava o quarto no outro lado do corredor entreabriu sua porta por uma fração, observou os homens entrarem e saírem, e depois se comunicou pelo telefone celular.

Às 22 horas, Jason Monk entrou no saguão do hotel, como alguém que jantou e agora desejava se deitar. Não foi até a recepção, já que tinha o cartão magnético que abriria a porta no bolso. As duas entradas eram guardadas por observadores, dois em cada uma.

Assim que ele embarcou num dos elevadores, dois homens entraram em outro, enquanto os dois restantes subiram pela escada.

Monk atravessou o corredor até seu quarto, bateu na porta em frente, recebeu uma mala do checheno ali e entrou no 841. Os dois bandidos que subiram de elevador chegaram a tempo de ver a porta se fechar. Pouco depois, a outra dupla veio da escada. Houve uma breve conversa. Dois se instalaram nas poltronas, de onde podiam vigiar o corredor, enquanto seus companheiros iam comunicar o que acontecera.

Às 22h30 eles viram um homem deixar o quarto em frente ao do alvo, passar por eles e pegar um elevador. Não se importaram. Quarto errado.

O telefone de Monk tocou às 22h45. Era do serviço de quarto, indagando se ele precisava de mais toalhas. Monk respondeu que não, agradeceu e desligou.

Monk tomara as últimas providências com o conteúdo da mala e preparou-se para partir. Às 23 horas saiu para a sacada estreita e fechou as portas de vidro. Como não podia trancá-las por fora, prendeu-as com uma fita adesiva forte.

Com uma corda resistente que tinha enrolado na cintura, baixou um andar, para a sacada do quarto 741, por baixo do seu. De lá, pulou de sacada em sacada até o 733.

Às 23h10 um executivo sueco estava deitado nu em sua cama, com a mão no órgão, assistindo a um filme pornográfico, quando ouviu uma batida na porta de vidro da sacada, que o deixou sobressaltado.

Ele ficou em pânico, sem saber se pegava um roupão primeiro ou se desligava a televisão. Acabou optando pelo roupão e só depois usou o controle remoto. Decentemente coberto, ele se levantou e foi até lá. Havia um homem do lado de fora, gesticulando para que o deixasse entrar. Aturdido, o sueco abriu o trinco. O homem entrou no quarto e falou com o sotaque arrastado do Sul dos Estados Unidos:

– Meu caro vizinho e amigo, acho que está se perguntando o que eu fazia em sua sacada...

Ele estava certo. O sueco não tinha a menor ideia.

– Pois eu explico. Foi a coisa mais estranha. Estou no quarto ao lado, resolvi sair para fumar um charuto, não querendo a fumaça em todo o quarto. É difícil acreditar, mas a porta foi fechada pelo vento. Por isso, concluí que não tinha opção se não pular a sacada para saber se faria a gentileza de me deixar passar.

Fazia frio lá fora, o fumante de charuto estava todo vestido, com uma pasta de executivo na mão, não havia vento e as portas da sacada não trancavam ao serem batidas, mas o sueco não se importava com nada disso.

O visitante indesejável ainda se desmanchava em palavras de agradecimento e desculpa quando saiu para o corredor e desejou uma boa noite ao sueco.

O sueco, que vendia artigos de toalete, tornou a trancar as portas, fechou as cortinas, tirou o roupão, ligou a TV e voltou a se concentrar em seu passatempo.

Monk atravessou o corredor do sétimo andar sem ser observado, desceu pela escada e foi se encontrar com Magomed, que o esperava no Volvo.

À meia-noite, três homens entraram no quarto 741 com uma pequena valise, outra vez usando a chave mestra. Trabalharam por vinte minutos, antes de se retirarem.

Às 4 horas da madrugada, um artefato que mais tarde se verificou conter um quilo de explosivo plástico foi detonado, logo abaixo do teto do 741. Os peritos da polícia deduziriam que o artefato fora colocado em cima de uma pirâmide de móveis sobre a cama.

O quarto 841 ficou completamente destruído. O colchão e a colcha chamuscados se fragmentaram, espalhando-se por toda parte. Por baixo, havia pedaços de madeira da armação da cama, armário e mesinha de cabeceira, cacos de vidro do espelho e abajur, e numerosas lascas de osso humano.

Quatro serviços de emergência compareceram ao hotel. As ambulâncias chegaram e logo partiram, pois não havia nada que pudessem fazer, exceto cuidar dos histéricos ocupantes dos três quartos ao longo do corredor. O problema era que esses hóspedes não falavam russo e os atendentes não conheciam outra língua. Depois de verificarem que não havia danos físicos, eles foram embora, deixando as pessoas aos cuidados do gerente noturno.

Os bombeiros também foram até lá, mas embora tudo nos dois quartos estivesse chamuscado pelo intenso calor da explosão, não havia nada em chamas. Os peritos criminais tiveram muito o que fazer, recolhendo até o último fragmento dos detritos, parte humana, para análise posterior.

O setor de Homicídios teve como representante, por ordem de um general, o inspetor-detetive Borodin. Ele percebeu logo que não havia nada no quarto maior do que a palma de uma mão, com um buraco de 1,50 metro de diâmetro no centro. Mas havia algo no banheiro.

Era evidente que a porta se encontrava fechada no momento da explosão, pois fora fragmentada e os pedaços jogados sobre a pia. A parede para o quarto fora derrubada pelo impacto da explosão.

Mas sob os escombros havia uma pasta, chamuscada, toda arranhada. Seu conteúdo, no entanto, sobrevivera. Ao que tudo indicava, a pasta devia estar na parte mais abrigada do banheiro, entre a pia e o bidê. A água dos canos arrebentados encharcara a pasta, seu conteúdo, porém, permanecia incólume. Borodin verificou se era observado, depois enfiou os dois documentos que havia dentro da pasta sob o paletó.

O coronel Grishin recebeu-os antes do desjejum. Vinte e quatro horas podem fazer a maior diferença no ânimo de um homem. Ele olhou para os papéis com profunda satisfação. Um documento era em russo e ele reconheceu o Manifesto Negro. O outro era um passaporte americano. Em nome de Jason Monk.

"Um para entrar, outro para sair", pensou ele. "Mas desta vez, meu amigo, você não vai sair."

Duas outras coisas aconteceram naquele dia e nenhuma atraiu a menor atenção. Um visitante britânico em cujo passaporte constava o nome de Brian Marks desembarcou no aeroporto de Sheremetyevo, no voo de carreira da tarde procedente de Londres, e dois outros ingleses, num sedã Volvo, atravessaram a fronteira, vindos da Finlândia.

Para as autoridades no aeroporto, o recém-chegado era um entre centenas, e parecia não falar russo. Como os outros, ele passou pelos diversos controles e finalmente saiu para pegar um táxi, pedindo que o levasse ao centro de Moscou.

Ele saltou do táxi numa esquina, certificou-se de que não era seguido, depois seguiu a pé para um pequeno hotel de segunda classe, onde tinha reserva para um quarto simples.

Sua declaração de moeda estrangeira indicava uma quantidade modesta de libras esterlinas britânicas, que precisaria reapresentar na partida ou mostrar os recibos de câmbio oficial, e alguns *travellers' checks*, a que se aplicavam a mesma determinação. Não havia qualquer menção no formulário aos maços de notas de cem dólares presos com fita adesiva na parte posterior das coxas.

Seu sobrenome não era Marks, mas a semelhança com Marx, como em Karl Marx, divertira o gravador que preparara seu passaporte. Tendo a opção, ele optara por manter seu primeiro nome genuíno, Brian. Era o mesmo ex-soldado que falava russo e que fizera carreira nas forças especiais que Sir Nigel Irvine enviara na missão de reconhecimento em setembro.

Depois de se instalar no hotel, ele se empenhou em diversas tarefas e compras. Alugou um pequeno carro de uma agência ocidental e explorou um dos subúrbios da cidade, o distrito de Vorontsovo, no sul da capital.

Durante dois dias, a intervalos variados para não atrair atenção, ele foi observar um prédio específico, um enorme galpão sem janelas, constantemente visitado durante o dia por caminhões pesados.

De noite, ele observou o prédio a pé, passando por lá várias vezes, sempre segurando uma garrafa de vodca meio vazia. Nas poucas ocasiões em que deparou com um pedestre vindo na direção oposta, ele cambaleou de um lado para o outro, como qualquer bêbado, e foi ignorado.

Brian gostou do que viu. A grade de metal não seria um obstáculo. O portão de carga e descarga dos caminhões ficava trancado à noite, mas havia uma porta pequena com um cadeado no fundo do galpão. Um único guarda fazia rondas ocasionais, a pé, pelo lado de fora do prédio, durante a noite. Em outras palavras, era um alvo fácil.

No Porto Sul, o mercado de carros usados, em que se podia comprar tudo com dinheiro na mão, de sucata a uma nova limusine que acabara de ser roubada no Ocidente, ele adquiriu um jogo de placas de Moscou e uma variedade de ferramentas, inclusive um alicate grande para cortar metal.

No centro da cidade, comprou uma dúzia de relógios suíços, baratos porém confiáveis, diversas pilhas, rolos de fio elétrico e fita isolante. Depois que estava convencido de que poderia encontrar o galpão com absoluta precisão a qualquer momento do dia ou da noite e voltar para o centro da cidade por uma vintena de percursos diferentes, ele retornou ao hotel, para esperar pelo Volvo que vinha do sul, passando por São Petersburgo.

O encontro com Ciaran e Mitch foi no McDonald's na rua Tverskaya. Os outros dois ex-soldados das forças especiais haviam realizado uma viagem vagarosa e tranquila desde o sul.

Numa oficina ao sul de Londres, o Volvo fora equipado com uma carga insólita. As duas rodas da frente foram retiradas e substituídas por pneus antiquados, contendo câmaras de ar. Antes disso, cada câmara fora cortada, inserindo-se centenas de pelotas do tamanho de um polegar do explosivo plástico Semtex. As câmaras foram remendadas, enfiadas nos pneus e enchidas.

Com as rodas girando, o explosivo gelatinoso, de extraordinária estabilidade, a menos que seja acionado por um detonador de fulminato de mercúrio, fundiu-se numa camada por dentro de cada câmara. Dessa maneira, depois de despachado de navio para Estocolmo, o Volvo rodara devagar por mil quilômetros até Moscou, via Helsinque. Os detonadores vieram na camada inferior de uma caixa de charutos Havana, aparentemente comprada na barca, mas na verdade preparada em Londres.

Ciaran e Mitch foram para um hotel diferente. Brian acompanhou-os no Volvo até uma área deserta perto do Porto Sul, onde levantaram o carro com o macaco e trocaram os pneus da frente pelos dois estepes que os previdentes turistas teriam trazido. Houve necessidade de apenas mais alguns minutos para remover as câmaras de ar, esvaziá-las e guardá-las numa bolsa grande, antes de voltarem ao hotel.

Brian levou os fragmentos de borracha para jogar fora em várias latas de lixo espalhadas pelas ruas, enquanto Ciaran e Mitch arrumavam as mercadorias.

O quilo de explosivo plástico foi dividido em 12 pequenos pacotes, cada um do tamanho de um maço de cigarros. A cada pacote se acrescentou um detonador, uma bateria e um relógio, com os fios ligando os componentes nos lugares apropriados. As bombas foram presas no final com a fita isolante.

– Graças a Deus que não temos de usar aquele lixo de arenque – comentou Mitch, enquanto armavam as bombas.

O Semtex-H, o mais popular de todos os explosivos plásticos derivados de RDX, sempre fora um produto tcheco, e sob o comunismo era fabricado completamente livre de qualquer odor, o que o convertia no artefato predileto dos terroristas.

Depois da queda do comunismo, Vaclav Havel, o novo presidente tcheco, atendera a um pedido do Ocidente para mudar a fórmula, acrescentando um odor fétido a fim de tornar a substância detectável em trânsito. O odor era parecido com o de peixe podre, daí a referência de Mitch a arenque.

Em meados dos anos 1990, os artefatos de detecção tornaram-se tão sofisticados que podiam localizar até a variedade sem cheiro. Mas a borracha quente tem um odor similar, daí o uso de pneus como o meio do transporte. Na verdade, o Volvo não fora submetido a qualquer inspeção, mas Sir Nigel acreditava na extrema cautela, uma qualidade que Ciaran e Mitch aprovavam plenamente.

O ataque à gráfica ocorreu seis dias depois que o coronel Grishin recebeu o Manifesto Negro e o passaporte de Jason Monk.

O Volvo de confiança, com novos pneus dianteiros e placas falsas de Moscou também novas, foi guiado por Brian. Se alguém os detivesse, era ele quem falava russo.

O carro foi estacionado a três ruas do alvo e o percurso concluído a pé. A grade de arame no fundo da instalação não resistiu ao alicate. Os três homens correram agachados pelos 15 metros abertos de concreto e desapareceram nas sombras projetadas por uma pilha de tambores de tinta.

Quinze minutos depois, o solitário guarda noturno fez sua ronda. Ouviu um sonoro arroto de uma sombra, virou-se e apontou a lanterna para a fonte. Viu um bêbado, arriado contra a parede do galpão, segurando uma garrafa de vodca.

Ele não teve tempo de pensar na maneira como o homem chegara até ali; ao virar as costas para a pilha de tambores, não viu o vulto num macacão preto que se adiantou e acertou a parte traseira de sua cabeça com um cano de chumbo. Para o guarda, houve apenas um breve clarão de fogos de artifício e depois a escuridão.

Brian cobriu os tornozelos, pulsos e boca do homem com fita isolante, enquanto Ciaran e Mitch removiam o cadeado da porta. Assim que a abriram, arrastaram o guarda sem sentidos para o interior, largaram-no junto da parede e tornaram a fechar a porta.

Dentro da enorme gráfica, um fio de luzes noturnas ardia entre as vigas no teto, projetando uma claridade difusa pelo interior. Muito do espaço no chão era ocupado por grandes rolos de papel de jornal e tambores de tinta. Mas o centro da gráfica continha o que eles procuravam: três imensas rotativas de *offset*.

Eles sabiam que em algum lugar na frente do prédio o segundo guarda estaria refestelado em seu cubículo de vidro aquecido, assistindo à televisão ou lendo o jornal. Brian esgueirou-se em silêncio entre as máquinas para cuidar dele. Quando acabou, voltou, seguiu para os fundos do galpão, a fim de ficar de vigia na rota de fuga.

Ciaran e Mitch conheciam as três máquinas a sua frente. Eram rotativas Baker-Perkins, fabricadas nos Estados Unidos e não substituíveis na Rússia. O reabastecimento exigiria uma longa viagem pelo mar, de Baltimore a São Petersburgo. Se as estruturas principais ficassem distorcidas, nem mesmo um Boeing 747 poderia trazer os componentes necessários pelo ar.

Os dois haviam se apresentado como executivos de um jornal finlandês querendo reequipar sua oficina com as rotativas Baker-Perkins, e lhes mostraram gentilmente as máquinas em funcionamento numa empresa em Norwich, Inglaterra. Depois disso, um mecânico aposentado, muito bem recompensado, completara as instruções necessárias.

Os alvos eram de quatro tipos. Cada rotativa era alimentada por imensas bobinas de papel de 90 gramas. Os alimentadores dessas bobinas eram de uma sofisticada tecnologia, capaz de fazer com que uma bobina esgotada fosse automaticamente substituída por outra. Esses alimentadores eram o primeiro alvo, e havia um para cada rotativa. Ciaran começou a pôr as pequenas bombas em pontos estratégicos, de maneira a garantir que aqueles alimentadores nunca mais funcionariam.

Mitch cuidou do mecanismo de abastecimento de tinta. Eram rotativas em cores e o suprimento das quantidades exatas das quatro tintas coloridas, no momento certo, dependia de uma unidade de mistura, alimentada por quatro grandes tambores de tinta. Com esses dois mecanismos de alta tecnologia devidamente preparados, os sabotadores passaram a cuidar das rotativas.

As partes que escolheram para as bombas restantes foram as estruturas básicas e os rolamentos dos cilindros de impressão.

Passaram vinte minutos dentro da gráfica. Depois, Mitch bateu com o dedo em seu relógio e acenou com a cabeça para Ciaran. Era 1 hora da madrugada e as bombas estavam preparadas para explodir à 1h30. Eles saíram em cinco minutos, arrastando o guarda, agora desperto, mas impotente. O homem sentiria mais frio aqui fora, porém ficaria a salvo dos fragmentos voando em todas as direções. O guarda lá na frente, estendido no chão do cubículo, se encontrava muito longe para ficar ferido.

À 1h10, eles estavam no Volvo e se afastando. À 1h30, já se achavam longe demais para ouvirem a série quase simultânea de explosões e estrondos, enquanto as rotativas, alimentadores de bobinas e sistemas de tinta desabavam no chão de concreto.

Tão discretas foram as cargas de explosivos que poucos moradores do subúrbio de Vorontsovo acordaram. Só depois que o guarda nos fundos conseguiu contornar o galpão aos pulos, para bater no botão de alarme com o cotovelo, é que a polícia chegou ao local.

Os guardas libertados descobriram que os telefones ainda funcionavam e ligaram para o gerente industrial da gráfica, cujo número estava colado na parede do escritório. Ele chegou às 3h30 e examinou a devastação com profundo horror. Depois telefonou para Boris Kuznetsov.

O chefe de propaganda da União das Forças Patrióticas chegou à gráfica às cinco horas e ouviu o relato desolado do responsável. Às 7 horas, ligou para o coronel Grishin.

Antes dessa hora, o carro alugado e o Volvo já haviam sido abandonados, perto da praça Manege. Não demoraria muito para que o carro alugado fosse encontrado ali e devolvido à agência. O Volvo, destrancado e com as chaves na ignição, com toda certeza seria roubado.

Os três ex-soldados comeram o seu desjejum no insalubre café no aeroporto e embarcaram no voo para Helsinque, o primeiro da manhã, uma hora mais tarde.

Enquanto deixavam a Rússia, o coronel Grishin examinava a destruição da gráfica com uma fúria sinistra. Haveria uma investigação; ele próprio a conduziria, e ai de quem tivesse colaborado. Mas seu olho profissional lhe dizia que os responsáveis eram peritos e duvidava que fossem descobertos.

Kuznetsov ficou transtornado. Todas as semanas, durante os dois últimos anos, o tabloide *Probudis!*, que significa "Desperte!" em russo, publicado aos sábados, levava as palavras e posições políticas de Igor Komarov para cinco milhões de lares por toda a Rússia. A ideia de lançar um novo jornal, possuído e dirigido pela UFP, fora sua, como também fora a revista mensal *Rodina* (Mãe Pátria).

Esses dois veículos, uma mistura de concursos fáceis com grandes prêmios, confissões sexuais e propaganda racial, haviam levado as palavras do Líder por toda a nação, contribuindo de forma significativa para sua popularidade eleitoral.

– Quando poderemos retomar a produção? – perguntou ele ao gerente industrial.

O homem deu de ombros.

– Quando tivermos novas rotativas. Estas não podem ser reparadas. Talvez daqui a dois meses.

Kuznetsov ficou pálido de choque. Ainda não comunicara ao Líder. Era culpa de Grishin, ele assegurou a si mesmo, a gráfica deveria ter sido mais bem vigiada. Mas uma coisa era certa: não haveria o *Probudis!* naquele sábado, nem uma edição especial de *Rodina* dentro de 15 dias. Não por dez semanas, no mínimo. E a eleição presidencial seria em oito semanas.

Também não foi uma boa manhã para o inspetor-detetive Borodin, embora ele entrasse de muito bom humor no escritório da Divisão de Homicídios no quartel-general da milícia, na Petrovka.

Sua jovialidade durante a semana anterior fora notada pelos colegas, mas permanecera inexplicada. Na verdade, a explicação era simples: a entrega de dois valiosos documentos ao coronel Anatoli Grishin depois da explosão de bomba ainda inexplicada no Metropol lhe valera uma generosa bonificação, além de seu pagamento mensal.

Em particular, ele sabia que não havia o menor sentido em continuar as investigações sobre o atentado no hotel. O trabalho de restauração já começara, as seguradoras que pagariam a conta eram quase que certamente estrangeiras, o hóspede americano morrera e o mistério era total. Se ele desconfiasse que sua investigação sobre o americano, ordenada pelo próprio Grishin, tinha alguma relação com a morte quase imediata dele, ele, Borodin, não ia criar caso.

Igor Komarov seria com certeza o novo presidente da Federação Russa, em menos de dois meses, o segundo homem mais poderoso no país seria o coronel Grishin, e haveria recompensas de proporções vertiginosas para aqueles que o haviam servido bem durante os anos de oposição.

O escritório fervilhava com as notícias da destruição durante a noite da gráfica da UFP. Borodin atribuiu aos comunistas de Zyuganov, ou a bandidos pagos de uma das máfias, por motivos obscuros. Ele expunha suas teorias quando o telefone tocou.

– Borodin? – indagou uma voz.

– Isso mesmo, detetive Borodin falando.

– Aqui é Kuzmin.

Ele vasculhou a memória, mas não localizou o nome.

– Quem?

– Professor Kuzmin, da patologia. Segundo Instituto Médico. Não me mandou amostras recolhidas no local da explosão da bomba no Metropol? O formulário tem o seu nome.

– Ah, sim. Sou o encarregado do caso.

– Pois saiba que é um tremendo idiota.

– Não estou entendendo...

– Acabei de terminar o exame dos restos do corpo encontrado no quarto do hotel – disse o irritado patologista. – Junto com alguns fragmentos de madeira e vidro que nada têm a ver comigo.

– E qual é o problema, professor? Ele está morto, não é?

A voz pelo telefone se tornava estridente de raiva.

– Claro que está, seu covarde. Ele não estaria em pedaços no meu laboratório se continuasse a andar por aí.

– Então não consigo perceber qual é o problema. Passei anos em Homicídios e nunca vi ninguém mais morto.

A voz que vinha do Segundo Instituto Médico foi controlada com evidente esforço, baixou para o tom persuasivo de alguém falando com uma criança pequena e um tanto obtusa:

– A questão, meu caro Borodin, é só uma: *quem* está morto?

– Ora, o turista americano, é claro. Tem os ossos dele aí.

– Isso mesmo, detetive Borodin, tenho os ossos. – A voz ressaltou a palavra "detetive", para insinuar que o policial teria dificuldades para encontrar o caminho até o banheiro sem algum guia. – E esperaria ter também fragmentos de tecidos, músculos, cartilagem, tendões, pele, cabelos, unhas, vísceras... até mesmo alguns gramas de tutano. Mas o que tenho? Ossos, apenas ossos, nada mais do que ossos.

– Ainda não entendi. O que há de errado com os ossos?

– Não há nada de errado com os ossos. São adoráveis. E são adoráveis há cerca de vinte anos, que é o período que calculo que passou desde a morte de seu dono. O que estou tentando meter nesse seu cérebro do tamanho de uma cabeça de alfinete é que alguém se deu ao trabalho de explodir um esqueleto anatômico, do tipo que todo estudante de medicina mantém no canto do seu quarto.

A boca de Borodin se abriu e se fechou, como a de um peixe.

– O americano não estava no quarto?

– Não quando a bomba explodiu – garantiu o professor Kuzmin. – E, afinal, quem era ele? Ou melhor, já que presumivelmente continua vivo, quem é ele?

– Não sei. Apenas um professor ianque.

– Ah, outro intelectual. Como eu. Pois devo lhe dizer que gosto do senso de humor dele. Para onde quer que eu mande meu relatório?

A última coisa que Borodin queria agora era que viesse parar em sua mesa. Ele indicou um certo general do comando da milícia,

Ao cair a noite, Anatoli Grishin já mobilizara seu exército particular de informantes e era uma força formidável. Milhares de cópias da foto de Jason Monk, a que fora tirada de seu passaporte, foram distribuídas entre os Guardas Negros e os Jovens Combatentes, que receberam ordens de sair pelas ruas da capital em massa, em busca do homem procurado. O esforço e os números eram maiores que na caçada a Leonid Zaitsev, o faxineiro desaparecido.

Outras cópias foram enviadas aos chefes de clã da máfia Dolgoruki, com ordens para localizar e prender. Os informantes na polícia e serviço de imigração foram alertados. Foi oferecida uma recompensa de cem bilhões de rublos pelo fugitivo, uma quantia substancial.

Contra tantos olhos e ouvidos, uma autêntica praga de gafanhotos, o americano não teria onde se esconder, disse Grishin a Igor Komarov. Essa rede de informantes podia se infiltrar em qualquer buraco de Moscou. Se ele não estivesse trancado em sua própria embaixada, onde não poderia causar qualquer mal, seria encontrado.

Grishin quase que estava certo, mas havia um lugar em que seus russos não podiam penetrar: o mundo fechado dos chechenos.

Jason Monk se encontrava dentro desse mundo, num apartamento seguro por cima de uma loja de condimentos, protegido por Magomed, Aslan e Sharif; além deles, havia ainda uma barreira de pessoas invisíveis nas ruas, capazes de avistar um russo a um quilômetro de distância e se comunicar numa linguagem que ninguém mais podia entender.

De qualquer forma, Monk já fizera seu segundo contato.

14

Entre todos os soldados da Rússia, na ativa ou reformados, aquele que em termos de prestígio valia qualquer dúzia de outros era o general do exército Nikolai Nikolayev.

Aos 73 anos, a poucos dias do 74° aniversário, ele era uma figura impressionante. Tinha 1,85 metro de altura, ainda empertigado, cabelos brancos, rosto avermelhado e curtido por mil ventos inclementes, o bigode característico se projetando em suas pontas desafiadoras nos lados do lábio superior, tudo isso o destacava em qualquer reunião.

Fora um homem dos tanques durante toda a sua vida, comandante da infantaria mecanizada, servira em todos os teatros de operações e todas as frentes, ao longo de uma carreira de 55 anos. Para os que haviam servido sob seu comando, elevando-se a vários milhões em 1999, ele se tornara uma espécie de mito.

Era do conhecimento comum que ele deveria ter se reformado como marechal, se não fosse por seu hábito de dizer o que pensava a políticos e oportunistas.

Como Leonid Zaitsev, o Coelho, de quem ele nunca se lembraria, mas em cujas costas dera um tapinha outrora, num acampamento nos arredores de Potsdam, o general nascera perto de Smolensk, a oeste de Moscou. Mas 11 anos antes de Zaitsev, no inverno de 1925, filho de um engenheiro.

Ainda podia recordar o dia em que ele e o pai passavam por uma igreja e o homem mais velho esquecera e fizera o sinal da cruz. O filho perguntara o que era aquilo. Surpreso e apreensivo, o pai lhe pedira que nunca contasse a alguém.

Aqueles eram os dias em que outro jovem soviético fora declarado um herói por trair os pais para o NKVD, por terem feito comentários contra o Partido. Os pais haviam morrido nos campos de trabalhos forçados, mas o filho se tornara um modelo para a juventude soviética.

Contudo, o jovem Kolya amava o pai e jamais dissera qualquer palavra. Mais tarde, aprendera o significado do gesto, mas aceitara a palavra dos professores de que tudo não passava de besteira.

Tinha 15 anos quando a *Blitzkrieg* irrompeu do oeste, a 22 de junho de 1941. Um mês depois, Smolensk caiu para os tanques alemães e o menino fugiu, com milhares de outras pessoas. Os pais não conseguiram escapar e ele nunca mais tornou a vê-los.

Um jovem forte e vigoroso, ele carregou a irmã de 10 anos por 150 quilômetros, até que uma noite embarcaram num trem seguindo para leste. Não sabiam na ocasião, mas era um trem especial. Transportava uma fábrica de tanques desmontada para fora da zona de perigo, na direção da segurança dos Urais.

Com frio e famintas, as crianças se seguraram no teto, até que o trem parou em Chelyabinsk, nos contrafortes das montanhas. Ali os engenheiros remontaram a fábrica, chamada Tankograd.

Não havia tempo para a escola. Galina foi para um orfanato, Kolya passou a trabalhar numa fábrica. Permaneceu ali por quase dois anos.

No inverno de 1942, os soviéticos sofriam terríveis perdas em homens e tanques, ao redor de Kharkov e Stalingrado. As táticas eram tradicionais e letais. Não havia tempo para talento ou sutileza; os homens e tanques eram lançados diante dos canhões alemães, sem qualquer pensamento ou preocupação com as perdas. Sempre fora assim na história militar russa.

Em Tankograd, a demanda era por mais e mais produção; os operários trabalhavam em turnos de 16 horas e dormiam sob os tornos mecânicos. O tanque que construíam ali era o KV1, em homenagem ao marechal Klimenti Voroshilov, um inútil como um soldado, mas um dos aduladores prediletos de Stalin. O KV1 era um tanque pesado, o principal tanque de batalha dos soviéticos na ocasião.

Na primavera de 1943, os soviéticos reforçavam o bolsão ao redor da cidade de Kursk, um enclave de 250 quilômetros de norte para o sul, projetando-se por 150 quilômetros pelas linhas alemãs. Em junho, o garoto de 17 anos foi destacado para acompanhar um trem que levava um carregamento dos tanques KV1 para oeste, até esse bolsão. Deveria ajudar a descarregá-los, entregá-los e voltar para Chelyabinsk. Ele fez todas essas coisas, menos a última.

Os novos tanques estavam alinhados ao lado dos trilhos quando o comandante da unidade a que se destinavam se aproximou. Era espantosamente jovem, ainda não tinha 25 anos, um coronel, barbudo, encovado e exausto.

– Não tenho uma porra de um motorista – disse ele ao representante da fábrica encarregado da entrega. O coronel virou-se para o rapaz enorme e louro. – Sabe guiar essas drogas?

– Sei, camarada, mas tenho de voltar a Tankograd.

– De jeito nenhum. Se sabe guiar um tanque, está convocado.

O trem partiu para o leste. O soldado Nikolai Nikolayev descobriu-se numa roupa de algodão, dentro de um KV1, seguindo para a cidadezinha de Prokhorovka. A batalha de Kursk começou dois dias depois.

Embora conhecida como "batalha", foi na verdade uma série de choques violentos e sangrentos, que se estenderam por todo o enclave e duraram dois meses. Ao terminar, Kursk se tornara a maior batalha de tanques que o mundo já conhecera, antes e desde então. Envolveu seis mil tanques nos dois lados, dois milhões de homens e quatro mil aviões. Foi a batalha que finalmente provou que o *Panzer* alemão não era invencível, no final das contas. Mas foi por pouco.

O exército alemão começava a usar sua nova arma maravilhosa, o Tiger, equipado com um temível canhão de 88mm na torre, com granadas que perfuravam blindagens, capazes de passar por qualquer coisa em seu caminho. O KV1 tinha um canhão muito menor, de 76mm, embora o novo modelo entregue por Nikolai estivesse equipado com a versão melhorada ZIS-5, de alcance maior.

No dia 12 de julho, os russos desfecharam o contra-ataque, a chave era o setor de Prokhorovka. O regimento a que Nikolai se juntara estava reduzido a seis KV1s quando o comandante viu o que pensava ser cinco *Panzers* Mark IV e decidiu atacar. Os russos passaram emparelhados por uma crista e desceram para um vale raso; os alemães se encontravam na crista oposta.

O jovem coronel se enganara sobre os IVs; eram Tigers. Um a um, eles acertaram os seis KV1s com projéteis que penetravam pela blindagem.

O tanque de Nikolai foi atingido duas vezes. A primeira granada arrancou toda a lagarta num lado e abriu um buraco no flanco. Sentado no banco do motorista, ele sentiu o tanque estremecer e parar. A segunda acertou a torre de raspão e fez o tanque virar na encosta. Mas o impacto foi suficiente para matar os tripulantes.

Havia cinco homens no KV1 e quatro morreram. Nikolai, machucado, ferido e abalado, saiu do túmulo, em meio ao cheiro de diesel derramado sobre metal quente. Empurrou para o lado os corpos no caminho.

O comandante do tanque e o artilheiro estavam caídos sobre a culatra, sangue e muco escorrendo da boca, nariz e ouvidos. Pelo buraco na carcaça, Nikolai pôde ver os Tigers passando, através da fumaça dos outros KV1s em chamas.

Para sua surpresa, descobriu que o canhão ainda funcionava. Pegou uma granada, colocou na culatra e fechou o mecanismo. Nunca fizera aquilo antes, mas vira outros fazerem. Em geral era preciso dois homens. Meio tonto do golpe na cabeça e do cheiro forte de combustível, ele virou o canhão, encostou o olho no visor do periscópio, avistou um Tiger a menos de trezentos metros de distância e disparou.

Por acaso, o tanque que ele mirou era o último dos cinco. Os quatro Tigers à frente não notaram. Nikolai recarregou, focalizou outro alvo, tornou a disparar. A granada atingiu o Tiger na abertura entre a torre e a carcaça, fazendo-o explodir. Em algum lugar por baixo de Nikolai houve um zunido alto e as chamas começaram a se espalhar pelo mato, ganhando força à medida que encontravam poças de combustível. Depois do segundo disparo, os três Tigers restantes perceberam que se encontravam sob ataque por trás e fizeram a volta. Nikolai acertou o terceiro de lado, no instante em que este virava. Os outros dois concluíram a volta e avançaram em sua direção. Ele teve certeza de que morreria.

Tratou de descer e saiu do KV1 pelo buraco na lateral, no instante em que a granada de um Tiger destruía a torre em que estivera até um momento antes. A munição começou a explodir, ele sentiu sua blusa pegando fogo. Rolou pelo mato alto, para longe dos destroços.

Foi então que aconteceu uma coisa que Nikolai não esperava e não viu. Dez SU-152s passaram pela crista, e os Tigers decidiram que já era demais. Restavam dois de cinco. Correram para a encosta oposta. Um deles conseguiu passar pela crista e desapareceu.

Nikolai sentiu que alguém o ajudava a se levantar. Era um coronel. O vale raso estava cheio de tanques avariados, seis russos e quatro alemães. Seu próprio tanque se achava cercado pelos três Tigers destruídos.

– Foi você quem fez isso? – perguntou o coronel.

Nikolai mal podia ouvi-lo. Seus ouvidos zumbiam; ainda se sentia tonto. Ele acenou com a cabeça.

– Venha comigo – disse o coronel.

Havia um pequeno caminhão GAZ por trás da crista. O coronel guiou por 13 quilômetros. Chegaram a um acampamento. Na frente da barraca principal havia uma mesa comprida, coberta de mapas, sendo estudados por uma dúzia de oficiais de alta patente. O coronel parou o caminhão, saltou, foi até lá e bateu continência. O general levantou os olhos.

Nikolai continuou sentado no lado do passageiro no banco do caminhão. Podia ver o coronel falando e os oficiais olhando para ele. Ao final, um general levantou a mão e fez sinal para que ele se aproximasse. Apreensivo com a perspectiva de uma censura por ter deixado dois Tigers escaparem, Nikolai desceu do caminhão e adiantou-se. A roupa de algodão estava chamuscada, o rosto enegrecido, ele recendia a óleo diesel e cordite.

– Três Tigers? – disse o general Pavel Rotmistrov, comandante do Primeiro Exército de Tanques da Guarda. – Por trás? De um KV1 avariado?

Nikolai ficou imóvel como um idiota, sem dizer nada.

O general sorriu e virou-se para um homem baixo e atarracado, de olhos pequenos, usando a insígnia de um comissário político.

– Não acha que isso vale um pedaço de metal?

O atarracado comissário acenou com a cabeça em concordância. O camarada Stalin aprovaria. Alguém trouxe uma caixa da barraca. Rotmistrov condecorou o rapaz de 17 anos com a Ordem do Herói da União Soviética. O comissário, que se chamava Nikita Kruschev, observou a cena balançando a cabeça.

Nikolai Nikolayev recebeu a ordem de se apresentar a um hospital de campanha, onde suas mãos e rosto queimados foram tratados com um unguento fedorento, e depois se apresentou no quartel-general. Ali foi promovido a tenente e recebeu o comando de um pelotão com três KV1s. E voltou ao combate.

Naquele inverno, com o bolsão de Kursk muitos quilômetros para trás e os *Panzers* em retirada, ele se tornou capitão e assumiu o comando de uma companhia de tanques pesados novos, recém-saídos da fábrica. Eram os IS-IIs, em homenagem a Josef (Iosef) Stalin. Com um canhão de 122mm e uma blindagem mais espessa, tornaram-se conhecidos como os matadores de Tigers.

Na Operação Bagration, ele obteve sua segunda medalha de Herói da União Soviética, por eminente bravura pessoal. A terceira foi conquistada nos arredores de Berlim, sob o comando do marechal Chuikov.

Esse era o homem que Jason Monk fora procurar, quase 55 anos mais tarde.

Se o velho general tivesse um pouco mais de tato com o Politburo, teria recebido não apenas o bastão de marechal, mas também uma aposentadoria generosa, com uma *dacha* à beira do rio Moscova, em Peredelkino, tudo de graça, como um presente do Estado. Mas sempre dizia o que de fato pensava e nem sempre gostavam de sua franqueza.

Por isso, ele próprio construíra seu bangalô, mais modesto, para os anos de declínio, perto da estrada de Minsk, no caminho para Tukhovo, uma area com vários quartéis, onde poderia pelo menos ficar perto do que restava de seu amado exército.

Jamais se casara – "não é vida para uma moça", dizia ele sobre os desolados postos avançados do império soviético em que servira –, e aos 73 anos vivia com um fiel valete, um antigo sargento com um pé só, e um cão-lobo irlandês de quatro patas.

Monk localizou sua residência um tanto humilde simplesmente perguntando aos aldeões nas comunidades próximas onde vivia tio Kolya. Anos antes, quando entrara na meia-idade, o velho general recebera o apelido de seus oficiais mais jovens, e pegara para sempre. Seus cabelos e bigode haviam se tornado prematuramente brancos, de tal forma que ele parecia bastante velho para ser o tio de todos. General do exército Nikolayev era para os jornais, mas todos os ex-soldados do país o conheciam como Dyadya Kolya.

Como Monk dirigia um carro do Ministério da Defesa e vestia um uniforme de coronel do estado-maior, os aldeões não viram motivos para deixar de informar que tio Kolya vivia em tal lugar.

Estava bastante escuro e fazia muito frio quando Monk bateu na porta, pouco depois das 21 horas. O valete manco atendeu e, vendo o uniforme, deixou-o entrar.

O general Nikolayev não esperava visitas, mas o uniforme de coronel e a pasta não lhe causaram mais que uma ligeira surpresa. Ele estava sentado em sua poltrona predileta, ao lado de um ruidoso fogo de lenha, lendo as memórias militares de um general mais jovem e de vez em quando soltando um grunhido de desdém. Conhecia todos eles, sabia o que tinham feito e, ainda mais embaraçoso, também sabia o que nunca tinham feito, não importava o que alegassem, agora que podiam ganhar dinheiro com suas histórias fictícias.

Ele levantou os olhos quando Volodya anunciou um visitante de Moscou, retirando-se em seguida.

– Quem é você? – resmungou Nikolai.

– Alguém que precisa lhe falar, general.

– De Moscou?

– Neste momento, sim.

– Já que veio até aqui, é melhor desembuchar logo de uma vez. – O general acenou com a cabeça para a pasta. – Documentos do ministério?

– Não exatamente. Documentos, sim, mas de outra área.

– Está frio lá fora. É melhor se sentar. Muito bem, comece a falar. Por que veio me procurar?

– Quero ser absolutamente franco. Vesti este uniforme para persuadi-lo a me receber. Não sou do exército russo. Não sou um coronel, nem estou no estado-maior de quem quer que seja. Na verdade, sou americano.

Através da lareira, o russo fitou-o em silêncio por vários segundos, como se não pudesse acreditar em seus ouvidos. Depois, as pontas do bigode tremeram em indignação.

– E um impostor! – exclamou. – Um maldito espião! Não admito impostores e espiões em minha casa! Saia!

Monk permaneceu onde estava.

– Está bem, eu sairei. Mas como dez mil quilômetros é uma longa distância a se percorrer por trinta segundos, pode responder a uma única pergunta?

O general Nikolayev fitava-o com uma expressão furiosa.

– Está bem, só uma pergunta. Qual é?

– Há cinco anos, quando Boris Yeltsin lhe pediu que saísse da aposentadoria e comandasse o ataque contra a Chechênia e a destruição de sua capital, Grozny, o rumor é que examinou os planos e disse a Pavel Grachev, o ministro da Defesa: "Comando soldados, não carniceiros. Isto é um trabalho para carniceiros." É verdade?

– E daí?

– É verdade? Permitiu-me uma pergunta.

– É, sim. E eu estava certo.

– Por que disse isso?

– Agora são duas perguntas.

– Ainda tenho mais dez mil quilômetros na volta para casa.

– Está bem. Porque não creio que genocídio seja um trabalho para soldados. E agora saia.

– Sabia que é da pior qualidade o livro que está lendo?

– Como pode dizer isso?

– Porque já li. É tudo invenção.

– Tem razão. E daí?

Monk abriu sua pasta e tirou o Manifesto Negro. Abriu-o na página que marcara, estendeu-o pela frente da lareira.

– Já que dispõe de tempo para ler bobagens, por que não dá uma olhada em alguma coisa realmente desagradável?

A ira do general se misturava com a curiosidade.

– Propaganda ianque?

– Não. O futuro russo. Dê uma olhada. Nesta página e na seguinte.

O general Nikolayev soltou um grunhido e pegou o documento estendido. Leu rapidamente as duas páginas marcadas. Seu rosto ficou vermelho.

– Mas que absurdo! – exclamou ele. – Quem escreveu esta besteira?

– Já ouviu falar de Igor Komarov?

– Não seja tolo. Claro que sim. Será o presidente em janeiro.

– O que é bom ou mau?

– Como posso saber? São todos enrolados como um saca-rolha.

– Ou seja, ele não é melhor nem pior do que os outros?

– É por aí.

Monk descreveu os acontecimentos de 15 de julho, tão depressa quanto podia, com medo de perder a atenção do velho ou, pior ainda, sua paciência.

– Não acredito! – disse o general, quando ele terminou. – Veio aqui com uma história fantasiosa...

– Se é uma história fantasiosa, então três homens não morreram na tentativa de recuperar o documento. Mas morreram. Vai a algum lugar esta noite?

– Não. Por quê?

– Então por que não larga as memórias de Pavel Grachev e lê as intenções de Igor Komarov? Vai gostar de algumas partes. Como a recuperação do exército. Mas não para defender a pátria. Não há ameaça externa contra a pátria. É para criar um exército que promoverá um genocídio. Pode não gostar de judeus, chechenos, georgianos, ucranianos e armênios, mas lembre-se de que eles também tripulavam aqueles tanques. Estavam em Kursk e Bagration, Berlim e Cabul. Lutaram a seu lado. Por que não dispensar alguns minutos para saber o que Komarov pretende fazer com eles?

O general Nikolayev fitou o americano um quarto de século mais moço, depois perguntou:

– Americanos bebem vodca?

– Claro que bebem, em noites congelando no meio da Rússia.

– Há uma garrafa ali. Sirva-se.

Enquanto o velho lia, Monk serviu-se de uma dose de Moskovskaya e pensou nas instruções que recebera no Castelo Forbes. Seu tutor russo, Oleg, dissera:

– Ele é provavelmente o último dos generais russos com um antiquado senso de honra. Não é nenhum tolo e não tem medo. Há dez milhões de veteranos que escutarão tudo o que tio Kolya falar.

Depois da queda de Berlim e de um ano na ocupação, o jovem major Nikolayev fora enviado de volta a Moscou, para a escola de oficiais de blindados. No verão de 1950, fora designado para o comando de um dos sete regimentos de tanques pesados ao longo do rio Yalu, no Extremo Oriente.

A Guerra da Coreia estava no auge, com os americanos vencendo os norte-coreanos. Stalin pensou em salvar os coreanos, lançando seus novos tanques contra os americanos. Duas coisas impediram-no de adotar essa iniciativa: conselhos sensatos e sua própria paranoia. Os IS-IVs eram tão ultrassecretos que alguns detalhes nunca foram revelados e Stalin temia perder um intacto. Nikolayev voltou em 1951 como tenente-coronel e assumiu um posto em Potsdam. Ainda tinha apenas 25 anos.

Aos 30 anos comandou um regimento de tanques de operações especiais no levante húngaro. Foi ali que pela primeira vez irritou o embaixador soviético, Yuri Andropov, que se tornaria diretor-geral da KGB por 15 anos e secretário-geral do Partido Comunista da União Soviética. O coronel Nikolayev recusou-se a usar as metralhadoras de seus tanques para dispersar as multidões de civis húngaros protestando nas ruas de Budapeste.

– Setenta por cento são mulheres e crianças – disse ele ao embaixador e arquiteto do esmagamento da revolta. – Estão jogando pedras. E pedras não afetam os tanques.

– Eles têm de aprender uma lição! – gritou Andropov. – Use suas metralhadoras!

Nikolayev já vira o que metralhadoras pesadas podem fazer contra civis concentrados num espaço confinado. Em Smolensk, em 1941. Seus pais estavam entre os civis.

– Se quer isso, então faça você mesmo – disse ele a Andropov.

Um general tratou de acalmar a situação, mas a carreira de Nikolayev pendeu por um fio. Andropov não era um homem que perdoasse.

No início e em meados dos anos 1960, Nikolayev foi designado para os postos mais remotos, anos à margem dos rios Amur e Ussuri, de frente para a China, enquanto Kruschev debatia se deviam ou não dar uma lição de guerra de tanques a Mao Tsé-tung.

Kruschev caiu, Brejnev sucedeu-o, a crise passou e Nikolayev deixou com a maior satisfação as vastidões áridas e geladas da fronteira manchu para voltar a Moscou.

Em 1968, como um general de divisão de 42 anos, ele comandou uma divisão no levante de Praga, de longe a divisão de melhor desempenho na operação. Ganhou a eterna gratidão dos paraquedistas ao salvar uma de suas unidades da destruição total. Uma companhia muito pequena fora lançada no centro de Praga, acabou cercada pelos tchecos e corria o risco de aniquilação quando Nikolayev comandou pessoalmente um grupo de tanques até o local para resgatá-la.

Ele passou quatro anos dando aulas sobre guerra de tanques na Academia Frunze, formando toda uma nova geração de oficiais do Corpo de Blindados, que o adorava. Em 1973 foi assessor de guerra blindada dos sírios. Foi o ano da Guerra do Yom Kippur.

Embora devesse permanecer na retaguarda, conhecia tão bem os tanques fornecidos pelos soviéticos que planejou e comandou um ataque contra a Sétima Brigada Blindada israelense, partindo das colinas de Golan.

Os sírios não tinham a menor competência, mas o planejamento e a tática foram brilhantes. A Sétima Brigada sobreviveu, mas por algum tempo os sírios deixaram os israelenses na maior preocupação; foi uma das poucas ocasiões em que os tanques árabes representaram alguma ameaça.

Com base em sua atuação na Síria, ele foi convidado para integrar o estado-maior, planejando operações ofensivas contra a OTAN. Em 1979 veio o Afeganistão. Ele tinha 53 anos e lhe ofereceram o comando do 40° Exército, que faria o trabalho. O comando implicava a promoção a general de exército.

O general Nikolayev estudou os planos, estudou o terreno, estudou o povo afegão e escreveu um relatório em que dizia que a operação e a ocupação ceifariam muitas vidas, não tinham sentido e se tornariam o Vietnã dos soviéticos. Foi a segunda vez que irritou Andropov.

Deram-lhe outra vez um posto sem a menor importância, o treinamento de recrutas. Os generais que foram para o Afeganistão ganharam suas medalhas e sua glória... por algum tempo. Também tiveram seus cadáveres para levar de volta, aos milhares.

– Isto é lixo. Não acredito nestas bobagens. – O velho general jogou o documento para o colo de Monk. – Você é muito atrevido, ianque. Invade meu país, invade minha casa... para tentar encher minha cabeça com essas mentiras perniciosas...

– Diga-me, general, o que acha de nós?

– Nós quem?

– Nós, os americanos, os ocidentais. Fui enviado para cá. Não estou agindo por conta própria. Por que me enviaram? Se Komarov é um bom homem, um grande líder, por que haveríamos de nos importar? Não deveríamos cagar e andar?

O velho fitou-o aturdido, não tanto pela linguagem, que já ouvira muitas vezes antes, mas pela intensidade do homem mais jovem à sua frente.

– Sei que passei toda a minha vida a combatê-los.

– Não, general, passou toda a sua vida se opondo a nós. E fez isso a serviço de regimes que sabe que cometeram coisas horríveis...

– Este é o meu país, americano. É um risco insultá-lo.

Monk inclinou-se para a frente, batendo com os dedos no Manifesto Negro.

– ... mas nada foi igual a isto. Nem Kruschev, nem Brejnev, nem Andropov, nada foi igual a isto...

– Se for verdadeiro, se for verdadeiro! – gritou o velho soldado. – Qualquer um poderia escrever isso.

– Pois então leia essas páginas. É a história de como o documento chegou às nossas mãos. Um velho soldado deu sua vida para isso.

Ele entregou ao general o relatório de confirmação e serviu-lhe uma dose generosa da sua própria vodca. O general tomou tudo de um só gole, ao estilo russo.

Foi somente no verão de 1987 que alguém se ergueu para uma prateleira alta, pegou o relatório de 1979 de Nikolayev, limpou a poeira e entregou-o ao Ministério do Exterior. Em janeiro de 1988, o ministro do Exterior, Eduard Shevardnadze, anunciou ao mundo:

– Estamos saindo do Afeganistão.

Nikolayev foi finalmente promovido a general de exército e incumbido de supervisionar a retirada. O último comandante do 40° Exército foi o general Gromov, mas lhe disseram que o plano geral seria de Nikolayev. Por mais espantoso que pudesse parecer, todo o 40° Exército deixou o Afeganistão quase sem baixas adicionais, embora os *mujahedin* atacassem em seus calcanhares.

A última coluna soviética atravessou a ponte de Amu Darya em 15 de fevereiro de 1989. Nikolai Nikolayev estava na retaguarda. Poderia ter voado num jato do estado-maior, mas preferiu seguir com seus homens.

Sentava-se sozinho no banco traseiro de um jipe GAZ aberto, com o motorista na frente. E mais ninguém. Nunca batera em retirada antes. Sentava-se empertigado em seu uniforme de combate, sem as ombreiras para não indicar seu posto. Mas os homens podiam reconhecer a cabeleira branca e o bigode eriçado.

Estavam cansados do Afeganistão, contentes em voltar para casa, apesar da derrota. As aclamações começaram ao norte da ponte. Todos paravam ao ver os cabelos brancos, saltavam dos caminhões de transporte para aclamá-lo. Havia paraquedistas que tinham ouvido falar do incidente em Praga e também o aclamavam. Muitos dos caminhões de transporte eram dirigidos por ex-tripulantes de tanques, que paravam para saudá-lo.

Ele tinha 63 anos na ocasião, seguia para o norte e para a aposentadoria, para uma vida de conferências, recordações e reuniões sociais. Mas ainda era o tio Kolya dos soldados e os levava para casa.

Em seus 45 anos como um soldado de tanque, ele fizera três coisas que o transformaram numa lenda viva. Proibira o "trote", a perseguição sistemática dos novos recrutas pelos soldados que já tinham três anos na tropa, o que levara a centenas de suicídios. Essa medida, adotada em todas as unidades sob seu comando, fora copiada por outros generais. Lutara com o sistema político por melhores condições e alimentos para seus homens, insistira no orgulho da unidade e no treinamento intensivo, até que todas as unidades sob seu comando, do pelotão à divisão, se tornassem as melhores em combate, que era o que contava. Gorbachev o promovera a general do exército antes de sua queda.

– O que espera de mim, americano?

O general Nikolayev largara o relatório de confirmação e olhava para o fogo.

– Se tudo isso é verdade, então o homem é um merda, no final das contas. Mas o que posso fazer? Estou velho, afastado há 11 anos, já descendo a ladeira...

– Eles ainda estão por aí – disse Monk, enquanto se levantava e guardava os documentos na pasta. – E são milhões. Veteranos. Alguns serviram sob o seu comando, outros se lembram de você, a maioria já ouviu falar a seu respeito. Vão escutar o que disser.

– Ouça, americano, esta minha terra já sofreu mais do que você pode imaginar. Esta minha pátria foi encharcada pelo sangue de seus filhos. Agora me diz que ainda há mais. Lamento, se for verdade, mas não há nada que eu possa fazer.

– E o exército? Que será obrigado a fazer essas coisas. O que me diz do exército, o seu exército?

– Não é mais meu exército.

– É tão seu exército quanto de qualquer outro.

– É um exército derrotado.

– Não, não derrotado. O regime comunista foi derrotado. Não os soldados, não os seus soldados. Eles foram retirados. Agora temos aqui um homem que quer reconstruir o exército. Mas para um novo propósito. Agressão, invasão, escravização, massacre.

– Por que eu deveria me envolver?

– Tem um carro, general?

O velho desviou os olhos do fogo, surpreso.

– Claro. Pequeno, Leva-me para onde eu quiser.

– Pois vá até Moscou. Ao Jardim Alexandrovsky. Até o bloco de granito vermelho. Pergunte a eles o que querem de você. Não a mim. A eles.

Monk foi embora. Ao amanhecer, estava de volta a outra casa segura, com seus guardas chechenos. Foi a noite das explosões na gráfica.

ENTRE AS MUITAS instituições arcanas e históricas que ainda existem na Inglaterra, poucas o são mais que o Colégio de Armas, cuja existência data do reinado de Ricardo III. Os superiores do Colégio são os Reis de Armas e Brasões.

Nos tempos medievais os brasões foram primeiro usados para transmitir mensagens entre senhores da guerra, através do campo de batalha, sob a bandeira de trégua. Entre as guerras, adquiriram uma função diferente.

Em tempos de paz, os cavaleiros e nobres costumavam se reunir para uma imitação de guerra em torneios e justas. Com os cavaleiros cobertos por armaduras, muitas vezes com a viseira baixada, o arauto que deveria anunciar o próximo combate podia ter dificuldade para identificar o homem.

A fim de resolver esse problema, os nobres passaram a exibir um emblema em seu escudo. Assim, ao ver um escudo com o desenho do urso e do cajado torto, o arauto saberia que se tratava do conde de Warwick.

A partir dessa função, os arautos se tornaram os peritos e árbitros de quem era quem; e ainda mais importante, quem tinha o direito de dizer que era quem. Levantaram e registraram as linhagens da aristocracia por gerações.

Não era uma simples questão de esnobismo. O título era acompanhado por vastas propriedades, castelos e fazendas. Em termos modernos, podia ser o equivalente a provar a propriedade legal da maioria das ações da General Motors. Havia grande riqueza e poder envolvidos.

Como os nobres tendiam em seu leito de morte a deixar para trás uma prole numerosa, alguns filhos legítimos e muitos não, era inevitável que surgissem divergências sobre o herdeiro legítimo. Irromperam guerras por causa de reivindicações rivais. Os arautos, como guardiões dos arquivos, eram os árbitros finais da verdadeira linhagem e de quem tinha o direito de "portar armas", indicando não as armas de combate, mas, sim, o brasão descrevendo os ancestrais em termos pictóricos.

Mesmo hoje, o Colégio ainda julga reivindicações rivais, cria brasões para um banqueiro ou industrial elevado à nobreza, e por uma taxa traça a árvore genealógica de qualquer um, até onde vão os registros.

Como se pode imaginar, os arautos são acadêmicos, absorvidos em sua estranha ciência, com sua linguagem normando-francesa e seus emblemas, cujo domínio exige muitos anos de estudo.

Alguns se especializam nos ancestrais das casas nobres da Europa, ligadas à aristocracia britânica pelos constantes casamentos. Através de indagações discretas mas persistentes, Sir Nigel Irvine descobrira que um em particular era o maior especialista do mundo na dinastia Romanov da Rússia. Dizia-se que o Dr. Lancelot Probyn esquecera mais sobre os Romanovs do que os Romanovs jamais haviam sabido. Depois de se apresentar pelo telefone como um diplomata aposentado preparando um estudo para o Foreign Office sobre possíveis tendências monárquicas na Rússia, Sir Nigel convidara-o para um chá no Ritz.

O Dr. Probyn era um homem pequeno e afável, que tratava do seu assunto com muito bom humor, sem qualquer pomposidade. Lembrou ao velho espião de ilustrações do Sr. Pickwick de Dickens.

– Poderíamos conversar sobre a questão da sucessão dos Romanovs? – indagou Sir Nigel, depois que foram servidos os sanduíches de pepino sem casca, acompanhando o chá Earl Grey.

O posto de Rei de Armas, para dar ao Dr. Probyn seu glorioso título, não é muito bem remunerado, e por isso ele não estava acostumado a tomar chá no Ritz. Dedicou-se aos sanduíches com certa ansiedade.

– A linhagem dos Romanovs é apenas meu passatempo, não o trabalho que realizo.

– Apesar disso, creio que é o autor da obra definitiva a respeito.

– É muita gentileza de sua parte dizer isso. Como posso ajudar?

– A sucessão dos Romanovs é clara?

O Dr. Probyn comeu o último pedaço do sanduíche e olhou para os doces.

– Longe disso. A confusão é total. Há inúmeros sobreviventes da antiga família. Com pretendentes por toda parte. Por que pergunta?

– Vamos supor que o povo russo, por algum motivo, decidisse querer restaurar a monarquia constitucional, sob um czar.

– Não poderia, porque nunca houve isso. O último imperador... de passagem, esse é o título correto, e isso desde 1721, mas todos ainda usam a palavra czar... foi Nicolau II, um monarca absoluto. Eles nunca tiveram uma monarquia constitucional.

– Mas vamos supor que sim.

O Dr. Probyn comeu o último naco de um *éclair* e tomou um gole do chá.

– Os doces estão ótimos.

– Fico contente que tenha gostado.

– Na hipótese extremamente improvável de que isso venha a acontecer, eles teriam um problema. Como sabe, Nicolau, a czarina Alexandra e todos os cinco filhos foram assassinados em Ekaterinburg, em 1918. Isso exterminou a linhagem direta. Todos os pretendentes atuais são da linhagem indireta, alguns remontando ao avô de Nicolau.

– Não há nenhuma reivindicação forte, incontestável?

– Não. Eu poderia lhe dar informações mais precisas em meu escritório. Onde tenho todas as cartas. Não poderia mostrá-las aqui. São grandes, com muitos nomes, ramificações por toda parte.

– Mas, em teoria, os russos poderiam reinstituir a monarquia?

– Está falando a sério, Sir Nigel?

– Estamos falando apenas teoricamente.

– Pois teoricamente tudo é possível. Qualquer monarquia pode optar por se tornar uma república pela expulsão de seu rei. Ou rainha. Foi o que fez a Grécia. E qualquer república pode optar por instituir uma monarquia constitucional. Foi o que a Espanha fez. As duas nos últimos trinta anos. Ou seja, é possível.

– Então o problema seria o candidato?

– Absolutamente. O general Franco decidiu criar a legislação para restaurar a monarquia espanhola depois de sua morte. Escolheu o neto de Alfonso XIII, o príncipe Juan Carlos, que reina até hoje. Mas não surgiu nenhuma contrarreivindicação. A linhagem de sangue era clara. As pretensões conflitantes podem ser complicadas.

– Há contrarreivindicações na linhagem dos Romanovs?

– E muitas. A situação é bastante complicada.

– Alguém se destaca?

– Não me ocorre nenhum nome no momento. Eu teria de pesquisar. Faz muito tempo que ninguém pergunta a sério.

– Poderia dar outra olhada? – pediu Sir Nigel. – Tenho de viajar. Posso ligar para seu escritório quando voltar?

NOS TEMPOS EM que a KGB era uma vasta organização para espionagem, repressão e controle, com um único diretor-geral, suas tarefas eram tão diversificadas que tinham de ser divididas em diretorias, subdiretorias e departamentos.

Entre essas havia a Oitava Diretoria e a Décima Sexta Subdiretoria, encarregadas da vigilância eletrônica, interceptação de rádio, grampeamento eletrônico e satélites espiões.

Assim, eram as equivalentes da Agência de Segurança Nacional e da Organização de Reconhecimento Nacional, dos Estados Unidos, e do Centro de Comunicações do governo britânico.

Para os veteranos da KGB, como Andropov, a coleta eletrônica de informações, ou ELINT, era alta tecnologia e mal compreendida, mas pelo menos sua importância era reconhecida. Numa sociedade em que a tecnologia tinha anos de atraso, em relação ao Ocidente, salvo nas áreas militares e de espionagem, a Oitava Diretoria sempre contava com as mais modernas e melhores instalações de alta tecnologia.

Depois que Gorbachev rompeu o monólito da KGB, a Oitava e a Décima Sexta foram reunidas na FAPSI, a agência federal de informações e comunicações.

A FAPSI já tinha os computadores mais avançados, os melhores matemáticos e decifradores de códigos do país, e qualquer coisa em tecnologia de interceptação que o dinheiro pudesse comprar. Depois da queda do comunismo, esse departamento de manutenção dispendiosa passou a enfrentar um grande problema: financiamento.

Com a introdução da privatização, a FAPSI passou a procurar recursos no mercado aberto. Oferecia às empresas russas emergentes a capacidade de interceptar – ou melhor, roubar – o tráfego comercial de seus concorrentes, internos e externos. Pelo menos por quatro anos antes de 1999, era possível que uma operação comercial na Rússia contratasse esse departamento do governo para monitorar os movimentos de um estrangeiro no território russo, sempre que esse estrangeiro desse um telefonema, passasse um fax, telegrama ou telex, ou fizesse uma transmissão de rádio.

O coronel Anatoli Grishin calculou que Jason Monk, onde quer que estivesse, teria alguma forma de comunicação com quem o enviara. Não podia ser através da embaixada, que estava sob vigilância, a menos que ele usasse o telefone, mas neste caso, seria ouvido.

Portanto, raciocinou Grishin, ele trouxera ou recebera em Moscou alguma espécie de transmissor.

– Se eu estivesse no lugar dele – disse um cientista da FAPSI, que Grishin consultou por uma taxa substancial –, usaria um computador. É o que os executivos sempre fazem.

– Um computador que transmite e recebe? – perguntou Grishin.

– Claro. Os computadores falam com os satélites e através dos satélites os computadores falam com os computadores. A Internet, a rede internacional de comunicação, é isso.

– O tráfego deve ser vasto.

– E é mesmo. Mas o mesmo acontece com os nossos computadores. É só uma questão de filtragem. Noventa por cento do tráfego de computador são de conversa fiada, idiotas falando com idiotas. Nove por cento são comerciais... empresas discutindo produtos, preços, contratos, datas de entrega. Um por cento é governamental. Esse um por cento costumava ser a metade do tráfego lá por cima.

– Quanto é codificado?

– Todo o tráfego governamental e metade do comercial. Mas a maior parte dos códigos comerciais pode ser decifrada com facilidade.

– E em que área meu amigo americano estaria transmitindo?

O funcionário da FAPSI, que passara toda a sua vida profissional no mundo secreto, sabia que era melhor não pedir detalhes.

– Provavelmente no tráfego comercial. Sempre sabemos a fonte da parte governamental. Podemos não decifrar, mas sabemos que vem desta ou daquela embaixada. Seu homem se inclui num desses casos?

– Não.

– Então é provável que ele use os satélites comerciais. As máquinas do governo americano são usadas principalmente para nos vigiar e escutar. Também transmitem o tráfego diplomático. Mas agora há dezenas de satélites comerciais lá em cima; as companhias alugam tempo e se comunicam com todos os seus escritórios espalhados pelo mundo.

– Creio que meu homem está transmitindo de Moscou. E deve estar recebendo também.

– Receber não nos ajuda. Uma mensagem enviada por um satélite por cima de nós pode ser captada em qualquer lugar de Archangel até a Crimeia. É quando ele transmite que podemos localizá-lo.

– Ou seja, se uma empresa privada russa o contratasse para descobrir o remetente, você poderia fazê-lo?

– Talvez. A taxa seria considerável, dependendo da quantidade de homens e tempo de computador, do número de horas por dia em que a vigilância seria mantida.

– Vinte e quatro horas por dia e todos os homens que você tiver – declarou Grishin.

O cientista da FAPSI ficou aturdido. O homem falava em milhões de dólares americanos.

– É um pedido e tanto.

– Falo sério.

– Quer as mensagens?

– Não. Quero a localização do remetente.

– Isso é mais difícil. A mensagem, se interceptada, pode ser estudada à vontade, pelo tempo necessário para decifrá-la. O remetente ficará no ar por apenas um nanossegundo.

Um dia depois do encontro de Monk com o general Nikolayev, a FAPSI captou um bipe. O contato de Grishin telefonou para a casa perto do bulevar Kiselny.

– Ele transmitiu.

– Tem a mensagem?

– Tenho, mas está num código especial, indecifrável.

– Isso não é suficiente – disse Grishin. – De onde ele transmitiu?

– Da Grande Moscou.

– Isso é maravilhoso, um lugar bem pequeno. Preciso do prédio.

– Seja paciente. Achamos que sabemos qual é o satélite que ele está usando. Provavelmente é um dos dois aparelhos da Intelcor que nos sobrevoam todos os dias. Havia um no horizonte na ocasião. Poderemos nos concentrar neles no futuro.

– Façam isso.

Monk esquivou-se por seis dias ao exército de vigilantes que Grishin pusera nas ruas. O chefe de segurança da UFP estava perplexo. O homem tinha de comer. Ou se escondia em algum lugar pequeno, com medo de sair, e neste caso não podia causar muito mal; ou circulava fingindo que era um russo, sob disfarce, que em breve seria descoberto; ou deixara o país depois do contato inútil com o patriarca. Ou estava sendo protegido; alimentado, com um lugar para dormir, disfarçado, defendido. Mas por quem? Esse era o enigma cuja resposta Anatoli Grishin ainda não encontrara.

Sir Nigel Irvine voou para Moscou dois dias depois de sua conversa no Ritz com o Dr. Probyn. Foi acompanhado por um intérprete pessoal, pois embora tivesse um conhecimento razoável de russo, estava enferrujado demais para ser confiável em discussões delicadas.

O homem que ele levava era o ex-soldado que falava russo, Brian Marks, só que agora com o seu passaporte verdadeiro, em nome de Brian Vincent. Na imigração, o inspetor digitou os dois nomes no computador, mas nenhum dos dois apareceu como um visitante recente ou frequente.

– Vocês estão juntos? – perguntou ele.

Um homem era sem dúvida o superior, esguio, cabeça branca, com 70 e poucos anos segundo o passaporte; o outro tinha 30 e tantos anos, vestia um terno escuro, era óbvio que se encontrava em plena forma.

– Sou o intérprete do cavalheiro – explicou Vincent.

– Meu russo não está muito bom – acrescentou Sir Nigel, num péssimo russo.

O inspetor da imigração não se mostrou nem um pouco interessado. Os executivos muitas vezes precisavam de intérpretes. Alguns podiam ser contratados de agências em Moscou; alguns magnatas traziam o seu. Era normal. Ele acenou para que os dois passassem.

Eles foram para o Hotel Nacional, onde o infeliz Jefferson se hospedara. À espera de Sir Nigel, deixado 24 horas antes por um homem de pele azeitonada de que ninguém se recordava, mas que era um checheno, havia um envelope, que foi entregue junto com a chave.

Continha uma folha de papel em branco. Se o envelope fosse interceptado ou perdido, não haveria mal maior. O texto não estava na folha de papel, mas sim na parte interna do envelope, escrito com suco de limão.

Com o envelope cortado e aberto, Brian Vincent esquentou-o com um fósforo da caixa de cortesia na mesinha de cabeceira. Em marrom-claro, sete números se tornaram discerníveis, um telefone particular. Depois de memorizá-lo, Sir Nigel mandou que Vincent queimasse o envelope, jogasse as cinzas no vaso e puxasse a descarga. Os dois jantaram no hotel e esperaram até as 22 horas.

Quando o telefone tocou, foi atendido pessoalmente pelo patriarca Alexei II, pois era da sua linha particular, o aparelho ficava em cima da escrivaninha. Ele sabia que bem poucas pessoas tinham esse número, e que devia conhecer a todas.

– Alô?

Ele não conhecia a voz que respondeu, falando um bom russo, mas um estrangeiro:

– Patriarca Alexei?

– Quem está falando?

– Não nos conhecemos, santidade. E sou apenas o intérprete do cavalheiro que me acompanha. Há alguns dias teve a gentileza de receber um padre de Londres.

– Eu me lembro.

– Ele disse que outro homem viria, para uma conversa particular de grande importância. Ele está aqui ao meu lado. Pergunta se pode recebê-lo.

– Agora? Esta noite?

– A rapidez é essencial, santidade.

– Por quê?

– Há forças em Moscou que em breve reconhecerão este cavalheiro. Podem passar a vigiá-lo. A extrema discrição é fundamental.

Era um argumento que sem dúvida funcionava com o nervoso prelado.

– Está certo. Onde vocês estão agora?

– A poucos minutos de carro. Prontos para partir.

– Dentro de meia hora.

Desta vez, avisado, o guarda cossaco abriu a porta da rua sem perguntas e um nervoso porém curioso padre Maxim conduziu os dois visitantes ao gabinete particular do patriarca. Sir Nigel viera na limusine oferecida pelo hotel e pedira que esperasse lá fora.

O patriarca Alexei vestia uma batina cinza-clara, com uma cruz simples numa corrente pendurada em torno do pescoço. Cumprimentou os visitantes e acenou para que se sentassem.

– Permita primeiro que eu peça desculpas por meu russo ser tão insatisfatório que preciso conversar através de um intérprete – disse Sir Nigel.

Vincent traduziu depressa. O patriarca acenou com a cabeça e sorriu.

– E eu, infelizmente, não falo inglês – respondeu ele. – Ah, padre Maxim, deixe o café na mesa, por favor. Nós mesmos nos serviremos. Pode se retirar.

Sir Nigel começou por se apresentar, embora evitasse mencionar que fora outrora um chefe de serviço secreto combatendo a Rússia e suas ações. Limitou-se a dizer que era um veterano do "Serviço Exterior" (não deixava de ser verdade), agora aposentado, mas chamado de volta para a atual negociação.

Sem se referir ao Conselho de Lincoln, ele contou que o Manifesto Negro fora mostrado em caráter particular a homens e mulheres de enorme influência, deixando a todos profundamente estonteados.

– Tão estonteados quanto Sua Santidade, sem dúvida, também ficou.

Alexei acenou com a cabeça, uma expressão sombria, quando Vincent terminou a tradução para o russo.

– Vim lhe sugerir que a atual situação envolve a todos nós, pessoas de boa vontade dentro e fora da Rússia. Tivemos um poeta na Inglaterra que disse: "Nenhum homem é uma ilha." Somos todos parte de um todo. Para a Rússia, um dos maiores países do mundo, cair sob o poder de um cruel ditador de novo seria uma tragédia para nós, no Ocidente, para o povo da Rússia e, acima de tudo, para a Santa Igreja.

– Não duvido, mas a Igreja não pode se envolver na política – disse o patriarca.

– Abertamente, não. Mas a Igreja deve lutar contra o mal. A Igreja está sempre envolvida com a moralidade, não é?

– Claro.

– E a Igreja tem o direito de se proteger da destruição e daqueles que tentariam destruí-la e à sua missão neste mundo?

– Sem qualquer dúvida.

– Então a Igreja pode se manifestar para exortar os fiéis contra um curso de ação que ajudaria o mal e prejudicaria a Igreja?

– Se a Igreja falar contra Igor Komarov e ainda assim ele ganhar a presidência, a Igreja terá acarretado sua própria destruição – comentou Alexei II. – Será assim que centenas de bispos vão considerar a situação, e votarão para permanecer em silêncio. Não vão concordar comigo.

– Mas há outro caminho possível – anunciou Sir Nigel.

Por vários minutos ele descreveu uma reforma constitucional, deixando o patriarca boquiaberto.

– Não pode estar falando sério, Sir Nigel – disse ele ao final. – Restaurar a monarquia, trazer de volta o czar? O povo nunca aceitaria.

– Vamos examinar a situação atual – sugeriu Sir Nigel. – Sabemos que a opção diante da Rússia é mais sinistra do que as pessoas podem imaginar. Por um lado há a persistência do caos, a possível desintegração, até mesmo a guerra civil ao estilo iugoslavo. Não pode haver prosperidade sem estabilidade. A Rússia balança como um navio num vendaval, sem âncora e sem leme. Muito em breve deve naufragar, as tábuas vão se soltar, as pessoas perecerão. Ou temos a ditadura, uma terrível tirania, que vai superar qualquer coisa que seu país tão sofredor jamais conheceu. O que prefere para o seu povo?

– Não tenho o que escolher – disse o patriarca. – As duas coisas são terríveis demais.

– Então lembre-se de que um monarca constitucional é sempre um baluarte contra o despotismo do tirano único. As duas coisas não podem coexistir, uma tem de acabar. Todas as nações precisam de um símbolo, humano ou não, a que possam se apegar quando os tempos são ruins, algo que possa uni-las através das barreiras de linguagem e clã. Komarov está se transformando nesse símbolo nacional, nesse ícone. Ninguém votará contra ele e a favor de um vácuo. Deve haver um ícone alternativo.

– Mas pregar a restauração... – protestou o patriarca.

– Não seria pregar contra Komarov, que é o que teme fazer – argumentou o inglês. – Seria pregar por uma nova estabilidade, um ícone acima da política. Komarov não poderia acusá-lo de se intrometer em política, de ser contra ele, embora possa suspeitar em particular do que está acontecendo. E há outros fatores...

Com muita habilidade, Sir Nigel apresentou as vantagens ao patriarca. A união da Igreja e do Trono, a plena restauração da Igreja Ortodoxa em toda a sua pompa, o retorno do patriarca de Moscou e de Todas as Rússias a seu palácio dentro dos muros do Kremlin, o recomeço dos créditos do Ocidente à medida que a estabilidade fosse restabelecida.

– Tudo o que disse até aqui tem muita lógica e apela para o meu coração – declarou Alexei II, quando pensou que acabara. – Mas eu já li o Manifesto Negro. Conheço o pior. Meus irmãos em Cristo, a convocação dos bispos, não viram isso e não acreditariam. Publique-o e metade da Rússia pode até concordar com seus termos... não, Sir Nigel, não subestimo meu rebanho.

– Mas e se outra voz se manifestasse? Não a sua, santidade, nada de oficial, mas uma voz forte e persuasiva, com seu apoio silencioso?

Ele se referia ao independente padre Gregor Rusakov, a quem o patriarca, com considerável coragem moral, concedera sua autorização pessoal para pregar.

O padre Rusakov fora rejeitado na juventude por um seminário depois de outro. Era inteligente demais para o gosto da KGB, arrebatado demais. Por isso, ele se retirara para um pequeno mosteiro na Sibéria e recebera as ordens sagradas, antes de se tornar um sacerdote itinerante, sem paróquia, pregando onde pudesse, antes de seguir adiante, sempre um passo à frente da polícia secreta.

Acabou sendo preso, é claro, e foi condenado a cinco anos num campo de trabalhos forçados por pronunciamentos contra o Estado. No tribunal, recusara o advogado de defesa pago pelo Estado. Ele próprio conduzira sua defesa, com tanto brilho que forçara os juízes a admitir que estavam violentando a Constituição soviética.

A libertação pela anistia de Gorbachev para os sacerdotes mostrara que ele não perdera o fogo antigo. Voltara a pregar, mas também condenara os bispos por sua timidez e corrupção. Assim ofendeu a maioria e os bispos correram para Alexei, pedindo que trancafiasse o jovem de novo.

Com a batina simples de um padre paroquial, Alexei fora a uma de suas pregações. No meio da multidão, sem ser reconhecido, ele pensou que seria maravilhoso se pudesse pôr todo aquele fogo, toda aquela paixão e toda aquela oratória a serviço da Igreja.

O fato é que o padre Gregor atraía as multidões. Falava a linguagem do povo, com a sintaxe dos trabalhadores. Podia salpicar seus sermões com termos de alojamentos, aprendidos no campo de trabalhos forçados; podia falar a linguagem dos jovens, conhecia seus ídolos musicais pelo nome e banda, sabia como era difícil para uma dona de casa equilibrar o orçamento, sabia como a vodca podia embotar as dificuldades.

Aos 35 anos, era celibatário e ascético, mas conhecia mais dos pecados da carne do que qualquer seminário podia ensinar. Duas revistas populares de adolescentes haviam até apresentado o padre a seus leitores como símbolo sexual.

Por isso, Alexei II não pedira à milícia que efetuasse a prisão. Convidara o padre rebelde para jantar. Foi no Mosteiro Danilovsky, onde comeram uma refeição frugal, a uma mesa de madeira. Alexei serviu. Conversaram pela noite afora. Alexei explicou a tarefa pela frente, a lenta reforma de uma Igreja que por tempo demais fora servidora de uma ditadura, tentando encontrar o caminho de volta para um papel pastoral entre os 140 milhões de cristãos da Rússia.

Ao amanhecer, chegaram a um acordo. O padre Gregor concordara não só em exortar seus ouvintes a procurarem Deus em suas casas e locais de trabalho, mas também a voltarem à Igreja, por mais falha que pudesse ser. A mão silenciosa do patriarca possibilitara muitas coisas. Uma grande emissora de TV passara a fazer uma cobertura semanal das reuniões de massa do padre Gregor. Com isso, seus sermões eram acompanhados por milhões de pessoas, que nunca teriam a oportunidade de vê-lo em carne e osso. No inverno de 1999, esse padre era considerado o mais vigoroso orador da Rússia, superando até mesmo Igor Komarov.

O patriarca permaneceu em silêncio por um longo momento, fitando Sir Nigel Irvine, antes de dizer:

– Conversarei com o padre Gregor sobre o retorno de um czar.

15

O vento tangeu a primeira neve do inverno pela praça Slavyansky, como sempre ao final de novembro, prenúncio do frio intenso que viria.

O atarracado padre baixou a cabeça contra o vento e avançou apressado para o portão externo, atravessou o pátio e entrou para o calor de Todos os Santos em Kulishki, recendendo o tecido molhado e incenso.

Mais uma vez, foi observado de um carro estacionado; depois que os vigias tiveram certeza de que ninguém o seguia, o coronel Grishin entrou atrás.

– Você me chamou – disse ele, ao se postar ao lado do padre, afastados dos fiéis, aparentemente contemplando os quadros na parede.

– Ontem à noite. Houve um visitante. Um inglês.

– Não um americano? Tem certeza que não era um americano?

– Tenho, coronel. Pouco depois das 22 horas, sua santidade me disse para receber um cavalheiro que tinha vindo da Inglaterra. Ele veio com o intérprete, um homem muito mais jovem. Abri a porta e conduzi-os ao escritório. E depois levei uma bandeja com café.

– O que eles disseram?

– Enquanto estive na sala, o inglês idoso pediu desculpas por falar mal o russo. O mais jovem traduziu tudo. Depois o patriarca me disse para deixar a bandeja e me dispensou.

– Ficou escutando na porta?

– Fiquei, mas o inglês mais jovem deve ter pendurado seu cachecol na maçaneta. Bloqueou minha visão e quase não deu para ouvir. Depois alguém se aproximou, devia ser o cossaco em sua ronda, e tive de me afastar.

– Esse inglês idoso disse como se chamava?

– Não, pelo menos enquanto pude ouvir. Talvez tenha falado enquanto eu fazia o café. E por causa do cachecol, não pude ver nada e ouvi muito pouco. E o que escutei não fazia muito sentido.

– Mas conte assim mesmo, padre Maxim.

– O patriarca só alteou a voz uma única ocasião. Ouvi-o dizer: "Trazer o czar de volta?" O tom era de espanto. E depois eles tornaram a baixar a voz.

O coronel Grishin ficou olhando para os quadros da Mãe de Deus com o filho no colo, com a sensação de que levara uma bofetada. Não fazia sentido para o estúpido padre, mas fazia para ele.

Com um monarca constitucional como chefe de Estado, não haveria o posto de presidente. O chefe de governo seria o primeiro-ministro, o líder do partido majoritário, mas ainda sujeito à assembleia nacional, a Duma. Era de mil quilômetros a distância para o roteiro de Igor Komarov para a ditadura unipartidária.

– Como é esse inglês?

– Estatura mediana, magro, cabelos prateados, 70 e poucos anos.

– Não tem ideia de onde ele veio?

– Foi diferente do jovem americano. Ele veio de carro, que ficou esperando. Acompanhei-os até a porta. O carro continuava esperando. Não um táxi, mas uma limusine. Anotei a placa quando partiu.

Entregou um papel ao coronel.

– Fez um bom trabalho, padre Maxim. Isto não será esquecido.

Os investigadores de Anatoli Grishin não demoraram muito a dar uma resposta. Um telefonema para o Departamento de Trânsito identificou o carro em uma hora: a limusine pertencia ao Hotel Nacional.

Kuznetsov foi incumbido da missão. Seu inglês com sotaque americano quase perfeito poderia persuadir qualquer recepcionista russo que era de fato americano. Ele chegou ao Nacional logo depois do almoço e foi falar com o porteiro,

– Oi. Desculpe perguntar, mas você fala inglês?

– Falo, sim, senhor,

– Ainda bem. Eu jantava num restaurante perto daqui ontem à noite e havia um cavalheiro inglês na mesa ao lado. Conversamos um pouco. Quando ele foi embora, esqueceu isto na mesa.

Kuznetsov mostrou um isqueiro. Era de ouro e caro, Cartier. O porteiro ficou perplexo.

– É mesmo, senhor?

– Ainda corri atrás dele, mas já era tarde demais. O inglês já partira... num Mercedes preto. O porteiro do restaurante achou que era um dos carros daqui. Consegui anotar o número.

Ele estendeu um pedaço de papel.

– Ah, sim, é mesmo um dos nossos. Com licença.

O porteiro verificou os registros da noite anterior.

– Devia ser o Sr. Trubshaw. Quer que eu entregue o isqueiro?

– Não se preocupe. Deixarei na recepção e poderão pôr no escaninho dele.

Com um aceno de mão jovial, Kuznetsov foi até a recepção. Guardou o isqueiro no bolso.

– Oi. Pode me dar o número do quarto do Sr. Trubshaw?

A moça russa era morena e bonita, de vez em quando fazia um trabalho extra com americanos. Exibiu um sorriso.

– Um momento, senhor,

Ela digitou o nome em seu terminal de computador e balançou a cabeça.

– Lamento, mas o Sr. Trubshaw e seu companheiro partiram esta manhã.

– Oh, droga! Eu esperava encontrá-lo aqui. Sabe se ele já deixou Moscou?

A moça tornou a acionar o computador,

– Já, sim, senhor. Confirmou a reserva para o voo desta manhã. Voltou para Londres no avião de meio-dia.

Kuznetsov não sabia por que o coronel Grishin queria localizar o misterioso Sr. Trubshaw, mas relatou o que descobrira. Assim que ficou sozinho, Grishin ligou para seu contato na seção de vistos da divisão de imigração do Ministério do Interior. Os detalhes foram passados por fax e a foto que acompanhara o pedido, apresentada à embaixada russa em Kensington Palace Gardens, Londres e enviada por mensageiro.

– Mande ampliar esta foto – ordenou ele a seu assessor.

O rosto do idoso inglês nada representava para Grishin, mas ele refletiu que havia um homem que poderia reconhecê-lo. A cinco quilômetros dali, pela rua Tverskaya, num trecho em que a estrada para

Minsk já mudou de nome duas vezes, fica o Arco da Vitória, com a rua Maroseyka se estendendo para um lado.

Há ali dois enormes prédios de apartamentos ocupados exclusivamente por aposentados da velha KGB, pensionistas do Estado, vivendo em relativo conforto.

Entre eles, no inverno de 1999, estava um dos mais formidáveis espiões da Rússia, o general Yuri Drozdov. No auge da Guerra Fria, comandara todas as operações da KGB na região leste dos Estados Unidos, antes de ser chamado de volta a Moscou para chefiar a ultrassecreta Diretoria dos Ilegais.

Os "ilegais" são aqueles que vão para o território inimigo sem qualquer cobertura diplomática, fundindo-se na sociedade estrangeira como executivos, acadêmicos, qualquer coisa, a fim de "dirigir" os agentes nativos que foram recrutados. Se apanhados, não ficam sujeitos apenas à expulsão, mas, sim, à prisão e ao julgamento. Drozdov treinara e enviara os ilegais da KGB por anos.

Grishin o conhecera quando Drozdov, em seus últimos dias no serviço, chefiara o pequeno e discreto grupo em Yazenevo encarregado de analisar as informações enviadas por Aldrich Ames. Nessa ocasião, Grishin era o principal interrogador dos espiões assim traídos.

Nenhum dos dois simpatizara com o outro. Drozdov preferia habilidade e sutileza à força bruta, enquanto Grishin, que nunca deixara a União Soviética, exceto por uma breve e inglória expedição a Berlim Oriental, desprezava os homens na Primeira Diretoria que haviam passado anos no Ocidente e sido "infectados" por maneirismos estrangeiros. Apesar de tudo, Drozdov concordou em recebê-lo em seu apartamento na rua Maroseyka. Grishin mostrou-lhe a fotografia ampliada.

– Já viu este homem antes? – perguntou ele.

Para seu horror, o velho espião inclinou a cabeça para trás e soltou uma gargalhada.

– Se já o vi? Pessoalmente, não, mas este rosto ficou gravado na mente de todos da minha idade que trabalharam em Yazenevo. Não sabe quem é ele?

– Não. Se soubesse, não estaria aqui.

– Nós o chamávamos de Raposa. Nigel Irvine. Dirigiu as operações contra nós por muito tempo ao longo dos anos 1960 e 1970, depois se tornou chefe do SIS britânico por seis anos.

– Um espião.

– Um mestre dos espiões, um supervisor de espiões – corrigiu Drozdov. – Não é a mesma coisa. E foi um dos melhores em todos os tempos. Por que está interessado?

– Ele esteve em Moscou ontem.

– Sabe por quê?

– Não – mentiu Grishin.

Drozdov fitou-o nos olhos. Não acreditava na negativa.

– Mas, afinal, o que tem a ver com você? Está fora agora. Comanda aqueles bandidos de uniforme preto para Komarov, não é mesmo?

– Sou o chefe de segurança da União das Forças Patrióticas – protestou Grishin.

– É a mesma coisa – murmurou o velho general.

Ele acompanhou Grishin até a porta.

– Se ele voltar, diga-lhe para vir tomar um drinque comigo! – gritou, enquanto Grishin se afastava.

Ao fechar a porta, Drozdov resmungou:

– Idiota!

Grishin avisou a seus informantes na divisão de imigração que precisava saber se Nigel Irvine ou o Sr. Trubshaw voltassem a Moscou.

No dia seguinte, o general Nikolai Nikolayev deu uma entrevista ao *Izvestia*, o maior jornal do país. O jornal considerou que era um furo sensacional, pois o velho guerreiro nunca concedia entrevistas.

Ostensivamente, a entrevista foi pelo 74° aniversário do general e começou com perguntas gerais sobre sua saúde.

Sentava-se empertigado numa cadeira de couro numa sala particular do Clube dos Oficiais da Academia Frunze e disse ao repórter que sua saúde era ótima.

– Ainda tenho meus próprios dentes, não preciso de óculos e posso marchar mais do que qualquer garoto da sua idade.

O repórter, que tinha 40 e poucos anos, acreditou nele. A fotógrafa, de 20 e poucos anos, fitava-o com reverência. Ouvira seu avô contar que seguira o jovem comandante de tanques para Berlim 54 anos antes.

A conversa passou para a situação do país.

– Deplorável – disse tio Kolya. – Uma terrível confusão.

– Posso supor que votará na UFP e em Igor Komarov nas eleições em janeiro? – sugeriu o repórter.

– Nele, nunca! – exclamou o general. – Um bando de fascistas, é isso o que são. Não tocaria neles nem com uma vara de barco esterilizada.

– Não compreendo – balbuciou o jornalista. – Sempre achei...

– Meu jovem, não pense por um minuto sequer que me deixei enganar pelo falso patriotismo que Komarov prega. Conheço o patriotismo. Vi homens sangrarem por isso, morrerem pela pátria. Posso reconhecer o patriotismo verdadeiro, não é? Esse tal de Komarov não é um patriota, só diz mentiras e besteiras.

– Entendo – murmurou o repórter, que não estava entendendo nada, completamente aturdido. – Mas com certeza há muitas pessoas que acham que os planos dele para a Rússia...

– Seus planos para a Rússia são um banho de sangue! – interrompeu tio Kolya. – E já não tivemos derramamento de sangue suficiente nesta terra? Tive de avançar por um mar de sangue e não quero ver mais. O homem é fascista. Escute, rapaz, lutei contra fascistas durante toda a minha vida. Lutei contra eles em Kursk, lutei contra eles em Bagration, através do Vístula, até o maldito *bunker*. Alemão ou russo, um fascista é um fascista e são todos...

Ele poderia ter usado qualquer das quarenta palavras que em russo indicam as partes íntimas, mas havia uma mulher presente, e por isso contentou-se com *merzavtsi*, que significa vilões.

– Mas a Rússia não precisa ser limpa de toda a sujeira? – insistiu o jornalista.

– Há mesmo muita sujeira, sem dúvida. Mas grande parte não é sujeira das minorias étnicas, e sim a interna, dos próprios russos. O que me diz dos políticos desonestos, dos burocratas corruptos de mãos dadas com os criminosos?

– Mas Komarov vai liquidar os criminosos.

– Será que não percebe que Igor "Sanguinário" Komarov é financiado por mafiosos? De onde pensa que vem todo o seu dinheiro? Da fada-madrinha? Com ele no comando, este país terá sido comprado e pago pelos mafiosos. Nenhum homem que usou o uniforme de seu país e o usou com orgulho deve permitir que aqueles arruaceiros de uniforme preto da guarda de Komarov assumam o controle da pátria.

– O que devemos fazer então?

O velho general pegou um exemplar do jornal daquele dia e mostrou a última página.

– Viu aquele padre na televisão ontem à noite?

– Padre Gregor, o pregador? Não, não vi. Por quê?

– Acho que ele pode estar certo. E nós podemos ter nos enganado durante todos esses anos. Sobre trazer de volta Deus e o czar.

A entrevista causou sensação, não tanto pelo que fora dito. A fonte é que teve a maior repercussão. O mais famoso velho soldado da Rússia fizera uma denúncia que seria lida por todos os oficiais e soldados do país e pela maior parte dos vinte milhões de veteranos.

A entrevista foi reproduzida na íntegra no semanário *Nosso Exército,* sucessor do *Estrela Vermelha,* distribuído em todos os quartéis da Rússia. Trechos foram apresentados pelos noticiários nacionais de televisão e repetidos pelo rádio. Depois disso, o general se recusou a conceder mais entrevistas.

Na casa perto do bulevar Kiselny, Kuznetsov estava quase em lágrimas ao confrontar Igor Komarov, que se mantinha impassível.

– Não consigo entender, senhor presidente. Se havia uma pessoa em todo o país que eu acreditava ser um partidário inflexível da UFP era o general Nikolayev.

Igor Komarov e Anatoli Grishin, que estava de pé a olhar pela janela para o pátio coberto de neve, ouviram-no em silêncio desolado. Depois, o jovem chefe da propaganda voltou à sua sala, a fim de continuar a telefonar para a mídia, na tentativa de atenuar os danos.

Não era uma tarefa fácil. Ele não podia denunciar tio Kolya como um senil que perdera o juízo, pois era evidente que não era verdade. Sua única alegação era a de que o general entendera tudo errado. Mas as perguntas sobre a procedência do financiamento da UFP eram cada vez mais numerosas e mais difíceis de controlar.

Uma completa recuperação da posição da UFP teria sido mais fácil se fosse possível dedicar toda a próxima edição de *Probudis!* ao assunto, junto com a edição mensal de *Rodina*. Infelizmente, as duas publicações haviam sido silenciadas e as novas rotativas só agora partiam de Baltimore.

No gabinete da presidência da UFP, o silêncio foi rompido depois de um longo momento por Komarov:

– Ele viu o Manifesto Negro, não é?

– Creio que sim – respondeu Grishin.

– Primeiro a gráfica, depois as reuniões secretas com o patriarca, agora isto. O que está acontecendo?

– Estão nos sabotando, senhor presidente.

A voz de Igor Komarov permaneceu contida, numa suavidade enganadora. Mas o rosto se tornou muito pálido, manchas vermelhas ardiam nas faces. Como o falecido secretário Akopov, Anatoli Grishin também já testemunhara os acessos de raiva de que o líder fascista era capaz e mesmo ele os temia. Quando Komarov tornou a falar, sua voz baixara para um sussurro:

– Você é mantido a meu lado, Anatoli, o homem mais próximo de mim, destinado a ter mais poder na Rússia do que qualquer outro depois de mim, para impedir as sabotagens. Quem está fazendo isso?

– Um inglês chamado Irvine e um americano chamado Monk.

– Dois homens? Isso é tudo?

– É óbvio que eles contam com bastante apoio, senhor presidente, e têm mostrado o manifesto a várias pessoas.

Komarov levantou-se, pegou uma pesada régua cilíndrica de ébano e começou a bater na palma esquerda. Enquanto falava, o tom de sua voz começou a se alterar:

– Pois descubra-os e elimine-os, Anatoli. Descubra qual é próximo passo e trate de preveni-lo. Quero que preste muita atenção. No dia 15 de janeiro, daqui a pouco mais de seis semanas, cento e dez milhões de eleitores russos terão o direito de votar no próximo presidente da Rússia. E quero que votem em mim. Com setenta por cento de comparecimento, teremos 77 milhões de votos. Quero quarenta milhões. Quero uma vitória logo no primeiro turno, sem uma segunda votação. Há uma semana eu teria sessenta milhões de votos. Aquele general idiota me custou dez.

A palavra "dez" saiu quase como um grito de raiva. A régua subia e descia, mas Komarov batia agora no tampo da mesa. E de repente ele se pôs a berrar de raiva contra seus perseguidores, usando a régua para golpear o telefone, até que o aparelho de baquelite rachou e arrebentou. Grishin permaneceu rígido; ao longo do corredor havia silêncio total, com o pessoal do escritório mal ousando respirar.

– Agora algum padre demente lança um absurdo total, clamando pelo retorno do czar. Não haverá czar algum nesta terra que não seja eu, e quando assumir o poder, todos vão aprender o significado da disciplina de tal forma que Ivã, o Terrível, ficará parecendo um coroinha.

Enquanto falava, continuava a bater com a régua de ébano no telefone destroçado, olhando para os fragmentos como se fossem o desobediente povo russo aprendendo o significado da disciplina sob o chicote.

O grito final de "coroinha" se extinguiu e Komarov largou a régua na mesa. Respirou fundo várias vezes e recuperou o controle. A voz voltou aos níveis normais, mas as mãos ainda tremiam em fúria, e por isso ele comprimiu os dez dedos sobre a mesa, para firmá-los.

– Esta noite falarei num comício em Vladimir, o maior de toda a campanha. Será transmitido para todo o país amanhã. Depois disso, falarei à nação todas as noites, até a eleição. Os recursos terão de ser providenciados. Isso é problema meu. Cuidar dos detalhes da propaganda cabe a Kuznetsov.

De trás da mesa, ele estendeu o braço e apontou o indicador para o rosto de Grishin.

– E a você, Anatoli Grishin, cabe uma única coisa. Detenha a sabotagem.

A última frase também saiu como um grito. Komarov arriou na cadeira e acenou com a mão, dispensando-o. Grishin, sem dizer nada, atravessou a sala até a porta e saiu.

NOS DIAS DO COMUNISMO havia apenas um banco, o Narodny, ou Banco do Povo. Depois da queda do comunismo e com a chegada do capitalismo, os bancos proliferaram como cogumelos, até que havia mais de oito mil

Muitos eram aventuras temerárias, logo fechavam, os depositantes perdendo seu dinheiro. Outros sumiram durante a noite, com o mesmo efeito. Os sobreviventes aprenderam a atividade bancária quase que no processo de exercê-la, pois a experiência num Estado comunista era escassa.

Também não era uma atividade segura. Em dez anos, mais de quatrocentos banqueiros foram assassinados, em geral por deixarem de cooperar com as máfias em questões de empréstimos sem garantias ou outras formas de parceria ilegal.

Ao final dos anos 1990, o ramo assentara para cerca de quatrocentos bancos de razoável reputação, com o Ocidente disposto a fazer negócios com os cinquenta maiores.

A atividade bancária se concentrava em São Petersburgo e Moscou, mais na capital. Num irônico espelho do crime organizado, os bancos também haviam se fundido e incorporado, com os dez principais cobrindo oitenta por cento do mercado. Em alguns casos, o nível de investimento era tão elevado que o empreendimento só podia ser realizado por um consórcio de dois ou três bancos.

Os principais no inverno de 1999 eram o Banco Most, o Smolensky e, o maior de todos, o Banco Federal Moskovsky.

Foi na matriz do Moskovsky que Jason Monk entrou na primeira semana de dezembro. A segurança era como no Forte Knox.

Por causa do perigo de vida, os presidentes dos grandes bancos tinham uma proteção particular, que faria com que a segurança de qualquer presidente americano parecesse insignificante. Três pelo menos haviam removido suas famílias para Londres, Paris e Viena, respectivamente, e iam para seus escritórios em Moscou em jatos particulares. Quando na Rússia, seus protetores se elevavam a centenas. Havia necessidade de mais alguns milhares para proteger todas as agências do banco.

Obter uma entrevista pessoal com o presidente do Moskovsky sem marcar uma data com vários dias de antecedência era, no mínimo, sem precedentes. Mas Monk conseguiu. Pois levou consigo algo também sem precedentes.

Depois de revistado no térreo do prédio, teve permissão de subir sob escolta para a Recepção Executiva, três andares abaixo do gabinete pessoal do presidente.

Ali, a carta que apresentava foi examinada por um jovem russo cortês, que falava um inglês perfeito. Ele pediu a Monk que esperasse e desapareceu por uma maciça porta de madeira, que só se abria a um código digitado num teclado ao lado. Dois guardas armados ficaram vigiando Monk, enquanto os minutos se arrastavam. Para surpresa da jovem recepcionista por trás da mesa, o assessor pessoal voltou e pediu a Monk que o acompanhasse. Além da porta, ele foi revistado de novo, um scanner eletrônico passado sobre seu corpo, enquanto o cortês russo pedia desculpas.

– Eu compreendo – murmurou Monk. – Os tempos são difíceis.

Dois andares acima ele foi introduzido em outra antessala e depois levado para a sala particular de Leonid Grigoryevich Bernstein.

Sua carta estava em cima da mesa. O banqueiro era baixo, largo, cabelos grisalhos ondulados, olhos penetrantes e inquisitivos, com um impecável terno cinza-escuro de Saville Row. Levantou-se e estendeu a mão, indicando uma cadeira. Monk notou que o assessor pessoal se sentou no fundo da sala, com seu volume sob a axila esquerda. Ele podia ter cursado a Universidade de Oxford, mas Bernstein providenciara para que concluísse o curso no estande de tiro ao alvo de Quantico. O banqueiro gesticulou para a carta.

– Como vão as coisas em Londres, Sr. Monk? Acaba de chegar?

– Estou aqui há alguns dias.

A carta era num papel de linho creme, de alto custo, encimado pelas cinco flechas em ângulos diferentes que simbolizam os cinco filhos legítimos de Mayer Amschel Rothschild, de Frankfurt. O papel era genuíno. Apenas a assinatura de Sir Evelyn de Rothschild no fundo do texto era falsificada. Mas é raro um banqueiro que não receba um emissário pessoal do presidente do N.M. Rothschild & Sons, da St. Swithin's Lane, na City de Londres.

– Sir Evelyn está bem? – perguntou Bernstein.

Monk passou a falar em russo:

– Pelo que sei, está, sim, mas não foi ele quem assinou essa carta. – Monk ouviu um ruído suave por trás. – E eu ficaria agradecido se o seu jovem amigo não metesse uma bala nas minhas costas. Não estou usando um colete à prova de balas e prefiro permanecer vivo. Além do mais, não carrego nada perigoso e não vim aqui com o propósito de tentar atacá-lo.

– Então por que veio?

Monk relatou os acontecimentos desde 15 de julho.

– Nunca ouvi tanta bobagem em toda a minha vida – comentou Bernstein, ao final. – Sei tudo sobre Komarov. Faço questão de saber. Ele se encontra muito à direita para o meu gosto, mas se acha que insultar os judeus é alguma novidade, então não conhece a Rússia. É o que todos fazem, mas todos precisam dos bancos.

– Insultos são uma coisa, Sr. Bernstein. O que trago nesta pasta promete mais do que insultos.

Bernstein fitou-o em silêncio por um longo momento.

– Quer dizer que trouxe o tal manifesto?

– Isso mesmo.

– Se Komarov e seus asseclas soubessem que está aqui, o que ele faria?

– Mandaria me matar. Seus homens estão por toda a cidade à minha procura neste momento.

– É muito corajoso.

– Concordei em fazer um trabalho. Depois que li o manifesto, pareceu que valia a pena.

Bernstein estendeu a mão.

– Mostre-me.

Monk entregou primeiro o relatório de confirmação. O banqueiro estava acostumado a ler documentos complexos com extrema rapidez. Terminou em dez minutos.

– Três homens, hein?

– O velho faxineiro, o secretário Akopov, que tolamente o deixou em sua mesa para ser roubado, e Jefferson, o jornalista que Komarov pensou que tinha lido, o que era um equívoco.

Bernstein apertou um botão no interfone.

– Ludmila, providencie os recortes da agência para final de julho, início de agosto. Verifique se os jornais locais publicaram alguma coisa sobre Akopov, um russo, e um repórter inglês chamado Jefferson. No caso do primeiro nome, procure também nos obituários.

Ele olhou para a tela do seu terminal, enquanto as informações apareciam. Soltou um grunhido.

– Estão todos mortos, sem dúvida. Será o seu caso também, Sr. Monk, se o apanharem.

– Espero que não me encontrem.

– Já que assumiu o risco, darei uma olhada nas intenções confidenciais de Komarov para todos nós.

Ele tornou a estender a mão. Monk entregou o Manifesto Negro. Bernstein começou a ler. Leu uma página várias vezes, folheando para trás e para a frente enquanto relia o texto. Sem levantar os olhos, disse:

– Ilya, deixe-nos a sós. Não se preocupe, rapaz. Pode sair.

Monk ouviu a porta ser fechada à saída do assessor. O banqueiro finalmente levantou os olhos para Monk.

– Ele não pode estar falando sério.

– Sobre o extermínio completo? Já foi tentado antes, senhor.

– Há um milhão de judeus na Rússia, Sr. Monk.

– Sei disso. E dez por cento teriam condições de deixar o país.

Bernstein levantou-se e foi até a janela que dava para a paisagem branca dos telhados de Moscou. O vidro tinha uma ligeira tonalidade esverdeada; a espessura era de 15 centímetros e deteria um míssil antitanque.

– Ele não pode estar falando sério.

– Nós acreditamos que é sério.

– Nós?

– As pessoas que me enviaram, poderosas e influentes. Mas se assustaram com esse homem.

– É judeu, Sr. Monk?

– Não, senhor.

– Sorte sua. Ele vai vencer, não é? As pesquisas dizem que é imbatível.

– As coisas podem estar mudando. Ele foi denunciado pelo general Nikolayev no outro dia. Isso pode ter um efeito. Espero que a Igreja Ortodoxa possa desempenhar um papel. Talvez seja possível detê-lo.

– Ah, a Igreja... Não é amiga dos judeus, Sr. Monk.

– Não, mas também tem planos para eles.

– Então é uma aliança o que procura?

– Algo parecido. Igreja, exército, bancos, minorias étnicas. Por pouco que seja, sempre ajuda. Tem acompanhado as notícias sobre o padre itinerante? Clamando pelo retorno do czar?

– Claro. Um absurdo, em minha opinião. Mas melhor um czar do que um nazista. O que quer de mim, Sr. Monk?

– Eu? Nada. A opção é sua. Preside o consórcio de quatro bancos que controla os dois canais de TV independentes. Seu Grumman está no aeroporto?

– Está, sim.

– Pode chegar a Kiev de avião em duas horas.

– Por que Kiev?

– Pode visitar Babi Yar.

Leonid Bernstein virou-se da janela.

– Pode se retirar agora, Sr. Monk.

O americano pegou os dois documentos na mesa e guardou na pasta de couro em que os trouxera.

Sabia que fora longe demais. Babi Yar é uma ravina nos arredores de Kiev. Entre 1941 e 1943, cem mil civis foram metralhados na beira da ravina, para que os corpos caíssem lá dentro. Alguns eram comissários políticos e autoridades comunistas, mas 95 por cento eram judeus da Ucrânia. Monk alcançara a porta quando Leonid Bernstein voltou a falar:

– Já esteve lá, Sr. Monk?

– Não.

– E o que ouviu falar a respeito?

– Ouvi dizer que é um lugar desolado.

– Já estive em Babi Yar. É terrível. Tenha um bom dia, Sr. Monk.

O ESCRITÓRIO DO Dr. Lancelot Probyn, no Colégio de Armas, na Queen Victoria Street, era pequeno e atravancado. Todos os espaços horizontais eram ocupados por pilhas de papel, que pareciam não ter qualquer ordem específica, mas que provavelmente faziam algum sentido para o genealogista.

Quando Sir Nigel Irvine entrou na sala, o Dr. Probyn levantou-se de um pulo, varreu toda a Casa de Grimaldi para o chão e indicou para o visitante a cadeira assim desocupada.

– Como vai a sucessão? – perguntou Irvine.

– Ao trono dos Romanovs? Não muito bem. Como eu já previa. Há um que poderia ter uma pretensão, mas não quer, outro que sonha com isso, mas é excluído por dois motivos, e um americano que não foi abordado, mas que de qualquer maneira não teria a menor chance.

– A situação é tão ruim assim?

O Dr. Probyn parecia radiante. Era o seu assunto, o seu mundo de linhagens, casamentos e estranhas normas.

– Vamos começar pelas fraudes. Lembra de Anna Anderson? Durante toda a vida ela alegou que era a grã-duquesa Anastasia, que sobrevivera ao massacre de Ekaterinburg. Tudo mentira. Ela já morreu, mas testes de DNA finalmente provaram que era uma impostora. Há poucos anos morreu em Madri outro impostor, que dizia ser o grão-duque Alexei, mas era um vigarista de Luxemburgo. Isso nos deixa com três pessoas, que de vez em quando são mencionadas pela imprensa, em geral de maneira inacurada. Já ouviu falar do príncipe Georgi?

– Lamento, mas nunca ouvi falar, Dr. Probyn.

– Ora, não importa. É um jovem que foi apregoado pela Europa e Rússia durante anos por sua mãe ambiciosa, a grã-duquesa Maria, filha falecido grão-duque Vladimir. O próprio Vladimir poderia ter uma pretensão, como bisneto de um imperador, mas seria inadequada, porque sua mãe não pertencia à Igreja Ortodoxa na ocasião de seu nascimento, o que é uma das condições. De qualquer forma, sua filha Maria não teria o menor direito de sucedê-lo, embora ele insistisse que tinha. A lei Paulina, entende?

– E que significa...?

– Foi estipulada por Paulo I. A sucessão, salvo em circunstâncias excepcionais, é apenas pela linhagem masculina. As filhas não contam. Muito machista, mas assim era e continua a ser. Portanto, a grã-duquesa Maria é, na verdade, a princesa Maria, e seu filho Georgi não entra na linha. A Lei Paulina especificou que nem mesmo os filhos das filhas contam.

– Ou seja, eles estão apenas torcendo pelo melhor?

– Exatamente. São muito ambiciosos, mas a reivindicação não tem a menor procedência.

– Mencionou um americano, Dr. Probyn?

– É uma história estranha. Antes da Revolução, Nicolau II tinha um tio, o grão-duque Paulo, irmão mais moço de seu pai. Quando tomaram o poder, os bolcheviques assassinaram o czar, seu irmão e o tio Paulo. Mas Paulo tinha um filho, primo do czar. Por acaso esse jovem rebelde, grão-duque Dmitri, estivera envolvido no assassinato de Rasputin. Por causa disso, estava exilado na Sibéria quando os bolcheviques massacraram a família. Foi o que salvou sua vida. Ele fugiu para Xangai e acabou nos Estados Unidos.

– Nunca tinha ouvido falar nisso – murmurou Irvine. – Continue.

– Pois Dmitri sobreviveu, casou e teve um filho, Paul, que lutou como major no exército dos Estados Unidos na Coreia. Paul também casou e teve dois filhos.

– Parece-me uma linhagem bem masculina. Está querendo dizer que o verdadeiro czar pode ser americano?

– É o que pensam alguns, mas estão se iludindo. O problema é que Dmitri casou com uma plebeia americana, assim como seu filho Paul. Pela Norma 188 da Casa Imperial, não se pode casar com alguém que não seja da mesma classe e esperar que seus filhos tenham direito à sucessão. Essa regra foi mais tarde relaxada um pouco, mas não para os grão-duques. Portanto, o casamento de Dmitri foi morganático. Seu filho, que lutou na Coreia, não tem o direito de sucessão, nem os dois netos, nascidos de outro casamento com uma plebeia.

– Quer dizer que eles estão excluídos?

– Receio que sim. Não que tenham demonstrado qualquer interesse, diga-se de passagem. Vivem na Flórida, se não me engano.

– Quem resta então?

– O último, com a pretensão mais forte pelo sangue. É o príncipe Semyon Romanov.

– É parente do czar relacionado? Nada de filhas, nada de plebeias?

– Nada disso, mas também o relacionamento é distante. É preciso imaginar quatro czares. Nicolau II sucedeu a seu pai, Alexandre III.

Este sucedeu a Alexandre II, cujo pai era Nicolau I. Nicolau I teve um filho mais jovem, o grão-duque Nicolau, que nunca se tornou czar. Teve um filho Pedro, que teve Cirilo, que teve Semyon.

– Ou seja, do czar assassinado é preciso voltar até o bisavô, por três gerações, depois para o lado, até um irmão mais moço, e descer por quatro gerações, para chegar a Semyon.

– Exatamente.

– Isso me parece um elástico bem esticado, Dr. Probyn.

– É distante, mas as árvores genealógicas são assim. Em termos técnicos, Semyon é o mais próximo que podemos ter da linhagem direta. Só que tudo isso é acadêmico. Há dificuldades práticas.

– Por exemplo?

– Por um lado, ele tem mais de 70 anos. Portanto, mesmo que fosse restaurado, não duraria muito tempo. Segundo, não tem filhos, o que significa que a linhagem terminaria com ele e a Rússia voltaria ao ponto de partida. Terceiro, ele já disse várias vezes que não tem o menor interesse e recusaria o cargo, mesmo que lhe fosse oferecido.

– Não é muito útil – admitiu Sir Nigel.

– Há pior. Ele sempre foi meio irresponsável, interessado em carros velozes e no prazer com moças, em geral criadas. Esse hábito levou a três casamentos rompidos. E, ainda pior, ouvi rumores de que ele trapaceia no gamão.

– Santo Deus!

Sir Nigel sentia-se sinceramente aturdido. Podia-se ignorar alguém que se divertia com criadas, mas trapacear no gamão...

– Onde ele vive?

– Numa plantação de maçãs na Normandia. Cultiva as maçãs para produzir *calvados.*

Sir Nigel ficou calado por algum tempo, pensando. O Dr. Probyn fitava-o com uma expressão de simpatia.

– Se Semyon declarasse publicamente que renuncia a qualquer participação numa restauração, isso contaria como uma desistência legal?

O Dr. Probyn soltou um grunhido.

– Eu diria que sim. A menos que uma restauração de fato ocorresse. Neste caso, ele poderia mudar de ideia. E pensar em todos os carros velozes e criadas submissas que poderia ter.

– Mas sem Semyon, qual a situação? Quais são os pontos essenciais?

– Ora, meu caro, o essencial é que se o povo russo quiser, pode escolher qualquer pessoa que deseja para se tornar seu monarca. É simples assim.

– A escolha de um estrangeiro tem precedentes?

– Inúmeros. Já se fez isso várias vezes. Nós mesmos, ingleses, já o fizemos três vezes. Quando Elizabeth I morreu solteira, se não mesmo virgem, convidamos Jaime I da Escócia para ir se tornar Jaime I da Inglaterra. Três reis mais tarde, expulsamos Jaime II e chamamos o holandês Guilherme de Orange para assumir o trono. Quando Anne morreu sem deixar herdeiros, pedimos a Jorge Hanôver que viesse a ser Jorge I. E ele mal falava uma palavra de inglês.

– Os europeus têm feito a mesma coisa?

– Claro. Os gregos fizeram duas vezes. Em 1833, depois de conquistarem a liberdade dos turcos, convidaram Otto da Baviera para se tornar rei da Grécia. Ele não estava à altura do cargo e por isso oi deposto em 1862. Convidaram então o príncipe Guilherme da Dinamarca para assumir. Ele se tornou Jorge I. Depois, os gregos proclamaram a república em 1924, restauraram a monarquia em 1935 e tornaram a aboli-la em 1973. Parece que não conseguem se decidir.

O Dr. Probyn fez uma pausa.

– Há cerca de dois séculos os suecos estavam desorientados, olharam ao redor e convidaram o general napoleônico Bernadotte para se tornar seu rei. Deu certo; os descendentes dele continuam lá. E, finalmente, em 1905, o príncipe Carlos da Dinamarca foi convidado a se tornar Haakon VII da Noruega, e seus descendentes também continuam lá. Se você tem um trono vazio e quer um monarca, nem sempre é uma má ideia escolher um bom forasteiro, em vez de algum jovem inútil local.

Sir Nigel tornou a se manter em silêncio, absorvido em pensamentos. O Dr. Probyn, àquela altura, já desconfiava que suas indagações não tinham interesse apenas acadêmico.

– Posso perguntar uma coisa, Sir Nigel?

– Claro.

– Se a questão da restauração fosse algum dia levantada na Rússia, qual seria a reação dos americanos? Afinal, eles controlam os cordões da bolsa, constituem a única superpotência que restou.

– Os americanos são tradicionalmente antimonarquistas – admitiu Irvine –, mas também não são tolos. Em 1918, a América teve uma participação fundamental no exílio do *Kaiser* alemão. Isso acarretou o vazio caótico da República de Weimar. Foi nesse vazio que entrou Adolf Hitler, com consequências que todos nós conhecemos. Em 1945, Tio Sam não encerrou expressamente a casa imperial japonesa. O resultado? Há cinquenta anos, o Japão tem a democracia mais estável da Ásia, anticomunista e amiga dos Estados Unidos. Creio que Washington assumiria a posição de que, se os russos decidirem seguir por esse caminho, o problema é deles.

– Mas teria de ser todo o povo russo, num plebiscito?

Sir Nigel acenou com a cabeça.

– Creio que sim. Só a aprovação da Duma não seria suficiente. Há muitas alegações de corrupção. Teria de ser uma decisão da nação.

– Quem tem em mente?

– É esse o problema, Dr. Probyn. Ninguém. Pelo que acabou de me dizer, um playboy ou um pretendente itinerante não dariam certo. Vamos pensar nas qualidades que um czar restaurado precisaria ter. Importa-se?

Os olhos do Dr. Probyn faiscaram.

– Muito mais divertido que meu trabalho habitual. O que me diz da idade?

– De 40 a 60 anos, concorda? Não é trabalho para um adolescente, nem para um senil. Maduro, mas não idoso. Que mais?

– Teria de nascer de uma casa reinante, parecer e se comportar de acordo com o papel – disse Probyn.

– Uma casa europeia?

– Claro que sim. Não imagino que os russos queiram um africano, árabe ou asiático.

– Tem razão. Portanto, doutor, um branco.

– Precisaria ter um filho legítimo e ambos teriam de se converter à Igreja Ortodoxa.

– Isso não é insuperável.

– Mas há uma dificuldade. A mãe teria de pertencer à Igreja Ortodoxa por ocasião do nascimento.

– Certo. Mais alguma coisa?

– Sangue real pelos lados do pai e da mãe, de preferência russo, pelo menos de um lado...

– E um superior ou ex-oficial do exército. O apoio dos oficiais russos seria vital. Não sei o que eles pensariam de um contador subindo ao trono.

– Está se esquecendo de uma coisa – disse Probyn. – Ele teria de falar um russo fluente. Jorge I chegou falando apenas alemão, e Bernadotte só falava francês. Mas esses dias passaram. Hoje em dia, um monarca deve se dirigir a seu povo. Os russos não aceitariam de bom grado um discurso em italiano.

Sir Nigel Irvine levantou-se e tirou um papel do bolso da lapela. Era um cheque, bastante generoso.

– Eu diria que está excelente – murmurou o Dr. Probyn.

– Sei que o Colégio tem suas despesas, meu caro. Poderia me fazer um favor?

– Se estiver ao meu alcance.

– Lance os olhos ao redor. Procure entre as casas reinantes na Europa. Verifique se há algum homem que se enquadre em todas essas categorias.

OITO QUILÔMETROS ao norte do Kremlin, no subúrbio de Kashenkin Lug, fica o complexo dos centros de televisão, do qual são transmitidos todos os programas de TV irradiados para toda a Rússia.

No bulevar Akademika Koroleva, ficam o Centro de TV Interna e o Internacional. A trezentos metros de distância, a torre da TV Ostankino se projeta pelo céu, o ponto mais alto da capital.

A TV estatal, em grande parte sob o controle do governo, é transmitida dali, assim como as duas emissoras comerciais ou independentes, que exibem propaganda para pagar as despesas e dar lucro. Os prédios são partilhados, mas em andares diferentes.

Boris Kuznetsov foi levado em um dos Mercedes com motorista da UFP. Levava o vídeo do comício enorme e impressionante em Vladimir, realizado por Igor Komarov no dia anterior.

Cortado e editado por um jovem e genial diretor, Litvinov, era um autêntico triunfo. Para uma multidão aclamando em delírio, Komarov condenara o pregador itinerante que clamava por um retorno a Deus e ao czar. Além disso, tratara com um sarcasmo velado, como se fosse pesar, as divagações do velho general.

– Homens de ontem com esperanças de ontem! – bradara ele para seus partidários. – Mas nós, meus amigos, vocês e eu, devemos pensar no amanhã, pois o amanhã nos pertence.

Cinco mil pessoas haviam comparecido ao comício, mas o hábil trabalho de câmera de Litvinov parecia triplicar esse número. A transmissão para toda a nação, apesar do custo incrível de comprar uma hora inteira no ar aos preços comerciais, faria com que o comício alcançasse não apenas cinco mil pessoas, mas cinquenta milhões de russos, ou um terço da nação.

Kuznetsov foi conduzido direto ao chefe da programação da maior emissora comercial, que considerava um amigo pessoal e que sabia ser partidário de Igor Komarov e da UFP. Ele pôs a fita na mesa de Anton Gurov.

– Foi maravilhoso! – exclamou, no maior entusiasmo. – Eu estive lá. Você vai adorar.

Gurov ficou mexendo na caneta.

– E eu tenho uma notícia ainda melhor para você. Um grande contrato, com pagamento adiantado. O presidente Komarov deseja falar à nação todas as noites, até o dia da eleição. Pense nisso, Anton, o maior contrato comercial que esta emissora já teve. Um crédito e tanto para você, hein?

– Boris, estou contente que você tenha vindo pessoalmente. Surgiu um problema.

– Espero que não seja um problema técnico. Será que nunca conseguem superar esses contratempos?

– Não se trata disso. Você sabe que apoio o presidente Komarov até o fim, não é?

Como programador de televisão, Gurov conhecia com precisão o papel que a cobertura pela TV, a mídia mais persuasiva em qualquer sociedade moderna, desempenhava na iminente eleição.

Só a Inglaterra, com sua BBC, continuava a tentar uma cobertura política imparcial pelos canais de televisão estatais. Em todos os outros países da Europa Ocidental e Oriental, os governos no cargo usavam os serviços nacionais de televisão para apoiar o regime do momento, e faziam isso há anos.

Na Rússia, a rede de TV estatal exibia ampla cobertura do presidente em exercício, Ivan Markov, enquanto só fazia referências ocasionais, apenas dentro de um contexto de notícia, à simples existência de dois outros candidatos.

Esses dois outros candidatos, os demais tendo desistido ao longo do caminho, eram Gennady Zyuganov, da União Socialista Comunista, e Igor Komarov, da União das Forças Patrióticas.

O primeiro tinha dificuldades óbvias de levantar recursos para a campanha; o segundo parecia contar com uma cornucópia ilimitada. Com esse dinheiro, Komarov pudera literalmente comprar propaganda ao estilo americano, ocupando horas de tempo de TV remunerado nos dois canais comerciais.

Ao comprar o tempo de TV, ele podia garantir que não seria cortado, editado ou censurado. Gurov sentira a maior satisfação em apresentar trechos dos discursos de Komarov em horário nobre. Não era tolo e sabia que se Komarov ganhasse a eleição haveria muitas demissões na TV estatal. Muitos diretores cairiam, Komarov cuidaria disso. Para os que tinham o coração no lugar certo, haveria transferências e promoções.

Kuznetsov fitou-o espantado. Era evidente que havia alguma coisa errada.

– O fato é que tivemos uma mudança de política, Boris, em nível de diretoria. Nada a ver comigo, quero que entenda isso. Sou apenas o mensageiro. A decisão foi tomada muito acima de mim, na estratosfera.

– Que mudança de política, Anton? De que está falando?

Gurov mudou de posição na cadeira, contrafeito, tornou a xingar o diretor-executivo, que o incumbira daquela tarefa.

– Você provavelmente sabe, Boris, que nós, como todas as grandes empresas, estamos em grande parte nas mãos dos bancos. Quando se trata de pressionar, eles têm muita influência. Dominam por completo. Normalmente, eles nos deixam em paz. O retorno é ótimo. Mas agora... estão puxando o tapete.

Kuznetsov ficou consternado.

– Sinto muito, Anton. Deve ser terrível para você.

– Nem tanto para mim, Boris.

– Mas se a emissora está naufragando, vai entrar pelo cano.

– Parece que não foi bem isso que eles disseram. A emissora pode sobreviver, mas há um preço.

– Que preço?

– Quero que saiba, amigo, que isso nada tem a ver comigo. Se a decisão me coubesse, eu exibiria Igor Komarov 24 horas por dia, mas...

– Mas o quê? Diga logo!

– Está certo. As emissoras não vão mais transmitir os discursos de Komarov. É essa a ordem.

Kuznetsov se levantou, o rosto vermelho.

– Você perdeu a porra do juízo. Lembre-se de que compramos este tempo. Pagamos por isso. E esta é uma emissora comercial. Não podem recusar nosso dinheiro.

– Aparentemente, podemos.

– Mas já foi pago.

– Parece que o dinheiro está sendo devolvido.

– Falarei com a outra emissora. Afinal, o seu não é o único canal comercial nesta cidade. Sempre o favoreci, Anton. Mas isso não vai mais acontecer.

– Boris, todos os canais pertencem aos mesmos bancos.

Kuznetsov tornou a sentar. Seus joelhos tremiam.

– Mas o que está acontecendo?

– Tudo o que posso dizer, Boris, é o seguinte: alguém interferiu. Não sei o que está acontecendo mais do que você sabe. Mas a diretoria nos comunicou a decisão ontem. Ou nos recusamos a exibir Komarov pelos próximos trinta dias, ou os bancos caem fora.

Kuznetsov fitava-o completamente aturdido.

– Estão suspendendo muito tempo no ar. O que pretendem apresentar no lugar? Danças cossacas?

– Não. Isso também é muito estranho. A emissora vai fazer a cobertura das reuniões daquele padre.

– Que padre?

– Aquele pregador fundamentalista. Sempre exortando as pessoas a se virarem para Deus.

– Deus e o czar – murmurou Kuznetsov.

– Isso mesmo.

– Padre Gregor.

– O próprio. Não consigo entender, mas...

– Vocês enlouqueceram. Ele não tem dois rublos para esfregar um no outro.

– É o mais estranho. O dinheiro parece que está entrando. Portanto, vamos apresentá-lo nos noticiários e nos horários de programas especiais. Ele pegou uma programação intensa. Quer dar uma olhada?

– Não, não quero.

Com isso, Kuznetsov se retirou, furioso. Não tinha ideia de como encararia seu ídolo com a notícia. Mas uma suspeita que martelava em sua cabeça havia três semanas se concretizara em convicção total. Houvera uma troca de olhares entre Komarov e Grishin quando dera a notícia da gráfica e, depois, a do general. Sabiam de alguma coisa que ele ignorava. Mas de uma coisa ele tinha certeza: havia algo catastroficamente errado.

NAQUELA NOITE, no outro lado da Europa, Sir Nigel Irvine foi interrompido em seu jantar. O empregado do clube lhe trouxe o telefone.

– Um certo Dr. Probyn, Sir Nigel.

A voz jovial veio pela linha desde o escritório, onde o Dr. Probyn trabalhara até tarde:

– Creio que encontrei o seu homem.

– No seu escritório, amanhã, às 10 horas? Ótimo!

Sir Nigel devolveu o telefone ao empregado à espera.

– Acho que isso merece um vinho do Porto, Trubshaw. O melhor que tiver no clube, por favor.

16

Na Rússia, a milícia ou força policial está sob o comando do ministério do interior, o MVD.

Como a maioria das forças policiais, têm duas divisões principais: a polícia federal por um lado e a polícia local ou regional por outro.

As regiões são chamadas de *oblasts*. A maior é a Oblast Moscou, incluindo toda a capital da república federal e os campos ao redor. É o equivalente nos Estados Unidos ao Distrito de Colúmbia, mais um terço da Virgínia e Maryland.

Moscou, portanto, abriga em prédios diferentes tanto a milícia federal quanto a milícia de Moscou. Ao contrário das organizações policiais ocidentais, o Ministério do Interior russo também tem à sua disposição um exército particular; são 130 soldados fortemente armados do MVD, quase que um rival para o exército de verdade, sob o Ministério da Defesa.

Pouco depois da queda do comunismo, a expansão do crime organizado se tornou tão ostensiva, ampla e escandalosa que Boris Yeltsin foi obrigado a ordenar a criação de divisões inteiras dentro da polícia federal e da Oblast Moscou, a fim de lutar contra as máfias.

O trabalho dos federais era combater o crime em todo o país, mas de tal forma o crime organizado se concentrava em Moscou, em grande parte econômico, que o Departamento de Controle do Crime Organizado de Moscou, ou GUVD, tornou-se quase tão grande quanto seu equivalente federal.

O GUVD só alcançara sucessos moderados até meados dos anos 1990, quando seu comando fora assumido por um general da milícia, Valentin Petrovsky, que se tornou o oficial mais graduado na ativa.

Era um homem de fora, transferido da cidade industrial de Nizhny Novgorod, onde adquirira a reputação de ser um "homem duro", que não aceitava subornos. Como Elliott Ness, ele herdara uma situação que parecia com a de Chicago sob Al Capone.

Ao contrário do líder dos Intocáveis, ele tinha muito mais poder de fogo e muito menos direitos civis com que se preocupar.

Iniciou seu comando com o afastamento de uma dúzia de policiais nos altos escalões, que disse estarem "muito próximos" do problema em questão, o crime organizado.

– Muito próximos! – exclamou o agente de ligação do FBI na embaixada americana. – Eles estão na folha de pagamento!

Petrovsky passou então a realizar uma série de testes para determinar se alguns dos seus principais investigadores aceitariam subornos. Os que repeliram os subornadores receberam promoções e substanciais aumentos de salário. Quando pôde contar com uma força-tarefa confiável e honesta, ele declarou guerra ao crime organizado. Seu Esquadrão Antimáfia tornou-se mais temido no submundo que qualquer outra organização anterior e ele foi contemplado com o apelido de "Molotok", significando "martelo".

Como qualquer policial honesto, ele não ganhava todas. O câncer era por demais generalizado. O crime organizado tinha amigos em altos postos. Muitos bandidos eram levados ao tribunal e saíam sem perder o sorriso.

A reação de Petrovsky foi a de não ter muito cuidado em fazer prisioneiros. Em apoio aos detetives, a polícia federal e a local contavam com divisões armadas. A divisão da polícia federal era chamada de OMON, enquanto a força de reação rápida de Petrovsky era a SOBR.

Nos primeiros dias, Petrovsky comandou pessoalmente várias batidas, sem aviso prévio, para evitar vazamentos. Se os bandidos atacados se entregavam sem reação, eram levados a julgamento; se um deles estendia a mão para baixo do ombro, tentava destruir provas ou escapar, Petrovsky esperava que tudo acabasse o mais depressa possível, murmurava "Que pena!", e chamava um caminhão para remover os cadáveres.

Em 1998, ele constatou que o maior grupo mafioso, aparentemente inexpugnável, era o Dolgoruki, baseado em Moscou, controlando grande parte da Rússia a oeste dos Urais, imensamente rico, capaz de comprar as influências mais poderosas. Por dois anos, antes do inverno de 1999, ele desfechara uma guerra pessoal contra o Dolgoruki, que o odiava por isso.

UMAR GUNAYEV DISSERA a Jason Monk no primeiro encontro que não havia necessidade de falsificar documentos na Rússia; o dinheiro podia comprar todo o material genuíno. No início de dezembro, Monk submeteu essa jactância a um teste.

Era o que ele precisava para uma quarta reunião particular com um notável russo. A carta falsa do metropolita Anthony, da Igreja Ortodoxa Russa em Londres, fora criada naquela cidade. O mesmo acontecera com a carta que seria da casa de Rothschild. O general Nikolayev não pedira documentos de identidade; para ele fora suficiente o uniforme de oficial do estado-maior. O general Valentin Petrovsky, vivendo sob permanente ameaça de assassinato, era guardado dia e noite.

Monk nunca perguntou de onde o líder checheno obtivera os documentos. Mas pareciam perfeitos. Traziam a foto de Monk com seus cabelos louros curtos e identificavam-no como coronel da milícia no estado-maior do subchefe do controle do crime organizado do Ministério do Interior. Como tal, Petrovsky não o conheceria pessoalmente, mas seria um colega da milícia federal.

Uma das coisas que não mudaram mesmo depois da queda do comunismo foi o hábito russo de reservar prédios de apartamentos inteiros para o pessoal mais graduado na mesma profissão. Enquanto no Ocidente os políticos, servidores civis e oficiais vivem em suas próprias casas particulares, espalhadas pelas comunidades suburbanas, a tendência em Moscou é residir aos grupos, sem pagar aluguel, em prédios pertencentes ao Estado.

Isso acontece em grande parte porque o Estado pós-comunista simplesmente assumiu esses prédios de apartamentos do Comitê Central, criando residências de favor. Muitos desses prédios ficavam, e assim continuam, no lado norte da Prospekt Kutuzovsky, onde Brejneve e a maioria dos membros do Politburo outrora viviam. Petrovsky morava num apartamento no penúltimo andar de um prédio na Prospekt Kutuzovsky, junto com uma dúzia de outros oficiais superiores da milícia.

Havia pelo menos uma vantagem em agrupar todos aqueles homens da mesma profissão em um só prédio. Os civis ficariam exasperados com a segurança; os generais da milícia compreendiam muito bem sua necessidade.

O carro que Monk dirigiu naquela noite, milagrosamente comprado ou "emprestado" por Gunayev, era um autêntico Chaika preto da milícia do MVD. Ele parou na barreira de acesso ao pátio interno do prédio. Um guarda da OMON gesticulou para que baixasse a janela, enquanto um segundo apontava sua metralhadora para o carro.

Monk apresentou sua identidade e informou seu destino. O guarda estudou o documento, acenou com a cabeça e foi telefonar da guarita. Voltou logo depois.

– O general Petrovsky quer saber qual é o assunto.

– Avise ao general que tenho documentos do general Chebotaryov, um problema urgente.

Monk indicara o homem que seria seu verdadeiro superior. Houve um segundo telefonema. Depois, o guarda da OMON acenou com a cabeça para seu colega, que levantou a cancela. Monk estacionou o carro e se encaminhou para o prédio.

Havia um guarda sentado a uma mesa na entrada, que acenou para que ele passasse. Outros dois guardas esperavam na saída do elevador no oitavo andar. Monk foi revistado, examinaram a pasta, estudaram seus documentos. Depois falou por um telefone na porta. Foi aberta em dez segundos. Monk sabia que fora observado através do olho mágico.

Foi recebido por um criado de casaco branco, cuja compleição e comportamento indicavam que podia servir muito mais do que canapés se a ocasião exigisse. No instante seguinte, passou a prevalecer um ambiente familiar. Uma menina pequena veio correndo da sala, fitou-o e disse:

– Esta é minha filha.

Ela mostrou uma boneca loura, de camisola. Monk sorriu.

– Ela é muito bonita. E qual é o seu nome?

– Tatiana.

Uma mulher de 30 e tantos anos apareceu na porta, com um sorriso de quem pedia desculpas, e levou a criança. Por trás dela veio um homem sem paletó, limpando a boca, como qualquer cidadão interrompido durante o jantar.

– Coronel Sorokin?

– Isso mesmo, senhor.

– Uma hora estranha para me procurar.

– Sinto muito. Mas aconteceram coisas inesperadas. Posso esperar enquanto acaba de jantar.

– Não há necessidade. Já terminei. De qualquer forma, é hora dos desenhos na televisão agora e prefiro me manter a distância. Venha comigo.

Ele seguiu na frente para um escritório no lado do vestíbulo. À claridade melhor, Monk pôde observar que o grande inimigo do crime não era mais velho do que ele e também se mantinha em boa forma.

Por três vezes, com o patriarca, o general e o banqueiro, ele começara por revelar que sua identidade de acesso era falsa e tudo dera certo. Agora, porém, calculava que poderia acabar morto, com pedidos de desculpas apresentados mais tarde. Ele abriu a pasta. Fora revistada pelos guardas lá fora, que só encontraram dois documentos em russo e não leram uma só palavra. Monk estendeu o documento de capa cinza, o relatório de confirmação.

– É isto aqui, general. Consideramos que é bastante inquietante.

– Posso ler mais tarde?

– Pode ser um caso de ação ainda esta noite.

– Ora, está bem. Você bebe?

– Não se estou de serviço, senhor.

– Então as coisas estão melhorando no MVD. Café?

– Eu adoraria. Foi um longo dia.

O general Petrovsky sorriu.

– É quando é que não é?!

Ele chamou o empregado e pediu café para os dois. Começou a ler. O empregado veio trazer o café e se retirou em seguida. Monk serviu-se. O general Petrovsky finalmente levantou os olhos.

– De onde veio tudo isto?

– Do serviço de informações britânico.

– O quê?

– Mas não é uma *provokatsia*. Já foi conferido. Pode voltar a confirmar pela manhã. N.I. Akopov, o secretário que esqueceu o manifesto em cima da mesa, está morto. Assim como o velho faxineiro, Zaitsev. E também o jornalista britânico, que na verdade não sabia de nada.

– Lembro-me dele – disse Petrovsky, pensativo. – Parecia ter sido assassinado por uma quadrilha, mas não havia motivo. Não no caso de um repórter estrangeiro. Acha que foram os Guardas Negros de Komarov?

– Ou assassinos da Dolgoruki, contratados para o trabalho.

– E onde está esse misterioso Manifesto Negro?

– Aqui, general.

Monk bateu na pasta.

– Tem uma cópia? Trouxe-a com você?

– Isso mesmo.

– Como a obteve?

– Foi-me entregue.

O general Petrovsky fitava-o agora com desconfiança ostensiva.

– E como o MVD obteve uma cópia?... Você não é do MVD? De onde é afinal? SVR? FSB?

As duas organizações indicadas eram o serviço de informações externo e o serviço de segurança federal, sucessores da Primeira e da Segunda Diretoria da antiga KGB.

– Nenhum dos dois, senhor. Sou americano.

O general Petrovsky não demonstrou medo. Apenas examinou o visitante com extrema atenção, à procura de qualquer perspectiva de ameaça, pois sua família se encontrava no apartamento e o homem podia ser um assassino remunerado. Mas sabia que o impostor não tinha qualquer bomba ou arma.

Monk pôs-se a falar, explicando que o documento de capa preta fora parar na embaixada, depois Londres e Washington. Que fora lido por menos de cem pessoas nos dois governos. Não fez qualquer menção ao Conselho de Lincoln; se o general Petrovsky quisesse acreditar que Monk representava o governo dos Estados Unidos, não havia mal algum.

– Qual é o seu nome verdadeiro?

– Jason Monk.

– É mesmo americano?

– Sou, sim, senhor.

– Pois o senhor fala russo muito bem. O que tem nesse Manifesto Negro?

– Entre outras coisas, a sentença de morte de Igor Komarov contra o senhor e a maioria dos seus homens.

No silêncio, Monk ouviu em russo as palavras "Esse é meu garoto", ao passar pela parede. Tom e Jerry na televisão. Tatiana soltou uma risada. Petrovsky estendeu a mão.

– Deixe-me ver.

Ele passou trinta minutos lendo as quarenta páginas, divididas em vinte subtítulos. Devolveu o documento ao terminar.

– Besteira.

– Por que pensa assim?

– Ele não poderia escapar impune com uma coisa assim.

– Escapou até agora. Um exército particular de Guardas Negros, todos muito bem armados e remunerados. Um corpo ainda maior, mas não tão bem treinado, de Jovens Combatentes. E dinheiro suficiente para financiar tudo. Os chefões da Dolgoruki fecharam o acordo com ele há dois anos. Um tesouro de guerra de 250 milhões de dólares americanos, para comprar o poder supremo neste país.

– Você não tem qualquer prova.

– Este manifesto é a prova. A referência a recompensar os financiadores. A Dolgoruki vai querer seu quilo de carne. Todos os negócios das máfias rivais. Depois do extermínio dos chechenos e do banimento dos armênios, georgianos e ucranianos, isso não será um problema. Mas eles vão querer mais. Vingança contra aqueles que os perseguiram. A começar pelo comando das unidades policiais contra o crime. Vão precisar de mão de obra para seus novos campos de trabalho escravo, para as minas de ouro, sal e chumbo. Quem melhor do que os jovens que o senhor comanda, os milicianos da SOBR e OMON? Mas é claro que o senhor não viverá para ver isso.

– Ele pode não ganhar.

– É verdade, general, ele pode não ganhar. Sua estrela está em declínio. O general Nikolayev denunciou-o há poucos dias.

– Eu li. E achei surpreendente. Tem algo a ver com você?

– Talvez.

– Muito hábil.

– E agora as emissoras comerciais de TV pararam de transmitir seus discursos. A impressão de suas revistas foi suspensa. As últimas pesquisas de opinião apresentam-no com sessenta por cento, contra setenta por cento no mês passado.

– Ou seja, Sr. Monk, os índices de Komarov estão caindo. Ele pode não vencer.

– E se ele vencer?

– Não posso ir contra toda a eleição presidencial. Posso ser um general, mas ainda sou apenas um miliciano. Deve procurar o presidente em exercício.

– Paralisado pelo medo.

– Não posso ajudar.

– Se ele pensar que não pode vencer, é capaz de atacar o Estado.

– Se alguém atacar o Estado, Sr. Monk, o Estado saberá se defender.

– Já ouviu falar de *Sippenhaft*, general?

– Não falo inglês.

– É uma palavra alemã. Pode me dar o número do seu telefone particular?

Petrovsky acenou com a cabeça para o aparelho. Monk memorizou o número inscrito ali. Pegou os documentos e guardou na pasta.

– O que significa aquela palavra alemã?

– Quando uma parte dos oficiais alemães cometeu um atentado contra Hitler, foram enforcados com cordas de piano. Pela lei de *Sippenhaft*, suas esposas e filhos foram para os campos.

– Nem mesmo os comunistas fizeram isso – ressaltou Petrovsky, em tom brusco. – As famílias perderam seus apartamentos, suas vagas nas escolas. Mas não foram para os campos.

– Ele é louco, e sabe disso. Não é um homem são por trás daquela fachada cortês. Mas Grishin cumprirá o que ele mandar, em todas as coisas. Posso ir agora?

– É melhor você sair agora antes que eu mande prendê-lo.

Monk já estava na porta.

– Se eu estivesse no seu lugar, tomaria algumas precauções. Caso ele vença, ou pense que vai perder, talvez você tenha de lutar por sua esposa e filha.

E Monk se retirou.

O DR. PROBYN PARECIA um adolescente excitado. Orgulhoso, mostrou a Sir Nigel Irvine um mapa preso na parede, de 1x1m. Era óbvio que ele próprio o elaborara.

– O que acha?

Sir Nigel olhou sem compreender. Nomes, dezenas de nomes, ligados por linhas verticais e horizontais.

– O mapa do metrô mongol, sem a tradução – sugeriu ele.

Probyn sorriu.

– Nada mal. Está olhando para as partes entrelaçadas de quatro casas reais europeias. Dinamarquesa, grega, britânica e russa. Duas ainda em existência, uma fora do poder e uma extinta.

– Explique – pediu Irvine.

O Dr. Probyn pegou uma caneta vermelha, uma azul e uma preta.

– Vamos começar de cima. Os dinamarqueses. Eles são a chave de tudo.

– Os dinamarqueses? Por que os dinamarqueses?

– Vou lhe contar uma história verdadeira, Sir Nigel. Há cento e sessenta anos houve um rei da Dinamarca que teve vários filhos. Aqui estão eles.

Ele apontou para o alto da carta, onde aparecia o rei da Dinamarca, com a sua prole numa linha horizontal por baixo.

– O mais velho tornou-se o príncipe-herdeiro e sucedeu ao pai. Não é o que mais nos interessa. Porém o mais novo...

– O príncipe Guilherme foi convidado para se tornar o rei Jorge I da Grécia. Mencionou isso na última vez em que estive aqui.

– Mas que memória esplêndida! – exclamou Probyn. – Aqui está ele de novo; foi para Atenas e se tornou rei da Grécia. O que ele faz? Casa-se com a grã-duquesa Olga da Rússia e tem o príncipe Nicolau, príncipe da Grécia, mas etnicamente meio dinamarquês e meio russo. Ou seja, Romanov. Mas vamos deixar o príncipe Nicolau de lado, ainda como solteiro.

Ele marcou Nicolau com azul, para a Grécia, e tornou a apontar para os dinamarqueses no alto.

– O velho rei também teve filhas, e duas se saíram muito bem. Dagmar foi para Moscou e se tornou imperatriz da Rússia; mudou seu nome para Maria, converteu-se à Igreja Ortodoxa e gerou Nicolau II de Todas as Rússias.

– Assassinado com toda a sua família em Ekaterinburg.

– Exatamente. Mas olhe para o outro lado. Alexandra da Dinamarca veio para cá e casou-se com o nosso príncipe, que se tornou Eduardo VIII. E geraram Jorge V. Está percebendo?

– O czar Nicolau e o rei Jorge eram primos.

– Isso mesmo. Suas mães eram irmãs. Portanto, na Primeira Guerra Mundial, o czar da Rússia e o rei da Inglaterra eram primos. Quando o rei Jorge referia-se ao czar como "primo Nicky", estava sendo acurado.

– Só que isso terminou em 1918.

– É verdade. Mas olhe agora para a linhagem britânica.

O Dr. Probyn inclinou-se e circulou em vermelho o rei Eduardo e a rainha Alexandra. A caneta vermelha desceu uma geração para circular o rei Jorge V.

– Ele teve cinco filhos. John morreu quando menino, os outros cresceram. Aqui estão: David, Albert, Henry e George. É o último que nos interessa, o príncipe George.

A caneta vermelha desceu de Jorge V para envolver seu quarto filho, o príncipe George de Windsor.

– Ele morreu num desastre de avião na Segunda Guerra Mundial, mas teve dois filhos, que continuam vivos até hoje. Aqui estão eles, porém é no mais jovem que devemos nos concentrar.

A caneta vermelha foi para a linha do fundo e circulou o segundo príncipe inglês.

– Agora siga a linhagem de volta – disse o Dr. Probyn. O pai era o príncipe Jorge, o avô o rei Jorge, mas a bisavó era a irmã da mãe do czar. Duas princesas dinamarquesas, Dagmar e Alexandra. Este homem está ligado à Casa de Romanov pelo casamento.

– Hum... – murmurou Sir Nigel. – Já se passou muito tempo.

– Tem mais. Olhe para isto.

Ele pôs duas fotografias na mesa. Dois rostos barbudos e sisudos olhando para a câmera.

– O que acha?

– Podem ser irmãos?

– Pois não são. Há oitenta anos entre eles. Este é Nicolau II; o outro é o príncipe inglês vivo. Observe os rostos, Sir Nigel. Não são típicos rostos russos. São rostos dinamarqueses; é o sangue dinamarquês se manifestando, daquelas duas irmãs dinamarquesas.

– É isso? Um vínculo pelo casamento?

– Longe disso. O melhor ainda está por vir. Lembra-se do príncipe Nicolau?

– O que pusemos de lado? Príncipe da Grécia, mas na verdade meio dinamarquês, meio russo?

– Esse mesmo. Nicolau II tinha uma prima, grã-duquesa Elena. O que ela fez? Foi para Atenas e casou-se com o outro Nicolau. Ou seja, ele é meio Romanov e ela, cem por cento. Portanto, a prole é três quartos russa e Romanov. E *ela* era a princesa Marina.

– Que veio para cá...

– E casou-se com o príncipe Jorge de Windsor. Esses dois homens vivos, seus filhos, são três oitavos Romanovs, e hoje em dia é o máximo que vai conseguir. Isso não representa uma pretensão linear... há muitas mulheres no caminho, o que é proibido pela Lei Paulina. Mas o vínculo pelo casamento é através da linhagem paterna, e pelo sangue, através da linhagem materna.

– Isso se aplica aos dois irmãos?

– Claro. E tem mais uma coisa. A mãe Marina pertencia à Igreja Ortodoxa na ocasião dos dois nascimentos. Essa é uma condição crucial para a aceitação pela hierarquia ortodoxa.

– Isso se aplica aos dois?

– Claro. E ambos serviram no exército britânico, chegando ao posto de major.

– Qual é o problema com o irmão mais velho?

– Mencionou a idade, Sir Nigel. O mais velho tem 64 anos, está fora dos seus parâmetros. O mais jovem vai fazer 57 anos. É quase tudo o que pediu. Nascido príncipe numa casa reinante, primo da rainha, um casamento, um filho de 20 anos, casado com uma condessa austríaca, acostumado a todas as cerimônias, ainda vigoroso, ex-militar. Mas o melhor é que ele atuou no serviço militar de informações, fez o curso completo de russo e é quase bilíngue.

O Dr. Probyn afastou-se da carta multicolorida, radiante. Sir Nigel olhava para o rosto na fotografia.

– Onde ele mora?

– Durante a semana, aqui em Londres. Nos fins de semana, em sua casa de campo. Que fica em Debrett.

– Talvez seja melhor conversar com ele – murmurou Sir Nigel. – Uma última coisa, Dr. Probyn. Há qualquer outro homem que atenda a todas as qualificações de forma tão completa?

– Não neste planeta – garantiu o Dr. Probyn.

Naquele fim de semana, Sir Nigel Irvine, tendo conseguido marcar um encontro, seguiu para a região oeste da Inglaterra, a fim de visitar o mais jovem dos dois príncipes em sua casa de campo. Foi recebido com toda a cortesia, ouvido com atenção. Ao final, o príncipe acompanhou-o ate seu carro.

– Se metade do que diz é verdade, Sir Nigel, acho extraordinário. Claro que tenho acompanhado os acontecimentos na Rússia pela mídia. Mas isto... Terei de pensar com todo cuidado, consultar minha família e pedir uma audiência particular a sua majestade.

– Pode nunca acontecer, senhor. Talvez jamais haja um plebiscito. Ou a resposta do povo possa ser o inverso do que imaginamos.

– Pois então teremos de esperar até esse dia. Boa viagem, Sir Nigel.

NO TERCEIRO ANDAR do Hotel Metropol fica um dos melhores e mais tradicionais restaurantes russos de Moscou. O Boyarsky Zal, ou Palácio dos Boiardos, recebeu esse nome pelos aristocratas que outrora flanqueavam o czar e, se ele era fraco, governavam em seu lugar. Possui uma abóboda com magnífica ornamentação, recordando uma era passada. Excelentes vinhos disputam com vodca gelada; truta, salmão e esturjão são dos rios, a lebre, o veado e o javali, das estepes da Rússia.

Foi para lá, na noite de 12 de dezembro, que o general Nikolai Nikolayev foi levado por seu único parente vivo, para comemorar seus 74 anos.

Galina, a irmã caçula que ele outrora carregara nas costas pelas ruas em chamas de Smolensk, crescera para se tornar professora. Em 1956, aos 25 anos, ela se casara com um colega professor chamado Andreyev. O filho Misha nascera ao final desse mesmo ano.

Em 1963, ela e o marido morreram num acidente de carro, um desses desastres estúpidos, com um idiota bêbado de vodca jogando o carro em cima deles.

O coronel Nikolayev fora de avião do Comando do Extremo Oriente para comparecer ao funeral. Mas havia mais, uma carta que a irmã escrevera dois anos antes.

Se alguma coisa acontecer comigo e Ivan, peço que cuide do pequeno Misha, dissera ela. Nikolayev postara-se ao lado da sepultura com um menino solene que acabara de completar 7 anos e se recusava a chorar.

Como os pais eram servidores do Estado – sob o comunismo, todos eram servidores do Estado –, o apartamento fora retomado. O coronel de tanques, na ocasião com 37 anos, não tinha apartamento em Moscou. Quando vinha em licença, hospedava-se nos alojamentos para solteiros do Clube dos Oficiais da Academia Frunze. O comandante concordara que o menino ficasse com ele, numa base estritamente temporária.

Depois do funeral, ele levara o menino para o refeitório para um lanche, mas nenhum dos dois sentia fome.

– O que vou fazer com você, Misha? – indagara ele, embora a pergunta fosse mais para si mesmo.

Mais tarde, ele ajeitara o menino em sua cama de solteiro e estendera cobertores no sofá para dormir. Através da parede, pudera ouvir o menino finalmente começar a chorar. Para afastar os pensamentos da triste situação, ele ligara o rádio, para saber que Kennedy acabara de ser assassinado a tiros em Dallas.

Uma das vantagens de se usar medalhas de um herói três vezes é que proporcionava uma certa influência. Em circunstâncias normais, os meninos só ingressam na prestigiosa Academia Militar Nakhimov aos 10 anos de idade, mas naquele caso, as autoridades concordaram em abrir uma exceção. Muito pequeno e muito assustado, o menino de 7 anos fora vestido num uniforme de cadete e levado para a Nakhimov. E depois o tio retornara ao Extremo Oriente para concluir seu tempo de serviço ali.

Ao longo dos anos, Nikolai Nikolayev fizera o melhor que podia, visitando-o sempre que voltava a Moscou em licença. Quando fora designado para o Estado-maior, adquirira um apartamento em Moscou, onde o jovem em crescimento podia passar as férias.

Aos 18 anos, Misha Andreyev tornara-se tenente; e como era de se prever, optara pelos tanques. Um quarto de século mais tarde, aos 43 anos, era general e comandava uma divisão de tanques de elite nos arredores de Moscou.

Os dois entraram no restaurante pouco depois das 20 horas, a mesa reservada e à espera. Viktor, o maître, era um ex-homem de tanques; adiantou-se apressado, com a mão estendida.

– É um prazer vê-lo, general. Não deve se lembrar de mim. Fui artilheiro com o 131º Maikop em Praga, em 1968. Sua mesa é ali, de frente para a galeria.

Algumas cabeças se viraram para ver a razão do rebuliço. Os executivos americanos, suíços e japoneses olharam com alguma curiosidade. Houve murmúrios entre os poucos russos jantando ali:

– Aquele é Kolya Nikolayev.

Viktor providenciara dois copos grandes com Moskovskaya por conta da casa. Misha Andreyev levantou o copo para o tio e único pai de que podia se lembrar.

– *Za vashe zdorovye.* Mais 74.

– Não diga besteira. *Za zdorovye.*

Os dois beberam de uma vez só, fizeram uma pausa, grunhindo quando a bebida explodiu em seus estômagos.

Por cima do bar do Boyarsky Zal há uma galeria em que músicos tocam e cantam para os clientes tradicionais canções russas. Naquela noite, os cantores eram uma loura escultural com um vestido de princesa Romanov e um homem de smoking, com uma rica voz de barítono.

Ao terminarem a balada que apresentavam em dueto, o cantor se adiantou sozinho. A banda na extremidade da galeria parou de tocar e ele se pôs a cantar a canção de amor do soldado para a moça que deixara em sua casa, "Kalinka".

Os russos pararam de conversar e permaneceram em silêncio, os estrangeiros seguiram o exemplo. A voz de barítono ressoava pelo salão:

– *Kalinka, Kalinka, Kalinka moya...*

Quando os últimos acordes cessaram, os russos se levantaram para brindar o homem de bigode branco sentado de costas para as tapeçarias. O cantor fez uma reverência para agradecer aos aplausos. Viktor estava ao lado de um grupo de seis japoneses.

– Quem é o velho? – perguntou um deles, em inglês.

– Um herói da guerra – respondeu Viktor. – Da Grande Guerra Patriótica.

O que falava inglês traduziu para os companheiros.

– Ah, isso... – Todos levantaram seus copos. – *Kampei.*

Tio Kolya acenou com a cabeça, radiante, ergueu o copo para o cantor e o salão em geral, bebeu tudo.

Foi uma boa refeição, truta e pato, com vinho tinto armênio e café para arrematar. Aos preços do Boyarsky, custaria ao jovem general o salário de um mês. Mas ele achava que o tio valia a pena.

Provavelmente só aos 30 anos, depois que conhecera alguns péssimos oficiais, não poucos em altos postos, é que ele compreendera por que seu tio se tornara uma lenda entre os homens dos tanques. É que ele possuía uma coisa que os oficiais medíocres nunca tinham, uma profunda preocupação com os homens servindo sob seu comando. Ao ganhar uma divisão para comandar, o general Andreyev, contemplando a carnificina na Chechênia, compreendera que a Rússia teria muita sorte se contasse com outro como tio Kolya.

O sobrinho jamais esquecera uma coisa que ocorrera quando ele tinha 10 anos. Entre 1945 e 1960, nem Stalin nem Kruschev haviam considerado apropriado erguer um cenotáfio em Moscou aos mortos na guerra. Os cultos à própria personalidade eram mais importantes, apesar do fato de que nenhum dos dois estaria no alto do Mausoléu de Lênin no Primeiro de Maio para receber as saudações se não fosse pelos milhões que morreram entre 1941 e 1945.

Só em 1966, depois que Kruschev saíra de cena, é que o Politburo finalmente ordenara a construção de um cenotáfio e uma Flama Eterna em homenagem ao Soldado Desconhecido.

Mesmo assim, não fora usado um espaço aberto. O memorial ficava sob as árvores do Jardim Alexandrovsky, perto do muro do Kremlin, numa posição que jamais atrairia a atenção das pessoas na fila interminável para ver o corpo embalsamado de Lênin.

Depois da parada do Primeiro de Maio naquele ano, quando o menino de 10 anos, os olhos arregalados, no uniforme de cadete, vira os tanques rolando, os canhões e foguetes, os soldados em passo de ganso, o tio o pegara pela mão e o levara pela aleia Kremlev, entre o jardim e a praça Manege.

Sob as árvores, havia um bloco de granito vermelho polido. Ao lado, num vaso de bronze, ardia uma chama.

No bloco estavam inscritas algumas palavras: Seu túmulo é desconhecido, sua realização, imortal.

– Quero que me faça uma promessa, menino – dissera o coronel.

– Está bem, tio.

– Há milhões de soldados enterrados daqui até Berlim. Não sabemos onde se encontram, em muitos casos nem quem eram. Mas lutaram comigo e eram bons homens. Entende?

– Entendo, tio.

– Não importa o que prometerem a você, não importa que lhe ofereçam dinheiro, promoções e honrarias, não quero que traia esses homens.

– Prometo, tio.

O coronel erguera a mão lentamente para o quepe. O cadete seguira o exemplo. Uma multidão das províncias em visita, tomando sorvete, observara a cena, curiosa. O guia, cujo trabalho era dizer que grande homem Lênin fora, se mostrara bastante embaraçado, apressara-se em conduzir as pessoas para o mausoléu.

– Vi a sua entrevista no *Izvestia* no outro dia – comentou Misha Andreyev. – Teve a maior repercussão no quartel.

O general Nikolayev fitou-o nos olhos.

– Gostou?

– Fiquei surpreso, isso é tudo.

– Falei sério.

– Sei disso. É o que sempre costuma fazer.

– Ele é um idiota escroto.

– Assim diz, tio. Mas parece que ele vai ganhar. Talvez devesse ficar de boca fechada.

– Estou velho demais para isso. Falo o que penso.

O velho ficou imerso em seus pensamentos por um momento, olhando para a "princesa" Romanov cantando na galeria por cima. Clientes estrangeiros pensaram reconhecer "Those were the days, my friend", que não é uma canção ocidental, mas sim uma antiga balada russa. Depois, o general inclinou-se e pôs a mão no braço do sobrinho.

– Ouça, rapaz, se alguma coisa me acontecer...

– Não diga bobagem. Vai viver mais que a maioria de nós.

– Mas se alguma coisa me acontecer, quero que me enterre em Novodevichi. Certo? Mas não quero um sepultamento civil miserável, entende? Quero um bispo, toda a pompa e aparato. Combinado?

– Quer um bispo? Nunca pensei que acreditasse nessas coisas.

– Não seja tolo. Nenhum homem que viu uma granada alemã cair a seis metros de distância e não explodir deixa de acreditar que há Alguém lá em cima. Tive de fingir, é claro, todos tivemos. Ser membro do Partido, ouvir as preleções de doutrinação, tudo isso acompanhava o cargo, mas sabíamos que não passava de besteira. Mas é isso o que eu quero. E agora vamos tomar o café e ir embora. Veio de carro com motorista?

– Vim.

– Ainda bem, porque estamos ambos bêbados. Pode me levar para casa.

O TREM NOTURNO de Kiev, capital da República Independente da Ucrânia, corria ruidoso pela escuridão gelada para Moscou.

No sexto vagão, no compartimento 2B, os dois ingleses jogavam *gin rummy*. Brian Vincent verificou a hora.

– Meia hora para a fronteira, Sir Nigel. É melhor nos aprontarmos para a cama.

– Tem razão.

Vestido como estava, Sir Nigel deitou no beliche superior e puxou as cobertas até o queixo.

– Estou convincente?

O ex-soldado acenou com a cabeça.

– Deixe o restante comigo, senhor.

Houve uma breve parada na fronteira. As autoridades ucranianas no trem já haviam examinado os dois passaportes. Os russos embarcaram na parada.

Dez minutos depois, houve uma batida na porta do compartimento. Vincent abriu-a.

– *Da?*

– *Pasport, pozhaluysta?*

Havia apenas uma fraca luz azul acesa no compartimento, e embora a luz no corredor fosse amarela e mais forte, o inspetor teve de estreitar os olhos para ver.

– Não têm vistos – disse ele.

– Claro que não. São passaportes diplomáticos. Não precisam de vistos.

O ucraniano apontou para a palavra em inglês na capa de cada passaporte.

– Diplomata – traduziu ele.

O russo acenou com a cabeça, um pouco embaraçado. Recebera instruções do FSB em Moscou, um alerta total em todos os pontos de ingresso no país para um nome e um rosto.

– O velho – disse ele, gesticulando para o segundo passaporte.

– Ele está lá em cima – informou o diplomata mais jovem. – E é muito velho. Não se sente bem. Precisa incomodá-lo?

– Quem é ele?

– O pai do nosso embaixador em Moscou. Por isso é que o estou acompanhando. Para visitar o filho.

O ucraniano apontou para a figura estendida no beliche.

– Pai do embaixador – murmurou ele.

– Agradeço a explicação, mas sei falar russo – resmungou o russo. Ele estava perplexo. O homem calvo e de rosto redondo no passaporte não tinha qualquer relação com a descrição que recebera. Nem o nome. Não era Trubshaw, nem Irvine. Apenas lorde Asquith.

– Deve estar frio no corredor – comentou Vincent. – Um frio que chega até os ossos. Aceitem isso, por favor. Por amizade. Do estoque especial de nossa embaixada em Kiev.

A vodca era de excepcional qualidade, do tipo que nenhum dinheiro podia comprar. O ucraniano acenou com a cabeça, sorriu e cutucou seu colega russo. O russo grunhiu, carimbou os passaportes e devolveu-os.

– Não pude ouvir muita coisa debaixo de tantas cobertas, mas me parece que correu tudo bem – disse Sir Nigel, depois que a porta foi fechada.

Ele desceu do beliche.

– Isso mesmo.

Vincent pôs-se a destruir os dois passaportes falsos. Os fragmentos seriam jogados pela latrina, ficariam espalhados na neve do sul da

Rússia. Um para entrar, outro para sair. Os passaportes de saída, com seus carimbos falsos impecáveis, estavam bem guardados.

Vincent olhou para Sir Nigel com curiosidade. Aos 33 anos, sabia que o homem mais velho podia não apenas ser seu pai, mas também tinha idade biológica para ser avô. Como ex-soldado das forças especiais, ele estivera em alguns lugares terríveis, inclusive deitado no deserto na região ocidental do Iraque, esperando para derrubar um míssil Scud de passagem. Mas sempre houvera companheiros, uma arma de fogo, granadas, um meio de reagir.

O mundo para o qual Sir Nigel o atraíra, embora pagasse muito mais, era um mundo de impostura e desinformação, de cortina de fumaça e jogo de espelhos, deixando-o com a necessidade de uma dose dupla de vodca. Ainda bem que havia uma segunda garrafa da reserva especial na mala. Ele se serviu.

– Quer também, Sir Nigel?

– Não, obrigado. Vodca me deixa o estômago embrulhado, arde na garganta. Mas vou acompanhá-lo com outra coisa.

Ele tirou um frasco de prata da pasta, derramou uma dose na pequena caneca de prata que vinha junto. Levantou-a para Vincent e tomou um gole com a maior satisfação. Era o vinho do Porto especial do clube do Sr. Trubshaw, na St. James's.

– Tenho a impressão de que está gostando de tudo isso – comentou Vincent.

– Pois saiba, meu caro, que há anos eu não me divertia tanto.

Por mais desolada que uma estação ferroviária no inverno possa parecer para as pessoas que se apressam em voltar para suas casas, ao encontro de um fogo aconchegante ardendo na lareira, ainda são muito mais quentes do que as ruas. Quando Sir Nigel e Vincent desembarcaram do expresso noturno de Kiev, o terminal estava cheio dos pobres enregelados e famintos da cidade.

Chegavam tão perto quanto podiam das locomotivas quentes, procuravam aproveitar as ondas de calor ocasionais saindo de um café, ou apenas se deitavam no concreto tentando sobreviver por mais uma noite.

– Fique junto de mim, senhor – murmurou Vincent, enquanto se encaminhavam para o pátio aberto.

Foram cercados por pedintes com a mão estendida, cabeças envoltas por cachecóis, rostos com a barba por fazer, olhos fundos.

– Por Deus, é horrível! – sussurrou Sir Nigel.

– Não pegue dinheiro, senhor, ou vai causar um distúrbio – ressaltou Vincent.

Apesar da idade, Sir Nigel carregava sua própria mala e a pasta, deixando Vincent com uma mão livre. O ex-sargento das forças especiais mantinha essa mão sob a axila esquerda, indicando que tinha um revólver e não hesitaria em usá-lo, se necessário.

Foi dessa maneira que ele escoltou o homem mais velho à sua frente, através da multidão, até a calçada lá fora, onde uns poucos táxis aguardavam, esperançosos. Quando afastou para o lado a mão de um pedinte, Sir Nigel ouviu a voz de seu dono gritando por trás:

– Estrangeiro desgraçado!

– Eles pensam que somos ricos – murmurou Vincent no ouvido dele. – Somos estrangeiros, somos ricos.

Os gritos acompanharam-nos pela calçada.

– Estrangeiro filho da puta! Esperem por Komarov!

Depois que se acomodaram no banco traseiro do táxi, que partiu fazendo o maior barulho, Irvine recostou-se e murmurou:

– Eu não sabia que a situação se deteriorara tanto. Na última vez, apenas andei entre o aeroporto e o Nacional e de volta.

– É pleno inverno agora, Sir Nigel. Sempre fica pior no inverno.

Um caminhão da milícia emparelhou com o táxi. Dois milicianos impassíveis, de capotes grossos e *shapkas* de pele, se sentavam no calor da cabine. O caminhão acelerou e puderam ver a traseira.

Fileiras de pés, solas de pés humanos cobertas por trapos, ficaram visíveis por alguns segundos, quando a lona se abriu ao movimento do caminhão. Os corpos, congelados e duros, estavam empilhados, como lenha.

– O rabecão – disse Vincent. – O recolhimento da manhã. Quinhentos morrem todas as noites nos vãos de porta da cidade.

Eles tinham reservas no Nacional, mas desejavam se registrar antes do final da tarde. Por isso, passaram o dia refestelados nas poltronas de couro no saguão do Palace Hotel.

DOIS DIAS ANTES, Jason Monk efetuara uma breve transmissão, em código, do computador laptop adaptado. Foi rápido. Falara com o general Petrovsky e tudo corria de acordo com o plano. Ainda era acompanhado pelos chechenos ao circular pela cidade, muitas vezes disfarçado como padre, oficial do exército ou da polícia, ou vagabundo. O patriarca estava pronto para receber o visitante inglês pela segunda vez.

Transmitida através do mundo para a sede da Intelcor, a mensagem foi retransmitida para Sir Nigel em Londres, ainda em código. Ele era o único que tinha a chave do código.

A mensagem levou-o de Londres-Heathrow a Kiev, e de lá para Moscou de trem.

Mas a mensagem também foi captada pela FAPSI, agora trabalhando quase que exclusivamente para o coronel Grishin. O diretor da FAPSI conferenciou com Grishin enquanto o trem Kiev-Moscou rodava pela noite.

– Quase o localizamos – disse o diretor. – Ele estava no distrito de Arbat, enquanto na última vez transmitiu perto de Sokolniki. Ou seja, ele não para em lugar algum.

– Arbat? – repetiu Grishin, furioso.

O distrito de Arbat ficava a menos de um quilômetro dos muros do Kremlin.

– Há outro perigo para o qual devo alertá-lo, coronel. Se ele está usando o tipo de computador que pensamos, não precisa necessariamente estar presente quando transmitir ou receber. Pode armá-lo antes e sair.

– Só quero que localize o computador – resmungou Grishin. – Mesmo que ele saia, terá de voltar para buscá-lo; e quando isso acontecer, estarei à espera.

– Se ele fizer mais duas transmissões ou uma só que dure meio segundo, nós teremos a fonte. A determinação de um quarteirão da cidade, talvez mesmo de um prédio.

O que nenhum dos dois sabia era que Monk, segundo o plano de Sir Nigel Irvine, precisaria fazer pelo menos mais três transmissões para o Ocidente.

– ELE VOLTOU, coronel Grishin.

A voz do padre Maxim pelo telefone tremia com a tensão. Eram 18 horas, estava escuro lá fora, um frio intenso. Grishin ainda se encontrava à sua mesa na casa perto do bulevar Kiselny. Já ia sair quando o telefone tocara. A telefonista, obedecendo às instruções, ouvira a palavra "Maxim" e transferira a ligação direto para o chefe da segurança.

– Acalme-se, padre Maxim. Quem voltou?

– O inglês. O inglês idoso. Passou uma hora com sua santidade.

– Não pode ter sido ele.

Grishin distribuíra muito dinheiro pela divisão de imigração do Ministério do Interior e pelo aparelho de contraespionagem do FSB para ser avisado com antecedência, e não houvera qualquer alerta.

– Sabe onde ele está hospedado?

– Não, mas a limusine é a mesma.

Hotel Nacional, pensou Grishin. O velho tolo foi para o mesmo hotel. Ainda se sentia amargurado por ter perdido o velho espião na última vez, já que o "Sr. Trubshaw" se movimentara depressa demais para ele. Desta vez não haveria erros.

– Onde você está agora?

– Na rua, usando meu celular.

– Não é seguro. Vá para o lugar de sempre e me espere lá.

– Devo voltar, coronel. Vão dar pela minha ausência.

– Pois ligue para lá e diga que não se sente bem, seu tolo. Que tem de ir à farmácia para comprar um remédio. Mas vá agora para o ponto de encontro e me espere.

Grishin bateu o telefone. Um momento depois, mandou que seu subchefe, ex-major da Diretoria de Guardas de Fronteira da KGB, se apresentasse imediatamente em sua sala.

– Traga dez homens, os melhores, à paisana, e três carros.

Quinze minutos depois, mostrou a fotografia de Sir Nigel Irvine ao subchefe.

– É este o homem. Provavelmente veio acompanhado por alguém mais jovem, cabelos escuros, forte. Estão no Nacional. Quero dois homens no saguão, cobrindo os elevadores, a recepção e as portas. Dois no café lá embaixo. Dois na rua a pé, quatro em dois carros. Se ele chegar, observe-o entrar, depois me avise. Se estiver lá, não quero que saia sem que eu saiba.

– E se ele sair de carro?

– Siga-o, a menos que esteja a caminho do aeroporto. Neste caso, providencie uma batida de carro. Ele não pode alcançar o aeroporto.

– Está certo, coronel.

Depois que o subordinado saiu para instruir sua equipe, Grishin ligou para outro perito que tinha em sua folha de pagamento, um ex-ladrão especializado em hotéis, supostamente capaz de abrir qualquer porta em Moscou.

– Pegue seu equipamento, vá para o Hotel Intourist, sente-se no saguão e mantenha seu celular ligado. Quero que entre num quarto de hotel para mim, esta noite, em hora ainda indeterminada. Ligarei quando chegar o momento.

O Hotel Intourist fica a duzentos metros do Nacional, logo depois da esquina, na rua Tverskaya.

O coronel Grishin estava na igreja de Todos os Santos em Kulishki meia hora depois. O padre, preocupado, com gotas de suor na testa, esperava-o.

– Quando ele chegou?

– Sem avisar, por volta das 16 horas. Mas sua santidade devia estar à espera. Tive instruções para levá-lo imediatamente. Junto com seu intérprete.

– Quanto tempo eles passaram juntos?

– Cerca de uma hora. Servi um samovar de chá, mas eles pararam de falar enquanto estive na sala.

– Escutou na porta?

– Tentei, coronel. Não foi fácil. As duas freiras que cuidam da casa estavam circulando. E também o arcediago que é o secretário particular.

– O que ouviu?

– Foi bem pouco. Falou-se muito num príncipe. O inglês propôs um príncipe estrangeiro ao patriarca, para alguma coisa. Ouvi as palavras "sangue Romanov" e "extremamente apropriado". O velho fala baixo, embora isso não faça diferença, já que não sei nada de inglês, ainda bem que o intérprete falou mais alto. O inglês é que disse mais coisas, sua santidade quase que se limitou a ouvir. Houve um momento em que pude ver nosso patriarca examinando alguma planta. Mas depois tive que me afastar. Mais tarde, bati na porta e perguntei se ele queria que o samovar fosse reabastecido. Havia silêncio, porque sua santidade escrevia uma carta no momento. Disse que não e acenou com a mão para que eu me retirasse.

Grishin estava pensativo. A palavra "príncipe" fazia sentido para ele, embora não para o valete.

– Mais alguma coisa?

– Só mais uma. Quando eles se preparavam para sair, a porta abriu-se por uma fração. Eu esperava lá fora, com seus casacos. Ouvi o patriarca dizer: "intercederei junto ao presidente em exercício no primeiro momento mais apropriado." Foi bastante claro, a única frase que ouvi inteira.

Grishin virou-se para o padre Maxim e sorriu.

– Receio que o patriarca esteja conspirando com interesses estrangeiros contra o nosso futuro presidente. É muito triste, lamentável, mas não vai adiantar. Tenho certeza de que sua santidade tem as melhores intenções, mas está bancando o tolo. Depois da eleição, toda essa história pode ser esquecida. Mas você, meu amigo, não será esquecido. Durante meu tempo na KGB aprendi a reconhecer a diferença entre um traidor e um patriota. Em determinadas circunstâncias, os traidores podem até ser perdoados. Sua santidade, por exemplo. Mas um verdadeiro patriota sempre será recompensado.

– Obrigado, coronel.

– Tem algum tempo de folga?

– Uma tarde por semana.

– Depois da eleição, deve ir jantar num dos nossos prédios dos Jovens Combatentes. São rapazes rudes, mas de bom coração. E todos muito fortes. Dos 15 aos 19 anos. Os melhores vão para os Guardas Negros.

– Isso seria... muito... agradável.

– E é claro que depois da eleição vou sugerir ao presidente Komarov que os Guardas e os Combatentes precisam de um capelão honorário. E para essa função só poderemos aceitar um bispo.

– É muito generoso, coronel.

– Vai descobrir que posso me mostrar ainda mais generoso, padre Maxim. E agora volte à residência do patriarca. É melhor levar isto. Saberá o que fazer.

Depois que o informante se retirou, o coronel Grishin ordenou que seu motorista o levasse ao Hotel Nacional. Estava na hora, refletiu ele, daquele inglês intrometido e seu agente provocador americano descobrirem os fatos sobre a moderna Moscou.

17

O Coronel Grishin ordenou que seu motorista estacionasse a cem metros pela Okhotny Ryad (Alameda do Caçador), que fica no lado noroeste da praça Manege, onde se situa o Hotel Nacional.

Do interior de seu carro podia ver os dois veículos de sua equipe de vigilância, parados perto do shopping center em frente ao hotel.

– Espere aqui – disse ele ao motorista, saindo do carro. Mesmo às 7 horas, a temperatura era de quase vinte graus abaixo de zero. Uns poucos vultos encolhidos passavam pela calçada.

Grishin atravessou a rua e foi bater na janela do motorista de um dos carros. Rangeu com o frio quando o sistema elétrico baixou a janela.

– Pois não, coronel?

– Onde ele está?

– Deve continuar lá dentro, se estava antes de chegarmos. Não saiu ninguém parecido com ele.

– Chame Kuznetsov. Diga que preciso dele aqui.

O chefe de propaganda chegou vinte minutos mais tarde.

– Preciso de você para bancar de novo o turista americano – disse Grishin. Ele tirou uma fotografia do bolso, entregou-a a Kuznetsov e acrescentou: – Este é o homem que estou procurando. Tente os nomes Trubshaw ou Irvine.

Kuznetsov voltou dez minutos depois.

– Ele está aqui, com o nome de Irvine. Em seu quarto.

– E qual é o quarto?

– Dois, cinco, dois. Isso é tudo?

– É tudo de que preciso.

Grishin voltou ao seu carro e usou o celular para chamar o arrombador e ladrão de quartos profissional que postara no saguão do Intourist.

– Está pronto?

– Estou, coronel.

– Pois continue na escuta. Assim que eu der a ordem, o quarto que quero revistado é o 252. Não quero que nada seja tirado, mas tudo revistado. Um dos meus homens está no saguão. Ele irá com você.

– Entendido.

Às 8 horas, um dos dois homens que Grishin postara no saguão saiu. Acenou com a cabeça para seus colegas no outro lado da rua, no carro mais próximo, depois se afastou.

Minutos depois, dois homens em casacos de inverno e chapéus de pele deixaram o hotel. Grishin pôde ver cabelos brancos saindo de baixo de um dos chapéus. Os homens viraram à esquerda, foram andando pela rua, na direção do Teatro Bolshoi. Grishin tornou a ligar para seu ladrão.

– Ele deixou o hotel. O quarto está vazio.

Um dos carros de Grishin começou a se movimentar lentamente atrás dos homens andando. Mais dois vigias, que esperavam no café no térreo do Nacional, saíram e seguiram os ingleses. Havia quatro homens na rua, mais quatro em dois carros. O motorista de Grishin perguntou:

– Vamos pegá-los, coronel?

– Não. Quero ver primeiro para onde eles vão.

Havia uma possibilidade de que Irvine pudesse fazer contato com o americano, Monk. Se isso acontecesse, Grishin teria todos eles.

Os dois ingleses pararam no sinal de trânsito onde a rua Tverskaya deixa a praça, esperaram pela luz verde e atravessaram. Segundos depois, o ladrão contornou a esquina da Tverskaya.

Era um homem experiente e sempre assumia o papel de um executivo estrangeiro, quase que a única espécie de gente que podia pagar os principais hotéis de Moscou. O casaco e o terno eram de Londres, ambos roubados, e o ar de tranquilidade confiante enganaria quase que todos os funcionários do hotel.

Grishin observou-o empurrar a porta giratória do hotel e desaparecer lá dentro. Nigel Irvine – o coronel ficara satisfeito ao constatar – não carregava pasta alguma. Se tivesse alguma, estaria em seu quarto.

– Vamos embora – disse ele ao motorista.

O Mercedes deixou o meio-fio e manteve-se a cem metros dos homens andando.

– Deve saber que estamos sendo seguidos – comentou Vincent, em tom de conversa.

– Dois homens andando na frente, dois atrás, um carro andando devagar pelo lado oposto.

– Estou impressionado, senhor.

– Ora, meu caro, posso estar velho e encanecido, mas espero ainda ser capaz de perceber uma campana quando é grande e desajeitada.

Por causa de seu poder supremo, a antiga Segunda Diretoria raramente se dava ao trabalho de dissimular nas ruas de Moscou. Ao contrário do FBI em Washington, ou do MIS em Londres, o culto da campana inidentificável nunca fora sua especialidade.

Depois de passar pela frente do esplendor iluminado do Teatro Bolshoi, e depois pelo Teatro Maly, bem menor, os dois ingleses se aproximaram de uma estreita rua transversal, a aleia do Teatro.

Havia um vão de porta antes da esquina, e um homem coberto por trapos tentando dormir ali, apesar do frio intenso. Sir Nigel parou.

À frente e por trás, os Guardas Negros tentaram fingir que examinavam vitrines de lojas vazias.

No vão de porta, mal iluminado pelos lampiões, o homem remexeu-se e levantou os olhos. Não estava bêbado, mas era um velho, o rosto cansado por baixo do cachecol de lã, vincado pelos anos, trabalho e privações. Na lapela do sobretudo puído havia algumas fitas de medalhas desbotadas. Dois olhos fundos e exaustos fixaram-se no estrangeiro.

Nigel Irvine, quando baseado em Moscou, encontrara tempo para estudar as medalhas russas. Havia uma na fileira de fitas manchadas que ele reconheceu.

– Stalingrado? – perguntou ele, em voz baixa. – Você esteve em Stalingrado?

O velho balançou a cabeça.

– Stalingrado...

Ele devia ter menos de 20 anos na ocasião, naquele inverno enregelante de 1942, lutando contra o VI Exército de Von Paulus em cada casa da cidade à margem do Volga.

Sir Nigel enfiou a mão no bolso da calça e tirou uma nota. Cinquenta milhões de rublos, cerca de 30 dólares americanos.

– Comida – disse ele em russo. – Uma sopa quente. Uma dose de vodca. Por Stalingrado.

Ele se virou e continuou a andar, rígido e furioso. Vincent foi atrás. Os vigias se afastaram das vitrines e retomaram a patrulha.

– Oh, Deus, o que houve com essa gente!? – murmurou Sir Nigel, sem se dirigir a ninguém em particular, antes de entrar na rua transversal.

O rádio do carro de Grishin emitiu alguns estalidos, quando um dos vigias a pé usou seu transmissor manual.

– Eles viraram. Vão para um restaurante.

O Era de Prata é outro antigo e tradicional restaurante russo, situado numa aleia que passa por trás dos teatros. Fora uma casa de banhos russa, as paredes cobertas por ladrilhos e mosaicos mostrando cenas de um passado distante. Ao saírem do frio intenso da rua, os dois visitantes sentiram o fluxo de ar quente envolvê-los.

O restaurante estava apinhado, quase todas as mesas ocupadas. O maître adiantou-se, apressado.

– Lamento, mas estamos lotados, senhores – disse ele, em russo. – Uma grande festa particular. Sinto muito.

– Vejo que restou uma única mesa vazia – respondeu Vincent, na mesma língua. – Aquela ali.

Havia de fato uma mesa para quatro vazia, encostada na parede do fundo. O maître se mostrou preocupado. Podia perceber que os dois homens eram estrangeiros, o que significaria pagamento em dólares.

– Terei de falar com o anfitrião do jantar.

Ele se dirigiu a um homem bonito, de pele azeitonada, sentado à mesa maior no salão, cercado por companheiros. O homem olhou para os dois estrangeiros perto da porta e acenou com a cabeça.

O maître voltou.

– Foi permitido. Acompanhem-me, por favor.

Sir Nigel e Irvine sentaram lado a lado no banco ao longo da parede. Irvine acenou com a cabeça em agradecimento para o anfitrião do grande jantar. O homem acenou em resposta.

Pediram pato com molho de framboesa e deixaram que o maître propusesse um vinho tinto da Crimeia que lembrava o Bull's Blood.

Na aleia lá fora, os quatro homens de Grishin fecharam as saídas. O Mercedes do coronel parou na entrada da aleia estreita. Ele saltou e teve uma rápida conferência com seus homens. Voltou ao carro e usou o telefone.

– Como está indo?

Uma voz respondeu do corredor no segundo andar do Nacional:

– Ainda trabalhando na fechadura.

Dos quatro homens postados no interior do Nacional, dois haviam permanecido. Um deles se encontrava agora na extremidade do corredor do segundo andar, perto dos elevadores. Seu trabalho era verificar se alguém saía do elevador e se encaminhava pelo corredor para o quarto 252. Se isso acontecesse, ele iria atrás, assoviando alto, para avisar aos homens que deixassem a porta.

Seu colega se mantinha ao lado do assaltante, que se inclinava para a fechadura do quarto 252, fazendo o que melhor sabia.

– Avise-me assim que entrarem – disse Grishin.

Dez minutos depois, houve um estalido e a fechadura cedeu. Grishin foi informado e ordenou:

– Fotografem e reponham no lugar todos os papéis e documentos.

No quarto de Sir Nigel, a busca foi rápida e meticulosa. O ladrão passou dez minutos no banheiro, depois saiu a balançar a cabeça. As gavetas da cômoda continham apenas o que se poderia esperar, gravatas, camisas, cuecas e meias. As gavetas da mesinha de cabeceira estavam vazias. O mesmo acontecia com a mala guardada em cima do armário e com os bolsos dos dois ternos lá dentro.

O ladrão ficou de joelhos, abaixou-se e soltou um grunhido de satisfação.

A pasta se encontrava debaixo da cama, empurrada para o meio, fora da vista de quem estivesse de pé. O ladrão puxou-a com um cabide. A tranca de combinação só exigiu sua atenção por três minutos.

Ao levantar a tampa, ele ficou desapontado. Havia um envelope de plástico com *travellers' checks*, que ele teria levado se não fosse pelas ordens. Uma carteira com vários cartões de crédito e uma nota do bar do White's Club, de Londres. Um frasco prateado com um líquido cujo odor ele não conhecia.

Os compartimentos na parte interna da tampa tinham apenas uma passagem de avião de Moscou para Londres e um mapa da capital russa. Ele examinou o mapa em busca de marcações, mas nada encontrou.

Com uma pequena câmera, ele fotografou tudo. O Guarda Negro a seu lado comunicou as descobertas ao coronel Grishin pelo telefone.

– Deve haver uma carta – disse uma voz metálica da rua, a quinhentos metros de distância.

O ladrão, assim advertido, tornou a verificar a pasta e encontrou o fundo falso. Tinha um envelope creme comprido, contendo um papel da mesma cor, encimado pelo emblema do Patriarcado de Moscou e de Todas as Rússias. O documento foi fotografado três vezes, como medida de segurança.

– Arrumem tudo e saiam – disse Grishin.

Os dois homens arrumaram a pasta como estava antes, a carta no envelope, o envelope dentro do fundo falso. A pasta foi trancada, com os mesmos números com que fora encontrada, e empurrada para baixo da cama. Trancada a porta do quarto, como se ninguém tivesse entrado ali desde a saída de Sir Nigel, os dois homens se retiraram.

A PORTA DO ERA DE PRATA foi aberta e fechada com um zunido baixo. Grishin e quatro homens atravessaram o pequeno saguão e passaram pelas cortinas pesadas para a área de jantar. O maître se adiantou apressado.

– Sinto muito, senhores...

– Saia da minha frente – disse Grishin, sem sequer olhar para ele.

O maître teve um sobressalto. Olhou para os quatro capangas por trás do homem de casaco preto e recuou. Sabia quando um problema grande estava prestes a acontecer. Os quatro capangas podiam estar à paisana, mas eram todos corpulentos, os rostos indicando que tinham o hábito de se meter em brigas. Mesmo sem o uniforme, o maître reconheceu-os como Guardas Negros. Vira-os em seus uniformes na televisão, em batalhões, erguendo o braço para seu líder no palanque, e era bastante sensato para compreender que garçons não enfrentam Guardas Negros.

O homem no comando deles correu os olhos pelo restaurante, até fixá-los nos dois estrangeiros que jantavam no outro lado. Acenou com a cabeça para que um de seus homens o acompanhasse, enquanto os outros permaneciam na porta, prontos para dar o apoio que fosse necessário. Não que pudesse haver qualquer necessidade, Grishin sabia. O mais jovem dos dois ingleses podia oferecer alguma resistência, mas só por uns poucos segundos.

– Amigos seus? – indagou Vincent, em voz baixa.

Ele se sentia desprotegido por estar desarmado, e especulou até onde a faca de carne serrilhada ao lado do prato poderia ajudá-lo. Não muito, foi sua resposta mental.

– Creio que são os cavalheiros cujas rotativas você destruiu há poucas semanas – respondeu Irvine.

Ele limpou a boca. Achara o pato delicioso. O homem de casaco preto veio parar junto da mesa. Seu companheiro corpulento ficou um passo atrás.

– Sir Irvine?

Grishin só falava russo. Vincent traduziu.

– É Sir Nigel, para ser mais preciso. E com quem tenho o prazer de falar?

– Não tente brincar comigo. Como entrou no país?

– Pelo aeroporto.

– Mentira.

– Posso lhe garantir, coronel... é o coronel Grishin, não é mesmo?... que meus documentos estão em perfeita ordem. Estão na recepção do hotel, é claro, caso contrário eu poderia lhe mostrar.

Grishin teve um instante de indecisão. Quando dava ordens à maioria das repartições do governo, com os subornos necessários para apoiá-las, essas ordens eram obedecidas. Mas podia ter havido uma falha. Alguém pagaria.

– Está interferindo com assuntos internos da Rússia, *anglichanin*. E eu não gosto. Seu títere americano, Monk, será apanhado em breve e acertarei as contas com ele pessoalmente.

– Já acabou, coronel? Porque se já acabou, e estamos num ânimo de franqueza, deixe-me ser franco também.

Vincent traduziu rapidamente. Grishin ficou incrédulo. Ninguém lhe falava assim, muito menos um velho desamparado. Nigel Irvine levantou os olhos do copo de vinho para fitá-lo.

– É uma pessoa absolutamente abominável, e o homem a que serve, se possível, é ainda mais repulsivo.

Vincent abriu a boca, tornou a fechá-la, depois murmurou em inglês:

– Chefe, isso é sensato?

– Apenas traduza, por favor.

Foi o que Vincent fez. Uma veia pulsava de forma ritmada na testa de Grishin. Dava a impressão de que o colarinho muito em breve não seria mais capaz de conter o pescoço.

– O povo russo pode ter cometido muitos erros – continuou Irvine, a voz calma –, mas não merece, nenhuma nação merece, uma escória como você.

Vincent hesitou à palavra "escória", engoliu em seco e usou a palavra russa *pizdyuk*. A pulsação da veia se acelerou.

– Em suma, coronel Grishin, há grandes possibilidades de que você e seu amo jamais controlem esta grande terra. Pouco a pouco, as pessoas começam a ver além da fachada e dentro de trinta dias você pode descobrir que mudaram de ideia. O que pretende fazer agora?

– Creio que começarei por matá-lo – respondeu Grishin. – Pode ter certeza de que não deixará a Rússia vivo.

Vincent traduziu e depois acrescentou em inglês:

– Ele fala sério.

Havia silêncio no restante, as pessoas tendo ouvido a conversa em russo entre Grishin e Irvine, através de Vincent. Grishin não parecia preocupado. Os moscovitas que saíam para jantar fora não iam interferir, nem recordar depois o que acontecera. A Divisão de Homicídios ainda procurava em vão pelos assassinos do jornalista de Londres.

– Não é a escolha mais sensata que poderia fazer – comentou Irvine.

Grishin soltou uma risada desdenhosa.

– E quem você pensa que vai ajudá-lo? Aqueles porcos?

Porcos foi a palavra errada. Houve um baque na mesa à esquerda de Grishin. Ele virou a cabeça. Uma lâmina fora cravada na mesa, ainda vibrava. Podia ser a faca de carne do homem em frente, mas ele a segurava. À esquerda, outro homem tirou o guardanapo branco do colo. Havia por baixo uma Steyr 9mm. Grishin murmurou para o Guarda Negro por trás:

– Quem são esses homens?

– São chechenos.

– Todos eles?

– Receio que sim – disse Irvine, a voz suave, depois que Vincent traduziu. – E não gostam de ser chamados de porcos. Lembre-se de que são muçulmanos. Com memórias longas. Ainda podem se lembrar de Grozny.

À menção do nome de sua capital destruída houve uma sucessão de estalidos metálicos de travas de segurança, entre os cinquenta comensais. Sete pistolas apontavam para os três Guardas Negros na entrada. O maître agachava-se por trás do balcão, rezando para tornar a ver seus netos.

Grishin olhou de novo para Sir Nigel.

– Eu subestimei, *anglichanin*. Mas isso nunca mais vai acontecer. Saia da Rússia e não volte. Pare de interferir em nossos assuntos internos. E trate de se resignar a nunca mais ver seu amigo americano.

Ele se virou e seguiu para a porta. Seus guardas o acompanharam. Vincent deixou escapar um longo suspiro.

– Sabia sobre as pessoas ao nosso redor, não é?

– Esperava que minha mensagem fosse recebida. Vamos embora? Ele ergueu o copo com o restante de vinho tinto para o restaurante.

– Senhores, boa saúde para todos e meus agradecimentos.

Vincent traduziu e eles saíram em seguida. Todos saíram. Os chechenos vigiaram o hotel pelo que restava da noite e escoltaram os visitantes a Sheremetyevo na manhã seguinte, onde eles embarcaram no voo para Londres.

– Não me importo qual seja a oferta, Sir Nigel – disse Vincent, enquanto o jato da British Airways fazia uma curva sobre o Moscova e virava para oeste. – Mas não voltarei a Moscou. Repito, não voltarei a Moscou.

– Não há problema, porque eu também não voltarei.

– E quem é o americano?

– Receio que ele continue por aqui, em algum lugar. Vivendo na corda bamba. E é um tanto especial.

UMAR GUNAYEV ENTROU sem bater. Monk estava sentado a uma mesa, estudando um mapa em larga escala de Moscou.

– Precisamos conversar – disse o líder checheno.

– Você não se sente feliz – comentou Monk. – Sinto muito.

– Seus amigos partiram. Mas o que aconteceu ontem à noite no Era de Prata foi uma loucura. Concordei porque tenho uma dívida do passado com você. Mas a dívida está se acabando. E a dívida é só minha. Meus homens não precisam correr perigo porque seus homens querem entrar em jogos absurdos.

– Sinto muito, O velho precisava vir a Moscou. Tinha um encontro, muito importante, Ninguém poderia fazer isso por ele. Tinha de vir pessoalmente. E Grishin o descobriu.

– Neste caso, ele deveria permanecer no hotel, jantar lá. Ficaria em relativa segurança.

– Ao que parece, ele precisava ver e falar com Grishin.

– Falar com ele daquele jeito? Eu estava a três mesas de distância. Ele praticamente pediu para ser morto.

– Também não compreendo, Umar. Eram as instruções deles.

– Jason, há duas mil e quinhentas agências de segurança particular neste país, sendo que oitocentas só em Moscou. Ele poderia ter contratado cinquenta homens de qualquer uma.

Com a ascensão da criminalidade, outra indústria que também florescera bastante fora a de guardas particulares. Os dados de Gunayev eram acurados. As agências de segurança tendiam a recrutar seus homens das mesmas unidades militares; havia ex-soldados do exército, fuzileiros, homens das forças especiais, paraquedistas, milicianos, KGB, todos disponíveis para contratação.

Em 1999, a quantidade total de seguranças empregados em toda a nação russa era de oitocentos mil, um terço em Moscou. Em teoria, a milícia era a autoridade que licenciava todas as agências de segurança e tinha um dever sob a lei de investigar todos os recrutas, verificar se tinham ficha criminal, se apresentavam condições para o trabalho, que armas usavam, quantos eram, de que tipo e para quê.

Essa era a teoria. Na prática, um envelope bem recheado podia providenciar todas as licenças necessárias. A cobertura de "agência de segurança" era tão útil que todas as máfias formaram e registraram a sua, para que todos os bandidos da cidade pudessem apresentar uma identificação, mostrando que era um agente de segurança e, como tal, tinha permissão para andar armado.

– O problema, Umar, é que eles são subornáveis. Falam com Grishin e sabem que podem dobrar os ganhos; trocariam de lado e fariam o trabalho eles próprios.

– Então usa meus homens porque eles não o trairiam?

– Não tive opção.

– Já pensou que Grishin saberá agora quem protege você? Ele vai ficar furioso. Daqui por diante, a vida se tornará muito difícil. Circula pela rua o rumor de que a Dolgoruki foi instruída a se preparar para uma grande guerra entre quadrilhas. E isso é a última coisa de que preciso.

– Se Komarov subir ao poder, a Dolgoruki será o menor dos seus problemas.

– O que você desencadeou por aqui, com seus malditos documentos?

– O que quer que seja, Umar, nós não podemos parar agora.

– Nós? Que história é essa de "nós"? Você veio pedir minha ajuda. Precisava de abrigo. Ofereci minha hospitalidade. É o jeito do meu povo. E agora sou ameaçado com uma guerra declarada.

– Eu poderia tentar evitá-la.

– Como?

– Falando com o general Petrovsky.

– O chekista? Sabia quantos danos ele e sua GUVD poderiam causar às minhas operações? Sabe quantas ele têm promovido contra minhas casas noturnas, bordéis e cassinos?

– Ele odeia a Dolgoruki mais do que odeia você. E também preciso falar com o patriarca, pela última vez.

– Por quê?

– Preciso conversar com ele. Há coisas para lhe dizer. Mas desta vez precisarei de ajuda para escapar.

– Ninguém desconfia dele. Vista-se de padre e vá visitá-lo.

– É mais complicado do que isso. Creio que o inglês usou uma limusine do hotel. Se Grishin verificou os registros, o que deve ter acontecido, vai descobrir que o inglês visitou o patriarca. A casa na Chisti Pereulok pode estar sob vigilância.

Umar sacudiu a cabeça, incrédulo.

– Sabe, meu amigo, aquele seu inglês é um velho tolo.

O CORONEL GRISHIN sentava-se a sua mesa, contemplando a fotografia ampliada com uma satisfação incontida. Depois de algum tempo, ele apertou um botão no interfone.

– Senhor presidente, preciso lhe falar.

– Pode vir.

Igor Komarov estudou a fotografia da carta encontrada na pasta de Sir Nigel Irvine. Era em papel timbrado do patriarcado e começava com as palavras "Sua Alteza Real". A assinatura e o lacre eram de Sua Santidade Alexei III.

– O que é isto?

– Senhor presidente, a conspiração estrangeira contra a sua eleição se tornou bastante clara. Divide-se em duas partes. Internamente, aqui na Rússia, é um processo de desestabilização de sua campanha, semeando-se o alarme e o desânimo, através da mostra seletiva de seu manifesto particular a determinadas pessoas. Isso resultou na sabotagem das rotativas, a pressão dos bancos para suspender as transmissões em rede nacional e as denúncias daquele general velho e idiota. Sofremos alguns danos, mas não são suficientes para impedir sua vitória.

Grishin fez uma pausa.

– A segunda parte da conspiração é a sua maneira ainda mais perigosa. Propõe a sua substituição por uma restauração do Trono de Todas as Rússias. Por seus interesses pessoais, o patriarca caiu nessa. O que tem a sua frente é uma carta a um certo príncipe, vivendo no Ocidente, apoiando o conceito de restauração e comunicando que, se for aceito, a Igreja vai propor que o convite seja apresentado a esse homem.

– E qual é a sua proposta, coronel?

– Muito simples, senhor presidente. Sem um candidato, a conspiração entra em colapso.

– Conhece algum homem que possa... desencorajar esse nobre cavalheiro?

– Em caráter permanente. Ele é muito bom. Acostumado a trabalhar no Ocidente. Fala várias línguas. Trabalha para a Dolgoruki, mas pode ser contratado. Seu último contrato envolvia dois renegados da máfia que foram incumbidos de depositar vinte milhões de dólares em Londres, mas decidiram desviar o dinheiro para os próprios bolsos. Foram encontrados há duas semanas num apartamento em Wimbledon, um subúrbio de Londres.

– Creio que precisamos dos serviços desse homem, coronel.

– Deixe comigo, senhor presidente. Dentro de dez dias não haverá mais qualquer pretendente.

Ao voltar para sua sala, Grishin pensou: com o precioso príncipe de Sir Nigel numa mesa do necrotério e Jason Monk, localizado pela FAPSI, enforcado num necrotério, mandaremos para Sir Nigel Irvine um pacote de fotografias que fará o seu Natal.

O CHEFE DA GUVD terminara de jantar e estava sentado com a filha pequena no colo, assistindo ao desenho animado predileto dela, quando o telefone tocou. Sua esposa atendeu.

– É para você?

– Quem é?

– Ele disse apenas que é o americano.

O general da milícia pôs Tatiana no chão e levantou-se.

– Vou atender no escritório.

Depois de fechar a porta, ele tirou o fone do gancho e ouviu o clique da esposa desligando a extensão.

– Pois não?

– General Petrovsky?

– Isso mesmo.

– Conversamos outro dia.

– Eu me lembro.

– Tenho algumas informações que pode considerar úteis. Tem caneta e papel à mão?

– De onde está falando?

– De uma cabine telefônica. Não tenho muito tempo. Depressa, por favor.

– Pode falar.

– Komarov e Grishin persuadiram seus amigos da Dolgoruki a desfechar uma guerra. Vão atacar a máfia chechena.

– Neste caso, é lobo comendo lobo. Não preciso me preocupar.

– Só que a delegação do Banco Mundial está em Moscou negociando a próxima rodada de créditos econômicos. Talvez. Se as ruas estiverem sob uma chuva de balas, o presidente em exercício, tentando parecer bem aos olhos do mundo e ao povo russo, por causa de suas perspectivas na eleição, não ficará nada feliz. E pode perguntar por que tinha de ser agora.

– Continue.

– Seis endereços. Anote-os, por favor.

Monk forneceu os endereços, enquanto o general Petrovsky os anotava.

– O que são?

– Os dois primeiros são arsenais, cheios de armas da Dolgoruki. O terceiro é um cassino; vai encontrar no porão a maioria dos registros deles. Os três últimos são depósitos. Contêm mercadorias contrabandeadas no valor de vinte milhões de dólares.

– Como sabe disso?

– Tenho amigos em certos lugares. Conhece esses dois policiais?

Monk deu os nomes.

– Claro. Um é subchefe meu e o outro um comandante de tropas da SOBR. Por quê?

– Ambos estão na folha de pagamento da Dolgoruki.

– É melhor ter certeza, americano.

– E tenho. Se quiser promover alguma batida, deve manter esses dois na ignorância.

– Sei como fazer meu trabalho.

A ligação foi interrompida. O general Petrovsky repôs o fone no gancho, pensativo. Se aquele estranho agente estrangeiro estivesse certo, a informação era de valor inestimável. Ele tinha duas opções. Ou deixava que a guerra entre as máfias eclodisse, ou lançava uma série de golpes implacáveis contra a maior das máfias, num momento em que era provável que recebesse congratulações efusivas da presidência.

Ele tinha três mil homens da Força de Reação Rápida à disposição, a SOBR, quase todos jovens e ansiosos. Se o americano estivesse pelo menos meio certo sobre Igor Komarov e seus planos depois de tomar o poder, não haveria lugar na Nova Rússia para ele e seus homens se esconderem. O general voltou à sala de estar.

Os desenhos haviam acabado. Agora não saberia se o Coiote pegara o Papa-léguas para jantar ou não.

– Tenho de voltar ao escritório – avisou ele à esposa. – Passarei o restante da noite lá e a maior parte do dia de amanhã.

NO INVERNO, as autoridades municipais estão acostumadas a inundar os caminhos e passeios do Parque Gorki com água, que logo congela, criando o maior rinque de patinação no gelo do mundo. Estende-se por quilômetros e é popular entre os moscovitas de todas as classes sociais e idades, que levavam para lá seus patins e um bom suprimento de vodca, a fim de esquecer por algum tempo seus problemas e preocupações, na liberdade do gelo.

Alguns caminhos ficam sem gelo e terminam em pequenos estacionamentos. Foi num desses que dois homens, encapotados e com chapéus de pelo, encontraram-se dez dias antes do Natal. Cada um saltou de seu carro e foi andando sozinho ao longo da fileira de árvores ao lado do lençol de gelo, por onde os patinadores deslizavam.

Um era o coronel Anatoli Grishin, o outro, um homem solitário conhecido no submundo como Mekhanik, ou o "Mecânico".

Enquanto os assassinos de aluguel na Rússia valiam dois centavos a dúzia, as várias máfias, mas acima de tudo a Dolgoruki, consideravam o Mecânico como especial.

Era um ucraniano, ex-major do exército, que anos antes fora designado para as forças especiais, a Spetsnaz, e de lá para o serviço militar de informações, o GRU. Depois de passar pela escola de línguas, ele tivera dois postos na Europa Ocidental. Ao deixar o exército, compreendera que poderia transformar sua fluência em inglês e francês, a capacidade de circular com facilidade em sociedades que a maioria dos russos considerava estranhas e sua falta de inibição para matar outros seres humanos numa lucrativa profissão.

– Soube que queria falar comigo – disse ele.

O Mecânico sabia quem era o coronel Grishin, e sabia também que o chefe de segurança da União das Forças Patrióticas não teria necessidade de seus serviços dentro da Rússia. Entre os Guardas Negros, para não mencionar os aliados do partido na máfia Dolgoruki, haveria pistoleiros suficientes para agir, bastando uma ordem. Mas um trabalho no exterior era especial.

Grishin estendeu uma fotografia. O Mecânico estudou-a por um instante e virou-a. Um nome e o endereço de um solar no campo estavam datilografados no verso.

– Um príncipe – murmurou ele. – Estou subindo na vida

– Mantenha seu senso de humor para si mesmo – disse Grishin. – É um alvo fácil. Não há segurança pessoal que valha alguma coisa. Até 25 de dezembro.

O Mecânico refletiu por um instante. Depressa demais. Precisava se preparar. Continuava vivo e livre porque tomava precauções meticulosas, que exigiam tempo.

– Até o ano-novo.

– Está certo. Tem um preço.

O Mecânico indicou-o.

– Combinado.

O vapor branco se elevava dos dois. O Mecânico recordou ter visto na televisão uma reunião de um fundamentalista religioso, em que um jovem sacerdote carismático pregava um retorno a Deus e ao czar. Então aquele era o jogo de Grishin. Ele lamentou não ter pedido o dobro.

– É só isso?

– A menos que você precise saber mais.

O pistoleiro guardou a fotografia no bolso interno do casaco.

– Não – disse ele. – Creio que já sei tudo o que preciso. É um prazer trabalhar com você, coronel.

Grishin virou-se e pegou o braço do homem. O Mecânico ficou olhando para a mão enluvada, até que foi removida. Não gostava de ser tocado.

– Não deve haver erros, nem no alvo nem no prazo.

– Não cometo erros, coronel. Ou não teria me procurado. Enviarei pelo correio o número da minha conta em Liechtenstein. Tenha um bom dia.

NA MADRUGADA SEGUINTE ao encontro junto do rinque de patinação no Parque Gorki, o general Petrovsky desfechou as seis batidas simultâneas.

Os dois informantes foram convidados para um jantar particular no clube dos oficiais do quartel da SOBR, com vodca suficiente para deixá-los gloriosamente bêbados. Quartos haviam sido providenciados para que dormissem até os efeitos passarem. Como precaução adicional, havia um guarda em cada porta.

Um exercício "tático", acertado durante o dia, converteu-se numa ação real pouco antes de meia-noite. A esta altura, os soldados em seus caminhões se encontravam confinados em várias garagens fechadas. Às 2 horas da madrugada, os motoristas e comandantes de unidades receberam suas missões e os endereços de que precisavam. Pela primeira vez em meses, a surpresa foi total.

Os três depósitos não acarretaram qualquer problema. Quatro guardas que protegiam as mercadorias tentaram resistir e foram metralhados. Outros oito se renderam bem a tempo. Os armazéns continham dez mil caixas de vodca importadas, tudo sem pagamento de taxas alfandegárias, trazidas da Finlândia e Polônia ao longo dos dois últimos meses. A escassez de trigo obrigara a nação que mais bebia vodca no mundo a importar a bebida nacional, com os preços subindo até três vezes mais que no país de origem.

Outras cargas nos depósitos eram máquinas de lavar louça, lavadoras de roupa, televisões, vídeos e computadores, todas do Ocidente, todas roubadas.

Os dois arsenais tinham armas suficientes para equipar um completo regimento de infantaria, desde fuzis de assalto a foguetes antitanques e lança-chamas.

Petrovsky comandou pessoalmente a batida no cassino, ainda cheio de jogadores, que fugiram gritando pela noite. O gerente continuou a protestar que era um empreendimento legítimo, com todas as licenças municipais, até que a escrivaninha em sua sala foi afastada, deixando à mostra a abertura para o porão. Foi então que ele desmaiou.

No meio da manhã, os soldados da SOBR ainda removiam caixas e mais caixas de registros financeiros, carregados em furgões e levados para o quartel-general da GUVD, na rua Shabolovka, 6, para análise.

Por volta de meio-dia, dois generais do alto comando do MVS, o Ministério do Interior, a quinhentos metros de distância, na praça Zhitny, haviam telefonado para apresentar congratulações.

O noticiário de rádio no meio da manhã transmitiu as primeiras informações sobre as batidas, e ao meio-dia houve uma ampla reportagem na televisão. O número de baixas entre os mafiosos, anunciou o locutor, se elevara a 16, enquanto entre a Força de Reação Rápida as baixas se limitavam a um soldado gravemente ferido, com um tiro na barriga, e outro com um ferimento superficial. Vinte e sete mafiosos haviam sido presos vivos, dos quais sete se encontravam no hospital, enquanto dois prestavam longos depoimentos à GUVD.

A última alegação não era verdadeira, mas fora divulgada à mídia por Petrovsky para causar ainda mais pânico entre os líderes da Dolgoruki.

Estes se achavam em estado de trauma ao se reunirem numa mansão suntuosa e muito bem vigiada fora da cidade, a 2,5 quilômetros da ponte Arkhangelskoye sobre o Moscova. A única emoção que transcendia ao pânico era a de raiva. A maioria estava convencida de que a exclusão de seus dois informantes, o elemento de completa surpresa obtido pela SOBR e as acuradas informações apontavam para um grande vazamento.

Mesmo enquanto eles deliberavam, souberam que pelas ruas circulava o rumor de que o vazamento fora de um alto oficial de língua frouxa dos Guardas Negros. Considerando os milhões de dólares que a Dolgoruki investira na eleição de Igor Komarov, eles não acharam a menor graça.

Nunca saberiam que esse rumor começara a ser espalhado pelos chechenos, por sugestão de Jason Monk. Os chefões da Dolgoruki decidiram que, antes de liberarem qualquer nova quantia mais vultosa para a UFP, cobrariam uma explicação convincente.

Pouco depois das três horas, Umar Gunayev, protegido por uma forte guarda pessoal, foi visitar Monk. Agora ele estava na casa de uma família chechena num pequeno apartamento ao norte do Centro de Exposições do Parque Sokolniki.

– Não sei como você conseguiu, meu amigo, mas uma tremenda bomba explodiu ontem à noite.

– É uma questão de interesse pessoal – disse Monk. – Petrovsky tinha considerável interesse em agradar a seus superiores, inclusive o presidente em exercício, na semana da visita da delegação do Banco Mundial. Isso é tudo.

– Está certo. Seja como for, a Dolgoruki não tem mais condições de desfechar uma guerra contra mim. Passará semanas tentando reparar os danos.

– E procurando o vazamento entre os Guardas Negros – acrescentou Monk.

Umar Gunayev jogou um exemplar de *Segodnya* em seu colo.

– Dê uma olhada na página três.

Havia uma reportagem com entrevistas dos organizadores de pesquisas de opinião pública na Rússia dizendo que o apoio eleitoral à UFP já se situava em 55 por cento e continuava a cair.

– Essas pesquisas são feitas, em sua maioria, nas grandes cidades – comentou Monk. – Por facilidade e conveniência. Komarov é mais forte nas cidades. A eleição será decidida pelas massas esquecidas dos campos.

– Acha mesmo que Komarov pode ser derrotado nas urnas? – perguntou Gunayev. – Há seis semanas não haveria a menor possibilidade.

– Não sei – respondeu Monk.

Aquele não era o momento para dizer ao líder checheno que a derrota nas urnas não era o plano de Sir Nigel Irvine. Podia recordar o velho espião, ainda reverenciado no mundo do Grande Jogo como o supremo praticante da impostura pela desinformação, sentado na biblioteca do Castelo Forbes com a Bíblia da família aberta a sua frente.

– A chave é Gedeão, meu caro – dissera ele. – Pense como Gedeão.

– Você está a quilômetros daqui – protestou Gunayev, arrancando Monk de seu devaneio.

– Desculpe. Esta noite tenho de visitar o patriarca de novo. Pela última vez. Precisarei de sua ajuda.

– Para entrar?

– Acho que para sair. Há uma boa possibilidade de que Grishin mantenha a casa sob vigilância, como já ressaltei. Um homem só cuidaria disso, mas ele chamaria outros enquanto eu estivesse lá dentro.

– É melhor começarmos a planejar, Jason.

O CORONEL ANATOLI GRISHIN estava em seu apartamento, preparando-se para se deitar, quando o telefone celular tocou. Reconheceu a voz sem necessidade de qualquer introdução.

– Ele está aqui outra vez!

– Quem?

– O americano. Ele voltou. Conversa com sua santidade neste momento.

– Ele desconfia de alguma coisa?

– Acho que não. Veio sozinho.

– Como um padre?

– Não. Todo de preto, mas com roupas comuns. O patriarca deu a impressão de que o esperava.

– Onde você está?

– Na copa, fazendo um café. Preciso voltar.

O telefone foi desligado. Grishin tentou controlar sua exultação. O odiado agente americano estava quase em seu poder. Desta vez não seria como Berlim Oriental. Ele ligou para o comandante da força de elite dos Guardas Negros.

– Preciso de dez homens, três carros, mini-Uzis, agora. Feche as saídas de uma rua chamada Chisti Pereulok. Eu o encontrarei ali dentro de trinta minutos.

Era meia-noite e meia.

À 1h10 da madrugada Monk levantou-se e despediu-se do patriarca.

– Não creio que tornaremos a nos encontrar, santidade. Sei que fará o melhor que puder por esta terra e seu povo que tanto ama.

Alexei II também se levantou e acompanhou-o até a porta.

– Com a graça de Deus, tentarei. Adeus, meu filho. Que os anjos o acompanhem.

No momento, pensou Monk, enquanto descia a escada, uns poucos guerreiros do norte do Cáucaso me servirão muito bem.

O gordo valete o esperava lá embaixo, como sempre, segurando seu casaco.

– Não vou vestir o casaco, padre, mas obrigado.

A última coisa de que precisava era de um casaco para estorvar seus movimentos. Ele tirou o celular do bolso e digitou um número. Foi atendido ao primeiro toque da campainha.

– Monakh – murmurou ele.

– Quinze segundos – respondeu uma voz.

Monk reconheceu-a como a de Magomed, o líder dos protetores que Gunayev lhe designara. Ele entreabriu a porta da rua por dez centímetros e deu uma espiada. Um Mercedes esperava na rua estreita, perto de um lampião fraco. Continha quatro homens, um ao volante e três com as mini-Uzis. O vapor branco que se elevava da traseira contra a noite gelada indicava que o motor estava ligado.

Na outra direção, a Chisti Pereulok desembocava numa pequena praça. Nas sombras da praça havia dois outros carros. A pé ou sobre quatro rodas, quem quisesse deixar a rua teria de passar pela emboscada.

Pelo lado em que esperava o Mercedes isolado, outro carro entrou na rua, um táxi, com a luz amarela por cima do para-brisa acesa. Os Guardas Negros deixaram-no emparelhar; era evidente que ele viera buscar o alvo. Azar do motorista; ele morreria também.

O táxi passava pelo Mercedes quando houve um barulho, de dois artefatos de metal do tamanho de laranjas batendo no chão gelado e deslizando para baixo do sedã. O táxi mal havia passado pelo Mercedes quando Monk, por trás da porta, entreaberta apenas uma fresta, ouviu o barulho das granadas explodindo.

No mesmo instante, um enorme caminhão de entrega entrou na praça, avançou ruidoso até a entrada da rua estreita e parou. O motorista saltou da cabine e desatou a correr pela rua estreita.

Monk acenou com a cabeça uma vez para o trêmulo padre, escancarou a porta e saiu para a rua. O táxi se encontrava quase a sua frente, a porta traseira aberta. Ele se jogou para dentro. Um braço forte estendeu-se do banco da frente, ajudando-o a embarcar. O motorista do caminhão seguiu-o.

Em marcha à ré, o táxi voltou pelo caminho pelo qual viera. De trás do caminhão parado veio uma chuva de balas, disparadas por alguém deitado no chão, usando sua submetralhadora. Um momento depois, as duas bombas sob o chassi do caminhão explodiram e os tiros cessaram.

Um dos homens conseguiu sair do Mercedes pela porta traseira, meio tonto, tentando levantar sua arma. O para-choque traseiro do táxi acertou-o nas canelas e jogou-o para o lado.

O táxi saiu da rua estreita, derrapando no gelo, mas o motorista recuperou o controle e se afastou em alta velocidade. O tanque de gasolina do Mercedes explodiu e terminou o serviço.

Magomed virou-se do banco da frente e Monk percebeu o brilho dos dentes por baixo do bigode preto ao melhor estilo de Zapata.

– Você torna a vida interessante, *amerikanets.*

Na pequena praça, na outra extremidade da rua estreita, o coronel Grishin estava de pé, olhando para o caminhão destroçado que bloqueava o acesso. Por baixo se achavam dois de seus homens, mortos pelas duas pequenas cargas instaladas sob o chassi acionadas da cabine.

Ele pegou seu celular e digitou sete números. A campainha do outro celular tocou duas vezes, antes que uma voz em pânico sussurrasse:

– *Da?*

– Ele escapou. Você tem o que eu quero.

– *Da.*

– O lugar de sempre. Às 10 horas da manhã.

A PEQUENA IGREJA de Todos os Santos em Kulishki se encontrava quase vazia àquela hora.

O padre Maxim estava parado junto da parede da direita, segurando uma vela acesa, comprada no estande ao lado da entrada principal, quando o coronel Grishin surgiu a seu lado.

– O americano escapou – comentou ele, em voz baixa.

– Sinto muito. Eu tentei.

– Como ele adivinhou?

– Parecia desconfiar que a residência era vigiada. – Como sempre, o padre suava muito. – Tirou um telefone celular da cintura e ligou para alguém.

– Comece do início.

– Ele chegou mais ou menos à meia-noite e dez. Eu já ia me deitar. Sua santidade ainda não fora dormir, continuava a trabalhar no escritório. Sempre fica, a essa hora. A campainha da porta tocou, mas eu não ouvi, pois estava em meu quarto. O cossaco de guarda à noite atendeu. Ouvi vozes. Saí do meu quarto e lá estava ele, parado no vestíbulo. Ouvi sua santidade dizer lá de cima: "Mande o cavalheiro subir." Ele se inclinou pela balaustrada, avistou-me e pediu-me que fizesse um café. Fui para a copa e telefonei.

– Quanto tempo passou até entrar na sala?

– Não muito. Uns poucos minutos. Fui tão rápido quanto possível, a fim de perder o mínimo. Cheguei lá em menos de cinco minutos.

– E o gravador que lhe dei?

– Liguei-o antes de entrar com o café. Pararam de falar quando bati na porta. Enquanto ajeitava a bandeja na mesa, derramei alguns torrões de açúcar no chão e me abaixei para pegar. Sua santidade disse para eu não me incomodar, mas insisti. Enquanto me mantinha abaixado, estendi o gravador para baixo da mesa. Saí em seguida.

– E o que aconteceu no final?

– Ele desceu sozinho. Eu esperava com o casaco, mas o americano não quis vesti-lo. O cossaco estava em seu pequeno quarto ao lado da porta. O americano parecia nervoso. Pegou um telefone celular e discou. Alguém atendeu e ele disse apenas "Monakh".

– Nada mais?

– Só isso, coronel, apenas Monakh. Prestei o máximo de atenção. Não ouvi a resposta, porque ele manteve o aparelho grudado ao ouvido. E depois ele esperou. Entreabriu a porta e espiou. Eu ainda estava segurando seu casaco.

Grishin pensou um pouco. O velho inglês podia ter avisado a Monk que ele fora descoberto através da limusine do hotel. Seria o suficiente para alertar o americano sobre a possibilidade da residência patriarcal estar sendo vigiada.

– Continue, padre.

– Ouvi o barulho de um motor de carro, depois duas explosões. O americano abriu a porta e saiu correndo. Ouvi tiros e recuei.

Grishin acenou com a cabeça. O americano era esperto, mas ele já sabia disso. O homem chegara à resposta certa pelos motivos errados. Grishin mantinha mesmo a residência patriarcal sob vigilância, só que por dentro, pelo padre renegado.

– E a fita?

– Quando as explosões ocorreram, o cossaco veio correndo, com sua arma. O americano já saíra, deixando a porta aberta. O cossaco olhou para fora, gritou "Bandidos!" e bateu a porta. Subi apressado, no momento em que sua santidade saía do escritório e se inclinava pela balaustrada para perguntar o que estava acontecendo. Enquanto ele estava lá fora, peguei a bandeja e o gravador.

Sem dizer nada, Grishin estendeu a mão. O padre Maxim enfiou a mão no bolso lateral da batina e tirou uma pequena fita, do tipo usado por gravadores em miniatura, como o que Grishin entregara ao sacerdote no encontro anterior.

– Espero ter feito a coisa certa – balbuciou Maxim, a voz trêmula.

Havia momentos em que Grishin sentia vontade de estrangular aquele sapo com as próprias mãos. Talvez um dia ainda fizesse isso.

– Fez o que era absolutamente certo, padre. Um trabalho excepcional.

Em seu carro, de volta ao escritório, o coronel Grishin tornou a olhar para a fita. Seis dos seus melhores homens haviam morrido durante a madrugada, e ainda por cima perdera a presa. Mas tinha em sua mão o registro de tudo o que o americano intrometido dissera ao patriarca, e vice-versa. Um dia, jurou ele, ambos pagariam por seus crimes. Por enquanto, no que lhe dizia respeito, o dia com certeza terminaria muito melhor do que começara.

18

O coronel Anatoli Grishin passou o restante da manhã, a hora do almoço e parte da tarde trancado em sua sala, ouvindo a gravação da conversa entre o patriarca Alexei II e Jason Monk.

Havia momentos em que as frases saíam abafadas, o barulho de xícaras sendo mexidas atrapalhava o entendimento, mas a maior parte era bastante clara.

A gravação começava com o som de uma porta se abrindo... o padre Maxim entrando na sala com a bandeja do café. Os sons eram abafados porque o gravador se encontrava nessa ocasião dentro do bolso da batina.

Grishin ouviu a bandeja sendo posta na mesa, depois uma voz abafada dizendo:

– Não precisa se incomodar.

Houve uma resposta também abafada, enquanto o padre Maxim se ajoelhava no tapete, supostamente para recolher os torrões de açúcar caídos.

A qualidade do som melhorava, pois o informante tirava o gravador do bolso e punha debaixo da mesa. A voz do patriarca soou bastante clara ao dizer ao padre Maxim:

– Obrigado, padre. Isso é tudo.

Houve silêncio até a porta se fechar, com a saída do informante. Depois, o patriarca disse:

– Agora poderia explicar o que veio me dizer.

Monk começou a falar. Grishin pôde distinguir o sotaque um pouco anasalado do americano falando um russo fluente. Começou a tomar anotações.

Escutou a conversa de quarenta minutos três vezes, antes de passar a escrever uma transcrição literal. Não era trabalho para secretária alguma, por mais que fosse de confiança.

Página após página foram cobertas por sua escrita cirílica impecável. Em alguns momentos ele parava o gravador, retrocedia, prestava toda atenção, para depois recomeçar a escrever. Só parou quando teve certeza absoluta de que anotara tudo. Houve o som de uma cadeira sendo arrastada para trás, depois a voz de Monk:

– Não creio que tornaremos a nos encontrar, santidade. Sei que fará o melhor por esta terra e seu povo que tanto ama.

Soaram passos pelo tapete, mais fracos ao alcançarem a porta, quando Alexei disse:

– Com a graça de Deus, tentarei.

A porta, sem dúvida, fora fechada depois da saída de Monk. Grishin ouviu o barulho do patriarca se sentando de novo. A fita acabara dez segundos depois.

Grishin recostou-se e refletiu sobre o que acabara de ouvir.

A notícia era tão ruim quanto se podia conceber. Era difícil entender como um homem só podia causar danos tão sistemáticos, pensou ele. Tudo começara, é claro, com a indesculpável estupidez do falecido N.I. Akopov, ao deixar o manifesto em cima da mesa para ser roubado. Os danos causados por esse único erro já eram incalculáveis.

Monk falara durante a maior parte do tempo. As intervenções iniciais de Alexei II haviam sido para indicar que compreendia e aprovava. Sua própria contribuição ocorrera ao final.

O americano não se mantivera ocioso. Revelara que logo depois do ano-novo seria iniciada uma campanha para destruir as chances eleitorais de Igor Komarov, em todo o país, por um processo de descrédito, com uma propaganda maciça.

O general Nikolai Nikolayev daria uma série de entrevistas a jornais e emissoras de rádio e televisão, em que denunciaria a UFP, exortando todos os soldados e ex-soldados a repudiarem o partido e a votarem em outro candidato. Havia vinte milhões de veteranos entre os 110 milhões de eleitores registrados. Nikolayev mal podia pensar nos danos decorrentes.

A suspensão de toda a propaganda de Igor Komarov nos dois canais comerciais era uma imposição dos banqueiros, três ou quatro judeus, liderados por Leonid Bernstein, do Federal Moskovsky. Eram duas contas que teriam de ser acertadas.

A terceira contribuição de Monk envolvia a máfia Dolgoruki. Grishin há muito que considerava a todos como escória, destinados a campos de concentração no futuro. Mas, no momento, o apoio financeiro da Dolgoruki era crucial.

Nenhum político na Rússia podia aspirar à presidência sem uma campanha nacional custando trilhões de rublos. O acordo secreto com a mais poderosa e mais rica máfia a oeste dos Urais proporcionara os recursos indispensáveis, que superavam em muito o que era disponível para os outros candidatos. Vários já haviam suspendido suas campanhas, incapazes de acompanhar os gastos da UFP.

As seis batidas na madrugada do dia anterior haviam sido desastrosas para a Dolgoruki, mas nenhuma o fora mais do que a descoberta dos registros financeiros. Havia bem poucas fontes das quais a GUVD poderia ter obtido as informações. Uma máfia rival era a escolha óbvia, mas no mundo fechado do crime organizado ninguém, apesar das rivalidades, delataria alguém à odiada GUVD. Mas na conversa Monk informara o patriarca sobre a fonte do vazamento, um repulsivo e traidor oficial superior dos Guardas Negros de Grishin.

Se a Dolgoruki conseguisse provar isso – e Grishin sabia que os rumores circulavam pelas ruas, alegações que ele negara com veemência –, a aliança seria encerrada.

Para agravar a situação, a fita revelava que uma competente equipe de contadores já começara a trabalhar nos documentos encontrados no cassino e estava confiante de que, até o ano-novo, seria capaz de provar o vínculo de financiamento entre a máfia e a UFP. Tais descobertas seriam encaminhadas ao presidente interino. Durante esse período, o general Petrovsky, da GUVD, que não podia ser subornado nem intimidado, manteria a pressão sobre a Dolgoruki, com novas batidas.

Se isso acontecesse mesmo, calculava Grishin, não haveria como a Dolgoruki aceitar suas garantias de que não havia uma fonte dos Guardas Negros por trás da GUVD.

A intervenção do patriarca, quase ao final da gravação, talvez fosse o maior perigo em potencial.

O presidente interino, Ivan Markov, passaria as comemorações do ano-novo com a família, longe de Moscou. Voltaria em 3 de janeiro. Nesse dia receberia o patriarca, que pretendia efetuar uma interferência pessoal, exortando Markov a cancelar a candidatura de Igor Komarov, como uma "pessoa desajustada", com base nas provas existentes.

Com a prova da ligação com a máfia fornecida por Petrovsky e a intervenção pessoal do Patriarca de Moscou e de Todas as Rússias, Markov seria compelido a fazer isso. Além de qualquer outra consideração, ele próprio era candidato e não queria enfrentar Komarov nas urnas.

Quatro traidores, remoeu Grishin. Quatro traidores da Nova Rússia que deveria surgir depois de 16 de janeiro, com ele próprio no comando de um corpo de elite dos Guardas Negros, pronto para executar as ordens do Líder. Grishin passara sua vida descobrindo e punindo traidores. Sabia como fazer as duas coisas.

Datilografou pessoalmente uma cópia de sua transcrição escrita a mão e pediu duas horas ininterruptas do tempo de Komarov ao final da tarde.

Jason Monk deixara o apartamento no Parque Sokolniki e se instalara em outro, de cujas janelas podia ver o crescente no alto da mesquita onde se encontrara pela primeira vez com Magomed, o homem que agora jurara protegê-lo, mas que naquele primeiro dia poderia tê-lo matado com a maior facilidade.

Ele tinha uma mensagem para enviar a Sir Nigel Irvine em Londres, a penúltima, se tudo transcorresse de acordo com o plano do velho.

Digitou-a com todo cuidado no laptop, como fizera com as outras. Depois de terminar, apertou o botão para codificar e a mensagem desapareceu da tela, transformando-se num amontoado de números no disquete, a fim de aguardar a próxima passagem do satélite da Intelcor.

Não precisava mais cuidar do aparelho. Tinha as baterias carregadas e estava ligado, esperando pelo "aperto de mão" do Comsat rolando pelo espaço.

Jason nunca ouvira falar de Ricky Taylor, de Columbus, Ohio, jamais o encontraria e nunca teriam qualquer contato. Mas o adolescente sardento provavelmente salvou sua vida.

Ricky tinha 17 anos e era fanático por computador. Era um desses jovens com uma certa disfunção criados na era do computador, passando a maior parte da vida diante de uma tela fluorescente.

Ele ganhara seu primeiro computador aos 7 anos, progredira por vários graus de habilidade, até que os desafios legítimos se esgotaram e só os testes ilegais geravam a necessária emoção, a crise periódica de que o verdadeiro viciado não pode prescindir.

Não era para Ricky o ritmo gentil das estações passando lá fora, a camaradagem dos amigos ou mesmo o desejo pelas garotas. A obsessão de Ricky era invadir os bancos de dados mais protegidos.

Em 1999, a Intelcor não apenas tinha uma participação da maior importância nas comunicações globais, para uso estratégico, diplomático e comercial, mas também era criadora e vendedora dos mais complexos jogos de computador.

Ricky surfara na Internet até ficar entediado e dominara todas as sequências de jogos conhecidos e disponíveis. Ansiava por se lançar contra os programas Ultra da Intelcor. O problema era que o acesso legítimo a esses programas custava uma taxa, que a mesada de Ricky não dava para cobrir. Por isso, ele tentava há semanas entrar no sistema da Intelcor pela porta dos fundos. E depois de muito esforço, concluiu que estava quase conseguindo.

A oito fusos horários oeste de Moscou, sua tela dizia, pela milésima vez: "código de acesso, por favor." Ele digitou o que pensava que poderia ser o código. Mais uma vez, a tela informou: "acesso negado."

Em algum lugar ao sul das montanhas da Anatólia, o Intelcor Comsat vagava pelo espaço, seguindo para o norte, na direção de Moscou.

Quando os técnicos da multinacional projetaram o receptor/transmissor codificado de Monk, incluíram por instruções um código de eliminação total de quatro dígitos. Era para proteger Monk no caso de captura, desde que ele inserisse o código antes de ser apanhado.

Mas se o aparelho fosse capturado intacto, raciocinou o chefe da equipe, um ex-criptógrafo da CIA em Warrenton, trazido da aposentadoria para o trabalho, os "bandidos" podiam usá-lo para transmitir mensagens falsas.

Assim, para provar sua autenticidade, Monk tinha de incluir certas palavras inofensivas, todas em sequência. Se ocorresse uma transmissão sem essas palavras, o ex-homem da CIA saberia que quem estava por lá – e não tinha a menor ideia de quem seria – não pertencia a seu lado. A esta altura, ele podia usar a unidade principal do Compuserve para entrar no computador de Monk via satélite e empregar os mesmos quatro dígitos para apagar sua memória, deixando os bandidos com uma lata inútil.

Ricky Taylor já se ligara à unidade principal quando digitou esses quatro dígitos. O satélite passou sobre Moscou e enviou sua mensagem. "Você está aí, Baby?" O laptop respondeu "Estou, sim", e o satélite, obedecendo às instruções, apagou-o.

Monk soube disso quando voltou para verificar o aparelho e encontrou a mensagem inicial de volta à tela. Isso significava que fora rejeitada. Ele cancelou a mensagem manualmente, consciente de que, por motivos além de sua compreensão, alguma coisa saíra errada e perdera o contato.

Havia um endereço que Sir Nigel Irvine lhe fornecera pouco antes de sua partida de Londres. Ele não sabia onde era ou quem residia ali. Mas era tudo o que tinha.

Com economia, poderia comprimir as duas últimas mensagens em uma, algo que Sir Nigel perceberia. Dessa maneira poderia omitir uma mensagem. Receber era impossível agora. Pela primeira vez, estava completamente sozinho. Não haveria mais relatórios de progresso, confirmações de ações ou novas instruções.

Com a tecnologia de um bilhão de dólares fora de uso, ele teria de confiar nos mais antigos aliados no Grande Jogo: instinto, coragem e sorte. Rezou para que não o abandonassem.

IGOR KOMAROV terminou de ler a última página da transcrição e recostou-se. Nunca fora homem de muita cor, mas agora, Grishin notou, seu rosto parecia uma folha de papel.

– Isso é terrível – murmurou Komarov.

– É, sim, senhor presidente.

– Já deveria tê-lo capturado.

– Ele vem sendo protegido pela máfia chechena. Sabemos disso agora. Eles vivem como ratos em seu mundo subterrâneo.

– Ratos podem ser exterminados.

– É verdade, senhor presidente. E serão. Quando se tornar o líder incontestável do país.

– Terão de pagar.

– E pagarão. Até o último deles.

Komarov ainda o fitava, mas tinha os olhos desfocados, como se contemplasse outro tempo e outro lugar, um tempo no futuro, um lugar de acerto de contas com os inimigos. As duas manchas vermelhas brilhavam nas faces.

– Retaliação. Eu quero retaliação. Eles me atacaram, atacaram a Rússia, atacaram a mãe-pátria. Não pode haver misericórdia para uma escória desse tipo...

A voz se alteava, as mãos começavam a tremer, enquanto a raiva desmanchava o autocontrole habitual. Grishin sabia que se pudesse argumentar com a devida habilidade, haveria de prevalecer. Inclinou-se para a frente, por cima da mesa, obrigando Komarov a fitá-lo nos olhos. Pouco a pouco, a ira demoníaca se dissipou e Grishin compreendeu que tinha toda a atenção de Komarov.

– Peço que me escute, senhor presidente. Por favor. O que temos agora me permite virar o jogo por completo. Terá sua vingança. Basta me dar a palavra.

– Como assim?

– A chave para a contraespionagem, senhor presidente, é o conhecimento das intenções do inimigo. É o que temos agora. Disso deriva a prevenção. Já está ocorrendo. Dentro de poucos dias não haverá mais candidato selecionado para o Trono de Todas as Rússias. E agora temos uma segunda revelação de suas intenções. Mais uma vez, devo propor a prevenção e retaliação, ao mesmo tempo.

– Todos os quatro homens?

– Não pode haver opção.

– Nada deve ser ligado a nós. Ainda não. É cedo demais para nós.

– E não será. O banqueiro? Quantos banqueiros foram mortos nos últimos dez anos? Cinquenta. No mínimo. Homens armados e mascarados. Um acerto de contas. Acontece a todo instante. O miliciano? A máfia Dolgoruki terá o maior prazer em aceitar o contrato. Quantos policiais já foram assassinados? Mais uma vez, acontece a todo instante. Quanto ao tolo do general, um assalto que saiu errado. Nada poderia ser mais comum. E para o padre, um criado descoberto a vasculhar seu escritório durante a noite. Fuzilado pelo guarda cossaco, que por sua vez é morto pelo ladrão, antes de morrer.

– Alguém acreditará nisso?

– Tenho uma fonte dentro da residência que jura que sim.

Komarov olhou para os papéis que acabara de ler e o gravador ao lado, exibiu um sorriso.

– Está certo. Não preciso mais saber a respeito.

– Mas deseja que os quatro homens empenhados em sua destruição deixem de incomodar?

– Claro.

– Obrigado, senhor presidente. Isso é tudo o que preciso saber.

O QUARTO NO Hotel Spartak fora reservado em nome de Kuzichkin, e um homem com esse nome de fato se registrou ali. Depois disso, deixou o hotel e na passagem entregou a chave a Jason Monk. Os guardas chechenos espalharam-se pelo saguão, escada e acesso aos elevadores enquanto ele subia. Era um meio tão seguro quanto qualquer outro de falar ao telefone por vinte minutos; se a ligação fosse grampeada, revelaria apenas um quarto num hotel que não pertencia a chechenos, longe do centro da cidade.

– General Petrovsky?

– Você de novo.

– Parece que mexeu num ninho de vespas.

– Não sei de onde obtém suas informações, americano, mas parecem boas.

– Obrigado. Mas Komarov e Grishin não aceitarão de braços cruzados.

– E a máfia Dolgoruki?

– São atores secundários. O perigo maior vem de Grishin e seus Guardas Negros.

– Foi você quem semeou o rumor de que a fonte foi um importante oficial dos Guardas Negros?

– Amigos meus.

– Esperto, mas perigoso.

– O ponto fraco para Grishin está nos papéis que você pegou. Creio que provam que a máfia tem financiado Komarov desde o início.

– Estão sendo analisados.

– E você também, general.

– Como assim?

– Sua esposa e Tatiana continuam aí?

– Claro.

– Eu gostaria que as tirasse da cidade. Agora, esta noite. Para algum lugar distante e seguro. E você também deve sair daí. Vá para o quartel da SOBR. Por favor.

Houve silêncio por algum tempo.

– Sabe de alguma coisa, americano?

– Por favor, general, saia daí. Enquanto há tempo.

Ele desligou, esperou um pouco e discou outro número. O telefone tocou na mesa de Leonid Bernstein, na sede do Banco Federal Moskovsky. Era tarde da noite e apenas uma secretária eletrônica atendeu. Sem o telefone da casa do banqueiro, Monk só podia rezar para que Bernstein tivesse acesso à sua mensagem num prazo de poucas horas.

– Sr. Bernstein, aqui é o homem que o lembrou de Babi Yar. Por favor, não vá ao escritório, por mais premente que seja o negócio. Tenho certeza de que Komarov e Grishin sabem agora quem está por trás do cancelamento do tempo na TV. Mantenha sua família fora do país; vá se juntar a eles, até que seja seguro voltar.

Ele tornou a desligar. Não sabia, mas uma luz se acendeu num controle numa casa fortemente guardada, a quilômetros de distância, e Leonid Bernstein ouviu a mensagem em silêncio.

A terceira ligação foi para uma residência.

– Alô?

– Sua Santidade?

– Isso mesmo.

– Reconhece minha voz?

– Claro.

– Deve ir para o mosteiro em Zagorsk. Entre e fique lá.

– Por quê?

– Receio por sua segurança. Os acontecimentos da noite de ontem provaram que a situação está se tornando perigosa.

– Tenho uma missa pela manhã em Danilovsky.

– O metropolita pode tomar seu lugar.

– Pensarei a respeito.

A linha ficou muda. O quarto telefonema foi atendido ao décimo toque da campainha por uma voz ríspida:

– Alô?

– General Nikolayev?

– Quem está... espere um instante, já sei quem é você. O ianque.

– Acertou.

– Pois chega de entrevistas. Fiz o que me pediu, dei meu recado. E agora acabou. Entendido?

– Serei breve. Deve sair daí e passar alguns dias com seu sobrinho no quartel.

– Por quê?

– Certas pessoas não apreciaram o que você disse. Creio que podem lhe fazer uma visita.

– Bandidos, hein? Pois que venham. Nunca bati em retirada durante toda a minha vida, rapaz. É tarde demais para começar agora.

O telefone foi desligado. Monk suspirou e repôs o fone no gancho. Vinte e cinco minutos. Tempo de partir. De volta ao labirinto do submundo checheno.

Eram quatro grupos de assassinos e atacaram duas noites depois, a 21 de dezembro.

O maior e mais bem armado investiu contra a casa de Leonid Bernstein. Havia uma dúzia de guardas de serviço, e quatro morreram na luta. Dois Guardas Negros também foram abatidos. A porta principal foi destruída por uma carga explosiva e os atacantes em uniforme de combate preto, os rostos ocultos por uma máscara de esquiar da mesma cor, espalharam-se pela casa.

Os guardas sobreviventes e os empregados foram rendidos e levados para a cozinha. O comandante da guarda foi brutalmente espancado, mas continuou a repetir que o patrão voara para Paris dois dias antes. Os demais, por cima dos gritos das mulheres, confirmaram essa informação. Ao final, os homens de preto voltaram aos caminhões, levando seus dois mortos.

O segundo ataque foi desfechado no prédio de apartamentos na Prospekt Kutuzovsky. Um Mercedes preto entrou na arcada e parou na barreira. Um dos guardas da OMON saiu da guarita aquecida para examinar os documentos. Dois homens agachados por trás do Mercedes se adiantaram correndo, com automáticas equipadas com silenciadores e o liquidaram com tiros na nuca, por cima do colete à prova de balas. O segundo guarda foi morto antes de poder sair da guarita.

O segurança no saguão do andar térreo sofreu o mesmo destino. Quatro Guardas Negros, correndo da rua, ocuparam o saguão, enquanto seis subiam no elevador. Desta vez não havia homens no corredor, embora os atacantes não soubessem por quê.

A porta do apartamento, mesmo reforçada com aço, foi derrubada por um explosivo plástico e os seis homens invadiram o apartamento. O criado de casaco branco acertou um deles no ombro antes de ser abatido. Uma revista meticulosa no apartamento revelou que não havia mais ninguém ali e o bando se retirou frustrado.

De volta ao térreo, trocaram tiros com mais dois guardas da OMON, que vinham da área de recreação no fundo do prédio, mataram um e perderam um dos seus. De mãos vazias, se retiraram sob fogo e partiram em três jipes GAZ à espera.

A entrada foi mais sutil na residência patriarcal. Um único homem bateu à porta, enquanto mais seis se agachavam nos lados, fora do campo de visão do olho mágico.

O cossaco lá dentro espiou pelo olho mágico e usou o interfone para perguntar quem era. O homem na porta mostrou uma identificação válida da milícia e disse:

– Polícia.

Enganado pelo documento, o cossaco abriu a porta. Foi fuzilado no mesmo instante, e seu corpo carregado para o segundo andar.

O plano era matar o secretário particular com a arma do cossaco, e matar o patriarca com a mesma pistola usada contra o cossaco. Esta arma seria posta na mão do secretário morto, a ser encontrado por trás da mesa.

O padre Maxim seria então obrigado a jurar que o cossaco e o patriarca haviam surpreendido o secretário a vasculhar as gavetas, todos os três morrendo no tiroteio subsequente. Além do tremendo escândalo eclesiástico, a milícia logo encerraria o caso.

Em vez disso, os assassinos encontraram um padre gordo num camisolão sujo, no alto da escada, que lhes gritou:

– O que estão fazendo?

– Onde está Alexei? – perguntou um dos homens de preto.

– Ele foi para o mosteiro da Trindade-São Sergius.

Uma busca nos aposentos particulares revelaram que o patriarca e as duas freiras não estavam mais ali. Deixando para trás o corpo do cossaco, os assassinos partiram.

Apenas quatro homens foram enviados ao chalé isolado perto da estrada de Minsk. Saltaram do carro e um deles foi bater à porta, enquanto os outros três esperavam na escuridão entre as árvores.

Foi o velho Volodya quem abriu a porta. Levou um tiro no peito e os quatro entraram na casa. O cão atacou-os, pulou para a garganta do Guarda Negro à frente do grupo. Ele levantou o braço e os dentes do cão se cravaram fundo ali. Um companheiro estourou a cabeça do animal.

Ao lado das brasas na lareira, um velho apontou uma Makarov para o grupo na porta e disparou duas vezes. Uma bala acertou no umbral da porta e outra atingiu o homem que acabara de matar seu cão.

Depois, três balas, em rápida sucessão, crivaram o peito do velho general.

UMAR GUNAYEV ligou pouco depois das 10 horas da manhã.

– Acabo de chegar ao meu escritório. Reina a maior confusão.

– Como assim?

– A Prospekt Kutuzovsky está bloqueada. Há milicianos por toda parte.

– O que aconteceu?

– Houve um ataque ontem à noite contra um prédio de apartamentos habitado por altos oficiais da milícia.

– Foi muito rápido. Preciso de um telefone seguro.

– E esse telefone?

– Pode ser localizado.

– Dê-me meia hora. Mandarei alguns homens buscá-lo.

Às 11 horas, Monk se encontrava no pequeno escritório de um depósito, cheio de caixas de bebidas contrabandeadas. Um técnico em telefones concluía seu serviço.

– Está ligado a duas outras linhas – explicou ele, apontando para o telefone. – Se alguém tentar localizar uma chamada deste aparelho, vai acabar num café a três quilômetros daqui. Pertence a nós. Se forem adiante, chegarão a uma cabine telefônica na mesma rua. Mas a esta altura já saberemos.

Monk começou pelo telefone particular do general Nikolayev. Uma voz de homem atendeu.

– Quero falar com o general Nikolayev – disse ele.

– Quem está falando? – perguntou a voz.

– Eu poderia perguntar a mesma coisa.

– O general não pode atender. Quem deseja falar?

– General Malenkov, Ministério da Defesa. O que está acontecendo por aí?

– Desculpe, general. Aqui é o inspetor Novikov, Divisão de Homicídios, milícia de Moscou. Lamento, mas o general Nikolayev está morto.

– O quê? Mas que história é essa?

– Houve um ataque. Ontem à noite. Assaltantes, ao que parece. Mataram o general e seu valete. Mais o cachorro. A faxineira encontrou-os pouco depois das 8 horas.

– Não sei o que dizer. Ele era meu amigo.

– Sinto muito, general Malenkov. Os tempos em que vivemos...

– Continue com seu trabalho, inspetor. Avisarei ao ministro.

Monk desligou. Portanto, Grishin finalmente perdera a cabeça. Era o que Monk queria, mas se angustiou com a teimosia do velho general. Ligou em seguida para o quartel-general da GUVD, na rua Shabolovka.

– Ligue-me com o general Petrovsky.

– Ele está ocupado – disse a telefonista. – Quem deseja falar?

– Interrompa-o. Diga que é sobre Tatiana.

Petrovsky atendeu dez segundos depois. Havia um certo medo em sua voz.

– Petrovsky falando.

– Sou eu, o visitante noturno.

– Mas que droga! Pensei que tivesse acontecido alguma coisa com a minha filha.

– As duas deixaram a cidade, ela e sua esposa?

– Claro. Estão a quilômetros de distância.

– Creio que houve um ataque.

– Dez homens, todos mascarados e armados até os dentes. Mataram quatro guardas da OMON e meu criado pessoal.

– Estavam à sua procura.

– Sei disso. Segui seu conselho. Estou vivendo no quartel. Quem eram eles?

– Não eram mafiosos, mas Guardas Negros.

– Os capangas de Grishin. Por quê?

– Aqueles documentos em seu poder. Receiam que provarão a ligação entre a máfia Dolgoruki e a UFP.

– Pois não provam. Quase tudo não passa de lixo, recibos do cassino.

– Grishin não sabe disso, general. Ele teme o pior. Já soube de tio Kolya?

– O general dos tanques? O que houve com ele?

– Pegaram-no. Uma equipe de assassinos igual. Ontem à noite.

– Merda!

– Ele denunciou Komarov. Lembra-se?

– Claro. Mas nunca pensei que os desgraçados chegassem a tal ponto. Graças a Deus que os políticos não são a minha área. Só lido com mafiosos.

– Não mais. Tem contatos no Colégio da Milícia?

– Claro.

– Por que não conta a eles? Diga que soube por um informante do submundo.

Monk ligou em seguida para o Federal Moskovsky.

– Ilya. O assessor pessoal do Sr. Bernstein. Ele está?

– Um momento, por favor.

Ilya atendeu.

– Quem está falando?

– Digamos que você quase acertou uma bala em minhas costas um dia desses – respondeu Monk, em inglês.

Houve uma risada baixa.

– Foi por pouco.

– O chefe está são e salvo?

– A quilômetros de distância.

– Aconselhe-o a ficar lá.

– Não tem problema. A residência dele foi atacada ontem à noite.

– Baixas?

– Quatro dos nossos, dois deles, pelos cálculos que fizemos. Vasculharam a casa.

– Sabe quem eles eram?

– Achamos que sim.

– Os Guardas Negros de Grishin. E o motivo óbvio foi a retaliação. Pela suspensão da propaganda de Komarov.

– Eles podem pagar por isso. O chefe tem muita influência.

– A chave está nas companhias de TV comercial. Seus repórteres deveriam conversar com alguns dos generais da milícia. Perguntar se eles têm alguma intenção de interrogar o coronel Grishin sobre os rumores... etc. etc.

– É melhor terem alguma prova.

– Não há necessidade. É isso que os repórteres fazem. Farejam, escavam. Pode entrar em contato com o chefe?

– Se for preciso.

– Por que não comunicar a ele? Adeus.

A ligação seguinte foi para o *Izvestia,* um jornal de circulação nacional.

– Redação.

Monk assumiu um tom ríspido:

– Quero falar com o repórter Repin.

– Quem deseja falar?

– Avise a ele que o general Nikolayev precisa falar com urgência. Ele vai se lembrar.

Repin fora um dos repórteres na entrevista concedida pelo general no clube dos oficiais da Academia Frunze. Atendeu no instante seguinte.

– Repin falando, general.

– Não sou o general Nikolayev – disse Monk. – O general morreu. Foi assassinado ontem à noite,

– O quê? Quem é você?

– Apenas um antigo homem dos tanques.

– Como soube?

– Não importa. Sabe onde ele morava?

– Não.

– O general tinha uma casa perto da estrada de Minsk, nas proximidades da aldeia de Kobyakovo. Por que não chama um fotógrafo e vai até lá? Peça para falar com o inspetor Novikov.

Ele desligou. O outro grande jornal era o *Pravda*, que fora o porta-voz do Partido Comunista, e agora apoiava politicamente o Partido da União Socialista, que era neocomunista. Mas, para provar suas novas credenciais não comunistas, o partido vinha tentando cortejar a Igreja Ortodoxa. Monk estudara o jornal e memorizara o nome do principal repórter policial.

– Quero falar com Pamfilov, por favor,

– Ele não está neste momento.

Era compreensível. Era quase certo que Pamfilov estivesse na Prospekt Kutuzovsky com o restante da imprensa, clamando por detalhes sobre o ataque ao apartamento de Petrovsky.

– Ele tem celular?

– Claro. Mas não posso dar o número. Ele pode ligar para você?

– Não. Entre em contato com ele e diga que uma de suas fontes na milícia deseja lhe falar com urgência. Um furo espetacular. Para isso, precisarei do número do celular. Voltarei a ligar dentro de cinco minutos.

Na segunda ligação, ele obteve o número do celular de Pamfilov e ligou. O repórter se encontrava em seu carro, estacionado perto do prédio.

– Pamfilov?

– Sou eu. Quem está falando?

– Tive de mentir para conseguir o número de seu celular. Não nos conhecemos, mas posso ter uma coisa para você. Houve outro atentado ontem à noite. Na residência do patriarca. Queriam matá-lo.

– Você enlouqueceu. Um atentado contra o patriarca? Impossível. Não haveria motivo algum.

– Para a máfia, não. Por que não vai até lá?

– Ao mosteiro Danilovsky?

– Ele não mora lá. Vive na Chisti Pereulok, 5.

Pamfilov ouviu o zunido do telefone sendo desligado. Estava aturdido. Nunca acontecera nada assim em sua carreira. Se a metade fosse verdade, seria a maior reportagem de sua vida.

Encontrou a rua transversal bloqueada. Em circunstâncias normais, bastaria exibir seu passe da imprensa e passar pelo cordão de isolamento. Não desta vez. Por sorte, conhecia o inspetor-detetive da milícia encarregado do caso e chamou-o. O homem se aproximou.

– O que aconteceu? – perguntou o repórter.

– Assaltantes.

– Você é de Homicídios.

– Mataram o vigia noturno.

– O patriarca Alexei II nada sofreu?

– Como sabe que ele mora aqui?

– Não importa. Ele está seguro?

– Está, sim. Tinha ido para Zagorsk. Foi apenas um assalto que saiu errado.

– Recebi a informação de que queriam matar o patriarca.

– Besteira. Não passavam de ladrões.

– O que havia para roubar?

O detetive tinha uma expressão preocupada.

– De onde tirou tudo isso?

– Não importa. Pode ser verdade? Roubaram alguma coisa?

– Não. Apenas atiraram no guarda, revistaram a casa e foram embora.

– Ou seja, procuravam por alguém. E não o encontraram. Que história sensacional!

– É melhor tomar muito cuidado – advertiu o detetive. – Não há qualquer prova.

Mas ele se sentia preocupado. E ficou ainda mais quando um miliciano chamou-o até seu carro. Havia um general do presídio ao telefone. Em poucas frases, insinuou a mesma coisa que o repórter.

No dia 23 de dezembro, a mídia estava em ebulição. Nas primeiras edições, cada jornal se concentrou na matéria específica para a qual Monk os orientara. À medida que os jornalistas liam as reportagens dos outros, houve diversos textos ligando os quatro atentados.

Os noticiários matutinos da televisão relataram as quatro tentativas de assassinato, uma delas bem-sucedida. Nos outros três casos, informaram os repórteres, só muita sorte salvara as vítimas visadas.

Ninguém acreditou na ideia de assaltos que saíram errados. Os analistas se empenharam em ressaltar que não haveria sentido em assaltar a casa de um general que vivia de sua pensão, nem o apartamento de um oficial da polícia, enquanto se ignorava todos os outros apartamentos, muito menos a residência particular do patriarca.

Assalto poderia ser a justificativa para o ataque à casa do banqueiro Leonid Bernstein, que tinha uma fortuna incalculável, mas seus seguranças sobreviventes declararam que a ação tivera todas as características de uma operação militar. Além disso, eles informaram que os atacantes haviam procurado expressamente por seu patrão. O sequestro era uma possibilidade, ou um assassinato. Em dois casos, não havia sentido num sequestro, e no caso do general nem mesmo fora tentado.

A maioria dos analistas, no entanto, especulou que os responsáveis haviam sido os criminosos do submundo, sempre a causa de centenas de assassinatos e sequestros.

Dois comentaristas foram além, ressaltando que o crime organizado podia ter motivos para odiar o general Petrovsky, da GUVD, e alguns poderiam ter contas a acertar com o banqueiro Bernstein, mas quem poderia odiar um velho general e triplamente herói, ou o patriarca de Moscou e de Todas as Rússias?

Os editorialistas deploraram pela milésima vez os níveis astronômicos da criminalidade no país e dois deles pediram que o presidente interino entrasse em ação, para evitar um colapso total da lei e da ordem nas eleições iminentes, dali a 24 dias.

Monk iniciou seu segundo dia de telefonemas anônimos ao final da manhã, quando os jornalistas, exaustos dos trabalhos no dia anterior, começavam a chegar às redações.

Uma bola de lenço de papel em cada bochecha disfarçava a voz, para não ser reconhecida como a mesma o dia anterior. A cada um dos repórteres que haviam assinado as matérias sobre os quatro atentados, nos sete jornais matutinos e vespertinos, ele transmitiu a mesma mensagem, começando com Pamfilov, do *Pravda*, e Repin, do *Izvestia:*

– Você não me conhece e não posso dar meu nome. É mais do que minha vida que está em jogo. Mas de um russo para outro, devo pedir que confie em mim. Sou oficial dos Guardas Negros, mas também sou cristão praticante. Há muitos meses que venho me afligindo com os crescentes sentimentos anticristãos e anti-Igreja expressos pela liderança da UFP, em particular por Komarov e Grishin. Por trás do que dizem em público, eles odeiam a Igreja e a democracia, tencionam instalar um Estado de um só partido e governar como os nazistas.

Ele fazia uma pausa.

– Mas agora chega para mim. Tenho de falar. Foi o coronel Grishin quem condenou o velho general a morrer, porque tio Kolya viu por trás da fachada e denunciou Komarov. O banqueiro, porque ele também não se deixou enganar. Você pode não saber, mas ele usou sua influência para forçar as emissoras de TV a suspenderem a propaganda da UFP. O patriarca, porque temia a UFP e estava prestes a se manifestar publicamente. E o general da GUVD porque ele atacou a máfia Dolgoruki, que financia a UFP. Se não acredita em mim, confira as informações. Foram os Guardas Negros que cometeram os quatro atentados.

E com isso ele desligava, deixando sete jornalistas de Moscou sem reação. Quando se recuperaram, começaram a investigar.

Leonid Bernstein deixara o país, mas os dois canais de televisão comercial vazaram a informação de que a mudança na política editorial fora determinada pelo consórcio de bancos, a que deviam muito dinheiro.

O general Nikolayev estava morto, mas o *Izvestia* publicou trechos de sua entrevista anterior, sob um título em letras enormes: "Foi por isso que ele morreu?"

As seis batidas na madrugada da GUVD nos depósitos, arsenais e cassino da máfia Dolgoruki eram do conhecimento geral. Só o patriarca permanecia enclausurado no mosteiro da Trindade-São Sergius, sem confirmar se também fora vítima de um atentado por ser inimigo da UFP.

No meio da tarde, o quartel-general de Igor Komarov, perto do bulevar Kiselny, se encontrava sob sítio. Lá dentro, o clima beirava o pânico.

Em sua sala, o chefe de propaganda e relações públicas, Boris Kuznetsov, sentava-se em mangas de camisa, com manchas de suor sob os braços, fumando um cigarro atrás do outro, embora tivesse parado há dois anos, tentando lidar com uma bateria de telefones que não paravam de tocar.

– Não, não é verdade! – gritava ele, para uma indagação depois da outra. – É uma mentira sórdida, uma calúnia infame e vamos mover processos nos tribunais contra todos que divulgarem isso. Não, não há qualquer ligação entre este partido e qualquer máfia, financeira ou de tipo algum. Komarov tem se apresentado como o homem que vai limpar a Rússia... que documentos estão sendo agora investigados pela GUVD?... Nada temos a temer... é verdade, o general Nikolayev fez restrições às nossas políticas, mas era um velho. Sua morte foi trágica, mas não teve qualquer relação... não se pode dizer isso... qualquer comparação entre Komarov e Hitler será recebida com uma ação judicial imediata... que oficial dos Guardas Negros...?

Em sua sala, o coronel Anatoli Grishin enfrentava seus próprios problemas. Como um oficial da Segunda Diretoria da KGB, sua missão era caçar espiões. Não tinha a menor dúvida de que Monk causara terríveis problemas. Mas aquelas novas acusações eram ainda piores: um oficial superior de sua própria Guarda Negra, uma unidade de elite, ultraleal e fanática, que se tornara renegado? Ele selecionara todos os seis mil homens. Os oficiais superiores eram de sua escolha pessoal. Um deles cristão praticante, um fraco com consciência quando o poder absoluto estava ao alcance de suas mãos? Impossível.

Mas ele se lembrou de ter lido o que os jesuítas costumavam dizer: dê-me o menino até os 7 anos de idade e eu lhes darei o homem. Seria possível que um dos seus melhores homens tivesse revertido ao menino que ajudava a missa? Ele teria de verificar. Os currículos de todos os oficiais superiores teriam de ser investigados meticulosamente.

E o que "superior" significava? Até que ponto? No segundo grau da hierarquia, dez homens; no terceiro, quarenta; no quarto, quase cem. Seria uma tarefa que consumiria tempo, só que não havia tempo. A curto prazo, ele poderia ter de promover um expurgo em todo o seu escalão superior, levar a todos para um lugar seguro e perder os seus comandantes mais experientes. Um dia, ele prometeu a si mesmo que os responsáveis por aquela catástrofe pagariam caro, e como pagariam! A começar por Jason Monk. Apenas pensar no nome do agente americano fez com que as articulações dos dedos das mãos ficassem brancas, apertando a beira da mesa.

Pouco antes das 17 horas, Boris Kuznetsov conseguiu uma entrevista com Komarov. Há duas horas que vinha pedindo para falar com o homem que idolatrava, a fim de propor o que achava que deveria ser feito.

Como estudante nos Estados Unidos, Kuznetsov ficara profundamente impressionado com o poder dos insinuantes e competentes agentes de relações públicas de gerar apoio de massa até mesmo para os maiores absurdos. Além de seu ídolo Igor Komarov, ele cultuava o poder das palavras e imagens para persuadir, iludir, convencer e finalmente superar toda e qualquer oposição. O fato de a mensagem ser mentira era irrelevante.

Como os políticos e advogados, ele era homem de palavras, convencido de que não havia problemas que as palavras não pudessem resolver. A ideia de que poderia chegar o dia em que as palavras se esgotariam e deixariam de convencer; quando outras palavras, melhores, poderiam prevalecer sobre as suas; quando ele e seu líder poderiam não merecer mais crédito; esse dia era inconcebível para Boris Kuznetsov.

Relações públicas, como chamavam nos Estados Unidos, a indústria de bilhões de dólares que podia transformar um idiota sem talento numa celebridade, um sábio em tolo e um oportunista vil num estadista. Propaganda, como chamavam na Rússia, mas era o mesmo instrumento.

Com esse instrumento e as brilhantes imagens de Litvinov, ele ajudara a converter um ex-engenheiro com o dom da oratória num colosso, um homem no limiar do maior prêmio na Rússia, que era a presidência.

A mídia russa, acostumada à propaganda tosca e vulgar de sua juventude comunista, mostrara-se crédula quando lhe foram apresentadas as campanhas insinuantes e persuasivas que ele montara para Igor Komarov. Mas agora alguma coisa saíra errada, e muito.

Havia outra voz, a de um padre fervoroso, ressoando pela Rússia, através do rádio e da televisão, uma mídia que Kuznetsov considerada como seu feudo pessoal, exortando à fé num Deus maior e o retorno de outro ícone.

Por trás do padre havia o homem ao telefone – ele fora informado da campanha de telefonemas anônimos – sussurrando mentiras, mas mentiras persuasivas, nos ouvidos de jornalistas e comentaristas que Kuznetsov pensava que conhecia e controlava.

Para Boris Kuznetsov, a resposta ainda se encontrava nas palavras de Igor Komarov, palavras que não podiam deixar de convencer, que nunca haviam falhado.

Ao entrar na sala do líder, ele ficou aturdido com a transformação. Komarov se encontrava por trás de sua mesa com uma expressão atordoada. Os jornais do dia estavam espalhados pelo chão, as manchetes apregoando sua campanha, viradas para o teto. Kuznetsov já vira todas, as alegações sobre o general Nikolayev, os atentados, o dinheiro da máfia. Ninguém jamais ousara antes falar assim de Igor Komarov.

Ainda bem que Kuznetsov sabia o que tinha de ser feito. Igor Komarov deveria falar e tudo acabaria bem.

– Senhor presidente, devo recomendar que convoque uma grande entrevista coletiva para amanhã.

Komarov fitou-o aturdido por vários segundos, como se tentasse compreender o que ele estava dizendo. Em toda a sua carreira política, e com a aprovação de Kuznetsov, evitara as entrevistas coletivas. Eram imprevisíveis. Preferia a entrevista encenada, com perguntas submetidas antes, o discurso preparado, os comícios com as multidões adoradoras.

– Não dou entrevistas coletivas – respondeu ele, em tom brusco.

– Senhor, é a única maneira de encerrar esses rumores sórdidos. As especulações da mídia estão escapando ao controle. Não posso mais controlá-las. Ninguém pode. Alimentam-se de si mesmas.

– Detesto entrevistas coletivas, Kuznetsov. Você sabe disso.

– Mas é bom com a imprensa, senhor presidente. Racional, calmo, persuasivo. Vão escutá-lo. É o único que pode acabar com os rumores e mentiras.

– O que dizem as pesquisas de opinião pública?

– A aprovação nacional do seu nome, senhor, já está em 45 por cento, e continua caindo. De setenta, há oito semanas. Zyuganov, da União Socialista, tem 28 por cento e continua subindo. Markov, o presidente interino, candidato da Aliança Democrática, também subiu um pouco. Isso exclui os indecisos. Devo acrescentar, senhor, que os últimos dois dias custaram outros dez por cento, talvez mais, o que ficará patente quando os efeitos aparecerem nas pesquisas.

– Por que eu deveria promover uma entrevista coletiva?

– É uma cobertura nacional, senhor presidente. Todas as grandes emissoras de TV transmitirão o que disser. E sabe que ninguém pode resistir quando começa a falar.

Igor Komarov acenou com a cabeça.

– Está bem. Pode marcar. Eu mesmo prepararei meu discurso.

A ENTREVISTA COLETIVA foi no grande salão de banquetes do Hotel Metropol, às 11 horas da manhã seguinte. Kuznetsov começou por dar as boas-vindas à imprensa nacional e estrangeira e não perdeu tempo em ressaltar que certas acusações de natureza sórdida haviam sido formuladas nos dois dias anteriores, sobre as políticas e atividades da União das Forças Patrióticas. Era seu privilégio, para uma refutação completa e convincente dessas alegações ignóbeis, apresentar "o próximo presidente da Rússia, Igor Viktorovich Komarov".

O líder da UFP passou entre as cortinas no fundo do palco e foi até o pódio. Começou, como sempre fazia ao falar para os comícios dos fiéis, discursando sobre a Grande Rússia que tencionava criar, assim que o povo o honrasse com a presidência. Depois de cinco minutos, ficou desconcertado com o silêncio. Onde estava a reação efusiva? Os aplausos? As aclamações?

Ergueu os olhos para nuvens distantes e evocou a história gloriosa de sua nação, agora dominada por banqueiros estrangeiros, exploradores e criminosos. Sua peroração ressoou pelo salão, mas ninguém ficou de pé, ninguém levantou a mão direita na saudação da UFP. Quando parou, o silêncio persistiu.

– Alguém deseja fazer alguma pergunta? – sugeriu Kuznetsov.

Um erro. Pelo menos um terço da audiência era constituído por jornalistas estrangeiros. O repórter do *New York Times* falava russo fluente, assim como os representantes do *Times* de Londres, do *Daily Telegraph*, do *Washington Post*, da CNN e outros.

– Sr. Komarov – gritou o correspondente do *Los Angeles Times* –, calculo que gastou cerca de duzentos milhões de dólares em sua campanha até agora. O que é um recorde mundial. De onde tem saído esse dinheiro?

Komarov fitou-o com uma expressão furiosa. Kuznetsov sussurrou em seu ouvido.

– Das contribuições públicas do grande povo da Rússia – disse ele.

– O total representa cerca de um salário anual de todos os homens da Rússia, senhor. De onde veio realmente o dinheiro?

Outros aderiram à pressão.

– É verdade que pretende abolir todos os partidos de oposição e instituir uma ditadura de um só partido?

– Sabe por que o general Nikolayev foi assassinado apenas três semanas depois de denunciá-lo?

E as perguntas continuaram.

– Nega que os Guardas Negros estivessem por trás dos atentados cometidos há duas noites?

As câmeras e microfones da emissora de TV estatal e das duas comerciais se deslocavam de um lado para outro do salão, registrando as perguntas dos impertinentes estrangeiros e as respostas gaguejadas.

O repórter do *Daily Telegraph*, cujo colega Mark Jefferson fora assassinado em julho, também recebera um telefonema anônimo. Levantou-se e as câmeras fixaram-se nele.

– Sr. Komarov, alguma vez ouviu falar de um documento secreto chamado Manifesto Negro?

Houve um silêncio aturdido. Nem a mídia russa nem os estrangeiros sabiam do que ele falava. Na verdade, nem ele próprio sabia. Igor

Komarov, apertando a beira do pódio e fazendo um tremendo esforço para manter o que ainda lhe restava de autocontrole, empalideceu.

– Que manifesto?

Outro erro.

– Segundo minha informação, senhor, conteria seus planos para a criação de um Estado de partido único, a reativação dos Gulags para seus oponentes políticos, o controle do país por duzentos mil Guardas Negros e a invasão das repúblicas vizinhas.

O silêncio foi ensurdecedor. Quarenta correspondentes no salão vinham da Ucrânia, Bielo-Rússia, Letônia, Lituânia, Estônia, Geórgia e Armênia. Metade da imprensa apoiava os partidos destinados a ser abolidos, com seus dirigentes despachados para os campos de trabalhos forçados, acompanhados por jornalistas. Se o inglês estivesse certo. Todos olharam para Komarov. E foi nesse instante que o tumulto começou. Ele cometeu o terceiro erro. Perdeu o controle.

– Não vou ficar parado aqui para ouvir o restante dessa merda! – berrou ele, deixando o palco, acompanhado pelo infeliz Kuznetsov.

No fundo do salão, o coronel Grishin permaneceu à sombra de uma cortina, observando os jornalistas com um ódio intenso. Não por muito tempo, prometeu a si mesmo, não por muito tempo.

19

No canto sudoeste da zona central de Moscou, num bolsão de terra formado por uma curva fechada do rio Moscova, fica o convento medieval de Novodevichi, e à sombra de seus muros se estende um grande cemitério.

São oito hectares, com pinheiros, bétulas, salgueiros e tílias entre 22 mil sepulturas, onde foram enterrados os notáveis da Rússia por dois séculos.

O cemitério se divide em 11 grandes jardins. Os números 1 a 4 abrangem o século XIX, limitado pelos muros do convento de um lado e o muro divisório central no outro.

Os números 5 a 8 vão desse muro divisório até o perímetro, além do qual passam os caminhões pela Khamovnichesky Val. Aqui jazem os grandes e os maus da era comunista. Marechais, políticos, cientistas, acadêmicos, escritores e astronautas são encontrados ao longo da aleias; túmulos de extrema simplicidade contrastam com a grandiosidade da autoadoração.

Gagarin, o astronauta, morto ao pilotar um protótipo sob os efeitos da vodca, está enterrado aqui, a poucos metros da efígie em pedra de Nikita Kruschev. Modelos de aviões, foguetes e armas testemunham o que os homens fizeram em vida; outras figuras olham heroicamente para o olvido, medalhas de granito plantadas no peito.

No caminho central, há mais um muro com acesso por uma entrada estreita, levando a três jardins menores, números 9, 10 e 11. Com o espaço valorizado, quase que não restava nenhum lugar no inverno de 1999, mas um fora reservado para o general do Exército Nikolai Nikolayev. Ali, a 26 de dezembro, o sobrinho Misha Andreyev enterrou tio Kolya.

Ele tentou fazer da maneira como o velho pedira, no último jantar que tiveram juntos. Havia vinte generais presentes, inclusive o ministro da Defesa, e a cerimônia religiosa foi oficiada por um dos dois bispos metropolitanos de Moscou.

Toda a pompa, pedira o velho guerreiro, e por isso dois acólitos balançavam os turíbulos, a fumaça aromática se elevando em nuvens no ar gelado.

A lápide tinha a forma de uma cruz, esculpida em granito, mas não havia efígie do morto, apenas seu nome e por baixo as palavras Russkiy Soldat, soldado russo.

O general Andreyev fez o panegírico. Manteve-o curto. Tio Kolya queria ir para o túmulo como um cristão, mas detestara palavras efusivas até o fim.

A seguir, enquanto o bispo entoava as palavras finais, ele pôs as três fitas magenta e os discos de ouro de Herói da União Soviética no caixão. Oito de seus soldados da Divisão Tamanskaya baixaram o caixão para a sepultura. Andreyev recuou e bateu continência. Dois ministros e os outros 18 generais fizeram o mesmo.

Enquanto voltavam pelo caminho e o cortejo de carros permanecia à espera, o vice-ministro da Defesa, general Butov, pôs a mão no ombro dele.

– Uma coisa horrível, uma maneira lamentável de morrer – murmurou ele.

– Um dia descobrirei os culpados e eles pagarão – declarou Andreyev.

Butov estava visivelmente embaraçado. Era uma escolha política, um burocrata que nunca comandara tropas de combate.

– Tenho certeza que os milicianos estão fazendo o melhor que podem – comentou ele.

Na calçada, os generais apertaram a mão de Andreyev, solenes, um a um, e se afastaram apressados. O general Andreyev foi para seu carro e retornou ao quartel que comandava.

A 8 QUILÔMETROS de distância, enquanto a claridade do inverno se desvanecia no meio da tarde, um padre baixo, de batina e chapéu alto, avançou apressado pela neve e entrou na igreja com domo em forma de cebola na praça Slavyasnky. Cinco minutos depois, o coronel Anatoli Grishin se postava a seu lado.

– Você parecia perturbado – comentou o coronel.

– Estou apavorado.

– Não fique, padre Maxim. Tem havido contratempos, mas nada que eu não possa resolver. Por que o patriarca partiu tão de repente?

– Não sei. Na manhã do dia 21, ele recebeu um telefonema do mosteiro da Trindade-São Sergius. Eu não soube. A ligação foi atendida pelo secretário particular. Só soube quando me mandaram fazer uma mala.

– Por quê?

– Descobri mais tarde. O mosteiro convidara o pregador padre Gregor para fazer um sermão. O patriarca decidiu que gostaria de comparecer.

– E assim conferir sua autoridade pessoal a Gregor e sua desprezível mensagem! – disse Grishin, ríspido. – Sem falar nada. A simples presença seria suficiente.

– Perguntei se iria também. O secretário disse que não. Sua Santidade levaria um dos cossacos como motorista e o secretário. As duas freiras receberam os dias de folga para visitar parentes.

– Não me informou, padre.

– Como eu poderia saber que alguém iria até lá naquela noite? – queixou-se Maxim.

– Continue.

– Tive de chamar a milícia depois. O corpo do guarda cossaco estava caído no patamar superior. Pela manhã, liguei para o mosteiro e falei com o secretário. Disse que a casa fora invadida por assaltantes armados e houvera um tiroteio, nada mais. Mas a milícia mudou isso mais tarde. Disse que o ataque foi um atentado contra sua Santidade.

– E depois?

– O secretário me telefonou. Disse que sua santidade havia ficado profundamente transtornado. Abalado, foi essa a palavra que ele usou, principalmente pela morte do guarda cossaco. Seja como for, ele permaneceu no mosteiro e voltou ontem. O principal motivo foi oficiar uma missa para o cossaco, antes do corpo ser enviado para os parentes no Don.

– Portanto, ele já voltou. Pediu-me para vir até aqui para informar isso?

– Claro que não. É sobre a eleição.

– Não precisa se preocupar com a eleição, padre Maxim. Apesar dos danos, o presidente interino certamente será eliminado no primeiro turno. Na confrontação final, Igor Komarov ainda vai triunfar sobre o comunista Zyuganov.

– Esse é o problema, coronel. Esta manhã sua Santidade foi a Staraya Ploshchad para uma audiência particular com o presidente interino, a seu próprio pedido. Parece que havia mais dois generais da milícia e outras pessoas presentes.

– Como sabe?

– Ele voltou a tempo para o almoço. Comeu no escritório, só com o secretário particular. Eu estava servindo; não me deram a menor atenção. Conversaram sobre a decisão finalmente tomada por Ivan Markov.

– E qual foi?

O padre Maxim Klimovsky tremia da cabeça aos pés. A chama da vela em suas mãos bruxuleava tanto que a claridade flutuava sobre o rosto da Mãe de Deus e seu Filho, num quadro na parede.

– Acalme-se, padre.

– Não posso, coronel, deve compreender minha posição. Fiz tudo o que podia para ajudá-lo, porque acredito na visão de Komarov para a Nova Rússia. Mas não posso continuar. O ataque à residência, o encontro de hoje... tudo se torna perigoso demais.

Ele estremeceu quando a mão firme do coronel apertou a parte superior de seu braço.

– Está envolvido demais para sair agora, padre Maxim. Não tem opção. Por um lado, volta a servir mesas, apesar da batina e das ordens sagradas. Por outro, pode aguardar o triunfo dentro de 21 dias de Igor Komarov, quando subirá a alturas que nunca imaginou. Mas o que disseram nessa reunião com o presidente interino?

– Não haverá eleição.

– O QUÊ?

– Isto é, haverá uma eleição, mas não com Komarov.

– Ele não ousaria – murmurou Grishin. – Não pode declarar que Igor Komarov está incapacitado para disputar a presidência. Mais da metade do país nos apoia.

– Vai além disso, coronel. Ao que parece, os generais se mostraram insistentes. O assassinato do velho general e os atentados contra o banqueiro, o miliciano e acima de tudo sua santidade parecem tê-los impelido à ação.

– E o que pretendem fazer?

– A data é 1º de janeiro. Acham que todos vão comemorar como sempre, a tal ponto que se tornarão incapazes de uma ação conjunta.

– Todos quem? E que ação? Explique logo, homem.

– Todos os seus. Os homens que comanda. Estão mobilizando uma força de quarenta mil homens. A Guarda Presidencial, as Forças de Reação Rápida da SOBR e OMON, algumas unidades da Spetsnaz, a nata das tropas do Ministério do Interior baseadas na capital.

– Com que finalidade?

– Para prender todos vocês. Sob a acusação de conspiração contra o Estado. Para esmagar os Guardas Negros, matá-los ou prendê-los em seus alojamentos.

– Não podem fazer isso. Não têm provas.

– Ao que parece, há um oficial da Guarda Negra disposto a testemunhar. Ouvi o secretário dizer a mesma coisa e foi essa a resposta do patriarca.

O coronel Grishin parecia ter sido atingido por uma descarga elétrica. Parte de seu cérebro dizia que aqueles pervertidos covardes não teriam a coragem de fazer tal coisa. Outra parte insistia que podia ser verdade. Igor Komarov nunca se dignara a descer para o poço dos ursos que era a Duma. Permanecera como líder do partido, mas não um membro da Duma, e por isso não tinha imunidade parlamentar. E ele, Anatoli Grishin, também não tinha.

Se havia mesmo um oficial da Guarda Negra disposto a testemunhar, o promotor de Moscou podia emitir os mandados judiciais, deixando-os detidos até a eleição.

Como um interrogador, Grishin vira o que homens podiam fazer quando eram compelidos pelo pânico: jogavam-se do alto de prédios, corriam para a frente de trens, lançavam-se contra cercas de arame farpado.

Se o presidente interno e as pessoas ao seu redor, sua guarda pretoriana, os generais da polícia contra a máfia, os comandantes da polícia, se todos soubessem o que os aguardava com a vitória de Komarov, era bem possível que estivessem em estado de pânico.

– Volte para a residência, padre Maxim, e lembre-se do que eu disse. Já foi longe demais para buscar a redenção sob o atual regime. Para você, a UFP tem de vencer. Quero ser informado de tudo o que acontecer, tudo o que você ouvir, de todas as reuniões. Daqui até o primeiro dia do ano.

Aliviado, o apavorado padre se retirou. Seis horas depois, sua mãe idosa teve uma súbita e grave pneumonia. Pediu e obteve do seu bondoso patriarca uma licença até que ela se recuperasse. Ao cair da noite, Maxim partiu de trem para Jitomir. Fizera o melhor que podia, foi o seu raciocínio. Fizera tudo o que lhe fora pedido, e mais ainda. Mas nem Miguel e todos os seus anjos conseguiram mantê-lo em Moscou por mais um momento sequer.

Naquela noite, Jason Monk escreveu sua última mensagem para o Ocidente. Sem o computador, escreveu devagar, com todo cuidado, em letras maiúsculas, até cobrir duas folhas de papel almaço. Depois, usando um abajur e a pequena câmera comprada por Umar Gunayev, fotografou as duas folhas, várias vezes, antes de queimá-las, jogar as cinzas no vaso e puxar a descarga.

No escuro, retirou o filme e inseriu-o na pequena lata em que fora vendido. Não era maior que a articulação superior do dedo mínimo.

Às 9h30, Magomed e os dois outros guardas levaram Monk ao endereço que ele indicou. Era uma habitação humilde, uma cabana isolada, ou isbá, num subúrbio a sudeste de Moscou, no distrito de Nagatino.

O velho que abriu a porta estava com a barba crescida, um casaco de lã em torno do corpo frágil. Não havia razão para que Monk soubesse que ele fora outrora um reverenciado professor na Universidade de Moscou, até romper com o regime comunista e publicar um estudo para seus alunos em que clamava por um governo democrático.

Isso acontecera muito antes das reformas. A reabilitação viera tarde demais para ter alguma importância, acompanhada por uma pequena pensão paga pelo Estado. Na ocasião, ele tivera sorte por escapar dos campos de trabalhos forçados. Haviam tirado seu emprego, é claro, e também seu apartamento. Fora obrigado a trabalhar como gari para sobreviver.

Era assim que se fazia sob os comunistas. Se o pecador escapava dos campos por atividades antissoviéticas, as autoridades simplesmente retiravam todos os mecanismos de sustento da vida. Alexander Dubcek, que foi primeiro-ministro tcheco, teve de cortar lenha depois.

Se ele sobrevivera, fora por causa de um homem de sua idade, que um dia se postara a seu lado na rua, falando um russo razoável, embora com sotaque inglês. Nunca soubera o nome de Nigel Irvine; chamava-o apenas de *lisa*, raposa. Não seria nada demais, dissera o espião da embaixada. Apenas uma pequena ajuda, de vez em quando. Coisas pequenas, um risco mínimo. Ele sugerira o passatempo que o professor deveria adotar e as notas de cem dólares mantiveram corpo e alma juntos.

Naquela noite de inverno, vinte anos mais tarde, ele olhou para o homem mais jovem na porta e indagou:

– *Da?*

– Tenho um presente para Raposa – disse Monk.

O velho acenou com a cabeça e estendeu a mão. Monk pôs o pequeno frasco em sua mão; o homem recuou e fechou a porta. Monk virou-se e voltou para o carro.

À meia-noite o pequeno Martti foi solto, com o frasco preso numa das pernas. Havia sido levado para Moscou semanas antes por Mitch e Ciaran, na longa viagem desde a Finlândia, e entregue por Brian Vincent, que podia ler os mapas russos da cidade e encontrar a obscura habitação.

Martti pousou no beiral por um instante, depois abriu as asas e se elevou em espiral pela noite enregelante de Moscou. Alcançou uma altitude de trezentos metros, onde o frio poderia reduzir um ser humano a uma massa congelada.

Por acaso, um dos satélites da Intelcor iniciava nesse instante seu curso sobre as estepes geladas da Rússia. De acordo com as instruções, começou a transmitir "Você está aí, Baby?", numa mensagem cifrada na direção da cidade, sem saber que numa passagem anterior destruíra seu filho eletrônico.

Fora da capital, os escutas da rede da FAPSI esquadrinhavam seus computadores à procura do bipe denunciador que indicaria que o agente estrangeiro procurado pelo coronel Grishin havia transmitido, de maneira que os trianguladores pudessem determinar num único prédio a fonte da transmissão.

O satélite afastou-se sem que houvesse qualquer bipe.

Em algum lugar de sua pequena cabeça, um impulso magnético informou a Martti que seu lar, o lugar em que três anos antes fora chocado como um filhote cego e desamparado, ficava para o norte. E foi para o norte que ele seguiu, enfrentando o vento, hora após hora, através do frio e da escuridão, impulsionado apenas pelo desejo de retornar ao lar a que pertencia.

Ninguém o viu. Ninguém percebeu quando deixou a cidade ou atravessou a costa, com as luzes de São Petersburgo à sua direita. Voou e voou, com sua mensagem e seu anseio. Dezesseis horas depois de deixar Moscou, enregelado e exausto, desceu para um sótão nos arredores de Helsinque. Mãos quentes tiraram a mensagem de sua perna e três horas depois Sir Nigel Irvine a lia em Londres.

Ele sorriu ao ver o texto. Fora até onde era possível. Restava uma última missão a Jason Monk, e depois ele deveria se manter quieto e escondido, até poder sair em segurança. Mas nem mesmo Irvine podia prever o que o irrequieto virginiano tinha em mente.

ENQUANTO MARTTI voava sem ser visto por cima de suas cabeças, Igor Komarov e Anatoli Grishin se reuniam na sala do líder do partido. O restante da pequena mansão que alojava seu quartel-general se encontrava deserto, exceto pelos guardas em sua sala no andar térreo. Lá fora, na escuridão, os cães assassinos vagavam soltos.

Komarov sentava-se por trás da escrivaninha, pálido à luz do abajur. Grishin acabara de falar, relatando ao líder da União das Forças Patrióticas o que acabara de ouvir do padre renegado.

Enquanto ele falava, Komarov parecia murchar. O antigo controle gelado se dissipou, a determinação sem a menor hesitação parecia se esvair. Grishin conhecia o fenômeno.

Acontecia com os mais terríveis ditadores quando despojados de seu poder. Em 1944, Mussolini, o arrogante *Duce*, tornara-se da noite para o dia um homenzinho andrajoso e apavorado, em fuga.

Magnatas dos negócios, quando os bancos executavam suas dívidas, o jato era confiscado, as limusines retiradas, os cartões de crédito cancelados, os empregados iam embora e o castelo de cartas desmoronava, até diminuíam de tamanho e a antiga agressividade virava uma jactância vazia.

Grishin sabia, porque vira generais e ministros se encolherem amedrontados em suas celas, os donos outrora poderosos do *apparat*, reduzidos a esperar pelo julgamento impiedoso do Partido.

As coisas se desmanchavam, os dias das palavras haviam chegado ao fim. Agora era a sua hora. Ele sempre desprezara Kuznetsov, criando seu mundo de palavras e imagens, fingindo que o poder vinha de um comunicado oficial. O poder vinha do cano de uma arma na Rússia; sempre fora assim e sempre seria. Ironicamente, fora preciso que o homem que ele mais odiava no mundo, o pimpinela escarlate americano, causasse a atual situação, com o presidente da UFP, que parecia ter perdido agora sua força de vontade, quase disposto a seguir o conselho de Grishin.

Pois Anatoli Grishin não tinha a menor intenção de admitir a derrota para a milícia de Ivan Markov, o presidente interino. Não podia prescindir de Igor Komarov, mas podia salvar seu pescoço e depois ascender ao posto com que jamais sonhara.

Dentro de seu mundo, Igor Komarov sentava-se como Ricardo II, remoendo sobre a catástrofe que se abatera sobre ele em tão pouco tempo. Não podia literalmente compreender a transformação, embora pudesse perceber como se processara, passo a passo.

No início de novembro, parecia que nada no mundo poderia impedi-lo de ganhar a eleição em janeiro. Sua organização política era duas vezes mais eficiente do que qualquer outra no país; sua oratória fascinava as massas. As pesquisas de opinião pública indicavam que ele receberia setenta por cento dos votos em todo o país, o suficiente para uma vitória incontestável no primeiro turno.

Seus oponentes políticos estavam na maior confusão, ou se retirando da disputa, à medida que os recursos escasseavam, ou em desespero por sua tremenda vantagem. Os que procuravam nomeações e favores, depois de sua vitória inevitável, vinham cortejá-lo. Em novembro, seu triunfo político era dado por todos como certo.

O roubo do Manifesto Negro fora desconcertante na ocasião, mas quando nada acontecera, de meados de julho em diante, ele se sentira seguro. Os culpados haviam sido punidos, o jornalista estrangeiro esperto demais, silenciado. E, depois, nada ocorrera por meses. Na Rússia, a margem para o pináculo continuara.

Não podia acreditar que um único agente estrangeiro, cujo rosto lhe fora mostrado numa fotografia, pudesse lhe causar sérios danos. A destruição das rotativas, calando sua revista e jornal, fora irritante, mas não vital. A sabotagem e a violência eram partes integrantes da vida russa, mas até então sempre haviam sido administradas pelo coronel Grishin, por ordens suas. Fora o cancelamento de seus programas de televisão que desencadeara o que mais tarde o enfurecera, deixara-o aturdido.

Desprezava a Igreja e todos os padres, por isso nunca fora capaz de levar a sério a ideia de que o patriarca seria ouvido por diversos órgãos do Estado em sua proposta absurda de restaurar a monarquia. Também não podia acreditar que Alexei II tivesse qualquer influência sobre o povo russo.

O povo não se levantava para ele? Não era ele que todos procuravam em busca de salvação, de uma nova disciplina, para a purificação da terra russa? Que necessidade tinham de Deus, quando podiam contar com Igor Viktorovich Komarov?

Podia entender por que o judeu Bernstein se virara contra ele. Se o americano intrometido lhe mostrara o manifesto, ele poderia ter reagido daquela maneira. Mas por que o general? Por que Nikolai Nikolayev o criticara? Será que não percebia o glorioso destino reservado ao exército russo? Será que o herói de Kursk e Bagration realmente se preocupava com uns poucos judeus e chechenos?

Fora o golpe duplo – a entrevista no *Izvestia* e o cancelamento de sua propaganda na TV – que finalmente o levara a compreender a força e a extensão da aliança que alguém formara contra ele.

E depois a máfia Dolgoruki, enfurecida com as batidas policiais em suas propriedades; e depois a destruição das rotativas. De qualquer forma, todos estavam condenados a desaparecer. Igreja, máfia, imprensa livre, chechenos, estrangeiros... todos pagariam, quando chegasse o momento.

– Foi um erro efetuar aqueles quatro atentados contra os nossos inimigos – comentou ele, depois de um longo momento.

– Com o devido respeito, senhor presidente, era a tática correta. E apenas a falta de sorte determinou que três não estivessem em casa.

Komarov soltou um grunhido. Podia ter sido falta de sorte, mas a reação fora pior ainda. De onde a imprensa tirara a ideia de que ele se encontrava por trás? Quem vazara? A mídia sempre absorvera com sofreguidão todas as suas palavras; agora, passava a insultá-lo. A entrevista coletiva fora um desastre. Aqueles estrangeiros, gritando perguntas impertinentes. Nunca fora submetido a tanta insolência. Kuznetsov cuidara disso. Fora tratado com respeito em entrevistas exclusivas, suas opiniões ouvidas com atenção, cabeças balançando em concordância. E, depois, o jovem idiota propusera a entrevista coletiva...

– Tem certeza de sua fonte, coronel?

– Tenho, sim, senhor presidente.

– Confia nele?

– Claro que não. Confio em seus apetites. Ele é venal e corrupto, sonha com promoções e a vida de um sibarita, duas coisas que lhe foram prometidas. Informou sobre as visitas do espião inglês e do agente americano ao patriarca. Leu a transcrição da gravação da segunda reunião com Monk, as ameaças em que baseei a decisão de silenciar a oposição em caráter permanente.

– Mas desta vez... será que eles teriam mesmo a coragem de nos atacar?

– Não creio que possamos descartar a possibilidade. Em termos de boxe, as luvas foram tiradas. O idiota do nosso presidente interino sabe que não pode vencer contra o senhor, mas venceria contra Zyuganov. Os generais que comandam a milícia compreendem agora o expurgo que planeja para eles. Usando as alegações de um vínculo financeiro entre a UFP e a máfia, poderiam forjar acusações. Isso mesmo, acho que podem tentar.

– Se estivesse no lugar deles, como planejador, o que faria, coronel?

– Exatamente a mesma coisa. Quando ouvi o padre relatar o que o patriarca falou enquanto ele servia à mesa, pensei que podia não ser verdade. Quanto mais penso a respeito, no entanto, mais sentido faz. O amanhecer de 1º de janeiro é uma escolha brilhante. Quem não está de ressaca da noite anterior? Que guardas estarão acordados? Quem pode reagir com rapidez e determinação? A maioria dos russos não consegue nem ver direito na manhã do ano-novo... a menos que sejam mantidos em seus alojamentos, sem uma gota de vodca. Não resta a menor dúvida, faz sentido.

– O que está querendo dizer? Que estamos liquidados? Que tudo o que fizemos até agora foi por nada, que a grande visão jamais vai se concretizar, por causa de um político ambicioso em pânico, um padre fantasista e algum miliciano promovido?

Grishin levantou-se e inclinou-se por cima da mesa.

– Percorremos um caminho tão longo para isso? Não, senhor presidente. A chave do sucesso é conhecer as intenções do inimigo. Nós conhecemos. E eles só nos deixam uma opção. O ataque preventivo.

– Ataque? Contra quem?

– Vamos tomar Moscou, senhor presidente. Tomar a Rússia. A cidade e o país estarão sob o seu domínio em 15 dias. Na véspera do ano-novo, nossos inimigos estarão celebrando o dia seguinte, os soldados esperando nos quartéis até o amanhecer. Posso reunir uma força de oitenta mil homens e tomar Moscou durante a noite. Com Moscou, vem a Rússia.

– Golpe de Estado?

– Já aconteceu antes, senhor presidente. Toda a história russa e europeia é uma sucessão de homens de visão e determinação que aproveitaram o momento e tomaram o Estado. Mussolini conquistou Roma e toda a Itália. Os coronéis gregos dominaram Atenas e toda a cidade. Sem guerra civil. Apenas com um golpe rápido. Os derrotados fogem, seus partidários perdem a coragem e procuram uma aliança. A Rússia poderá ser sua no ano-novo.

Komarov pensou um pouco. Tomaria os estúdios das emissoras de televisão e falaria à nação. Alegaria que tivera de agir para impedir uma conspiração contra o povo para cancelar a eleição. Acreditariam nele. Os generais seriam presos; os coronéis procurariam uma promoção pela simples mudança de lado.

– Pode fazer isso?

– Senhor presidente, tudo se encontra à venda neste país corrupto. É por isso que a mãe pátria precisa de Igor Komarov, para limpar a pocilga. Com dinheiro, posso comprar todas as tropas de que precisarmos. Dê-me a autorização e eu o instalarei nos aposentos presidenciais do Kremlin ao meio-dia do primeiro de janeiro.

Igor Komarov encostou o queixo nos dedos unidos, olhando para a mesa. Só depois de vários minutos é que levantou a cabeça para fitar o coronel Grishin nos olhos.

– Faça isso.

Se fosse pedido a Grishin para organizar uma força armada e capturar a cidade de Moscou, em quatro dias, a partir do nada, ele nunca seria capaz.

Mas não começaria do nada. Há meses que sabia do programa de transferência de todos os poderes do Estado para a UFP assim que se consumasse a vitória eleitoral de Igor Komarov.

O lado político, a abolição formal dos partidos de oposição, caberia a Komarov. A tarefa dele seria a subjugação, desarmamento e dispersão de todas as unidades armadas do Estado.

Ao se preparar para essa incumbência, ele já determinara quem seriam seus aliados naturais e quem seriam os inimigos óbvios. Entre os inimigos, destacava-se a Guarda de Segurança Presidencial, uma força de trinta mil homens armados, dos quais seis mil eram baseados em Moscou, sendo que mil dentro do Kremlin.

Sob o comando do general Sergei Korin, sucessor do notório Alexander Korzhakov de Yeltsin, todos os oficiais haviam sido designados pelo falecido presidente Cherkassov. Lutariam pela legitimidade do Estado e contra o *putsch*.

Vinha em seguida o Ministério do Interior com seu exército de cento e cinquenta mil homens. Por sorte para Grishin, a maior parte dessa enorme força se encontrava espalhada por toda a Rússia, com apenas cinco mil na capital e ao redor dela. Os generais do Presídio do MVD não demorariam a compreender que partiriam na primeira leva dos vagões de gado para os Gulags, conscientes de que não podia haver espaço na Nova Rússia para eles e os Guardas Negros de Grishin.

Em terceiro lugar na fila, com a prisão e internamento sendo uma exigência inegociável da máfia Dolgoruki, figuravam as divisões de combate ao crime organizado, a unidade federal, comandada do quartel-general nacional do MVD, na praça Zhitny, e a unidade da cidade de Moscou, a GUVD, dirigida pelo general Petrovsky, da rua Shabolovka. Essas divisões e suas Forças de Reação Rápida, OMON e SOBR, não teriam a menor dúvida de que o único lugar para elas na Rússia de Grishin seria um campo de trabalhos forçados ou um pátio de execução.

Contudo, no caldeirão de exércitos departamentais ou particulares que abundavam na Rússia no colapso de 1999, Grishin sabia que também tinha aliados naturais e compráveis. A chave para a vitória era manter o exército na ignorância de seus planos, confuso, sem saber o que fazer, impotente.

Suas forças imediatas eram seis mil Guardas Negros e vinte mil adolescentes dos Jovens Combatentes.

Os Guardas Negros constituíam uma força de elite, formada ao longo dos anos. O corpo de oficiais era de veteranos das forças especiais, treinados em combate, paraquedistas, fuzileiros e homens do MVD, obrigados a provar, em selvagens cerimônias de iniciação, que eram impiedosos e dedicados à ultradireita.

Mas entre os quarenta oficiais dos altos escalões devia haver um traidor. Era evidente que alguém mantivera contato com autoridades e com a mídia, denunciando os quatro atentados de 21 de dezembro como uma obra dos Guardas Negros. A dedução fora rápida demais para ser improvisada.

Ele não tinha opção, a não ser deter e isolar esses quarenta homens, o que foi feito a 28 de dezembro. O interrogatório intensivo e o desmascaramento do traidor teriam de ser deixados para mais tarde. Para preservar o moral, os oficiais subalternos foram promovidos para preencher os vazios, sendo informados de que seus comandantes haviam se ausentado para um curso especial.

Com um mapa em larga escala de Oblast Moscou, Grishin preparou seu plano de batalha para a véspera do ano-novo. Sua grande vantagem seria o fato de que as ruas estariam quase vazias.

As festividades do ano-novo têm grande importância na Rússia. Quase nenhum trabalho é possível na véspera do ano-novo, pois os moscovitas seguem com seus estoques de bebidas para casas particulares ou festas públicas, onde tencionam passar a noite. A escuridão baixa sobre a cidade por volta das 15h30, e depois disso só os desesperados para reabastecerem os estoques de bebidas insuficientes é que se aventuram pela noite enregelante.

Todos comemoram, inclusive os vigias noturnos e os grupos de plantão, as pessoas proibidas de tirar uma folga e ir para casa. Sempre levam suas garrafas para o trabalho.

Por volta das 18 horas, calculou Grishin, teria as ruas só para si. A esta altura, todos os principais ministérios e prédios do governo estariam vazios, além do pessoal do plantão noturno. Às 22 horas, até os soldados ainda nos quartéis estariam incapazes de se defender.

Uma prioridade, assim que sua força atacante entrasse na cidade, seria isolar Moscou do exterior. Essa incumbência foi reservada para os Jovens Combatentes. Havia 52 estradas principais e secundárias de acesso a Moscou; para bloquear todas, haveria necessidade de 104 caminhões pesados, com lastro de concreto.

Ele dividiu os Jovens Combatentes em 104 grupos, cada um sob o comando de um soldado experiente dos Guardas Negros. Os caminhões seriam providenciados pelo aluguel de jamantas ou pelo roubo sob a mira de armas na véspera do ano-novo. Numa hora determinada, cada par seria levado para a posição certa, até emparelhar em cada estrada, parando então para interromper todo o tráfego.

Em cada estrada principal, o limite entre Oblast Moscou e a província vizinha é indicado por um posto da milícia do MVD, uma pequena casa de guarda, com um telefone, guarnecida por milicianos entediados, que tinham à sua disposição um transporte blindado. Na véspera do ano-novo, esse veículo estaria vazio, com os milicianos comemorando dentro do posto. No caso da única estrada de que Grishin precisava para entrar na cidade, esse posto seria tomado. No caso dos outros, os Jovens Combatentes apenas estacionariam os caminhões do bloqueio no cruzamento seguinte, dentro da cidade, e deixariam os milicianos se embriagarem como sempre. Depois, os

Jovens Combatentes, cerca de duzentos por grupo, montariam emboscadas junto aos caminhões, impedindo que qualquer coluna de socorro entrasse em Moscou.

Dentro da cidade, ele precisava capturar sete alvos, cinco secundários e dois primários. Como seus Guardas Negros estavam instalados em cinco bases nos campos ao redor, com apenas um pequeno quartel dentro da cidade para fornecer os guardas da casa de Komarov, o caminho mais fácil seria a marcha em cinco colunas. Mas para alcançar a coordenação seria preciso uma tempestade de tráfego de rádio. Ele preferia trazer toda a sua força em silêncio de rádio. Por isso, era favorável a um único comboio de caminhões.

Como a base principal dos Guardas Negros ficava a nordeste, ele decidiu levar toda a força de seis mil homens, plenamente armados e em seus veículos, para essa base no dia 30 de dezembro, invadindo a cidade pela estrada que começa Yaroslavskoye Chaussee e se torna a Prospekt Mira (avenida da Paz), ao se aproximar da estrada de Contorno.

Um dos seus alvos primários, o grande complexo de televisão em Ostankino, situava-se a menos um quilômetro dessa estrada, e dois mil dos seis homens seriam despachados para lá.

Com os restantes quatro mil, sob o seu comando direto, ele seguiria para o sul, passando pelo estádio olímpico, atravessando a estrada de Contorno e alcançando o centro de Moscou para o maior de todos os prêmios, o próprio Kremlin.

Embora *kreml* signifique simplesmente "fortaleza" e todas as cidades antigas da Rússia tenham uma fortaleza no centro do que foi outrora a cidade murada, o Kremlin de Moscou há muito que se tornou simbólico do supremo poder na Rússia e a ostentação desse poder. O Kremlin teria de lhe pertencer ao amanhecer, sua guarnição subjugada e seu centro de comunicações incapaz de pedir socorro, ou o pêndulo poderia oscilar para o outro lado.

Os cinco alvos secundários seriam delegados para as quatro forças secundárias que ele achava que poderia unir numa aliança, mesmo no tempo exíguo que lhe restava.

Esses alvos eram o gabinete do prefeito na rua Tverskaya, que tinha um centro de comunicações do qual se poderia transmitir pedidos de socorro; o Ministério do Interior na praça Zhitny, com sua rede de comunicações para o exército do MVD espalhado pela Rússia e o quartel da OMON ao lado; o complexo de prédios presidenciais e ministeriais em torno da Staraya Ploshchad; o aeroporto de Khodinka, com seu quartel do GRU, uma perfeita zona de lançamento para paraquedistas, se fossem chamados para ajudar ao Estado; e o prédio do parlamento, a Duma.

Em 1993, quando Boris Yeltsin apontara os canhões de seus tanques para a Duma, a fim de forçar os congressistas rebeldes a saírem com as mãos levantadas, o prédio sofrera danos consideráveis. Durante quatro anos, a Duma fora transferida para o antigo escritório econômico da Gosplan, na praça Manege; com os danos reparados, porém, o parlamento russo voltara à Casa Branca, à beira do rio, na extremidade de Novy Arbat.

O gabinete do prefeito, a Duma e os ministérios na Staraya Ploshehad seriam carapaças vazias na véspera do ano-novo, e com as portas destruídas por cargas explosivas, a ocupação seria bastante simples. Poderiam ocorrer combates no quartel da OMON e na base de Khodinka, se as tropas contra o crime organizado ou o punhado de paraquedistas e oficiais do exército no velho aeroporto reagissem. Esses dois alvos seriam entregues às forças especiais que ele tencionava comprar.

Um oitavo e óbvio alvo no golpe de Estado seria o Ministério da Defesa. O enorme prédio cinzento na praça Arbatsky também estaria com um mínimo de pessoal, mas continha o centro de comunicações que podia falar no mesmo instante com qualquer unidade do exército, marinha ou força aérea. Ele não destacou tropas para invadir o prédio, pois tinha planos especiais para o Ministério da Defesa.

Não era muito difícil encontrar aliados naturais para qualquer golpe de direita na Rússia. Em primeiro lugar, havia o FSB, o serviço federal de segurança. Era o herdeiro da outrora poderosa Segunda Diretoria da KGB, onde ele trabalhara, a vasta organização que mantinha a repressão na União Soviética nos níveis determinados pelo

Politburo. Desde a ascensão da desprezada teoria chamada democracia, seus antigos poderes haviam definhado.

O quartel-general do FSB era o famoso Centro KGB, na praça Dzerjinsky, agora rebatizada de praça Lubyanka, com a igualmente famosa e temida prisão de Lubyanka por trás. Ainda comandava a contraespionagem e também dispunha de uma divisão destinada a combater o crime organizado. Mas esta não era tão eficiente quanto a GUVD do general Petrovsky e por isso não gerara o insistente clamor de vingança da máfia Dolgoruki.

Para ajudar em seus serviços, o FSB contava com duas forças de reação rápida, o Grupo Alfa e o Vympel, a palavra russa para "estandarte".

Essas duas unidades haviam sido de elite, as forças mais temidas e competentes da Rússia, às vezes comparadas em termos otimistas com o SAS britânico. O que saíra errado era uma questão de lealdade.

Em 1991 o ministro da Defesa, Yazov e o diretor-geral da KGB, Kryuchkov, haviam desfechado um golpe contra Gorbachev. O golpe fracassara, embora tivesse derrubado Gorbachev e levado Yeltsin à proeminência. Originalmente, o Grupo Alfa participava do golpe; no meio do caminho, porém, eles mudaram de ideia, permitiram que Yeltsin saísse da Duma e subisse num tanque para se tornar um herói perante o mundo. Quando um traumatizado Gorbachev fora solto da prisão na Crimeia, voltando de avião a Moscou para encontrar seu velho inimigo Yeltsin no comando da situação, havia dúvidas sobre o Grupo Alfa pairando no ar. O mesmo se aplicava a Vympel.

Agora, em 1999, as duas unidades, formadas por guerreiros fortemente armados e determinados, ainda continuavam desacreditadas. Mas, para Grishin, ofereciam duas vantagens. Como muitas forças especiais, tinham uma predominância de oficiais e sargentos, com poucos soldados recrutas, os veteranos tendiam, em termos políticos, para a extrema direita: antissemitas, antiminorias étnicas e antidemocracia. Segundo, não recebiam o soldo há seis meses.

A corte de Grishin foi como um canto da sereia. Uma restauração dos antigos poderes da KGB, o tratamento privilegiado devido a uma verdadeira elite e salários em dobro, de imediato.

Na noite do réveillon, as tropas de Vympel deveriam se armar, deixar o quartel e ocupar o aeroporto de Khodinka e a base do exército ali. O Grupo Alfa teria como alvos o Ministério do Interior e o quartel da OMON ao lado, com outra companhia tomando o quartel da SOBR por trás da rua Shabolovka.

No dia 29 de dezembro, o coronel Grishin compareceu a uma reunião na suntuosa casa de campo nos arredores de Moscou, mantida pela máfia Dolgoruki. Ali se encontrou e falou com o Skhod, o supremo conselho da máfia. Para ele, foi uma conferência crucial.

Para a máfia, ele tinha muito o que explicar. As batidas efetuadas pelo general Petrovsky ainda ardiam. Como pagadores, eles exigiam uma explicação.

Enquanto Grishin falava, o ânimo mudou. Quando ele revelou que havia um plano para declarar Igor Komarov como inabilitado para concorrer nas eleições iminentes, o alarme prevaleceu sobre a agressividade. Todos tinham muito em jogo no sucesso eleitoral de Komarov.

O golpe decisivo foi a revelação de Grishin de que essa ideia fora suplantada, pois o Estado tinha a intenção de prender Komarov e esmagar os Guardas Negros. Em uma hora, eram os mafiosos que pediam conselhos. Quando Grishin anunciou sua solução projetada, todos ficaram atordoados. Gangsterismo, fraude, mercado negro, extorsão, narcóticos, prostituição e assassinatos eram as especialidades deles, mas um golpe de Estado era um jogo muito alto.

– É apenas o maior roubo de todos, o roubo da República – ressaltou Grishin. – Recusem, e voltarão a ser caçados pelo MVD, FSB, todos eles. Aceitem, e a terra será nossa.

Ele usou a palavra *zemlya,* que significa a terra, o país, o mundo e tudo o que contém.

À cabeceira da mesa, o mais graduado de todos, um velho *vor v zakone,* um "ladrão por estatuto", que nascera no submundo como seu pai e todo seu clã, e que na Dolgoruki era o mais próximo que havia do siciliano *capo dei tutti i capi,* fitou Grishin em silêncio por um longo momento. Os outros esperaram. Depois, o mafioso acenou com a cabeça, o crânio enrugado subindo e descendo, um velho lagarto sinalizando seu assentimento. Os últimos financiamentos foram acertados.

Também foi acertada a terceira força armada de que Grishin precisava. Duzentas das oitocentas agências particulares de "segurança" de Moscou eram fachadas da Dolgoruki. Forneceriam dois mil homens, bem armados, ex-soldados ou antigos homens da KGB, oitocentos para atacar e ocupar a vazia Casa Branca, sede da Duma, mil e duzentos para o palácio presidencial e os ministérios, também vazios na véspera do ano-novo, agrupados na Staraya Ploshehad.

NESSE MESMO DIA, Jason Monk telefonou para o general Petrovsky. Ele ainda vivia no quartel da SOBR.

– Pois não?

– Sou eu de novo. O que está fazendo?

– Por que quer saber?

– Arrumando as malas?

– Como soube?

– Todos os russos querem passar a véspera do ano-novo com a família.

– Meu avião parte dentro de uma hora.

– Acho que deve cancelar. Haverá outros réveillons.

– De que está falando, americano?

– Leu os jornais da manhã?

– Alguns. Por quê?

– Os últimos índices da pesquisa eleitoral. Os que foram influenciados pelas revelações da imprensa sobre a UFP e a entrevista coletiva de Komarov. Mostram que ele baixou para quarenta por cento e continua caindo.

– Muito bem, ele vai perder a eleição. Em seu lugar, teremos Zyuganov, o neocomunista. O que devo fazer a respeito?

– Acha que Komarov vai aceitar isso? Eu já lhe disse uma vez que ele não é são.

– Tem de aceitar. Se ele perder daqui a duas semanas, então perdeu. E ponto final.

– Nessa mesma conversa, você me disse outra coisa.

– O que foi?

– Que se o Estado russo for atacado, saberá se defender.

– O que você sabe que eu ignoro?

– Não sei de nada. Apenas desconfio. Não sabia que a desconfiança é a especialidade russa?

Petrovsky olhou para o telefone e depois para sua mala aberta, em cima do beliche estreito no alojamento.

– Eles não ousariam – murmurou Petrovsky. – Ninguém ousaria.

– Yazov e Kryuchkov ousaram.

– Isso aconteceu em 1991. Foi diferente.

– Só porque eles fizeram a maior trapalhada. Por que não permanece na cidade no feriado? Por precaução.

Grishin acertou sua última aliança num encontro numa cervejaria no dia 30 de dezembro. Seu interlocutor era um cretino com barriga de cerveja, a coisa mais próxima de um comandante das gangues de rua do Movimento da Nova Rússia.

Apesar de seu nome pomposo, o MNR era pouco mais que um bando de arruaceiros tatuados, de cabeça raspada, adeptos da extrema direita, que tiravam seu prazer e sustento de agredirem judeus, em nome da Rússia.

O maço de dólares que Grishin tirou do bolso ficou na mesa entre os dois, sob os olhos ansiosos do homem do MNR.

– Posso mobilizar quinhentos homens no momento em que quiser – garantiu ele. – Qual é o trabalho?

– Eu lhe darei cinco dos meus Guardas Negros. Ou aceita as ordens de combate deles ou o negócio é cancelado.

Ordens de combate era uma coisa que soava bem. Uma operação militar. O MNR orgulhava-se de ser integrado por soldados da Nova Rússia, embora nunca tivessem se fundido com a UFP. A disciplina não era do seu gosto.

– Qual é o alvo?

– Na noite do réveillon, entre 22 horas e meia-noite. Ataquem e capturem a prefeitura. Mas há uma regra. Nada de bebida até o amanhecer.

O comandante do MNR pensou a respeito. Podia ser obtuso, mas não era difícil calcular o que a UFP tentaria fazer. E o momento do golpe. Ele inclinou-se através da mesa, pondo a mão sobre o maço de dólares.

– Quando acabar, nós ficamos com os judeus.

Grishin sorriu.

– Meu presente pessoal.

– Então estamos de acordo.

Eles acertaram os detalhes para os homens do MNR se concentrarem nos jardins da praça Pushkin, a trezentos metros da mansão que alojava o gabinete do prefeito de Moscou. Não passariam despercebidos. Havia um McDonald's na frente da praça.

No momento oportuno, pensou Grishin, enquanto se afastava, os judeus de Moscou seriam de fato removidos, mas o mesmo aconteceria com a escória do MNR. Seria divertido embarcá-los nos mesmos trens seguindo para leste, até Vorkhuta.

Na manhã de 31 de dezembro, Jason Monk tornou a telefonar para o general Petrovsky.

– Ainda em seu posto?

– Graças a você.

– A GUVD tem um helicóptero?

– Claro.

– Pode voar com este tempo?

Petrovsky espiou pela janela gradeada para as nuvens baixas e cinzentas.

– Não muito alto. Mas creio que pode, abaixo das nuvens.

– Conhece as localizações dos acampamentos dos Guardas Negros de Grishin em torno da cidade?

– Não, mas posso descobrir. Por quê?

– Por que não sobrevoa todos eles?

– Para quê?

– Se forem cidadãos amantes da paz, todos os alojamentos devem estar com as luzes acesas, os homens lá dentro bebendo alguma coisa antes do almoço e se preparando para uma noite de inofensivas festividades. Dê uma olhada. Voltarei a telefonar dentro de quatro horas.

Quando veio a ligação, Petrovsky se mostrou preocupado.

– Quatro acampamentos parecem fechados. O que Grishin comanda pessoalmente, a nordeste daqui, fervilha como um formigueiro. Centenas de caminhões estão sendo abastecidos. A impressão é que ele transferiu todos os seus efetivos para lá.

– Por que ele faria isso, general?

– Diga-me você.

– Não sei. Mas não me agrada. Cheira a um exercício noturno.

– Na véspera do ano-novo? Não diga bobagem. Todos os russos se embriagam na véspera do ano-novo.

– É exatamente o que estou querendo sugerir. Todos os soldados de Moscou estarão embriagados à meia-noite. A menos que recebam a ordem para permanecerem sóbrios. Não seria uma ordem popular, como eu disse, mas haverá outros réveillons. Conhece o comandante do regimento da OMON?

– Claro. É o general Kozlovsky.

– E o comandante da Guarda Presidencial?

– General Korin.

– Ambos estão agora com suas famílias?

– Suponho que sim.

– De homem para homem, se o pior acontecer, se Komarov vencer, no final das contas, o que acontecerá com você, sua esposa e Tatiana? Não vale uma noite de vigília? Não vale alguns telefonemas?

Depois de desligar, Jason Monk pegou um mapa de Moscou e dos campos ao redor. Seus dedos se deslocaram pela região a nordeste da cidade. Segundo Petrovsky, era ali que ficava a principal base da UFP e dos Guardas Negros.

De nordeste, a estrada principal era a Yaroslavskoye Chaussee, que virava a Prospekt Mira. Era a artéria principal e passava pelo complexo de televisão em Ostankino. Ele fez outra ligação.

– Umar, meu amigo, preciso de um último favor seu. E juro que será o último. Um carro com telefone e seu número ao longo da noite... Não, não preciso de Magomed e dos outros homens. Só iria estragar a festa de réveillon deles. Apenas o carro e o telefone. Ah, sim, uma pistola também. Se isso não for um problema grande demais.

Ele ouviu a risada pelo telefone.

– Algum tipo específico? Bom...

Monk se lembrou do Castelo Forbes.

– Por acaso você dispõe de uma Sig Sauer suíça?

20

Dois fusos horários a oeste de Moscou o tempo estava muito diferente, com um céu azul brilhante e a temperatura apenas dois graus abaixo de zero, enquanto o Mecânico avançava em silêncio pelo bosque, na direção do solar.

Seus preparativos para a viagem através da Europa haviam sido meticulosos, como sempre, e não tivera qualquer problema. Preferira ir de carro. Armas de fogo e aviões de passageiros não costumam combinar, mas um carro tinha muitos esconderijos.

Através da Bielo-Rússia e Polônia, seu Volvo com placa de Moscou não atraíra qualquer atenção. Seus documentos mostravam que era apenas um executivo russo a caminho de uma conferência na Alemanha. Uma busca em seu carro não revelaria mais nada.

Na Alemanha, onde a máfia russa já se estabelecera, ele trocou o Volvo por um Mercedes com placas alemãs e adquiriu sem dificuldades o rifle de caça com luneta, antes de continuar a viagem para oeste.

Sob a nova ordem da União Europeia, as fronteiras eram praticamente inexistentes, e ele cruzou com uma coluna de outros carros, a um aceno indiferente de um único guarda.

Ele comprara um mapa rodoviário da área que procurava, no qual identificara a aldeia mais próxima do alvo e o próprio solar. Depois de passar pela aldeia, bastou seguir as placas até a entrada do curto caminho, onde uma nova placa confirmou que era o endereço certo. Ele não parou.

Passou a maior parte da noite num motel a oitenta quilômetros de distância, voltou antes do amanhecer, mas estacionou o carro a três quilômetros do solar. Cobriu o restante do percurso a pé, pelo bosque, até a beira das árvores por trás da casa. Enquanto o fraco sol de inverno nascia, o Mecânico se acomodou para esperar, encostado no tronco de uma bétula. Do lugar em que sentava, podia avistar a casa e o pátio, a trezentos metros de distância, ao mesmo tempo em que permanecia fora de vista, por trás da árvore.

Enquanto a paisagem adquiria vida, um faisão desfilou perto dele, fitou-o furioso e se arrastou apressado. Dois esquilos cinzentos brincavam na árvore sobre sua cabeça.

Um homem saiu para o pátio às 9 horas. O Mecânico levantou o binóculo e ajustou o foco, até que a figura parecia estar a 15 metros de distância. Não era seu alvo, mas um criado que pegou um cesto de lenha num telheiro junto da parede do pátio e tornou a entrar.

Havia um estábulo num lado do pátio, com duas baias ocupadas. As cabeças de dois cavalos, um baio e outro castanho, projetavam-se por cima das meias-portas. Foram recompensados às 10 horas, quando uma moça foi lhes servir feno fresco. Ela entrou de novo.

Pouco antes do meio-dia um homem mais velho apareceu, atravessou o pátio e afagou os focinhos dos cavalos. O Mecânico estudou o rosto pelo binóculo, comparou com a foto a seu lado. Não havia como se enganar.

Ele levantou o rifle de caça e espiou pela luneta. O paletó de tweed preencheu o círculo. O homem estava de frente para os cavalos, de costas para a colina. Soltar a trava de segurança. Respirar fundo, apertar devagar.

O estampido ressoou pelo vale. No pátio, o homem de tweed foi lançado contra a porta da baia. O buraco nas costas, na altura do coração, perdia-se no padrão do tweed, enquanto o ferimento de saída se comprimia contra a porta branca da baia. Os joelhos vergaram, o corpo resvalou para o chão, deixando uma mancha na tinta. Um segundo tiro destruiu a metade da cabeça.

O Mecânico levantou-se, guardou o rifle na capa forrada com pele de ovelha, pendurou-o no ombro e começou a correr. Seguiu depressa, tendo memorizado o caminho por que viera seis horas antes, e logo alcançou o carro.

Dois tiros numa manhã de inverno no campo não pareceriam muito estranhos. Um fazendeiro atirando num coelho ou num corvo. E depois alguém olharia pela janela e correria através do pátio. Haveria gritos, incredulidade, tentativas de ressuscitação; tudo uma perda de tempo. Depois a corrida de volta para a casa, o telefonema para a polícia, a explicação truncada, as pomposas perguntas policiais. Ao final, um carro da polícia apareceria na casa, montariam bloqueios rodoviários.

Tudo tarde demais. Em 15 minutos o Mecânico estava em seu carro, em vinte, já partira. Trinta e cinco minutos depois dos tiros ele andava pela rodovia mais próxima, um carro entre centenas. A esta altura, o policial rural já tomara os primeiros depoimentos e falava pelo rádio com a cidade mais próxima, pedindo o envio de detetives.

Sessenta minutos depois dos tiros, o Mecânico jogou o rifle por cima do parapeito da ponte que escolhera antes, observando-o desaparecer nas águas escuras. E depois iniciou o longo caminho de volta para casa.

Os primeiros faróis surgiram logo depois das 19 horas, avançando devagar pela escuridão na direção dos prédios iluminados que formavam o centro de televisão de Ostankino. Jason Monk ia ao volante de seu carro, o motor ligado para carregar o aquecedor contra o frio.

Estacionara perto do bulevar Akademika Koroleva, numa rua transversal, com o prédio principal do complexo bem à frente de seu para-brisa, no outro lado do bulevar, com a antena de transmissão por trás. Quando verificou que desta vez os faróis não eram de um carro isolado, mas, sim, de um comboio de caminhões, ele desligou o motor e a fumaça do cano de descarga se dissipou.

Havia cerca de trinta caminhões, mas apenas três seguiram direto para o estacionamento do prédio principal. Era uma enorme estrutura, a base com cinco andares de altura e trezentos metros de largura, com duas entradas principais; a estrutura superior tinha cem metros de largura e 18 andares. Em circunstâncias normais, oito mil pessoas estariam trabalhando ali, mas na véspera do ano-novo havia menos de quinhentas, para garantir a continuação do serviço ao longo da noite.

Homens armados, vestidos de preto, saltaram dos caminhões estacionados e correram para as duas áreas de recepção. Em poucos segundos, os apavorados funcionários ali foram alinhados contra a parede do fundo, sob a mira de armas visíveis da escuridão lá fora. Monk observou-os desaparecerem com os prisioneiros.

Dentro do prédio principal, guiados por um aterrorizado porteiro, a unidade de vanguarda foi para a sala de controle, surpreendendo os operadores. Um dos atacantes, um antigo técnico da Telekom, desligou todos os telefones.

Um Guarda Negro voltou à entrada e sinalizou com uma lanterna para o resto do comboio, que avançou para ocupar o estacionamento e formar um círculo defensivo em torno do prédio. Mais centenas de Guardas Negros saltaram dos caminhões e correram pelo estacionamento.

Monk só podia divisar contornos vagos pelas janelas dos andares superiores, mas os Guardas Negros, de acordo com o plano, percorriam andar por andar, removendo todos os telefones celulares dos apavorados funcionários de plantão e jogando-os em sacos de lona.

À esquerda de Monk havia um prédio secundário, menor, também parte do complexo de TV, reservado para contadores, programadores, executivos, todos em casa, comemorando o réveillon. Estava todo fechado e escuro.

Monk pegou o telefone e discou um número que já conhecia de cor.

– Petrovsky.

– Sou eu.

– Onde você está?

– Sentado num carro gelado em Ostankino.

– Pois eu me encontro num alojamento relativamente quente, com mil homens à beira do motim.

– Tranquilize-os. Estou observando os Guardas Negros ocuparem todo o complexo de TV.

Houve um longo momento de silêncio.

– Não diga besteira. Só pode estar errado.

– Como quiser. Então mil homens armados, de preto, chegando em trinta caminhões com os faróis abafados, devem ter invadido Ostankino, rendendo os funcionários sob a mira de armas. É o que estou observando a duzentos metros de distância, através do para-brisa.

– Essa não! Ele está mesmo dando o golpe!

– Eu disse que ele era louco. Talvez até consiga sair vitorioso. Existe alguém em Moscou sóbrio o bastante para defender o Estado esta noite?

– Dê-me seu número, americano, e acho melhor deixar o celular ligado.

Monk deu. As forças da lei e da ordem estariam muito ocupadas para tentar localizar carros em movimento.

– Uma última coisa, general. Eles não vão interromper a programação normal. Ainda não. Deixarão os programas gravados serem transmitidos... até estarem prontos para assumir.

– Sei disso. Estou assistindo ao Canal 1 neste momento. Uma dança cossaca.

– O programa foi gravado. Tudo é gravado, até os noticiários. Acho que agora deve se ocupar no telefone.

Mas o general Petrovsky já desligara. Embora ele não soubesse disso naquele momento, seu quartel seria atacado dentro de sessenta minutos.

Tudo estava quieto demais. Quem planejara a tomada de Ostankino fizera um bom trabalho. Para um lado e outro do bulevar havia prédios de apartamentos, a maioria com as luzes acesas, os moradores em mangas de camisa, de copo na mão, assistindo à mesma TV que estava sendo invadida a poucos metros de distância.

Monk passara algum tempo estudando o mapa do distrito de Ostankino. Pois sair para o bulevar principal agora seria atrair problemas. Mas por trás dele havia uma rede de ruas secundárias, entre conjuntos habitacionais, que acabava levando para o sul, na direção do centro da cidade.

O percurso lógico seria pegar a Prospekt Mira, a via principal para o centro, mas ele desconfiava de que não seria um lugar dos mais propícios para Jason Monk naquela noite.

Sem acender os faróis, ele fez uma curva em U, saltou e esvaziou um pente da arma automática contra os caminhões e o prédio da TV.

A duzentos metros, os estampidos parecem fogos de artifício, mas as balas percorrem essa distância. Três janelas no prédio foram espatifadas, assim como o para-brisa de um caminhão, e um tiro de sorte acertou um Guarda Negro no ouvido. Um dos seus companheiros perdeu o controle e disparou para a noite com seu fuzil Kalashnikov.

Por causa do frio intenso, a janela de vidro duplo é vital em Moscou; com isso e mais a televisão ligada, muitos moradores ainda não tinham ouvido nada. Mas as balas do Kalashnikov quebraram janelas em três apartamentos e cabeças em pânico começaram a aparecer. Várias desapareceram em seguida, as pessoas correndo para o telefone, a fim de chamar a polícia.

Guardas Negros entraram em formação e avançaram em sua direção. Monk entrou no carro e partiu a toda a velocidade. Não acendeu os faróis, mas os Guardas Negros ouviram o barulho do motor e mais balas foram disparadas em seu encalço.

No quartel-general do MVD, na praça Zhitny, o oficial superior de serviço o comandante do regimento da OMON, general Ivan Kozlovsky, estava em sua sala no quartel, com três mil homens furiosos, cujas licenças cancelara algum tempo antes, contra seu melhor julgamento. O homem que o persuadira a fazer isso, falando de quatrocentos metros de distância, da rua Shabolovka, se encontrava de novo ao telefone, e Kozlovsky gritava com ele:

– Isso é besteira. Estou assistindo à porra da TV neste momento. Quem disse isso? Como assim, você foi informado? Espere, espere...

O outro telefone estava piscando. Ele pegou o fone e berrou:

– O que é?

Um nervoso telefonista comunicou:

– Lamento incomodá-lo, general, mas é o oficial mais graduado aqui. Há um homem ao telefone que diz que mora em Ostankino e há tiros nas ruas. Uma bala espatifou sua janela.

O tom do general Kozlovsky mudou. Ele falou em voz calma e incisiva:

– Obtenha todos os detalhes que puder e volte a me ligar. Pelo outro telefone, ele acrescentou:

– Valentin, você pode estar certo. Um cidadão acaba de telefonar para avisar que há tiros por lá. Vou entrar em alerta vermelho.

– Eu também. Por falar nisso, liguei antes para o general Korin. Ele também concordou em manter uma parte da Guarda Presidencial de sobreaviso.

– Boa ideia. Ligarei para você daqui a pouco.

Mais oito telefonemas vieram da área de Ostankino para comunicar tiros nas ruas, depois uma ligação mais lúcida de um engenheiro que vivia num apartamento no último andar de um prédio em frente ao centro de TV: sua ligação foi transferida para o general Kozlovsky.

– Posso ver tudo daqui – informou o engenheiro, que, como todos os russos, já prestara serviço militar. – Cerca de mil homens, todos armados, um comboio de mais de vinte caminhões. Dois TPBs virados para a rua, na frente do estacionamento. Creio que são BTR 80As.

Graças a Deus pelos ex-militares, pensou Kozlovsky. Se ele ainda tinha alguma dúvida, foi dissipada agora. O BTR 80A é um transporte de pessoal blindado com um canhão de trinta milímetros, levando um comandante, motorista, artilheiro e mais seis soldados.

Se os atacantes usavam uniformes pretos, então não eram do exército. Os homens da OMON também se vestiam de preto, mas estavam lá embaixo. Ele chamou seus comandantes de unidades.

– Preparem-se para sair. Quero dois mil homens nas ruas e mil guardando este lugar.

Se algum golpe de Estado estava ocorrendo, os atacantes teriam de neutralizar o Ministério do Interior e seu quartel. Ainda bem que este fora construído como uma fortaleza.

Lá fora, outras tropas já se encontravam em movimento, mas não eram comandadas por Kozlovsky. O Grupo Alfa se aproximava do ministério.

O problema de Grishin tinha sido de tempo. Sem romper o silêncio de rádio até o último momento, ele precisava coordenar os ataques. Atacar cedo demais poderia significar que os defensores ainda não estariam avançados demais em suas comemorações; tarde demais e ele perderia algumas horas da escuridão. Ordenara que o Grupo Alfa atacasse às 21 horas.

Às 20h30 dois mil comandos da OMON deixaram o quartel em caminhões e TPBs. Assim que eles saíram, o resto da guarnição trancou a fortaleza e assumiu posições defensivas. Às 21 horas eles ficaram sob o fogo dos atacantes, mas o elemento surpresa se perdera.

O fogo em resposta varreu as ruas em torno do ministério e a praça Zhitny. Os soldados do Grupo Alfa tiveram de procurar cobertura e desejaram ter trazido a artilharia. Mas não tinham nenhuma.

– Americano?

– Pronto.

– Onde você está agora?

– Tentando permanecer vivo. Seguindo para o sul, do centro de TV, evitando a Prospekt Mira.

– Há soldados indo nessa direção. Mil meus e dois mil da OMON.

– Posso fazer uma sugestão?

– Se for preciso.

– Ostankino é apenas parte do plano. Se estivesse no lugar de Grishin, quais seriam seus alvos?

– MVD, Lubyanka.

– MVD, sim; Lubyanka, não. Não creio que ele venha a ter qualquer problema com seus antigos companheiros na Segunda Diretoria.

– Talvez você tenha razão. O que mais?

– Com toda certeza, a sede do governo na Staraya Ploshchad e a Duma. Para ter a aparência de legitimidade. E lugares de onde pode vir a resistência. Vocês na GUVD, os paraquedistas no aeroporto de Khodinka. E o Ministério da Defesa. Mas, acima de tudo, o Kremlin. Ele precisa se apossar do Kremlin.

– O Kremlin está defendido. O general Korin foi avisado e entrou em estado de alerta. Não sabemos quantos homens Grishin tem.

– Em torno de trinta mil, talvez quarenta mil.

– Temos menos da metade.

– Mas de melhor qualidade. E ele perdeu cinquenta por cento.

– Como assim?

– O elemento surpresa. O que me diz de reforços?

– O general Korin deve estar falando com o pessoal do Ministério da Defesa neste momento.

O general Sergei Korin, comandante da Guarda de Segurança Presidencial, chegara ao quartel dentro dos muros do Kremlin, pelo bem defendido Portão Kutafya, pouco antes da coluna principal de Grishin entrar na praça Manege. Pouco depois do Kutafya fica a enorme Torre da Trindade, onde se situa o quartel da Guarda Presidencial. O general Korin foi para seu gabinete e telefonou para o Ministério da Defesa.

– Quero falar com o oficial de plantão mais graduado! – gritou ele.

Houve uma pausa e logo uma voz entrou na linha:

– Vice-ministro da Defesa Butov falando.

– Graças a Deus que está aí. Temos uma crise. Um golpe de Estado foi desfechado. Já capturaram Ostankino. O MVD está sob ataque. Há uma coluna de caminhões e carros blindados diante do Kremlin. Precisamos de ajuda.

– E terá. O que precisa?

– Qualquer coisa. O que me diz de Dzerjinsky?

Ele se referia a uma Divisão de Infantaria Mecanizada de Operações Especiais, criada expressamente como uma unidade de defesa contra golpes de Estado, depois do *putsch* de 1991.

– Está em Ryazan. Posso dar a ordem para partirem em uma hora, estarão com você em três.

– O mais depressa possível. E os VDVs?

Ele sabia que havia uma brigada de elite de paraquedistas a menos de uma hora de avião. Poderiam ser lançados no aeroporto de Khodinka, se a zona de pouso pudesse ser marcada.

– Providenciarei tudo o que puder para ajudá-lo, general. Aguente firme.

Um grupo de Guardas Negros correu sob o fogo protetor de suas metralhadoras pesadas e alcançou o abrigo coberto do Portão Borovitsky. Cargas de explosivo plástico foram colocadas nas quatro dobradiças. Quando os homens correram de volta, dois foram abatidos pelo fogo disparado do alto do muro. Segundos depois, as cargas explodiram. Os portões de madeira de vinte toneladas estremeceram quando as dobradiças foram destruídas, depois balançaram e caíram no chão.

Indiferente ao fogo de armas de pequeno calibre, um carro blindado avançou para o abrigo da arcada. Depois dos portões havia uma grade de aço. Mais além, no estacionamento em que os turistas costumavam passear, um homem da Guarda Presidencial apareceu e tentou mirar uma bazuca contra o TPB, através das grades. Antes que pudesse disparar, foi liquidado pelo canhão do TPB.

Guardas Negros saíram do transporte e fixaram outras cargas explosivas na grade de aço. Os atacantes tornaram a embarcar e o TPB recuou pelas explosões que deixaram a grade de aço torta, ainda presa por uma única dobradiça, e tornou a se adiantar, derrubando-a sem qualquer dificuldade.

Apesar do fogo, os Guardas Negros começaram a entrar correndo na fortaleza, superando em quantidade os Guardas Presidenciais, de quatro para um. Os defensores recuaram para os vários bastiões e redutos que constituíam os muros do Kremlin. Outros espalharam-se pelos 12 hectares de palácios, arsenais, catedrais, jardins e praças do Kremlin, iniciando-se os combates. Lentamente, os Guardas Negros começaram a levar a melhor.

– Jason, o que está acontecendo?

Era Umar Gunayev, pelo telefone do carro.

– Grishin está tentando capturar Moscou e o resto da Rússia, meu amigo.

– Você está bem?

– Até agora, sim.

– E onde está?

– Seguindo para o sul, de Ostankino, tentando evitar a praça Lubyanka. Por quê?

– Um dos meus homens acaba de passar pela Tverskaya. Há um bando enorme daqueles arruaceiros do Movimento da Nova Rússia abrindo caminho à força para o palácio da prefeitura.

– Sabe o que o MNR pensa de você e de seu povo?

– Claro.

– Por que não deixar que alguns dos seus homens acertem as contas? Desta vez ninguém vai interferir.

Uma hora depois, trezentos chechenos armados chegaram à rua Tverskaya, onde as gangues do MNR haviam invadido a sede do governo da cidade de Moscou. Do outro lado da rua, a estátua de pedra de Yuri Dolgoruki, fundador de Moscou, montava em seu cavalo, olhando com desdém. A porta do prédio fora destruída, a entrada se achava escancarada.

Os chechenos sacaram as longas facas caucasianas, as pistolas e mini-Uzis e entraram. Cada homem se lembrava da destruição da capital chechena de Grozny, em 1995, e a violação da Chechênia ao longo dos dois anos subsequentes. Depois dos dez minutos iniciais, não houve mais resistência.

O prédio da Duma, a Casa Branca, fora ocupado pelos mercenários das firmas de "segurança" quase sem luta, já que se encontrava aos cuidados apenas de vigias noturnos. Mas na Staraya Ploshchad os mil soldados da SOBR travavam um combate passo a passo com o restante dos homens das duzentas agências de "segurança" da máfia Dolgoruki. As armas mais pesadas da Força de Reação Rápida contrabalançavam os efetivos superiores do inimigo.

No aeroporto de Khodinka, os homens da força especial Vympel encontravam uma resistência inesperada dos poucos paraquedistas e oficiais do GRU que, alertados a tempo, haviam se barricado lá dentro.

Monk entrou na praça Arbat e parou, espantado. No lado leste do triângulo, o bloco de granito cinzento do Ministério da Defesa permanecia deserto e silencioso. Nada de Guardas Negros, nada de combates, nenhum sinal de invasão. De todas as instalações que o planejador de um golpe de Estado em Moscou ou qualquer outra capital teria de capturar, tão depressa quanto possível, o Ministério da Defesa figuraria no topo da lista. A quinhentos metros de distância, pela rua Znamenka e através da praça Borovitsky, soavam os tiros da batalha pelo Kremlin.

Por que o Ministério da Defesa não fora capturado nem se encontrava sob sítio? Da floresta de antenas em seu telhado deviam estar partindo mensagens para toda a Rússia, pedindo ajuda a várias unidades do exército. Monk consultou suas anotações e digitou um número no telefone do carro.

Em seus aposentos, duzentos metros depois do portão principal da base de Kobyakova, o general Misha Andreyev ajustava a gravata e se preparava para sair. Muitas vezes se perguntara por que vestia o uniforme para presidir a festa de ano-novo no clube dos oficiais. Pela manhã estaria tão sujo que teria de mandar lavá-lo. Em matéria de comemorar o ano-novo, os homens dos tanques se orgulhavam de não precisarem ter lições de ninguém.

O telefone tocou. Devia ser o seu subcomandante, instando-o a se apressar, porque os homens queriam começar logo; primeiro a vodca e os brindes intermináveis, seguindo-se a comida e o champanhe por volta de meia-noite.

– Já estou indo, já estou indo! – exclamou ele para o quarto vazio, enquanto estendia a mão para o telefone.

– General Andreyev?

Ele não conhecia a voz.

– Isso mesmo.

– Não me conhece. Eu era amigo, de certa forma, de seu falecido tio.

– Isso é ótimo.

– Ele era um homem de bem.

– É o que sempre pensei.

– Ele fez o que podia. Acusando Komarov naquela entrevista.

– Onde está querendo chegar, quem quer que você seja?

– Igor Komarov desfechou um golpe em Moscou. Esta noite. Comandado por seu capanga, coronel Grishin. Os Guardas Negros estão tomando Moscou e o restante da Rússia cairá em seguida.

– A brincadeira já foi longe demais. Volte para sua vodca e largue esse telefone.

– Se não acredita em mim, general, por que não telefona para alguém que conheça no centro de Moscou?

– Por que deveria?

– Há muito tiroteio por aqui. Metade da cidade pode ouvir. Uma última coisa. Foram os Guardas Negros que mataram tio Kolya. Por ordem do coronel Grishin.

Misha Andreyev descobriu-se a olhar aturdido para o telefone, ouvindo o zumbido da ligação cortada. Sentia-se furioso. Furioso pela invasão de sua privacidade na linha particular, furioso pelo insulto ao tio. Se alguma coisa de grave estivesse ocorrendo em Moscou, o Ministério da Defesa alertaria imediatamente as unidades do exército num raio de cem quilômetros da capital.

A base de Kobyakovo ficava a apenas 46 quilômetros do Kremlin; ele sabia porque uma ocasião conferira em seu carro. Era também a sede da unidade que ele se orgulhava de comandar, a Divisão Tamanskaya, a elite dos homens dos tanques, conhecida como Guarda de Tanques.

Ele desligou. O telefone tocou no instante seguinte.

– Venha logo, Misha. Só estamos esperando por você.

Era o subcomandante, ligando do clube dos oficiais.

– Já vou, Konni. Só preciso dar mais dois ou três telefonemas.

– Pois não demore. Ou começaremos sem você.

Ele discou outro número.

– Ministério da Defesa – disse uma voz.

– Quero falar com o oficial de serviço.

Com considerável rapidez, outra voz entrou na linha.

– Quem está falando?

– General Andreyev, comandante da Tamanskaya.

– Aqui é o vice-ministro da Defesa Butov.

– Desculpe incomodá-lo, senhor, mas está tudo bem em Moscou?

– Claro. Por que não?

– Não há motivo, ministro. Apenas ouvi uma coisa... estranha. Eu poderia mobilizar...

– Fique em sua base, general. Isto é uma ordem. Todas as unidades estão confinadas à base. Volte para o clube dos oficiais.

– Pois não, senhor.

Andreyev desligou. O vice-ministro da Defesa? No centro de comunicações, às 22 horas na noite do réveillon? Por que ele não estava com a família, ou trepando com a amante em algum lugar do campo? Vasculhou o cérebro à procura de um nome, em algum lugar no fundo de sua mente, um companheiro do curso de Estado-maior que fora para o GRU. Ao final, verificou o telefone na lista militar confidencial e ligou.

Ouviu o zumbido por um longo momento e olhou para o relógio. Dez para as onze. Todos bêbados, é claro. O telefone no aeroporto de Khodinka, com uma voz berrando:

– Alô? O que é?

Por trás da voz, dava para ouvir o maior barulho.

– O coronel Demidov está aí? – perguntou Andreyev.

– Como vou saber? – gritou a voz. – Estou deitado no chão, me esquivando das balas. Você é do Ministério da Defesa?

– Não.

– Pois então fale com eles e diga para se apressarem com a força de socorro. Não poderemos resistir por muito mais tempo.

– Que força de socorro?

– O ministério está enviando tropas de fora da cidade. A situação por aqui é crítica.

O homem bateu o telefone e presumivelmente rastejou para outro lugar, longe das balas.

O general Andreyev ficou imóvel, com o fone mudo na mão. Não, pensou ele, o ministério não vai mandar tropa alguma em ajuda.

Suas ordens haviam sido expressas e categóricas. Dadas por um general de quatro estrelas, um vice-ministro. Permanecer na base. Podia obedecer e manter sua carreira limpa.

Ele olhou pelos quarenta metros do caminho de cascalho coberto de neve para as janelas iluminadas do clube dos oficiais, de onde vinha o ruído de vozes alegres e risadas.

Mas ele viu na neve um homem alto e empertigado, com um pequeno cadete a seu lado. Independente do que lhe prometerem, dissera o homem, apesar de todo dinheiro, promoções e honrarias que lhe oferecerem, deve prometer que nunca trairá esses homens.

Andreyev estendeu a mão, cortou a ligação e depois apertou dois dígitos. Seu subcomandante atendeu, com gargalhadas ao fundo.

– Konni, não importa quantos T-80s e BTRs estejam preparados para entrar em ação neste momento, quero tudo nesta base que possa andar, todo soldado que puder se manter de pé, prontos para o combate dentro de uma hora

Houve silêncio por vários segundos.

– Chefe, é para valer? – perguntou Konni.

– É, sim, Konni. A Tamanskaya vai para Moscou.

UM MINUTO DEPOIS de meia-noite, no ano da graça de 2000, o primeiro tanque dos Guardas de Taman deixou a base de Kobyakova, seguindo para a estrada de Minsk e os portões do Kremlin.

A estreita estrada rural da base até a rodovia tinha apenas três quilômetros e a coluna de 26 tanques de combate T-80s e 41 carros blindados BTR 80s tinha de percorrê-la em fila indiana, a velocidade reduzida.

Assim que a coluna alcançou a estrada principal, o general Andreyev deu a ordem para ocupar as duas pistas e aumentar a velocidade para o máximo. As nuvens do dia haviam se dissipado em manchas esparsas, entre elas brilhavam as estrelas, cintilantes e frias. Nos lados da ruidosa coluna de tanques, os bosques de pinheiros estalavam com o frio.

Eram 43 quilômetros até os portões do Kremlin e os tanques avançavam a sessenta quilômetros por hora. Um carro solitário veio em sentido contrário, os faróis iluminaram as massas de aço cinzento e o motorista tratou de sair da estrada para o bosque.

A dez quilômetros de Moscou, a coluna chegou ao posto policial que marcava o limite municipal. Dentro da guarita de aço, quatro milicianos espiaram pela janela, viram a coluna e trataram de se abaixar, cada um com sua garrafa de vodca, enquanto o chão estremecia com as vibrações.

Andreyev seguia no tanque da vanguarda e foi o primeiro a ver os caminhões do bloqueio. Inúmeros carros particulares haviam se aproximado dos bloqueios rodoviários durante a noite, esperaram um pouco, depois fizeram a volta e foram embora. Não havia tempo para a coluna parar.

– Atire à vontade – ordenou Andreyev.

Seu artilheiro mirou e disparou uma única rajada do canhão de 125mm na torreta. À distância de quatrocentos metros, a granada ainda mantinha a velocidade do cano quando atingiu o caminhão, explodindo-o. Ao lado do tanque de Andreyev, seu subcomandante, ocupando a outra pista, fez a mesma coisa, demolindo o outro caminhão. Um pouco além do bloqueio, soaram estampidos esparsos, disparos de armas de pequeno calibre, em posições de emboscada.

Dentro da cúpula de aço, no alto da torre, o metralhador de Andreyev varreu o lado da estrada com sua metralhadora pesada de 12.7mm, e os disparos cessaram.

Enquanto a coluna estrepitosa passava, os Jovens Combatentes ficaram olhando aturdidos para os destroços de seu bloqueio rodoviário, e depois começaram a se dispersar pela noite.

Seis quilômetros adiante, Andreyev diminuiu a velocidade da coluna para trinta quilômetros por hora e ordenou duas manobras diversionárias. Mandou cinco tanques e dez BTRs para a direita, a fim de socorrer a guarnição sitiada no quartel no aeroporto de Khodinka, e num súbito pressentimento despachou outros cinco tanques e dez carros blindados para a esquerda, no curso nordeste, para proteger o complexo de televisão em Ostankino.

Na avenida de Contorno, ele ordenou que os restantes 16 T-80s e 21 BTRs fossem para a direita, até a praça Kudrinsky, depois virassem para a esquerda, na direção do Ministério da Defesa.

Os tanques avançavam de novo em fila indiana, com a velocidade reduzida para vinte quilômetros por hora, as lagartas arrancando pedaços do asfalto enquanto rodavam rumo ao Kremlin.

No centro de comunicações no porão do Ministério da Defesa, o vice-ministro Butov ouviu o estrondo por cima de sua cabeça e soube que só havia um tipo de veículo numa cidade em guerra que podia fazer aquele ruído.

A coluna passou pela praça Arbat e pelo prédio do ministério, seguindo direto agora para a praça Borovitsky, com os muros do Kremlin no outro lado. Nenhum dos homens nos tanques e nos BTRs notou um carro, estacionado entre outros, perto da praça, como também ninguém reparou num homem de casaco acolchoado e botas que deixou o carro e começou a correr atrás deles.

No pub Rosy O'Grady, o contingente irlandês na capital russa cuidava para entrar no ano-novo na maior alegria, animado inclusive pelo constante matraquear de fogos de artifício disparados no Kremlin, o barulho descendo pela rua e atravessando a praça, quando o primeiro tanque T-80 passou pelas janelas.

O adido cultural irlandês levantou a cabeça de sua Guinness, olhou pela janela e comentou com o barman:

– Ei, Pat, o que a porra desse tanque está fazendo por aqui?

Na frente do Portão Borovitsky havia um BTR 80 estacionado dos Guardas Negros, seu canhão disparando contra os muros, de cima dos quais os últimos homens da Guarda Presidencial haviam batido em retirada. Há quatro horas que lutavam na área do Kremlin, esperando por reforços, ignorando que as tropas restantes do general Korin haviam sido emboscadas nos arredores da cidade.

Por volta da 1 hora da madrugada, os Guardas Negros ocupavam tudo, menos o topo dos muros, com 2.235 metros de extensão, bastante largos para que cinco homens pudessem marchar emparelhados. Ali, as últimas poucas centenas de Guardas Presidenciais se abrigavam, cobrindo os degraus de pedra estreitos e negando aos homens de Grishin a conquista final.

O tanque de Andreyev na vanguarda emergiu do lado oeste da praça Borovitsky e deparou com o BTR inimigo. Quase que à queima-roupa, uma única granada destruiu o carro blindado. Quando os tanques passaram sobre os destroços, os fragmentos eram pouco maiores que calotas de carro.

Quatro minutos depois da 1 hora da madrugada, o T-80 do general Andreyev avançou pelo caminho arborizado para a Torre e o Portão, passou pela arcada com o portão e a grade destruídos e entrou no Kremlin.

Como seu tio antes dele, Andreyev desdenhava se encolher por baixo de uma torre fechada, espiando pelo periscópio. Mantinha a torre aberta, com a cabeça e o tronco expostos ao frio, capacete acolchoado e óculos de proteção cobrindo o rosto.

Um a um, os T-80s passaram pelo Grande Palácio e as catedrais da Anunciação e do Arcanjo, pelo Sino do Czar e a praça Ivanovsky, de onde outrora o pregoeiro da cidade anunciava os decretos do czar.

Dois carros blindados dos Guardas Negros tentaram detê-lo. Ambos foram reduzidos a fragmentos de metal quente.

A seu lado, a metralhadora leve de 7.62mm e sua irmã mais pesada de 12.7mm emitiam um contínuo estrépito, enquanto o farol do tanque iluminava os golpistas correndo.

Havia ainda mais de três mil Guardas Negros em condições de combate na área do Kremlin, e seria inútil qualquer tentativa dos soldados de Andreyev de deixaram os transportes blindados. Afinal, apenas duzentos deles não fariam a menor diferença em condições de igualdade. Mas dentro dos veículos blindados, as condições não eram de igualdade.

Grishin não previra a intervenção de blindados; por isso, não trouxera armas antitanques. Mais leves e mais ágeis, os BTRs da Tamanskaya podiam penetrar pelas vielas estreitas que os tanques não conseguiriam percorrer. Nas áreas abertas, os tanques esperavam com suas metralhadoras, indiferentes aos tiros disparados em sua direção.

Mas o verdadeiro efeito foi psicológico. Para o soldado a pé, o tanque é um autêntico monstro, os tripulantes espiando invisíveis por trás do vidro blindado, os canos das metralhadoras virando à procura de mais alvos impotentes.

Em cinquenta minutos, os Guardas Negros debandaram, correram em busca de refúgio nas igrejas, palácios e catedrais. Alguns conseguiram escapar, mas outros foram apanhados em áreas abertas pelos canhões dos BTRs ou pelas metralhadoras dos tanques.

Em outros pontos da cidade, as batalhas separadas se encontravam em diferentes estágios. O Grupo Alfa estava prestes a invadir o quartel da OMON, no Ministério do Interior, quando um deles captou uma mensagem transmitida do Kremlin. Era um Guarda Negro em pânico, pedindo ajuda. Mas ele cometeu o erro de mencionar a intervenção dos T-80s. A notícia sobre a presença de tanques espalhou-se num instante pelo Grupo Alfa e os homens decidiram que já era demais. Não era mais o que Grishin lhes prometera. Ele garantira a surpresa total, superioridade do poder de fogo e um inimigo impotente. Nada disso acontecera. Eles trataram de recuar para se salvarem.

No prédio da prefeitura, as gangues de rua do Movimento da Nova Rússia já haviam sido dizimadas pelos chechenos.

Na Staraya Ploshchad, as tropas da OMON, apoiadas pelos homens da SOBR do general Petrovsky, começavam a expulsar os mercenários das agências de "segurança" da máfia Dolgoruki da sede do governo.

A maré estava virando no aeroporto de Khodinka. Cinco tanques e dez BTRs haviam atacado as forças especiais da Vympel pelo flanco, e os comandos com armas mais leves eram perseguidos pelos labirintos de hangares e armazéns que formavam a base.

A Duma continuava ocupada pelos restantes mercenários das agências de "segurança", mas não tinham para onde ir e nada para fazer, a não ser monitorar pelo rádio as notícias de outros lugares. Eles ouviram também o pedido de socorro do Kremlin, reconheceram o poder dos tanques e começaram a bater em retirada, cada homem se persuadindo de que com um pouco de sorte nunca seria identificado.

Ostankino ainda pertencia a Grishin, mas o anúncio triunfal destinado ao noticiário da manhã estava em suspenso, enquanto dois mil Guardas Negros, observando das janelas, viram os tanques se aproximarem lentamente pelo bulevar e seus caminhões explodirem em chamas, um depois do outro.

O Kremlin foi construído num penedo, acima do rio, as encostas cobertas por árvores e moitas, muitas de folhagem permanentes. Por baixo do muro oeste fica o Jardim Alexandrovsky, com caminhos entre as árvores levando ao Portão Borovitsky. Nenhum dos combatentes dentro dos muros viu o vulto isolado que se esgueirou entre as árvores para a entrada escancarada, ninguém percebeu quando ele galgou a última rampa e entrou.

Quando ele saiu da arcada, a luz de passagem de um dos tanques de Andreyev iluminou-o, mas confundiram-no com um dos seus. O casaco acolchoado parecia com seus blusões e o chapéu de pelo redondo também, não com os capacetes pretos dos Guardas Negros de Grishin. Quem se encontrava por trás da luz presumiu que era um homem de tanque de algum BTR avariado, procurando abrigo na arcada.

A luz incidiu sobre ele apenas por um momento, logo seguiu adiante. Jason Monk aproveitou esse instante para deixar a arcada e correr sob a proteção dos pinheiros para a direita do portão. Na proteção da escuridão, ele observou e esperou.

Há 19 torres de perímetro no Kremlin, mas apenas três contam com portões usáveis. Os turistas entram e saem pelo Borovitsky ou pelo Trindade, os soldados, pelo Spassky. Dos três, apenas um se achava escancarado, e Monk postou-se ao lado.

Um homem decidido a se salvar teria de deixar a área murada. Ao amanhecer, as forças do Estado arrancariam os derrotados de seus esconderijos, do último vão de porta e armário, até mesmo das salas secretas do posto de comando por baixo do Jardim Spassky. Quem desejasse permanecer vivo e fora da prisão, deduziria que teria de escapar em breve, pelo único portão aberto.

Do lugar em que se postava, Monk podia ver a porta da Armaria, a casa de tesouros de mil anos da história russa, toda arrebentada pela traseira de um tanque em manobra. As chamas bruxuleantes de um carro blindado incendiado dos Guardas Negros projetavam um clarão sobre a fachada.

A batalha deslocou-se agora do portão para o Senado, no setor nordeste da fortaleza. O veículo em chamas crepitava.

Pouco depois das 2 horas da madrugada ele percebeu um movimento perto da parede do Grande Palácio, depois um homem de preto veio correndo, meio encurvado, mas rápido, passou pela fachada da Armaria. Um pneu pegou fogo numa erupção de chamas, fazendo com que o homem em fuga se virasse abruptamente. Monk viu seu rosto à claridade amarela. Já o vira antes, uma vez. Em fotografia, numa praia em Sapodilla Bay, nas ilhas Turks e Caicos. Ele saiu de trás da árvore.

– Grishin.

O homem se virou esquadrinhando a escuridão entre os pinheiros. E viu quem o chamara. Ele carregava um Kalashnikov, um AK-74 de coronha dobrável. Monk notou o cano levantando e foi para detrás da árvore. Uma rajada foi disparada. Fragmentos foram arrancados do tronco. Os tiros cessaram.

Monk espiou. Grishin desaparecera. Cinquenta metros o separavam do portão, mas apenas dez de Monk. Ele não passara.

Monk avistou bem a tempo o cano do AK-47 projetando-se da porta destroçada. Tornou a recuar, enquanto as balas se cravavam na árvore a sua frente. Os tiros cessaram de novo. Duas metades de um pente, calculou Monk, enquanto saía de trás da árvore e corria para se comprimir contra a parede ocre do museu. Mantinha a Sig Sauer comprimida contra o peito.

O cano do fuzil de assalto se projetou mais uma vez da entrada do prédio, enquanto Grishin procurava um alvo no outro lado da rua. Incapaz de ver qualquer coisa, Grishin deu um passo à frente.

A bala de Monk acertou na coronha do AK com força suficiente para arrancá-lo das mãos do coronel. Caiu e deslizou pelo chão, além do alcance. Monk ouviu passos correndo pelo chão de pedra lá dentro. Segundos depois, ele deixou o clarão do carro blindado em chamas e foi se agachar na escuridão total do vestíbulo da Armaria.

O museu tem dois andares, com nove grandes salões, contendo 55 mostruários. Ali estão artefatos históricos que valem literalmente bilhões de dólares, pois houve um tempo em que riqueza e o poder da Rússia eram tão grandes que tudo o que o czares possuíam, coroas, tronos, armas, roupas, até freios de cavalos, era cravejado de prata, ouro, diamantes, esmeraldas, rubis, safiras e pérolas.

À medida que seus olhos se ajustavam à escuridão, Monk pôde divisar a sua frente os contornos da escada para o andar superior. A sua esquerda ficava a arcada abobadada que levava aos quatro salões do andar térreo. Ele ouviu um barulho leve lá dentro, como se alguém tivesse esbarrado num mostruário.

Monk respirou fundo, depois jogou-se pela arcada num salto de paraquedista, rolando pelo chão, através da escuridão, até encontrar uma parede. Ao passar pela entrada, ele vislumbrou o clarão brancoazulado da chama de um disparo e no instante seguinte ficou coberto por cacos de vidro, a bala acertando um mostruário por cima de sua cabeça.

O salão era comprido e estreito, embora ele não pudesse vê-lo, com caixas de vidro nos lados e um único mostruário no centro, também coberto de vidro. Ali, esperando pelas brilhantes luzes elétricas e os turistas embasbacados, estavam os trajes de coroação de valor inestimável, russos, turcos e persas, de todos os príncipes Rurik e czares Romanov. Uns poucos centímetros quadrados de qualquer daqueles trajes, com as pedras preciosas neles costuradas, dariam para sustentar um operário por meses.

Enquanto o último caco de vidro retinia, Monk aguçou os ouvidos e acabou escutando uma fraca respiração, como se alguém tentasse não resfolegar, mas finalmente deixasse o ar escapar. Ele pegou um caco de vidro triangular e jogou-o pela escuridão na direção do som.

O caco caiu em cima de uma caixa de vidro, houve outro tiro a esmo e o som de pés correndo entre os ecos da detonação. Monk ergueu-se, meio agachado, correu para a frente, abrigando-se por trás do mostruário central, até compreender que Grishin fora para o salão seguinte, onde o aguardava.

Monk avançou para a arcada de comunicação, com um segundo caco na mão. Quando estava pronto, arremessou-o pelo salão, depois cruzou a arcada e jogou-se para trás de um armário. Desta vez, nenhuma bala foi disparada.

Quando sua visão noturna se restabeleceu, ele constatou que se encontrava num salão menor, contendo tronos cravejados de pedras preciosas e marfim. Embora ele não soubesse disso, o trono de coroação de Ivã, o Terrível, estava a alguns passos a sua esquerda, com o de Boris Godunov um pouco além.

Era evidente que o homem a sua frente estivera correndo, pois enquanto a respiração de Monk, depois do descanso entre as árvores, era controlada, ele podia ouvir em algum lugar o barulho do ar entrando nos pulmões de Grishin.

Monk se ergueu, bateu com o cano da automática no vidro por cima, baixou a mão no mesmo instante. Ele viu o clarão de um disparo na escuridão e respondeu ao fogo. Mais vidro se espatifou por cima de sua cabeça, com a bala de Grishin arrancando uma chuva prateada do trono de diamantes do czar Alexei.

A bala de Monk devia ter passado perto, pois Grishin virou-se e correu para o salão seguinte, que era o último, embora Monk não soubesse disso na ocasião e Grishin devesse ter se esquecido, um beco sem saída, o salão das carruagens antigas.

Ao ouvir o barulho de pés em disparada a sua frente, Monk correu atrás, antes que Grishin pudesse encontrar uma nova posição de tocaia.

Ele entrou no último salão e abaixou-se por trás de uma carruagem toda ornamentada do século XVII, com uma fruta dourada em relevo na porta. Pelo menos as carruagens proporcionavam abrigo, mas também escondiam Grishin. Cada carruagem ficava numa plataforma isolada do público não por mostruários de vidro, mas por cordas estendidas através de suportes verticais.

Ele espiou de trás da carruagem oficial que Elizabeth I da Inglaterra oferecera a Boris Godunov em 1600. Tentou divisar seu inimigo, mas a escuridão no salão era total e as carruagens só eram discerníveis como vagos contornos.

Enquanto ele procurava, as nuvens lá fora se abriram e um único raio de luar passou pelas janelas estreitas. As janelas eram à prova de ladrões, com vidro duplo, quase não deixavam passar a claridade.

Mas alguma coisa faiscou. Um ponto mínimo em toda aquela escuridão, em algum lugar por trás da roda ornamentada e dourada da carruagem da czarina Elizaveta.

Monk tentou recordar as lições de George Sims no Castelo Forbes. Com as duas mãos, rapaz, e mantenha firme. Esqueça o duelo de OK Corral... isso é ficção.

Monk ergueu a Sig Sauer com as duas mãos e mirou um ponto dez centímetros acima do reflexo de luz. Respire devagar, prenda a respiração, atire.

A bala passou entre os aros da roda e atingiu alguma coisa por trás. Enquanto o eco se desvanecia e seus ouvidos paravam de ressoar, ele ouviu o baque de um objeto pesado batendo no chão.

Podia ser uma artimanha. Ele esperou cinco minutos, notando que os contornos no chão, ao lado da carruagem, não se mexiam. Foi passando de uma cobertura para outra, por trás dos veículos antigos de madeira, chegou bastante perto para discernir uma cabeça e um tronco, com o rosto virado para baixo. Só então se aproximou, a arma pronta para disparar, e virou o corpo.

A única bala atingira o coronel Anatoli Grishin um pouco acima do olho esquerdo. Como George Sims diria, serve para conter o ímpeto deles. Jason Monk contemplou o homem que odiava e nada sentiu. Fora feito porque tinha de ser feito.

Ele guardou a arma no bolso, abaixou-se, pegou a mão esquerda do morto e tirou uma coisa.

Pôs na palma o pequeno objeto, a prata bruta americana que refletira o raio de luar, a turquesa luminosa recolhida nas montanhas por um Ute ou Navajo. Um anel de sua terra, dado num banco de parque de Ialta a um bravo homem e arrancado do dedo de um cadáver num pátio da prisão de Lefortovo.

Jason Monk embolsou o anel, virou-se e voltou para seu carro. A batalha de Moscou terminara.

Epílogo

Na manhã de 1º de janeiro, Moscou e toda a Rússia despertaram para o sombrio conhecimento do que acontecera. As câmeras de televisão levaram as imagens para todos os cantos do vasto país. A nação ficou impressionada com o que viu.

Havia uma paisagem de devastação dentro dos muros do Kremlin. As fachadas das catedrais da Assunção, Anunciação e Arcanjo estavam esburacadas, crivadas de balas. Cacos de vidro faiscavam entre a neve e o gelo.

Manchas pretas de veículos incendiados desfiguravam as fachadas dos palácios Terem e Facets, enquanto o Senado e o Kremlin se achavam marcados pelos disparos de metralhadoras.

Havia dois corpos encolhidos sob o Canhão do Czar e as equipes de remoção retiravam outros do Arsenal e do Palácio dos Congressos, onde haviam se refugiado nos últimos minutos de vida.

Em outros lugares, os carros blindados e os caminhões dos Guardas Negros ainda fumegavam, soltando rolos de fumaça, à luz da manhã. As chamas tinham derretido pedaços do asfalto, que depois tornaram a endurecer no frio, como ondas do mar.

O presidente interino Ivan Markov voltou imediatamente das férias, chegando pouco depois do meio-dia. Ao final da tarde, recebeu o patriarca de Moscou e de Todas as Rússias numa audiência particular.

Alexei II fez sua primeira e última intervenção na arena política de Moscou. Argumentou que persistir nos planos para uma nova eleição presidencial a 16 de janeiro seria impossível e que a data deveria ser destinada a um referendo nacional sobre a questão da restauração da monarquia.

Ironicamente, Markov mostrou-se bastante suscetível à ideia. Por um lado, nada tinha de tolo. Fora designado quatro anos antes para o posto de primeiro-ministro pelo falecido presidente Cherkassov, como um hábil administrador, um executivo com experiência na indústria petrolífera. Com o tempo, porém, passara a gostar do poder que o cargo lhe proporcionava, mesmo num sistema em que a maior parte do poder pertencia ao presidente, muito pouco restando para o primeiro-ministro.

Nos seis meses desde o infarto fatal de Cherkassov, ele passara a apreciar ainda mais toda a pompa do alto cargo.

Com a União de Forças Patrióticas em ruínas, do ponto de vista eleitoral, Markov sabia que a eleição seria decidida entre ele e os neocomunistas da União Socialista. Também sabia que provavelmente ficaria em segundo lugar.

Mas um monarca constitucional precisaria, quase como seu primeiro ato, chamar um político e administrador eficiente para formar um governo de união nacional. Quem melhor, raciocinou Markov, do que ele próprio?

Ao final da tarde, Ivan Markov convocou todos os parlamentares, por decreto presidencial, a voltarem a Moscou para uma sessão de emergência na Duma.

Durante o dia 3 de janeiro, parlamentares atravessaram toda a Rússia, vindo dos cantos mais distantes da Sibéria e das vastidões geladas de Archangel, ao norte.

A sessão de emergência da Duma foi realizada no dia 4 de janeiro na Casa Branca, em grande parte intacta. O clima era sombrio, mais ainda entre os representantes da União das Forças Patrióticas, que se empenhavam em declarar a qualquer um que quisesse ouvir que pessoalmente não tinham a menor ideia do ato de loucura de Igor Komarov na véspera do ano-novo.

A sessão foi presidida pelo presidente Markov, que propôs que toda a nação fosse consultada no dia 16 de janeiro, mas sobre a questão da restauração. Como não era membro da Duma, não podia apresentar formalmente a proposta. Isso foi feito pelo presidente da Duma, companheiro de Markov no Partido da Aliança Democrática.

Os neocomunistas, percebendo que o poder presidencial lhes escapulia, opuseram-se em bloco. Mas Markov realizara um bom trabalho preparatório.

Os membros da UFP, temendo por sua própria segurança, haviam sido entrevistados em particular naquela manhã, um a um. A impressão vigorosa que se ofereceu a cada um foi a de que, se apoiassem o presidente interino, seria esquecida a proposta de suspender suas imunidades parlamentares, para que pudessem ser presos e processados. Tal providência significaria que poderiam manter suas cadeiras parlamentares.

Os votos da Aliança Democrática, mais os votos da União das Forças Patrióticas, superaram os neocomunistas. A proposta foi aprovada.

Tecnicamente, não era muito difícil efetuar a mudança. As cabines eleitorais já estavam instaladas. A única tarefa era imprimir 105 milhões de cédulas eleitorais com a pergunta simples e dois retângulos, um para "Sim" e outro para "Não".

NO DIA 5 DE JANEIRO, em Vyborg, pequeno porto no norte da Rússia, um miliciano que cuidava da segurança das docas, Pyotr Gromov, acrescentou uma nota de rodapé à história. Pouco depois do amanhecer ele observava o cargueiro sueco *Ingrid B* se preparar para zarpar e viajar até Gotemburgo.

O miliciano já ia se virar e voltar à sua cabana para o desjejum quando dois vultos em casacos azuis saíram de trás de uma pilha de caixotes e se encaminharam para a prancha de embarque, pouco antes de ser recolhida. Num súbito pressentimento, ele ordenou que parassem.

Os dois homens mantiveram uma conversa breve e murmurada e depois correram para a prancha. Gromov sacou sua arma e disparou um tiro de advertência para o alto. Era a primeira vez que a usava em três anos nas docas, e experimentou a maior satisfação por fazê-lo agora. Os dois marujos pararam.

Os documentos revelavam que ambos eram suecos. O mais jovem falava inglês, língua da qual Gromov conhecia algumas palavras. Mas trabalhara por tempo suficiente nas docas para ter um conhecimento muito maior de sueco. Para o homem mais velho, perguntou, em tom ríspido:

– Por que tanta pressa?

O homem não disse uma só palavra. Nenhum dos dois o compreendera. Ele estendeu a mão e tirou o chapéu de pele do homem mais velho. Havia algo familiar naquele rosto. Já o vira antes. O miliciano e o russo fugitivo fitaram-se nos olhos. Aquele rosto... num palanque... gritando para uma multidão delirante.

– Eu o conheço – disse ele. – Você é Igor Komarov.

Komarov e Kuznetsov foram presos e levados de volta a Moscou. O ex-líder da UFP foi logo indiciado por alta traição e encarcerado, à espera do julgamento. Ironicamente, foi levado para a prisão de Lefortovo.

DURANTE DEZ DIAS o debate nacional ocupou os jornais, revistas, emissoras de rádio e televisão, enquanto um sábio depois de outro enunciava sua opinião.

Na tarde de sexta-feira, 14 de janeiro, o padre Gregor Rusakov promoveu uma concentração fundamentalista no Estádio Olímpico de Moscou. Como acontecera com Komarov quando falara ali, seu discurso foi transmitido para toda a nação, sendo ouvido, pelo que os pesquisadores estimaram mais tarde, por oitenta milhões de russos.

Seu tema foi simples e objetivo. Durante setenta anos, o povo russo idolatrara os deuses gêmeos do materialismo dialético e do comunismo, sendo traído por ambos. Durante 15 anos haviam frequentado o templo do capitalismo republicano, vendo suas esperanças serem diluídas. Por isso, ele exortava seus ouvintes a voltarem ao Deus de seus antepassados no dia seguinte, indo à igreja e rezando por orientação.

Os observadores estrangeiros tiveram por muito tempo a impressão de que os russos, depois de setenta anos de industrialização comunista, são na maior parte habitantes das cidades. É uma suposição equivocada. Mesmo no inverno de 1999, mais de 50 por cento dos russos ainda viviam em grande parte sem serem vistos e registrados, em pequenas cidades, aldeias e habitações isoladas nos campos, naquela vasta extensão de terra que vai da Bielo-Rússia a Vladivostok, ao longo de dez mil quilômetros e nove fusos horários.

Dentro dessa terra invisível há cem mil paróquias que compreendem os cem bispados da Igreja Ortodoxa Russa, cada uma com sua igreja de domo em forma de cebola, maior ou menor. Foi para essas igrejas que 50 por cento dos russos seguiram, sob o frio intenso da manhã de domingo, 16 de janeiro; e de cada púlpito, o padre paroquial leu a Carta Patriarcal.

Mais tarde conhecida como a Grande Encíclica, foi provavelmente a mais poderosa e comovente mensagem que Alexei II jamais escreveu. Fora aprovada na semana anterior, num conclave secreto dos metropolitas, os bispos, em que a votação, embora não unânime, foi convincente.

Depois do serviço da manhã, os russos foram das igrejas para as urnas. Por causa das dimensões da terra e da falta de tecnologia eletrônica nos distritos rurais, houve necessidade de dois dias para contar os votos. Dos votos válidos, o resultado foi de 65 por cento a 35 por cento. A favor.

No dia 20 de janeiro a Duma aceitou e endossou o resultado, além de aprovar duas propostas adicionais. Uma foi a de estender o interregno de Ivan Markov por um período adicional, até 31 de março. A segunda foi instituir um comitê constitucional para converter em lei o veredicto do referendo.

A 20 de fevereiro, o presidente interino e a Duma de Todas as Rússias formularam um convite a um príncipe residente no exterior para aceitar o título e as funções, dentro de uma monarquia constitucional, de Czar de Todas as Rússias.

Dez dias depois, um avião de passageiros russos pousou no aeroporto de Vnukovo, em Moscou, depois de uma longa viagem.

O inverno chegava ao fim. A temperatura subira alguns graus acima de zero e o sol brilhava. Do bosque de pinheiros e bétulas por trás do pequeno aeroporto, reservado para voos especiais, vinha o odor de terra úmida e um novo começo.

Na frente do terminal, Ivan Markov liderava uma enorme delegação, que incluía o presidente da Duma, os líderes de todos os partidos políticos, os chefes militares e o patriarca Alexei.

Do avião desembarcou o homem que a Duma convidara, o prín cipe britânico de 57 anos da Casa de Windsor,

Longe dali, para oeste, numa antiga cocheira nos arredores da aldeia de Langton Matravers, Sir Nigel Irvine assistia à cerimônia pela televisão.

Na cozinha, lady Irvine lavava a louça do desjejum, como sempre fazia antes da chegada da faxineira, Sra. Moir.

– O que está vendo, Nigel? – perguntou ela, enquanto limpava a pia. – Nunca vê televisão pela manhã.

– Alguma coisa acontecendo na Rússia, minha querida.

Fora por pouco, pensou ele. Seguira seus princípios para a destruição de um adversário mais rico, mais forte e mais numeroso pelo uso de uma força mínima, uma destruição que só poderia ser alcançada por astúcia e fraude.

Sua primeira manobra fora determinar que Jason Monk criasse uma aliança frouxa entre todos aqueles que podiam temer ou desprezar Igor Komarov depois da leitura do Manifesto Negro. Na primeira categoria se incluíam os setores condenados à destruição pelos nazistas russos: os chechenos, judeus e a milícia que perseguia a máfia Dolgoruki, aliada de Komarov. Na segunda estavam a Igreja e o Exército, representados pelo patriarca e o general vivo de maior prestígio, Nikolai Nikolayev.

A tarefa seguinte foi a de infiltrar um informante no campo inimigo, não para trazer informações confiáveis, mas para inserir desinformação.

Enquanto Monk ainda treinava no Castelo Forbes, Sir Nigel realizara sua primeira visita despercebida à Rússia, a fim de reativar dois antigos agentes de baixo nível adormecidos, que haviam sido recrutados anos antes. Um era o ex-professor da Universidade de Moscou, cujo uso de pombos-correios já fora útil no passado.

Mas quando o professor perdera o emprego ao propor reformas democráticas sob os comunistas, seu filho também perdera a vaga na escola secundária e toda e qualquer possibilidade de ingressar na universidade. O jovem fora para a Igreja, e depois de passar por várias paróquias obscuras, acabara se tornando valete e mordomo do patriarca Alexei.

O padre Maxim Klimovsky fora autorizado a efetuar quatro traições separadas de Irvine e Monk para o coronel Grishin. Fora para consolidar sua confiabilidade como um informante para o comandante dos Guardas Negros no coração do campo inimigo.

Por duas vezes Irvine e Monk haviam escapado antes que Grishin aparecesse, mas nas duas últimas ocasiões isso não fora possível e eles tiveram de lutar para escapar incólumes.

O terceiro preceito de Irvine fora o de não tentar persuadir o inimigo de que não havia campanha contra ele, o que seria impossível, mas convencê-lo de que o perigo se encontrava em outra parte, e depois que isso fosse eliminado, não haveria mais qualquer ameaça.

Depois de sua segunda visita à residência do patriarca, Irvine fora forçado a permanecer em Moscou, a fim de dar tempo a Grishin e seus bandidos para invadirem o quarto em sua ausência, descobrir e fotografar a carta incriminadora.

A carta era uma falsificação, criada em Londres, em papel timbrado autêntico do patriarcado, baseada em amostras da caligrafia do patriarca, obtidas pelo padre Maxim e entregues a Irvine na visita anterior.

Na carta, o patriarca aparentemente dizia a seu correspondente que apoiava a ideia de uma restauração da monarquia na Rússia (o que não era verdade, já que na ocasião ele apenas considerava a possibilidade) e que recomendaria a escolha do destinatário como o homem para o posto.

Só que era endereçada ao príncipe errado. Tinha o nome do príncipe Semyon, que vivia em sua fazenda na Normandia, com seus cavalos e sua namorada. Por necessidade, ele fora considerado dispensável.

Fora a segunda visita de Jason Monk ao patriarca que desencadeara a quarta etapa, o estímulo ao inimigo para reagir com violência excessiva a uma ameaça percebida, mas inexistente. Isso fora alcançado pela fita com a suposta conversa entre Monk e Alexei II.

Amostras genuínas da voz do patriarca foram obtidas durante a primeira visita de Irvine, porque seu intérprete, Brian Vincent, tinha um gravador escondido no corpo. Monk gravara horas com sua própria voz enquanto ainda estava no Castelo Forbes.

Em Londres, um mímico e ator russo providenciara as palavras que Alexei II parecia falar na fita. Com tecnologia de computador, a gravação fora aperfeiçoada, inclusive com o som de colheres mexendo o café. O padre Maxim, a quem Irvine entregara a fita, ao se cruzarem no corredor, apenas passara a conversa para o gravador fornecido por Grishin.

Tudo na fita era mentira. O general Petrovsky não poderia continuar suas batidas contra a máfia Dolgoruki porque Monk já transmitira todas as informações fornecidas pelos chechenos sobre a quadrilha rival. Além disso, os documentos encontrados no cassino não continham qualquer prova do financiamento da campanha eleitoral da UFP pela Dolgoruki.

O general Nikolayev não tinha a menor intenção de continuar a denunciar Komarov numa série de entrevistas depois do ano-novo. Já dissera o que tinha de dizer, e uma vez era suficiente.

Mais importante ainda, o patriarca não pretendia interferir junto ao presidente interino para que se declarasse que Komarov estava incapacitado de disputar a presidência. Ele deixara bem claro que não se intrometeria em questões políticas.

Mas Grishin e Komarov não sabiam disso. Acreditando que conheciam as intenções do inimigo e enfrentavam um terrível perigo, eles reagiram de forma excessiva, com quatro tentativas de assassinato. Monk desconfiara que eram iminentes e tivera tempo de alertar os quatro alvos. Apenas um se recusara a dar atenção à advertência. Até a noite de 21 de dezembro, talvez mesmo até mais tarde, Komarov ainda tinha chances de vencer a eleição com uma maioria considerável.

Depois de 21 de dezembro fora iniciada a quinta etapa. A reação excessiva fora aproveitada por Monk para ampliar a hostilidade contra Komarov, além dos poucos que tinham visto o Manifesto Negro, para uma torrente de críticas da mídia. Nessa exploração, Monk espalhara uma desinformação, a de que a fonte de todo o crescente descrédito de Komarov era um oficial superior dos Guardas Negros.

Em política, como em tantas outras atividades humanas, o sucesso gera o sucesso, mas o fracasso também gera fracasso adicional. À medida que se avolumavam as críticas a Komarov, também aumentava a paranoia latente em todos os tiranos. A manobra final de Nigel Irvine fora jogar com essa paranoia e torcer contra toda a esperança para que a mensagem inadequada do padre Maxim não o desapontasse.

Quando o patriarca voltara do mosteiro da Trindade-São Sergius, nunca sequer chegara perto do presidente interino. Quatro dias antes do ano-novo, os órgãos do Estado russo não tinham a menor intenção de atacar os Guardas Negros a 1º de janeiro, nem de prender Komarov.

Através do padre Maxim, Irvine usara o antigo preceito de persuadir o inimigo de que seus oponentes são mais numerosos, mais poderosos e determinados do que na realidade. Convencido por essa segunda "picada", Komarov decidira atacar primeiro. Alertado por Monk, o Estado russo se defendera.

Embora não fosse de frequentar a igreja, Sir Nigel Irvine há muito que era leitor assíduo da Bíblia e, de todos os personagens, seu predileto era o guerreiro hebreu Gedeão.

Como ele explicara a Jason Monk nas Terras Altas da Escócia, Gedeão fora o primeiro comandante de forças especiais e o primeiro proponente de um ataque noturno de surpresa.

Com a oferta de dez mil voluntários, Gedeão escolhera apenas trezentos, os mais corajosos e os melhores. Em seu ataque noturno contra os midianitas, acampados no vale de Jezreel, ele usou a tática tripla do despertar violento, luzes intensas e barulho ensurdecedor para desorientar e semear o pânico na força maior.

– O que ele fez, meu caro, foi persuadir os midianitas apenas semidespertos que enfrentavam um ataque enorme e muito perigoso. Por isso, eles perderam a coragem e fugiram.

Não apenas fugiram, mas também na escuridão começaram a golpear uns aos outros. Por outro tipo de desinformação, Grishin fora persuadido a prender todo o seu alto comando.

Lady Irvine entrou na sala e desligou a televisão.

– Vamos sair, Nigel. Está fazendo um dia lindo e precisamos desenterrar as primeiras batatas.

O mestre da espionagem se levantou.

– Claro, as primeiras batatas – murmurou ele. – Vou pegar minhas botas.

Ele detestava cavar, mas amava Penny Irvine demais.

PASSAVA UM POUCO do meio-dia quando o *Foxy Lady* saiu de Turtle Cove e seguiu para o Cut.

A meio caminho do recife, Arthur Dean emparelhou, no *Silver Deep*. Tinha dois turistas mergulhadores na popa.

– Ei, Jason, você andou viajando!

– É verdade. Passei algum tempo na Europa.

– E como foi?

Monk pensou a respeito por um momento, antes de responder:

– Interessante.

– É um prazer vê-lo de volta por aqui. – Dean lançou um olhar para a popa do *Foxy Lady*.

– Não conseguiu nenhum frete hoje?

– Não. Soube que há muitas cavalinhas a uns 15 quilômetros ao largo da Point. Vou até lá pegar algumas só para mim.

Arthur Dean sorriu, demonstrando afeição.

– Mantenha as linhas firmes, cara.

O *Silver Deep* acelerou e afastou-se. O *Foxy Lady* passou pelo Cut e Monk sentiu o impacto e o balanço do mar aberto sob os seus pés, com o vento recendendo a maresia a soprar contra seu rosto.

Aumentando a potência do motor do *Foxy Lady*, ele se afastou das ilhas, pelo mar e o céu vazios.

fim

EDIÇÕES
BestBolso

Este livro foi composto na tipologia Minion Pro Regular, em corpo 10/12,5, e impresso em papel off-set 56g/m² no Sistema Cameron da Divisão Gráfica da Distribuidora Record.